천애지연

일
권

천애지연

김경미 장편소설

일권

가하

천
애
지
연
일권

지은이 김경미
펴낸이 이형기
펴낸곳 도서출판 가하

초판인쇄 2016년 2월 12일
초판발행 2016년 2월 18일
출판등록 2008년 10월 15일 제 318-2008-00100호

주소 서울 영등포구 양평로 67, 1209 (당산동5가, 한강포스빌)
전화 02-2631-2846   **팩스** 02-2631-1846

www.ixbook.co.kr

ISBN 979-11-295-9891-2 04810
       979-11-295-9890-5 04810(set)

값 12,000원

序

시작

칠흑처럼 검은 밤하늘에서 흰 눈이 사락사락 나렸다. 한바탕 눈바람
이 지나간 자리라 고요한 세상은 설백빛이었다. 잠잠하던 하늘은 별과
달을 내보이는 대신 흰 눈발을 다시 날리기 시작했다. 일찌감치 겨울
준비를 마친 산짐승들은 따뜻한 제 굴 속에서 서로의 털을 고르며 느긋
하니 혹독한 계절이 지나가기만을 기다렸다.

산자락의 얼어붙은 눈길을 헤치고 무거운 눈구름 속에서 조용히 침
묵하고 있는 계곡의 산장을 찾아온 손님이 있었다. 해시[1](亥時)가 된 지
한참이라 읽던 책을 덮고 잠자리에 들기 위해 일어서던 서문인창(西門仁
彰)은 총관이 가져온 전갈을 듣자마자 빈청(賓廳)으로 달려 나갔다.

등롱이 걸린 회랑의 좌우로 밤바람을 안은 눈송이들이 거칠게 흩날
렸다. 등롱의 희미한 불빛을 받은 눈송이들이 주홍빛으로 물들어 어두

---

1) 오후 9시~11시

운 시야를 어지럽혔다. 회랑의 복도에 내려 얼어붙은 눈자락들이 서둘러 나아가는 그의 발에 밟혀 서걱서걱 부스러졌다. 한 걸음 한 걸음 옮길 때마다 들려오는 그 소리가 간신히 덮어두었던 쓰린 상처를 들쑤셨다. 눈바람의 시린 냉기가 발바닥을 뚫고 으슬으슬 올라오는 듯했다. 한서불침(寒暑不侵)의 경지에 오른 그가 추위 따위를 느낄 까닭이 없었다. 그런데도 몸이 춥고 마음이 스산했다. 그것은 자신을 지탱해주던 한쪽 날개가 찢어져 떨어져나갔기 때문일 것이다.

빈청의 닫힌 문 앞에서 서문인창은 선뜻 안으로 들어가지 못하고 한참 동안 우두커니 서 있었다. 자신의 마음을 다스릴 시간이 필요했다. 사실 이렇게 망설이는 것도 무의미했다. 자신이 문 앞에 도착했다는 것이야 벌써 알고 계실 분이니……. 마음을 다잡는 것은 스스로를 위한 것이었다.

문을 열고 안으로 들어선 서문인창은 당초무늬가 조각되어 있는 흑단 의자에 앉은 이를 보았다.

"오셨습니까, 백부님."

석상처럼 지그시 눈을 감고 있던 노인이 서문인창의 부름에 이끌리듯 눈을 떴다. 이순(耳順)을 바라보는 나이임에도 노인의 눈에서는 강한 정기가 피어올랐다. 금방이라도 터져 나올 듯한 불길이 이글이글 타오르고 있었다. 그 의미를 알기에 서문인창은 속으로 탄식했다.

'거인이 분노했으니, 강호(江湖)에 피바람이 불겠구나. 그 누구도 막을 수 없음이야.'

"늦은 시간에 불쑥 찾아와 미안하구나, 창아."

"어인 말씀이십니까? 비선곡(秘仙谷)의 문은 백부님께 언제든지 활짝 열려 있습니다. 그런 말씀 마시고, 어느 때든지 발걸음하시면 됩니다."

공손하면서도 당당한 서문인창의 항변에 천제영(天提映)의 주름진 입가에 흐릿한 웃음이 걸렸다. 형형하던 눈빛도 스러지는 촛불처럼 사그라지며 아픈 기색이 어렸다. 인창과 함께 나란히 서 있어야 할 아들의 모습이 떠올랐기 때문이다. 호탕한 웃음을 터트리며 인창의 어깨를 끌어안던 아들의 영상이 자연스럽게 생각났다.

서문인창도 같은 생각을 한 듯 얼굴이 굳어졌다.

"얼마나 비통하십니까! 지기를 잃은 제 마음이 이럴진대, 백부님의 마음이 어떠하실지……. 곡규(谷規)에 얽혀 마지막 가는 길도 보지 못한 죄만한 조카를 벌해주십시오."

딱딱한 음성 사이사이 단장(斷腸)의 애통한 마음이 절절했다. 비보를 접하고 몇날 며칠 식음을 전폐한 채 죽은 지기를 기리며 곡을 했었다. 상복을 입고 머리를 풀어헤쳤음에도 슬픔을 다스릴 수가 없었다. 마음 같아서는 당장이라도 곡 밖으로 나가 전후 사정을 살펴보고 싶었지만, 곡주라는 지위가 그의 발목을 잡았다.

천제영이 수십 년간 검을 수련해 거미줄처럼 갈라진 손바닥을 내저었다.

"그런 말 말거라. 네게는 책임져야 할 자리가 있음이니, 그에 따르는 의무를 지키는 것은 당연한 일. 말하지 않아도 나만큼 너 또한 비통하고 원통한 것을 어찌 모를까."

지기의 아들이자 아들의 지기이기도 한 인창의 마음을 달랜 그는 잠시 말문을 거둔 다음 강한 어조로 내뱉었다.

"그 몫은 나와 이 아이의 것이니라!"

바람막이 겸 둘러쓴 긴 피풍의(皮風衣) 아래 인형처럼 작은 소동(小童)이 허리를 꼿꼿이 세운 채 앉아 있었다. 흰 비단 저고리에 바지를 입고 어른처럼 장포까지 차려입은 아이는 하늘에서 내려온 천동(天童)처럼 아름다웠다. 반듯한 이마에 준령 같은 코가 우뚝했고 입술 또한 여아처럼 맑은 진홍빛을 띠었다. 그러나 눈초리가 깊고 붉은 기가 서려 언제나 형형히 빛나던 봉안(鳳眼)이 시커멓게 죽어 있었다. 멍하니 앞을 바라보고 있음에도 아무것도 인식하지 못하는 듯 가만히 앉아 있는 인형 같았다. 천제영의 커다란 손바닥이 작은 어깨를 덮는데도 소동은 미동도 하지 않았다.

"진혁(進赫)아!"

아이의 이상한 기색에 서문인창은 놀라 소리쳐 물었다.

"이게 어떻게 된 일입니까? 진혁이가 왜 이러는 겁니까, 백부님!"

양손으로 아이의 얼굴을 잡아 올려 눈을 맞췄지만, 회색의 탁한 동공만이 되돌아왔다. 감정 표현이 많지 않아 무뚝뚝하고 냉담하다는 평을 많이 들었지만, 숙부인 자신에게만은 주뼛거리며 다가와 마음을 종종 털어놓곤 하던 아이였다. 고작 일곱 살이었지만, 장래 자기가 앉아야 할 자리가 얼마나 무거운 자리인지, 지키기 위해 얼마나 많은 피를 흘려야 하는지 알고 있어 누가 종용하기도 전에 스스로 나서서 자신을 단련하던 영민한 아이이기도 했다. 또렷또렷한 눈빛으로 벽에 걸린 중원 전도를 손바닥으로 내리치던 아이가 어찌 이리 망가졌단 말인가.

천제영의 얼굴도 침통해졌다. 아들에 며느리까지 잃고 총명하던 손자까지 이 지경이 되자 그는 속이 썩어문드러졌다. 냉정해 보이는 것은 겉모습일 뿐. 만약 손자마저 죽임을 당했다면 그는 적의 의도가 무엇이든 아랑곳 않고 세상을 모조리 갈아엎었을 것이다. 당장이라도 끊어질 듯 아슬아슬한 그의 이성을 유지시켜주는 것은 넋을 놓고 있는 손자의 안위와 복수심이었다.

"제 부모가 살해당하는 장면을 직접 목격했으니 어찌 온전하겠느냐……. 무진이랑 며늘애가 자신들의 목숨은 버리다시피 하며 이 아이만큼은 살리려 했음이니……."

적의 유인책에 속아 떨어진 호위대가 달려올 때까지 아들인 무진(武震)은 온몸에 치명상을 입고서도 버티었다 한다. 쓰러진 며늘애는 제 남은 목숨을 모두 걸고서 진법을 그려 진혁을 보호했다. 손자는 어미의 시신과 혈인(血人)이 된 아비가 마지막 순간까지도 쓰러지지 않는 모습을 고스란히 보고 있었다고 하니, 어찌 바른 정신을 지킬 수가 있겠는가. 제 아비와 어미의 피를 뒤집어쓰고 피눈물을 흘리고 있는 손자의 모습은 죽어 저승 강을 건널지라도 잊을 수 없을 것이다.

"혁아! 서문 숙부니라! 모르겠느냐?"

간절한 부름에도 진혁이라 불린 소동은 반응을 보이지 않았다. 진혁을 어루만지며 서문인창은 한탄했다.

불쌍한 것! 가엾은 것! 네 앞날의 운명이 너무나 모질고 험하구나. 저들은 더욱 집요하게 너를 노릴 터. 백부님이 아직은 정정하시다 하나 그래도 연치가 있으시니……. 그저 네가 장성할 때까지만이라도 천수

11

를 허락받아 든든한 기둥으로 남아주십사 하늘에 기원할 수밖에 없구나. 숙부라 불리면서도 위태로운 널 지켜보는 것 외에는 아무것도 할 수가 없다니.

"영민하고 강한 아이이니 제 스스로 떨쳐 이겨낼 겁니다. 백부님과 무진의 피를 받은 아이입니다. 이대로 주저앉기에는 몸속에 흐르는 피가 가만있지 않을 것입니다."

그것은 무조건적인 믿음이었다. 철혈(鐵血)과 냉혈(冷血)이 흐른다는 대야성(大野城)의 무적천가(無敵天家)에 대한 믿음이었다.

굳게 입을 다문 천제영도 고개를 한 번 끄덕였다. 가문의 핏속에 도도히 흐르는 불패(不敗)와 불굴(不屈)의 의지. 그것은 한 번도 패하지 않고 굴복하지 않는다는 것이 아니었다. 수만의 패배를 당하더라도 다시 일어나 도전해 마침내 승리를 쟁취한다는, 수십만 번 무너져도 굴복하지 않고 끝끝내 극복해 이겨낸다는 의미가 담겨 있었다. 그리하여 이룩해낸 것이 지금의 무적천가였다.

굳건한 믿음이 오가는 침묵 위로 문밖에서 낭랑한 음성이 날아들었다.

"상공, 소첩입니다."

"들어오시오."

안으로 들어오는 악소군은 잠자리에서 일어나 서둘러 몸단장을 한 탓에 단출한 차림새였다. 장신구나 화장도 없이 깨끗한 민낯에 머리도 올리지 못하고 뒤에서 하나로 묶어 늘어뜨렸다. 그녀는 강보에 감싸인 아기를 안고 있었다.

"그 아이냐?"

"네, 백부님. 제 딸입니다. 백부님의 조카손녀이지요."

천제영의 눈길이 비단 강보에 감싸여 있는 아기에게로 향했다. 이 아이의 얼굴을 보는 것이 이번 원행(遠行)의 주요한 목적 중 하나였다. 30여 년 만에 태어난 지기의 후손이었다.

허, 운학(雲鶴). 이제는 자네 편히 눈을 감겠구만. 비록 여아이기는 하나 비선곡의 후계가 태어났으니 참으로 다행이지 않은가. 사람의 일이란 것이 한 치 앞도 알 수가 없는 것이라더니, 내가 아들과 며느리를 잃으니 자네는 손녀를 얻는구만. 기뻐도 크게 웃지 말고, 슬퍼도 소리 높여 울지 말라더니…….

천제영은 손을 내밀었다. 공손한 걸음걸이로 다가온 악소군이 안고 있던 강보를 조심스럽게 넘겼다. 진홍 비단으로 만든 포에 금사로 목숨 수(壽)와 복 복(福)자가 수놓여 있었다. 한 땀 한 땀 놓인 바늘자리에 아기의 앞날을 기원하는 모정이 박혀 있었다.

단잠에 빠진 아기가 꽃잎처럼 붉은 입술을 앙증맞게 오물거렸다. 상아처럼 깨끗하고 반듯한 이마에 풍성하고 긴 검은 속눈썹이 높은 콧대 위에 그림자를 만들었다. 진주처럼 윤나는 흰 살결에 오밀조밀하게 그려진 눈, 코, 입이 자라면 뭇 사내들의 마음을 쥐고 흔들 대단한 미녀가 될 듯했다.

"허허. 이 아이가 자라 중원 유람이라도 나갔다간 비선곡의 문턱이 닳아 남아나질 않겠구만. 여기저기서 며느리로 달라 청을 할 테니 창이 너도 고생 좀 하겠구나. 그래, 이름은 지었느냐?"

"은설(誾雪)이라 지었습니다."

"서문은설……. 좋구나. 잘 지었어."

어감도 부드러웠지만, 이름에서 느껴지는 다감한 온기가 더 좋았다. 차가운 눈, 설(雪)자가 들어갔는데도, 앞자의 영향 탓인지 온기가 담겨 있어 부르는 이도, 불리는 이도 모두 잠시 온유한 기운을 느끼게 했다.

그러나 아기에게 관심이 쏠린 어른들은 미처 알아차리지 못했다. 천제영의 곁에 바짝 붙어 있던 진혁의 눈꺼풀이 미미하게 떨리는 것을.

혈향이 점점 옅어지고 있어.

정수리에서부터 발끝까지 미세한 틈까지 꽉꽉 들어차 지워지지 않던 피비린내가 서서히 빠져나가자 망막에 새겨지듯 각인되어 있던 핏빛 영상도 조금씩 희미해지기 시작했다.

적들에게 사로잡힌 모친이 끝끝내 쓰러져 마지막 숨을 넘기기 전, 자신을 보호하기 위해 남은 힘을 끌어 모아 펼친 진 안에서 그는 하나도 빠트리지 않고 보았다. 부친의 뒤편에서 검을 내지르던 배덕자들. 모친을 포기하고 진 안에 있는 그를 지키기 위해 앞을 막아선 부친에게서 흘러내리던 피를 기억했다. 그의 발끝을 적시던 모친의 더운 피도 잊을 수 없었다. 무수한 공격을 받으면서도 끝끝내 그의 앞을 지켜낸 부친의 뒷모습. 거대한 거목처럼 버티어 서서 마지막까지 무릎도 굽히지 않으셨다. 부친에게서 뿌려지던 피 세례가 지금도 그의 전신을 뒤덮고 있었다. 쇳내가 섞여 있는 피비린내.

그렇게 기승을 부리던 혈향이 천적을 만난 듯 밀려나고 있었다.

이 향기는 뭐지?

피비린내가 옅어지며 청아한 향기가 났다. 백목단처럼 순결하고 백설처럼 깨끗하며 빙극처럼 차가운 향이 그의 정신과 몸을 일깨웠다.

아! 기분이 좋아! 정말 좋은 향이다.

벗어날 수 없었던 핏빛 수렁에서 마침내 빠져나온 진혁의 작은 몸이 잘게 요동쳤다. 생기를 잃고 흐릿하던 동공이 맑은 빛을 되찾더니 한 줄기 눈물을 흘렸다.

"진혁아!"

목석처럼 굳어 있던 손자가 석 달 만에 처음으로 보이는 반응이다. 천제영은 머리를 낮춰 손자와 시선을 마주쳤다. 멍하니 죽어 있던 눈동자에 작은 불티들이 되살아나고 있었다. 아무리 해도 찾을 수 없던 생기가 희미하게 일렁거리기 시작했다.

"이 녀석! 할아비를 알아보겠느냐! 내가 누군지 알겠어?"

"……향기가…….."

"뭐? 뭐라고 한 것이냐?"

"……향기가 있어요."

바짝 말라붙어 있던 입술이 달싹이며 간신히 한 문장의 말을 토해냈다.

"향기라니?"

점점 빛이 살아나는 진혁의 눈빛을 따라가다가 천제영은 흠칫 놀랐다. 오랫동안 음식을 섭취하지 못한 진혁의 가늘고 마른 팔이 그의 가슴 안쪽을 향해 뻗었다. 힘이 들어가지 않아 부들부들 떠는 작은 손에 어른들의 시선이 쏠렸다.

15

진혁은 본능적으로 향기를 좇았다. 기뻐하는 할아버지의 모습도 뒤로한 채 자신을 구원해준 향기부터 찾았다. 작은 손은 천제영이 안고 있는 강보로 향했다. 진혁은 단단히 갈무리되어 있는 강보의 귀퉁이를 잡아챘다.

향기는 이 안에 있다. 지남철처럼 저절로 몸이 움직였다. 가까이 갈수록 청량한 향이 점점 짙어져 남아 있던 악몽의 찌꺼기들을 말끔히 지워냈다.

"……아기?"

진혁은 강보에 싸인 아기를 보았다. 그를 깨운 향기의 근원지는 새근새근 자고 있는 아기였다.

강보를 뒤적이는 난폭한 손길 탓일까, 진혁이 아기를 확인하는 순간, 잠자던 아기가 눈을 떴다. 흑진주처럼 까만 눈동자에 진혁의 얼굴이 맺혔다. 진혁은 아기에게서 풍기던 향기가 몇 배로 강해지는 것을 느꼈다.

"너…… 누구……?"

"은설이다! 서문은설!"

천제영이 손자의 물음에 소리치듯 답했다.

"……은설? ……은설."

진혁은 이름을 중얼거리며 은설에게서 눈을 떼지 못했다. 진혁의 심상치 않은 움직임을 말없이 주시하고 있던 서문인창이 조심스럽게 물었다.

"혁아, 향이 난다는 말이 무엇이냐?"

"……은설에게 향이 있어요."

서문인창은 강보에 싸인 딸아이를 보았다. 다시 잠기운이 몰려오는 듯 커다란 눈망울이 몇 번 깜박거리더니 스륵 감겨들고 있었다.

향이 있다? 그게 무슨 뜻이란 말인가? 아무런 향도 나지 않는 것을. 혹 실내에 향이 나는 물건이 있나 주변을 둘러보았지만 그런 것은 눈에 띄지 않았다. 설사 그렇다 하더라도 어찌 진혁만이 맡을 수 있단 말인가.

– 은설의 목욕물에 향을 섞었소?

– 아니요, 가군. 이제 한 달밖에 되지 않은 아기에게 향물을 사용할 리가 없지 않습니까?

악소군도 당황스럽기는 마찬가지였다. 저녁나절 은설을 직접 씻긴 그녀는 어리둥절하면서도 딸아이에게 문제가 있는 것은 아닌지 걱정스러웠다.

– 백부님?

– 나도 맡지 못했다.

세 사람은 의문스러운 눈길로 은설을 보고 있는 진혁을 쳐다보았다.

그들이 어찌 알았으랴. 그 향기가 은설의 영혼이 간직하고 있는 인연의 끈이라는 것을. 하늘이 만들어놓은 두 아이의 운명의 시발점이라는 것을 모르는 그들은 그저 이해할 수 없는 일에 불안과 걱정을 담고 지켜볼 수밖에 없었다.

혼몽에서 깨어난 진혁은 일각 정도 버티다 혼절하듯 잠이 들었다. 그동안 제대로 먹지도, 자지도 않은 몸이 깨어나자 필요한 휴식을 취하기 위해 스스로 움직인 것이다. 진혁은 고꾸라지듯 눈을 감으면서도 끝끝내 은설에게서 눈을 떼지 않았다. 마치 생명줄인 양 자신의 손의 반도 안 되는 은설의 손을 꽉 움켜잡은 채 잠에 빠졌다.

악소군이 잠이 든 두 아이를 데리고 잠자리를 봐주러 나가자, 객청에는 천제영과 서문인창만이 남았다. 두 사람의 얼굴에 짙은 의혹이 감돌았다.

"혁이의 말이 무슨 뜻인 것 같으냐?"

"모르겠습니다."

"혁이의 정신을 깨운 것은 네 딸인 은설이가 분명하다. 그렇지 않느냐?"

"……네, 백부님."

서문인창은 떨떠름한 어조로 대답했다. 두 아이 사이에 대체 무슨 일이 벌어진 것이란 말인가. 바로 눈앞에서 지켜보고 있었음에도 눈 뜬 장님처럼 아무것도 알 수가 없어 답답했다. 어렵게 얻은 딸과 연관되어 있어 더 초조하고 근심스러웠다.

"향이 있다라? 풍문에 사람의 살결에서 향이 나는 이도 있다는 말을 듣기는 했다만……."

"은설은 아무 향도 나지 않습니다. 백부님도 안아보지 않으셨습니까?"

그러니 더 이상한 일이었다.

"그럼 진혁이만이 향을 맡을 수 있다는 말이냐?"

흥미롭다는 어조였다. 가슴을 짓누르던 큰 시름 하나를 덜어 천제영의 안색과 음성은 객청에 들어설 때보다 한결 밝아졌다.

"심신이 지친 진혁의 착각일 수도 있습니다."

"그럴 수도 있겠지."

그러나 왠지 그럴 것 같지는 않았다. 그가 익히 알고 있는 손자의 천성대로라면 차라리 죽여달라고 하면 했지, 그런 있지도 않은 소리를 가장해 깨어나지는 않았을 터. 중요한 것은 진혁에게 미치는 은설의 영향이었다.

"항상 머무시던 유운각(流雲閣)을 정리해두었습니다. 진혁이도 편히 잠이 들었으니 백부님도 좀 쉬시지요."

벌써 자정이 지난 지 한참이었다. 서문인창은 늦은 시각을 지적하며 논의는 다음으로 미루길 권했다. 아무것도 아닌 양 말을 하긴 했으나 그것은 빈말일 뿐, 치기 어린 아이의 말로 넘기기엔 진혁의 반응이 예사롭지 않았다.

곰곰이 생각에 잠겨 있던 천제영이 의자의 손잡이를 손바닥으로 툭툭 두드렸다.

"창아."

"예, 백부님."

천제영은 이름만 불러놓고 한참 동안 서문인창을 지그시 바라보기만 했다. 부름에 재깍 답한 서문인창도 다른 말 없이 묵묵히 기다렸다. 심지가 타들어갈수록 침묵의 무게가 무거워졌다.

"창아, 네 딸, 은설이를 진혁이에게 다오."

"배, 백부님!"

"내 손자라 하는 말은 아니다만, 진혁이라면 장차 그 누구보다 뛰어 나면 뛰어났지 뒤떨어지는 일은 없을 터, 두 아이 사이에 무엇이 있는 지 정확히 알 수는 없지만 특별한 교감이 오가고 있는 것만은 틀림없어 보이니, 이참에 두 아이를 이어주는 것이 좋지 않을까 하는구나."

진혁의 혼몽을 깨운 아이였다. 게다가 죽은 지기의 손녀이기까지 하 니 금상첨화였다.

"백부님! 은설이는 태어난 지 이제 막 한 달이 된 갓난쟁이입니다. 진 혁이와의 장래를 논하기에는 너무 이릅니다."

"태중 혼약도 있거늘, 한 달이야 무슨 문젤까. 그러고 보니 네 부친과 오래전에 그런 말을 나누었었지. 내 자식과 그이의 자식 중 하나를 골 라 서로 엮어주자고. 술자리에서 나온 이야기였으나 흔쾌히 그리하자 했더니라. 설마 나도, 네 아비도 아들만 하나씩 생길 줄이야. 네 아비가 두고두고 아쉬워했었지."

"그건 오래전에 지나간 이야기이지 않습니까!"

물론 서문인창도 기억하고 있었다. 두 분은 술자리만 가지면 그와 무 진을 앉혀두고 한탄을 하곤 했었다. 시커먼 사내 녀석만 둘이라 아쉽게 되었노라 혀를 끌끌 차셨다.

"아들이 못 한 것을 손자와 손녀가 이룬다면 네 선친도 좋아할 것이 다."

그러나 그는 돌아가신 부친이 아니었다. 하물며 혼례 후 간신히 얻은 딸아이가 아니던가. 데릴사위를 얻어도 허락할까 싶은데 며느리로 내어주어야 할 자리라니.

선뜻 내켜하지 않을 줄은 알았지만, 새파랗게 굳은 서문인창의 얼굴을 보니 예상보다 더 반발이 클 듯했다. 천제영은 손잡이를 한 번 쓸어내린 후 의자에서 일어나 천천히 옆으로 돌아 나왔다. 뒷짐을 지고 천천히 걸음을 옮기며 차분한 어조로 물었다.

"네가 반대하는 이유가 은설의 어린 나이 하나뿐인 것이냐?"

의자의 뒤편에 선 그는 서문인창의 얼굴을 정면으로 마주 보았다.

"아닙니다."

서문인창도 지지 않고 쏘아보는 시선을 맞받아쳤다.

"그럼, 진혁이의 기량이 모자라더냐?"

"아닙니다."

"진혁이의 품성이 부족하더냐?"

"그 또한 아닙니다."

"허면, 진혁이가 앉을 자리가 마음에 들지 않는 게로구나."

처음부터 알고 있었다. 인창이 반대하는 이유라면 그 하나일 것이라고.

"은설이가 함께하기에는 너무 어려운 자리입니다! 무림을 일통하다시피 한 대야성의 안주인 자리라니요!"

"네 딸의 기량으로 감당하지 못할 것이라 여기느냐?"

서문인창은 대답하지 않았다. 천제영이 냉정한 눈길로 바라보다 피식 웃음을 지었다.

"은설의 기량이 문제가 아니지. 설사 그 아이가 감당할 수 있다 해도 넌 반대할 심사이지 않더냐.”

침묵하고 있던 서문인창은 입을 더욱 굳게 다물었다. 그것만으로도 충분한 답이 되었다. 아무리 찬란한 부귀영화가 가득하더라도 평생토록 백척간두에 서 있는 것처럼 위태로운 자리인 것을 알면서 어찌 덥석 받아들일 수 있겠는가. 드높은 명예도, 호화로운 부귀도 바라지 않았다. 그가 딸아이의 앞날에 바라는 것은 평온한 삶이었다.

“은설이만이 아니라 진혁이도 생각해주면 안 되겠느냐? 그 아이, 네 조카이니라. 부모를 잃은 지 얼마 되지 않은 가엾은 아이다. 늙은 나마저 가고 나면 의지할 데라고는 너뿐인 아이니라.”

“백부님.”

“네가 무얼 걱정하고 있는지 나 또한 모르지는 않는다. 허나 네 말마따나 진혁이의 몸에 무적천가의 피가 흐르는 이상 쟁투(爭鬪)는 피할 수 없는 천명(天命)일진저, 고독한 그 아이에게 마음 편히 쉴 수 있는 장소가 하나쯤은 있어야 하지 않겠느냐?”

서문인창의 얼굴이 괴로움으로 일그러졌다. 어렵게 얻은 자식을 위한다는 생각에 맹약을 나눈 지기인 무진을 외면하려 했다. 죄책감과 못난 이기심이 양심과 뒤엉켜 뿌옇게 혼탁해졌다.

천하를 호령할 듯 호협하던 무진의 얼굴. 서문인창은 어른거리는 형상을 차마 마주 볼 수 없어 눈을 질끈 감았다. 그러나 외면하려고 하면 할수록 무진의 얼굴은 더 또렷해졌다. 그 얼굴이 그를 질책하고 있었다. 말없이 비난 어린 눈빛으로 바라보고 있었다. 자신의 어린 자식을 외면하느냐 책망하고 있었다.

후우.

서문인창은 어지러운 심사를 덜어내듯 긴 숨을 내쉬었다. 답답하고 무거운 고민거리들이 담겨 바닥을 쓸었다. 은설과 진혁이 각각의 접시에 담겨 저울질을 당했다. 은설에게로 기울어 있던 저울추가 그의 양심에 의해 점점 올라와 이제는 팽팽하게 균형을 이루었다. 둘 다 소중했다. 어느 쪽도 포기할 수 없는 존재였다. 세상 사람들이 모두 욕심쟁이라고 비난하더라도 그는 진정 두 존재 모두 지키고 싶었다. 딸을 둔 부정도, 지기를 위하는 우정도 진심이었기에.

곁에서 고민을 부채질한 천제영은 한동안 뜸을 들이듯 서문인창을 내버려두었다. 그의 성격상 어느 쪽도 쉬 버리지 못할 것을 알기에 마음껏 생각할 시간을 주었다.

"지금 당장 결정하기 어렵다면 시간을 좀 두는 것이 어떠냐?"

"네?"

"네 말대로 두 아이 다 아직 어리지 않느냐. 지금 당장은 은설이 덕분에 정신이 깨어난 탓에 진혁의 관심이 가 있지만, 시간이 지나면 어찌 될지 모르는 일이지. 어린 시절의 짧은 관심으로 끝날 수도 있고. 그리된다면 지금의 대화야 가벼운 농담으로 지워버리면 될 터."

"하지만 그때에도 진혁이의 관심이 은설에게 있다면 어찌해야 할는지요?"

"그렇다면 지금 당장 결론을 내놓겠느냐?"

그야말로 진퇴양난, 서문인창에게는 달리 선택할 수 있는 것이 없다. 잠시의 유예라도 달갑게 받아들이는 수밖에는.

"10년 정도 후면 어느 쪽으로든 결론이 나겠지. 진혁이도 그렇고 너도 그렇고."

10년의 유예인가. 그사이 진혁의 관심이 다른 곳으로 향하길 빌어야겠군. 기실 10년이라면 가능할지도 모른다. 지금 진혁의 나이가 일곱이니 10년 뒤면 열일곱. 한창때의 혈기왕성한 나이이니 또래의 이성에게 관심을 보일 터. 어릴 때 본 갓난쟁이는 기억도 하지 못할 것이다.

그렇게 서문인창은 억지로 십년지약(十年之約)을 받아들였다.

一章

발화(發火)

나풀거리는 치맛자락 사이로 앙증맞은 비단신이 살짝살짝 드러났다. 기분 좋은 바람을 맞아 내딛는 발걸음이 나는 듯 가벼웠다. 사람이 드나들어 평평하게 다져졌다지만, 비탈진 산길은 어린아이가 한달음에 달음박질치기에는 무리가 있어 발갛게 상기된 얼굴에 땀방울이 송골송골 맺혔다. 산꼭대기에서 내려온 시원한 바람이 뺨을 스치고 지나가며 달아오른 열기를 기분 좋게 식혀주었다.

기분 좋아!

헉헉거리며 가쁜 숨을 토해내던 입술이 옆으로 살짝 당겨져 예쁜 미소를 지었다. 작은 주먹을 야무지게 쥐고서 얼마 남지 않은 목적지를 향해 힘껏 뛰었다. 옆으로 종종 땋아 동그랗게 말아 고정한 분홍색 비단 끈이 달랑거리며 귓가를 건드렸다.

"헉! 헉! 아! 난다, 나! 역시 오늘이구나!"

아직 도착하지 않았는데도 앞에서부터 향긋한 향기가 풍겨왔다. 진한 향내가 융단처럼 앞길에 깔려 있었다. 한 걸음 한 걸음 옮길 때마다 향낭을 터트리는 듯 공기 가득 향내가 풀썩거렸다.

잠깐 멈춰 선 은설은 눈을 감고 어깨를 들썩이며 심호흡을 했다. 달콤한 향내가 몸속으로 밀려들어왔다. 달면서도 독하지 않고 무겁지도 않아. 깊이 들이마셔도 몸에 무리가 가지 않으니 절로 탄성이 나왔다.

"향 좋다."

은설이 은방울처럼 맑은 소리로 꺄르르 웃었다. 부모님 몰래 빠져나왔지만 애써 고생한 보람이 있었다. 은설은 다시 앞으로 나아갔다. 이번에는 뛰지 않고 천천히 걸어갔다. 한 걸음씩 발을 옮길수록 향도 짙어졌다. 옆으로 꺾어드는 길을 돌아서자 좁았던 길이 넓어지며 보이지 않던 골짜기가 제 속살을 내보였다.

"우아! 예쁘다!"

희고 노란 물결이 바람결에 살랑살랑 춤추자 덩달아 향기도 파도처럼 넘실거렸다. 계곡을 빽빽이 메운 것은 금목서(金木犀)와 은목서(銀木犀) 군락이었다. 나뭇가지마다 활짝 핀 작은 꽃송이들이 무겁게 주렁주렁 매달려 있었다.

은설은 꽃봉오리들이 맺히는 것을 보자마자 언제 만개할지 초조하게 기다리고 있었다. 때를 맞춰 한꺼번에 꽃망울을 터트리는 것이 그야말로 가을에 맞을 수 있는 큰 기쁨 중 하나였기 때문이다. 그것은 은설이 2년 전 처음 이곳에 발을 디뎠을 때부터 시작된 혼자만의 축제였다.

높다란 나뭇가지에 달린 꽃송이는 손이 닿지 않아 고개를 뒤로 젖혀 올려다보아야 했다. 촘촘히 뻗어나간 가지들이 서로 뒤엉켜 장막처럼 하늘을 가려, 바람에 흔들리는 사이로 언뜻언뜻 창공이 삐죽 모습을 내

보이다 사라지길 반복했다. 그 사이로 비치는 햇살에 눈이 부셔 은설은 손을 들어 가렸다.

"흥, 흐응, 흐으잉!"

기분 좋은 콧노래를 부르며 종종걸음으로 커다란 나무들 사이로 나아간 은설은 금목서와 은목서 군락의 중앙에 터줏대감처럼 자리해 있는 커다란 나무 앞에 섰다. 수령이 얼마나 되는지 짐작도 가지 않을 만큼 오래된 나무였다. 무성한 꽃잎을 매달고 있는 몸체가 어린 은설의 몸을 세 개를 붙여놓은 것보다 더 굵었다. 피어난 꽃송이들도 제일 예쁘고 향도 진했다. 그야말로 이 계곡을 지키는 수호령이었다.

작은 손바닥이 도장을 찍듯 나무 표면을 두드렸다. 서늘한 감촉이 기분 좋았다. 한 바퀴를 빙 도는 데만도 시간이 한참 걸렸다. 처음 출발했던 장소에 멈춰 선 은설은 우람한 나무를 노려보듯 올려다보았다. 무언가를 가늠해보듯 커다란 눈을 가늘게 뜨며 이리저리 재어보았다.

'이번에는 기필코!'

자신의 다짐을 새기듯 귀여운 입술을 야무지게 꼭 다물었다. 나무에 매미처럼 찰싹 달라붙은 은설은 머리 위를 향해 있는 힘껏 손을 뻗었다. 그러나 목적했던 높이까지는 턱없이 부족했다. 발뒤꿈치를 들어 나무에 코를 박을 듯 최대한 몸을 앞으로 내밀었다. 그래도 아직 한참이나 모자랐다.

"아이 참!"

생각대로 일이 풀리지 않자 은설은 작은 발을 동동 굴렀다. 가는 눈썹을 찡그리며 제일 아래에 있는 나뭇가지를 쏘아보았다. 가지에 탐스럽게 달려 있는 꽃송이들이 그녀를 보며 살랑살랑 약을 올리고 있었다. 아직은 네 손에 떨어질 차례가 아니라 으스대고 있었다. 제자리에서 높이뛰기를 하듯 몇 번 몸을 폴짝폴짝 날려봤지만 보드라운 꽃잎을 스치지도 못했다. 오기가 솟았다. 언제나처럼 포기하고 다음 해를 기약하기에는 저 꽃가지가 너무너무 탐스러웠다.

좋아! 네가 이기나, 내가 이기나 해보자고!

은설은 주변을 두리번거리며 넓적하고 두툼한 돌멩이를 찾았다. 낑낑거리며 돌멩이를 날라 나무 앞에 탑처럼 하나씩 쌓아 올렸다. 금방이라도 쓰러질 듯 삐뚤삐뚤한 돌탑이 완성되었다.

은설은 자신의 작품을 만족스럽게 바라보았다. 이제는 직접 몸으로 시험해볼 차례가 되었다.

손으로 나무를 잡고 한 발을 돌탑에 조심스럽게 올렸다. 처음에는 균형을 잡지 못해 이리저리 흔들거려 나무를 두 손으로 움켜잡아야 했다.

됐다!

은설은 속으로 외치며 조심스럽게 손을 뻗었다. 닿지 않던 나뭇가지가 아슬아슬하게 손끝에 닿았다.

조금만! 조금만 더!

간신히 무게를 지탱하고 있던 돌탑이 은설의 깨금발을 견디지 못하고 한순간 우르르 무너져버렸다.

"악!"

발밑이 허전해지며 뒤로 넘어간 은설은 두 눈을 질끈 감으며 엉덩방아에 대비해 본능적으로 몸을 웅크렸다. 그러나 땅바닥에 내동댕이쳐져 느껴야 할 아픔이 느껴지지 않았다.

"괜찮으냐?"

머리 위에서 들려오는 낯선 음성에 은설은 감은 눈을 번쩍 떴다.

멀리 떨어져 있음에도 한눈에 알 수 있었다. 어디를 그리 급하게 가
는지 자그마한 몸을 다람쥐처럼 놀리고 있는 인영. 얼음처럼 차가운 진
혁의 얼굴에 가는 미소가 그려졌다. 머릿속으로 몇 번이나 상상하고 상
상했었다. 그때의 갓난아기는 어떻게 자랐을까 하고. 그때의 감향(感響)
은 어린 날의 착각이 만들어낸 것이 아닐까 의구심이 들었다. 너무나
절망적이었던 때라 무엇이든 잡을 수 있는 핑계를 대려고 했던 것은 아
닐까. 자신의 나약함을 가리기 위한 변명거리로 그 아이를 내민 것은
아닌지……. 그러나 아이를 보는 순간 그동안의 의심과 의구심이 우스
울 정도로 한순간에 증발해버렸다.

이리 거리를 두고서도 맡을 수 있는 선연한 향기라니!

그의 착각도, 변명거리도 아니었다. 산자락을 치마폭에 감싸 안은 듯
한 짙은 목서향 속에서도 묻히지 않고 제 존재를 또렷하게 드러내고 있
는 청량한 향이 나무 그늘 사이에 숨어 있는 그에게까지 전해졌다. 향
의 청신함만으로도 아이가 얼마나 맑게 자랐는지 알 수 있었다.

거목 앞에서 한껏 고개를 젖히는 아이가 뒤로 넘어지지는 않을까 걱
정스레 쳐다보았다. 아이의 애타는 눈길이 닿아 있는 꽃가지를 그도 바
라보며 몰래 떨어뜨려줘야 하나 고민했다. 그러나 방법을 강구하는 아
이의 표정이 너무 깜찍해 나서려는 마음을 접었다. 반달처럼 하얀 이마

를 절구공이처럼 나무에 콩콩 찧더니 발간 입술을 오리처럼 툭 내밀며 삐죽거렸다. 빨갛게 불거진 이마의 상처에 속이 상하다 도톰하니 내밀어진 작은 입술에 눈이 홀렸다. 아직 덜 여물어 풋내가 나지만 금세 농익어 여러 사내의 눈길을 끌리라. 불현듯 드는 상상에 진혁의 얼굴이 사느래졌다. 귀한 꽃이니 탐하는 자들도 많을 터. 미리 제 손 아래 이식해 고이고이 키워야 마음이 놓일 듯했다.

"이이!"

그 잠깐 사이에 아이는 자신의 발아래에 돌탑을 괴어 디딤대로 만들어서 잔뜩 용을 쓰고 있었다.

저, 저런!

보기에도 어설픈 것이 제대로 힘을 받쳐주기는커녕 형태를 유지할 수도 없을 정도였다. 아니나 다를까, 그의 염려대로 돌탑이 한순간 균형을 잃고 우르르 무너져 내렸다. 진혁은 무의식중에 몸을 날렸다. 내동댕이쳐진 작은 몸이 품 안으로 굴러 들어왔다. 두 팔에 안전하게 받아낸 것을 확인한 진혁은 안도했다. 자신의 반응이 늦어 아이가 다치기라도 했더라면…….

가슴팍에 달라붙어 있는 작은 머리통을 내려다보았다. 햇살이 닿은 정수리가 빛이 산란하는 호숫가의 수면처럼 매끈매끈한 은빛으로 빛났다.

"괜찮으냐?"

아래로 푹 숙이고 있던 머리통이 굴에서 나오는 두더지처럼 조심스럽게 움찔거렸다. 천천히 고개를 든 은설의 맑은 눈동자가 진혁의 무심한 눈빛과 마주쳤다. 은설의 눈이 휘둥그레졌다.

"도와주셔서 감사합니다."

작은 금조(金鳥)가 귓전에서 지지배배 지저귀는 듯했다.

공손한 말로 예의를 다하면서도 낯선 사람에게 안겨 있는 것이 신경 쓰이는 듯 자꾸 꼬물거리며 그에게서 벗어나려고 했다. 진혁은 은설을 땅에 내려놓았다.

은설은 땅에 발이 닿자마자 냉큼 한 걸음 물러났다. 부모님에게서 항상 낯선 사람을 조심해야 한다고 주의를 들었기 때문이다. 낯선 자를 보면 가까이 다가가지도 말고 냉큼 뒤돌아서 집으로 오라는 말을 귀가 아프도록 들었다. 그러나 은설은 뒤로 물러서기는 했지만 냉큼 집으로 달아나지는 않았다. 비선곡의 사람이 아닌 자를 보는 것은 이번이 처음이라 호기심 가득한 눈으로 연신 진혁을 살펴보았다.

"이곳은 외부인이 허락도 없이 드나들어서는 안 되는 곳인데, 어찌 오셨습니까?"

커다란 눈동자가 이리저리 땡글땡글 굴러가는 것이, 작은 머리통으로 뭘 생각하는지 훤히 보였다.

진혁은 앞으로 나가려는 양손을 억지로 허벅지에 붙들어놓았다. 조심스럽게 내보이는 호기심을 경계심을 높여 망가트릴 필요가 무엇이랴. 비록 햇살에 빛살처럼 일렁이는 매끄러운 머릿결의 감촉이 궁금하기는 했지만.

"이곳의 주인에게서 출입해도 좋다는 허락을 예전에 받아둔 적이 있다."

"그럼, 곡을 찾아오신 손님이세요?"

이곳의 주인이라면 아버지인데……. 손님을 맞아야 한다 알리러 지금이라도 달려가야 하나?

진혁이 고개를 저었다.

"지나다 생각이 나 확인 겸 잠시 들렀을 뿐이다."

"확인이요?"

"그래."

지난날의 감정이 자신의 망상은 아니었는지 확인했고, 그 결과 또한 명확히 확인했다. 잠시의 망설임이 어리석은 짓이라는 걸. 너를 보는 순간 모든 것이 명료해졌다.

은설은 빽빽이 주변을 에워싸고 있는 금목서와 은목서 나무들을 둘러보았다. 여기에 확인할 뭔가가 있나? 아무리 훑어봐도 수령이 많은 나무 군락일 뿐인데.

"어느 가지를 가지고 싶으냐? 원하는 것을 꺾어줄 테니 말해보아라."

진혁이 은설이 매달려 낑낑거리던 나무를 올려다보며 말했다.

"괜찮습니다. 신경 쓰지 마십시오."

"괜찮다?"

"네."

은설이 단음절로 강하게 거절했다.

"어째서? 엉덩방아를 찧을 정도로 가지고 싶으면서 왜 포기하려 드느냐?"

"다른 사람의 도움으로 꺾을 생각이었다면, 벌써 예전에 사람을 불러 그리했을 겁니다. 올해는 아주 조금 모자랐으니, 내년에는 필히 딸 수 있을 테니 그때까지 기다리렵니다."

"자신이 따지 않으면 의미가 없다?"

"네."

진혁은 조용한 얼굴로 똑 부러지게 답하는 은설을 바라보았다. 흐드러지게 핀 꽃가지를 미련이 남은 눈으로 쳐다보다 '내년에는 기필코.'라는 다짐이라도 하듯 눈에 힘을 주는 것도 보았다.

어여쁜 겉모양새만큼이나 바르게 자랐다. 정말이지 그의 상상을 가뿐히 넘어설 정도라 절로 흡족한 미소가 나올 지경이다. 쉬이 부러지지 않는 강단 있는 성정은 큰살림을 맡아 꾸려나갈 자리에 꼭 필요한 자질이었다.

허나, 오랜만의 재회인데 이리 아쉽게 보낼 수야 없지.

속상한 마음을 애써 달래는 은설과 꽃가지를 번갈아 본 진혁이 양손으로 은설의 허리를 덥석 잡아 올렸다.

"꺅!"

느닷없이 위로 끌려 올라간 은설이 놀라 발을 버둥거렸다. 그제야 열 살인 제 또래 계집아이처럼 보였다. 널름 들린 분홍 치맛자락 아래로 조막만 한 붉은 비단신이 곶감처럼 대롱거렸다.

"히잉! 무, 무슨……?"

허리춤을 갈고리처럼 단단히 잡고 있는 손을 떼어내려는 은설의 코앞으로 강한 목서향이 들이밀어졌다. 놀라 고개를 돌리니 눈앞에 자신이 가지려 애쓰던 꽃가지가 들어왔다.

"이게?"

"방법이야 어찌 되었든 제 손으로 꺾으면 되는 일. 무엇하느냐? 어서 꺾지 않고."

그게 그런가? 그런 뜻이 아니었던 것 같은데? 얼떨떨한 심정에 손을 놓고 있자 진혁이 조용한 어조로 재촉했다.

"계속 꾸물거리면 마음이 없다 여겨 그만 내려놓을 것이다."

"아!"

진혁의 협박에 멍한 정신을 깨운 은설이 재게 손을 놀렸다. 금방 봉오리를 틔워 살짝 벌어진 꽃송이들이 제일 많이 달린 가지를 찾아 조심스럽게 힘을 주어 꺾었다. 제 팔 길이만 한 꽃가지를 손에 넣고 윗니가 보일 정도로 환한 웃음을 지었다. 수확물을 감상하느라 언제 자신의 발이 땅에 닿았는지도 알지 못했다.

"좋으냐?"

진혁의 물음에 그제야 은설은 잊고 있던 감사 인사가 생각났다.

"네! 정말 감사합니다! 올해도 이리 넘기나 싶었는데, 이리 손에 들고 보니 정말 좋습니다."

"그럼 고마움의 표시로 무얼 주려느냐?"

"예?"

마냥 좋아라 하던 은설이 눈을 크게 뜨며 놀라 되물었다. 이리저리 돌려가며 보던 꽃가지의 꽃송이들이 떨어질 정도로 옆으로 휙 돌아갔다.

"허면, 수고를 한 내게는 아무것도 내어주지 않을 셈이냐?"

은설이 고개를 외로 꼬며 손가락으로 입술을 꾹 눌렀다. 이리저리 눈을 굴리는 것이 작은 머리통에서 뜨거운 김이 모락모락 올라오는 듯했다. 속으로 웃음이 나왔지만 진혁은 무심한 얼굴로 은설을 응시하기만 했다. 대가가 나올 때까지 기다리겠다는 것처럼.

"저어, 지금 제가 가진 것이 없는데……. 잠시만 기다려주시면 금방 집에 갔다 올 수 있습니다!"

"시간이 늦어 내가 이 이상 지체할 수가 없다."

은설이 울상을 지었다. 고마움을 표하지 않으면 간신히 얻은 꽃가지를 다시 줘야 하는 것은 아닌지. 진혁은 은설의 땋은 머리 타래로 손을 뻗었다 금방 거뒀다. 그의 손에 적홍색의 비단 띠가 들려 있었다.

"대가는 이것으로 하마. 다음에 만났을 때, 다른 성의를 표한다면 이걸 네게 돌려주마."

마지막 말이 끝나기도 전에 진혁의 신형이 사라졌다. 은설은 진혁을 찾아 사방을 두리번거렸지만, 남은 음성만이 메아리처럼 들려왔다.

― ……다음에 다시 보자.

서문인창은 집무실의 창가에 서서 추색(秋色)이 완연한 풍광을 바라보았다. 홍엽(紅葉)으로 옷을 갈아입은 산은 새파란 가을 하늘에 맞닿아 더욱 붉디붉었다. 저 청홍(靑紅)이 최고조에 다다르면 때를 알리듯 첫눈이 올 것이다. 자연의 섭리란 신기할 정도로 한 치의 어긋남도 없음이니.

"곡주님, 손님을 모셔왔습니다."

뒷짐을 지고 있던 서문인창이 손을 풀고 몸을 돌렸다.

"안으로 모시게."

그의 허락이 떨어지자 덜컹 문이 열렸다. 학사의를 입은 그와 비슷한 연배의 사내가 정중한 걸음새로 안으로 들어왔다. 책상을 앞에 두고 멈춘 사내는 허리를 깊숙이 숙였다.

"대야성의 내총관(內總管)을 맡고 있는 종리환(綜理換)이 비선곡의 곡주님을 뵙습니다."

"어서 오시오, 종리 총관. 중한 자리에 있는 이가 먼 길을 오시느라 힘이 드셨겠소."

"아닙니다. 성주님의 명을 수행할 수 있어 기쁜 마음으로 나선 걸음이었습니다. 덕분에 갑갑한 책상 위 서류들에서 벗어날 수 있어 좋았습니다."

종리환은 몸을 바로 세우며, 자신으로 인해 바쁜 자리를 비운 것은 아닌지 걱정하는 서문인창의 부담을 덜어주었다. 성주님의 밀명을 따르는 것이라 자신이 오게 된 것이 더할 나위 없이 기뻤다. 그만큼 성주님께서 자신을 신임하고 계시다는 말이니, 가신으로서는 영광이었다. 그리해 짧지 않은 거리였지만 고단한 줄을 몰랐다. 돌아가 엄청나게 쌓여 있는 서류 더미를 처리하려면 약을 한 사발 들이켜야 할지도 모르는데도 종리환의 얼굴은 즐겁기만 했다.

그에 반해 서문인창의 얼굴은 미미하게 굳어 있었다.

하아, 매번 대야성에서 사람이 올 때마다 혹 그 일은 아닐까 걱정하며 불안해 하니……. 차라리 그때 시기를 두지 말고 딱 잘라 거절했어야 했던 것을! 그것도 올해만 넘기면 되니, 내년부터는 마음 편히 백부님의 서간을 기다릴 수 있으려나. 약속했던 10년이 몇 개월 남지 않았다. 아직 말이 없으신 것을 보면 백부님도 우스갯소리로 넘기실 요량인 것이리라.

서문인창은 검은 수염을 쓸어내리며 물었다.

"백부님께서는 평안하시오?"

"예, 성주님께서는 무탈하십니다. 소성주님께서는 폐관수련에 들어가셨고요."

"폐관수련? 또 말이오? 분명 3년 전에도 폐관수련 중이라 들었거늘."

"네. 잡히는 것이 있다 하시며 연무동(研武洞)에 들어가셨지요. 잠시도 게으름을 피우는 분이 아니시니 곁에서 수발드는 이들이 몹시 힘겨워한답니다."

앓는 소리를 하면서도 종리환의 얼굴에는 흡족한 기색이 가득했다. 십여 년 전의 참사로 자칫 대야성의 후대가 흔들리는 것은 아닌가 가신들 모두가 걱정이었는데, 어린 소성주의 성장은 보는 이들의 걱정을 단숨에 날려버렸다.

서문인창이 고개를 끄덕였다. 10년 전 그날, 미망에서 깨어나 말문이 트인 후로는 진혁의 얼굴을 보지 못했다. 마치 일부러 발걸음을 딱 끊은 것처럼. 섭섭한 마음이 들다가도 스스로를 채찍질하는 진혁의 마음이 읽혀 안쓰럽기만 했다. 한 발 한 발 내딛는 것도 조심스러운 자리, 얼마나 괴롭고 힘들 것인가. 서문인창의 눈가가 가늘어졌다.

"진혁이 무리하지 않도록 종리 총관이 잘 살펴주시길 바라오. 열심인 것은 좋으나 과해서는 오히려 독일 터."

"예, 곡주님. 성주님과 소성주님을 보필하는 것은 저희들의 소임이니 걱정하지 마십시오."

"그래, 그건 그렇고 오늘은 어인 방문이시오? 백부님의 서한을 가지고 오신 것이오?"

종리환이 의미심장한 웃음을 지었다. 마치 깜짝 선물을 가지고 온 사람처럼. 제자리에서 옷매무새를 단정하게 정리한 그는 들어올 때부터 옆구리에 끼고 있던 네모난 함을 양손으로 받들어 내밀었다.

"이게 뭐요?"

"열어보시지요."

옥함(玉函)의 겉면에 새겨진 십장생이 금방이라도 돌 속에서 뛰어나올 듯 살아 있었다. 옥함만으로도 세상에서 다시 구하기 힘든 귀물(貴物)이었다. 그러나 함을 바라보는 서문인창의 눈빛은 밝지 않았다.

어인 뜻이신가. 귀한 것을 받으매 외려 가슴이 두려움으로 두근거렸다. 항시 오가던 것은 서찰 한 통이 전부. 생각지 못한 물건이 전하는 바가 무엇인지……. 석연찮은 마음에 선뜻 받아들기 저어했다. 허나 도로 집어넣어달라 할 수도 없어 그는 마른침을 삼키며 억지로 함을 넘겨받았다.

묵직한 무게가 두 손바닥을 짓눌렀다. 이대로 중량을 이기지 못하고 함을 바닥에 떨군다면 어찌 될까. 한순간 그리 할까 하는 유혹이 들었다. 생각에 몸이 반응하듯 손에서 점점 힘이 빠져나갔다. 그러다 함이 위태롭게 옆으로 기우는 순간 퍼뜩 제정신을 차렸다.

이 무슨 짓을!

서문인창은 속으로 자신을 사납게 질책했다. 종리환의 앞에서 평정심을 잃어버린 모습을 보이다니. 함을 단단히 움켜잡고 손바닥으로 겉을 어루만졌다. 돋을새김으로 조각되어 있는 불로초와 학이 손바닥을 찔렀다. 옥함에서 전해지는 서늘한 촉감이 그를 재촉했다.

그는 뚫어져라 바라보는 종리환의 눈길을 받으며 천천히 옥함의 뚜껑을 열었다. 안에는 봉서 두 통과 작은 금갑이 들어 있었다.

제일 왼쪽에 놓여 있는 봉서의 겉면에 청혼서라고 쓰여 있었다.

그예!

서문인창은 함을 탁자에 덜그럭 내려놓으며 눈을 질끈 감았다. 어쩌면 오지 않으리라 여겼던 약속이 기한을 얼마 남겨두지 않고서 날아온 것이다. 서문인창은 떨리는 손으로 청혼서의 겉봉을 어루만지다 그 옆에 있는 봉서를 집었다. 봉서 안에는 사주단자가 적힌 종이를 감싼 푸른 비단이 담겨 있었다.

서문인창은 의아한 눈으로 사주단자를 보았다. 으레 신부에게 보내는 사주단자에는 신랑의 것만 적혀 있어야 하는데, 여기에는 진혁의 것만이 아니라 은설의 것까지 함께 있지 않은가.

"성주님께서 소성주님과 아가씨의 사주를 함께 적어 보내라 하셨습니다. 어차피 두 분의 궁합의 길함을 봐야 하니 여러 번 먼 길 오가며 번잡한 절차를 따라야 할 일이 뭐가 있느냐시면서 말입니다. 두 분의 궁합이 아주 좋다며 성주님께서 크게 기뻐하셨습니다. 그 옆의 마지막 물건은 신부 집에 보내는 신랑의 예물입니다."

그야말로 납채와 문명, 납길, 납징과 청기까지 모두 알아서 이 한 번에 담아 보냈다는 말이다. 마지막 남은 친영만 쏙 빼놓고 말이다.

백부님! 정말 너무하십니다! 이 혼사에 대한 조카의 마음을 잘 알고 계시면서 이리 강행하시겠단 말입니까!

원망스러운 마음이 울컥 치솟아 올랐다. 검은 수염과 대조될 정도로 새하얗게 변한 얼굴이 딱딱하게 경직되어 손에 쥔 사주단자를 노려보았다. 맘대로 하자면 화로에 집어넣고 재까지 뿌려 파묻어버리고 싶었다. 설마 혼사를 거절했다 하여 조카의 집안을 결판내지는 않으시겠지. 오랫동안 이어져오던 천가와의 인연이 단절된다 하더라도 서문인창은 혼담을 물리리라 결심했다.

종리환은 서문인창의 얼굴 표정이 변하는 것을 날카롭게 살펴보고 있었다. 떠나기 전 성주님에게서 단단히 언질을 받은 바가 있던 참이라 미세한 흔들림까지도 놓치지 않고 관찰했다.

흔쾌히 받아들이지 않을 거라 하셨던 성주님의 예측이 맞았다. 쉽지 않은 자리이기는 하나, 그 누구도 바라마지 않는 자리이거늘 저리 정색할 것이 뭐람. 중원의 어느 가문에 혼처를 넣어도 두 팔 벌려 반길 것이기에 종리환은 심사가 상했다. 성주님의 엄명이 아니었다면 함을 거둬들인 다음 당장 자리를 박차고 나갔을 것이다.

거부 의사가 입 밖으로 나오게 해서는 아니 된다. 좋은 일에 마가 끼게 할 수는 없는 일. 한번 부정의 말이 나오면 다시 말을 바꿔 혼사를 치르게 된다 한들 껄끄러운 감정이 남을 수밖에 없다. 성주님께서도 절대 그런 일이 생겨서는 안 된다 재삼 강조하지 않으셨던가. 모든 일은 매끄럽게 성사되어야 했다. 신부 측에서부터 반발이 일면 성의 안팎에서 불어 닥칠 압박을 이겨내기 더욱 힘들어질 것이다.

종리환은 양손을 모아 소매 속에 넣으며 허리를 깊이 숙였다. 과한 예에 놀란 서문인창이 얼른 자리에서 일어나 만류했다.

"종리 대협!"

"부디 이 청혼을 받아주시길 바랍니다, 곡주님. 이는 비단 성주님의 의사만이 아닙니다. 성주님보다 소성주께서 간곡히 청한다 하셨습니다. 조카의 평생 단 하나의 청이니 부디 들어주십사 하셨나이다."

"진혁이……? 그 아이가……?"

서문인창은 입술을 떨며 탄식처럼 되뇌었다.

"예. 성을 나서기 전 소성주님께서 절 찾아오셔서 곡주님께 그리 말씀 올려달라 하셨습니다. 사실 저도 그분께서 먼저 뭔가를 원하시는 모습을 처음 보아 당황스러웠습니다."

그리고 알게 되었다. 이 혼사를 진정 요구하는 이가 누구인지.

충격을 받은 서문인창의 몸에서 힘이 빠져나가 휘청거렸다. 그는 탁자를 움켜잡아 가까스로 주저앉으려는 몸을 버텨 세웠다. 피할 수 없음인가. 차라리 대야성이 가진 힘으로 강압적으로 밀어붙였다면 반발할 수라도 있었을 것을……. 오랫동안 켜켜이 쌓인 지기에 대한 죄책감이 그 아들의 간청을 들어주어야 하지 않느냐 다그치고 있었다. 서문인창의 미간에 깊은 골이 파였다 사라졌다.

무진, 이 사람아, 그동안의 빚을 이리 갚으라 하시는가. 봄직하니 자네의 아들이 얹힌 이자까지 톡톡히 받아낼 요량일세.

미련과 갈등을 털어내자 오히려 놀랄 정도로 마음이 담담해졌다. 피할 수 없는 일이라면 앞으로 그가 해야 할 일은 딸아이가 무사할 수 있도록 방안을 세워놓는 것.

힘없이 휜 허리를 반듯하게 세운 그는 미처 확인하지 못하고 옥함에 남겨두었던 금갑을 열었다.

검은 비단 위에 커다란 황금화가 활짝 피어나 있었다. 어린아이의 손바닥보다 넓은 황금 판을 세밀하게 깎아 살아 있는 듯한 꽃을 만들어냈다. 화중지왕(花中之王)이라 불리는 목단화가 눈부신 광채를 번쩍이며 화려한 자태를 뽐내었다. 잘게 겹치는 하늘하늘한 꽃잎들은 똑같은 모양이 하나도 없었고, 꽃송이의 중앙에 도드라진 꽃술에는 구하기 힘든 영롱한 보옥들이 박혀 있었다.

눈앞이 훤해질 듯한 황금 물결에 서문인창은 다시금 이번 혼사에 대한 백부님과 진혁의 다짐이 예사롭지 않다는 것을 알았다. 금갑에 고이 모셔져 있는 모란 장신구는 일성을 사고도 남을 정도로 어마어마한 재물이었지만, 그 의미를 알고 있는 이들에게는 단순한 재물 그 이상의 의미가 있었다.

마음을 정한 서문인창은 금갑 안의 모란 장신구를 보고 미진하게 남아 있던 갈등을 모조리 버렸다. 퇴로가 없는 길에 들어섰으니 남은 것은 무조건 앞으로 직진하는 것뿐이다. 목적이 명확해지자 불안하게 흔들리던 그의 안광도 형형하게 빛나기 시작했다.

그날 종리환은 한 시진이 넘도록 서문인창과 독대를 한 후 오랜 여정에 피곤하지도 않은지 하룻밤도 묵지 않고 곧장 비선곡을 나섰다. 돌아가는 그의 가슴팍은 혼례품에 대한 답례품이 담긴 상자로 볼록하게 치솟아 있었다.

넓은 원탁을 사이에 두고 각 자리마다 바닥까지 내려오는 휘장이 쳐져 있었다. 적(赤), 청(靑), 황(黃), 백(白), 흑(黑)의 휘장 뒤로 다섯의 숨소리가 자리했다. 들숨과 날숨의 간격이 길고 희미해 절대의 무의를 가지고 있음을 은연중에 내보였다. 사나운 기파를 날리며 요란하게 기싸움을 하지는 않았지만, 음험하기는 더했다. 은밀하고 독살스러운 기세들이 서로의 약점을 찾아 혓바닥을 날름거리다 조심스럽게 물러나기를 반복했다.

끈적끈적한 핏물이 떨어질 듯한 붉은 시야를 앞에 둔 사내가 각각 다른 색의 휘장 뒤편을 노려보며 조소를 날렸다. 웬만한 무인은 넘겨다볼 수 없는 천잠사에 색물만 들였지만, 이 자리에 있는 자들 중 그 정도의 공력도 지니지 못한 이가 없었다. 마음만 먹으면 맞은편의 낯짝에 깨알같이 박힌 점까지도 속속들이 볼 수 있는 이들이었다.

다들 쓸데없는 겉멋만 들어서는…….

공력을 사용하지 않아도 각각 누가 앉아 있는지 알고 있으면서도 모르는 척 의뭉을 떠는 것이 세간에서 음흉하다 평하는 자신보다 더 시커먼 작자들이었다. 적어도 그는 겉도 속도 검어 표리부동하지는 않으니.

큭큭! 하긴 여기 있다는 것만으로도 다른 속셈을 꾸미고 있다는 반증인가.

백면(白面) 쪽에서 불퉁한 어조가 터져 나왔다.

"무슨 일로 오라 한 것이오?"

변조한 음성이 챙챙거리며 사방을 울렸다. 고막을 찌르는 날카로운 음공에 다른 이들이 미간을 찌푸렸다. 그러나 귀찮은 기색만을 내보이며 굳이 지적하거나 타박하지 않았다.

"성주가 모란패를 내보냈소."

"누구에게? 어느 가문으로 간 것이오?"

황면좌가 다그쳐 묻자, 뒤이어 적면좌가 흥분해 소리쳤다.

"대체 성주가 제정신인 건가! 모란패를 주면서 성의 다른 가문들에게는 운도 한 번 안 떼다니! 그 패가 어떤 패인데!"

멧돼지처럼 씩씩거리는 기운에 앞에 쳐둔 황면이 어지럽게 흔들렸다. 바로 옆자리에 있던 청면좌가 걸고 넘어가듯 빈정거렸다.

"모란패야 대대로 천가에 전해 내려오는 패이니, 굳이 다른 가문들에게 언질을 줄 이유야 없지요."

"아니, 지금 그걸 말이라고 하는 겐가!"

"말이 그렇다는 겁니다, 말이. 어차피 위로 공론화시켜도 성주는 필히 천가 내부의 일이니 개입하지 말라고 할 거란 말입니다."

"그것이 어찌 천가 내부만의 일이란 말인가? 모란패는 대야성의 안주인만이 가질 수 있는 물건이란 말일세. 대야성의 안주인을 정하는 일이 어찌 한 가문만의 일일 수 있단 게야!"

청면좌도 마지막 말에는 시비를 걸지 않았다. 그 또한 빈정거리긴 했으나, 같은 생각이었다.

자리에 앉을 때부터 내내 침묵만을 지키고 있던 흑면좌가 느릿느릿 무거운 입을 뗐다.

"어디로 갔나?

흑면좌는 말을 꺼내놓고 빙빙 돌리며 약을 올리고 있는 청면좌에게 사나운 기파를 쐈다. 염탐하는 척하는 것이 아닌, 걸리는 것은 갈기갈기 찢어발길 듯한 기였다. 그것만은 가볍게 무시할 수 없던 청면좌가 꿍쳐둔 본론을 끄집어냈다.

"비선곡으로 갔다 하오."

"비선곡?"

"비선곡이라 하면?"

두 명은 고개를 갸웃거렸다. 들어본 적이 없는 곳이라, 중원에 이름을 높인 가문은 아닌 듯했다. 그러나 다른 두 명은 잠깐 의아한 기색을 보이다 생각난 것이 있는 듯 고개를 끄덕였다.

"……죽은 패왕(覇王)의 지기가 살고 있다던 곳이군."

"다른 세를 끌어들이기보다 확실하게 믿을 수 있는 곳을 택하겠다는 거로군."

늙은 호랑이다운 생각이었다. 불안한 세력을 끌어안아 심복지환(心腹之患)이 될 바엔 작더라도 신의로 등을 맡길 수 있는 사람을 젊은 손자의 옆자리에 앉히겠다는. 성주의 고심이 느껴져 흑면좌는 고소를 지었다. 그러다 이내 표정을 지우고 짙푸른 청면을 물끄러미 넘겨다봤다. 저 약삭빠른 여우같은 자가 단순히 모란패에 대한 일만으로 섣불리 말을 꺼내진 않았을 터. 그의 말대로 모란패가 대야성의 안주인 자리를 뜻한다고는 하나, 작게 보자면 천가의 정부인을 뜻하는 것에 지나지 않았다. 훗날 대야성의 성주 위에 천가가 아닌 다른 가문이 앉게 된다면 모란패의 의미도 자연히 사라질 터. 당장은 무시할 수 없지만, 구태의연한 천가의 유물이 될 터이니 요란하게 이러쿵저러쿵 논할 거리는 못되었다.

"모란패의 답례로 보내온 비선곡의 예물이 놀라운 것이었소."

청면좌의 어조가 딱딱하게 경직되어 있었다. 약간의 경이와 믿을 수 없어 하는 말투였다. 투덜거리던 적면좌와 백면좌도 입을 다물었다. 네 명의 관심이 자신에게 모이길 기다린 청면좌는 노래하듯 시구를 읊었다.

성하(星河)를 다스리는 아름다운 여인이 있어
붉은 입술이 부는 요적(妖笛) 소리에 하늘이 깨고
진주보다 흰 손이 두드린 동고(桐鼓)가 산을 울리네
몰려오는 사나운 폭풍은 비파 소리에 잠드나
검은 양금(洋琴)은 유부(幽府)의 사령(死靈)을 부르는구나
쟁(箏)의 흐느낌에 붉은 대지가 눈물 흘리고
칠현금(七絃琴)의 아득한 울림이 바다를 가르나
애절한 이호의 부르짖음에 어둠이 내려앉누나
미인의 웃음에 웃지 말고, 눈물에 울지 마라
세상의 명암이 그녀로 말미암으니, 어찌 경거망동할 수 있으랴

언제부터인지는 모르지만, 아주 오랜 옛날부터 중원에 전해지는 노래였다. 혹자는 죽은 황제가 묻어둔 보물들을 가리킨다고도 했고, 또 다른 자는 선인들이 후인들을 위해 던져준 예언이라 말하기도 했다.

그러나 여기에 모인 이들은 세상에 돌아다니는 이야기보다는 좀 더 많은 것을 알고 있었다. 시가 노래하는 것은 특별한 조각상을 설명하는 것이며, 구절에 나오는 것처럼 한 명이 아니라 각각 나오는 악기 종류의 개수만큼을 가리키는 것임을.

"비천가(飛天歌)가 아니오?"

비천가, 또는 아는 이들만 아는 칠천녀곡.

의자에 깊이 몸을 묻고 앉아 있던 흑면좌가 급하게 앞으로 상체를 내밀었다.

"설마? 비선곡에서 보내온 예물이 비천상이란 말인가?"

"뭐?"

"뭣이?"

"설마!"

황면좌와 백면좌가 벌떡 자리에서 일어났다. 그들 앞의 천이 바람을 맞은 듯 펄럭거렸다.

"그렇소이다. 칠천녀 중 요적을 부는 상이었소."

"진품이 틀림없는 게요?"

황면좌가 믿을 수 없다는 듯 다그쳐 물었다.

"공야인(空夜寅)의 비천상이 틀림없었소. 게다가 비선곡에서 보내는 혼례품이오. 설마 가품을 보냈을 리가 없지 않소?"

47

전국 시대의 장인이었던 공야인은 자신의 작품마다 자신만이 알 수 있는 낙관을 숨겨두었다. 특히나 칠천녀 상은 공야인의 필생의 역작인 탓에 낙관도 다른 자들이 모방할 수 없는 곳에 있었다.

"설마 떠도는 소문이 사실이었단 말인가?"

"비천의 비밀을 풀면 경천동지할 무공을 얻을 수 있다 했지."

무림인들 사이에서도 은밀하게 전해지는 이야기였다. 전대의 천하에서 수위를 다투는 고수들이 세상을 뒤지며 후인들에게 알려주던 이야기 중 하나. 그러나 지금껏 비천상을 보았다는 사람이 없어 허황된 잡소문이라 여기던 참이었다.

"허! 천가의 수중에 비천녀의 비밀이 들어가는가?"

누군가가 탄식처럼 중얼거렸다.

"그런 일이 생겨서는 안 되지 않겠소이까?"

청면좌의 말이 조용한 수면에 돌을 던지듯 미묘한 울림을 퍼뜨렸다. 그가 던진 탐욕의 불씨가 기름을 끼얹은 듯 확 일어났다. 끈적끈적한 욕망으로 들뜬 공기가 귓전에서 속삭이고 있었다. 빼앗기기 전에 뺏으라고. 탐나는 것을 눈앞에서 허망하게 넘겨줄 것이냐고. 어차피 천가의 힘을 줄여놓아야 하는 터. 서로 눈길을 주고받은 다섯의 마음이 하나로 모였다.

드세게 내린 초설(初雪) 위로 다시금 눈발이 날렸다. 시커먼 눈구름에 첩첩이 가려진 달빛과 별빛이 힘을 잃어 산에 잠긴 세상이 칠흑처럼 어두웠다. 한 송이씩 가볍게 흩날리던 눈송이들이 점점 굵어졌다. 소리

없이 내리는 눈바람에 세상의 소리들이 지워졌다. 어둠이 깊어가면서 소리에 묻힌 눈자락이 쌓여갔다.

"크악!"

"침입자닷!"

"막앗! 안쪽으로 들어가지 못하도록 막아라!"

챙! 챙!

한밤의 고요한 정적을 사람들이 내지르는 비명성과 고함 소리, 날카로운 무기 소리가 들쑤셨다. 굳지 않은 눈자락 위를 이리저리 내달리는 발자국 소리들이 사방에서 울렸다. 뒤죽박죽 섞인 소리들 속에서 쓰러지며 내지르는 단말성의 횟수가 점점 많아졌다.

검에 묻은 피를 털어낸 복면인이 짧게 혀를 찼다.

"쯧, 방비를 하고 있었군."

몰래 잠입하려 했는데 진이 펼쳐져 있는 곡의 입구에서 이미 들켜버렸다. 별로 복잡하지 않은 진이라 무시했더니, 앞을 막아서는 것이 아니라 침입자를 알려주는 용도였다. 그러나 복면인들은 크게 개의치 않았다. 어차피 조용히 물건을 찾아낸 후에 살인멸구를 염두에 두고 있던 참이니. 번거로워지긴 했지만 결론은 달라지지 않을 것이다.

목숨을 도외시하고 불나방처럼 달려드는 무사들의 목을 칼질 한 번에 날려버린 다른 복면인이 뒤처져 있는 또 다른 복면인을 돌아보며 재촉했다.

"무얼 하고 있는 게요! 서둘러 찾아야 한다는 걸 모르시오!"

그는 자신이 직접 이런 도살에 나서야 한다는 사실이 못마땅했다. 밑을 수 있는 수하에게 맡겨 가져오게 하면 깔끔할 것을, 발품을 팔아 양상군자 노릇을 해야 하다니……. 그러나 다른 네 사람이 반대를 하고 나섰다. 수하들에 대한 믿음도 믿음이지만, 각자 다른 네 명을 믿을 수 없다는 이유가 더 컸다. 홀로 독식하려 일을 꾸미려는 자가 있을 터. 떠들 입을 줄이고 사전에 일을 방비하자는 논리에 밀렸다.

흥, 쓸데없는 수작질이지. 이런다고 누그러질 의심병이던가.

속으로 조소를 날리면서도 느릿하던 그의 보법(步法)이 빨라졌다.

설백의 눈밭이 더러운 진흙과 검붉은 핏물로 뒤엉켜 얼룩졌다. 채 식지 않은 뜨거운 시신의 핏물에 녹아내린 눈 덩이가 질퍽질퍽한 혈지(血池)를 만들었다. 앞서가는 복면인들을 뒤따르던 자들이 들고 있던 기름 항아리를 여기저기 집어던지더니 불씨를 던졌다. 기름을 먹은 불씨는 한순간 화르륵 소리를 내며 커다랗게 몸피를 키웠다.

"알겠나? 내가 말한 대로 한 치의 실수도 있어서는 안 될 것이야."

"예, 곡주님!"

"부탁함세."

서문인창은 다시 한 번 당부했다. 계곡 입구에서부터 점점 빠른 속도로 접근해 오는 거대한 다섯 기운들. 진의 초입에서 신호가 오는 순간, 그는 이 혈겁을 피할 수 없다는 것을 알았다.

"미안하네."

"아닙니다. 제 목숨을 걸고 소곡주님을 안전하게 모시겠습니다."

딸아이에게 붙여두었던 수신호위가 필사의 각오를 가슴에 새기며 굳은 다짐을 올렸다. 서문인창의 얼굴에 희미한 웃음이 지나갔다. 믿고 맡길 수 있는 사람이다. 마지막 부탁까지도 웃으면서 수행할 것이다.

이 많은 목숨 빚을 어찌 갚을 것인가. 이 한 목숨으로 덮기에는 너무나 부족하구나.

"……아버지?"

불안해 하는 딸아이의 부름에 서문인창의 얼굴이 단단해졌다. 자조와 감상에 젖어 있을 시간이 없었다. 무릎을 굽혀 아내의 품에 안겨 있는 은설과 눈을 맞추었다. 불안과 두려움에 커다래진 까만 동공이 그에게 매달리듯 마주쳤다. 팔을 뻗어 아내와 딸을 한 번에 강하게 끌어안았다. 그는 품 안에 있는 딸과 아내의 말랑하고 달콤한 향내를 잊어버리지 않도록 가슴 깊숙이 들이마셨다. 딸아이를 품에서 떼어내며 말했다.

"주 호위가 너를 안전한 곳으로 데려다줄 것이다. 그러니 주 호위의 말을 잘 들어야 한다."

"……아버님은요? 어머님은요?"

단잠에 빠져 있다 거칠게 흔드는 어머니의 손길에 깬 은설은 무슨 일이 일어나고 있는지 알 수가 없었다. 밖에서 들려오는 비명 소리에 절로 몸이 흠칫거렸고, 강하게 드리운 죽음의 그림자에 혼이 바들거렸다.

"……."

은설은 아비의 무응답에 두려움이 커져 저도 모르게 아비의 가슴자락을 구명줄인 양 꽉 틀어쥐었다.

놓치면 안 돼! 절대로 놓아선 안 돼!

뒤에서 자신을 끌어안고 있는 어미의 악력이 멍이 들 정도로 강한 것도 불안했다. 은설은 눈도 깜박이지 않고 아비를 뚫어져라 바라보다 천천히 머리를 저었다. 옷자락을 잡은 작은 손가락이 안으로 깊이 꽂혔다.

"같이 가시는 거지요? 저랑 함께 가실 거지요? 저만 홀로 가는 것은 아니지요?"

머루처럼 까만 눈에 눈물이 그렁그렁 매달렸다 투툭 떨어졌다. 은설은 울며 무작정 매달렸다. 본능적으로 여기서 헤어지면 두 번 다시 부모님을 볼 수 없다는 것을 알았다. 그래서 일곱 살 때도 쓰지 않던 억지 떼를 쓰며 매달렸다. 공기를 울리는 괴성보다 부모님과 떨어지는 것이 더 무서웠다. 이대로 나가면 세상에 외톨이처럼 떨어지리라.

"아버님! 아버지! 아버지!"

한 번도 큰 소리를 내어 울지 않던 딸아이가 세상이 무너지는 듯 울부짖자 서문인창은 가슴이 찢어지는 듯했다. 소리 없이 흐느끼는 아내의 눈물도 그의 심장을 찔렀다. 아내를 보니 이심전심으로 서로의 마음을 읽을 수 있었다. 악소군은 눈물이 흠뻑 맺힌 눈으로 말없이 고개를 끄덕였다. 은설의 정수리에 얼굴을 가져다대며 목덜미와 어깨를 떨리는 손으로 쓰다듬었다. 그녀의 뺨에서 흘러내린 눈물이 은설의 이마에 떨어졌다.

"어머니?"

서문인창은 돌아보려는 은설의 시선을 자신에게로 돌리게 했다.

"그만! 더 이상 머뭇거릴 시간이 없다! 그러니 이 아비가 하는 말을 잘 듣거라!"

잔뜩 겁에 질린 눈으로 은설은 부친을 바라보았다. 부친의 단호한 눈빛이 그녀의 억지떼와 반박을 단칼에 잘라버렸다.

"지금부터 네가 비선곡의 주인이다. 그러니 강해져야 한다. 너를 위해서, 남은 곡의 사람들을 위해서. 앞날에 무엇이 나타나든 극복하고 나아가야 한다. 항상 너를 믿고 꿋꿋하게! 알겠느냐?"

"……."

부친의 엄한 눈이 대답을 기다리고 있었다. 은설은 울먹이는 소리를 내지 않기 위해 입술을 꾹 깨물며 크게 고개를 위아래로 끄덕거렸다. 부친의 눈길이 자애롭게 풀렸다. 커다란 손으로 은설의 정수리를 슥슥 문지른 그는 푸른 비단 꾸러미 하나를 은설의 등에 가로지르듯 붙여 풀리지 않도록 가슴 앞쪽에 단단히 매듭지었다. 툭 불거진 보퉁이 탓에 은설은 한순간 등이 불룩 튀어나온 곱사등이가 되었다. 매듭 묶는 법을 알지 못하는 자는 풀지 못하도록 되어 있어 은설은 자신의 등에 딱딱하게 배기는 물건이 아주 귀중한 것임을 알았다.

서문인창은 딸에게서 손을 떼고 자리에서 벌떡 일어나 벽면 전체가 조각으로 덮여 있는 벽 쪽으로 걸어갔다. 여의주를 물고 있는 백룡과 눈이 부리부리한 백호가 서로 뒤엉켜 있는 양각이었다. 그는 백룡의 여의주와 백호의 눈을 차례대로 힘을 주어 눌렀다.

크르릉.

벽 안에 숨겨져 있던 기관이 돌아가는 소리와 나더니 바닥에 단단히 고정되어 있던 침상이 벽으로 들어가고 바닥에 검은 동공이 나타났다.

"어서 가라! 내려가면 배가 있을 테니, 지체하지 말고 물길을 따라 내려가!"

비선곡이 세워진 지반 아래에는 지하수로가 숨어 있었다. 지금과 같은 비상시에 대비해 지하 동공을 뚫어 수로를 만들고 작은 배도 준비해 두었다. 온전한 형태는 아니지만 뗏목이라 할지라도 수로를 벗어날 때까지는 버틸 수 있을 것이다.

주 호위는 버둥거리는 은설을 업었다. 서문인창과 악소군에게 허리를 숙여 마지막 인사를 올린 후 뻥 뚫린 구멍 아래로 몸을 날렸다.

"아, 아버지! 어머니! 안 돼! 안 돼!"

은설의 울부짖는 소리 위로 침상이 원래 자리로 돌아가듯 그르렁거리는 소리가 겹쳐졌다. 위에서 들어오던 한 줄기 빛이 닫히며 세상이 암흑으로 변했다. 마치 앞으로 은설이 걸어가야 할 길이 얼마나 고단한 길인지 말해주듯이.

그 밤, 비선곡에서 치솟아 오른 불길은 건물의 주춧돌 하나도 남기지 않고 모든 것을 시커먼 잿더미로 만들고서야 꺼졌다. 세찬 눈보라에도 불길이 잦아들지 않아 희뿌연 눈발 사이로 회색 연기가 여러 날 올라 멀리 산자락에 살던 마을 사람들이 불안해하며 서로 머리를 맞대고 수군거렸다.

二章

상(喪)

　합비(合肥)가 엄숙해졌다.

　바람에서 전해지는 후끈한 열기에 아침부터 덥다며 손사래를 치면서 장사 준비를 했을 점포 상인들은 땀을 뻘뻘 흘리면서도 말과 행동을 조심하며 조용히 개점 준비를 했고, 대로를 오가는 사람들도 발걸음을 재게 놀리며 용건만 빨리 처리하고 서둘러 집으로 돌아갔다. 합비 성도의 공기가 하룻밤 사이에 바뀌었다. 시끌벅적하고 활기차던 거리에 긴장감이 잔뜩 팽배해 분위기가 급속도로 경직되었다. 문을 연 점포들도 가게 앞에 내놓은 가판대는 안으로 거둬들이고 안쪽에서 눈만 빠끔 내보이며 거리를 살폈다. 해가 점점 머리 위로 자리를 옮길수록 무기를 착용한 무림인들의 수가 많아졌다.

　합비에는 남궁 세가(南宮世家)가 있었다. 오대 세가(五大世家)의 수좌이자 백도(白道)의 중심축이고, 대야성에서도 무시 못 할 세력을 가지고 있는 무림세가였다. 그 덕에 합비는 무림인들이 많이 오가는 장소가 되었다. 합비 사람들은 은연중 남궁 세가와 같은 곳에 살고 있다는 것에 대해 자부심을 가지고 있었고, 남궁 세가의 그늘 아래로 들어가 안전하게 보호받기를 자청했다. 그리해 합비 하면 남궁 세가, 남궁 세가 하면 합비라 할 정도로 안휘성의 성도인 합비는 남궁 세가의 영역이었다. 그 합비가 조용히 숨을 죽이고 있었다.

햇빛을 가리기 위해 점포의 처마에 펼쳐둔 차양막이 바람을 맞아 요란하게 펄럭거렸다. 바람에 날아가지 않도록 땅에 꽂아둔 막대기에 묶은 끈이 팽팽하게 당겨졌다 살짝 풀리길 반복했다. 평상시라면 행인들이 뜨거운 햇살을 피해 차양막 아래의 그늘로 모여 앉아 두런두런 이야기꽃을 피웠을 테지만, 지금은 지나가는 고양이 한 마리도 보이지 않았다.

무리를 지어 지나가는 무림인들의 표정도 쇳덩어리처럼 무거웠다. 해가 자리를 이동할수록 성도로 들어오는 무림인들의 수가 늘어났다. 무리를 지어 오는 이도 있고, 단출하게 봇짐을 짊어진 채 혼자 들어오는 이도 있었다. 긴장된 분위기 속에서도 문을 연 점포에는 드나드는 손님들이 점점 많아졌다. 타지에서 찾아온 무림인들을 상대로 한 거래가 늘어났다. 객잔마다 때 아닌 손님들로 꽉꽉 들어찼고, 방을 잡지 못한 이들은 묵을 곳을 찾아 여기저기 기웃거렸다.

중앙대로를 따라 한참을 들어가다 보면 곧 시야에 거대한 장원이 펼쳐졌다. 한눈에 다 들이지도 못할 정도로 어마어마한 규모에 보는 이들마다 감탄을 터트리며 '과연 남궁 세가답다.'며 수긍했다.

의검천세(義劍千歲).

남궁 세가의 가풍을 말해주는 현판 아래로 손님들의 행렬이 길게 늘어서 있었다. 보는 이들마다 위압감을 주는 거대한 정문의 처마에 상(喪)이라 적힌 흰 등이 좌우로 걸려 있었고 현판의 테두리에도 흰 비단 띠가 둘러져 있었다. 활짝 열린 정문 너머로 전각마다 내걸린 흰 천이 보였다. 방문객을 맞이하기 위해 정문에 나와 있는 남궁 세가의 무인들은 흰 상복에 차고 있는 검집마다 흰 띠를 묶고 있었다.

"갑자기 이 무슨 변고인지 모르겠군."

"그러게 말일세. 연세가 있으시긴 하나, 그처럼 정정하시던 분이 이리 갑작스레 돌아가시다니……."

길게 늘어선 행렬에 끼어 앞으로 나아가길 기다리던 사람들이 두런두런 이야기를 나누었다.

"황망하이. 그 어른께서 침상에서 돌아가시다니. 항시 무인답게 죽겠노라 말씀하시던 분이 아니던가."

"예끼, 이 사람아! 말조심하게. 그러다 남궁 세가 사람들이 듣기라도 하면 어쩌려고 그런 말을 하는 게야. 천수를 누리고 주무시다 가셨으니 호상(好喪)이라 불러야 마땅하지."

"그렇긴 하네만 과연 남궁 세가에도 호상(好想)이 될지 모르겠군."

"그게 무슨 말인가?"

코밑에 양 갈래로 갈라진 염소수염을 기른 중년 사내가 친우의 질문에 대답을 하려다 조심스럽게 주변을 둘러본 후 목소리를 낮췄다. 손바닥으로 소리가 새어나가지 않도록 가린 그는 곁눈질로 사방을 살피며 소곤거렸다.

"지금 남궁 세가의 실권을 두고서 힘겨루기 중이란 소문도 듣지 못했

나. 남궁 세가의 가주랑 대장로가 서로 엎치락뒤치락하는 중인데, 그나마 가주 쪽에는 태상가주이신 창룡검왕(蒼龍劍王)이 계셔서 비등하게 나마 세를 겨루고 있다더군."

몰랐던 정보인 듯 듣고 있던 이가 눈을 치켜떴다.

"그게 사실인가?"

염소수염이 눈짓으로 주변을 가리키며 고개를 끄덕였다. 놀란 나머지 저도 모르게 크게 소리쳐 묻는 바람에 기다리고 있던 문상객들의 시선을 잡아끈 것을 알고 급히 음성을 낮췄다.

"그 말이 정말인가? 정말 가주와 대장로가 암투 중인가?"

"아! 그렇대도 그러네! 그러니까 저 안으로 들어가면 쥐 죽은 듯이 있다가 조문만 하고 잽싸게 나오는 게 좋아. 괜히 엉뚱한 시비에 걸리기라도 하면 바로 끽! 알지?"

염소수염이 손으로 제 목을 자르는 시늉을 해 보였다. 촐랑대듯 가벼운 언행이었지만, 그 말에 담긴 충고는 친우에 대한 걱정이었다. 자신들 같은 중소문파 소속의 무인들은 이름 한 번 내놓지 못하고 죽임을 당해도 억울하다 항변 한 번 할 수 없는 처지였다. 일이 생겨도 남궁 세가 같은 거대 세력에서는 소속된 중소문파에 약간의 보상을 건네는 것으로 일을 끝내버릴 것이다. 그러니 자신의 목숨은 자신이 지켜야 했다.

둥근 방갓을 쓰고 있는 한 사내가 슬쩍 방갓을 올려 정문에 걸린 현판을 쳐다보았다.

義劍千歲

　용사비등한 필체로 한 획 한 획 창천 같은 푸른 기운이 서려 있었다. 그러나 현판의 글자를 확인하는 사내의 검은 눈에는 얼핏 조소가 지나 갔다.

　지난날의 의검은 세월에 청신(靑身)을 잃었음이니, 현판에 어린 기상 만이 아쉽군. 과연 저 거대한 담장 안의 인간 군상 중 저 현판의 의미를 아는 자가 있기나 할지. 겉으로는 내건 기치만치 푸른빛을 두르고 있으나, 실상 퇴색해서 몸체만 키운 이무기가 된 지 오래였다.

　줄어드는 행렬의 길이만큼 사내도 앞으로 걸음을 내딛었다. 그럴수록 여기저기서 수군거리며 들려오는 소리들이 많아졌다.

　남궁 세가의 파벌 다툼을 중원에서 모르는 이가 없게 됐군. 은연중 다른 오대 세가에서 소문을 퍼트리는 기미도 보였다. 그들로서는 수대째 오대 세가의 수좌에 있는 남궁 세가를 어떻게든 끌어내리고 싶을 것이다. 그러니 이런 호기를 그냥 지나칠 리가 없었다. 쫓기는 신세인 남궁 세가는 그만큼 다급해졌다는 소리.

　어느 쪽이든 내겐 나쁘지 않군.

　어느새 앞줄이 성큼 줄어들어 있었다. 펼쳐든 서책에 붓을 든 남궁 세가의 무인이 사내의 얼굴도 보지 않고 물었다.

　"성함을 말해주시오."

　"호북(湖北), 장원도(張原道)."

　짧은 단답식의 단어에 방명록을 작성하고 있던 무인의 붓이 멈칫했다.

"……장원도? 헉, 낭왕(浪王)? 낭왕 대협이십니까?"

중원 낭인들의 왕이라 불리는 장원도. 방명록을 작성하던 문지기의 눈에 사내의 허리춤에서 덜렁거리는 붉은 도(刀)가 들어왔다. 낭왕의 독문병기인 혈랑도(血狼刀)였다.

"어서 오십시오. 무엇하느냐? 어서 낭왕 대협을 안으로 모시지 않고!"

문지기가 곁에 있는 다른 무인을 서둘러 불렀다. 낭왕이라면 오대 세가라고 해도 무시할 수 없는 손님이었다.

"번거롭소. 조용히 조문만 하면 될 일."

차갑게 잘라내는 말투에 소동을 일으키지 말라는 경고가 들어 있었다. 낭왕의 독선적인 성격은 유명했다. 왕이라 불리나 어차피 낭인일 뿐이지 않느냐며 비아냥거리던 사황련(邪皇聯) 무사들의 팔다리가 잘려 나간 일화는 무수한 이야기들 중 하나였다. 그에겐 자신의 독선을 밀어붙이고도 남을 실력이 있었다. 그의 오만과 독선을 징치(懲治)하려면 그를 실력으로 꺾을 수밖에 없었다.

"알겠습니다. 들어가시지요."

낭왕은 그를 지나쳐 안으로 들어갔다. 낭왕의 뒷모습을 지켜보던 문지기는 자신이 부른 무인에게 말했다.

"총관님께 바로 보고를 올려라. 낭왕이 들어갔다고."

"네."

낭왕의 신분을 사방에 알릴 필요는 없지만 세가의 윗분들께는 즉시 보고를 드려야 했다. 그것이 정문을 담당하는 자신의 임무였다.

　여기저기에서 상복을 입고 있는 남궁 세가 사람들이 찾아온 조문객들 중 지인을 맞느라 분주했다. 상복을 입은 이들은 검을 찬 무사이든, 심부름을 하는 하인이든 모두 눈가가 붉게 충혈되어 있었다. 단체로 한바탕 눈물바람이라도 한 듯해 검왕의 존재감이 세가인들에게 얼마나 컸을지 미루어 짐작이 갔었다.
　의지하던 대들보가 무너졌으니 과연 무슨 일이 벌어질 것인가.
　정전을 향해 걸음을 옮기던 낭왕의 눈에 따로 떨어져 있는 무리들이 보였다. 등에 태극무늬가 달려 있는 득라의 차림의 무당파 도사와 파르라니 깎은 머리에 염주를 걸고 있는 소림승. 거기에 다른 세가의 일행들이 끼리끼리 모여 있었다. 각 세가와 문파에서 보내온 조문 일행들이리라. 겉으로는 조문을 하기 위함이고, 진정한 목적은 남궁 세가의 향후 허실을 염탐하기 위함일 것이다.
　허나…… 진정 음험한 무리는 달리 있지.
　낭왕은 곳곳에 보이지 않게 숨어 있는 기척을 쉽게 잡아냈다. 한 걸음 한 걸음 은신하지 않은 곳이 없을 정도였다. 사마귀를 노리는 개구리 뒤에서 살모사가 눈을 희번덕거리고 있는 형상이다. 세가를 염탐하려 몰려온 저들은 자신들의 뒤에 달라붙어 있는 감시자의 존재를 알까. 특히 오대 세가와 구파의 무리들에 붙어 있는 감시자들의 기가 더 은밀했다. 그만큼 그들에 대한 비중이 높다는 반증. 비록 암투 중이라고는 하나 남궁 세가는 남궁 세가라는 건가.

낭왕의 두툼한 입술이 일그러졌다. 한순간 강한 살기가 빛살처럼 번쩍 지나갔다.

서로 물고 물어뜯어라!

너희들이 가진 피란 피는 모두 다 쏟아부어라!

그리해 한 방울도 남기지 말고 말라버려 비참하게 죽어버려라!

오랫동안 누르고 눌러 짙게 농축된 증오와 악의는 거르고 걸러져 더 맑아지고 진해졌다. 시간이 지날수록 이 마음은 흐려지기는커녕 더 깊고 끈끈해졌다. 그리해 종국에는 세상에 다시없을 독이 되어 심장 밑바닥에 뭉근히 고여 있었다. 살아남아 있는 적들을 모조리 멸절시킬 때를 기다리면서.

응?

위패와 관이 놓여 있는 정전을 향해 꾸역꾸역 밀려 나가는 사람들의 뒤를 따라 무작정 걸음을 옮기던 낭왕은 강한 단향 냄새 사이로 아른거리는 희미한 향기를 맡았다.

이건? 분명……!

그의 기억 속에 남아 있는 단 하나의 향.

설마?

그는 걸음을 멈추고 한순간 당황과 충격에 빠졌다.

그의 착각인가? 아니, 아니! 하지만…….

잠깐 멈칫하는 사이 아련히 느껴지던 향이 사라지고 있었다. 그도 영혼 깊숙이 각인되어 있지 않았더라면 모르고 지나쳤을 정도로 미약한 향이 잡다한 냄새에 덮이고 있었다.

안 돼!

낭왕은 희미한 향의 꼬리를 쫓아 표한하게 몸을 돌렸다. 본능이 이르는 대로 성큼성큼 걸음을 옮기며 사납게 손을 뻗었다.

잡았다!

낭왕은 붙잡은 팔을 단단히 틀어쥐며 잡아당겼다.

"뭡니까?"

턱 밑에서 들려오는 불쾌하다는 음성에 그제야 낭왕은 자신이 잡고 있는 사람의 얼굴을 확인했다. 녹색 장삼을 걸친 청년이 경계심이 가득한 눈초리로 그를 쏘아보고 있었다. 아련한 자취를 뒤쫓아 왔던 향은 흔적도 없이 사라진 뒤였다.

아닌가? 내 착각이었던가?

낭왕은 허탈감에 절로 힘이 빠져 멍이 들도록 꽉 움켜쥐고 있던 팔목을 스륵 놓았다.

"무슨 일입니까? 제게 무슨 볼일이라도 있으십니까?"

잡혔던 팔목을 다른 손으로 꾹꾹 어루만지던 녹색 장삼의 사내가 낭왕의 굳은 얼굴을 보며 물었다. 낭왕은 카랑카랑한 음성에 정신을 차렸다.

이 무슨 어처구니없는 꼴이란 말인가?

"미안하네, 소협. 내가 잠시 사람을 착각했네."

낭왕은 녹음으로 물을 들인 듯한 녹포(綠袍)의 청년을 똑바로 보며 퉁명스러운 어조로 사과했다. 그는 재빨리 청년을 살펴보았다. 최상품은 아니지만 꽤 질 좋은 비단옷을 보니 제법 산다 하는 집안의 자식인 듯했다. 그러다 낭왕의 눈이 뭔가를 포착한 듯 날카로워졌다. 풍성한 장삼에 가려지긴 했지만 호리호리한 체격에 가느직한 몸피가 사내가 아닌 남장을 한 여인이었다. 원행에 안전을 위해 남장을 하는 여인이 드물지는 않지만, 조문객으로 오기에는 마땅한 입성이 아니었다.

주무르던 손목에서 손을 뗀 남장 여인이 낮은 목소리로 차게 말했다.

"앞으로는 눈을 크게 뜨고 다니십시오. 이런 곳에서는 스스로 조심하지 않으면 자칫 큰 시빗거리에 휘말려 봉변을 당할 수도 있습니다."

특히나 힘없는 낭인이라면 인적 없는 곳으로 끌려가 병신이 되도록 맞거나 최악의 경우에는 죽을 수도 있었다. 일부러 삼류 낭인만을 골라 시비를 거는 후기지수들도 있어 이런 모임일수록 낭인들은 더 몸을 사렸다.

"충고 고맙네, 소협. 새겨듣지."

건성으로 답하는 낭왕을 일별한 남장 여인은 두말도 하지 않고 녹포 자락을 휘날리며 사람들 사이로 사라져버렸다.

낭왕은 제자리에서 도첨에 올려둔 손을 보이지 않게 꾹 움켜잡았다.

너무나 다디단 백일몽. 잊을 수도 없고 잊고 싶지도 않은 기억.

낭왕은 익숙한 무력감을 털어냈다. 왔던 방향으로 다시 몸을 돌리던 그는 아쉬운 듯 여기저기 모여 있는 인파들 쪽을 잠깐 돌아보다 걸음을 옮겼다.

창룡검왕남궁신도령위(蒼龍劍王南宮晨導靈位).

커다란 청동 향로에서 올라오는 연기 사이로 제단에 놓여 있는 위패가 보였다. 좌우에 한 줄로 늘어서 있는 남궁가의 혈족들이 흐느끼며 큰 소리로 곡을 하고 있었다.

낭왕은 손에 쥔 향에 불을 붙인 후 위패를 향해 경건히 고개를 숙였다. 향로에 향을 꽂은 그는 혈족들의 앞에 있는 남궁 가주를 찾았다.

"심신한 조의를 보냅니다."

가주인 남궁준(南宮俊)은 얼굴이 많이 상해 있었다. 살집 있던 얼굴이 초췌했고 눈가에도 검은 그늘이 깔려 있었다. 그의 곁에는 소가주인 남궁강(南宮强)이 아비를 보필하듯 자리해 있었다.

"먼 길에 이리 와주셔서 감사하오, 낭왕."

"빈청에 자리를 마련해두었습니다, 대협. 어려운 걸음을 주셨으니 잠시 본가에서 쉬었다 가시는 것이 어떠십니까?"

남궁강은 완곡하게 낭왕의 발을 붙잡았다. 멀찍이 떨어진 곳에서 머리가 희끗희끗한 노인이 뼈다귀를 발견한 승냥이처럼 눈을 번득였다.

"소가주의 말은 고맙지만, 가뜩이나 큰일을 당한 세가에 번잡스러움을 더하고 싶지는 않네."

"아닙니다. 평소 할아버님께서도 대협에 대해서 종종 말씀하시곤 하셨습니다. 그런 분을 제대로 모시지 못한다면 돌아가신 할아버님께서 크게 꾸짖으실 것입니다. 소란스러움을 싫어하시는 대협의 성품을 알고 있으니 조용한 곳으로 자리를 마련했습니다. 그러니 부디 거절하지 말아주십시오."

망자를 거론하자 독불장군인 낭왕도 더 이상 거절하지 않고 남궁 세가의 청을 수락했다. 소가주로 빈전에서 떠날 수 없는 남궁강은 자신의 호위 무사를 낭왕에게 붙여주었다.

돌아서는 낭왕의 어깨 너머로 대장로인 남궁현도(南宮玄導)와 눈이 정면으로 마주쳤다. 자신과 낭왕의 대화를 듣고 있던 그의 노회한 얼굴에 비웃음이 걸려 있었다. 남궁강은 터질 듯한 분기를 간신히 눌러 참았다.

아직은 끝난 것이 아니다. 결단코 이리 맥없이 세가를 내어주지 않을 것이다. 대의명분은 자신에게 있다.

낭왕은 자신의 뒤편에서 벌어지는 험악한 기싸움을 고스란히 읽었다. 위패 앞에 놓인 향로에서 얌전히 피어오르던 연기가 흐트러질 정도로 사나운 기세들이 눈에 보이지 않는 치열한 다툼을 벌이고 있었다.

듣던 대로, 아니, 들었던 것보다 더 심각한가. 나쁘지 않군. 검왕의 죽음으로 남궁 세가의 분열은 본격적으로 수면 위로 부상할 것이니.

"할아버님! 흐윽! 흑흑흑! 할아버님! 할아버님!"

여인의 애절한 울음소리가 날카롭게 날이 서 있던 공기를 갈랐다. 낭왕이 고개를 돌리자 하녀의 부축을 받으면서 온몸으로 눈물을 흘리고 있는 여인이 시선에 들어왔다. 다른 이들과 똑같은 상복을 입고 있는데도 여인만이 홀로 처연한 빛을 발하고 있었다. 화장기 없는 민낯이 너무 창백해 푸르스름한 빛이 감돌았지만, 그 금방이라도 부러질 듯한 연약함이 보는 이들의 보호 본능을 자극했다. 소맷자락으로 눈물을 닦는 손짓도 새의 날갯짓처럼 우아해 절로 사람의 시선을 끌었다. 하물며 처연함을 뚝뚝 흘리며 울고 있는 미녀라, 다들 안타까운 마음에 절로 혀를 차기 바빴다.

'유리화(琉璃花) 남궁혜(南宮慧).'

울음소리를 함께 듣고 있던 사람들이 서로 숙덕거렸다.

"허, 남궁 소저의 슬픔이 크긴 큰가 보구만. 저리 슬피 울다 혼절하길 반복하고 있다 하지 않아?"

"그러게. 하긴 할아버지인 검왕 어르신의 사랑을 독차지하다시피 했으니 슬프기도 하겠지. 의지하던 기둥을 하루아침에 잃어버렸으니, 손녀 된 마음에 서럽기도 할 게야."

"남궁 세가의 장중보옥이라 귀여움을 받았으니 다른 이들과 마음이 다르겠지."

"유리화라 하더니, 정말 툭 치면 부서질 것처럼 약해 보이긴 하구만."

서로 제각각 알고 있는 이야깃거리들을 하나씩 주고받으면서도 그들은 남궁혜가 있는 쪽으로 길게 목을 빼서 살펴보았다. 몸이 약해 무공은 고사하고 세가 밖으로 나들이도 쉬이 하지 않는 유리화의 미모를 조금이라도 더 자세히 보기 위해서.

"허어! 명불허전이군."

"소문대로, 아니, 소문이 부족하구만."

다들 절로 감탄성을 터트렸다. 예로부터 미인의 눈물은 영웅의 기개도 꺾을 수 있다 했으니, 남궁혜의 눈물은 남궁 세가에 적의를 가진 이라 해도 연민을 품을 정도로 위력적이었다.

분향을 마치고 돌아서던 낭왕도 남궁혜를 보았다. 중원의 사내라면 얼굴 한 번 보기를 바라마지 않는다는 미녀를 보면서도 낭왕은 무뚝뚝

했다. 미색에 흔들리지 않을 부동심을 가진 것으로 보기에는 그 눈빛이
기이했다. 마치 정원에 자리하고 있는 나무를 보듯 무감하기만 했다.
감탄이나 동요까지는 아니더라도 약간의 감정적인 반응을 보이는 것이
사람의 본능이었다. 그러나 그는 마치 단절되어 있는 것처럼 무심히 스
쳐 지나갔다.

"아이고! 아가씨!"

"혜아야!"

빈전을 걸어 나오는 낭왕의 뒤편에서 슬픔을 이기지 못한 남궁혜가
위태로운 버들가지처럼 흔들리다 기어이 쓰러져버렸다. 놀란 식솔들
이 우르르 달려가는 발자국 소리와 애절한 울음소리가 청동 향로 위로
어수선한 음영을 드리웠다.

작은 구름 한 점 없는 맑은 밤하늘에 만월을 반으로 뚝 가른 듯한 현
월(弦月)이 걸려 있었다. 속이 꽉 찬 만월보다는 못하지만 내딛는 발끝
정도는 넉넉하게 볼 수 있었다.

낭왕은 두 손을 양쪽 겨드랑이 사이에 집어넣은 채 활짝 열린 월동창
너머를 바라보았다. 낭인답지 않은 그의 기괴한 성격에 대해 어지간히
도 단단히 주의를 받았는지 그가 머물고 있는 전각 주변에 인기척이라
고는 없었다. 시중을 드는 시비들도 저녁 상차림을 정리하는 것을 끝으
로 물러갔다.

낭왕은 한식경이 넘도록 어둠이 내려앉은 작은 사각의 뜨락을 바라
보고 있었다.

남궁 세가는 남궁 세가라는 건가. 나어린 시비들도 모두 무공을 익히고 있었다. 경지가 높지는 않지만, 유사시 유용하게 쓸 수 있을 터. 어디 남궁 세가만 그러할까. 오대 세가에 속하는 다른 가문들도 비슷할 것이다. 세가의 울타리 안에서는 장소를 불문하고 사소한 말 한 마디라도 함부로 해서는 안 되었다.

열어둔 창문으로 아릿한 야래향(夜來香)이 밤공기에 실려 왔다. 뜨락의 담장 아래에 자리한 야래향이 달빛을 받아 작은 꽃잎을 톡톡 벌렸다. 바람이 꽃잎을 스칠 때마다 짙은 향기가 포말처럼 일어났다. 세가를 뒤덮고 있는 매캐한 단향의 냄새도 지금만은 야래향에 밀려 자리를 내어주었다.

낭왕은 호흡에 남아 있는 단향 찌꺼기를 야래향의 향기로 깨끗하게 씻어냈다. 고개를 들어 밤하늘을 보았다. 현월이 있던 자리가 바뀌었다. 팔짱을 풀어 열어둔 창을 닫아걸었다. 침상으로 걸어간 그는 잠을 자려는 듯 갓을 씌운 초를 손끝으로 비벼 껐다. 한순간 방 안이 깜깜해졌다. 닫힌 월동창의 지창을 뚫고 들어온 미약한 달빛만이 실내를 희뿌옇게 밝혔다.

낭왕은 침상에 누웠다. 이상한 것은 그가 옷을 입은 채 몸을 눕혔다는 점이다. 낭왕은 가만히 침상의 천장을 주시했다. 천천히 눈을 깜박거렸다. 낭왕은 그 자세로 담장 아래 웅크리고 있는 감시자들의 기척이 움직이지 않고 한곳에 자리 잡길 기다렸다. 전각의 불빛이 꺼지길 기다린 듯 담장 주변을 오가던 기척들이 여기저기 으슥한 곳을 찾아 기어들어가더니 멈췄다.

소속은 같은 남궁 세가지만 보낸 곳은 둘이라……. 남궁 세가의 현 상황을 극명하게 보여주는군.

남궁 세가는 이미 둘로 갈라진 쪽박과 같았다. 그전까지야 검왕이라 는 풀로 간신히 겉으로나마 붙여둔 모양새를 지키고 있었지만, 이제는 암투가 밖으로 표출될 것이다. 그전에 각자 자신의 진영에 고수를 영 입하려는 것이고. 낭인들의 왕이라 불리는 자신을 같은 편으로 끌어들 이면 그 휘하의 무수한 낭인들도 자연스럽게 불러 모을 수 있을 거라는 계산도 끝냈을 것이다.

허나 세상사가 그리 호락호락하지는 않지. 물론, 자신들 위에는 아무 도 없다 여기는 저 오만한 작자들은 그렇게 생각하지 않겠지만.

낭왕은 밤이 좀 더 깊어지길 기다렸다. 달도 시간에 따라 자리를 옮 겨 방 안은 빛 한 점 없이 깜깜해졌다. 때가 되었다 여긴 그는 표홀하게 자리에서 일어났다. 그리고 다음 순간 꺼지듯 그의 신형이 사라졌다.

나보다 먼저 온 손님이 있었군.

전각의 지붕 기와를 밟고 선 낭왕은 전각 안을 조심스럽게 살피고 있 는 은밀한 기척을 잡았다. 전각의 주인이라고 보기에는 행동도, 가진 기감도 달랐다. 남궁 씨라면 기본 바탕인 창궁심법(蒼穹心法)으로 인해 청기(靑氣)를 가져야 했다. 그런데 기감으로 살펴봐도 아래에서 움직이 는 자는 기의 본질이 정확하게 잡히지 않았다.

특이하군. 특별한 내공을 익힌 자인가.

금품을 노린 단순한 도둑이라면 저리 샅샅이 살피지 않을 터, 찾는 물건이 따로 있다는 말이다. 낭왕은 느긋한 기색으로 쥐방울처럼 요리 조리 쏘다니는 지붕 아래의 움직임을 뒤따랐다. 마침내 숨겨진 공간을 찾았는지 방 안에서 잡히던 기척이 전각에 없는 지하에서 느껴졌다.

낭왕이 머리를 옆으로 돌렸다. 전각의 정문을 넘어오는 인영이 보였다. 그리고 그 뒤를 쫓아오는 듯한 미약한 기운도 잡혔다.

어쩐다.

낭왕은 바로 자리를 떠날지, 아니면 좀 더 지켜봐야 할지 고민했다. 지하에서 올라오던 도둑이 다가오는 기척을 느낀 듯 멈칫하더니 곧장 몸을 솟구쳐 올렸다. 낭왕은 지붕 위로 숨어든 도둑을 한 팔로 낚아채 자신의 기로 묶어버렸다. 놀라 발이라도 헛디디면 전각의 아래까지 다가온 전각의 주인에게 자신들의 위치가 들킬 것이다.

— 조용히! 발각되고 싶지 않으면 소리를 내지 않는 것이 좋을 것이다.

낭왕의 전음을 들은 도둑의 몸짓이 조용해졌다.

— 현명하군.

낭왕은 놀림과 같은 칭찬을 던지며 잡고 있던 팔을 풀었다. 그러나 전각 안으로 들어간 사람 탓에 검은 야행인(夜行人)은 낭왕에게서 몸을 떼어낼 수 없었다. 장신인 낭왕에 비해 머리 두 개는 차이가 날 정도로 작은 야행인이었다. 낭왕은 맞닿아 있는 작은 등에서 발산되는 긴장감을 느낄 수 있었다. 그 아래 숨어 있는 감정도 있는 듯했지만, 그가 느 낀 순간 그의 존재를 알아차린 듯 지워졌다. 야행인의 기민한 감각에 낭왕은 감탄했다.

"네가 여긴 어쩐 일이냐?"

기왓장 아래에서 늙수그레한 음성이 들려왔다. 등불이 켜진 방 안에는 두 사람이 자리해 있었다.

"어쩐 일이라니요? 제가 찾아오길 기다리고 계셨던 것은 아니고요?"

타고난 기가 약한 듯 힘없이 들려오는 여인의 목소리가 기억 한구석에 남아 있었다. 분명 어디선가 들었던 목소리인데…….

"내가 왜 널 기다린단 말이냐?"

"작은할아버님!"

그녀다! 남궁혜!

낭왕은 남궁혜가 소리치기 직전, 빈전에서 들었던 울음소리를 떠올렸다. 혼절해 쓰러진 그녀가 이 늦은 시간 대장로인 남궁현도를 만나러 왔다? 낭왕은 자신과 야행인의 기척을 더 은밀하게 숨기며 기왓장 아래에서 들려오는 소리에 귀를 기울였다.

"네 어디서 목청을 높이는 것이냐?"

쇳소리처럼 카랑카랑한 목소리가 남궁혜를 질타했다. 가주의 혈육이라 하나 어차피 그에겐 한갓 계집아이에 지나지 않았다. 하물며 그는 가주의 대척점에 서 있지 않은가. 그가 가주의 딸인 남궁혜를 예뻐해야 할 이유가 없었다.

"제게 단순한 미약이라 하셨잖아요? 그저 한동안 가수면에 빠질 뿐이다 하셨잖아요?"

"그 말을 믿었더냐?"

남궁혜는 일순 말문이 막혔다. 남궁현도가 재우쳐 물었다.

"어디 한 번 말해봐라. 네 진정 그 약이 미약이라 믿었는지 말이다.

그러하냐?"

"……저, 저는……."

남궁혜는 사시나무처럼 부들부들 떨며 입술을 달싹거렸다. 뱀처럼 사악한 남궁현도의 눈초리가 그녀의 속마음을 낱낱이 헤집었다.

진정 난 그 말을 믿었던가. ……그래, 어쩌면 그럴지도 모른다 생각했었다. 아니다 부인하면서도 그녀의 마음 저 깊숙이에서는 미약이 아니라는 것을 알고 있었다. 천천히 다가온 남궁현도가 그녀의 귓가에 입술을 가져와 쐐기를 박았다.

"그것 보렴. 넌 내가 건네줄 때부터 그 약에 어떤 효용이 있는지 알고 있었지. 알면서도 네 손으로 직접 태상가주께 올렸지."

"아니, 아니야! 그건 사실이 아니야! 나는 아무것도 몰랐어! 나는 당신의 말을 듣고 그대로 따른 것뿐이야!"

발작하듯 울부짖으며 진실을 부정한 남궁혜는 다리가 꺾여 풀썩 자리에 주저앉았다. 초점 없는 눈동자가 방향을 잃고 텅 비었다.

남궁현도는 남궁혜가 자신이 공범자임을 처절히 깨달을 때까지 뒷짐을 지고 기다렸다. 자신이 처한 입장을 바로 깨달아야 다음을 받아들일 수 있다. 한 번 쓰고 버리기엔 아직 쓰임새가 남아 있는 패라 이대로 망가지기엔 아까웠다. 겉으로 보기엔 꽃대 하나도 꺾지 못할 정도로 모질지 못해 보이지만, 한 번 선을 넘은 이상 제 스스로 살아남기 위해서라도 독을 품을 테니.

허리를 숙인 남궁현도는 흐릿한 남궁혜의 눈동자를 들여다보았다.

"걱정하지 마렴. 나는 가끔 거짓말을 하긴 하지만, 받은 것은 잊지 않는 늙은이란다. 허언만 남발해서는 큰일을 도모할 수가 없지. 약속했던 대로 네가 원하던 일은 이루어질 것이다. 그동안은 태상가주의 반대로 밀어붙일 수 없었지만 이제는 반대할 이가 없지 않느냐? 그러니 넌 신부 수업이나 얌전히 받으면서 대야성의 안주인이 될 준비를 하려무나."

남궁현도는 대야성의 안주인이라는 말을 듣는 순간 남궁혜의 눈동자가 반짝이며 초점이 돌아오는 것을 똑똑히 보았다.

그녀의 간절한 소망.

돌아가신 할아버지는 그녀가 말을 꺼낸 순간부터 절대로 안 된다며 반대하신 일. 눈물바람으로 매달리고 자리보전을 하고 누워도 할아버지는 노염이 가득한 눈으로 그녀의 청을 외면하셨다.

"나는 돌아가신 태상가주와는 의견이 다르단다. 대야성의 성주라면 그야말로 남궁 세가와 다시 없이 잘 어울릴 혼처가 아니냐. 너라면 빙석(氷石) 같은 성주라도 돌아보지 않을 수 없을 터. 그러니 너는 아무것도 걱정할 것 없느니라. 그저 규방의 꽃으로서 가문의 명을 따르면 되는 일이니."

대야성의 성주. 남궁 세가의 혼처.

남궁혜는 허벅지에 올려놓았던 두 주먹에 꽉 힘을 주었다. 부들부들 떨리는 주먹을 들어 일그러지는 입가를 가렸다. 희미한 열망의 불꽃이 점점 강해졌다. 남궁혜는 자신이 돌아설 수 없는 다리를 건넜다는 걸 깨달았다. 작은할아버지의 손을 뗄쳐낼 수 없다면 그녀에게 득이 되도록 이용이라도 해야 한다. 서로 물고 물리는 관계. 자칫 비굿하기라도 하면 잡아먹혀버릴 터.

눈물을 지운 남궁혜는 새파란 독기를 키웠다. 거목처럼 큰 그늘을 드리우던 할아버지를 버리고 택한 길이니, 반드시 소망하던 것을 이루리라. 그리고 그 마지막 마무리로 작은할아버지의 목을 받아낼 것이다.

남궁현도는 주름진 턱을 만지며 흡족해했다. 골골거리는 몸과 달리 머리는 영리해 그의 예상대로 제 입장을 빨리 받아들이는 듯했다. 눈물 바람에 큰 소리로 난동이라도 부리면 어쩌나 했더니…… 감시만 잘하면 두고두고 쓰임새가 많을 아이였다.

"알아들었으면 이제 그만 돌아가거라. 네 자리에서 가만히 기다리면 일은 자연스럽게 이루어질 터. 괜한 발걸음으로 다른 이들의 이목을 끄는 어리석은 짓일랑 하지 말고."

돌아갈 때에도 사람들을 피해 돌아가라는 말이었다.

지붕에서 필요한 내용을 모두 들은 낭왕은 잡고 있던 야행인과 함께 비척거리며 일어나는 남궁혜의 기척을 틈타 몸을 날렸다.

전각에서 떨어진 작은 가산(假山)에 내려서자마자 낭왕에게 잡혀 있던 야행인이 기다렸다는 듯 장(掌)을 날렸다. 작은 손에서 풍기는 기세라기엔 믿을 수 없을 정도로 날카롭고 위맹했다. 그대로 가슴을 내어준다면 아무리 그라 할지라도 위험할 정도였다.

낭왕은 한 걸음 비껴서며 아슬아슬하게 피했다.

쾅!

그를 스쳐 지나간 장이 바닥에 깊이 파인 자국을 남겼다. 낭왕은 옆으로 몸을 피하며 손가락을 갈고리처럼 세워 야행인의 목을 낚으려 했다. 몇 걸음도 떨어지지 않은 공간 속에서 예리한 경풍이 몰아쳤다.

찌익!

용조(龍爪)의 끝에 야행인의 얼굴을 가린 복면의 끝자락이 걸렸다. 검은 천이 찢어지며 그 사이로 숨기고 있던 얼굴의 일부분이 드러났다.

"너는?"

낭왕은 짧은 의문성을 터트렸다. 생각지도 못한 얼굴이 복면 아래 숨어 있었다. 입매와 이마에서 턱까지 이어지는 얼굴선에 눈매까지 분명 낮에 보았던 남장 여인이었다. 뜻밖의 마주침에 낭왕이 주춤거리는 사이 여인은 기회를 놓치지 않았다. 그가 다시 손을 뻗을 사이도 없이 여인의 신형이 사라졌다.

"저쪽이닷!"

"저기서 소리가 들렸다!"

폭음을 들은 경비 무사들이 우르르 달려오고 있었다. 낭왕은 여인이 사라진 방향을 향해 힐끔 시선을 주고 자리를 피하기 위해 몸을 날렸다.

불 꺼진 전각은 고요한 정적만이 가득했다. 침상 머리맡에 내려선 낭왕은 담벼락에 은신해 있는 감시자들의 분위기가 어수선해지는 것을 느꼈다. 내원 깊숙이에서 터진 폭음을 그들도 들었던 것이다. 느슨하게 풀렸던 긴장감이 확 되살아나며 팽팽해진 경계심이 조용한 대기를 깨웠다.

소란스러운 밖의 기척에 신경을 끊은 낭왕은 침상에 몸을 눕혔다. 전각에 이상이 없다는 걸 보고했는지 금세 밖이 조용해졌다. 잠이 든 듯 눈을 감고 있던 낭왕은 침상 아래로 다가오는 익숙한 그림자의 익숙한 기척을 느꼈다.

– 생각보다 빨리 돌아왔구나. 빈청들 중 하나로 돌아가더냐?

– 예. 은밀히 따라가니 중원전장의 문상객들이 머물고 있는 빈청으로 들어갔습니다.

낭왕은 천천히 눈을 떴다. 부리부리한 호목과는 어울리지 않는 깊은 동공에 이채가 스쳐 지나갔다.

중원전장의 사람이었던가? 개인이 움직인 것인가, 중원전장이 사람을 보낸 것인가.

지금으로써는 아무것도 알 수 없었다. 단지 남궁 대장로를 주시하고 있는 자들이 있다는 것을 알게 된 것만으로도 의외의 소득이었다.

그는 길게 이어지려는 상념을 접었다. 다시 만날 인연이라면 어디서든 마주칠 터. 그녀가 대장로의 처소에서 찾던 물건이 궁금하긴 했지만, 당장 그에게 중요한 것은 아니었다.

– 대장로는?

– 조용합니다. 폭음에 밖으로 나와 무슨 일인지 물어보았다고 합니다.

– 별다른 반응이 없었단 말이냐?

– 네.

그 또한 이상했다. 분명 그녀의 등허리에서는 볼록한 보퉁이가 튀어나와 있지 않았던가. 가지고 나온 물건이 아니었나? 그렇다면 왜 대장로의 처소에 숨어들었던 거지? 낭왕의 미간에 밭고랑처럼 굵은 주름이 잡혔다. 이래저래 그 남장 여인과 엮인 것들은 무엇 하나 명확하지 않았다.

그렇지만 대장로의 처소에서 얻은 것이 없지는 않으니. 낭왕은 냉소를 지었다. 빈전에 누워 있는 검왕이 저승에서 자신을 죽인 것이 그토록 아끼던 손녀였던 것을 알게 된다면 얼마나 원통할까. 낭왕의 냉소는 하독한 남궁혜가 아닌, 검왕에 대한 조소였다.

추악한 죽음과 그 속에 숨어 있는 암계 속에 남궁 세가는 잠들지 못하고 어수선한 밤을 지새워야 했다.

三章

만고당(萬古堂)

바닥에서 천장까지 벽면을 따라 촘촘히 짜인 서가(書架)에 책들이 빽
빽하게 꽂혀 있었다. 책들마다 겉피가 누르스름하게 변색되어 있는 것
이 오랜 세월을 입은 고서들이었다. 칸칸마다 채워진 서가에서 오래 묵
은 종이 특유의 텁텁한 냄새와 묵향이 배어 나왔다. 햇살에서 책을 보
호하기 위해 창이 없는 터라 밖은 환한 대낮인데도 전각 안은 약간 어
둑어둑했지만, 사방의 천장 귀퉁이에 보이지 않게 박혀 있는 호두알만
한 야명주 탓에 아주 깜깜하지는 않았다. 책을 볼 수 있을 정도의 딱 알
맞은 빛이 일정하게 유지되었다. 일반 서각(書閣)에서는 보기 힘든, 먼
지를 잡아먹는 집진주(集塵珠)도 있어 서가로서는 최상의 환경이었다.

높은 곳에 위치한 서책을 뽑기 위해 걸쳐놓은 사다리에 자리한 가연
(佳蓮)은 손가락으로 꽂혀 있는 서책을 하나씩 훑어나갔다. 어제 책들이
새로 들어와 제대로 정리되어 있는지 꼼꼼하게 확인하는 중이었다. 권
수가 많아 처음에 제대로 꽂아두지 않으면 막상 찾아야 할 때 허둥거리
다 놓치는 경우가 있었다. 그러니 귀찮더라도 들어온 날 바로 확인하는

편이 나왔다.

아래로 뚝 떨어진 넓은 소맷자락이 옆으로 자리를 옮길 때마다 녹푸른 잎사귀처럼 흔들렸다. 가연은 무릎에 장부 목록을 펼쳐놓고 서가의 서책들과 일일이 비교했다. 혹 순서가 뒤섞이거나 빠진 것은 없는지 확인하면서 입고된 서책들의 종류와 위치를 외웠다.

"계시오?"

활짝 열려 있는 전각 입구 쪽에서 언제 들어왔는지 젊은 공자가 주변을 두리번거리며 사람을 소리쳐 부를 때까지.

송기영(宋畿營)은 전각의 문지방을 넘어서면서도 자신이 맞게 찾아왔는지 긴가민가하고 있었다. 대략적인 위치만 듣고 나선 길이었다. 고만고만한 점포들이 다닥다닥 붙어 미로처럼 엮여 있는 거리에서 제대로 된 현판도 걸려 있지 않은 가게를 찾는다는 것이 쉽지 않았다. 그것도 구석에 숨은 듯 골목의 끄트머리에 붙어 있어 대로에서부터 걸어온 거리도 만만치 않았다. 약도를 그려준다 했던 친우의 말을 거절한 것이 살짝 후회될 정도였다.

쯧! 상점이라 열어놓은 곳이 입구에 현판도 걸려 있지 않으니, 제대로 장사를 하겠다는 건지, 말겠다는 건지.

하오의 따가운 햇살을 가려주는 넓은 차양막 아래 잠겨 있지 않은 문을 밀고 안으로 들어갔다. 점포 입구라 당연히 사람이 있을 줄 알았다. 주인은 아니더라도 하다못해 점원이라도 나오리라. 그런데 점포 자체가 하나의 관문처럼 안으로 다시 길게 길이 나 있었다. 좌우로 다른 점포의 담으로 보이는 벽들이 병풍처럼 높다랗게 세워져 있었다. 혹시 함정에 빠진 것은 아닐까 싶어 살펴봤지만 담장 너머에서 들려오는 시전의 왁자지껄한 소리 외에는 수상한 것은 찾을 수 없었다.

하긴 그이가 자신을 배신할 위인은 못 되지. 귀가 얇아 이쪽저쪽 기웃거리기는 하지만 남의 뒤통수를 칠 성격은 못 되었다.

짜증과 의문을 애써 눌러 참고 안내석처럼 자잘한 백석(白石)이 박혀 있는 길을 따라 들어갔다. 짧게 끝날 거라는 그의 예상을 비웃기라도 하듯 담벼락은 길게 이어졌다. 깊숙이 들어가면 갈수록 시전의 소란스러운 소리가 멀어졌다. 곧게 뻗은 길을 걷는 것 같은데도 어쩐지 이리저리 휘어지는 듯해 방향을 명확하게 잡을 수가 없었다.

송기영은 오기가 생겼다. 이왕 여기까지 왔으니 끝까지 가보는 수밖에. 쓸데없이 그의 발품을 팔게 만든 거라면 그 대가를 톡톡히 치러야 할 것이야.

두어 사람이 걸어갈 정도의 길이 갑자기 확 넓어지며 막혀 있던 시야가 트였다. 널찍한 안마당을 두고 장원의 고루거각처럼 보이는 커다란 전각이 나타났다. 송기영의 날카로운 눈썰미가 오래된 처마와 기둥을 재빨리 살폈다. 규모는 크지만 몰락한 장원인 듯 낡고 수수했다.

방문객을 환영하듯 활짝 열려 있는 문을 지나가자마자 송기영의 시야를 채운 것은 책이었다. 상하좌우 보이는 곳이 모두 서가요, 책이었다. 그를 향해 우르르 쏟아져 내려 산처럼 묻어버릴 듯한 서가의 위용에 송기영은 마른침을 꿀꺽 삼키고 황급히 큰 소리로 사람을 불렀다.

"계시오?"

드르륵. 작은 수레바퀴가 굴러가는 소리가 났다.

송기영은 책이 뿜어내는 무거운 기세를 쫓아내는 소리가 반가워 급히 고개를 돌렸다. 천장까지 닿는 높은 사다리를 붙잡고 천천히 내려오는 가연을 보았다. 시전의 점포에 들어선 이후 처음 만나는 사람이었다.

후!

송기영은 저도 모르게 안도의 한숨을 몰래 내쉬었다. 들고 있던 섭선을 펼쳐 펄럭펄럭 부채질을 했다. 사람이 있다는 건 자신이 장소를 제대로 찾아왔다는 말이었다.

안가(安家)도 아닌 것이 찾는 사람 힘들게 꽁꽁 숨어 있구만.

오늘 자신이 얼마나 걸었는지 짐작도 가지 않았다. 일주일은 걸을 거리를 오늘 하루 만에 다 걸은 듯했다. 성질이 돋은 그는 접힌 소맷단을 아래로 펼쳐 내리며 걸어오는 가연을 화난 눈초리로 보았다. 깨끗하긴 하지만 값싸고 질긴 노란 면포를 걸친 것이 이곳에서 일하는 점원이렷다. 그는 대뜸 섭선을 들어 가연을 가리키며 물었다.

"이곳이 만고당(萬古堂)이냐?"

가연은 확인이 끝난 장부를 서탁에 올려놓았다.

"네, 손님. 바로 찾아오셨습니다. 여기가 만고당이지요."

"흠!"

접힌 섭선 끝으로 턱을 문지르며 송기영은 확인하듯 서고 안쪽을 한 바퀴 돌아보았다. 그러나 그의 짧은 안목으로는 서가의 가치를 알아볼 수 없었다. 그저 퀴퀴한 곰팡내에 코가 괴롭다는 기분만 들었다. 그는 책을 좋아하지 않았다. 자신이 과거를 치를 학사도 아닌데 왜 글공부를 해야 한단 말인가. 글 한 줄 읽을 시간에 운기조식을 한 번 더 하리라.

귀한 벽라장삼에 알 굵은 벽옥이 박힌 영웅건을 이마에 두르고 옥으로 살을 댄 섭선을 살랑살랑 부치는 송기영은 음주가무에 취해 있는 한량 같았다. 이름난 기루의 아름다운 기녀를 찾아 돈을 물 쓰듯 뿌리는 듯한 취향이 차림새에서 솔솔 풍겼다. 집안의 재력과 힘으로 세상에 아쉬울 것 없이 제멋대로 오만과 독선을 부리는 명문가의 공자. 가연은 골치 아픈 손님이 될 것 같아 벌써부터 미간이 지끈거렸다.

아니나 다를까, 송기영은 대뜸 반말로 그녀에게 명령했다.

"너! 뭘 그리 멀뚱히 서 있는 게야! 어서 가서 주인을 불러오지 않고!"

송기영이 섭선을 밑으로 끌어내리며 갸름한 눈초리로 품평하듯 가연을 위아래로 훑어 내렸다. 점원치고는 제법 미색이 괜찮은 것이 꾸미면 한결 볼 만할 듯했다. 여러 기루의 다양한 기녀들을 다룬 경험으로 미루어 보아 이런 아이가 물을 만나 한 번 만개하기 시작하면 사방에 짙은 향을 풍긴다는 것을 잘 알고 있었다. 안기는 속살 맛도 진미일 터. 그러고 보니 이곳이 만 가지 물건을 취급한다는 만고당이었지. 계집도 거래하려는가. 한 번 관심이 가자 슬슬 음심(淫心)이 동했다. 거대한 송가장에 여인 하나 들여놓을 장소가 없겠는가. 체구도 자그마한 것이 방을 내어줘도 있는 티도 나지 않을 듯했다. 즐길 만큼 즐기다 지겨워지면 은자나 쥐여서 내보내면 되는 일. 그도 아니면 수하들에게 맛이나 보라며 던져주는 방법도 있다.

가연은 음탕한 눈빛을 더 이상 참고 받아줄 수 없어 평소보다 몇 배는 더 차가운 음성으로 답했다.

"제가 만고당의 주인입니다."

"뭐?"

송가영이 이해하지 못한 듯 단음절로 되물었다. 가연이 당황하는 송기영을 똑바로 바라보며 강한 어조로 다시 한 번 말했다.

"제가 공자께서 찾으시는 사람이란 말입니다."

"네가……? 아니, 소저가 만고당의 주인이란 말이오?"

송기영은 무심결에 하대하려다 황급히 말을 높였다. 장난스럽게 살랑거리던 섭선을 놀란 김에 잘못 접어 살 끝이 약간 구겨졌다.

중원에 이름 높은 만고당의 주인이 고작 약관도 되어 보이지 않는 여인이란 말인가. 그는 주변을 두리번거리며 다른 사람은 없는지 살펴보았다. 유랑(游廊)으로 이어진 쪽문에도 사람의 그림자라고는 보이지 않았다.

"정말 그대가, 소저가 만고당의 주인이 맞소?"

가연은 통 넓은 소맷단에 양손을 마주 집어넣었다.

"믿지 못하신다면 그만 돌아가시지요."

"……그게 무슨……?"

"주인인지 아닌지 의심부터 품고 계시니 무슨 거래가 오갈 수 있겠습니까? 아무리 금전 관계에 불과하더라도, 아니, 금전 관계이기에 더욱 신용이 중요한 것이지요. 허니, 그만 돌아가십시오."

송기영은 기가 막혀 헛웃음을 지었다.

"허참! 내 보다보다 손님을 내쫓는 가게는 또 처음이로군."

묵묵부답인 가연의 반응에 송기영은 끝이 구겨진 섭선으로 얼굴을 톡톡 두드렸다. 뭔가 생각할 거리가 생기면 나오는 버릇이었다.

만고당의 주인이라……. 여인이 만고당의 주인이 맞는다면 아무리 자신이 송가장의 이공자라 해도 섣불리 손을 댈 수 없었다. 속으로는 한갓 점포상의 주인이라며 맘껏 비웃을지언정 겉으로 그런 마음을 내보여서는 안 되었다.

만고당.

언제부터 생겼는지 알 수 없지만 꽤 오랜 역사를 가진 만물상으로 이름 그대로 골동품을 취급하는 곳이었다. 구비되어 있는 물건들도 진품으로 뛰어난 것들이 많았지만, 만고당은 손님의 주문을 받아 물건을 구해준다는 점이 특이했다. 알음알음 소문을 듣고 찾아온 손님들이 부탁을 하면 기한을 정해 물건을 구해주고, 찾지 못하면 배상을 해주었다. 그리해 만고당에서 구하지 못한 물건은 더 이상 세상에 남아 있지 않다는 말까지 떠돌고 있었다. 그렇게 만고당을 찾은 고객들이 하나의 보호막이 되어 만고당을 지켜주는 보이지 않는 힘이 되었다. 만고당의 인맥은 일개 성의 성주나 대야성 장로의 영향력을 웃돌 정도로 막강하다 알려져 있었다.

그런 만고당의 주인이 눈앞에 있는 어린 계집이라니.

'내 자네 성격을 알기에 말해두네만, 거기에 가서는 절대로 경거망동하지 말게나. 자네가 구할 물건이 뭔지는 몰라도, 중원 천지에서 물건 하나만은 확실하게 구할 수 있는 곳이니.'

새삼 이곳을 가르쳐준 친우의 충고가 떠올랐다. 자신에게도 피해가

올 수 있다며 우거지상을 하고서는 재삼 말과 행동을 조심해달라 당부했었다. 어지간히도 설설 기는구나 싶어 속으로 코웃음을 날렸더니…….

그러다 송기영은 좋은 생각이 났다. 어차피 데리고 놀 생각을 했지 않았던가. 만고당의 주인이라면 한 번 쓰고 버리기에는 아까운 패였다. 가진 재물도 두둑할 것이고, 만고당의 인맥을 이용한다면 장차 그의 앞날에도 유용한 도움이 될 터. 부친도 이해득실을 따져보면 좋아라 허락하실 것이다. 정실은 과하니 첩으로 들이는 정도는 괜찮겠지. 이런 계집 하나 유혹하는 것이야 일도 아니고…….

송기영은 매끈한 얼굴에 자신만만한 웃음을 지으며 미혼공(迷魂功)을 일으켰다. 흡공(吸功)처럼 사악하지는 않지만, 여인의 입장에서는 더 질이 나빴다. 그의 미혼공에 걸려 몸을 망친 여인들이 하나둘이 아니었다.

"내 급한 마음에 실례를 저질렀소이다. 너그러이 용서해주시오, 소저. 친우에게서 이곳에서라면 오자도(烏瓷導)의 청자연적(靑瓷硯滴)을 구할 수 있을 거라는 말에 흥분해 그만 실수를 했소이다. 송가장의 송기영이라 하오."

송기영은 손을 앞으로 모아 포권하며 사과를 했다. 그러는 와중에도 미혼공을 운용해 가연의 심신을 옭아매려 했다.

가연이 봉오리처럼 닫혀 있던 입술을 살짝 벌리며 미소를 지었다.

됐다! 송기영은 속으로 쾌재를 불렀다. 여인의 미소란 마음이 열리고 있다는 징조였으니.

"오자도의 청자연적이라, 매우 귀한 것을 찾으시는군요. 오자도의 청자는 온전히 남아 있는 것이 극히 드문 데다, 연적은 특히 몇 점 없는 물건입니다."

송기영이 맞는다는 듯 고개를 끄덕였다.

오자도는 송대(宋代)의 유명한 자기장(瓷器匠)이었다. 그가 직접 빚은 청자는 깊은 하늘 빛깔이 곱기로 유명해 당시에도 부르는 것이 값이라 할 정도였다. 그나마도 마음에 들지 않는 것은 부숴버려 평생 만든 작품 수가 50개를 넘지 못했다. 그런 오자도의 작품 중에서도 구하기 힘든 것이 청자연적이었다. 그 희귀성 탓에 돈이 있어도 쉽사리 구할 수 없는 물건이었다.

송기영은 반드시 오자도의 청자연적이 필요했다. 허울만 그럴싸한 송가장의 이공자라는 배경을 벗어던지고 자신에게 어울리는 장소를 만들어줄 소중한 도구였다. 일단 수많은 사람들을 헤치고 나가 그분의 눈에 들기만 하면 자신의 앞날은 탄탄대로가 될 것이다. 그분을 후견인으로 두고, 눈앞의 여인의 인맥과 재력을 손에 넣어 휘두르게 된다면 이루지 못할 것이 없을 터. 일인지하 만인지상(一人之下 萬人之上)의 자리를 넘어 그 정점에 올라서는 것도 터무니없는 꿈은 아니지. 불을 향해 날아드는 부나방처럼 그의 가슴속에서 시커먼 야망이 이글거렸다.

마주 서 있는 송기영에게서 역겨운 냄새가 점점 더 강하게 나자, 가연은 찌푸려지는 미간을 간신히 바로 폈다. 처음에 느꼈던 정욕의 비릿한 냄새보다 더 견디기 힘든 냄새였다. 음습하고 구역질이 나는 시취가 그의 영혼에서 느껴졌다. 그날 이후로 얻게 된 능력이었다. 원인을 알 수 없으니 막을 방법도 찾을 수 없었다.

가연은 자연스럽게 받아들였다. 상대방의 생각까지 샅샅이 전해지는 게 아니라 대략적인 느낌만 전해지는 것이라 그녀에게 아주 나쁜 것은 아니었다. 특히 큰 거래를 할 때 상대방의 암계를 알아차릴 수 있어 톡톡히 덕을 봤었다. 하지만 타인의 생각이나 감정을 감지한다는 것이 기분 좋을 턱이 없었다.

가연은 시궁창의 오물을 더 이상 마주 대하기 싫었다. 만고당의 손님을 고르는 이유가 무엇이던가. 하물며 이 전각까지 올 수 있도록 허락받는 손님은 드물었다. 그런데 어디의 어떤 멍청이가 함부로 입을 열어 이런 쓰레기를 몰고 왔는지……. 누군지 찾아내 가볍게 혀를 놀린 대가를 받아내리라.

"오자도의 청자연적은 매우 귀한 것이라, 만고당의 창고에도 단 한 점밖에 남아 있지 않습니다."

송기영은 순간 숨을 멈췄다. 만고당이라 믿고 오긴 했지만, 그래도 반신반의하던 참이었다. 설사 운이 좋아 구할 수 있다 하더라도 시일이 필요하다는 말을 반드시 할 테니 서둘러달라 재촉할 셈이었다. 그런 그의 모든 걱정이 괜한 것이었다.

하늘이 나를 돕는구나.

기쁨에 흡족한 웃음을 짓는 그의 귓가에 가연의 목소리가 들려왔다.

"허나, 불행하게도 공자께 드릴 물건은 아닙니다."

송기영의 얼굴에서 웃음이 지워졌다.

"뭐라? 내게 줄 물건이 아니다? 허면, 먼저 예약한 자가 있단 말인가?"

"네."

"누구냐? 먼저 말한 이가 누구든, 내 그보다 몇 배는 더 웃돈을 쳐주겠다! 금액을 말하거라!"

누군가 선수를 쳤다? 초조해진 송기영의 눈꼬리가 청령(蜻蛉)의 날개처럼 파르르 떨렸다. 제법 준수하지만 갸름한 눈초리 탓에 날카로워 보이는 인상이 한층 신경질적으로 바뀌었다.

"그럴 수는 없지요. 먼저 청하신 분이 계시는데, 금액을 더 부른다 하여 물건을 돌릴 수는 없습니다."

"세 배! 아니, 네 배를 더 주겠다!"

가연의 입술이 둥글게 휘어 부드러운 호를 이루었다. 그제야 흥분했던 송기영은 이상한 점을 느꼈다.

미혼공이 통하지 않고 있다?

겉으로는 놀람을 드러내지 않은 그는 눈앞의 여인을 세세히 살펴보았다. 겉으로 드러나 보이는 기세가 없었다. 설마, 이 나이에 나보다 더 높은 무공을 익혔다는 말은 아니겠지? 송기영은 미약하게 운용하던 미혼공의 공력을 높였다. 그의 안광에 붉은 기운이 감돌았다. 그러나 가연의 심연처럼 깊은 눈동자에는 잔물결도 일지 않았다.

"이게……?"

"오자도의 청자연적 하나가 얼마인지 아십니까? 부르는 것이 값인 물건의 네 배라, 송가장의 장원을 팔아도 감당하기 힘들 터인데……. 그런데도 사시렵니까?"

"말도 안 되는! 한갓 물건 하나에 송가장이라니! 어디서 터무니없는 값을 부르려 드느냐!"

송가장이 거론되자 화가 난 송기영이 들고 있던 섭선을 내려쳤다. 날카로운 바람 소리와 함께 장부를 얹어놓은 서탁 한쪽 구석이 힘을 이기지 못하고 쾅 내려앉았다.

"그만큼 귀한 물건이라는 말입니다. 그런 물건을 중간에서 빼돌릴 수는 없지 않겠습니까?"

송기영이 까득 이를 갈았다. 미혼공이 통하지 않는 이유를 조사하는 것은 차후의 일, 당장은 오자도의 물건을 손에 넣는 것이 중요했다. 미혼공으로 정신을 세뇌할 수도 없으니 난감했다.

"청자연적을 주문한 이가 누구냐? 내가 직접 만나 물건을 양보해달라 청해보겠다."

"송구하나 손님의 성함을 함부로 누설할 수는 없답니다. 만고당의 손님들은 각자 자신의 이름이 보호받기를 원하십니다. 본당은 손님들의 바람을 들어드리려 애쓰고 있지요."

붉은 기가 일렁이던 그의 안광에 섬뜩한 살기가 감돌았다. 당장 손을 뻗어 밉살맞게 지절거리는 가연의 목을 분지를 기세였다.

"아, 손님이 계셨습니까?"

서가의 한 귀퉁이에 있는 작은 뒷문이 덜컥 소리가 나며 열리더니 학사의를 걸친 노인이 들어왔다.

"아니에요. 얘기도 다 끝났고, 이제 돌아가시려던 참이었어요. 그렇지 않습니까, 송 공자?"

90

송기영은 중년인과 가연의 얼굴을 번갈아 바라보았다. 분명 아무런 기척도 느끼지 못했었는데, 언제 나타난 거지?

갑작스럽게 나타난 중년인 탓에 송기영은 손을 쓰기가 난감해졌다. 노인도 무공을 익힌 흔적이 보이지 않았지만, 그 외에 다른 자들이 남아 있을 수도 있었다. 만고당이라면 숨어 있는 무사들도 있을 터.

"내 오늘 일은 절대로 잊지 않을 것이다."

가연은 말간 웃음으로 그의 엄포를 무시했다.

망가진 섭선을 들고 성큼성큼 나가버린 송기영의 뒷모습을 지켜보던 총관 하연길(何涓吉)이 땅이 꺼져라 한숨을 푹 내쉬었다.

"또 손님을 내쫓으셨습니까? 이게 벌써 몇 번째인지 아십니까, 당주님?"

"저런 손님은 아니 온 만 못합니다. 만고당의 이름에 먹칠이나 하지 않으면 다행일 자예요."

가면처럼 짓고 있던 미소를 거둔 가연은 모서리가 망가진 서탁을 손으로 가만가만 쓸었다. 꺼끌꺼끌한 감촉이 손바닥을 찔렀다. 가까이 다가온 하 총관이 와락 인상을 쓰며 물었다.

"서탁이 왜 그 모양입니까?"

"방금 나간 손님이 여기에다 화풀이를 해버려서요. 아무래도 서탁 값을 받았어야 했는데, 아깝네요."

"아니, 그런 썩을 놈을 그냥 보내셨단 말입니까! 어디랍니까? 당장 사람을 보내 변상하라 요구해야 합니다!"

학자 같은 근엄한 품새와 달리 다혈질인 하 총관은 금세 열불이 나

열심히 손해 배상액을 계산했다.

만고당에 있는 물건들 중 골동품이 아닌 것이라고는 없었다. 속된 말로 전각 안에서 숨 쉬고 있는 것 빼고는 모두 옛날 것들이라 청소하기 힘들다며 아랫것들이 투덜거리곤 하지 않던가. 가연이 쓰다듬고 있는 서탁도 이름난 것은 아니나, 장에 내놓으면 은자 50냥을 주어야 거래가 성사될까 말까였다. 그런 물건의 귀퉁이가 날아갔으니 하 총관이 펄쩍 뛰어오르는 것도 당연했다. 이름만 가르쳐주면 자신이 직접 달려갈 기세였다. 서탁에서 손을 떼고 가연이 말을 걸지 않았다면 말이다.

"이 아이, 공방에 맡기세요. 부서진 자리가 깔끔하지 않으니 차라리 매끄럽게 잘라내고 새로 접붙이는 편이 나을 거라는 말도 함께 전해주시고요."

"……네, 당주님. 그런데 정말 누군지 알려주시지 않을 겁니까? 비록 다른 물건들에 비해 떨어지긴 하나 이것도 엄연히 가게에 내어놓은 상품입니다. 멀쩡한 물건을 상하게 만들었으니 변상케 해야 합니다."

하 총관은 나뭇결이 들쑥날쑥 튀어나온 부분을 안타까이 바라보며 에구구 앓는 소리를 냈다.

가연은 장부를 서가에 꽂다 고소를 지었다.

"글쎄, 하 총관이 찾아가지 않아도 제 발로 담을 넘어올 것 같은데……."

"예? 그게 무슨 말입니까? 담을 넘다니? 월장이라도 한단 말입니까? 왜요?"

깜짝 놀란 하 총관은 토끼처럼 제자리에서 펄쩍 뛰어올랐다. 담을 넘어오는 자는 양상군자뿐이지 않은가.

가연은 서탁에 놓여 있는 벼루와 붓통을 치우며 여상스럽게 답했다.

"가지려는 물건을 내어놓지 않으니 다음 수순이 뭐겠습니까? 방금 전에도 하 총관이 들어오지 않았다면 무력으로 강제로 뺏으려 들었을 겁니다."

"그건 강도가 아닙니까!"

물론 지금껏 그런 놈이 한둘이 아니었지만서도.

"경비조에 주의하라 말해두겠습니다. 잡으면 다리몽둥이 하나는 반드시 부러뜨려놓으라고 해야겠습니다. 여기가 어디라고 월담이랍니까! 월담이!"

생긴 것은 멀쩡하게 보이더니 그 속은 시궁창이었구만. 칼 든 도둑놈에게는 몽둥이가 약이지. 만고당의 마당에 깔린 괴석 하나도 애지중지하는 하 총관에게 물건을 훔치는 도둑은 살인자보다 더 괘씸한 죄인이었다.

"혹, 근시일 내에 인근의 명사들 중 중요한 날을 맞이하는 이가 있나요?"

"예?"

서가에서 돌아선 가연의 눈이 깊은 빛깔을 발했다.

"그러고 보니 최근에 물건을 찾는 손님들이 제법 늘긴 했습지요. 그게…… 아! 대야성의 상관 군사의 생신이 이레 뒤입니다. 다들 그날을 위해 이런저런 선물들을 준비하려고 분주하더군요."

"상관 군사라면…… 천기신사(天機神師) 상관준경(上官俊慶)을 말함이겠지요?"

"예. 생신이긴 하지만 상관 군사가 떠들썩한 잔치는 싫다 하여 지인들끼리 조촐한 다연만 가진다더군요. 허나 어디 세상인심이 그렇습니까? 대야성의 군사라 하면 어찌 되었든 일인지하 만인지상의 자리라고 해도 과언이 아니니 여기저기서 알아서 허리를 숙일 수밖에요. 초대를 받지 못해 다연에 갈 수는 없지만, 어떻게든 자신들의 성의는 보여야 안심할 수 있을 테니 말입니다. 상관 군사가 명화나 붓을 좋아한다 하여 만고당으로도 꽤 여러 점이 주문 들어와 모두 건넸습니다. 대금까지 모두 수금이 끝났지요."

과연 그랬군.

그제야 가연은 이해했다.

전 대야성주의 전폭적인 지지에 힘입어 제갈 세가를 밀어내고 군사직을 맡은 상관준경은 복잡한 대야성의 세력 구도 속에서 철저한 대야성주의 사람이었다. 그의 위치는 전대 성주가 죽은 후에 더욱 공고해졌다. 그만큼 제갈 세가가 속해 있는 오대 세가의 견제를 심하게 받고 있지만, 불행하게도 상관 세가에는 상관준경의 뒤를 이을 후계자가 없었다.

생일을 기회로 여기저기서 눈도장이라도 찍어볼까 싶어 기웃거리는 거로군.

"설마 방금 쫓아낸 공자가 상관 군사의 다연에 초대받은 것은 아니겠지요?"

다연에 참석한다는 것은 상관준경과 친분이 돈독하다는 증거였다.

괜한 밉보임을 당해 눈 밖에 나면 곤란한 지경에 처할 수 있었다. 물론 보복을 당해도 충분히 해결할 수 있지만, 그 뒤처리를 담당해야 하는 것은 하 총관이라 일단 확인부터 해보는 것이다. 그는 송기영이 나간 문과 가연을 번갈아 바라보았다. 만약 그렇다는 말이 나오면 신발에 불이 나도록 달려가 붙잡아 앉혀서는 상한 기분을 풀어주리라 다짐하면서. 그것이 후일 닥쳐올 뒤처리를 해결하는 것보다 훨씬 수월할 터이니.

"고작 송가장의 대공자도 아니고 이공자 따위가 그런 다연에 초대받았을 리가 없지요."

후우.

하 총관은 안도의 한숨을 내쉬었다. 달려 나가려는 듯 잔뜩 힘을 주고 있던 몸도 흐물흐물 풀어졌다.

"송가장의 이공자였습니까? 그 한량으로 소문난?"

무공이나 재지는 뛰어나지만 인품이 탁하고 행동이 문란해 송가장의 장주가 크게 걱정하고 있다는 풍문을 들었다. 그나마 대공자가 출중해 송가장이 내분에 휩쓸리는 일은 벌어지지 않을 거라는 것이 주변의 중론이었다.

"뛰어난 형 때문에 송가장은 먹을 수 없을 것 같으니 다른 길을 뚫으려는 겁니까? 그 자리를 차지하는 게 송가장보다 더 힘들 것 같은데요?"

송가장주와 상관세가주.

허, 참! 꿈 한 번 야무지구만.

하 총관은 혀를 끌끌 찼다. 이무기도 되지 못하는 구렁이가 여의주를 삼키려는 꼴이었다. 구렁이가 아무리 입이 커도 여의주를 삼키려다간 제 입이 찢어질 터. 상관준경의 후계 자리를 차지하기 위한 경쟁은 대야성주 자리를 차지하기 위한 쟁투만큼 치열했다. 용봉까지는 아니더라도 땅을 기어 다니는 구렁이가 입맛을 다시며 끼어들 놀이판이 아니라는 말이다.

"송가장보다는 그쪽이 더 크고 맛있는 먹잇감일 테니까요."

끌끌! 먹기보다는 먹힐 공산이 크구만. 뭐, 송가장이면 배상금은 확실하게 받아낼 수 있으니 다행이지. 분수를 모르면 제 명대로 살기 힘든 법이다.

서탁의 물건을 모두 치운 가연은 생각에 빠져 있는 하 총관에게 말했다.

"참! 창고에 있는 오자도의 청자연적은 따로 빼 포장을 해두세요."

"청자연적 말입니까?"

오자도의 청자연적은 창고에 있는 물건들 중에서도 상급품에 들어갔다. 그런 물건을 어디에다 쓰시려는가? 따로 주문이 들어온 곳도 없거늘. 이리저리 눈을 굴리던 하 총관이 탁 손바닥을 내려쳤다.

"송가장의 이공자가 찾던 물건이 그것입니까?"

가연이 희미한 미소로 답했다. 하 총관이 약간 뜻밖이라는 표정으로 턱을 문질렀다.

"물건 보는 눈은 있군요. 오자도의 청자연적이라니, 딱 맞춤입니다. 허, 참! 보는 눈에 탐심만 있고 능력은 부족하니 명줄을 스스로 재촉할 팔자로군요. 차라리 없느니만 못합니다. 쯧쯧쯧."

돌아 나가는 하 총관의 혀 차는 소리에 종이를 뒤적이던 가연의 손길이 멈칫했다.

보는 눈에 탐심만 있고 능력은 부족하다라……. 하 총관이 혼잣말처럼 중얼거린 말을 소리 없이 입안으로 읊조렸다. 가연의 입술에 자조어린 비소가 맺혔다. 분수도 모르고 날뛰는 송가장의 철부지를 탓할 것이 뭐겠는가. 그녀 역시 딱 그 처지인 것을. 그래서 더 하 총관의 마지막 말이 송곳처럼 아프게 박혔다.

밤하늘에 반짝이는 별무리가 모여 아름다운 내를 이루었다. 성하(星河)의 별자리가 선명한 것이 여름의 끝물을 보여주었다. 한낮은 아직 뜨거운 열기에 이글거렸지만, 아침저녁으로는 서늘한 된바람이 살랑거렸다.

후조방(後朝房)의 유랑(遊廊)을 따라 후원을 나온 가연은 문득 걸음을 멈추고 유랑의 처마 너머로 보이는 성해(星海)를 올려다보았다. 선녀들이 짜는 옥 베틀에 귀한 은단(銀緞)이 걸려 있는 듯 밤하늘이 은은한 빛으로 반짝거렸다.

가연의 눈빛이 아련해졌다.

어릴 때에는 아버지가 들려주시는 비단을 짜는 선녀 이야기가 진짜인 줄 알았지. 별마다 선녀들이 자리해 자신의 베틀을 돌리며 솜씨 자랑을 한다 하셨더랬다. 지금은 듣고 싶어도 들을 수 없고, 믿고 싶어도 믿을 수 없었다. 동심이란 짧은 환상과도 같아 가지고 있을 때에는 귀한 것을 모르다가 지난 뒤에야 아쉬움에 돌아보게 만들었다.

가연은 다반(茶盤)을 고쳐 잡고 다시 걸음을 옮겼다. 자박거리는 조용한 발자국 소리가 유랑을 따라 길게 이어졌다. 내원과 외원을 구분하는 수화문(垂花門)을 넘어 청석 계단을 밟아 내려오자 여기저기 등이 밝혀져 있는 곳이 눈에 들어왔다. 수화문 가까이에 서 있던 경비 무사가 가연을 발견하고 허리를 숙였다. 살짝 고개를 숙여 인사를 받은 가연은 불빛들이 둘러싸고 있는 전각으로 향했다.

문의 장지 위로 빛을 받은 그림자가 걸려 있었다. 장지문 앞에서 가연이 고했다.

"양부님, 가연입니다."

"들어오너라."

가연은 다반이 흔들리지 않도록 조심하며 닫혀 있는 문을 열고 안으로 들어갔다. 주인의 성품을 보여주듯 딱 필요한 가구 외에는 일절 장식이 없는 방은 단출하다 못해 썰렁했지만, 서탁에 앉아 있는 건장한 중년인의 존재감에 금세 채워졌다.

"아직 자지 않았더냐?"

서탁에 앉아 골치 아픈 장부를 보고 있던 벽갈평(碧碣平)이 들어오는 가연을 반겼다.

"차를 가져왔습니다. 드시면서 잠시 쉬시지요."

"음."

가연은 주전자를 기울여 푸른 연꽃무늬가 들어간 찻잔에 찻물을 따랐다. 벽갈평은 들고 있던 서류를 내려놓고 양녀가 내미는 찻잔을 받았다. 그윽한 다향에 서류를 잡고 씨름하느라 생겼던 두통이 말끔히 사라지는 듯했다. 평소보다 옅은 맛에 은은한 백합 향이 났다.

"곧 주무실 때라 연하게 우렸습니다."

양녀의 세심함에 벽갈평은 속으로 흐뭇해 했다. 하긴, 처음 이 집에 도착했을 때에도 이 아이는 이랬지. 찻잔을 손바닥에 올려놓은 그는 흘러간 지난 시절의 한 부분을 뚝 잘라 머릿속으로 끄집어냈다.

6년 전의 일이었다. 한 통의 서신을 받은 그가 황급히 길을 나선 것은.

젊은 날, 강호를 방랑할 때 만났던 친우였다. 뜻이 맞았고 말도 잘 통했다. 무공도 서로 비슷한 경지라 도움을 주고받기도 했다. 그런 강호행을 끝낼 때쯤 그는 대야성에 대한 뜻을 친우에게 피력하며 함께하고자 권했다. 그러나 친우는 조용히 거절하며 산야에 묻히기를 원했다. 젊은 날의 혈기를 어찌 그리 썩히려 하느냐 친우를 닦달해보았지만, 요지부동이라 결국 그리 헤어진 후 서너 번 서신이 오가다 연락이 뚝 끊겨버렸다. 그도 대야성에 투신해 자리를 잡느라 동분서주하던 때라 오지 않는 서신에 대해 잊어버렸다. 그런 친우가 20여 년 만에 서신을 보낸 것이다.

벽갈평은 모든 일을 뒤로 미루고 친우가 서신에 적은 장소를 찾았다. 그러나 그곳에서 그를 기다리고 있던 것은 친우의 싸늘한 시신과 유서처럼 남긴 서찰 한 통이었다. 그가 오길 기다리지도 못하고 숨이 다한 친우를 부여잡고 얼마나 통한의 눈물을 흘렸던가. 진즉 친우를 찾았어야 했던 것을! 서찰에는 남은 아이에 대한 부탁이 담겨 있었다.

열두 살이라는 아이는 제대로 먹지 못해 제 나이보다 두어 살은 더 어려 보였다. 싸늘하게 식은 친우의 시신 옆에 오도카니 앉아 있던 아이의 인상이 지금도 또렷하게 기억났다. 부친을 닮아 자존심이 드높은 듯, 눈물 한 방울도 흘리지 않은 채 무릎 위에 올려둔 조막만 한 주먹에 힘만 주었었다. 아비의 유언을 들었을 텐데도, 함께 가는 것이냐 묻지도 않던 아이였다. 말주변이 없는 벽갈평은, 부친의 유언을 함께 들었으니 다른 말은 필요 없겠지 싶어 장례가 끝나자마자 일언반구도 없이 아이의 손을 잡아 데려왔다. 말 그대로 데려만 놓았다. 가연은 제 혼자 알아서 자란 것이나 마찬가지였다.

아이와 접해본 적이 없는 그는 집을 관리하는 사람의 손에 아이를 맡긴 채 한동안 위에서 내려오는 임무를 수행하느라 잊어버리고 있었다. 한참이 지난 후 집으로 돌아와보니, 어느새 집안 노복들을 휘어잡은 아이는 그가 내팽개쳐두다시피 한 집 안팎의 소소한 일들을 처리하고 있었다. 그렇게 자신의 필요성을 그에게 인식시켜주듯이. 그때부터 시작된 기묘한 동거가 하나씩 자리를 잡아 지금에 이르렀다.

"네 나이가 올해 열아홉이던가?"

"네, 양부님. 올겨울이면 열아홉이지요."

아이를 보노라면 세월이 흐르는 것을 알 수 있다더니.

벽갈평은 야윈 몸에 강한 눈빛으로 자존심을 세우고 있던 어린 계집아이가 어느새 훌쩍 자라 혼례를 치를 나이가 된 것을 불현듯 깨달았다.

"허, 세월이 참 빠르긴 하구나."

가연은 찻잔을 들며 상그레 웃었다. 입가에 댄 찻잔에 미소가 지워졌다. 살짝 눈을 내리깔며 눈망울에 어른거릴지도 모르는 마음을 감췄다.

빨랐던가? 앞만 보고 달려온 시간들이라 어찌 흘렀는지 몰랐다. 6년…… 조만간 10년이 되겠지. 10년 안에는 이룰 수 있을까. 이루기를 바랐다. 끝내기를 기도했다. 그러기 위해서 지금보다 더 숨 가쁘게 달려야 하리라. 가는 길목마다 도사리고 있는 위험도 그만큼 커지리라.

"헌데, 어인 일로 네가 내 거처에 발걸음을 했느냐? 단순히 차를 내놓기 위해서 오지는 않았을 터."

벽갈평이 다 비운 찻잔을 소리 나게 쟁반에 내려놓았다. 밖에 점포를 열어 집에 들어오지 않을 때도 종종 있어 총관이 그에게 우는소리로 매달리기도 했지만, 그는 가연이 하는 일에 일절 관심을 두지 않았다. 어릴 때부터 자존심이 강해 남에게 도움을 청하기보다는 거래를 통해 제가 원하는 것을 얻어내는 아이였다. 제 자존심을 무너트리는 일에는 돌아도 보지 않을 것을 알기에 달리 군소리를 하지 않았다.

"이레 뒤가 상관 대인의 생신이라더군요."

"그랬지."

가연은 양손으로 들고 있는 찻잔의 온기를 음미했다.

"총관이 양부님께서 상관 대인의 생신연에 초대를 받으셨다면서, 걱정을 태산처럼 하더군요."

"장 총관이?"

"네."

벽갈평은 이해가 가지 않아 가연에게 되물었다.

"왜? 뭘 걱정한단 말이냐?"

정말 모른다는 얼굴로 오히려 의아해 하는 벽갈평을 보고 가연은 그럴 줄 알았다는 듯 포르르 한숨을 내쉬었다.

"당연히 답례품에 대한 일이지요."

"음!"

"장 총관이 걱정을 할 수밖에요. 다른 이도 아니고 대야성의 군사인 상관 대인의 생신연입니다. 고르고 고른 이들만 초대받았다고 시중에 소문이 자자한데, 그런 장소에 들고 갈 답례품이 초라해서야 양부님의 체면이 어찌 되겠습니까?"

가연의 음성이 약간 높아졌다. 초대장을 받는 순간부터 고민에 빠진 장 총관이 머리를 싸매며 궁리에 궁리를 했지만, 달리 묘책이 떠오르지 않자 결국 집안의 안살림을 맡고 있는 그녀에게 도움을 청한 것이다.

"그 사람도 참! 그저 간단한 정성만 보이면 될 것을! 무얼 그리 사서 걱정인지!"

벽갈평은 짧게 혀를 차며 장 총관의 수선스러움을 타박했다. 그러나 가연의 생각은 달랐다.

"그리 간단히 생각하실 일이 아닙니다. 대야성의 호법원주(護法院主)라는 양부님의 직위에 걸맞으면서도 너무 과하지 않고 상관 대인의 마음에도 들어야 하는 선물을 골라야 합니다. 쉬운 일이 아니지요. 하물며 다른 초대객들이 가져오는 선물에 뒤져서도 안 되니, 어찌 걱정이 되지 않겠습니까?"

"상관 군사는 그리 물건에 연연해하며 속 좁게 구는 소인배가 아니다."

"상관 대인의 인품에 대해서는 잘 알고 있습니다. 허나 이건 상관 대인의 인품과는 무관한 일이지요. 양부님의 위신과 관계된 일이니 장 총관이 초조해 할 수밖에요."

선물은 받은 자리에서 풀어 건네주는 사람에게 감사하다 인사하는 것이 일반적인 관례였다. 결국 다른 초대객들도 모두 다른 이들이 준비한 선물을 보고 서로 품평을 하게 되는 것이다. 허니, 서로서로 상대보다 더 좋은 선물을 내어놓길 바라며 은근히 경쟁할 수밖에 없었다. 하물며 선물을 받는 사람이 대야성의 군사임에야. 허례허식을 싫어하는 양부야 거들떠도 보지 않겠지만, 가솔들을 거느린 총관에게는 모시는 주인의 이름이 오르내리는 것이니 허투루 고를 수가 없었다. 좋은 물건일수록 비싼 것이 당연지사. 곳간이 그득하다면 다른 눈치 살피지 않고 양껏 준비하겠지만, 재력과는 담을 쌓고 있는 주인이라 쓸 수 있는 금액이 한정되어 있다는 것도 총관의 고민이었다. 하여 보름째 점포에서 지내고 있는 가연에게 심부름꾼을 보내 도움을 청하며 매달린 것이다.

가연은 다반 한쪽에 놓여 있는 작은 목곽을 집어 앞으로 내밀었다.

"이게 무엇이냐?"

"상관 대인의 생신연에 가져가실 답례품입니다. 그렇지 않아도 상관 대인의 생신연 소리를 듣고서 장 총관의 걱정이 많겠구나 싶어 제가 따로 준비를 했습니다."

벽갈평은 흑단으로 만든 검은 목곽을 들었다. 모서리마다 이음새가 보이지 않도록 만든 목곽은 커다란 흑단 하나를 통째로 파서 만든 형상이었다. 벽갈평도 처음 보는 형태였다.

"호오, 상자만으로도 제법 귀해 보이는구나."

"그 상자만 팔아도 금자 세 냥은 받을 것입니다."

"금자?"

손바닥 위에 올려놓고 요리조리 상자를 돌려 살펴보던 벽갈평은 깜짝 놀랐다. 금자 한 냥에 은자 3백 냥이니 이 작은 상자 하나가 은자 9백 냥짜리라는 소리였다.

"허! 안에 무엇이 들었기에 금자 세 냥짜리 목곽에 에워싸여 있는고? 자칫 빈 수레가 요란하다는 소리를 듣는 것은 아니냐?"

가연의 미소가 짙어졌다.

"열어보시지요."

벽갈평은 단단히 닫혀 있는 목곽의 뚜껑을 열었다. 제자리인 양 우묵하게 파인 자리에서 연초록 빛깔의 연꽃이 소담하게 꽃잎을 벌리고 있었다. 등불을 받은 겉면이 반지르르하게 윤이 났고 꽃잎 한 장 한 장마다 다른 모양을 이루고 있었다. 곁가지로 붙어 있는 꽃대에는 피지 않은 꽃봉오리가 달려 있었다.

"연적?"

"네. 상관 대인께서 습자(習字)를 즐겨 하신다 하니 연적을 드리면 좋을 듯했습니다."

"귀한 물건인 것 같구나."

귀한 흑단 목곽에 어울리지 않는 물건일까 걱정했더니, 그의 기우였다. 하긴 꼼꼼한 아이가 준비한 물건이니.

"상관 대인이라면 제작자를 말하지 않아도 물건의 가치를 알아보실 겁니다."

"흠, 누군지 말하지 말라는 거냐?"

"그편이 재미있지 않겠습니까?"

양녀의 짓궂은 제의에 벽갈평은 피식 웃으며 목곽의 뚜껑을 닫았다. 대화를 나누는 사이 주전자의 물이 차갑게 식어버렸다. 다시 차를 우리려면 물을 새로 끓여야 했다. 가연은 빈 잔과 주전자를 다반에 올렸다. 그때 닫힌 문 너머에서 인기척이 들렸다.

"주인어른, 장 총관입니다."

"무슨 일인가?"

문을 사이에 두고 장 총관의 목소리가 들려왔다.

"만고당에서 아가씨를 찾아 사람이 왔습니다."

벽갈평이 자리에서 일어서다 주춤거리는 가연을 쳐다보았다.

"만고당에 도적이 들었답니다."

"뭐라? 들어와 자세히 고하게!"

문이 열리며 장 총관이 청년 하나를 뒤에 달고 들어왔다. 청년은 고개도 제대로 들지 못하고 부리나케 무릎부터 꿇었다.

"도적이라니? 물건들은?"

장 총관이 바닥에 머리를 조아리고 있는 청년을 힐끔 보았다.

"다행히 만고당을 경비하던 무사들이 몰래 숨어드는 도적을 잡아 별다른 피해는 없다고 합니다."

옆에 서서 가만히 듣고 있던 가연이 물었다.

"다친 사람은 없다 하던가?"

"예, 아씨. 사상자는 없답니다."

벽가의 살림을 맡아 하는 장 총관은 자신의 딸뻘인 가연의 하대에도 공손히 대답했다. 비록 주인어른의 친 혈육은 아니지만 양녀로 벽가의 족보에까지 올라가 있었다. 게다가 이 집에 처음 왔을 때부터 자신의 위치를 찾아 살림을 살피기 시작한 조숙한 아가씨였다. 벽가의 집안이 무사히 굴러갈 수 있는 것은 모두 가연 아씨의 손길이 미친 다음부터라, 장 총관은 나어린 상전을 하늘처럼 떠받들었다. 요 근래 그의 걱정이란 가연 아씨가 출가라도 하시면 벽가의 살림은 어쩌나 하는 것이라, 차라리 데릴사위를 들이시라 주인어른께 말씀을 올려보는 것이 좋겠다 생각해 이제나저제나 때를 살피고 있는 중이었다.

물건도 안전하고 피를 보지도 않았으며 도적까지 잡았다니 가연의 얼굴이 한결 밝아졌다. 어쩌면 했던 일이라 혹 사상자가 나오지는 않을는지 걱정하던 참이었다.

"헌데, 잡은 도둑이…… 송가장의 이공자라 합니다. 포박해두긴 했는데, 어찌해야 할지 몰라 아씨의 지시를 물어 오라 사람을 보냈다 합니다."

"자네 지금 송가장이라 했나?"

벽갈평이 뜻밖이라는 듯 끼어들었다. 송가장주와는 공석인 자리에서 몇 번 안면을 익힌 터라 영 모르는 이도 아니었다. 이재(理財)에 밝고 처신에 약은 구석이 있지만 성품이 나쁜 자는 아니었다.

"송가장의 혈육이 도둑이 되어 월담을 했다? 허! 송가장주가 자식을 잘못 가르쳤군."

벽갈평은 못마땅하다는 얼굴로 고개를 내저으며 가연을 돌아보았다.

"어찌할 것이냐? 송가장이라면 관이라고 해도 별 소용이 없을 것이다."

필요하다면 자신이 손을 내밀어줄 수도 있다는 언질이었다. 무한에서는 관보다 대야성의 입김이 더 셌다. 무한을 담당하는 성주도 대야성에 가서 인사를 올리는 형편이니. 그러나 가연은 만고당의 일에 단 한 번도 양부의 힘을 빌어다 쓰지 않았다. 지금껏 만고당의 신용은 그녀와 만고당 스스로 쌓아 올린 것이었다.

"그렇겠지요. 일단 만고당에 가봐야 할 것 같습니다. 가서 일의 추이를 보고서 양부님께 말씀드리겠습니다."

"날이 어둡습니다, 아씨. 가실 때 호위할 무사 두어 명을 준비해두었습니다."

"고맙네, 장 총관. 그럼 다녀오겠습니다, 양부님."

머리 위에서 오가는 대화를 듣고만 있던 청년도 슬그머니 몸을 일으키더니 가연을 따라 쪼르르 나갔다. 문이 닫히는 소리가 탁 나더니 자박거리는 발자국 소리가 천천히 멀어졌다.

"잘 컸어. 그렇지 않나?"

"물론이지요. 어디에 내놓아도 손색없을 규수이시지요."

어깨를 쫙 편 장 총관의 어조에 뿌듯한 마음이 가득 담겨 있었다. 중원의 이름 높은 세가의 규수라도 가연 아씨보다 못할 것이다. 중원사미(中原四美)나 천상화(天上花)에 외양은 미치지 못할지도 모르지만 그것을 메우고도 남을 심성과 지혜를 가지고 있다 자부할 수 있었다. 언젠가는 가연 아씨의 가치를 알아보는 눈이 밝은 사내가 나타날 것이다.

따가운 양광 아래 초록 잎사귀에 감싸인 백련이 활짝 피어나 청아한 자태를 뽐내었다. 연못가에 만든 정자의 교각 아래로 아름다운 비늘을 가진 비단잉어들이 꼬리를 흔들며 유유히 헤엄쳤다. 햇살을 받아 반들반들 빛나는 넓적한 잎들을 헤치고 비단잉어가 수면 위로 입을 뻐끔거렸다.

"하하! 어서 오십시오."

"생신을 축하드리오, 상관 군사! 만수무강하시오."

"감사합니다, 언 가주님."

상관준경은 호탕한 웃음을 터트리며 상대방의 축언에 정중히 포권을 했다.

"정자로 오르시지요. 조촐하나마 준비한 주연을 즐겨주십시오."

"허허! 그럽시다. 어디 상관 세가의 숙수가 얼마나 뛰어난지 한번 보십시다."

적당한 예의와 공대를 차린 인사말이 수없이 오가며 초대를 받은 손님들이 안으로 들어갔다. 상관준경은 정자의 입구에 서서 손님을 일일이 정중하게 맞이했다.

정자 안에는 자연석을 깎아 만든 석탁(石卓)이 각 면마다 하나씩 길게 자리해 있었다. 주빈이 앉는 가장 안쪽에서는 다른 곳보다 길이가 짧은 석탁이 꺼끌꺼끌한 단면을 내보이고 있었고, 중앙에는 악기를 연주하는 가희가 앉아 있었다. 주인과 손님들이 모두 착석하면 무희들이 나와 자리의 흥을 돋울 것이다.

"생신을 축하드리오, 상관 가주."

짧은 수염에 정광이 번득이는 중년인이 아들로 보이는 청년 둘과 함께 상관준경을 찾았다.

"어서 오십시오, 제갈 대협. 위명이 드높은 섬전수(閃電手)께서 오시니 자리가 한층 풍성해지겠습니다."

"별말씀을. 여긴 내 조카들이오. 이번 기회에 안목이나 넓히게 할 겸 데려왔소이다."

"제갈수재(諸葛殊才)입니다."

"제갈묘재(諸葛妙才)입니다, 상관 가주님."

학사의를 입은 제갈수재는 서책을 가까이하는 문사 같았고, 진초록에 운문이 수놓인 무복을 입은 제갈묘재는 허리에 검대를 차고 있어 전형적인 무인이라 서로 상반되는 기질을 내보였다.

상관준경은 고소를 속으로 숨기며 두 눈 가득 반발심을 보이고 있는 두 청년의 인사를 받았다.

"어서 오시게. 제갈 세가의 영준한 인재들을 보게 되어 기쁘네. 차린 것은 없지만 즐기다 가시게나."

"네, 상관 가주님."

끝끝내 상관 가주라 부르는 제갈 세가의 심사를 알기에 상관준경은 달리 지적하지 않았다. 어찌 됐든 그가 상관 세가의 가주인 것은 맞으니 말이다. 그러나 대외적으로 그는 상관 세가의 가주보다는 대야성의 군사로서 더 알려져 있어, 다들 가주보다는 군사라 호칭했다. 그러나 제갈 세가만은 꿋꿋하게 상관준경을 상관 가주라고 불렀다. 마치 그의 직위를 인정하지 않겠다는 것처럼. 그들에게 상관준경은 치욕과 굴욕감을 주는 상대였다. 그가 나타나기 전까지 대대로 군사직을 지내온 것은 제갈 세가였기에 더더욱 속으로 앙앙불락, 어떻게든 군사직을 되찾을 기회만 엿보고 있었다.

훗.

상관준경은 제갈수재와 제갈묘재가 던지는 도발을 짧은 웃음으로 날려버렸다. 순순히 내어줄 수도 없는 자리이지만, 바둑의 수 싸움을 하듯 서로 주고받는 힘겨루기도 그에게 진진한 재미를 주었기에. 그의 비웃음을 들은 제갈수재와 제갈묘재가 발끈해 눈을 화살촉처럼 흘기다 정자 안으로 들어갔다.

"그리 속을 뒤집어놓으니 재미있소이까?"

제갈수재와 제갈묘재가 안으로 들어갈 때까지 눈길을 주고 있던 상관준경은 익숙한 음성에 황급히 돌아섰다. 호법원주인 벽갈평이 사자처럼 부리부리한 눈매를 살짝 찌푸리고 있었다.

"항상 제 시간에 딱 맞춰서 오십니다, 벽 원주님."

"생신을 축하하오이다만, 앞으로 남아 있는 생신도 무사히 챙겨 먹으려면 적당히 하시는 것이 좋을 듯하오."

"젊은 혈기 탓인지 찌르면 바로 튕겨오는 것이 재미있지 않습니까?"

"뭐든지 적당한 것이 좋소. 저들이 군사에게 가진 악감정을 더욱 악화시켜 득 될 것이 뭐가 있겠소? 군사에게도, 제갈 세가에게도, 나아가 대야성에도 좋지 않은 영향을 줄 뿐이오."

상관준경이 여우처럼 가는 눈을 부드럽게 휘며 웃었다.

"알고 있습니다. 적당히 조절할 터이니 걱정하지 마십시오."

절대로 놀리지 않겠다는 말은 하지 않았다. 대야성의 많은 인사들 중에서도 최고로 고지식하고 직설적인 벽갈평은 호법원주로서 항상 중립을 지키고 있었다. 성주와 각자의 이익을 위해 이합집산을 하는 파벌들 속에서 뒤로 물러나 있는 대야성의 가장 큰 보루이기도 했다. 그리해 상관준경도 벽갈평만은 항시 존중하며 진솔하게 대했다.

"좋은 날 잔소리가 나와 미안하구려."

"괜찮습니다. 본인을 생각해주셔서 하시는 말씀이지 않습니까? 그걸 모를 정도로 못난 위인은 아닙니다."

어느 정도 초대했던 손님들이 들어온 듯 뒤이어 오는 이가 보이지 않았다. 상관준경은 몸을 틀어 정자 쪽으로 손을 내밀었다.

"올 사람은 다 온 듯싶군요. 저와 같이 오르시지요."

두 사람은 발걸음을 나란히 옮겼다. 연못에서 풍기는 연향이 정자 주변을 휘감아 내딛는 걸음마다 스러밟혔다.

넓은 정자를 바라본 벽갈평이 뜻밖이라는 듯 말했다.

"손들이 많구려."

"오십사 보낸 초청장은 얼마 되지 않는데, 손들께서 데려오신 군식구가 의외로 많습니다. 하여 생각보다 인원이 많이 늘어났지요."

초대객들마다 가문의 아이들을 하나둘씩 거느리고 나타나 기량이 뛰어나다는 등 아이들 자랑을 늘어놓았다. 그 속이 빤히 보여 처음 몇 번 이후로는 지겨워하던 참이었다. 초대장을 들고 홀로 온 사람은 호법원 주인 벽갈평뿐이었다.

"군사도 성주님을 닮아가는 게요? 어째 두 분 다 시끄러운 일들을 자처하여 벌이시는지, 이 벽 모는 영문을 모르겠소."

"후후, 세가의 주인으로 뛰어난 후계를 고르려는 마음인 게지요. 성주님께 코가 꿰여 일에 파묻힌 탓에 혼기를 놓쳐 무자식이니, 이 정도 소동은 성주님도 봐주실 겁니다."

말도 안 되는 소리. 비록 군사직이라고는 하나 상관 세가의 가주인 그는 일신의 무공도 절정 이상이었다. 그 정도면 불혹이 지난 나이 따위는 개에게나 물어 가라 하고, 장가를 가도 주변의 혼처에서 줄을 설 것이다. 자식도 충분히 가질 수 있을 텐데도 상관준경은 미혼을 고집했다. 그 누구처럼.

"직계가 안 된다면, 방계는?"

어찌 됐든 상관가의 피를 이어받은 이가 자리를 계승하는 것이 나았다. 그러나 상관준경은 딱 잘라 말했다.

"그쪽으로는 안 됩니다. 인재가 없어요. 제 뒤를 잇자마자 가문을 말아먹을 겁니다."

하긴 후계를 찾으려 할 때 제 가문의 사람부터 알아봤겠지.

벽갈평은 뭐라 답하기 곤란해 고개만 한 번 끄덕였다. 현명한 사람이니 알아서 잘하겠지. 한 번 운을 뗀 것으로 외인인 그가 할 일은 다 한 셈이다.

주인인 상관준경이 상석에 앉자 때를 맞춰 악공들이 피리를 불었다. 본격적인 연회의 시작을 알리는 음이 울려 퍼지자 그에 어우러지듯 맑은 금소리가 덧입혀졌고, 비파의 가는 음이 흥을 살렸다.

열을 지어 들어온 무희들이 하늘하늘한 소맷자락을 날리며 사뿐사뿐 걸음을 옮겼다. 손짓을 따라 휘날리는 옷자락이 꽃잎처럼 활짝 벌어졌다 수줍게 닫혔다. 제자리에서 빙글 원을 그리며 돌자 동그랗게 퍼진 치맛단 아래로 수를 놓은 작은 비단신이 보였다.

자리에 앉아 있던 손님 중 한 명이 벌떡 일어나 술잔을 들었다.

"생신을 경하드립니다! 축하주로 제가 한 잔 올리겠습니다!"

"하하! 고맙습니다, 악 가주!"

상관준경은 석탁에 놓인 작은 술잔을 들었다. 은은한 이화향이 났다. 상관준경을 따라 다른 손님들도 분분히 술잔을 쥐었다.

"경하드리오, 상관 군사!"

"만수무강하십시오!"

"만세무강하십시오!"

술잔을 치켜들며 다들 축언을 한 마디씩 던졌다.

"하하! 이 몸의 생일을 축하해주셔서 감사합니다! 모두 즐겁게 잔을 비우십시다!"

상관준경이 잔을 비우자, 손님들도 뒤이어 잔을 비웠다. 축하주를 언급하며 자리에서 일어났었던 악 가주의 뒤에 시립해 있던 수행원 중 한 명이 양손에 길쭉한 상자를 들고 앞으로 나왔다.

"생신을 축하드립니다. 이건은 저희 가주님께서 상관 군사님께 보내시는 축하 선물입니다. 성심껏 준비한 것이니 부디 마음에 흡족하셨으면 합니다."

정자의 기둥 뒤에 시립해 있던 상관 세가의 무사가 나와 악 가주의 선물을 받았다. 묶어놓은 매듭을 풀고 상자를 열자 둘둘 말린 그림 한 점이 나왔다. 당대(唐代)의 유명 화가인 이수(履修)의 붉은 낙관이 화폭 아래쪽에 선명하게 찍혀 있었다. 오랜 세월에도 잘 보존되어온 화폭 안에서는 싱싱한 청송(靑松)이 서로 몸을 굽히며 군집되어 있었다. 다른 배경 없이 청송만을 그렸는데도 부족한 곳이 없었다. 넉넉한 여백에 오히려 청송이 살아갈 오랜 세월이 보이는 듯했다. 청송은 장수를 뜻하는 나무라 오늘 같은 자리에 더할 나위 없이 잘 어울렸다.

"이수의 청송도군요. 귀한 것이니 서재에 걸어두고 두고두고 봐야겠습니다."

하하하.

좌중에 기분 좋은 웃음소리가 흘러나왔다.

그다음으로 장인이 목숨 수(壽)를 금박으로 입힌 먹이 나왔고, 귀한 털로 만든 붓이 나왔다. 상관준경이 즐겨 마시는 군산은침의 상질의 차도 선물 중에 들어 있었다.

제갈 세가의 차례가 되자 떠들썩하던 좌중에 기묘한 긴장감이 감돌았다. 서로 술잔을 기울이며 선물에 대해 품평을 하던 이들도 모두 입을 다물고 재미있는 것을 만난 양 제갈 세가 쪽을 힐끔거렸다. 오대 세가에 속하기는 하지만, 상관준경으로 인해 군사직에서 밀려난 뒤로는 예전만 한 위세를 부리지 못하고 있는 제갈 세가였다. 그들 입장에서는 눈엣가시 같은 존재가 상관준경이었다. 어쩌면 대척점에 있는 대야성주보다 더 깊은 앙금이 쌓여 있다 할 수 있었다.

제갈수재는 호기심이 가득한 사람들의 시선을 받으며 앞으로 나왔다. 의자에 앉아 사람들이 선물 꾸러미를 바리바리 싸들고 상관준경에게 머리를 조아리는 것을 보면서 얼굴이 붉으락푸르락하는 제갈묘재와 달리, 제갈수재는 냉정을 지킬 수 있었다. 왜 부친이 굳이 동생인 묘재와 함께 숙부님과 동행하도록 했는지, 그 저의를 알 수 있었기에 침착할 수 있었던 것이다.

이것이 제갈 세가의 현 위치였다. 부친께서는 아들들이 오늘의 상황과 모욕을 절대로 잊지 말고 뼈에 새기길 바라신 것이다. 제갈수재는 고개를 꼿꼿이 들어 상석에 앉아 있는 상관준경을 정면으로 바라보았다.

저 자리를 자신이 다시 찾을 것이다!

원수를 눈앞에 둔 제갈수재는 수없이 되새겼던 맹세를 다시금 심장 깊숙이 새겼다. 저 자리가 안 된다면 대야성을 대신할 세력을 만들어서라도 차지할 것이다.

상관준경은 아직 여물지 않은 와룡(臥龍)이 독기를 품는 것을 감상했다. 능력이 된다면 와룡이 아니라 봉추(鳳雛)인들 무슨 상관이랴.

"본가의 가주님께서 동이(東夷)에서 들어온 귀한 삼(蔘)을 보내셨습니다. 수령이 백 년은 족히 넘어 보이는 것이라 상관 가주님의 기력에 조금이나마 도움이 되었으면 한다 하셨습니다."

포장을 풀면 삼의 약효가 날아가기에 단단히 봉한 끈을 풀지 않았다.

"동이의 삼이라면 구하기 어려운 약재이지 않은가? 들어오는 수량도 적지만 들어온 것들도 모두 황실의 진상품으로 가는데, 용케 제갈 가주님께서 구하셨군."

"오랫동안 거래를 하던 상인이 있어 마침 어렵게 몇 뿌리나마 구할 수 있었습니다."

기력을 보하는 삼이라. 어찌 보아야 하는가.

상관준경은 미소를 지으며 제갈수재가 들고 있는 약함을 보았다. 이 무기 같은 제갈 가주가 아무 의미 없이 저것을 들려 보내지는 않았을 것이다. 좌중의 다른 손님들도 고개를 갸웃거리며 제갈 세가의 저의를 파악하려 애썼다.

"참으로 절묘한 선택이시로다. 군사직이 얼마나 사람의 기를 갉아먹는 직위인지 누구보다도 잘 알고 계실 제갈 가주이시니. 먹고 몸을 보해 더 열심히 일을 하라는 의미시로군."

"예. 성에서 가장 중요하다 할 수 있는 직위이시니, 건강에 더욱 힘을 쓰셔야 하지 않을는지요."

우리들이 끌어내릴 때까지 당신이 건재해야 하지 않겠는가. 그리해야 지난날의 수치를 씻어내는 의의가 더 클 테니.

상관준경은 제갈수재의 안언(眼言)을 하나도 빠트리지 않고 읽었다. 숨기지도 않고 내보이는 터라, 보지 않으려야 보지 않을 수가 없었다.

자신들이 자리를 되찾으러 올 때까지 군사직에서 버티고 있으라는 말이군.

동이의 산삼은 제갈 가주가 보내온 도발이자 그들의 의지를 보여주는 물건이었다. 상관준경은 팔을 들어 손짓을 보냈다.

"돌아가면 제갈 가주께 상관 모가 감사히 잘 받았노라고 전해주시게. 이 몸을 생각해주시는 마음, 가슴 깊이 새기겠노라고."

제갈수재는 고개를 숙이며 파들거리는 눈초리를 감췄다. 자리로 돌아가는 그의 등에 호기심과 조소, 질투심 등 각양각색의 감정이 담긴 눈빛들이 꽂혔다.

잔치의 흥이 떨어지자 어색한 기류가 감돌았다. 악공이 연주하는 악기 소리도 여전했고 무희의 아름다운 몸짓도 이어지고 있었지만, 한 번 사그라진 흥겨움은 살아나지 않았다.

"흠, 내가 마지막이로군."

묵묵히 술잔만 기울이고 있던 벽갈평이 불현듯 생각났다는 듯 말했다. 다른 손님들의 선물치레 따위 건성으로 넘기고 있던 터라, 자신의 차례가 돌아온 줄도 몰랐다. 다른 이들과 달리 수행인을 데려오지 않아 벽갈평은 가져온 선물을 앞으로 내밀며 상관 세가의 무사를 불렀다.

"이보게. 여기 상관 군사의 선물이니, 그대가 가져다 내보이게나."

"네, 벽 원주님!"

무사가 조심스러운 걸음으로 다가와 검은 목갑을 가져갔다.

벽갈평은 상좌에 있는 상관준경을 보며 말했다.

"군사도 잘 알다시피 나는 이런 물건에 대해 아무것도 모르지 않소이까. 그러니 뭐라 설명할 수도 없구려. 허나 선물을 준비한 내 딸아이가 말하길 상관 군사의 마음에 흡족할 물건이라 장담을 했으니. 어디 한 번 보시구려."

상관준경은 벽갈평이 준비한 선물보다 그가 방금 한 말이 신경 쓰였다. 다른 이들도 그와 비슷한 얼굴이었다.

"벽 원주님께 딸이 있으셨습니까? 금시초문입니다."

마흔이 넘도록 혼인도 하지 않고 무공에만 일로매진(一路邁進) 해온 그인지라 성의 모든 무사들이 존경하고 따랐다. 그 인망이 인원도 많지 않은 호법원을 지키는 든든한 배경이 되었다. 그 때문에 그가 속한 호법원은 무시할 수가 없는 존재였다. 만약 그가 다른 세력을 지지하거나 포섭되기라도 하면 당장 성주님과 군사인 자신이 큰 낭패에 빠지게 된다.

"죽은 친우가 맡긴 아이라오. 사실 양부라 내세우기도 부끄러울 정도로 제 홀로 알아서 크다시피 한 탓에, 죽은 친우에게 면목이 없소."

상관준경은 놀란 표정을 수습하며 마음속으로 수긍했다.

하긴 벽 원주가 아이를 살뜰히 살피는 성품은 아니지. 양부를 대신해 답례품을 준비할 정도라면…… 꽤나 꼼꼼하고 세심한 성격이겠군.

무사가 검은 목곽을 열어 안의 물건이 잘 보이도록 들어 내밀었다.

눈을 바늘처럼 가늘게 뜨고서 목곽 안의 물건을 살펴보던 상관준경은 석좌에서 벌떡 일어나 무사를 재촉했다.

"그건……? 설마! 이리 가져오너라! 어서!"

한달음에 뛰어온 무사가 상자를 건네주었다. 상관준경은 떨리는 손길로 목곽에 든 물건을 조심스럽게 꺼냈다. 따가운 양광에 연초록 하늘빛을 띤 연꽃이 함초롬히 빛을 발했다. 우아하게 휘어진 꽃대 아래 도톰한 꽃잎이 금방이라도 푸른 물을 뚝 떨어뜨릴 듯 반들거렸다.

"오자도의 청자연적?"

무사가 상자를 열 때부터 유심히 보았던 제갈수재가 놀라 소리를 높였다. 믿을 수 없다는 어조였다.

상관준경은 손에 든 청자연적을 이리저리 방향을 틀며 자세히 살펴보았다.

"틀림없는 진품이로다! 오자도의 진품이야!"

청자연적에서 손을 떼지 못한 상관준경은 얼굴만 들어 벽갈평을 찾았다.

"벽 원주님, 따님께서 이걸 어디서 구했답니까?"

"왜 그러시오? 혹, 물건에 이상이 있는 것이오?"

"아니, 아닙니다! 이상이라니요. 저는 단지…… 이렇게 귀한 것을 어디서 구했는지 알 수 있을까 해서 말입니다."

벽갈평은 주었다 빼앗을까 두렵다는 듯 상관준경이 양손으로 꽉 부여잡고 있는 연적을 보았다.

"그게 그리 귀한 것이오?"

"모르셨습니까?"

상관준경이 되레 물었다.

"나야 말했다시피 그런 물건에는 문외한이지 않소이까. 딸아이가 보여줄 때도 장인이 만든 연적이구나 싶었다오."

"오자도의 청자연적입니다."

"오자도?"

오자도가 아니라 육자도도 모르는 벽갈평이었다. 무기를 만드는 대장장이라면 모를까, 옛날에 죽은 자기장의 이름을 어찌 알겠는가.

제갈수재가 불쑥 끼어들었다.

"상관 가주님! 오자도의 청자연적이 맞습니까?"

"틀림없이 오자도의 청자연적이네. 진품이야."

상관준경의 단언에 제갈수재의 얼굴이 홍분으로 달아올랐다. 문사라 자처하는 이들치고 오자도의 청자연적을 보고 탐내지 않을 자가 뉘 있으랴.

상관준경은 벽갈평이 알아들을 수 있도록 설명했다.

"구하고 싶다고 구할 수 있는 물건이 아닙니다. 돈이 아무리 많아도 구할 수 없는 물건이지요."

상관준경의 과한 반응에 당황했던 벽갈평은 안도하며 웃음을 터트렸다.

"다행이구려. 선물이 군사의 마음에 들었으니. 딸아이의 말이 딱 들어맞았소이다."

"정말 마음에 딱 듭니다. 그나저나 어디서 구했는지 알 수 있겠습니까?"

제갈수재도 눈을 반짝이며 벽갈평을 돌아보았다. 어쩌면 그도 구할 수 있지 않을까 하는 마음에 귀를 쫑긋 세웠다.

"그 아이가 죽은 친모 쪽에서 받은 점포 하나를 꾸려나가고 있다오. 영민한 아이라 제법 잘해나가고 있나 보오."

"호오? 가게를요?"

상관준경은 벽갈평의 양녀의 나이가 어리지 않다는 것을 알았다. 양녀에 아이라는 호칭이라 어리다 생각했던 것이 잘못이었다. 단순히 영민한 것이 아니라 세심하기까지 했다. 오자도의 작품 중에서 굳이 구하기 어려운 청자연적을 고르다니. 그것은 연꽃과 함께 습자를 좋아하는 자신의 기호를 미리 알고서 선물을 골랐다는 말이다. 상대방이 거부할 수 없는 선물을 내미는 것은 거래의 기본.

"만고당이라고…… 상관 군사도 아시는지 모르겠소?"

"만고당? 설마, 그 골동품으로 유명한 만고당 말입니까?"

"그렇다오."

"호오!"

상관준경은 의미를 알 수 없는 감탄성을 뱉었다. 제갈수재도 눈을 한 번 크게 치떴다. 좌중에 앉은 손님들 중 몇 명의 얼굴이 뜨악함으로 바뀌었다가 급히 얼굴색을 고쳤다. 고서와 화첩 등을 준비한 이들 중 만고당에서 물건을 구한 이들이 많았기 때문이었다.

四章

재견(再見)

주연이 파한 자리에 고적한 정적이 감돌았다. 많은 인원은 아니지만, 손님들이 몰려와 축하하며 떠들썩했던 터라 빈자리의 고요함이 더욱 크게 느껴졌다. 경비를 서고 있는 무사들에게도 잔치 음식이 내려져 다들 기름불이로 뱃속을 든든하게 채운 뒤였다. 아쉬운 것이라면 경비를 서는 동안은 술을 마실 수 없어 입안이 기름기로 번들거린다는 점이었다. 그러나 들어온 손님들의 면면이 하나같이 대단해 무사들은 기강이 바짝 든 자세로 자리를 지켜야만 했다. 잠시라도 흐트러졌다간 상관 세가의 명예를 실추시킬 수 있기 때문이다.

뻐꾹뻐꾹.

수풀이 우거진 정원의 외진 구석에서 뻐꾸기 울음소리가 났다. 연못의 연잎 아래에 숨어 있는 개구리들이 개굴개굴 시끄럽게 울어댔다. 낮에는 구름 한 점 없이 맑던 하늘에 밤이 되자 스멀스멀 짙은 구름이 모여들었다. 무더운 대기에 습한 물기가 고여 무거워졌다. 공기가 끈끈해질수록 개구리 울음소리가 커졌다. 바람도 강해졌다. 바람결에 쓸리는 나뭇가지 소리가 타닥타닥 불씨처럼 튀어 올랐다.

상관준경은 연회가 벌어졌던 정자에 홀로 앉아 있었다. 한낮의 떠들 썩했던 자리가 무색할 정도로 조용했다. 정자의 기둥을 스쳐 지나가는 바람 소리만이 간간이 들려왔다. 상관준경은 빈자리에 남아 사색에 잠 긴 듯 눈을 감고 있었다.

툭툭!

빗방울이 하나씩 떨어지기 시작했다. 한 방울씩 떨어지던 비는 금세 굵은 줄기가 되었다. 넓적한 연잎이 후두둑 떨어지는 빗방울을 맞고 좌 우로 신명나게 춤을 췄다. 빗소리에 맞춰 개구리 울음소리도 우렁차졌 다.

상관준경은 굳게 감고 있던 눈을 천천히 떴다. 그의 시야 사이로 하 늘에서 떨어지는 벼락처럼 눈부신 흰 섬광이 연못가의 기둥 뒤편으로 좌우로 길게 그어졌다. 수면 위로 텀벙텀벙 떨어지는 소리가 나더니 짙 은 피비린내가 물씬 올라왔다.

엉덩이가 붙은 듯 석좌에 앉아 있던 상관준경은 천천히 몸을 일으켜 세운 후 양손을 모아 포권을 해 보이며 정중히 허리를 숙였다.

"어서 오십시오, 주군."

검은 비그림자 사이로 언제 나타났는지 검은 무복 차림의 젊은 사내 가 서 있었다. 짙은 검미에 쭉 뻗은 콧날은 시원했고, 천년거암처럼 단 단해 한 번 닫히면 열리지 않을 것 같은 입술에 살짝 끝이 올라간 눈매 는 장신의 단단한 몸과 어우러져 마치 날 선 검을 보는 듯했다. 얼음처 럼 차가운 눈빛은 맞서는 것은 모조리 얼려버릴 듯 냉막했다.

상관준경에게서 극경의 예를 받을 수 있는 단 한 사람. 중원을 발아래 두고 있는 절대자. 황제도 함부로 할 수 없는 대야성의 주인. 천진혁은 검대에 매여 있는 검에서 손을 뗐다.

"그사이 그대에게 달라붙는 파리 떼가 늘어났군."

"종종 주군께서 일소해주시니 따로 손을 쓸 필요가 없어 아주 편합니다."

청석 바닥에 튄 핏자국이 빗줄기에 쓸려 내려갔다. 허리를 바로 세운 상관준경의 시선이 잠깐 수면에 둥둥 떠올라 있는 흉측한 시신들 쪽으로 날아갔지만, 금세 관심이 식은 듯 바로 돌아왔다.

"갈수록 이 몸의 인기가 치솟는 것 같지 않습니까? 시간이 지날수록 몰래 숨어드는 이들이 늘어 잠시도 마음을 놓을 수가 없습니다."

"그걸 즐기고 있으면서 괜한 앓는 소리를 하는군. 아마 아무도 찾아오지 않으면 부러 일을 꾸며서라도 찾아오게 만들 위인이지 않나, 그대는?"

상관준경이 입꼬리를 매끄럽게 끌어올렸다.

"적당한 소란은 삶에 활력을 준답니다, 주군."

"소란으로 치부하다 환부가 커져 팔이나 다리를 잘라내야 할지도 모르지. 적당히 즐기는 것은 모르겠으나, 쓸데없는 자만으로 적을 가벼이 보아 일이 잘못되는 일은 없어야 할 터."

진혁은 단호히 선을 그었다. 상관준경이라 할지라도 선을 넘어서면 자리뿐만 아니라 목숨까지도 내어놓아야 할 것이다.

가벼운 놀이처럼 설렁거리던 상관준경의 얼굴도 진지해졌다. 놀이는 놀이, 일은 일. 둘을 구분하지 못해서야 성주의 뒤를 지키고 설 자격이 없다. 하물며 이번에 모시게 된 주군은 아끼는 수하라 해도 실수를 하면 단칼에 쳐내시는 분이시니……. 대체 누굴 닮으신 건지. 돌아가신 성주도 아니고, 선부도 저리 얼음 칼 같지는 않으셨는데……. 선모도 엄하기는 하나 다정하신 성품이셨으니, 아무래도 자라난 환경 탓이리라. 자신도 지금까지 평탄한 삶을 살아온 것은 아니지만, 주군에 비하면 조족지혈이었다. 감히 그 앞에서 앓는 소리도 할 수 없을 정도였으니 말해 무엇할까. 그래서 일부러 주군 앞에서는 가벼운 모습을 보였다. 한 명이라도 긴장을 풀 수 있는 사람이 곁에 있어야 하지 않을까 싶은 노파심 때문이었다.

"뭐, 큰 걸 건질 거라 생각하고 던진 그물은 아니었으니 말입니다. 어차피 언젠가는 나올 말, 이참에 한 번 터트려보자 싶어 벌인 일이라 걸리는 것들도 다들 송사리입니다."

상관준경이 빗발이 들이치는 난간 쪽으로 걸어가 진혁의 한 걸음 앞에서 멈춰 섰다. 말투로 보면 가문의 후계자를 정하는 일이 아니라 투전판에 앉아 싸구려 패를 들고 돈을 던지는 노름꾼 같았다. 그러나 진혁을 보는 상관준경의 눈빛이 예리하게 바뀌었다. 지혜가 가득한 현자가 아니라 묘계(妙計)가 끓어오르는 모사가의 얼굴이었다.

"그러나 송사리를 미끼로 한다면 제법 그럴싸한 것들도 걸리겠지요. 그러기 위해 미리미리 밀알들을 뿌려둔 것이고요."

"밑에서부터 하나씩 잡고 올라가겠다?"

상관준경이 불혹을 넘긴 나이에도 주름 하나 없는 얼굴을 들어 보이며 장난스럽게 웃었다.

"그렇지요. 느리긴 하나 가장 확실한 방법이지요."

"그러나 미끼를 매단 줄이 끊어지면? 미끼들이 차례대로 죽기라도 하는 날엔 걸리는 것은 고사하고 손에 넣은 것까지 토해내야 할지도 모르지."

상관준경의 얼굴에서 처음으로 웃음이 사라졌다. 습관처럼 입꼬리에 매달려 있던 미소가 딱딱하게 경직되었다. 그렇지 않아도 그 역시 고민하던 문제를 진혁이 콕 찍어 짚으니 앗 뜨거 할 수밖에. 아무리 머리를 굴려도 미끼들이 제대로 역할도 하지 못하고 죽어나갈 공산이 열 중 다섯은 넘으니 그에 대한 대책을 마련해둬야 했다. 군사란 남들이 보지 못하는 것을 보고 2보, 아니, 3보, 4보, 그보다 더 나아가 10보 앞을 계산해 만반의 사태에 대비해야 하는 이들이었다.

경직되어 있던 입꼬리를 풀었다. 주군이 바라면 하늘을 비틀어서라도 성사되게 만드는 것이 수하의 바른 자세였다.

"걱정하지 마십시오. 미끼들을 잃어버리는 일이 없도록 주의하겠습니다."

공손히 머리를 숙이던 상관준경은 머릿속으로 들려오는 진혁의 목소리를 들었다. 기막을 쳐 주변의 소리를 모두 차단한 진혁은 그마저도 믿을 수 없다는 듯 상관준경에게 전음을 보냈다.

시간이 지날수록 상관준경의 입가에서 웃음이 사라지더니 경악으로 눈을 부릅떴다가 종국에는 창백하게 굳어졌다. 상관준경은 머릿속으로 들려오던 음성이 끊어지자마자 소리 내어 물었다.

"진심이십니까, 성주님?"

진혁은 침묵으로 답했다. 날카로운 예기가 감도는 눈빛이 상관준경의 혼란을 일시에 잘라버렸다. 그러나 충격을 받은 상관준경은 무섭게 굳은 얼굴로 말했다.

"반발이 심할 것입니다! 파벌을 떠나 모두가 성주님께 반발할 겁니다!"

그 정도로 진혁이 방금 전한 말은 파격적이었다. 누구도 생각하지 못한, 아니, 생각할 수 없는 일이었다. 갑자기 머리가 지끈거려 상관준경은 손을 들어 관자놀이를 꾹꾹 눌렀다. 주군에게 대들다 주저앉은 이들이 자신에게 몰려올 것을 생각하니 벌써부터 뒷목이 뻣뻣해지는 것 같았다.

이걸 어찌한다. 다들 성주님 대신 날 쪼아댈 터인데……. 시끄러운 것을 좋아한다고 말한 것이 사달을 일으킨 건가? 아니, 물론 내가 조용한 것보다 조금 번잡스러운 것이 좋다고 말을 하긴 했지만, 이건 정도가 좀 심하지 않은가?

답답한 마음에 긴 한숨을 내쉰 상관준경이 혼잣말처럼 투덜거렸다.

"굳이 그렇게까지 하실 필요가……?"

예기가 감도는 진혁의 눈빛이 더 시려졌다. 제 측근이라는 상관준경의 반응도 저러한데, 다른 자들은 어떻겠는가. 진혁은 차가운 조소를 지었다. 누구도 모르리라. 아무도 알 수 없을 것이다.

지압하듯 손가락으로 꾹꾹 누르던 상관준경은 소맷자락 안에서 잡히는 것들 중 아무것이나 먼저 닿는 것을 꺼내 정수리를 쿡쿡 눌렀다. 뾰

족한 부분이 콱 박혀 아팠지만, 지끈거리는 통증이 가셔 머리통 여기저기를 찍었다.

저렇게까지 구실 필요가 있으신가? 물론 저들이 접근하는 저의가 좋지 않다는 것은 알지만, 굳이 그들이 아닌 아군을 두시면 되는 일을! 지금 주군의 태도는 아예 누구도 곁에 두지 않겠다는 기세이니. 이 고비가 지나면 전혀 다른 종류의 문제가 터질 것 같았다. 어쩌면 지금보다 더 심각한 문제가……. 발등에 떨어진 불도 급하지만 뒤에 감춰져 있는 요인이 더 불안하다고 그의 본능은 경고하고 있었다.

"그거, 부서질 것 같은데, 부서져도 되는 물건인가?"

상관준경은 퍼뜩 정신을 차렸다. 진혁이 그의 손을 바라보고 있었다. 무슨? 상관준경은 자신의 손을 보고 저도 모르게 괴성을 질렀다.

"아악! 이게 왜 여기에? 아니, 분명 소매춤에 넣어놓긴 했지만……."

양손바닥을 위로 펼친 상관준경은 뜨거운 불덩이를 쥔 것처럼 손 위의 물건을 들고 벌벌 떨었다.

하필이면 하고 많은 물건 중에서 이걸 왜 집어서! 그, 금이 간 것은 아니겠지?

다행히 부서지거나 금이 간 부분은 보이지 않았다. 다행이다. 상관준경은 안도의 한숨을 내쉬었다. 물 한 번 담아보지도 못하고 받자마자 금이 갔다면 두고두고 속이 쓰렸을 것이다.

물건에 애착을 품지 않는 상관준경을 알기에 진혁에게는 그의 반응이 뜻밖이었다. 분명 자신이 한 말이 마음에 들지 않아 귀가 아플 정도로 투덜거릴 것을 알기에 신경을 다른 곳으로 돌릴 겸 지적한 것뿐인

데, 돌아오는 반응이 평소와 달랐다. 금이 갔든 말든 한 번 힐끗 보고서
는 귀찮다는 듯 집어던지고는 슬슬 말을 돌리며 집요하게 자신을 떠보
려 들어야 맞았다.

"중한 것인가?"

"벽 원주님이 제 생일 선물로 주신 것인데 말입니다……. 아! 주군께
서는 선물 안 가져오셨습니까? 이래 봬도 제가 대야성의 군사직을 맡
고 있습니다만, 그리고 대야성주의 최측근이지요."

제 입으로 제 자랑을 늘어놓는 것이 꼭 선물을 받아내고야 말겠다는
집념이 이글거렸다. 진혁은 속으로 혀를 찼다. 세상 사람들이 가군자
(假君子)의 가면에 다들 속고 있는 것이지, 저 모습 어디에 박학다식하며
하늘까지 꿰뚫는다는 천기신사(天氣神師)가 있는가. 제갈 가주가 저런
좁쌀 같은 이에게 자리를 뺏긴 것을 알면 자괴감에 혀를 깨물고 죽을지
도 모른다.

"원하는 것이 있으면 성의 보고에서 가져가도록. 관리인에게 말해두
겠다."

"무엇이든지 말입니까?"

성의 보고라는 말에 상관준경의 눈이 반짝거렸다. 대야성의 보고라
면 자금성의 보물창고와도 비견될 정도로 어마어마한 물건들이 산처럼
쌓여 있는 곳이었다. 대야성이 문을 열었을 때부터 들어오기 시작한 진
귀한 무공 서적과 보물, 무기, 약재들이 주인의 외면에 조용히 잠만 자
고 있었다.

"약재에 한해서."

진혁은 선물의 종류를 지정해주었다. 상관준경의 과한 호기심을 알기에 자칫 감당할 수 없는 물건을 덥석 가져가는 일이 생길까 방지한 것이다. 약재라면 호시탐탐 노려보는 눈초리들도 달리 트집을 잡지 못할 것이다.

부르르 달아올랐던 흥이 푸시식 꺼져버렸다.

"좋다가 말았습니다."

"앞으로를 생각해 미리미리 몸을 보해두는 편이 나을 것이다."

"그런 걸 두고 병 주고 약 준다고 하는 겁니다. 보약 한 재 던져주시고는 얼마나 부려먹으실는지……. 겁이 나서 어디 그 약을 먹을 수나 있겠습니까?"

상관준경은 정말 겁이 난다는 듯 몸을 부르르 떨었다. 그러면서도 절대로 안 받겠다는 말은 하지 않았다. 약을 받든, 받지 않든 주군은 무지막지하게 밀어붙일 테고, 거기에 휩쓸린 자신은 귀신에게 생기가 빨리듯 기력이 쏙쏙 빠져나갈 테니, 준다고 할 때 얌전히 받아 챙기는 것이 나았다.

상관준경의 입을 막은 진혁의 관심은 다시 벽 원주가 줬다는 선물로 돌아갔다. 얼핏 보기에도 제법 고아한 것이 시중에서 구할 수 있는 물건이 아니었다. 물건도 물건이지만 물건을 준 이에게 신경이 쓰였다.

"벽 원주에게 그런 물건을 보는 눈이 있었나? 뜻밖이군."

상관준경이 피식 웃었다. 호법원주의 평소 생활상을 알고 있으니 당연한 의문이다 싶었다. 그 역시 이 물건을 받자마자 건넨 말이지 않는가.

"벽 원주께 그런 것이 있을 리가 있겠습니까? 이런 물건에 관심 둘 시간에 운기를 한 번 더 하거나 도를 휘두르실 겁니다. 달리 대야성 최고의 무공충이라 하겠습니까?"

진혁의 눈길이 청자연적으로 향했다. 그럼 그 물건은 어찌 된 것이냐는 무언의 질문이었다. 상관준경의 입꼬리가 평소처럼 위로 휘었다. 푹 꺾였던 기세도 다시 의기양양해져 잃어버렸던 여유를 회복했다. 상대가 모르는 패를 가지고 있다는 것은 무얼 하든 일단 승기를 잡고 들어가는 것이니.

"벽 원주께 양녀가 있다는 걸 아십니까?"

"양녀?"

"역시 주군께서도 모르고 계셨군요. 네, 벽 원주께 양녀가 있답니다. 그것도 제가 가지고 싶었던 오자도의 청자연적을 딱 집어 골라 보낼 정도로 눈썰미가 뛰어난 데다 상재에도 밝은 양녀랍니다."

처음 듣는 말이었다. 하긴, 지금껏 20년이 넘도록 대야성에 있으면서도 사적인 일에 대해서는 일절 말문 한 번 떼지 않던 이였으니. 단지 무공에 미쳐 혼인도 하지 않고 산다는 것 정도가 전부였다.

"죽은 친우의 딸을 맡은 거랍니다. 그런데 놀랍게도…… 그 양녀가 만고당의 주인이라는군요."

"벽 원주의 양녀가 만고당의 당주란 말인가?"

진혁도 만고당의 위명은 들어본 적이 있었다. 고서적이나 골동품에 취미를 둔 사람들에겐 가뭄에 단비 같은 곳이라던가.

"오늘 들어온 선물 중 반이 만고당에서 구입한 것이더군요. 무뚝뚝하기 이를 데 없는 벽 원주께 그런 영특한 양녀가 있다니, 재미있지 않습니까?"

상관준경은 오랜만에 마음에 드는 물건을 선물로 받은 만족감에 흐뭇해 하느라 진혁의 시선이 청자연적에 한동안 머무르는 것을 알아차리지 못했다.

굵은 빗줄기가 지붕의 기와를 투둑투둑 때렸다. 한밤중부터 내리기 시작한 비는 굵은 장대비가 되어 하루가 지나도록 그치지 않고 주룩주룩 세상을 적셨다. 늦여름의 장마처럼 모여든 먹구름들이 흩어지지 않아 한낮에도 저녁 어스름 때처럼 어둑어둑했다. 누런 흙탕물이 섞인 수로에서는 콸콸 소리가 끊이지 않았고, 불어난 강물에 강둑 아래쪽에 있던 습지가 잠겨버렸다. 선착장에는 비를 피한 뱃놀이 배들이 묶여 있었고, 이런 날씨에도 배를 타길 기다리는 사람들이 비를 피해 여기저기 모여 있었다.

대나무 우장을 든 진혁은 비에 인적이 드물어진 거리를 걸었다. 뿌옇게 올라온 물안개에 세상이 온통 흐린 회색빛이었다. 나오면서 총관에게 간단히 통보만 한 터라, 돌아가면 꼼짝없이 집무실에 앉아 쌓여 있는 서류들을 처리해야 할 것이다.

내를 이뤄 흘러가는 빗물이 검은 혁피화(革皮靴)를 적셨다. 이 정도로 퍼부었으면 빗줄기가 가늘어질 만도 한데, 오히려 먹구름이 잔뜩 낀 하늘에서는 우르릉거리는 소리까지 들렸다. 조금씩 불던 바람도 천둥이 치면서 거세어졌다. 거리에 흐르는 빗물도 제대로 배수가 되지 않아 조금씩 차오르기 시작했다.

첨벙거리는 물을 차며 걸어가던 진혁은 돌아가자마자 외총관에게 성내에 수재로 발생했을 이재민들을 구휼하라는 명을 내려야겠다고 생각했다.

작물에도 도움이 되지 않는 빗줄기가 그칠 줄은 모르고 점점 굵어지기만 하니.

사실 성내의 이재민들에 대해서는 관리가 책임져야 할 일이지만, 대야성이 있는 무한에서는 관의 영향력이 극히 작았다. 관원들은 대야성의 눈치를 살피며 소극적으로 나서는 시늉만 할 뿐이라, 대야성이 소소한 일들까지 살피게 만들었다. 그리고 그러면 그럴수록 관은 위축되었고, 대야성의 영향력이 더 커지는 악순환이 되풀이되었다.

문이 닫혀 있지 않은 높은 담벼락을 따라 빗물이 주룩주룩 흘러 내렸다. 담벼락을 때리는 빗줄기 소리가 타닥타닥 콩 볶는 소리처럼 튀어 올랐다. 처음 오는 길인데도 진혁은 수없이 다닌 길인 양 거침없이 안으로 들어갔다. 좁은 길이 앞으로 쭉 뻗어 있었다. 뿌연 물 장막에 잘 정돈되어 있는 길이 숨어버렸다. 발걸음을 따라 흔적처럼 물방울이 튀어 올랐다. 안으로 몇 걸음 들어섰을 때 진혁은 차오르는 빗물의 수위가 밖과 다른 것을 알았다. 담장을 따라 숨어 있는 배수로에서 콸콸콸 내려가는 빗물 소리가 들렸다. 잠깐 멈춰 섰던 진혁은 다시 걸었다. 숨어 있는 자들의 호흡이 느껴졌다. 담장 안으로 들어설 때부터 조심스럽게 주시하는 시선들이 있었다.

만고당을 지키는 자들인가.

드나드는 손님들이 위화감을 느끼지 않도록 숨어서 지키게 하는 듯했다. 얼추 경비가 소홀하다 싶을지 모르지만, 느껴지는 실력이 다들 일류 고수는 되는 듯하니 결코 일개 상점이 가질 만한 경비가 아니었다.

전각의 처마로 들어선 진혁은 들고 있던 우장을 접었다. 대나무 결을 따라 빗방울이 후드득 떨어져 청석 바닥을 적셨다.

비로 인해 어둠침침한 탓인지 한낮인데도 벽에 걸린 등잔에 불이 환하게 밝혀져 있었다.

"창고들마다 혹시 비가 새는 곳은 없는지 다시 한 번 꼼꼼하게 확인하세요! 자칫 빗물이 스머들기라도 하면 큰 낭패입니다. 특히 서고와 약재 창고는 더 주의해서 살펴주세요. 습기를 막아주는 파초향(芭椒香)을 더 피우시고요."

"알겠습니다, 당주님!"

"배수로도 신경 써주세요. 만고당 주변의 배수로는 지하수로 바로 빠져나가긴 하지만, 혹시 빗물에 쓸려 온 흙이나 이물에 막힐 수도 있으니, 힘쓰는 장정들로 하여금 갈퀴로 긁어내게 하시고요."

낭랑하게 들려오는 목소리를 따라 고개를 돌린 진혁은 순간 코끝을 스치고 지나가는 향을 맡았다.

설마?

진혁이 다시금 확인하려는 순간, 향은 잔향도 남기지 않고 사라져버렸다. 진혁의 눈꼬리가 희미하게 흔들렸다.

착각이었나?

"죄송합니다만, 손님. 들어오시려면 옷깃에 묻은 물기를 털어주십시오."

총관에게 갑작스럽게 내린 폭우에 대한 지시를 내리고 있던 가연은 그제야 불빛 안으로 불쑥 나타난 인영을 발견하고 서둘러 말했다. 여긴 특히나 물에 약한 서책들이 있는 곳이라 더욱 신경을 써야 했다. 일반 책들도 그렇지만, 고서들은 더욱 습기에 취약했다.

진혁은 그녀의 부탁대로 소맷자락과 옷자락에 묻은 물기를 손으로 탁탁 털었다. 차분한 목소리가 높아진 것을 보니, 호우에 대한 대책을 마련해두긴 했지만, 전각에 있는 물건들이 오래된 것들이라 다시금 확인하는 듯했다. 손님보다 가게의 물건이 우선인 주인이라……. 듣던 대로 특이하긴 하군.

상관준경의 자랑을 듣는 사이에 떠올랐던 생각을 추진하기 전, 만고당에 대한 정보를 파악할 필요가 있었다. 시간이 없어 깊이 파고들지는 못했지만, 특이한 점은 만고당과 거래했던 이들마다 주인이 까다로워 거래하기가 힘들었노라 고개를 내저었다 한다는 것이었다. 물건에 어울리는 손님을 고르는 가게는 처음이라며.

그 까다로운 주인에게서 낯설면서도 익숙한 향취가 느껴지는 이유는 무엇일까.

비바람이 거세지고 있었다. 문밖을 두드리고 지나가는 바람 소리가 거친 말 울음소리처럼 난폭하고 사나웠다. 묵직하게 내리누르는 공기가 아직도 남은 비가 많다고 말하고 있었다. 서고 구석구석까지 확인을 끝낸 가연은 그제야 손님이 있다는 걸 기억해내고는 황급히 몸을 돌려 손님을 찾았다.

장신에 약간 마른 몸을 한 사내가 한 손으로 허리를 짚고 다른 손으로는 서가에서 뽑아든 책을 읽고 있었다. 서 있는 뒷모습만으로도 사내의 빈틈없는 성정을 알 수 있었다. 날이 세워진 검이 검집째 서 있는 듯한 기세. 자칫 잘못 손을 대었다간 손목이 그대로 날아갈 것 같은 시퍼런 예기. 무인, 그것도 경지가 높은 무인이다. 가연은 무거운 한숨을 삼켰다.

어제 오늘 난처한 손님들만 연거푸 오는군.

생각했던 것보다 청자연적의 효과가 너무 뛰어났다. 후처리가 곤란할 정도로. 어제는 제갈 세가의 귀제갈(鬼諸葛)이라 불리는 제갈수재가 와서 축하연에 보낸 청자연적과 같은 것을 주문하더니.

큰 소리를 내며 천천히 다가가던 가연의 발걸음이 어느 순간부터 느려졌다.

저 사내는!

놀란 가연이 걸음을 딱 멈추는 순간, 서책을 보던 진혁이 눈을 들었다. 충격을 애써 누르는 가연의 얼굴을 본 진혁의 눈에 이채가 떠올랐다 사라졌다. 서책을 탁 소리 내어 접었다.

"내가 누군지 아는군."

진혁은 책을 서가에 꽂으면서도 시선은 가연에게서 떼지 않았다.

"네, 양부님을 뵈러 갔을 때 먼발치에서 얼굴을 뵌 적이 있지요."

가연은 놀랄 정도로 짧은 시간에 당혹과 충격을 가라앉혔다. 평시와 똑같이 차분한 어조로 답을 했지만, 맞잡은 손에는 힘이 잔뜩 들어가 있었다.

시원하게 뻗은 눈매가 진혁의 강한 성정을 날카롭게 드러냈다. 진혁의 시선이 가연의 살점을 하나씩 도려내기라도 하듯 샅샅이 살폈다. 천장의 등롱 빛에 드러난 갸름한 얼굴이 서서히 굳어졌다.

뒷덜미에서 하나로 묶은 머리 타래 가로 뽀얀 살결과 가는 목덜미가 보였다. 곧은 콧날에 적당히 큰 눈에 도톰한 붉은 입술. 못생기지는 않았으나 지나쳐 다시 돌아볼 정도의 빼어난 미인은 아니었다. 허나, 깊은 바다처럼 짙은 검청빛 눈동자가 시선을 끌었다.

아무것도 내비치지 않아 되레 많은 것이 숨어 있는 듯한 은밀한 눈망울. 그의 사나운 기세를 받아내면서도 꼿꼿하게 마주 보는 기개가 마음에 들었다. 그것은 무공의 고하가 아닌 부동심이 얼마나 강하냐의 문제이니.

과연 만고당이라는 큰 상회를 맡고 있는 주인답다 해야 하나. 그저 한 번 맡겨보자 싶어 나선 걸음이었는데, 헛걸음은 아니었군.

가연을 보고 있던 진혁이 갑자기 고개를 옆으로 돌렸다. 그의 감각에 빗속을 첨벙거리며 치달려 다가오는 기세가 잡혔다. 인원은 열 명에 마공을 익힌 자들이었다. 그중 하나는 제법 매서운 기운을 가지고 있었다.

갑작스러운 그의 행동에 뭔가를 느낀 가연도 고개를 돌렸다.

쾅!

비가 들이치지 않도록 닫아놓은 문이 천둥처럼 큰 소리를 내며 열렸다. 우의를 걸친 무사들이 비와 진흙이 묻은 신발째로 우르르 들어섰다.

좌우로 늘어선 무리들 사이에서 우두머리로 보이는 두 명이 나왔다. 이마에 두른 검은 띠에 타오르는 불꽃 무늬가 새겨져 있었다.

뒤로 물러선 진혁은 머리띠를 보고 마화루(魔火樓)의 무사라는 것을 알았다.

"주인 나왓!"

다짜고짜 주인을 찾는 소리에 천장과 벽에 붙어 있는 서가가 우르르 흔들렸다. 고함 소리에 의도적으로 내공을 담은 것이다.

내공에 떠밀려 신형이 흔들렸던 가연은 똑바로 몸을 세우며 앞으로 나섰다.

"그렇게 우악스럽게 소리치지 않아도 주인이 알아서 나옵니다. 대체 무슨 일로 이리 무례하게 구는 겁니까?"

가연의 뒤로 소리를 듣고 비틀거리며 달려 나온 하 총관이 아직도 부들거리는 몸을 간신히 다잡아 시립했다.

자신의 윽박지름에 나온 것이 힘없는 여인과 중늙은이라 무사의 눈초리가 확 일그러졌다.

"나오라는 주인은 안 나오고 계집년이랑 뒷방 늙은이가 나오는 거야? 정말 한 번 뒤집어야 나올 건가!"

"그렇게 소리를 지르는데 주인이 모를 수 있겠습니까? 단지, 주인이 나와도 알아보지 못하는 눈을 가진 이들이 있을 뿐이지요."

"뭐? 너, 뭐라 지껄이는 거냐?"

가연은 시정잡배처럼 껄렁하게 구는 무사를 무시하고 그 옆에 서 있는 장년인을 봤다. 갓 서른을 넘긴 듯한 사내는 뜻밖이라는 듯 가연을 보았다.

"내가 나오라고 소리친 만고당의 주인입니다. 무슨 일이기에 마화루의 적도대(赤刀隊)가 이리 무뢰배처럼 구는 것입니까?"

"무뢰배?"

적도대를 이끄는 대장의 얄팍한 입술이 열렸다. 마화루인 것이야 착용한 머리띠를 보고서 금세 알 수 있었겠지만, 적도대라는 것을 읽은 가연의 기민한 눈썰미에 대장은 속으로 감탄했다.

"아니라고 하실 참입니까? 누가 봐도 시전에서 행패를 부리는 잡배처럼 보입니다만."

"이것이! 지금 누구 앞에서!"

면전에서 수치를 당했다 싶은 수하가 버럭 소리를 지르며 도를 뽑았다. 적도대 특유의 붉은 혈도(血刀)가 흉흉한 기운을 발했다.

대장이 수하의 행동을 저지했다.

"됐다. 집어넣어."

"넷! 대장님!"

행패를 부릴 듯 험악하게 굴던 자가 대장의 말 한마디에 순식간에 순한 양이 되어 순종했다.

"배짱이 좋군. 도 앞에서 눈빛이 죽지 않아."

"죽어야 할 이유가 있습니까?"

가연이 대장에게 물었다.

"손님에게 위작을 팔았으니 당연히 두려워해야겠지."

"위작?"

가연의 귀에는 위작이라는 말만 크게 들렸다.

대장이 손짓을 하자, 옆으로 늘어서 있던 무사들 중 제일 끝에 있던 무사가 묵직한 보자기를 들고 나왔다.

"보름 전 만고당에서 나온 사람에게서 금자 백 냥에 구입한 물건이다. 그런데 이런 물건을 잘 아는 이가 보더니 위작이라고 하더군. 만고당이라는 이름을 믿고 거금을 들여 구입한 것인데 위작을 내주니, 너라면 행패를 부리고 싶지 않겠나?"

가연의 뒤에 있던 하 총관이 무사의 손에 들린 보자기를 풀려고 했다.

"잠깐 기다려요."

가연이 하 총관의 행동을 막았다. 보자기를 힐끔 바라본 가연은 대장을 응시했다.

"이 물건을 만고당에서 산 것이 맞습니까? 정확하게 어디에서 누구에게서 건네받은 겁니까?"

"뭐?"

"제가 알기로 한 달 이내로 만고당에서 마화루로 나간 물건은 없습니다."

"지금 내가 거짓으로 행패를 부리고 있단 말인가?"

붉은 기가 감도는 대장의 얼굴색이 흥분으로 좀 더 짙어졌다.

"그게 아닙니다. 하 총관, 분명 장부에 기재되어 있는 것으로는 마화루에서 물건을 사 간 금액이 없지 않나요?"

하 총관이 소매춤에 손을 쑤셔 넣어 항상 들고 다니는 장부를 꺼냈다. 서둘러 종이를 획획 넘긴 그는 한 달 전부터 있었던 거래 내역을 손으로 꼼꼼히 짚어내려가며 하나씩 확인했다.

"마, 맞습니다! 당주님의 말씀대로 마화루와의 거래는 단 한 건도 없었습니다!"

"말도 안 되는 소리! 이곳에서 산 물건은 아니지만, 분명 만고당의 확인서가 첨부되어 있는 물건이다! 그런데도 아니라고 할 것이냐!"

"그 확인서는 어디에 있습니까? 제게 주시지요."

가연은 손을 내밀었다. 분명 증거품으로 가지고 왔을 터.

대장이 품에서 꾸깃꾸깃해진 종이 한 장을 꺼냈다. 가연은 종이를 받아 내용을 확인하지도 않은 채 몸을 돌려 서탁이 있는 쪽으로 갔다.

엉뚱한 짓거리를 하려고 들면 바로 베어버릴 테다. 대장은 의심과 경계심이 가득한 눈으로 뒤따라왔다.

가연은 구겨진 종이를 서탁에 올리고 문진으로 꾹꾹 눌러 구겨진 부위를 최대한 바로 폈다. 그리고 한쪽에 모아둔 확인서 중 한 장을 따로 집어냈다.

"보시지요. 이게 적도대장께서 주신 확인서입니다. 그리고 이게 저희 만고당에서 통용되는 확인서이지요."

대장이 두 장을 번갈아 보며 다른 곳이 있는지 자세히 살폈다.

"두 장 다 똑같지 않나?"

"지금은 그렇지요."

가연은 둘 중 서랍에서 꺼낸 확인서를 들어 서탁에 있는 촛불 가까이 가져다댔다. 무슨 짓인가 싶어 가만히 지켜보던 대장의 눈이 뭔가를 발견한 듯 조금씩 커졌다.

"그게 뭐지?"

촛불 위로 가져다댄 종이가 검게 타들어가는 대신 붉은 문양이 서서히 나타나더니 종국에는 오래된 초서체의 글자가 뚜렷해졌다.

万古堂

가연은 대장이 가져온 종이를 들어 방금 전과 똑같이 촛불 위로 가져갔다. 열기를 받은 종이가 금방이라도 타들어갈 듯 일렁거리더니 결국화기에 검은 자국이 생겨났다. 가연은 더 이상 종이가 상하지 않도록촛불에서 확인서를 떼어냈다.

"이제 아시겠지요? 겉으로 보기에는 적도대장께서 가져온 확인서가진짜인 것 같지만, 겉으로만 똑같은 가짜라는 것을요. 만고당에서 내어주는 확인서들은 모두 지금 보신 것처럼 특별한 약품 처리를 가하기때문에 이렇게 불길에 가까이 가져가면 저희 만고당의 글자가 낙관처럼 드러나게 되어 있습니다. 지금과 같은 사기를 막기 위해서 고안해낸만고당만의 방법입니다."

대장은 입을 꾸욱 다물었다. 여기서 뭐라 떠든다면 가연이 언급했던것처럼 정말 시전 뒷골목을 쑤시고 다니는 건달패와 똑같아진다.

"젠장!"

뻗치는 분노를 참지 못한 대장은 돌아서자마자 부하가 들고 있던 보자기를 낚아채 냅다 바닥에 내동댕이쳤다. 여기서 펄펄 뛰어봤자 사기꾼에게 속은 자신만 바보처럼 보일 것이다.

"돌아간다!"

사과의 말 한 마디 없이 대장은 바닥에 부서진 조각만 뿌려둔 채 부하들을 끌고 가버렸다. 좌우로 활짝 열린 정문으로 세차게 내리긋는 빗줄기가 보였다. 우르릉거리는 천둥소리가 울리더니 곧이어 번개가 하늘에서 땅으로 번쩍 내리꽂혔다.

천둥소리에 정신을 차린 하 총관은 전각 뒤편에 물러나 있는 하인들을 소리쳐 불렀다.

"무엇들 하는 게야! 어서 나와서 소금부터 뿌리지 않고! 빨리! 빨리 나와서 여기 뿌려진 빗물이랑 진흙들도 씻어내고! 습기가 더 이상 들어오지 않도록 마른걸레질을 하고 습포지를 더 대도록 해!"

뒤쪽으로 나 있는 쪽문이 벌컥 열리더니 마른걸레와 습포지를 든 하인들이 우르르 나왔다. 하 총관이 어디라고 콕 지적하기도 전에 그들은 물기가 있는 곳을 마른걸레로 훔쳐내고 진흙을 닦아내며, 서둘러 어질러진 곳을 정리해나갔다. 하인들의 잽싼 몸놀림을 흡족하게 바라보고 있던 하 총관의 시야 안으로, 몸을 숙여 대장이 내던진 보자기의 매듭을 끄르는 가연이 들어왔다.

"무얼 하십니까, 당주님?"

가연은 조심해서 보자기를 풀었다. 산산이 부서진 백자 조각들이 쩔그럭거리며 볼품없는 모양새를 드러냈다. 그중 가장 큰 조각을 집어 들었다. 섬세한 물레질 손길과는 어울리지 않는 답답한 울분이 부서진 조각의 결 위로 떠올랐다. 분노의 저변에는 강한 두려움이 드리워 있었다. 가연은 조각을 다시 보자기에 넣고 꽁꽁 싸맸다.

저 쓰레기를 어디에 쓰려고 하시는가?

하 총관은 보자기를 소중히 안아든 가연의 행동을 이해할 수 없었다. 달리 사용하실 용처가 있으신가. 부족한 자신의 머리로는 당주의 심계를 헤아릴 수 없으니.

"크흠! 벌써 이번 달에만 이런 일이 다섯 건입니다. 이대로 가만히 내버려둬서는 안 됩니다, 당주님."

"하 총관의 생각도 그런가요?"

불한당처럼 찾아온 마화루 무사들의 힘에 덜렁거리는 문짝을 달아 임시방편으로 밑에 받침대를 괴어 열리지 않도록 했다. 비가 그치는 대로 목수를 불러 수리를 맡겨야 했다.

"당연히 이상하지요. 일 년에 많아야 두어 건 있던 일이 요 몇 달 새 늘어나다니! 누군가 작정하고 일을 벌인 것이 틀림없습니다."

가연의 생각도 그랬다. 혹시나 싶어 두고 봤던 것이 역시나로 결론이 났다. 처음 한두 건이야 이상하다 싶었어도 사기꾼이 몰릴 수도 있겠지 싶어 넘겼더니……. 누군가 만고당을 표적으로 삼고 더러운 술수를 부리는 것이 분명했다.

"하 총관님은 마화루에서 이 물건을 사게 된 순서를 역으로 짚어나가 보세요. 지금껏 들어온 위작들도 마찬가지예요. 분명 어디에서 겹치는 곳이 있겠지요. 그리고 은밀히 만고당의 물건을 팔려 한다는 자가 있는지도 살피세요. 분명 사려는 사람을 찾는 자들이 있을 겁니다."

"예, 당주님!"

손바닥으로 받쳐 든 보자기 너머로 날카로운 자기 조각이 만져졌다. 부서진 조각들이 서로 맞부딪치며 다시 서로에게 상처를 남기고 있었다. 그러다 가연은 불현듯 잊고 있던 이가 생각나 황급히 몸을 돌렸다. 갑자기 쳐들어온 마화루의 무사들 때문에 잊었지만, 절대로 잊을 수 없는 자.

그러나 진혁이 있었던 자리는 텅 비어 있었다. 언제, 어디로 나갔는지 기척은 고사하고, 그림자도 보이지 않았다.

"왜 그러십니까? 누굴 찾으십니까?"

하 총관이 그녀를 따라 뒤를 돌아보았지만 아무것도 없자 다시 주위를 둘러보았다. 그때 가연의 목소리가 들려왔다.

"아니에요. 아무것도 아닙니다."

순간적으로 하 총관은 등골로 선득한 것이 타고 내려가는 느낌을 받았다. 영문은 모르겠지만, 흔들리는 등롱 불빛에 드러난 가연의 얼굴이 지금껏 한 번도 본 적 없는 빛을 보여 심장이 덜컥 내려앉았다.

콰르릉 쿵쾅!

머리를 울리는 뇌성벽력이 세상을 찢을 듯 울부짖었다.

五章

청부(請負)

정확한 출처를 알 수 없는 소문이 슬금슬금 퍼져나갔다. 때늦은 태풍이 몰고 왔다 놓고 간 것처럼 툭 떨어진 얘깃거리는 한 입, 두 입 거치며 마른 모래에 물이 스며들 듯 번졌다. 아랫사람들에게 제일 재미있는 것이 윗사람들의 밤일거리라, 주변에 듣는 귀는 없나 살피면서도 둘만 모이면 쑥덕거리기 일쑤였다.

늦은 밤 대야성주의 침전에 여인이 든다!

소문을 들은 사람들은 모두 손사래를 치며 웃기는 소리 하지 말라고 했다. 한창 여인을 찾을 혈기방장한 나이인데도 여인 보기를 돌처럼 하는 대야성주의 성격은 유명했다. 중원에 우뚝 서 있는 위치와 미혼의 젊은 미장부라는 그의 조건에 내로라하는 가문에서 매파를 보내길 수십 번. 그러나 젊은 대야성주는 보내온 초상화를 펼칠 겨를도 주지 않고 매몰차게 거절했다. 백화루(百花樓)의 특급 기녀인 일화(一花)가 단 하룻밤만 품어주길 바라며 그의 앞에서 스스로 치마끈을 풀었다가 그 자리에서 알몸으로 내쫓긴 것은 유명한 일화였다. 결벽이다 싶을 정도로 여자를 멀리하는 그를 보고 사람들은 그의 성벽이 특이하다, 남색가다, 동녀(童女)를 좋아한다 등등 온갖 험담을 가져다붙였다. 오죽하면 몇 남지 않은 천가의 원로들이 무거운 엉덩이를 움직였을까. 그런데도 천진혁은 태산처럼 꼼짝도 하지 않았다. 매달리던 사람들이 질려 저절로 나가떨어질 정도로. 그렇게 세상을 기함하게 만들 정도로 쇠고집을 피우던 그가 밤에, 그것도 침전으로 여인을 부른다고 하니 세상이 뒤집힐 수밖에.

갑작스러운 천진혁의 행보는 그를 주시하고 있는 여러 세력들에게 묵직한 충격을 선사했다. 그것은 월마다 열리는 대야성의 정례 회의에서도 두드러지게 드러났다. 대야성의 요직을 맡고 있는 각 당의 당주들과 원주들, 각주들 및 대야성 아래에 있는 세가들의 주인들까지 참여해서 각 세력들마다 불거지는 알력을 조절하고 대야성에 반하는 세력들과 기타 다른 보고 사항들을 논하는 자리였다.

밋밋하다 싶을 정도로 장식이 배제되어 있는 대전은 태사의가 놓여 있는 상좌마저도 일체의 꾸밈이 들어가 있지 않았다. 단지 많은 인원을 수용만 하면 된다는 전각의 쓰임새를 한눈에 보여주었다.

대전에 자리를 배정받을 수 있는 것은 최고 직위인 대야성주를 기점으로 사당이원팔각(四堂二院八閣)의 주인을 제외한 서열 백 위까지였다. 때로는 임무를 수행하기 위해 자리를 비워 참석하지 못하는 경우도 있었고, 갑작스러운 경우로 공석이 될 때도 있어 참석자 수는 항상 일정치 않았다.

회의가 시작되려면 아직 시간이 한참 남았는데도, 일찍 자리를 찾은 사람들은 현재 가장 큰 관심거리에 대해 조금이라도 더 정보를 모으려고 애썼다. 서열이 매겨져 있긴 하지만, 거의 대부분이 가문이나 문파에 속해 있었기 때문이다.

"그럼 그 소문이 사실이란 말입니까?"

"그렇답니다! 새벽녘에 성주의 침실에서 나오는 여인을 보았다고 합니다. 게다가 여인의 시중을 들었다는 하녀들도 있고요."

"허허! 대체 성주님의 생각을 알다가도 모르겠구려. 지금껏 본 척 만 척 구시던 분이 무슨 심경의 변화이신지……. 한창때의 청년이시니 여인을 부르실 수도 있다지만……."

"좋은 변화로 봐야 하지 않겠습니까?"

"그렇기야 하오만. 이왕지사 여인을 찾으실 요량이시면 혼인을 할 여인을 골라 당당히 식부터 올리시는 것이 순서이거늘. 지금은 여인을 즐기시는 것이 아니라 후손을 보시는 것이 최우선이지 않은가?"

주변에서 듣고 있던 구대 문파의 인사들이 고개를 끄덕거렸다. 여인에게 관심을 돌린 성주의 변화가 반가운 한편, 이왕이면 혼인까지 쭈욱 이어졌으면 하는 바람이었다.

그러나 마도인들의 생각은 정파와는 또 달랐다.

"드디어 계집 맛을 안 게지. 원래 계집의 속살 맛이란 게 모를 때에는 무덤하게 넘길 수 있지만, 일단 한 번 맛을 들이면 앵속보다 더한 중독을 불러일으키지 않나. 흐흘흘흘! 성주도 드디어 그 맛을 안 게야! 쫀득쫀득한 계집 맛을 알게 됐으니 이제는 성주의 침실 문지방이 계집들의 발길로 남아나지를 않을 게야!"

어젯밤 품었던 애첩의 녹진녹진한 몸뚱이를 떠올린 배화교주(拜火敎主)의 눈이 게슴츠레해졌다. 들인 지 얼마 되지 않은 새 계집이라 품는 맛이 새록새록해 요사이 밤이 즐거웠다. 사내라면 주지육림에 한 번쯤 빠져봐야 한다는 것이 그의 지론이었다.

"성주에게 진상할 계집을 찾아보라고 해야겠군. 미색도 미색이지만 잠자리에서도 요분질을 잘 치는 계집으로 찾아야겠지. 뭐라고 해도 베갯머리송사만큼 잘 듣는 것이 없을 테니."

이렇게 다행이라며 안도하는 자들이 있는가 하면, 싸움판이라도 구경하듯 희희낙락하는 부류가 있었고, 그런가 하면 그들과는 전혀 다른 의미로 심각한 부류가 있었다.

"무슨 생각일까요?"

"글쎄."

"갑자기 시침녀를 찾는다는 것이 이상하지 않습니까?"

주변을 불러보다 전음으로 말했다.

— 이러다 갑자기 아이라도 생긴다면 큰일입니다!

— 잠자리를 가진다고 아이가 그리 빨리 들어서는 것은 아니지.

— 그리 마음을 놓을 때가 아닙니다. 운이 나쁘면 한 번에라도 들어서는 것이 아이가 아닙니까? 천가의 핏줄이 생기기라도 하면 일이 몇 배는 더 힘들어질 것입니다.

— 알고 있네.

— 막아야 하지 않겠습니까?

말을 받고 있던 중년인의 미간에 내 천 자가 생겼다.

– 무슨 명분으로 막는단 말인가? 사내가 여인을 불러 하룻밤 노는 것이야 비일비재한 일. 그것을 어떻게 걸고 넘어갈 것이야?

– 성주의 침전에 든 여인들을 찾아 모조리 죽이는 것은……

– 아니 될 말! 비록 세월이 지났다고는 하나 천가에서는 옛날 일을 잊지 않고 있네. 묻어둔 듯 보이지만, 꼬투리만 잡히면 언제든 다시 파내려 들 걸세. 그런데 그리 간신히 묻은 불씨를 이제 와 다시 살리자는 말인가? 벼룩을 잡자고 초가삼간을 태울 수는 없는 일일세.

말을 꺼냈던 이도 수긍한 듯 조용히 받아들였다. 천가에서는 난공불락 같던 가주가 마음을 바꾼 것만으로도 감지덕지라 혹여 작은 동티라도 날까 전전반측하고 있었다. 외부의 반응에도 눈을 세우고 불측한 반응이 나오지는 않을까 주시하는 것이 느껴졌다.

– 일단 지켜보세. 오늘 무슨 말이 나오는지 보고 방안을 마련해도 늦지 않아.

중년인이 전음으로 오가는 내용을 끝냈을 때였다. 문지기로 있는 무사가 큰 소리로 외쳤다.

"성주님께서 드십니다!"

앉아 있던 무사들이 일제히 자리에서 일어났다.

진혁은 군사인 상관준경을 뒤에 거느리고 자신의 자리인 대전의 상좌를 향해 걸어갔다. 대전에 있는 무사들의 시선이 일제히 성주인 진혁에게 쏠렸다. 젊은 나이에 이룬 고강한 무공과 대야성주라는 직위에 대한 질시와 악의, 극강한 무사에 대한 순수한 동경과 호승심, 단순한 흥미와 무관심 등 각양각색의 감정들이 다채로운 색채처럼 한데 어우러져 소용돌이쳤다. 그 정점은 진혁이 상석인 태사의에 앉았을 때였다.

"성주님을 뵙습니다!"

백 명에 이르는 무인들의 기세가 하나로 뭉쳐 예리한 창이 되어 하늘을 찔렀다. 태사의보다 한 계단 낮은 자리에 서 있던 상관준경은 거대한 해일처럼 밀어닥치는 기세에 압도당했다. 그것은 일종의 감동이기도 했다. 여기에서 느껴지는 것이 이 정도라면 성주 자리에서는 어느 정도일지……. 상관준경은 태사의에 앉아 있는 진혁의 표정을 훔쳐보았다. 그러나 사람의 심리를 읽는 데 도가 튼 그도 진혁의 얼굴만큼은 읽어낼 수가 없었다. 그건 첫 만남에서부터 그랬다.

정례 회의의 일상적인 안건들이 올라왔다. 지루하지만 신경 쓰지 않으면 안 되는 사안들. 조정을 신청한 안건에 대해 서로 대립하고 있는 문파들끼리 잠시 으르렁거리며 고성이 오가기도 했다. 이권이 걸린 문제는 뼈다귀를 문 개처럼 서로 물러서지 않으려고 해 결국 문파 간의 겨루기로 끝나는 경우도 있었다. 단순한 비무 대회에서 최악에는 문파 간의 전쟁까지. 전쟁까지 번질 때에는 문파에 속해 있는 무인들로만 영역을 제한해 다른 세력이 엮이는 것을 최대한 막았다.

새외사패(塞外四覇)에 대한 동향과 감시에 대한 보고를 마지막으로 올라온 안건이 모두 끝났다. 그러나 섣불리 먼저 자리를 뜨는 사람은 없었다. 서로 눈치를 보며 누가 먼저 고양이 목에 방울을 달려고 할지 지켜보면서 기다리고 있었다.

"오늘은 이 정도로 하지. 결정한 사안들의 후속 조치에 대해서는 당주들이 전주와 논의해서 조율하도록."

진혁은 오늘 유난히 서로 이를 드러내며 험악한 분위기를 조장하던 검각(劍閣)과 해검파(海劍派)를 둘러보았다. 결국 그들은 문파 간의 비검(比劍)으로 승부를 내기로 했다.

"싸우기로 했다면 후회 없이 싸우도록. 단, 패자는 승자에게 깨끗하게 승복하고 물러나야 한다. 만약 보복이나 앙심을 품고 일을 꾸민다면 누구든 멸문지화를 면치 못할 것이다."

검각과 해검파의 무사가 자리를 박차고 일어나 양손을 앞으로 모아 포권을 했다.

"충!"

"복명!"

그것은 다른 문파에게 보내는 경고였다. 자기들의 싸움에 개입하지 말라는.

진혁이 자리에서 일어나려고 할 때였다. 환희궁(歡喜宮)의 궁주가 근질거리는 입을 참지 못하고 먼저 말문을 열었다.

"요 근래 성주님에 대한 재미난 소문이 돌고 있는 것을 아십니까? 그게 사실이라면 저희 환희궁의 아이들에게도 한 번 기회를 주시는 것이 어떻습니까? 아시다시피 방중술에 대해서라면 어디에 내놓아도 빠지지 않는 아이들입니다. 이왕 즐기시는 거라면 잘 훈련된 아이를 들여 제대로 노셔야 하지 않겠습니까?"

마맥(魔脈)에 속하는 환희궁은 남녀의 교합으로 내공을 익히는 문파라 성에 대해 자유분방했다. 남자도 여자도 서로 자유롭게 상대를 정해 즐기면서 오랫동안 한 상대만을 고집하지도 않았다. 개중에는 교합 중에 상대방의 내공을 갈취하는 수법도 있어 다른 문파들에게서 지탄을 받기도 했다.

진혁이 기름기가 번들거리는 얼굴로 능글능글 웃고 있는 환희궁주를 보았다.

"단순히 즐기는 거라면 고매한 기술을 익힌 환희궁의 여인들을 따라 갈 이가 없겠지. 하지만 환희궁의 여인들은 아이를 가지지 못하지 않나, 환희궁주?"

능글거리던 환희궁주의 웃음이 지워졌다. 예상치도 못했던 단어를 들어 잠시 머리가 돌아가지 않았다.

"아이? ……그렇긴 합니다만……."

환희궁의 궁도들은 처음 내공을 익히면서부터 아이를 가질 수 없게 된다. 진혁이 아이라는 말을 꺼내자 회의장에 있는 사람들 중 반수의 안색이 바뀌었다.

"성주님! 여인을 부르시는 이유가 아이를 가지기 위함이란 말씀이십니까?"

정신을 차린 환희궁주가 놀라 목소리를 높였다. 아이라면 후계를 가지겠다는 뜻이라, 대전에 있는 모두가 긴장했다.

"그렇다. 다들 늦었다고 재촉들이니 지금이라도 후사를 둬야 주변이 조용해질 터."

그러나 아무도 진혁의 말을 믿지 않았다. 지금껏 요지부동이었던 그가 주변의 시달림에 마음을 바꾸다니 천부당만부당한 소리. 분명 숨어 있는 다른 이유가 있을 것이다.

지금껏 회의를 지켜보고 있던 호법원주 벽갈평이 일어났다. 술렁이던 공기가 잠시 조용해졌다. 성주도 존중하는 벽갈평이라면 성주의 저의를 끌어낼 수 있지 않을까.

"후사를 가지시려면 먼저 혼인을 하십시오. 안주인을 들여 적통의 후손을 보시는 것이 맞습니다. 야합을 하듯 여인을 들여 아이를 가진다한들, 그 모친의 출신으로 후일 문제가 될 소지가 큽니다. 그러니 한시라도 빨리 안주인을 정해 혼례를 올리십시오!"

듣고 있는 이들 모두가 고개를 끄덕일 정도로 올바른 소리였다. 후사도 급하지만, 그래도 혼인이 먼저였다.

진혁이 피식 웃으며 태사의에 올린 손에 턱을 괴었다. 대전을 시선만 돌려 살피자, 군데군데 눈이 마주치는 자들이 있었다.

"벽 원주, 유감스럽지만 내 부인은 이미 잃어버린 망처(亡妻)뿐이라 다른 이는 들일 생각이 없소. 후사가 중하다 하니, 아무 여인에게서 아이만 하나 가지면 되는 일."

"그렇지가 않습니다, 성주님! 후사도 중하다 하나, 성의 안살림을 총괄할 안주인이 있어야 하는 것 또한 당연한 일입니다. 황실에서도 국모가 죽으면 바로 다음 국모를 뽑아 자리를 채우는 것이 법도입니다. 망처야 아프신 일입니다만, 후실을 들이는 것이 옳습니다."

모용세가(慕容世家)의 가주가 차분한 어조로 아직은 젊은 진혁을 달랬다. 태중 혼약을 했던 정혼녀가 죽은 일은 다들 쉬쉬하면서도 알고 있었다. 첫정을 잊지 못하는 마음이야 모르는 바가 아니지만, 대야성주는 개인적인 유약한 감정으로는 지킬 수 없는 자리였다.

"내 평생에 부인은 오직 한 명뿐이오. 그 외에 다른 이는 없소."

진혁은 한 치의 망설임도 없이 단언했다. 다른 핑계를 대고 말을 걸어볼 여지를 사전에 잘라버렸다. 그 아이를 만났을 때부터 알았다. 그의 평생 마음속에 들일 수 있는 여인은 단 하나뿐이라는 것을. 이렇게 그 아이를 논하고 있다는 자체가 그 아이를 모욕하는 것 같아 불쾌했지만, 다음 일을 위해 진혁은 애써 끓어오르는 감정을 잠재웠다.

자, 미끼는 던져졌다.

어서 와서 물어라.

물지 않고는 견딜 수 없을 테니.

"아, 저기 오시는군요. 당주님! 손님이 오셨습니다!"

뒷문을 열고 한 걸음 안으로 발을 들여놓기도 전에 가연은 과하게 자신을 반기는 하 총관의 목소리를 들었다. 유난히 가는 목소리에 높아진 음이 불안하게 흔들리는 것이 상대하기 버거운 손님을 맞은 듯했다.

여름장마처럼 뿌린 비가 지나간 후로 기온이 뚝 떨어졌다. 새벽에는 제법 추워져 화로를 준비해둬야겠다 싶어 창고에 다녀오던 길이었다.

하 총관이 후다닥 발소리를 내며 냅다 가연에게 달려왔다. 하루하루 뼈마디가 쑤신다며 앓는 소리를 하는 사람치고는 날랜 몸놀림이었다.

어지간히 곤욕스러운 손님인가 보군.

웬만해서는 보기 힘든 모습이라 가연은 피식 웃음을 베어 물며 손님이 있는 서가 쪽을 보았다. 묵빛이 감도는 검은 장포를 걸친 장신의 사내가 서가에 꽂힌 책들을 살펴보고 있었다. 가연의 웃음이 지워졌다.

한 손을 뒷짐 지고 있는 뒷모습만으로도 누군지 알 수 있었다. 저 사내는 처음 찾아왔을 때도 저런 모습이었으니.

함부로 상대할 수 없는 자이니 저절로 마음이 무거워졌다. 자칫 비위를 상하게 했다간, 만고당의 식솔들이 한순간에 저승사자를 만나게 될지도 모른다. 천자와 동급이라 만인의 생사여탈권을 가지고 있음이니…….

하 총관이 반색을 하며 헐레벌떡 달려올 만하군.

"당주님!"

가연은 울며 매달리는 아이처럼 소리쳐 부르는 하 총관을 손을 들어 막았다. 그제야 하 총관은 자신의 목소리가 시끄럽게 울리는 것을 알고 황급히 양손으로 입을 막았다. 하 총관을 물린 가연은 한 걸음씩 천천히 다가가 사내에게서 두어 걸음 떨어진 뒤편에 섰다.

진혁은 서가에 꽂힌 고서들의 다양한 종류와 완벽한 보존 상태에 솔직히 감탄했다. 10만 권이 넘는 장서를 자랑하는 백운서원(白雲書院)도 이 정도로 서책을 잘 관리하지는 못할 것이다.

진혁은 서가에서 책 세 권을 골라 뽑아 든 후에야 뒤를 돌아보았다. 만고당의 주인인 가연이 그가 책을 다 고를 때까지 기다리고 있었다.

"다 고르셨습니까?"

진혁은 골라낸 서책 세 권을 앞으로 내밀었다.

"만고당의 품목 구입 능력이 대단하군. 본성에도 없는 서책들까지 구비되어 있을 정도니, 소문이 오히려 한참 부족하다 싶다."

가연은 서책을 받아 제목을 보았다. 천지기담록(天地奇談錄), 천령해담

집(天靈海談集), 만담기(萬談記). 셋 다 아무것도 모르는 이가 뽑을 수 없는 책들이었다. 세간에는 이미 오래전 사라진 것으로 알려져 제목도 알지 못하는 이들이 천지였다. 그만큼 이 사내가 서책을 다양하게 많이 읽었다는 뜻이기도 했다.

"안목이 좋으시군요."

가연은 서탁에서 꺼낸 보자기로 서책을 싸맸다. 매듭이 풀리지 않도록 단단히 묶을 때였다. 진혁이 불쑥 손을 내밀더니, 보자기를 보느라 아래로 숙인 가연의 턱 끝을 잡아 올렸다.

"울었나?"

"……아니요. 울지 않았습니다만…….."

그녀의 부정에도 진혁은 잡고 있는 턱을 놓지 않았다. 환한 빛살 아래에 드러난 말간 얼굴을 샅샅이 살펴보는 눈초리가 매서워 가연은 숨도 크게 내쉬지 못했다.

진혁은 쉽사리 손을 뗄 수 없었다. 그녀를 보는 순간 짙은 눈물 냄새를 맡았다. 저릿한 슬픔이 서린 눈물 내음. 그러나 그를 보는 그녀의 얼굴은 말간 가면을 쓰고 있었다. 어디에도 눈물 자국 하나 없는 얼굴.

"울고 있는 눈인데……?"

"제가 말인가요?"

가연은 의아해 손을 들어 눈가를 만졌다. 아무것도 만져지지 않았다. 진혁은 턱을 놓아주었다. 손가락 끝에 부드러운 살결이 스쳐 지나갔다.

"아무리 정교해도 가면은 가면일 뿐. 언젠가는 반드시 벗어야 할 때가 오지. 그러니 가면이 자신의 본모습이라고 착각하지 마라."

한참 그를 마주 보던 가연은 의례적인 웃음을 지었다.

"무슨 뜻인지는 모르겠지만, 새겨들어두지요."

가연은 싸다 만 서책 보자기를 다시 챙겼다. 보자기의 매듭을 묶는 그녀의 손끝이 한순간 살짝 떨렸지만, 아무도 알아차리지 못했다.

포장을 마친 서책 보자기를 진혁에게 내밀었다.

"권당 금 열 냥이니 도합 금 서른 냥입니다."

책 한 권에 붙이기에는 터무니없이 비싼 금액이었다.

진혁은 다른 말 없이 전낭에서 전표를 꺼냈다. 그리고 만고당을 찾아온 진짜 목적을 꺼냈다.

"이 정도라면 내 거래도 충분히 맡을 수 있을 것 같군."

"거래라 하시면?"

가연은 원하는 다른 물품이 있나 기다렸다.

"만고당에서는 손님이 원하는 물건을 찾아주는 거래도 한다 들었다."

"네. 드물기는 하지만 그런 경우도 있지요."

"만고당에서 찾아줬으면 하는 물건이 있다."

가연은 뜻밖이라는 표정을 지었다.

"손님의 힘으로도 찾지 못한 물건을 어떻게 저희들이 찾을 수 있겠습니까? 영향력으로 보나, 인력으로 보나 저희들이 한참 미치지 못하는 것을요."

대야성주도 찾지 못한 물건이란 어떤 것일까? 가연은 호기심이 생겼다. 처한 상황도 잊어버리고 그가 관심을 줄 법한 물건들을 하나씩 떠올려봤지만 딱 이것이다 싶은 물건은 없었다. 그가 흥미 있어 할 무공이 숨겨져 있는 기물들은 이미 거의 대부분이 대야성의 비고에 들어가 잠들어 있었다. 만고당에서 거래되는 물건들도 제법 이름난 것들이 많았지만, 대야성의 비고와는 규모나 질에서나 견줄 수가 없었다.

"구할 수 있었다면, 이리 남의 손을 빌리려 하지 않았겠지."

그 또한 맞는 말이라, 가연은 다른 첨언을 하지 않고 바로 대상 물품에 대해 물었다. 구하든, 구하지 못하든 대야성주가 찾는 물건이 있다는 것은 남들이 알지 못하는 중요한 정보였다. 아무리 미비한 정보라도 적재적소에 따라 무궁무진한 활용성이 있는 법이니. 만고당에서 오가는 무수한 거래의 뒤에는 해를 따라다니는 그림자처럼 자연스럽게 수많은 정보들이 차곡차곡 쌓여 있었다. 그것은 인맥과는 또 다른 만고당의 숨겨진 힘이었다.

"찾으시는 물건이 무엇인지요?"

"비천상. 공야인이 만든 백옥으로 만든 칠천녀상, 달리 칠비천상이라고도 한다지."

진혁은 서탁에 놓여 있는 붓걸이대에서 중간 길이의 붓을 집어 들었다.

"크기는 이 정도쯤 되고. 일곱 개 중 구할 수 있는 데까지 모두 구했으면 한다. 각기 악기들을 하나씩 연주하고 있다는 것은 알고 있을 터."

한순간 해쓱해진 가연이 재빨리 충격을 감췄다. 매처럼 예리한 그의 눈빛이 그녀의 얼굴을 뚫어져라 주시하고 있었다.

"공야인의 칠비천상이라……. 그거야말로 전설로 전해 내려오는 귀물이지 않습니까?"

가연은 그가 알아볼 정도로 경탄스럽다는 표정을 지었다. 골동품상으로서 흥미롭지만 선뜻 접근하기 어렵다는 감정을 드러내 보였다.

"저 역시 여기저기서 들은 얘기는 있습니다만, 비천상을 직접 보았다는 사람도 없는 지경입니다. 그런데 어떻게 찾을 수 있겠습니까? 설사 찾았다 해도 그런 물건은 함부로 획득할 수 없지요. 자칫 소문이라도 나면, 사방에서 이리떼가 달려들어 혈풍이 몰아칠 겁니다. 한갓 장사치인 제가 감당할 수 있을 리가 없지요. 만고당에서는 유혈을 불러일으키는 물건은 취급하지 않습니다."

일곱 개의 비천상에 숨겨진 비밀을 풀면 영세군림할 수 있다는 전설. 영약이나 무공비급이라면 눈이 돌아가는 무림인들이 그런 물건을 고이 놓아둘 리가 없었다. 대야성주의 이름을 내걸어도 고기를 발견한 이리떼처럼 달려드는 무인들을 막을 수 없을 것이다.

"어디에 있는지 알아내는 것만으로도 충분하다. 그다음 일은 내가 알아서 할 테니, 만고당에 불이익이 가는 일은 없을 것이다."

결국 물건이 있는 장소만 찾아내라는 말이었다.

진혁의 제안에 가연은 즉답을 미루고 고심에 잠겼다. 진중한 그의 눈빛이 중한 일이라 말하고 있었다.

가연은 섣불리 말문을 열지 못했다. 비천상을 찾는 그의 의도를 알 수 없어 결정을 쉽게 내리지 못했다.

"저……."

황급히 다가온 하 총관이 불편한 두 사람의 침묵을 깨트렸다. 무겁고 심각한 공기에 잠깐 망설이던 하 총관은 방금 들어온 정보에 두 눈을 질끈 감고 두 사람 사이에 뛰어들었다. 아니나 다를까, 불쑥 끼어든 그를 돌아보는 진혁의 눈빛이 위압적이라 하 총관은 숨을 바들바들 떨었다.

"무슨 일인가요?"

"아! 네! 방금 위작을 만드는 공방을 찾아냈다는 연락을 받았습니다. 혹 도주하는 것은 아닌지 감시하는 중이랍니다."

가연의 얼굴이 차가워졌다. 한빙 같은 기세가 그녀의 주위를 휘감았다. 허리를 숙이는 하 총관의 얼굴도 딱딱하게 굳어 있었다.

만고당의 인증서를 위조한 위작들이 시장에서 돌아다니는 횟수가 갑자기 급증해 그 뒤를 추적하기를 여러 날, 마침내 못된 짓을 일삼던 자들의 꼬리를 잡았다.

가연은 휘몰아치던 생각을 단숨에 정리했다. 혼란스러운 생각들을 정리하고 진혁을 돌아보는 얼굴은 단호하기까지 했다.

"죄송하지만, 이번 거래는 저희 만고당으로도 역부족인 듯합니다. 애써 찾아주셨는데 헛걸음을 하시게 만들어 정말 죄송합니다. 다음에 좋은 일로 마주할 기회가 있겠지요. 저는 급한 일이 있어 먼저 일어나 봐야 할 듯합니다."

진혁은 과단성 있는 가연의 결단력에 감탄했다. 만고당이라는 큰 상점의 주인답다고 해야 할까. 스스로 과욕을 경계하는 모양새가 인상적이었다. 물건의 위치만 찾아내면 된다는 말에도 두 번 생각할 것도 없이 거절이라니.

진혁은 성큼성큼 걸음을 옮겨 하 총관을 따라 나서는 가연의 곁에 붙었다.

가연은 의아하다는 눈으로 어깨를 나란히 한 진혁을 보았다. 그와 나란히 걸음을 옮긴다는 것부터가 그녀에게는 부담이었다. 진혁은 자신의 어깨에도 닿지 않는 작은 여인을 내려다보았다. 극히 짧은 찰나에 지나간 강한 경계심. 진혁의 눈가가 심술궂게 비틀어졌다. 한순간이지만 적나라하게 보인 감정이 그의 비위를 건드렸다.

"같이 가지."

"네?"

만고당의 전각을 나온 가연은 저도 모르게 걸음을 멈췄다. 자연스럽게 보조를 맞추고 있던 진혁도 따라 멈춰 섰다.

"위작 공방이라 하여 단순히 위작을 만드는 자들만 있지는 않을 거다. 분명 힘을 쓰는 자들도 여럿 있을 터. 아무런 방비 없이 들이닥치면 오히려 위해만 당할 거다."

"걱정해주시는 것은 감사합니다만, 저희 쪽에서도 만고당의 호위 무사들을 데려갈 겁니다. 그러니 손님께서 신경 쓰실 것까지는 없습니다."

"한 손보다는 두 손이 낫고, 두 손보다는 네 손이 낫지."

그러나 가연은 수긍하는 얼굴이 아니었다. 진혁은 오른손에 든 검을 들어 하 총관을 쿡 지적했다.

"거기, 총관! 상대방의 무장 상태를 알고 있나?"

"아니요! 모릅니다!"

진혁은 검을 어깨에 걸머지며 하연에게 말했다.

"죄를 추궁할 때에는 상대방보다 확실한 우위에 서 있지 않으면 안 된다. 나 정도라면 충분하다 싶은데…….'

"과한 호의입니다."

"그럼 후일 갚으면 되겠군.''

대수롭지 않은 문제라는 듯 툭 말을 던진 진혁은 우두커니 서 있는 가연을 지나쳐 하 총관 쪽으로 걸어갔다. 가연은 주먹을 움켜쥐고 앞서가는 그의 등을 바라보다 느릿느릿 걸음을 옮겼다. 원치 않는 인연의 그물이 슬금슬금 다가와 발목을 휘감는 듯했다. 땅을 밟는 그녀의 발걸음이 한없이 무거웠다.

하 총관은 만고당에 남았다. 도끼질도 한 번 제대로 하지 못하는 하 총관이 갈 만한 장소가 아니었다. 끝까지 따라 가겠노라 고집을 부렸지만, 만고당에 남아 있을 책임자가 한 명쯤은 있어야 하지 않겠냐는 말에 주저앉았다. 대신 가연도 함께 만고당에서 기다렸으면 좋겠다는 말을 꺼냈다. 하 총관이 허약한 만큼 가연도 힘없는 가녀린 여인이지 않은가.

그러나 가연은 위작을 만드는 작업 장소를 직접 보길 원했다. 만고당의 호위 무사들도 함께 갈 테니 걱정하지 말라며 달래었다.

하루하루 지날수록 사람들의 옷차림이 두툼해졌다. 뜨거운 여름이 언제 지나가나 싶었더니 낙엽이 떨어지는 짧은 가을이 눈 깜짝할 사이에 지나가고 차가운 북풍의 기운에 기온이 뚝뚝 떨어졌다.

가연은 호위 무사들에게 둘러싸여 걸으면서 옆에서 함께 걷는 진혁에 대해서는 생각하지 않으려 애썼다. 만고당을 찾아온 손님, 그 이상도 이하도 아니라 되뇌었다. 어쩌면 차라리 잘된 일일지도 모른다며 혼란스러운 마음을 다독였다.

六章

위작소(僞作所)

인적이 드문 산자락에 허름한 기와집 한 채가 있었다. 오르는 능선에 교묘히 가려져 있어 작정하고 찾지 않으면 눈에 띄지 않을 정도로 위치가 절묘했다. 오랫동안 관리를 하지 않아 무성해진 수풀이 더욱 완벽한 은신처를 만들어냈다. 기와집의 상태도 수풀과 비슷했다. 수리를 하지 않아 지붕의 기왓장에 금이 가거나 부서진 것들이 많았고, 담장도 군데군데 무너져 돌무더기가 되어 쌓여 있었다. 담벼락 안쪽에서는 거대한 밤나무가 낡은 지붕 위로 나뭇가지를 드리우고 있었다. 얼마 전까지만 해도 잎사귀가 무성한 가지를 척척 늘어뜨려 허름한 낡은 기왓장을 가려주었지만, 잎들이 모두 떨어진 지금은 앙상한 가지만을 뻗고 있었다.

무너져가는 대문 앞에 험상궂은 인상의 건장한 사내 둘이 수문장처럼 서 있었다. 태양혈이 툭 불거진 것이 내공을 익힌 무림인이었다. 두 사람만이 아니었다. 담장을 따라 일정한 거리를 두고 집 밖을 감시하는 무사들이 경계를 서고 있었다.

"젠장! 지긋지긋하군. 누가 여길 찾아낸다고 이리 지키고 섰는지!"

보름이 넘도록 코딱지처럼 좁은 담장 안에서 똑같은 풍경을 내다보며 지키고 서 있던 사내가 기어코 불만을 터트렸다. 처음 왔을 때야 조용하니 머리 식히며 며칠 보내자 싶었지만, 듣기 좋은 꽃노래도 하루 이틀이라고, 지나가는 새소리 외에는 적막하기만 해 사흘도 지나지 않아 따분해 좀이 쑤셨다. 시장이 좁다 하고 휘젓고 다니던 그에게 이곳의 생활은 유배나 마찬가지였다.

단주가 날 물 먹이려고 일부러 여기로 보낸 것은 아니겠지.

사내는 자신을 이곳으로 보낸 단주의 음침한 얼굴을 떠올렸다. 소소한 시빗거리를 달고 다니는 그를 평소에도 못마땅해 하던 단주를 알기에 사내의 의심은 점점 커졌다.

빌어먹을! 내가 문제를 일으키면 얼마나 일으켰다고!

불만을 참지 못한 그는 발끝에 있는 작은 돌멩이를 신경질적으로 찼다. 불편한 동료의 심기를 알아차린 다른 이가 맞장구를 치며 아기를 어르듯 살살 달랬다.

"어이, 어이! 답답해도 좀만 더 참자고. 내가 듣기로 오늘 밤 실을 물건이 마지막이라니 한동안은 이쪽으로 발걸음할 일은 없겠지."

"알아! 알지만, 마지막이라고 하니 더 시간이 안 가는구만. 젠장! 오늘따라 뭔 놈의 시간이 이리 느리게 흘러가는지!"

"쯧! 지금껏 잘 참아놓고서 왜 그러는가? 괜히 막판에 일 벌여서 지금껏 참아온 공을 뒤엎지 말고 조금만 더 참아봐. 내가 내려가자마자 술 한 병 살 테니."

지금껏 원치 않게 금주를 하고 있던 사내는 술이라는 말에 군침을 꿀꺽 삼켰다. 목을 짜르르 찌르는 술기운이 벌써부터 눈앞에 아른거렸고, 힘을 잃고 늘어져 있던 뱃속의 주충들도 요동쳤다.

"자네, 약속한 걸세!"

"암! 임무 끝나자마자 내가 한턱 냄세! 약속하이."

그제야 사내는 삐죽 돋아난 신경질을 죽였다. 물론 단주의 뒤를 캐봐야겠다는 마음은 속으로 몰래 꿍쳐두고서.

그들만이 아니었다. 오랫동안 지루했던 임무가 끝나간다는 사실에 밖을 지키고 있던 무사들은 내려가자마자 가장 먼저 하고 싶은 일들을 차례대로 머릿속으로 꼽으며 어서어서 시간이 흐르길 기다리고 있었다.

허름한 지붕과 담장의 모양새와 달리 집 안으로 들어가는 입구에서는 새로 만들어 단 듯한 커다란 자물쇠가 반들반들 윤을 내고 있었다. 문양 없이 커다란 나무판으로 막아두기만 한 문도 단단한 박달나무로 웬만한 도끼질에는 흠도 나지 않을 듯했다. 문만 떼어놓고 보면 집이 아니라 죄수를 가둬둔 감옥 같았다. 달아나지 못하도록 사방을 에워싸고 입구를 단단히 틀어막아 자물쇠로 잠가버린.

사방의 창을 막아버린 지붕 아래에서는 풀풀 날리는 흙먼지와 시큼한 땀 냄새가 잔뜩 숨을 죽이고 있는 사람들의 숨소리를 덮고 있었다. 지붕 아래 있던 벽들을 모조리 터서 커다란 창고처럼 만든 방에는 여기저기 기이한 조합들이 모여 제 몫으로 떨어진 할당량을 채우기 위해 쉬지 않고 작업을 하고 있었다. 잠시라도 멈추면 욕설과 함께 주먹질과

발길질이 날아온다. 끌려온 첫날 반항했던 몇 명은 지금 뒷마당에 묻혀 거름이 되어가고 있었다. 눈도 한 번 깜박이지 않고 사람을 죽이는 모습에 끌려온 사람들은 다들 겁을 집어먹었다.

상원익(尙元翼)은 공인들이 만들어낸 완성작 중 하나를 집어 들었다. 아이의 머리통보다 더 큰 백자 화병을 한 손으로 들고 이리저리 기울여 살펴보며 미세한 흠집이라도 있는 것은 아닌지 확인했다.

"쯧! 물건은 잔뜩 있건만 시중에 풀 수가 없으니."

시중에 내어놓으면 저절로 돈을 끌어 모을 물건을 고스란히 창고에 보관하려니 절로 앓는 소리가 나왔다. 중간 거래로 넘어가는 금액 중 일부분이 자신의 주머니로 들어오는 덕에 그동안 쏠쏠하게 부수입을 올릴 수 있었던 터라 더욱 아쉬움이 컸다.

"아쉽지만 조금만 참으시지요. 만고당의 증명서를 손에 넣으면 지금껏 해왔던 것보다 몇 배는 더 높은 금액을 부를 수 있을 겁니다."

"만고당, 만고당, 소리쳐 높이 부른다 했더니 다 그만한 이유가 있었군. 장주님께서 직접 나서시고도 일의 진척이 이리 더딘 것을 나는 지금껏 본 적이 없다."

"그만큼 만고당의 가치가 높다는 말도 되지 않겠습니까?"

"그야 그렇지. 늦든 빠르든 어차피 장주님의 손에 들어가는 것은 마찬가지일 테니."

제아무리 만고당의 뿌리가 깊고 단단하다 해도 황금전장의 돈벌레를 견뎌내지는 못할 것이다. 잔뿌리 끝까지 오독오독 다 씹어 삼켜 제 배속에서 소화시킬 터.

상원익은 지금과는 비교도 되지 않을 부를 떠올리고 흡족해졌다. 처음부터 만고당의 일을 맡은 것은 그였으니, 일이 마무리되면 가장 큰 몫이 자신의 앞으로 떨어질 것이다. 어쩌면 만고당이 하던 장사가 자신에게 떨어질지도 모른다. 상원익의 눈이 탐욕스럽게 변했다. 그렇게만 된다면 지금 만지는 돈들은 푼돈에 지나지 않을 것이다. 생각하면 할수록 자신이 적임자로 딱이다 싶었다.

아무나 이 일을 못 하지. 제대로 물건을 볼 줄 알아야 가격도 부를 수 있는 법.

한 번 욕심이 일자 다음으로 해야 할 일들이 순차적으로 떠올랐다. 당장 해야 할 일은 가장 걸리적거리는 경쟁자를 제거하는 것이다.

"지금 당장 은밀히 움직일 수 있는 인원이 얼만가?"

"……최대한 끌어 모으면 열 정도 됩니다."

갑자기 상원익이 목소리를 낮추며 눈을 번득이자, 그의 오른팔인 짝눈도 덩달아 소리를 죽였다.

갑자기 이 양반이 왜 이러는 거야? 이럴 때마다 매번 한바탕 칼부림을 할 일이 벌어진다는 것을 알아 짝눈은 잔뜩 긴장했다.

"수준은?"

"열 모두는 아니지만, 개중 여섯은 일류 정도는 됩니다."

"그 정도면 됐어. 충분하겠군."

탐욕으로 번들거리는 눈동자가 살의로 물들자, 짝눈이 부르르 몸을 떨었다. 살아 있는 생물처럼 꿈틀거리는 살의가 주변으로 퍼져나갔다. 살인에 익숙한 도살자들이 아편을 흡입한 것처럼 살의에 취해갔다.

"더 늦기 전에 점주를 친다."

"네? 조 점주(店主)를 말입니까?"

화들짝 놀란 짝눈이 긴장으로 바짝 마른 입술을 혀로 축이며 되물었다.

"그래. 이번 기회에 녀석을 제거해야겠어. 그래야 뒤탈이 없을 거야."

"하지만 조 점주는 장주님의 주시를 받고 있는 자가 아닙니까? 자칫 잘못 건드렸다간 도리어 저희들이 독박을 쓸 수도 있습니다."

상원익은 콧방귀를 흥 날렸다. 소맷부리에 묻은 먼지를 손으로 툭툭 털며 두려움에 질려 쥐새끼처럼 눈알을 굴리는 짝눈을 비웃었다.

"크! 장주의 주시가 좋은 것만은 아니지. 장주의 이목은 걱정할 것 없다. 장주에 대해서라면 너보다 내가 더 잘 알고 있으니."

"하지만……."

"흥! 장주의 관심도 생존하는 자에게만 주어진다는 것을 모르느냐! 장주는 밟고 올라서는 자만을 인정하는 분이시다. 어떤 수단과 방법을 써서라도 이기면 되는 것이다. 승자라는 결과만 보이면 장주는 넘어가실 것이야."

발발 떨던 짝눈도 속으로 수긍했다. 상원익의 말대로 황금전장의 장주는 결과만을 중요시했다. 중간 과정이 어떠했든 일단 인정할 만한 결과물을 바치면 그것으로 끝이었다. 그리해 황금전장의 간부들은 서로를 호시탐탐 감시하며 상대방을 넘어뜨릴 기회만을 넘보고 있었다. 장주는 그들 사이의 경쟁을 부추기고 때론 격발시켜가며 자신의 뜻대로 조종했다.

"조 점주는 비익대(裨益隊)를 맡고 있습니다."

"그래서 더 늦어져서는 안 된다고 하는 것이다. 여기서 조가의 힘이 더 커지면 내 자리가 위태로워져. 잡아먹히기 전에 싹을 잘라버려야 해. 자칫 이대로 내버려뒀다가 만고당의 자리에 녀석이 앉기라도 했다간…… 이번 임무에 성공해도 내 목을 보전하기 힘들어질 것이야."

상원익이 신경질적인 눈초리로 짝눈을 노려보았다.

"내 목이 날아가면 너라고 해서 무사할 것 같으냐? 어쩌면 내가 넘어지기 전에 내 밑에 있는 너희들부터 가지치기를 하려 들지도 모르지."

그 위협이 먹혀들었는지 꽁무니를 빼려던 짝눈의 신형이 확 바뀌었다. 작은 눈이 독기를 품자 인상이 위협적으로 돌변했다. 그제야 상원익은 만족스러웠다. 겁이 많아 항시 처음에는 질질 꽁무니를 빼려 들지만, 일단 짝눈이 독하게 마음을 먹으면 확실하게 일을 매듭짓는다는 것을 알기 때문이다. 그렇지 않았다면 이미 옛날에 빌빌거리는 녀석을 버렸을 것이다.

상원익은 겁박의 수위를 높였다.

"서둘러야 한다. 조가 쪽에서 움직이면 우리가 불리해. 네 말대로 비익대가 조가 손에 있지 않느냐."

"하지만 아무리 일류 수준의 수하들이라고 해도 정면으로 붙으면 승산이 없을 겁니다."

"누가 정면으로 붙으라더냐?"

상원익이 말하는 바를 짝눈은 바로 알아차렸다. 하기사, 자기들 같은 인생에 정면이 어디 있을까.

"요즘 조 점주가 공을 들이고 있는 기녀가 한 명 있다고 합니다."

"그렇지."

혼잣말처럼 중얼거리는 짝눈의 말에 상원익은 옳다구나 추임새를 넣었다.

이래서 이 녀석을 버리지 못하는 것이지.

겁이 많은 탓인지 항상 주변을 두리번거리며 잡다한 소식을 끌어 모으는 녀석의 습성은 일을 꾸밀 때 많은 도움이 되었다. 지금도 슬쩍 판을 깔아주자 제 스스로 계획을 세우지 않는가. 물론 그 모든 것이 살아남기 위한 처절한 몸부림의 소산이었지만, 그는 달콤한 결실만 따먹으면 됐다.

"그나저나 이자들은 어찌한다?"

상원익의 시선이 바닥에 강제로 꿇어앉혀져 있는 공인(工人)들을 훑었다. 끌려와 노역만을 강요당한 그들은 흙먼지로 뒤덮여 있었고, 제대로 먹지를 못해 다들 삐쩍 곯아 있었다. 상원익의 독사 같은 눈길이 지나갈 때마다 공인들은 저도 모르게 어깨를 움찔거리며 목을 움츠렸다. 그의 시선이 결코 좋은 뜻이 아니라는 것을 본능적으로 느낀 것이다.

"쯧, 걸리적거리는군."

짝눈도 한 군데 모여 있는 공인들을 힐끔 내려다보았다.

"일단 여기에 가둬두는 것이 어떨까요?"

"왜? 이미 물건들도 충분히 확보했는데?"

"그렇긴 합니다만, 그래도 나중에 다시 물건들을 만들어야 하지 않습니까? 지금이야 넉넉하다 싶지만, 만고당이 수중에 들어오면 지금의 물량으로는 부족할 겁니다. 그때 다시 이 정도의 실력 있는 공인들을 모으려면 쉽지 않을 겁니다. 일손이 부족해 제때 물건을 공급하지 못하면 큰일이지 않습니까?"

"흠……."

그 말도 옳았다. 어차피 만고당이 황금전장에 떨어지는 것은 기정사실과도 같았다. 그때 가서는 지금 만든 물량으로는 터무니없이 부족할 터.

그의 마음이 흔들리는 것을 알아차린 짝눈이 머리를 조아리며 헤헤거렸다.

"두어 명만 감시자로 붙여두면 될 겁니다. 어차피 정리하는 것이야 급한 일이 아니지 않습니까?"

"그건 그렇지."

짝눈은 자신의 의견 쪽으로 상원익의 마음이 기울자 다행이다 싶었다. 딱히 그가 착한 마음에서 사람을 구하고자 한 것은 아니었다. 나중에 일손이 부족해지면 닦달을 당하는 것은 자신이라, 그런 사태를 미연에 방지하고자 싶어 나선 것이다.

"저만한 실력자들을 이 정도로 모으려면 단시일 안에는 불가능합니다."

"……알았다. 네 말대로 이자들은 여기에 두지."

공인들을 감시할 수하를 정하려 할 때였다. 굳게 잠겨 있던 문이 우지직 부서지는 소리를 내며 안쪽으로 튕겨나갔다.

창!

반사적으로 상원익과 수하들은 무기를 뽑았다. 풀썩거리며 일어나는 먼지바람 사이로 일련의 무리들이 안으로 뛰어 들어왔다. 상원익은 그들의 손에 들려 있는 거무튀튀한 검날을 보았다.

"적이닷!"

짝눈도 허리춤에서 잘 갈린 도를 뽑아 들었다.

"막아! 한 놈도 살려두지 마라!"

상원익은 소리쳐 수하들을 다그치며 날아오는 적의 공격을 맞받아쳤다. 어느새 방 안 여기저기에서 날붙이들이 부딪치는 소리가 연거푸 터졌다. 시퍼런 광망이 번득이며 위협적인 풍압이 휘몰아쳤다.

"큭!"

무겁게 눌러오는 적의 검을 뿌리치며 비어 있는 다른 손을 휘둘러 후려쳤다.

쾅!

날래게 몸을 피한 적의 뒤편 벽에 채찍이 쓸고 지나간 듯한 자국이 새겨졌다. 상원익의 얼굴이 굳어졌다. 만일의 경우를 대비한 최후의 한 수를 제외하고 혼신의 힘을 다해 싸우고 있는데도 우위를 점하지 못하고 있다는 사실에 초조해졌다.

어디지? 어디서 이런 놈들을 보낸 거지? 설마 점주 녀석이 낌새를 알아차리고 선수를 친 건가?

검을 휘두르는 상원익의 동공이 악에 받쳐 시뻘게졌다. 이 위기만 벗어난다면 눈에 가시 같은 위인들을 모조리 쳐낼 것이다. 당장 조가 녀석부터 잘난 척 구는 면상을 목에서 떼어내버릴 테다. 이리저리 사납게 날리는 검날 사이로 앙앙불락 어떻게든 한 몸 빠져나갈 기회를 엿봤다.

"크헉!"

강한 타격에 손아귀가 찢어지고 검이 날아갔다. 단숨에 사지가 제압되어 강제로 어깨가 눌렸다. 피거품이 일어난 입에서 거친 숨을 몰아쉬면서도 부서진 문을 넘어서는 인영을 독살스러운 눈으로 노려보았다.

허름한 가옥 안을 들어서자마자 가연은 풀풀 날리는 마른 먼지들 사이로 풍기는 비린 혈향을 맡았다. 죽일 듯한 기세로 자신을 노려보는 시선을 부러 뒤로 미루고 가옥 안을 둘러보았다. 여기저기 놓여 있는 작업대와 한쪽에 모여 있는 완성작들, 그리고 있는 대로 몸을 웅크린 채 벌벌 떨고 있는 한 무리의 사람들. 발에 족쇄만 채워져 있지 않을 뿐, 노역장의 죄인들보다 더 비참했다.

"퉷!"

상원익은 가연에게 침을 뱉었다. 피가 섞인 침이 가연의 연둣빛 신발 코에 묻었다. 뒤에 서 있던 무사가 뻣뻣하게 일어서려는 상원익의 어깨를 강하게 짓눌렀다.

"조가 놈이 보냈느냐? 이가 놈이 보냈느냐? 아니면 장주가 보냈느냐? 내가 잘 나간다 싶으니 날 쳐내고 대신 차지하려는 심보가 들었다더냐? 웃기지 말라고 해라! 이 내가 이 정도에 나가떨어질 줄 알았다면 착각도 아주 큰 착각이다!"

상원익에게는 만일의 사태를 대비해 꿍쳐둔 한 수가 남아 있었다. 설사 장주에게 버림을 받더라도 바닥까지 떨어지지는 않을 비장의 수였다.

가연은 싸움닭처럼 머리를 치켜세우는 상원익을 서늘한 눈으로 돌아보았다. 그녀가 세상에서 제일 증오하는 작태의 얼굴이었다. 힘과 부를 가지고서 제 욕심을 채우기 위해 약자를 핍박하고 종국에는 살인멸구까지도 거리낌 없이 저지르는 자.

"그리 기운이 팔팔한 것을 보니, 알아내야 할 말들을 모두 토해낼 때까지는 죽지 않을 것 같군요."

"뭣!"

고작 제 나이의 반도 되어 보이지 않는 새파란 어린 계집의 대거리에 상원익은 결박되어 있는 제 처지를 잊고 벌떡 상체를 일으켰다.

"크윽!"

짓누르는 힘에 강제로 계집의 발치에 머리를 조아린 그는 치욕감에 이를 악물었다. 가연은 그의 머리 위에서 북풍보다 더 차가운 웃음을 지었다.

"무옥(無獄)으로 데려가세요."

"네, 당주님!"

상원익을 잡고 있던 호위 무사들이 가연의 명에 따랐다.

"이것 놔라! 어서 놓으란 말이닷! 내가 이대로 당할 것 같으냐! 두고 봐! 두고 보란 말이닷!"

상원익은 끌려 나가는 순간까지도 고래고래 고함을 내질렀다. 문밖으로 사라진 후에도 악귀처럼 달라붙던 고함 소리가 어느 순간 뚝 끊어졌다. 함께 끌고 가던 무사가 가연에게서 떨어졌다 싶자, 상원익을 내려쳐 시끄럽던 입을 강제로 조용히 만든 것이다.

아락바락 천장을 울리던 괴성이 사라지자 한순간 세상이 고요해졌다. 싸움을 피해 구석에 모여 있던 공인들이 침묵에 떠밀려 조심스레 움츠린 목을 들었다가, 가연의 뒤편으로 늘어서 있는 무사들의 모습에 다시 겁을 집어먹고 시선을 내리깔았다. 그들에게는 검을 들고 있는 자들이 모두 자신들을 겁박하는 자들로 보였다. 두려움이 가득한 눈에는 억울함과 분기가 깔려 있었다.

가연은 잔뜩 움츠린 채 경계하고 있는 그들의 기색을 읽었다. 불신감에 빠져 있는 지금은 무슨 말을 해도 믿지 않을 것이다. 저들의 신뢰를 회복시키는 것이 우선이었다. 가연은 뒤에 선 무사에게 손을 내밀었다. 오는 내내 조심해서 다루라 했던 작은 상자를 건네받았다.

진혁은 가연의 곁에서 한 걸음 떨어진 곳에서 흥미롭다는 눈빛으로 관망했다. 싸움이 격해졌을 때도 개입하지 않았다. 그의 관심을 불러일으킨 가연의 안위에 대해서만 신경을 끄지 않고 있었을 뿐이었다.

모두의 시선이 가연의 손에 들린 나무상자로 쏠렸다. 호위 무사들은 출발할 때부터 당주가 따로 주의를 당부하던 상자라서, 공인들은 자신들을 모아둔 이유가 저것 때문은 아닐까 싶은 걱정과 호기심으로.

상자에서 나온 것은 누더기를 기운 듯 쩍쩍 갈라진 틈새가 고스란히 드러난 작은 도자기였다. 빠진 구멍이 없는 것이 신기할 정도로 잘게 부서진 조각들이 간신히 하나의 모양새를 유지하고 있었다.

저건?

진혁은 바로 알아보았다. 그가 처음 만고당을 찾아갔던 날. 불한당처럼 쳐들어왔었던 적도대 대장이 물어내라 윽박지르며 내놓은 위작품이었다. 무엇일까 호기심에 차 있던 무사들의 눈빛이 시들해졌다. 그러나 공인들은 달랐다.

"저, 저거!"

"아니, 저 물건이 왜 저기서 나와?"

눈 밝은 이들은 잘디잘게 깨진 조각들을 간신히 이어 붙여놓은 것을 금방 알아보았다. 각기 만드는 종류는 달라도 내보내며 하나씩 검수를 받아 여기에서 만든 물건이 무엇인지 모두 똑똑히 기억하고 있었다. 채찍질에 굶주림까지 당하면서 만든 물건을 어찌 잊을까. 특히나 저 도기는 자신들 중 제일 나이 어린 이가 할당량을 맞추기 위해 다급히 만들었다 상원익의 검수에 걸리는 바람에 산송장을 치를 뻔한 물건이라 더 또렷하게 기억하고 있었다.

숙덕거리던 공인들의 술렁거림이 커졌다.

저 물건이 무슨 사달을 일으킨 것은 아닐까. 서로 웅성거리던 공인들의 시선이 하나둘씩 제일 구석에서 다람쥐처럼 웅크리고 있는 작은 뭉치 쪽으로 향했다. 장정의 허리춤에도 닿을 것 같지 않은 작은 몸이 어른들의 덩치에 가려 그나마 더더욱 눈에 띄지 않았다.

큰 소리가 나자마자 제일 구석으로 달음질쳐 숨었던 백산(白山)은 주변이 조용해지자 언제나처럼 어른들의 뒤편에 자리했다. 최대한 눈에 띄지 않게 지내면서 이틈에 도망갈 기회를 엿보던 중이었다. 나갈 수 있는 문이 하나뿐이라 소동 중에 빠져나갈 수 없었던 것이 제일 아쉬웠다. 백산은 하얗게 일어난 마른 입술을 혀로 축이다 흠칫 놀랐다.

"아!"

시선을 끌지 않도록 얌전히 있어야 한다는 것도 잊어버릴 정도로 깜짝 놀랐다. 무사들을 이끌고 나타난 여자의 손에 자신이 만들었던 엉성한 자기가 들려 있었다.

"네가 이걸 만들었느냐?"

자기도 모르게 자리에서 벌떡 일어난 백산은 자분자분한 가연의 물음에 차마 얼굴을 마주 보지 못하고 황급히 고개를 숙이며 우물쭈물했다. 심부름을 갔다 공인과 함께 잡혀 온 백산은 공인들과 무사들의 허드렛일을 도우며 간신히 목숨을 부지할 수 있었다. 눈치가 빠른 백산은 무사들이 자신의 존재를 귀찮게 생각하는 순간, 목숨이 날아갈 것임을 알았다. 그래서 자질구레한 심부름과 힘든 공방 일을 도와 자신의 필요성을 알렸다. 다행히 일손이 모자랐던 그들에겐 백산의 허술한 손이라도 필요했기 때문에 그는 간신히 살아남을 수 있었다. 그런데 살아남기 위해 발버둥치며 만들어낸 저 물건이 왜 돌고 돌아 자신의 눈앞에 다시 나타난 걸까?

"당주님!"

밖에서 달려 들어온 무사가 가연에게 작은 소리로 고했다.

"모두 잡아들였습니다."

다감하던 가연의 눈빛에 한순간 한광이 어렸다 사라졌다.

화가 났군.

진혁은 번개처럼 지나간 가연의 변화를 놓치지 않았다. 그제야 가연이 꽤 화가 나 있다는 것을 알았다. 이곳으로 출발하기 전부터 화를 참고 있었던 건가. 말간 얼굴로 제 속을 감추고 있었던 모양이다. 장사꾼이니 가게를 찾아온 손님에게 화난 얼굴을 내보일 수야 없었겠지만…… 진혁은 흥미롭다는 눈길로 가연의 옆얼굴을 주시했다.

아쉽군. 평정이 흐트러져 화난 얼굴이 궁금한 참이었는데, 당장은 기회가 없을 것 같아.

한순간 제 얼굴을 드러내는가 싶더니, 금세 흔들린 감정을 추슬렀다. 아무리 큰 상점의 주인이라 할지언정 저 나이대의 여인에게서는 쉬이 볼 수 없는 자기 절제력이다. 벽 원주의 양녀라 했던가. 볼 때마다 흥미를 돋우는군. 이래저래 관심을 끄는 구석이 많은 여자였다. 그중 제일은 뭐니 뭐니 해도 인상적이었던 첫 만남이었고, 거기에 기름을 부은 건 두 번째 만났을 때였다. 잊을 만하던 참에 다시 만난 터라 보는 재미가 있었다. 그 속에 숨기고 있는 것이 무엇인지 풀어내는 재미도 있을 듯해 기대하는 중이다.

─ 주군, 백야(白夜) 공께서 와룡거(臥龍居)에서 기다리고 계신다는 전갈이 왔습니다.

진혁의 입술꼬리가 미미할 정도로 슬쩍 올라갔다.

숙조부께서…….

기다리고 있던 소식이다.

암영의 말없는 채근이 아니더라도 지금 즉시 돌아가야만 했다. 그러나 진혁은 바로 걸음을 돌리는 대신 약간의 유예 시간을 가지기로 했다. 와룡거가 지금 당장 무너질 것도 아니고, 숙조부는 자신의 얼굴을 대면하기 전까지는 절대 먼저 자리를 뜨지 않을 것이다.

진혁은 제자리에서 벌떡 일어서 있는 왜소한 사내아이를 보았다. 이 아이의 무엇이 그녀의 관심을 끌었을까. 대야성의 성주마저도 물건을 구매하러 온 단순한 손님으로만 취급하던 그녀가 이 아이를 보고서는 눈을 반짝거리고 있었다. 호기심과 함께 알 수 없는 불쾌감이 올라왔다.

가연은 백산을 남겨두고 다른 공인들은 밖에서 대기하고 있는 의원과 무사들에게 맡겼다. 크게 다친 곳은 없어 보이지만, 일단 의원이 살펴본 후 각자의 집으로 돌려보낼 예정이었다.

처음에는 주춤거리며 망설이던 공인들도 한 사람, 두 사람이 밖으로 나가자 뒤이어 우르르 몰려 나갔다. 얼마나 나가고 싶었던 곳이었던가. 그들은 누가 다시 잡아 붙들어둘까 무서운 듯 서로를 밀치며 앞 다투어 달려 나갔다. 감격에 찬 환호성과 흐느낌이 들려왔다. 죽을 때까지 벗어나지 못하리라 여겼던 곳에서 나가 집으로 돌아갈 수 있다니! 그들은 '살았어! 살았어!'라 외치며 웃다가 울다가를 반복했다.

밖의 환호성이 커지면 커질수록 홀로 떨어진 백산은 불안해졌다. 왜 자신만 남은 건지 알 수가 없었다.

동생이, 윤이가 기다리는데…….

백산은 집에서 자신을 기다리고 있을 동생을 떠올렸다. 부모님이 돌아가신 후 세상에 단 하나 남은 피붙이였다. 자신이 돌아가지 않으면 윤이는 어떻게 될지 몰랐다. 자신과 달리 윤이는 머리가 좋았다. 이제 고작 열 살밖에 되지 않았지만 서원에서 치르는 시험에서 항상 1등을 놓치지 않았다. 백산은 동생의 뒷바라지를 하는 것이 즐거웠다. 몸은 힘들지만, 자신이 부지런할수록 윤이가 앞으로 나아갈 수 있다는 생각에 힘든지도 몰랐다. 윤은 서원의 숙소에서 지냈기에 자신이 끌려온 줄도 모르고 있을 것이다. 동생이 알기 전에 어떻게든 돌아갈 생각이었는데……. 백산은 불안해 하며 떨리는 주먹을 단단히 틀어쥐었다. 두려움에 흔들리던 눈빛도 단단해졌다. 윤을 떠올리자, 살아 돌아가겠다는 오기가 생겼다.

호오! 기개가 좋군.

가연은 백산이 기어코 제 스스로 두려움을 떨치는 것을 보았다. 점점 더 백산이 마음에 들었다. 처음 그녀의 관심을 끌었던 재주는 밀려나고, 아직 앳된 나이에 어울리지 않는 오기와 생존력이 눈에 띄었다.

그래, 무엇을 이루려든 살아남아야 가능한 법이다. 제아무리 가는 숨일지라도 쉬어야지만 명예든, 부든 이룰 수 있는 것이다. 그것이…… 복수라 할지라도.

"좋은 눈이구나. 이제야 제대로 대화를 나눌 수 있을 것 같아."

가연은 조각을 끼워 맞춰 간신히 원형을 지키고 있는 자기 항아리를 조심조심 앞으로 내밀었다.

백산은 제 눈앞으로 드밀어진 항아리를 물끄러미 바라보다 천천히 손을 들어 항아리를 마주 잡았다. 잘게잘게 부서진 면면이 고스란히 보여 껍질이 일어난 입술이 터져라 꾹 다물었다. 제 손으로 처음 만든 물건이었다. 비록 좋지 않은 흙덩이를 받아 제대로 된 가르침도 없이 눈으로 훔쳐보며 엉성하니 만들었지만 이걸로 간신히 목숨을 부지할 수 있었다. 구명줄과 같았던 물건의 부서진 흔적을 보자 저도 모르게 눈물이 나왔다. 꼭 어설프게 배워 이도저도 아닌 제 모양새처럼 초라했다.

"네가 만든 것이 맞느냐?"

"……네."

백산은 망설이면서도 아니라고 부정하지는 않았다.

"처음부터 끝까지 네가 직접 만든 것이냐?"

"……아니요."

대답하는 백산의 목소리가 작아졌다. 흙을 찾아 고르고 첫 물레질을 한 것은 장씨 아저씨였다. 남은 물량을 맞추기 위해 동시에 여러 개를 만들어야 해 어쩔 수 없이 잔심부름을 하던 백산에게 기본 기술만 가르쳐 얼추 모양만 내도록 시킨 것이다.

"그래도 마지막 모양을 낸 것은 너지. 그렇지 않느냐?"

"넷!"

가연은 차분히 하나씩 질문을 던지며 백산의 반응을 살펴보았다. 눈치가 빠르긴 하지만 되바라지게 잇속을 챙기는 아이는 아니라 다행이다 싶었다. 제아무리 재주가 뛰어나도 심성이 바르지 못하다면 들일 수 없었다. 야망과 야욕이 다른 것처럼 영악한 것과 이기적인 것은 하늘과 땅처럼 다르다. 주위를 살필 줄 모르는 아이라면 가진 재주가 아까워도 그냥 내보내는 편이 나았다. 다행히 백산을 살펴보니 그런 걱정은 하지 않아도 될 듯했다.

"여길 나가면 갈 곳이 있느냐?"

"밖에서 동생이 기다리고 있습니다."

"일할 곳은?"

씩씩하게 대답하던 백산이 한순간 풀이 죽었다. 가보지 않아도 예전에 일했던 곳에서는 일찌감치 잘렸을 것이다. 자신처럼 허드렛일과 잔심부름을 할 아이는 발에 차일 만큼 많았다.

가연은 백산의 어린 자존심을 지켜주자 싶어 먼저 운을 떼었다.

"일할 곳이 마땅치 않다면, 내게 와서 일하는 것은 어떠냐?"

"예에?"

"네가 원한다면 공방 일도 배울 수 있도록 해주마."

가연의 말에 백산의 눈이 더 휘둥그레졌다.

"허나, 내가 보기엔 너는 자기장이 아니라 더 특별한 재능을 가지고 있는 듯하구나."

특별한 재능?

진혁은 다시 한 번 백산을 자세히 살펴보았다. 제대로 먹지 못해 비쩍 곯은 몸은 평범했다. 그저 악이 산 듯한 눈빛만이 봐줄 만할 뿐, 아무리 좋게 말해도 무재(武才)는 아니었다.

내가 보지 못한 저 아이의 재능이란 무엇이지?

백산도 얼떨떨해졌다. 항시 영특하다 칭찬을 받는 것은 동생의 몫이었기에 가연의 말이 뜬금없기만 했다.

가연은 씻지 못해 여기저기 시커먼 때가 낀 작은 손을 잡았다. 더러운 제 손이 부끄러워 황급히 빼내려는 것을 단단히 움켜잡으며 손바닥이 위로 오도록 펼쳤다. 백산은 마주 잡은 손에서 느껴지는 부드러운 감촉과, 얼룩덜룩한 제 손과는 달리 너무나 흰 손 때문에 얼굴이 빨개졌다. 귀한 손에 제 더러운 얼룩이 묻어 차마 얼굴을 들 수가 없었다.

"밝은 눈과 바른 손을 가지고 있구나. 가지고 싶어도 누구나 함부로 가질 수 없는 재주니라."

"제 눈이요?"

"그래."

"제 손이요?"

"그래."

믿을 수 없어 되묻는 백산의 질문이 귀찮지 않은지 가연은 몇 번이나 똑같은 대답을 해주며 불안해 하는 아이의 마음을 달래었다.

백산은 가연의 다독거림에 마음이 놓였다. 순간 잔뜩 긴장하고 있던 몸이 늘어지며 뻣뻣하게 힘을 주고 있던 다리가 후들후들 풀렸다.

"이런!"

가연은 털썩 주저앉는 백산을 부축했다. 늘어지는 아이의 몸이 너무 가벼워 절로 눈살이 찌푸려졌다.

"당주님, 명하신 대로 장인과 공인들은 무사들을 붙여 돌려보냈습니다. 찾아낸 문서와 물건들은 만고당으로 보내고, 붙잡은 자들도 무옥에 감금시키도록 했습니다."

만고당을 지키는 호천단(護闡團)의 단주인 방유(防維)가 습격한 뒤처리에 대해 보고했다. 머리가 희끗희끗해지기 시작하는 방유는 제 나이의 반도 되지 않는 가연을 깍듯하게 대했다. 비록 자신이 절정을 넘어선 무위를 가지고 있어도 가연의 앞에서 함부로 경거망동하지 않았다. 그는 진심으로 나어린 당주를 존경하고 있었다. 나이를 뛰어넘은 깊은 혜안과 넓은 도량, 뛰어난 머리 앞에서는 겸손할 수밖에 없었다. 단순히 그녀가 자신의 목숨을 구해준 생명의 은인이어서가 아니다. 가냘프고 작은 몸을 꼿꼿이 세운 채 모진 세상을 똑바로 바라보며 한 걸음씩 나아가는 모습이 그에게 알 수 없는 감동을 주었다. 마치 절벽에 뿌리를 박고 가지를 뻗은 어린 청송이 세찬 비바람을 맞으면서 꿋꿋이 버텨내는 것처럼. 그래서 다짐했었다. 비바람을 막는 커다란 바람막이는 될 수 없을지라도 지나가는 구름 한 조각처럼 작은 그늘이라도 되어주고자. 그것은 그의 행동에서부터도 알 수 있었다.

진혁의 눈매가 가늘어졌다. 그는 말없이 가연의 주변에서 벌어지는 움직임과 대화들을 하나도 놓치지 않고 살펴보고 있었다. 사람들을 대하는 가연의 태도와 그에 대응하는 상대방, 가연에게 보이는 수하들의 공경심과 애정까지.

가연에게 가까이 붙은 방유는 외부인인 진혁을 경계했다. 진혁의 시선이 가연에게서 떨어지지 않는 것을 보고 그의 경계심은 더 커졌다. 진혁에게서 은은히 전해지는 무형의 기세가 그를 움츠러들게 만들었다. 결코 자신도 장담할 수 없는 고수다. 그런 고수가 당주에게 관심을 보인다? 무슨 연유로? 절대고수의 관심은 양날의 검과 같았다. 도움의 손길일 수도 있지만 후환을 불러오는 화가 될 수도 있음이니.

"방 단주님, 이 아이를 화(華) 노대(老大)에게 데려다주세요. 몸이 회복되면 연실(練室)에서 데려갈 거라고 하시고요."

"연실에 두실 요량이십니까?"

"가진 재주는 뛰어나지만 아직 설익었으니, 지금 당장은 배우고 익히는 것이 중요하지요. 스스로 익혀나가다 보면 자신이 가장 어울리는 장소가 어디인지 절로 깨우칠 겁니다."

가연은 방유의 품 안에서 축 늘어져 있는 백산을 보며 이곳에 온 이후 처음으로 미소를 지었다.

유감스럽게도 자기장을 원하는 네 바람은 이루기가 힘들 것 같구나. 네 쓰임은 단순한 자기장만으로 끝내기에는 아까운 것이니.

돌아서는 가연의 앞을 진혁이 막아섰다. 앞서 걸어가던 방유가 다시 돌아오려는 것을 가연은 손짓으로 막으며 얼굴을 들었다. 서로 다른 속을 숨기고 있는 두 사람의 눈빛이 허공에서 부딪쳤다. 깜박거림도 없이 서로를 살펴보는 눈길이 보이지 않는 창처럼 날카로웠다.

"처음부터 저 아이가 목적이었나?"

"겸사겸사지요. 만고당에게 위해를 가하는 무리를 찾아내는 것이 가장 중한 일이지만, 거기에 다른 덤을 얻을 수 있다면 당연히 취해야 하지 않겠습니까? 상인이라면 아무리 작은 것이라도 허투루 넘겨보아서는 아니 된답니다."

날카롭던 진혁의 눈빛에 짧은 감탄이 스쳐 지나갔다.

"그때 벌써 알아보았던 거로군. 적도대장이 위작인 자기를 꺼냈을 때, 이미 저 아이의 존재를 알아차린 거였어."

가연의 입술이 흐드러진 꽃잎처럼 휘어졌다. 새치름하니 가늘어진 눈꼬리에도 만족스러운 웃음이 꽃술처럼 달렸다.

진혁은 불편한 심사에 앞으로 팔을 엇갈려 팔짱을 끼었다. 이름난 미녀의 유혹적인 눈웃음도 석상을 보듯 무심히 넘기던 그에게 가연의 소박한 웃음이 미묘한 파장을 불러 일으켰다. 가연의 웃음이 마음에 들지 않았다. 고작 막내 동생뻘도 되지 않는 사내아이 때문에 웃고 있다는 자체가 그의 심기를 거슬렀다.

불편한 심기를 내보이지 않으려 진혁은 팔짱을 낀 손에 힘을 주었다. 끝이 보이지 않는 강을 막아둔 언제(堰堤)처럼 잔물결도 없이 천천히 밑바닥에서부터 썩어가고 있던 그의 마음에 세풍(細風)이 일고 있었다. 아직은 너무나 미약해 그 자신도 인식할 수 없었지만, 잔잔한 수면을 한순간이나마 흐트러트렸다.

"장주님, 상 단주가 당했습니다."

승천하는 검은 용으로 장식된 거대한 흑단 기둥 침상을 향해 사내는 머리를 조아렸다. 황금빛으로 너울거리는 비단 휘장 너머에서 몸을 움직이는 듯 부스럭거리는 기척이 났다. 사내는 몸을 더욱 깊숙이 숙였다.

"클클클. 잔꾀를 부리던 여우가 당했다? 재미있구나. 한창 물 만난 고기마냥 설치던 녀석이 어쩌다 당했누. 클클클."

늙수그레한 웃음소리가 휘장 너머에서 한참 동안 들려왔다.

"그래, 누구에게 당했더냐? 서로 호시탐탐 노리고 있던 조가더냐? 아니면 밑에서 부리고 있던 엉뚱한 놈이더냐? 여기저기 쌓아둔 원한이 한둘이 아닐 테니, 그중 아무개이든가?"

슬슬 상원익을 한 번쯤 찍어 누를 때가 되었구나 싶어 간을 보고 있던 참이었다. 제 그릇도 모르고서 가당치도 않은 욕심을 품고 있는 것이 재미있다 싶어 두고 보았다. 욕심을 부리는 만큼 자신의 창고를 채워주니 제법이다 싶었다. 그러나 빳빳하게 치켜드는 고개를 한 번씩 꺾어두어야 제 놈들이 놀아야 할 물이 어디인지 깨달을 터. 슬슬 채찍을 꺼내 휘두를까 싶었더니……. 생각보다 못한 놈이었나 보군. 자신을 노리는 칼날도 피할 줄 모르는 녀석을 곁에 어찌 둘까.

"만고당입니다, 장주님."

기분 좋게 클클거리던 웃음소리가 뚝 끊겼다.

"만고당이 상 원주가 암시장에 내놓은 위작 거래를 뒤쫓아 현장을 급습했습니다. 마침 작업장을 정리하려던 참이라 다들 마음이 풀려 있었던 듯합니다."

침상 안쪽을 가리고 있던 금빛 휘장이 옆으로 젖혀졌다. 건장한 성인 남자 다섯이 누워도 남을 정도로 거대한 황금 침상의 주인은 허리가 굽은 노인이었다. 발밑에 머리를 조아리고 있는 수하의 반도 되지 않는 단구(短軀)에 그마저도 휘어서 더욱 작아 보였다. 옷가지도 없이 나신으로 앉아 있는 노인의 피부는 주글주글한 주름투성이였고, 여기저기 죽음꽃 같은 검버섯이 피어 있었다. 거리에 나가면 골목 구석에 자리해 햇빛을 쐬고 있는 노인과 똑같았다.

수하는 감히 고개도 들지 못하고 이마로 바닥을 찧어 부술 듯 머리를 조아렸다.

몇 달 동안 심혈을 기울였던 만고당의 일이 물거품이 되어버렸으니 장주님의 심기가 불편한 것은 당연한 일. 자비나 용서가 없는 분이니, 만고당의 일에 참여했던 이들은 모두 잘려나갈 것이다. 위임을 받았던 상 원주는 이제 죽은 목숨이었다. 운 좋게 만고당에 생포되어 있다 해도 장주의 눈 밖에 났으니, 명부에 이름이 오른 것이나 같았다.

"만고당이라……."

"악!"

황금전장의 주인인 전충(錢蟲) 가유광(價有光)은 잠자리 시중을 들기 위해 침상에 들어 있던 여인의 뒷목을 잡아챘다. 여인이라 부르기에는 아직 채 여물지 못한 열여섯의 소녀는 자글자글한 손아귀의 힘을 이기지 못하고 끌려갔다.

"흡!"

소녀는 태어난 한 번도 본 적 없는 흉측한 물건을 눈앞에서 목도하고 저도 모르게 눈을 질끈 감았다.

지, 징그러워!

규방에서 귀하게 떠받들리며 깨어질세라 보호받고 살았던 그녀가 언제 사내의 알몸을 보았을 것이며, 우둘투둘 불거진 양물을 마주했겠는가.

목줄을 잡힌 짐승처럼 강제로 엎드리게 된 소녀는 본능적으로 몸에 힘을 주며 엉덩이를 뒤로 뺐다. 들어오기 전 들었던 주의 사항들은 모두 잊어버렸다. 제 한 몸에 나락으로 떨어진 부모님과 집안 식솔들의 생사가 걸려 있다는 것도.

"악!"

조금 전보다 더 거세진 악력이 소녀의 목을 부러뜨릴 듯 힘을 줬다. 검버섯이 핀 단순한 노인의 힘이 아니었다.

가유광은 반항하는 소녀에게 벌을 주듯 힘을 넣어 자신의 사타구니 사이로 얼굴을 가까이 가져오게 했다. 어그러진 일에 대한 짜증과 어린 계집의 어설픈 반항에 흥분한 양물이 더 크게 부풀어 올라 꼿꼿하게 일어났다.

가유광은 한 손에 다 차는 야들야들한 목덜미에서 슬그머니 힘을 덜었다. 숨쉬기가 편해졌는지 소녀의 받은 숨결이 사타구니 사이에 바람을 불어넣었다. 그 목덜미를 슥슥 주무르며 클클클 웃었다.

"네 혈육들의 생목숨을 모두 팔아치우고 싶다면 여기서 내려가도 좋다. 네가 아니더라도 이 침상에 올라올 계집은 많고 많으니."

조금씩 얼굴을 돌리던 소녀가 흠칫 놀라며 몸짓을 딱 멈췄다. 할아버지가 어린 손녀에게 이르듯 자상한 어조였지만, 소녀의 귀에는 세상에서 가장 무서운 협박이었다. 가진 재산을 모두 뺏기고 화병을 얻어 누워 있는 부친과 하루아침에 삯바느질로 생계를 책임지게 된 모친의 지친 얼굴이 떠올랐다.

가유광은 잡고 있던 뒷덜미에서 손을 뗐다.

"그리 되고 싶지 않다면 네가 어찌해야 되는지 잘 알 것이야. 그렇지 않느냐?"

"……흑!"

소녀는 숨죽인 울음소리를 내며 주춤주춤 들었던 얼굴을 제 스스로 내렸다. 작은 입술을 벌려 잔뜩 부푼 양물을 삼켰다. 입안을 채운 양물은 거기에서 멈추지 않고 목구멍을 찢을 듯 점점 크기를 더했다. 소녀는 목구멍을 찢는 듯한 고통에도 비명 한 마디 지를 수 없었다. 본능적으로 여기서 아주 작은 거부감이라도 보이면 당장 끌려 나가 이보다 더한 지경에 처하게 된다는 것을 알았다.

어색한 혀 놀림을 즐기던 가유광은 손을 내밀어 둥근 젖가슴을 움켜쥐었다. 어린 나이의 매끄러운 살점이 탐이 나 으득으득 베어 물듯 잡아 주물렀다. 힘껏 쥘 때마다 움찔거리며 숨을 끓이는 계집의 반응이 그의 흥을 돋웠다.

클클, 이제 제대로 맛을 볼까.

"어차피 이번 일로 만고당을 단번에 집어삼킬 수 있을 것이라고 생각하지는 않았다. 만고당의 수결이 생각보다 깐깐하다는 것을 안 것만으로도 수확은 수확일 터. 그래…… 큭! 좋구나!"

가유광의 호흡 소리가 거칠어졌다.

"……화근은 잘라내고, 만고당의 감시를 더 철저하게 해라. 어차피 만고당의 주인이라는 계집도 이 침상에 오를 테니."

뻣뻣한 호법원주가 아낀다는 양녀. 친 혈육이 아닌 것이 아쉽지만, 친딸처럼 아낀다고 하니, 혼자 고고하다 뻐기는 얼굴이 어떻게 일그러지는지 내 즐거이 감상하리라.

축객령처럼 두꺼운 황금 휘장이 아래로 드리우며 침상을 가렸다. 조심스러운 몸놀림으로 밖으로 나가는 수하의 뒤편으로 여인의 비명 소리와 헐떡이는 숨소리, 질척하게 부딪치는 살 소리들이 어지럽게 달라붙다 닫히는 문틈으로 사라졌다.

굽은 가지를 척척 드리운 늙은 청솔의 푸르른 기운이 머무르는 와룡거. 그리 크지 않은 전각이지만 대야성주 진혁의 실질적인 집무실이나 마찬가지인 곳이라 외성과 내성을 통틀어 가장 중요한 곳이기도 했다.

와룡거를 지키는 경비 무사들이 연신 초조하게 담장 안쪽을 곁눈질하며 들어서는 반대편을 향해 목을 길게 뺐다. 담장 안쪽에서 느껴지는 기세가 시간이 갈수록 무거워지자 무사들의 초조감도 함께 커졌다.

짧아진 해가 서쪽 지평선 너머로 붉은 노을을 펼치며 떨어지자, 금세 동편 하늘에 청남빛 밤하늘이 걸렸다. 달이 까만 밤하늘에 은색 빛을 발하고, 별들이 하나둘씩 점점이 반짝거리기 시작했다.

환한 하늘이 어두워질 때부터 경비 무사들은 아예 안쪽 동정에 대해서는 관심을 끊었다. 넘겨다보면 볼수록 불안함만 커져 다들 어서 빨리 전각의 주인이 돌아오기만을 애타게 기다렸다.

"어, 저기! 저기 오신다!"

"아! 성주님이시다!"

들어서는 길목을 바라보던 경비 무사 중 한 명이 눈에 익은 인영을 발견하고 반가운 마음에 소리쳤다. 초조하던 기색은 순식간에 사라지고 다시금 경비 무사 본연의 삼엄한 기세를 되찾았다.

내성의 입구를 넘어설 때부터 진혁은 활화산처럼 금방이라도 폭발할 듯 억눌린 노기를 감지했다.

훗, 그분 성격에 아직까지 폭발하지 않고 참고 계신 것이 이상하지.

다혈질이다 못해 한 번 폭발하면 사방을 초토화시키다시피 하는 백야의 성격을 생각한다면 들어가기 전 호신강기를 일으켜 몸을 보호해야 할지도 모른다. 오늘따라 더 과하게 자신을 반기는 무사들을 지나쳐 와룡거의 뜰 안으로 들어갔다.

한 걸음. 경계선처럼 문 안으로 한 발을 디디는 순간, 보이지 않는 기망(氣網)이 그를 잡았다. 난폭하고 거친 기운이 그에게 사나운 이를 드러냈다.

이런, 이런.

진혁의 무심한 얼굴이 서늘해졌다.

전각을 중심으로 뜨락 전체에 기망이 촘촘히 깔려 있었다. 담장 안쪽의 공간 전부가 백야의 영역권이 되어 있었다. 하수라면 한 걸음 떼는 순간 밀려드는 기세에 버티지 못하고 피를 토하며 심각한 내상을 입을 것이다.

진혁은 천천히 멈췄던 발걸음을 다시 옮겼다. 그가 발을 떼는 순간, 흰 섬광이 파지직 튀었다. 한 걸음, 두 걸음, 그의 걸음걸이에 따라 파지직거리는 흰 섬광이 연달아 일더니 흰 불꽃이 타올랐다.

백염(白炎).

백야의 독문 무공의 특징이었다. 사방에 펼쳐진 기망이 진혁을 향해 백염을 토해내며 터졌다.

쾅! 쾅!

연달은 폭음이 뜨락의 땅바닥을 뒤집었다. 그러면서도 신기하게 담장과 와룡거의 터줏대감인 노송들은 멀쩡했다.

절묘한 기의 운용이군.

진혁은 백야의 뛰어나다 못해 섬세하기까지 한 기의 움직임에 감탄했다. 벽력탄에 비유되는 백야의 경지가 어느 정도인지 알 수 있었다.

하지만 감탄은 감탄이고 지금은 불꽃놀이처럼 터지는 백염을 상대해야 했다.

진혁은 뒷짐 지고 있던 오른손을 풀어 피어오르는 연기를 불어 날리는 것처럼 천천히 옆으로 휘저었다. 그의 검은 소맷자락이 소리도 없이 펄럭이며 보이지 않는 미풍을 일으켰다. 활활 타오르는 백염에 힘없이 잦아들 듯하던 미풍은 불꽃과 마주치는 순간 거대한 바람이 되어 백염을 휘어 감았다. 하나씩, 하나씩 주변의 불꽃들을 집어삼킨 바람은 거대한 회오리바람이 되어 사방을 쓸어 담았다. 뜨락에 박아둔 커다란 정원석이 쓸려가 몇 번 뒤집어지는가 싶더니 자잘한 모래가루로 화했다. 그런데 이번에도 백염처럼 담장과 소나무는 가지 하나 흔들리지 않았다.

회오리바람이 사라진 자리에는 여기저기 움푹 파인 구덩이와 시커멓게 그슬린 자국들이 남아 있었다. 잘 정돈되어 있던 뜰도 흐트러져 뿌연 먼지바람을 덮어쓰고 있었다.

진혁은 대충 정리되자 와룡거라는 편액이 걸려 있는 전각의 문고리를 잡아 열었다.

휙!

진혁은 고개를 옆으로 돌려 문이 열리는 틈 사이로 빛살처럼 날아온 물건을 피했다.

픽!

바닥에 부딪친 찻잔이 산산조각 났다. 뒤이어 남은 찻잔이 휙휙 날아왔지만, 한 개도 그를 맞히지 못하고 깨졌다.

"네 이 녀석!"

던질 물건이 없자 쩌렁쩌렁한 호통 소리가 지붕을 들썩거리게 했다.

백야는 차마 권격마저 날릴 수는 없어 씩씩거리는 분김을 뿜으며 소리만 질렀다. 아무리 그라 할지라도 성주에게 직접적인 공격을 한다면 이때다 싶어 사방에서 물고 늘어질 인간들이 발끝에 차일 정도로 많기 때문이다. 게다가 성주인 진혁도 그의 권격을 순순히 맞아주지는 않을 터.

"대체 어디서 뭘 하느라 지금껏 날 여기에 처박아놓고 기다리게 만든 것이냐! 네 수족에게도 제대로 알리지 않고서, 무슨 일이 있으면 어쩔 셈이야!"

여인처럼 허리까지 치렁치렁 내려온 백야의 머리카락은, 정수리에서 어깨까지는 흑발이고 그 아래로는 백발이라 그냥 보아서는 나이를 짐작할 수가 없었다. 눈가와 입매에 살짝 생기기 시작한 주름살을 보면 30대인 듯하지만 눈빛과 말투는 60대의 노인네 같았다. 실상 그의 나이가 일갑자를 훌쩍 넘어 여든 가까이 되었다는 것을 아는 이들은 많지 않았고, 그들은 절대로 먼저 백야의 곁으로 접근하지 않았다.

백야(白夜)라는 자신의 이름을 별호로 만든 자. 백야와 같은 시대를 살았던 자들에게 그는 공포의 대명사였다. 수십 년 동안 세상에서 종적을 감췄던 그가 전대 성주인 천제영이 귀천하자마자 하늘에서 뚝 떨어진 것마냥 나타나 아직 기반이 약한 진혁의 후견인으로 나선 것이다. 처음 그를 알아보지 못한 몇몇 무리들이 피를 철철 흘리며 죽어 나뒹군 다음에야 오래전 잊힌 그의 이름을 떠올릴 수 있었던 것은 그들의 운이 나빴던 것이다. 현역 때보다 더하면 더했지 덜하지 않은 성미에 오히려 무공은 진일보를 이뤄 환동(換童)까지는 아니더라도 반로(反老)는 완성해 신체를 되돌리기까지 했으니, 그 얼마나 무시무시한 일인가.

"죄송합니다, 숙조. 연락을 받았지만, 살펴보던 일이 있었습니다."

천제영이 어린 손자를 위해 남몰래 숨겨두고 있던 한 수. 비선곡주와 할아버지가 의형제 사이로 깊은 교류를 가진 것은 많이 알려져 있었지만, 의형제를 맺은 사람이 두 명이 아니라 세 명이라는 것은 당사자를 제외한 누구도 알지 못했다. 그 역시 할아버지가 돌아가시기 전 유언처럼 남긴 말이 아니었다면 알 수 없었을 것이다. 그것은 그만큼 철저한 비밀이었다.

'어쩌면 아버님은 모르셨을 것이다. 하지만 서문 숙부님은 알고 계셨을 것이다.'

"그게⋯⋯!"

뭐라 버럭 고함을 내지르려던 백야는 무심하기가 빙석 같은 진혁의 얼굴을 보고는 제풀에 지쳐 뒷말을 접었다. 시시콜콜 떠드는 녀석도 아니고, 캐묻는다고 해서 털어놓지도 않을 것이니 떠들어봤자 제 입만 아프고 제 성미만 돋을 것이다. 게다가 녀석이 자신의 기망을 찢어낸 한 수는 보기 드문 것이라 제법 상대할 만했다.

백야는 살짝 질렸다는 눈으로 와룡거의 책상에 앉는 진혁을 바라보았다. 무시무시한 놈. 처음 만났을 때만 해도 얼추 실력을 가늠할 수 있었건만 지금은 아예 아무것도 보이지가 않으니⋯⋯. 형님, 아무래도 형님 손자는 형님보다 더한 괴물인 듯싶소이다. 무공도 무공이지만,

그 지독한 고집과 심계라니. 지금껏 내려온 천가의 피를 거르고 걸러 정수만 집어넣어 빚은 듯하오.

백야는 속으로 한숨을 내쉬었다. 결코 겉으로 드러낼 수는 없지만, 점점 진혁을 상대하기가 피곤해졌다. 전혀 속내를 내비치지 않으려 하니, 이리저리 찔러보며 간을 봐야 하는 것이 그의 심력을 야금야금 갉아먹었다.

"아무튼 이유나 좀 들어보자. 대체 왜 날 저 아귀들 면전에다 던져준 것이냐? 내가 혼례를 올릴 새신랑도 아니고, 정식으로 들이는 신부도 아니라면서 왜 저리 몰려와서 명첩(名帖)을 들이대는 것이야!"

말을 하다 보니 다시 부아가 돋아 결국 끝말은 고함 소리가 되었다. 지금 생각해도 아주 지긋지긋했다. 끈질긴 것이 한 번 물면 절대로 놓지 않는다는 거북이 같았다. 거북이는 잡아먹을 수라도 있지. 이것들은 뻥뻥 차버려도 우르르 몰려오는 것이, 남만에 사는 개미떼 같았다. 그가 살기를 일으켜도, 무슨 약이라도 들이켠 듯이 행동했다.

"생각 없는 것들! 거기에 제 딸자식들 팔아 집어넣어본들 무슨 호강을 얼마나 할 수 있다고 그 난리들인지!"

그도 무시할 수 없는 몇몇 면상들이 떠올라 백야는 짧게 혀를 찼다. 살 만큼 살고 가질 만큼 가졌으면서도 더한 욕심을 부리는 그들을 이해할 수도, 이해하고 싶지도 않았다. 그들과 자신은 처음 출발선부터 달랐다. 추구하는 것도, 이루고자 하는 방법까지도.

짧은 상념을 털어낸 백야는 자리에 앉아 올라온 서류 더미를 챙기는 진혁을 돌아보았다.

"너, 알면서 일부러 성을 나간 것이지? 여기에 있으면 다들 성주인 널 찾아올 테니까?"

"설사 그랬더라도 제대로 된 대화를 나눌 수는 없었을 겁니다. 어차피 저들끼리도 서로 입장을 조율해야 할 테니 무조건 명단을 올리지는 못했을 겁니다."

"그러니까, 너보다는 그래도 내가 낫다?"

"그리고 집안에 여인을 들이는 일이니 당사자보다는 집안 어른과 논의하는 것이 맞겠다 싶었겠지요."

백야는 콧방귀를 날렸다.

"꿈보다 해몽이 좋구나."

백야는 진혁이 앉아 있는 책상 앞을 천천히 왔다 갔다 했다. 그의 얼굴이 심각하게 가라앉았다.

"달리 제게 하실 말씀이 있으십니까?"

진혁의 질문을 기다렸던 것처럼 백야는 걸음을 딱 멈췄다. 몸을 돌려 진혁의 얼굴을 뚫어져라 응시했다.

"너는 정말 그것으로 괜찮은 것이냐? 너의 일생이 걸린 일이다. 저들이 말하는 것이 아니더라도 너를 품어줄 따뜻한 내자를 두는 것이 맞지 싶다만……."

의자에 등을 깊숙이 기댄 진혁의 눈빛이 빙석처럼 차디찼다.

"제 내자는 이 세상에 없습니다. 저들 손에 빼앗겼지요."

서문은설. 백야는 다른 조카손녀인 은설을 한 번도 보지 못했다. 그가 은거한 곳은 중원에서 너무 떨어진 곳이라, 은설이 태어난 것

도 시간이 한참 지난 뒤에야 전해들을 수 있었다. 비선곡이 무너진 것
도…….

"허면 이번 일로 너와 엮이게 되는 여아들은 어찌할 참이냐? 부인이
든 첩이든, 어찌 됐든 네 여인으로 들어오는 아이들이지 않느냐? 설마
하니 너를 따라 평생 독수공방이라도 시킬 셈이냐?"

"집안이든, 아니면 자신의 의지든, 욕망을 좇아 제 발로 들어온 자리
이니 어떤 일을 겪든 스스로 알아 할 일이지요. 독수공방을 하든, 정부
를 끌어 모으든 책임을 질 수 있다면 상관없습니다."

"어차피 그녀들의 효용은 네 첩으로 들어오는 것으로 끝이다?"

"그것으로 끝이기엔 들이는 수고가 너무 많지 않습니까?"

백야는 고개를 갸웃거렸다. 그가 짐작하기로 진혁이 첩을 거론한 것
은 슬슬 다시금 불거질 혼인 문제를 봉하고 저들의 세력을 서로 견제하
기 위함으로 알고 있었다. 헌데 거기에 다른 의도도 숨어 있었던 것인
가?

찻잔을 드는 진혁의 입꼬리에 서늘한 비소가 걸렸다. 그녀들은 보기
좋은 미끼였다. 적들도 그녀들이 뻔히 자신들에게 드리운 미끼인 줄 알
면서도 건드려보지 않을 수 없는. 진혁은 미끼에게 내보일 관심 따위
처음부터 가지고 있지 않았다. 그녀들이 어떤 마음으로 들어오든 그에
게는 논할 거리도 못 되는 일이다.

입을 삐죽거리던 백야는 좀 더 다그쳐볼까 하다 가까워져오는 기척
을 느끼고 소매를 떨치며 포기했다.

문밖에서 상관준경이 불렀다.

“성주님.”

“들어와.”

문을 열고 머리부터 조심스럽게 빼꼼 들이민 상관준경은 안의 분위기부터 살펴보았다. 밖에 내동댕이쳐진 찻잔 외에는 부서진 물건이 없는 것을 보니 상태가 양호했다.

백야는 안으로 들어오는 상관준경의 모양새를 보다 대뜸 물었다.

“너는 두더지냐?”

“예? 무슨 말씀이십니까, 백야 공?”

백야의 시비에 상관준경은 움찔했다. 비위가 뒤틀리면 대야성의 군사든, 호법이든 주먹으로 두들겨 패기부터 하는 터라, 그의 주먹세례를 몇 번 경험해본 상관준경은 조심, 또 조심하며 백야를 대했다. 그러면서도 안전지대를 확보하기 위해 열심히 머리를 굴렸다.

안전지대.

어떻게든 성주님의 왼편으로 가야만 안전했다.

상관준경은 아무것도 모른다는 얼굴로 백야의 말에 응답하며 조심스럽게 한 걸음씩 발을 뗐다.

“머리만 삐죽 들이밀면서 위험한지 코로 킁킁 확인하고 몸을 빼내는 것이 딱 두더지지. 언제부터 대야성의 군사가 두더지로 바뀌었냐?”

“위험을 탐지하는 것은 사람이자 무인의 본능입니다.”

백야의 눈썹이 삐뚜름하니 치켜 올라갔다.

“안에 있는 이라곤 성주랑 나 둘인데 무슨 위험? 누가 위험인물이란 게야?”

아주 잠깐 상관준경은 말문이 막혀 주춤했다. 이 경우엔 어느 쪽을 찍든 위험할 공산이 아주 컸다. 백야는 짧은 빈틈을 놓치지 않고 낚아챘다.

 "오호라! 너, 나랑 진혁을 위험인물로 분류해두고 있었던 게로구나. 그렇지?"

 상관준경은 싱글싱글 웃으면서 성큼 큰 걸음을 옮겼다.

 "밖을 한 번 보십시오. 제가 들어오면서 안을 살피지 않을 수 있는지. 깔끔하게 정돈되어 풍광 좋던 와룡거의 뜰이 완전히 태풍이라도 맞은 듯하지 않습니까? 아니 할 말로 저 구덩이야 말끔히 메울 수 있다지만, 시커멓게 그슬린 자국은 대체 어떻게 하란 말씀입니까? 성주님 거처를 지저분하게 내버려둘 수도 없고. 그냥 조용히 말로 하실 수는 없었던 겁니까? 그렇지 않아도 정원사가 안절부절못하던데, 아마 저 지경인 걸 보면 충격으로 드러누울 겁니다."

 백염에 의한 흔적은 너무나 확연해 어떻게 가릴 수도 없었다. 상관준경은 그 약점을 물고 늘어져 주절주절 떠들어대며 진혁과의 거리를 최대한 빨리 좁혔다. 딱 한 걸음을 남겨두었을 때였다. 속으로 안도하며 황급히 남은 발걸음을 떼는 순간, 상관준경은 뒷덜미를 강타하는 아찔한 충격을 받았다.

 "크악!"

 앞으로 메다꽂히듯 고꾸라진 상관준경은 책상에 이마를 찍었다. 전광석화와 같은 권격(拳格). 상체를 일으키는 상관준경의 머리 앞뒤에 커다란 혹이 생겼다.

"누가 머리 굴리는 놈 아니랄까 봐 말은 청산유수로구나. 장수하고 싶으면 혀만큼 몸에도 기름칠 좀 해줘야 할 것이다."

빈정거리는 어투이지만, 들여다보면 무공 수련에 좀 더 신경을 쓰라는 충고였다.

"네, 백야 공."

발개진 이마를 손으로 만지면서 상관준경은 들고 온 종이 한 장을 책상에 내려놓았다. 진혁과 백야의 눈길이 종이에 닿았다.

"올라온 성주님의 첩실 명단입니다."

종이에는 검은 글자로 두 명의 이름만 적혀 있었다.

"뭐냐? 녀석들 기세로는 열 명, 스무 명, 아니, 백 명까지도 마구 올릴 것 같더니. 고작 둘만 쓰고 만 게야?"

상관준경이 쓰린 통증에 얼굴을 찡그리며 말했다.

"제가 보기엔 양보다 질로 승부를 걸어보자는 심사인 듯 보입니다. 성주님의 성격을 생각한 것이겠지요. 일단 들이겠다 말씀은 하셨지만, 성주님 성격상 들어온 여인들을 모두 고르게 품으면서 살뜰하게 살피시는 분이 아니시니, 일단 성주님의 시선을 끌 만한 여인으로 집중 공략하겠다는 의도로 보입니다. 뭐, 남자라면 일단 눈을 크게 뜨긴 할 것 같지 않습니까?"

남궁혜.

마소교(魔小嬌).

유리화라 불리는 남궁혜와 마중화(魔中花)라 일컬어지는 청마문(靑魔門)의 마소교. 미모로도, 신분으로도 최고의 자리에 올라 있는 여인들이었다.

진혁은 남궁혜라고 적힌 글자를 일별했다.

기어이 꾸역꾸역 기어들어오겠다는 거로군.

"구대 문파는?"

"주판알을 굴려보니 자기들에게는 별 이익이 없다 싶었는지, 슬그머니 발을 빼더군요."

백야는 혼잣말처럼 중얼거렸다.

"산 속에 있으면서도 제 잇속 계산은 빤한 것들이니. 뒤로 물러나 서로 치고받고 싸우는 것을 구경이나 하겠다는 심보로군. 어느 쪽이든 자기들에게는 득이 되면 됐지 손해 보는 일은 아니니."

진혁은 다른 지류를 이루고 있는 남은 파벌에 대해 물었다.

"중소문파는?"

"이번에는 오대 세가와 마문에 밀렸습니다. 유리화와 마중화에 견줄 만한 여인이 없다는 점도 한몫했고요."

"그렇군."

"비록 혼례는 아니지만 그래도 길일을 택해서 들어올 참이라, 날을 받으면 알려주기로 했습니다."

상관준경의 보고가 끝났지만, 진혁의 대답은 한참 동안 나오지 않았다.

이름이 적힌 종이 위로 비선곡에 보냈던 청혼서의 내용이 겹쳐졌다. 그 아이를 보고 와 들뜬 마음으로 할아버지에게 청을 올렸었다. 한 치의 망설임도 없이 자신의 결심을 내보였었다. 일말의 의심도 하지 않았다. 자신의 옆자리에 설 사람은 그 아이뿐이라고.

너를 두고 다른 여인을 들인다. 정식으로 맞는 것은 아니라 하나, 다른 이들 눈에는 첩실이 아니라 정실로 보일 터. 맑기만 한 너는 이런 나를 보고 있는 대로 얼굴을 찡그리며 타박하겠지. 아니면 싫다고 울부짖으며 달아나려나. 차라리 그리 하는 너의 모습을 볼 수라도 있다면…….

와락, 종이를 찢을 듯 움켜쥐었다.

"……성주님. ……주군!"

낮고 강한 상관준경의 음성이 진혁을 혼몽에서 일깨웠다. 아주 잠깐 드러난 그의 어두운 그늘. 상관준경과 백야는 걱정 어린 눈빛으로 그를 보고 있었다. 진혁은 표정을 지웠다. 비틀려 열린 마음의 족쇄를 다시 단단히 채웠다. 손아귀에 쥐여 있는 구겨진 종이를 삼매진화로 태워버렸다. 종이는 재도 남기지 않고 타버렸다.

"자네가 금화파파(金花婆婆)와 논의해서 추진하게. 내총관이 있긴 하지만 내실을 다루는 것은 금화파파의 몫이니까."

"그리 하겠습니다, 성주님."

돌아서는 상관준경을 따라 백야도 와룡거를 나왔다. 어쩐지 진혁이 혼자 있고 싶어 한다는 느낌을 받았다. 문을 닫고 나오자 청솔과 담벼락만 무사한 정원이 을씨년스러운 풍경을 자아내고 있었다.

"후우……."

백야는 어느새 어둠이 깊어진 하늘을 올려다보며 답답한 한숨을 길게 내쉬었다. 언뜻 마주한 진혁의 그늘은 생각했던 것보다 더 깊고 깊었다. 그를 따라 상관준경도 땅이 꺼져라 한숨을 토해냈다.

"성주님의 정혼녀가 어떤 분이셨는지 실로 궁금합니다. 어떤 점이 성주님을 저리 꽁꽁 묶어놓고 벗어날 수 없게 만드는 것인지……. 첫정이라 그런 것일까요?"

사내든 여인이든 첫정은 남달리 각별할 수밖에 없다. 그것이 이뤄지든, 어긋나 상처로 남았든 화인처럼 심장에 남아 세월이 흘러도 문득문득 떠올라 마음을 뒤흔든다.

"글쎄. 나도 잘 모르겠구나."

철벽처럼 무너지지 않을, 세상에서 가장 강한 사내에게 남아 있는 아픈 흔적이 와룡거를 나서는 두 사람의 발걸음을 무겁게 했다.

七章

치부장(置簿帳)

"잡아랏! 절대로 놓쳐선 안 된다!"

뒤에서 달려드는 고함 소리에 붙들릴까 흑서(黑鼠)는 젖 먹던 힘까지 끌어내 다리에 힘을 주었다. 몸놀림의 속도가 배로 빨라졌다.

'이럴 줄 알았으면 평소에 꾀부리지 않고 수련을 열심히 하는 건데!'

허름한 집들이 다닥다닥 붙어 개미굴처럼 이어져 있는 골목으로 요리조리 내빼면서 흑서는 평소에 수련을 등한시하고 놀러 다닌 자신을 꾸짖었다.

세상 떠난 사부가 살아생전 수련 때마다 자신에게 몽둥이를 휘두르며, '너는 재능은 빼어날지 모르나 게으른 천성 탓에 죽을 때까지 익힌 무공을 대성시키지 못할 것이다. 쯧쯧쯧, 게으르면 호기심이라도 없어야지. 여기저기 들쑤시기는 좋아하면서, 가진 재주는 바닥을 기어 다닐 테니 어찌 목숨을 부지할까. 네 앞날이 훤하구나, 훤해!' 이리 저주를 퍼붓던 것이 오늘 이루어지려나 보다.

흑서는 벌써 십여 년 전에 북망산천(北邙山川)으로 떠난 스승을 욕했

207

다.

'하지만 사부님! 아무리 제자가 게으르다지만, 거리에서 비명횡사할 팔자를 만드시면 안 되는 것 아닙니까! 그래도 제가 꼬박꼬박 기일에 맞춰 제사상을 차려드렸지 않습니까! 제가 아니면 젯밥 올릴 사람도 없으시면서!'

핑! 핑!

뒤에서 날아온 비표들이 그의 목덜미를 아슬아슬하게 스치고 지나갔다. 예리한 경풍이 살갗을 그어 피가 스며 나왔다. 경풍이 조금만 더 실렸다면 목이 베여 나갔을 것이다. 앞을 향해 몸을 날리던 흑서는 순간 머리끝이 곤두섰다. 그나마 몽둥이찜질로 몸에 박아 넣은 반사적인 반응 덕분에 위기를 넘길 수 있었다.

"죽여도 상관없다! 반드시 잡아 물건을 회수해라!"

비도와 비표들의 공격을 족제비처럼 피하는 흑서를 향해 선두에서 뒤쫓던 이가 추살령(追殺令)을 내렸다. 산 채로 잡아 심문할 수 있다면 더할 나위 없이 좋겠지만, 놓치는 것보다는 죽은 몸뚱이라도 건지는 것이 나았다. 지금 가장 중요한 것은 놈의 품속에 있는 물건이니까.

추살령이 떨어지자마자 공격이 사나워졌다. 뒤에서 불어오는 바람을 타고 독향(毒香)도 솔솔 풍겨왔다.

'저 인간들! 아주 막나가자 이거구만. 아무리 여기가 빈민촌이라지만 사람들이 살아가는 곳에다 독을 풀면 어쩌자는 거야!'

연신 구시렁거리면서도 내심 약간 여유를 가지고 있던 흑서의 표정이 굳어졌다.

그나마 늦은 밤인 데다, 쫓고 쫓기는 추격전에 무사들이 소리치는 것이 무서워 다들 집 안에 꽁꽁 숨어 있는 것이 다행이었다. 저들은 대낮이었다 할지라도 거리낌 없이 독을 사용했을 것이다.

흑서는 간담이 서늘해졌다. 저도 모르게 딱딱한 가슴팍을 만졌다. 제대로 훑어보지도 않고 무작정 품속에 집어넣어 무엇인지도 정확하게 몰랐다.

'똥 밟았다!'

흑서는 무사히 돌아가기만 하면, 자신을 보낸 지부장의 얼굴에 똥통을 끼얹어버리고야 말겠다고 다짐했다.

'뭐라? 빈집에 들어가 뒹굴고 있는 물건 하나만 집어 오면 되는 간단한 일이라고? 으윽! 정말 이대로 날 사지에 밀어 넣은 것이면, 그냥 저쪽으로 전향해버리는 수가 있다고요!'

빤질빤질한 지부장의 면상을 떠올리며 흑서는 사납게 이를 갈아댔다. 정말 심각하게 투항을 고민하기 시작했다.

얼마나 달리기 시작했을까, 추격이 시작되자마자 펼쳐진 그물이 조금씩 좁혀져 흑서를 한 방향으로 몰아넣었다. 천천히 거리를 두고서 몰아가는 것이 토끼몰이처럼 능숙했다.

'젠장! 저 개자식들! 처음부터 작정하고서 몰아넣은 거야!'

빈민촌의 끝자락. 마치 뚝 끊긴 길처럼 대로 하나를 사이에 두고서 극명하게 갈리는 터전. 시가의 사람들은 더럽다고 발을 들이지 않고, 빈촌의 사람들은 일거리를 구할 때 외에는 가지 않는 길. 그래서 밤이면 더욱 인기척이라고는 볼 수도 없는 장소.

연락을 받은 듯 한 무리의 인영들이 흉흉한 무기를 빼어들고서 길목을 점령하고 있었다. 좌우로 다닥다닥 붙어 있는 낮은 담벼락을 휙휙 넘어오고 있는 그림자들도 보였다.

흑서는 손에 쥐고 있는 애병(愛兵)의 단단함을 지각했다. 그의 손처럼 찰싹 붙어 있는 것이 오늘이 주인과 함께하는 마지막이 될지도 모른다는 것을 감지하고 있는 듯했다. 흑서의 눈에 악에 받친 독기가 올랐다.

'이판사판 막판이닷! 무조건 돌파한다! 우물거리다 막히면 전후좌우, 사방에서 메뚜기 떼처럼 덮쳐 파묻어댈 거다!'

흑서의 검은 야행복 위로 뜨거운 기운이 아지랑이처럼 무럭무럭 올라왔다. 조양신공(朝陽神功)을 일으켜 단전에서 잠자고 있던 선천지기까지 박박 긁어모았다. 어쩌면 몇 달간 꼼짝없이 침상에 누워 있어야 할지도 모르지만, 그 걱정도 살아남은 뒤에야 가능한 일.

'으라차차차찻!'

흑서는 소리 없는 괴성을 내지르며 무상도법(無想刀法)의 최강 절초를 뿌렸다. 보이지 않는 암경(暗經)이 장벽처럼 달려드는 적들을 갈랐다.

차차창.

날붙이들이 부러지는 소리가 연거푸 이어졌다. 회심의 일격이란 걸 보여주듯 걸리적거리는 것들은 모조리 부수며 공간을 일그러뜨렸다.

"막앗!"

"우왁!"

비명과 고함 소리가 뒤엉켰다. 짙은 피 보라와 잘린 살덩이들이 사방으로 비산했다. 짙은 피 냄새가 무기를 거머쥔 이들을 흥분시켰다. 휘두르는 무기의 흉흉함이 더해졌고, 펼쳐지는 살초도 극랄해졌다.

두껍게 쳐진 인의 장막을 거침없이 뚫고 나아가던 흑서의 마지막 발악은 추격을 지휘하던 자가 나서는 순간 맥없이 막혀버렸다.

흑서는 수백 개의 바늘이 단전을 찌르는 듯한 통증을 참으며 이죽거렸다.

"여어, 고매한 죽대 선생(竹大先生)이 언제부터 황금충의 앞잡이 노릇을 하게 되셨을까? 세인들은 당신이 이러고 노는 것을 알고나 있으려나?"

죽대 선생이라 불린 사내의 수염이 파르르 떨렸다. 꼬장꼬장한 눈초리에도 언뜻 붉은 기가 어리다 사라졌다. 굽어짐 없이 곧게 뻗은 대나무처럼 청백한 성품을 가졌다 하여 붙은 별호, 죽대 선생. 허나 죽대 선생의 대나무는 세찬 외풍을 견디지 못하고 부러졌다. 부끄럽지만 그는 더 이상 푸르른 죽대가 아니다. 그럼에도 그는 죽대 선생이라는 별호에서 죽을 때까지 벗어날 수 없으리라. 지금껏 공경의 의미로 불렸다면 이후로는 경멸과 조롱의 의미로서.

"……불공평하군. 그쪽은 내가 누구인지 아는데, 나는 아무것도 모르겠으니 말이야."

무리한 강행돌파로 여기저기 상처를 입은 흑서는 입만 드러낸 검은 복면을 뒤집어써 얼굴을 감추고 있었다.

"아직 이쪽 생리를 잘 모르시나 본데, 원래 이런 일에는 얼굴을 감추는 게 기본이라서. 앞으로 많이 배우셔야겠어."

흑서는 포위된 상황에서도 기가 죽지 않은 채 상대방을 살살 약 올렸다. 이에 죽대 선생은 철판신공으로 맞섰다. 수치심과 모멸감은 각오했던 일, 바닥까지 떨어진 이 지경에 못 할 것이 무엇이랴.

"이제 막 들어온 신참이니 모르는 것이 많은 것이야 당연한 일이지. 걱정하지 말게나. 이제 곧 그쪽보다 더 능숙해질 테니. 뭐든지 배우는 것에 뒤처진 적은 없으니 말일세."

흑서는 속으로 입을 떠억 벌렸다. 암수와 암계에는 고개도 돌리지 않아 결벽증까지 지니고 있다 알려져 있던 죽대 선생의 새로운 모습에 시비를 걸던 자신이 질려버렸다.

"사람이 갑자기 변하면 죽을 때가 된 거라고 하던데……. 그렇게 확 바뀌어도 되는 것이오, 죽대 선생?"

건들거리던 시비조가 건조해졌다.

"……상황에 따라 처세도 달라져야 한다는 것을 깨달았을 뿐."

죽대 선생은 치졸한 자기변명을 늘어놓고서 녹빛이 감도는 청죽검(靑竹劍)을 들어올렸다. 검날에 어리는 맑은 녹광(綠光)이 금방이라도 흐려질 듯 흔들렸다.

"가지고 있는 물건을 내어놓게. 그러면 목숨은 부지할 수 있도록 힘써보겠네."

피식.

"그럴 위치나 되시오?"

고작 자신 같은 쥐꼬리 하나 잡으러 나선 자에게 생사여탈권이 있을 리가 없었다. 쓰다가 효용이 다하면 버려질 도구.

죽대 선생의 전신에 살기가 일었다. 그나마 남아 있던 자존심을 흑서가 인정사정없이 뭉개버렸다.

"죽어서도 그리 입을 놀릴 수 있는지 보자."

"그런 말은 죽이고 난 다음에 의기양양해 하면서 크게 하는 거라오!"

살기등등한 기세를 맞받아 흑서는 끝까지 촉새처럼 입을 놀렸다. 뻣뻣하고 고지식한 죽대 선생은 처음부터 흑서의 설화 상대가 될 수 없었다.

'왔다!'

기운이 달린 듯 흐릿하던 흑서의 동공에 번쩍 생기가 돌았다. 죽대 선생의 심기를 살살 긁으면서 끈질기게 말꼬리를 붙들고 늘어졌었던 이유.

흑서는 쇄도하는 청죽검의 검광 너머를 향해 입귀를 늘어트렸다.

"아무래도 내 운이 죽대 선생보다는 강한 모양이오. 아직 죽을 때가 아닌 것을 보면."

"뭐?"

쾅.

하늘에서 떨어진 뇌성벽력이 죽대 선생의 청죽검을 후려쳤다. 흑서의 분위기가 돌변하는 순간, 죽대 선생은 본능적으로 검광을 회수했다. 덕분에 심각한 내상을 입긴 했지만 목숨은 구할 수 있었다. 그렇지 않았다면 벽력의 뇌기가 단전까지 파고들어 지금껏 쌓은 내공을 태워버렸을 것이다. 주변에서 날붙이를 들고 있던 수하들이 벼락을 맞아 시커멓게 타 죽었다.

죽대 선생이 피를 흘리며 정신을 잃자, 길 건너 시가의 담장 위에서 검은 그림자 하나가 슬금슬금 일어났다.

"늦었잖아, 이 자식아! 하마터면 이 자리에서 이승을 하직할 뻔했다."

훌쩍 몸을 날린 인영이 비틀거리며 쓰러지는 흑서를 부축했다. 체격이 작은 흑서와 달리 새로 등장한 인물은 체구가 엄청나게 컸다. 흑서가 간신히 그의 허리춤에 닿을 정도였다. 그야말로 고목나무에 매미가 달라붙어 있는 듯했다.

"소식이 늦었다."

"언제는 제때 소식이 들어간 적이 있냐? 미리미리 마중을 나왔어야지."

뇌호(雷虎)는 입을 다물고 피를 뚝뚝 흘리는 흑서를 달랑 들쳐 멨다. 여기서 흑서의 대거리에 응해주다간 문에 도착할 때까지 시끄러운 그의 수다를 들어야만 했다. 게다가 흑서의 부상 정도가 심했다. 검은 야행복이라 표시가 잘 나지 않았지만, 상처에서 나온 피로 옷이 축축하게 젖어 있었다.

흑서를 들쳐 멘 뇌호의 신형이 시신들이 널려 있는 골목에서 사라졌다.

일렁이는 촛대의 불빛이 책상 위로 긴 그림자를 드리웠다. 만고당에서 가연이 거의 대부분의 시간을 보내는 곳은 서탑(書塔)이었다. 공식적인 업무 장소는 따로 있었지만, 그녀는 장소를 옮기는 법 없이 그곳에서 모든 지시를 내렸다. 오늘도 서탑의 작은 책상 앞에 앉아 책을 보고 있던 가연은 참고 있던 한숨을 길게 내쉬며 고개를 들었다.

오늘따라 책장을 넘기는 것이 힘들구나.

일다경이 넘도록 똑같은 장을 펼쳐둔 채 다음으로 넘어가지 못하고 있었다. 마음이 어수선하니 책을 본들 글이 제대로 눈에 들어올 것인가. 그저 검은 것은 글자요, 흰 것은 여백인 것을.

고집스레 책을 붙잡아 어지러운 마음을 애써 다른 방향으로 돌리려 했더니 오히려 더 마음이 헝클어지기만 했다. 가연은 손을 뻗어 찻잔을 들었다. 마시려고 입에 대고 보니 언제 마셨는지 찻잔이 텅 비어 있었다. 답답한 속을 내리려고 연신 찻물을 마셨더니 그새 잔을 다 비운 모양이다. 차호에도 물이 없기는 마찬가지.

새로 찻물을 내려야겠구나.

차호를 들고 막 자리에서 일어나려고 할 때였다. 굳게 닫혀 있던 서탑의 문이 열리며 하 총관이 종종걸음으로 들어왔다.

일어서던 자리에 다시 앉은 가연은 하 총관이 책상 머리맡에 바짝 붙어 설 때까지 기다렸다. 하 총관은 품에서 두툼한 서책 하나를 꺼내어 공손히 내밀었다. 서책을 받아 책상에 올려놓은 가연은 겉표지에 얼룩덜룩 묻어 있는 핏자국을 손끝으로 천천히 문질렀다. 묻은 지 얼마 되지 않은 듯 붉은 물이 옅게 묻어나왔다.

"얼마나 상한 겁니까?"

"걱정하실 정도는 아닙니다. 내상 약간에 피를 좀 많이 흘린 탓에 빈혈기를 보이는 것 외에는 별다른 상처는 없습니다. 좋은 보약이나 한재 지어주면 언제 그랬냐는 듯 펄펄 날아다닐 겁니다. 당주님도 아시지 않습니까, 흑서의 성격을."

하 총관이 학을 떼며 어깨를 부르르 떨었다.

"지금도 엄살이 얼마나 심한지, 차라리 그 입이나 좀 다쳐 왔으면 조용하기라도 할 텐데. 물에 빠져도 입만 동동 뜰 녀석입니다."

하 총관의 위로에도 가연의 안색은 밝아지지 않았다. 장부의 존재에 대해서는 아무도 모른다는 상원익의 말을 한 번쯤은 의심했어야 했는데…….

"너무 자책하지 마십시오, 당주님. 뒤늦게라도 뇌호를 보내 흑서를 구할 수 있었으니 잘 마무리된 것입니다. 설마 그렇게 딱 마주칠 거라고 누가 상상이나 했겠습니까."

"……자책이 아니에요. 그저 내 일에 그들을 끌어들여 위험으로 몰아넣어도 되는 것인지…….."

책장에서 올라온 비릿한 혈향에 그녀의 고민이 더 깊어졌다. 이미 시작한 여로, 앞으로 나아갈수록 발밑에 고이는 피 웅덩이의 크기도 커져 갔다. 끈적끈적하게 들러붙어 사지를 결박하는 피비린내가 시간이 지날수록 켜켜이 쌓였다.

"쓸데없는 걱정이십니다. 누가 억지로 강권한 것도 아니고, 자발적으로 내린 결정이었습니다. 당주님께서 책임지실 일이 아니니 괜한 마음 쓰지 마십시오."

기가 약해 발발 떨던 하 총관이 맞나 싶을 정도로 매정하게 딱 잘라 말했다. 이미 출발선을 나서서 돌아갈 수도 없는 길. 남은 것은 오직 앞을 향해 일로직진(一路直進)하는 것뿐이니. 고민과 망설임은 아무런 도움도 되지 않았다. 부러짐을 모르고 절벽에 뻗어난 곧은 가지처럼 의연한 당주가 가끔씩 유약한 면을 내보일 때마다 이렇게 하 총관은 다시금 다잡아주곤 했다.

"그들이 걱정된다 하여 이제 와 멈추시렵니까?"

핏자국을 만지던 가연의 손이 우뚝 멈췄다. 여린 빛이 어른거리던 눈도 시리게 얼어붙었다. 고개만 옆으로 틀어 하 총관을 똑바로 응시했다. 하 총관의 동공에 비친 자신에게서 불안함과 유약함을 지워냈다.

"……미안하군요. 잠시 상념이 들어 약한 말이 나왔습니다."

하 총관은 들은 말이 없다는 듯 허리를 깊게 숙였다.

책장의 겉표지만을 어루만지던 가연은 잠시의 망설임을 툭툭 털어버리고 제목도 없는 서책의 책장을 넘겼다. 장마다 이름자가 적혀 있고 그 밑으로 날짜와 금액이 시간 순으로 정리되어 있었다. 한 장 한 장 넘길 때마다 가연의 입매가 긴장으로 팽팽하게 당겨졌다. 꼼꼼히 성명과 날짜, 금액을 확인하다 뒤로 갈수록 이름자만 확인했다.

하, 골고루도 먹였군. 오대 세가와 구대 문파는 물론이고 마맥과 군사부까지 손을 뻗치지 않은 곳이 없군. 호법원에도 금전을 받아 챙긴 이가 적지 않았다.

양부님이 아신다면 당장 끌어내 밖으로 내쫓으실 거야. 성주의 명이 없으니 죽일 수는 없지만, 호법원에 그대로 두려고 하지는 않으시겠지. 무인다운 결벽증을 가지신 분이니 함께하는 이들이 돈을 받아 챙긴 것을 용납하실 리가 없었다.

"황금전장이 돈을 많이 벌기는 버는 모양이군요. 이 많은 돈을 쥐여

주고서도 별 탈 없이 돌아가는 것을 보니."

짧게 혀를 차며 장부의 이름을 하나하나 다시 확인했다. 당연히 받아 챙겼을 거라고 생각했던 자들과 어떻게 이런 더러운 장부에 이름을 올렸나 싶은 자들이 나란히 적혀 있었다. 겉도 속도 시커먼 자들이야 위험거리가 되지 않지만, 겉 다르고 속 다른 자들은 철저히 경계해야 했다.

"중원에서 고리대금업을 한다는 점포치고 황금전장에서 돈을 빌려 쓰지 않은 곳이 없습니다. 고리대금업이야말로 황금전장의 기반이라 할 수 있습지요."

전 중원의 고리대금업이 황금전장의 수중에 있었다. 간판만 다를 뿐, 실질적인 황금전장의 지부나 마찬가지였다.

"돈질에 넘어가지 않은 이가 없다는 말이군요."

하 총관이 손바닥을 탁 내려쳤다.

"그러고 보니 흑서가 그러더군요. 자신을 추격하는 자들을 이끄는 이가 죽대 선생이었다고요."

출혈이 심해 피가 모자란 나머지 흘린 헛소리인 줄 알았더니, 떡하니 등재되어 있는 이름자를 보면 사실인가 보다.

"죽대 선생만이 아닐지도 모릅니다. 황금전장의 빈객에는 이름을 숨긴 많은 고수들이 머무르고 있다고 하니까요."

"흑서를 무한 밖으로 내보내세요. 한동안 요양을 해야 한다니, 차라리 잘되었어요."

하 총관이 못마땅함과 미심쩍음이 반반 섞인 표정을 지었다.

"흑서가 말을 들을까요?"

"뇌호에게 맡기도록 하죠. 엉덩이에 뿔 난 망아지처럼 구는 흑서도 뇌호에게는 꼼짝 못 하지 않습니까. 흑서가 나을 때까지 둘을 함께 붙여놓으세요."

하 총관은 앓던 이가 빠진 것처럼 속이 시원해졌다. 답답하고 지루한 것을 죽기보다 더 싫어하는 흑서이니, 중요한 일이 아니면 하루에 한마디도 입을 떼지 않는 뇌호와 같이 있으려면 지루해 엉덩이에 종기라도 생긴 사람마냥 제자리에서 앉았다 일어서길 몇 번이나 반복할 것이다. 흑서에게는 세상에서 제일 무서운 벌이다. 뇌호를 떼어내기 위해서라도 제 몸을 치료하는 데 온 힘을 쏟을 터.

"허면, 장부는 어찌하시렵니까?"

추악하고 더러운 세상의 일면을 고스란히 적어둔 서책. 상원익은 이 장부만 있으면 제 목숨을 구할 수 있으리라 믿었겠지만…….

"계륵(鷄肋)이네요."

조용히 창고에 보관만 하려니 거래 내용들의 효용성이 컸고, 밖으로 돌리기에는 위험 부담이 너무 컸다. 하 총관은 만고당이라면 충분히 위험을 감당할 수 있다고 믿었다.

"황금전장의 전부는 아니더라도 한 귀퉁이쯤은 충분히 주저앉힐 수 있을 겁니다."

가연은 한숨을 내쉬며 고개를 저었다. 책상에서 일어나 천장까지 채워진 서가를 물끄러미 올려다보았다. 촛불에 막힌 그림자가 서가에 길게 드리웠다.

"그렇게 간단하게 볼 일이 아니에요. 거래자들이 단순히 무림에 국한되어 있었다면 어찌어찌 손을 써볼 방안이라도 강구할 수 있었겠지만, 장부에 올라온 성명들은 무림은 물론이고 상계와 관부, 나아가 황실까지도 얽혀 있습니다. 만고당과 거래하는 이들의 성명도 하나둘이 아니니, 자칫 꺼내보기도 전에 만고당이 고립되어 공격을 받을 수 있어요."

"그럼 소각하실 겁니까?"

사용할 수 없는 물건은 처분하는 것이 맞다. 아무리 입단속을 시키고 흑서와 뇌호의 신분을 감췄다고 하지만, 비밀이란 언제 새어나갈지 모르는 일이다. 불안하게 마음을 졸이느니 세상에서 없애버리는 편이 나았다. 가져갔다는 서책이 존재하지 않는데, 무엇으로 트집을 잡을 것인가.

하 총관의 물음에 가연은 한참 동안 고민에 잠겼다. 검은 밤하늘을 담은 듯한 가연의 눈빛이 심유해지자 하 총관은 조급하니 말을 붙이지 않았다. 최악과 최선의 상황을 가늠하고 가장 이로운 방법을 찾아낼 테니.

"가지고 있어본들 괜한 위험만 가중시킬 테니, 서책의 원주인에게 돌려주는 게 맞을 것 같군요."

"원주인이라 하시면, 상가 말입니까?"

"아니요. 상원익의 윗선은 황금전장의 가 장주가 아닙니까. 그러니 가 장주에게 돌려주는 것이 맞죠. 마침 마땅한 물건이 없어 어찌하나 고민이었는데, 이런 걸 보고 일거양득이라 하는 거겠지요."

"예, 옛?"

기겁한 하 총관이 놀라 되묻는 소리가 잔잔하니 깔려 있는 공기를 들쑤셨다.

처음에는 누구도 주의 깊게 보지 않았다. 크게 신경 쓸 필요 없는 한 줄의 간략한 설명이었다. 무한에 깔아둔 정보원들에게서 올라온 무수한 정보들 중에서 사건사고만을 따로 추려낸 보고서. 간추렸다고는 해도 소소한 작은 다툼에서부터 큰 칼부림까지 짤막하나마 세세하게 올라와 그 양이 많았다. 그리해 다들 무심코 지나쳤다. 군사부의 제일 말단이 지적하기 전까지는.

운몽(運夢)은 막내가 해야 할 일이라며 선배들이 던져준 보고서들을 할 일 없이 뒤적거리고 있었다. 보고서라고 해봐야 별 볼일 없는 잡다한 일들을 정보랍시고 올린 것들이다.

군사부라고 해봤자 그들은 상관인 상관준경이 지시한 일들을 처리하는 것뿐이었다. 게다가 전대 군사인 제갈 세가의 입김을 받던 자들을 모조리 내보낸 탓에 군사부의 내실이 단단하질 못했다. 몇 대를 내려오며 군사부를 장악했던 제갈 세가의 영향력을 온전히 지우는 데만 십여 년의 시간이 필요했다. 그나마 쓸 만한 인재들이 들어오기 시작한 것도 현 성주가 취임하면서부터였다. 그야말로 머리만 커다랗고 팔다리는 금방이라도 잘려나갈 듯한 기이한 체계가 삐걱거리면서도 간신히 유지되고 있는 실정이었다. 상관준경이 매일 앓는 소리를 하는 것도 당연했다.

재미있는 이야기책마냥 읽어 내려가던 운몽이 눈을 가늘게 뜨며 고개를 갸웃거리다 뭔가 풀리지 않는지 턱을 벅벅 긁었다.

'서문통(西門通)에서 칼부림이 있었다.'

서문통이라면 무한 서쪽 외곽지를 이르는 말이다. 서문통을 사이에 두고 시전과 빈촌이 갈린다.

'싸움이 장소를 가리는 것은 아니지만……. 아니, 빈촌처럼 가난한 곳이야말로 싸움질이 제일 많은 곳이지만…….'

턱을 긁어도 시원하지 않아 이제는 머리를 박박 긁기 시작했다. 일단 맘에 걸리는 것이 있으면 발작처럼 가려움증이 일어나 문제를 해결할 때까지 가라앉지 않았다.

운몽은 다음 부분을 손가락으로 쿡 찍었다.

'여긴 더 이상하지. 서문통 쪽으로 달려가는 사람과 뒤쫓는 무리들을 보았다.'

도둑이 들었다 해도 빈촌 사람들이 무리를 지어 쫓을 리가 없었다. 결정적으로,

'녹광이 번득이다 뇌성에 사라졌다.'

이 부분이 제일 수상했다.

정보원들의 제일 수칙은 본 것을 사실 그대로 말하는 것이다. 말을 더하지도, 빼지도 않도록 철저하게 교육시킨다. 그러니까 이 글귀는 말 그대로 녹광을 보고 뇌성을 들었다는 말이다.

피가 나도록 머리를 긁다가 이제는 목덜미 이쪽저쪽을 마구 긁었다. 살갗 위로 벅벅 긁어댄 붉은 자국이 남았다.

"저기, 선배."

제 힘으로는 도저히 풀 수 없다 싶어 그나마 제일 친한 선배를 슬쩍 불렀다.

"왜?"

허나 선배도 제 앞에 놓인 일거리에 치여 건성으로 답했다.

"여기, 여기 이 부분 좀 보십시오. 뭔가 이상하지 않습니까?"

운몽이 자리에서 일어나 종이를 선배의 턱 아래에 내밀었다.

"이 자식이! 어디가? 그냥 별다를 거 없구만."

운몽이 손가락으로 종이 한 부분을 구멍이 뚫릴 기세로 쿡쿡 찔렀다.

"여기! 여기요! 뭔가 촉이 온다니까요!"

"에라이! 촉은 무슨 놈의 촉! 괜한 오두방정 떨지 말고 정리나 잘해. 곧 상관 군사님께서…….""

오실 시간이란 말을 더할 겨를도 없이 그 장본인이 문을 벌컥 열어젖히고 들어왔다. 미간에 주름이 선명한 것이 심기가 좋지 않아 보였다. 그의 집무실은 따로 있었지만, 하루에 한 번 군사부에 들러 취합한 정보들과 일처리에 대한 보고를 받았다.

오늘도 남궁 세가와 청마문과 한바탕 입씨름을 한 상관준경은 속병이 도지는 듯 위가 쓰렸다.

하! 고작 첩실로 들어오면서도 이리 위세이니, 정식으로 혼례를 올리기로 했더라면 어쩔 뻔했는가. 성주님의 생각이 옳으신 게지. 정부인으로 거대 세력을 들인다면 그 후폭풍이 대야성을 송두리째 뒤흔들어놓을 것이야.

사실 내성으로 들어오는 일은 내총관과 금화파파가 논의해야 할 일이었다. 그러나 남궁 세가와 청마문은 장로들을 보내 상관준경과 직접 논의하길 원했다. 그들이 바라는 것은 명확했다. 지금이라도 성주의 마음을 돌려 첩이 아니라 정식 부인으로 삼아주길 은근히 요구하고 있는 것이다. 상관 군사라면 성주를 설득할 수 있을 거라며.

돌머리들 같으니라고! 똑같은 돌덩이들이 붙어 앉아서 딱딱 부딪치니 소리만 요란하지.

상관준경은 식은 찻물을 마시며 뻐근한 신경줄을 달랬다. 다른 이들은 모르겠지만, 요즈음 주군의 심기가 좋지 않았다. 겉으로는 평시와 똑같은 듯했지만, 고요한 표정 아래 흐르는 격류가 느껴졌다. 내성의 떠들썩함이 더해질수록 격류의 소용돌이도 커지고 있었다. 거기에다 대고 정식 혼례 얘기를 꺼낸다면, 그야말로 기름통을 부여안고 불길 속으로 뛰어드는 것이나 마찬가지였다.

상관준경은 자신을 죽이고 싶으면 다른 방법을 찾아보라고 말하고 싶었다. 독배를 들었으면 모를까, 주군 앞에서 혼례의 '혼'자를 꺼내 세상을 하직하고 싶지는 않았다.

주군도 참 어지간하시지. 저들이 어찌 나올지 뻔히 아셨으면서 새삼 화를 내시는 까닭은 뭐람.

바닥에 가라앉아 있던 식은 차의 떫은맛이 혀끝에 남았다. 어쩌면 주군은 자기 자신에게 분노하고 계신 것인지도……. 그게 더 무섭구만. 그 분노의 방향이 어디로 향할지 알 수 없다는 점이 걱정스러웠다.

"저, 군사님!"

"이봐! 무슨 짓이야!"

"다들 저 녀석 붙잡지 않고 뭐하는 거야!"

후다닥거리는 소리와 우당탕 의자가 넘어지는 소리들이 연쇄적으로 일어났다.

상관준경은 자신을 부르는 소리에 시선을 돌렸다. 군사부의 사람들이 웬 청년에게 달려들어 입을 틀어막고 팔과 손을 낚아채더니, 강제로 자리에 눌러 앉힌 채 꼼짝도 못하게 짓누르고 있었다.

"뭔가?"

"아무것도 아닙니다!"

군사부의 부원들이 일치단결하여 한 목소리로 답했다. 그러면서도 운몽이 움직이지 못하도록 압박했다.

"읍! 으흡! 읍!"

미간을 찡그린 상관준경은 손을 들어 운몽을 가리켰다.

"거기! 입이나 코는 좀 치워주지 그러나. 그래서는 말보다 숨이 막혀 먼저 죽을 것 같네."

여기저기 달라붙은 손 덕분에 코와 입이 막힌 운몽의 얼굴이 시뻘게져 있었다. 붉었다 새파랗게 변하는 얼굴을 본 사람들이 놀라 후다닥 손을 뗐다.

"후악! 훅! 훅!"

멧돼지처럼 거친 숨소리를 뱉어낸 운몽은 숨결이 돌아오는 듯하자 기회는 이때다 싶어 대뜸 소리부터 질렀다.

"드릴 말씀이 있습니다!"

"아니, 이 녀석이!"

곁에 달라붙어 있던 선배들이 다시금 운몽의 입을 막으려고 했다. 신참내기의 멋모르는 짓으로 넘기기에는 선을 넘어섰다. 상관준경이 운몽에게 떼를 지어 달려드는 사람들을 막았다.

"하고 싶은 말이 있는 모양인데 다들 왜 그리 막으려고 하는 게야. 보아하니 하고 싶은 말이 있으면 무슨 일이 있어도 꼭 해야 하는 얼굴인데, 그리 막는다고 막아지나."

일단 그들의 행동을 저지한 상관준경이 겁 없이 멀뚱거리는 운몽에게 물었다.

"하고 싶은 말이 무엇이냐?"

운몽은 마른침을 꼴깍 삼켰다. 그제야 자신이 불러 세운 사람이 누구인지 깨달았다. 상관준경의 눈초리가 그에게 별것 아닌 일이면 가만두지 않겠노라 으르고 있었다.

"제가 이상한 것을 발견했는데, 군사님께서 보시기엔 어떠하신지 여쭙고 싶었습니다."

"이상한 것?"

"여기!"

운몽은 붙들려 구겨진 종이를 내밀었다. 달려드는 선배들의 우격다짐에 찢어지지 않은 것이 용했다.

"뭐가……? 응?"

자질구레한 사건들의 나열에 호통을 치려던 상관준경은 말끝을 흐리다 의아한 소성을 터트리더니 종국에는 구겨진 종이를 양손으로 움켜쥐고 뚫어져라 주시했다.

"이게 언제 올라온 거지?"

종이에서 눈을 떼지 않은 상관준경이 물었다. 그의 신중한 분위기에 운몽도 함부로 나대지 못했다.

"오늘 올라온 겁니다."

"……그렇군."

당장 이 정보와 비각에서 올라온 정보를 함께 확인해야겠군. 비각주에게 이 정보를 좀 더 자세히 알아보라 해야겠다. 상관준경은 한 손에 종이를 움켜쥔 채 서둘러 군사부를 나섰다. 그 뒤로 운몽은 선배들에게 몽둥이찜질을 당했다. 선배들의 구타에도 그는 궁금증이 해소되지 못해 괴로워했다는 후문이다.

붉게 물든 잎사귀들이 떨어진 나뭇가지들이 앙상했다. 마른 낙엽들이 바람결에 후드득후드득 소리를 내며 산비탈을 굴러 내려갔다. 노랗게 말라 죽은 풀잎들이 버석하니 발밑에 밟혔다. 높지 않은 산이라 쉬이 오를 줄 알았더니, 의외로 길이 험해 시간을 많이 잡아먹었다.

낭패군. 내려가는 것이 올라오는 것보다 수월하다고는 하나, 이런 식이면 오늘 내에 일을 마치고 산을 내려가는 것은 무리일 듯한데.

그렇다고 호굴이나 다름없는 곳에서 하룻밤을 머물 수는 없었다. 무리라고는 해도 바로 길을 나서는 편이 나을 것이다. 도중에 산중에서 노숙을 하더라도.

"다 온 것 같습니다, 당주님."

앞서가고 있던 수하가 산자락 사이로 보이는 전각을 가리켰다. 가연도 산봉우리를 뒤로한 전각의 처마를 보았다. 가연은 쥐고 있던 말고삐를 천천히 고쳐 잡았다. 약속 장소로 잡은 곳은 만고당과도 거래가 있는 지방 호족의 별장이었다. 황금전장과 만고당이 연계되어 있지 않은 곳을 찾기가 어려워, 부득이하게 차라리 두 곳 모두 거래하되 최대한 영향력이 작은 곳을 찾았다. 각자 원하는 것은 다르지만 사람의 이목을 피하고자 하는 것은 같았다.

허나, 잘 고른 것일까? 차라리 시전의 번잡한 곳이 나았을까?

그녀가 직접 나서는 것을 하 총관은 강력하게 반대했다. 하물며 호천단주인 방유마저 자리를 비운 탓에 호위를 믿고 맡길 만한 이가 없었다. 그러나 상대편에서 황금전장의 주인인 전충 가유광이 나온다니, 이쪽에서도 그에 응할 수 있는 이가 나가야 했다. 황금전장주를 상대할 수 있는 것은 만고당의 주인뿐.

별장의 작은 대문 앞에 도착했다. 기다리고 있었던 듯 만개한 꽃 한 송이가 커다랗게 새겨져 있는 정문 앞에 하인이 서 있었다.

"어서 오십시오."

"만고당에서 왔네."

하인이 문을 밀며 안으로 한 발 들어섰다.

"저를 따라 오시지요. 황금전장분들은 벌써 도착해 계십니다."

안쪽에서 기다리고 있던 하인들이 만고당 사람들이 타고 온 말의 고삐를 건네받았다. 안으로 들어가서 보니 별장은 아담했다. 그러나 귀한 과실수들이 담벼락 주변으로 심어져 있었고, 정원에 있는 괴석들도 구하기 어려운 것들이라 돈을 쏟아부은 흔적이 여기저기 묻어났다. 전각에 쓰인 목재들도 이 부근에서는 자생하지 않는 것들이었다. 얼핏 보면 모르지만, 무심히 지나칠 수 있는 부분까지 꼼꼼히 따져 귀한 재료들을 쓴 것이 별장으로 사용하기에는 다소 과하다 싶었다.

뜨락에는 으레 있는 연못 대신 화단이 꾸려져 있었다. 연못을 파기에는 좁으니 화단을 만든 듯했다. 굽어진 회랑을 따라 나아가니 화단의 중앙에 석탁이 놓여 있는 작은 정자가 나왔다. 지붕을 받치고 있는 네 개의 기둥에는 옅은 하늘빛깔의 휘장이 묶여 있었다.

정자에는 먼저 온 가유광이 허리를 구부정하니 숙인 채 앉아 있었다. 그의 수하들이 보이지 않아 가연은 자신도 수하들을 뒤에 두고 혼자 정자로 걸어갔다.

"클클클. 오셨는가?"

가연은 살짝 고개를 숙였다. 어쨌든 그녀가 가유광보다 나이가 어리니 먼저 예를 차리는 것이 보기에 좋았다.

"만고당의 벽가연이 황금전장의 주인을 뵙습니다."

가유광은 지그시 감고 있던 눈을 번쩍 떴다. 닳을 대로 닳은 노회한 눈빛과 심해처럼 깊어 속이 보이지 않는 눈빛이 마주쳤다.

'으음!'

가유광은 속으로 침음성을 흘리면서도 겉으로는 누런 이를 드러내며 웃었다. 열아홉 먹은 여아의 눈이 어찌 저리 막막한가. 전충이라 불리는 이 내가 읽을 수 없다니.

가연은 일그러지려는 표정을 간신히 참았다. 가유광에게서 전해지는 역겨운 기운을 견디기가 힘들었다. 생선의 썩은 내보다 더 고약한 기운, 지금까지 느낀 기운 중 최악이었다. 물욕(物慾)에 색욕(色慾)까지, 세상에 있는 욕심이란 욕심은 모두 끌어안고 있는 기운이었다.

"내가 주인은 아니지만, 일단 앉으시게나."

"예, 장주."

자리에 앉고 보니 석탁으로 보였던 것은 돌을 깎아 만든 바둑판이었다.

"일단 고맙다고 해야겠지. 다른 곳에 넘겨도 비싼 값을 받았을 텐데, 우리에게 먼저 기회를 주었으니 말이야."

"저는 장사꾼이니까요. 값을 가장 비싸게 쳐줄 사람에게 물건을 넘기는 것이 맞다고 생각했습니다."

가유광은 손바닥으로 무릎을 치며 박장대소를 터트렸다.

"클클클! 그렇지. 너는 장사꾼이지. 나도 장사꾼이고. 그렇군, 그렇고말고!"

한바탕 요괴처럼 기괴한 웃음소리를 날린 가유광은 한참 동안 가연의 얼굴을 요리조리 살폈다. 어찌 그 뻣뻣한 위인에게서 이런 딸이 나왔을꼬. 아무리 양녀라지만, 그래도 오랜 세월 함께 살았다면 그 위인의 영향을 받지 않았을 리가 없는데…….

"서로 낯붉히는 일 없이 보았더라면 좋았을 텐데. 그렇지 않은가?"

"만고당이야 다른 데 눈 돌리지 않고 꾸준히 한 우물만 파는 곳이니 무슨 문제가 있겠습니까? 가만히 있는 곳을 먼저 건드리는 자들이 있으니 문제지요."

"눈앞에 황금 알을 낳는 거위가 있는데 어찌 그냥 두고 보겠는가? 네 말마따나 장사꾼이라면 어떻게든 제 손에 쥐어야지."

가유광은 제 욕심을 숨기지 않았다.

"황금 알을 낳는 거위인지, 불을 뿜는 용인지는 아무도 모르는 일이지요. 하물며 황금 알을 낳는 거위라면 자칫 알을 낳는 거위를 죽일 수도 있다는 걸 아실 텐데요."

가연은 보이는 것이 전부는 아니니 추한 욕심은 버리라고 했지만,

"내가 가지지 못하면 차라리 세상 누구도 가지지 못하는 편이 낫지."

가유광은 한발 더 나아가 세상에서 지워버리겠노라 협박했다. 그에 가연도 지지 않고 응수했다.

"괜한 욕심을 부리다 제 손에 있는 것마저 잃는 수가 있지요."

두 사람은 한 치의 양보도 없이 팽팽하게 맞섰다. 가유광은 만고당에 대한 욕심을 노골적으로 드러냈고, 가연은 절대로 만고당을 가지지 못할 것이라 경고했다. 처음부터 누구도 서로의 양보를 생각하지 않았다.

황금전장에 견주면 만고당은 작은 조약돌도 되지 않았다. 그야말로 당랑거철(螳螂拒轍)의 당랑(堂郞)과 같았지만, 가연은 조금도 밀리지 않았다.

"뭐, 지금 당장은 해야 할 거래만 생각하도록 하지. 장부는?"

가연은 넓은 소맷자락에서 돌돌 만 서책을 꺼내 석탁에 올렸다. 장부를 보는 가유광의 눈빛이 노기로 번득였다.

제 머리만 믿고 약삭빠르게 굴던 놈 같으니라고! 다른 뒷구멍을 만들어났다는 건 알았지만, 설마 이런 걸 만들어놓았을 줄이야!

눈앞에 상원익이 있다면 산 채로 천 갈래 만 갈래로 도륙했을 것이다. 가유광이 검버섯 핀 손을 내밀어 장부를 집으려고 하자, 가연이 장부를 거둬들였다.

"거래를 하기 위해 물건을 보였으니, 이번에는 장주의 차례입니다."

가연의 깐깐한 요구에 가유광은 마른 입술을 축이며 제 앞에 놓인 황금 종을 울렸다. 맑은 종소리가 넓게 퍼져나갔다.

"잠깐 기다리면 될 걸세. 그동안 뭐하다면 기국(碁局)에 돌이나 한 번 놓겠는가?"

반지르르한 바둑판은 매끄러운 옥처럼 윤이 났고, 다리에 남아 있는 풍상(風霜)에 쓸린 흔적들은 세월이 가진 아취를 풍겼다. 바둑알을 담아 두는 통도 돌이었다. 가운데를 파서 만든 곳에 검은 돌이 가득했다. 가유광은 답도 듣지 않은 채 먼저 백돌을 집어 바둑판의 정중앙인 태극점에 놓았다. 잠시 망설이던 가연은 통에 든 흑돌을 집어 태극점과는 제일 떨어진 상방향에 두었다. 통에 손을 집어넣어 돌을 집는 것을 본 가유광의 추레한 입술이 기기묘묘하게 늘어졌다. 순간 기이한 낌새를 느낀 가연이 가유광을 봤지만, 워낙 유글유글한 기운들이라 특이한 것을 찾을 수 없었다.

바둑판에 여섯 점이 깔렸을 때였다. 가유광의 수하가 양손에 네모난 함을 가져왔다. 들고 있던 흰 돌을 던진 가유광이 함을 손바닥으로 감싸며 물었다.

"장부 대신 이 물건을 원하는 이유가 뭔가?"

"만고당에서 물건을 구하는 이유가 뭐겠습니까?"

"이 물건을 원하는 손님이 있다?"

가연은 고개를 한 번 끄덕이는 것으로 답했다.

"클클, 이 물건이 내게 있는 줄은 어찌 알고?"

그도 관심이 떨어진 지 오래인 물건이었다. 처음이야 떠도는 풍문에 귀가 팔랑거려 물건의 비밀을 풀어보겠다고 이리저리 궁리를 했었지만, 몇 해를 지나도록 얻는 것이 없자 손을 떼어버렸다.

"가진 이를 찾아 사람을 풀어 수소문했었지요."

가유광은 평이한 답에 가연이 방법을 숨기고 있다는 것을 알았다. 적에게 정보를 누설할 수야 없겠지.

가연과 가유광은 서로 동시에 상대방 앞에 있는 물건을 잡았다. 가유광은 서책 한 장을 넘겨 내용을 확인했다. 예상했던 것보다 더 자세한 기술에 가유광은 성치 않은 이를 갈았다.

가연은 제 앞으로 끌어 온 함의 뚜껑을 열었다. 비스듬히 눕힌 칠현금에 손을 올린 백옥상이 누워 있었다. 살짝 들린 치맛자락의 주름과 치맛단 아래 비어져 나온 신발 코가 세밀하기 이를 데 없었다.

공야인의 칠비천상 중 칠현금.

가연의 눈빛이 잘게 떨리다 무거워졌다. 조각된 칠현금을 어루만지는 손길이 처연했다.

"클클클!"

갑자기 맞은편에 있던 가유광이 웃기 시작했다. 득의양양한 광소가 정자를 넘어 뜨락을 뒤흔들었다.

가연은 웃음소리를 듣자마자 뭔가 잘못되었다는 것을 알았다.

"으악!"

"헉!"

비명 소리에 고개를 돌리자, 그녀와 함께 온 호위 무사들이 공격을 받아 쓰러지고 있었다. 가연이 몸을 일으키며 가유광에게 따져 물으려고 할 때였다. 갑자기 몸에 힘이 들어가지 않으면서 전신이 늘어졌다. 일어서려던 마음과 달리 다리가 꺾이며 바닥에 털썩 쓰러졌다.

몸이 왜?

팔에 힘이 들어가지 않았다. 부들부들 떨면서 간신히 바둑판의 모서리를 잡아 몸을 기댄 가연은 무너지는 상체를 세우며, 승자인 양 웃고 있는 가유광을 노려보았다.

八章

재견[2] (纔見)

손가락 끝으로 힘이 방울방울 빠져나갔다.

산을 오르면서 느꼈던 불안의 정체가 이것이었나.

가연은 자신이 오만했음을 자책했다. 지금껏 어려움이 없었던 것은 아니지만, 제 스스로 잘 헤쳐 나왔다 싶어 어느새 자만에 빠져 있었나 보다. 바보 같은 것! 앞으로 걸어가야 할 길은 지금까지 왔던 것보다 몇 배는 더 험난하다는 것을 잘 알고 있으면서 방심하다니. 하물며 전충이라 불리는 늙은 요물을 상대하면서……

백지처럼 혈색을 잃은 가연이 미간을 찡그렸다. 내공이 사라져 텅 빈 단전에서부터 기이한 기운이 스멀스멀 올라왔다. 다른 이들이 알아차리지 못하도록 금제를 가해둔 그녀의 내공도 아니었다. 벌레가 맨살을 기어 올라오는 듯한 야릇한 감각. 아랫배에서부터 저릿한 열감이 퍼지

---

2) 겨우 알아보다

235

더니 그에 맞추듯 심장 박동이 빨라졌다. 혈류가 거세지고, 호흡이 조금씩 거칠어졌다.

서늘한 바위에 기대 잠시 열을 식힌 가연은 의자에 앉아 그녀의 행동을 느긋하게 보고 있는 가유광을 보며 말했다.

"독이…… 아니군요."

가유광이 주름이 잔뜩 잡힌 손가락으로 바둑판을 쓰다듬었다.

"클클클. 애써 붙잡은 귀한 손님에게 독이라니. 네가 죽어버리면 수지타산이 맞지를 않는데, 그런 손해 볼 짓을 왜 하누?"

자리에서 일어난 가유광이 번들거리는 눈빛으로 기대어 있는 가연을 훑어보았다. 핏기 하나 없던 얼굴에 서서히 연분홍기가 도는 것을 보고 음흉한 웃음을 지었다.

"몸 안 가득 불덩이가 돌아다니는 듯하지 않느냐? 아랫배가 서서히 달아오르고 숨소리도 가빠져올 게야. 네 은밀한 비림이 흥건히 젖어 사내를 받아들이려 몸부림을 치게 될 것이다. 저절로 허리가 요분질을 하듯 들썩이며 사내의 양물을 기다릴 것이야."

"큭! 비열한…… 하악!"

가연은 뜨거운 화기에 절로 새어나오는 신음성을 황급히 되삼켰다.

"비열하다니? 너를 위해 구하기 힘든 영약을 일부러 준비한 것인데, 그리 말하니 섭하지 않나. 클클클!"

가유광은 땀을 흘리며 괴로워하기 시작한 가연을 보며 즐거워했다. 확실히 일개 여염집 계집들과는 다른 면이 있군. 평범한 계집이라면 벌써 제 스스로 옷을 벗어젖히며 그를 향해 네발로 기듯이 달려와 제발

236

안아달라 애걸했을 것이다. 불력이 높은 아미파의 여승도 견디지 못하고 탕녀로 만들었다는 극락산(極樂散). 그의 말대로 주재료인 화룡초(火靈草)는 보기 힘든 영초이지만, 거기에 몇 가지 다른 약재를 섞으면 세상에서 가장 지독한 춘약(春藥)이 된다. 이름 그대로 남녀의 춘정을 돋워 극락을 보게 만들지만, 약성이 너무 강해 자칫 본성을 잃게 만드는데다 종종 나쁜 일에 악용되는 일이 생겨 무림에서는 사용이 금지되어 있었다.

클클클. 제아무리 부동심이 강해도 소용없지. 그래, 이제 슬슬 발동이 걸리는구만.

음심이 돋은 가유광은 입술을 늘이며 군침을 삼켰다. 천천히 확실하게 반응하기 시작한 가연의 모습을 보니 곧 가지게 될 즐거움에 자신의 하물이 몸을 키우기 시작했다. 평소보다 더 즉각적인 반응에 가유광은 기뻐했다. 슬슬 기운이 떨어지는 듯해 약을 찾아야 하나 싶었더니, 아무래도 색다른 별미를 기다리고 있었던 모양이다.

가연은 앞으로 머리를 숙여 몸을 동그랗게 말았다.

더워! 안 돼! 정신 차렷! 열기에 이성을 뺏기면 돌이킬 수 없어!

"하아…… 하아……."

축축하게 젖은 옷자락이 휘감겨 거치적거렸다. 덜덜 떨리는 팔을 간신히 마주 잡아 몸 안의 열기를 잠재우려 안간힘을 다했다. 그러나 간신히 사라진 내공을 일으켜 운기를 시작했지만, 약 기운을 가라앉힐 수 없었다. 오히려 시간이 지날수록 불길이 번지듯 기운이 일어났다.

가유광은 일부러 시간을 끌며 가연이 약에 취해가는 모습을 즐겼다.

달려드는 이년을 맘껏 취한 다음, 이년이 제정신을 차리면 어찌 나오는지 구경하는 것도 꽤 재미있겠구만. 극락산은 그 뒤끝이 더욱 흥미롭다니까. 약에 취해 아무것도 모를 것 같지만, 약 기운이 사라지면 제가 어찌했는지 똑똑히 떠오르게 만드니. 청백지신에 목숨을 거는 계집이면 수치심을 이기지 못하고 자결하려 들 테지만, 왠지 이 계집의 반응은 색다를 것 같단 말이지.

"네가 어찌 약에 중독되었는지 아느냐? 그 방법을 생각하느라 꽤 고심을 했더란다. 네가 만진 바둑돌을 석반(石盤)에 내려놓는 순간, 너는 이미 극락산에 반쯤 중독된 상태였느니라. 거기에 결정적으로 함을 열어 백옥상을 만진 순간, 네 손을 타고 올라간 약성이 활성화된 것이지."

이명이 도는 귓가에 극락산이라는 소리가 꽂혔다. 열기로 흐릿해진 가연의 동공이 충격으로 흠칫 커졌다.

가유광은 축 늘어진 턱살을 흔들었다.

"보아하니 너도 극락산이 무엇인지 아는구나. 그렇지, 클클클. 물건 장사를 하는 이가 세상에서 거래되는 것들의 종류를 몰라서야 안 되지. 클클클!"

간만에 제법 즐길 만한 노리개가 손에 들어온 듯해 흡족했다. 계집의 몸과 함께 딸려올 만고당은 그의 곳간을 크게 채워줄 것이다.

늙은이! 절대로 네 뜻대로는 안 될 거다!

가연은 입술을 질끈 깨물었다. 여린 입술이 찢어져 피가 났다. 힘없이 떨리는 손을 풀어 더듬더듬 넓은 소맷자락에 집어넣었다. 손끝에 딱딱한 물체가 잡혔다. 손가락을 길게 뻗어 둥근 원통을 움켜잡았다.

"……양부님께서 이 일을 아시면……."

"클클클! 쌀이 익어 밥이 된 다음엘랑 네 양부가 아니라 옥황상제라 할지라도 어쩔 수 없는 것을. 제 명예를 위해서라도 입을 꾹 다물고 뒷방자리에라도 널 들여달라고 청을 해올 것이다!"

그런 꽉 막힌 위인들이 할 만한 행동은 뻔했다. 다짜고짜 찾아와 따지려니 몸을 버린 양녀와 자신의 명예가 걱정되어 결국 한발 물러설 것이다.

얼굴이 빨갛게 달아올라 연신 가쁜 숨을 내쉬면서도 가연의 눈빛은 쉬이 꺾이지 않았다. 땀범벅인 채로 자신을 노려보는 눈빛에 가유광은 더 참기 힘들어졌다. 이미 흥이 동한 아랫도리가 잔뜩 부풀어 올라 고개를 끄덕거리고 있었다.

"클클클! 더 이상은 내가 참기가 힘들구나. 일단 한 번 안긴 다음에는 네 스스로 견디지 못할 터. 극락산의 약효는 한 번에 가라앉지 않으니, 네가 하는 봉사는 다음번으로 미루자구나."

가연은 늘어진 고양이처럼 밭은 숨을 내쉬며 가유광이 가까이 다가오는 것을 기다렸다.

기회는 단 한 번뿐이다. 성공한다면 이곳에서 저 늙은이와 함께 죽을 것이고, 실패한다면…….

가유광이 어기적거리며 두어 발짝 걸어왔을 때였다. 더 이상 손에 힘을 주기 힘들어진 가연은 소매춤에서 손을 빼내 앞으로 내밀었다.

쾅!

천둥처럼 하늘을 떨쳐 울리는 굉음이 터졌다.

그것이 그녀에게 남은 마지막 힘이었다. 혼절하듯 늘어진 가연의 손에서 둥근 막대기처럼 생긴 물체가 툭 떨어졌다.

사천당가(四川唐家)의 이화탄(異火彈).

호신용으로 만들어진 암기로, 구멍을 누르면 앞에 있는 입구에서 수많은 비표들이 발사되어 나가게 되어 있었다.

"크흑! 이익!"

폭사된 비표들에 황급히 뒤로 물러났던 가유광은 호신강기를 펼치는 것이 약간 늦어 비표들을 모두 막아내지 못했다. 그의 옷자락 여기저기에 날카롭게 베인 비표의 흔적이 남았다. 멀끔하니 단정히 정수리에 묶어 올렸던 관도 떨어져 윤기 없는 백발 몇 가닥이 지저분하게 흐트러졌다.

"이 계집이!"

존귀한 자신의 몸에 상처가 났다는 사실에 분노한 가유광은 일장에 쳐 죽이기 위해 손을 치켜들었다.

"귀엽다 싶어 내버려뒀더니 감히 손톱을 세워!"

위로 든 가유광의 손바닥에 황금빛 기운이 모였다. 계집년 하나쯤 흔적도 없이 지워버리는 것은 그에게 일도 아니었다.

가유광의 소매가 흔들리며 막강한 장력이 뿜어 나왔다. 하지만, 바닥에 쓰러져 신음하는 가연을 가루로 만들 듯 강맹하던 장력이 갑자기 나타난 검풍에 휩쓸려 지워졌다.

"웬 놈이냣!"

가유광은 즉각 몸을 뒤로 날려 안전한 거리를 두었다. 그러나 허공을 격해 날아온 어검격(御劍擊)이 기껏 넓힌 거리를 한순간에 좁히며 그를 후려갈겼다.

"크헉!"

검격에 실린 위맹한 기세가 그의 호신강기를 유리장벽처럼 부서트렸다. 쿵쿵 요란한 발자국 소리를 내며 뒷걸음질을 치다 정자의 기둥에 막혀 간신히 멈춰 섰다. 간신히 검격의 기운을 해소하고 주변을 돌아보자, 바닥에 쓰러져 있던 가연의 신형이 사라지고 없었다. 더불어 석반에 있던 치부장과 비천상도 함께 보이지 않았다.

흐린 하늘에 무거운 잿빛 구름들이 모여들었다. 산자락에 걸린 구름도 회색빛 비구름이 더해져 무거워졌다. 눅눅해지는 바람결에 산 내음이 짙어졌다. 파득거리며 날개를 활짝 펴 날아다니는 새들도 배가 땅에 닿도록 낮게 이동했다.

'운이 좋았다.'

산장을 벗어난 진혁은 산장에서 나올 추적자들을 떨궈내기 위해 더 빨리 몸을 날렸다. 전충의 음흉한 성미로 보아 만약의 사태를 생각해 산의 여기저기에 수하들을 숨겨두고 있을 것이다.

우연히 군사부에서 발견한 보고 내용이 그를 여기까지 오게 만들었다. 서문통에서 한밤중에 움직인 조직은 황금전장의 전충이 부리는 조직이었다. 그것도 요 근래 간신히 회유에 성공한 죽대 선생이 직접 움직인 정황이 잡혔다.

진혁의 무심한 눈빛이 차가운 한기를 발했다. 쫓았던 자들의 정체는 알아냈지만, 쫓기던 자들의 정체는 아직 오리무중이었다.

누군가. 죽대 선생에게 내상을 입혀 자리에 눕게 만든 이가 누구란 말인가.

죽대 선생의 흔적을 찾아내 황금전장의 움직임을 알아냈다. 수상한 무사들의 이동 상황. 초조하게 무엇인가를 찾아 은밀하게 뒤지는 전충의 세력들.

"흐윽! 하……!"

한 팔로 옆구리에 꿰찬 가연이 간헐적으로 몸을 떨었다. 그녀에게서 전해지는 체온이 비정상적으로 높았다.

빙석보다 더 시린 눈빛이 몸을 비트는 그녀를 일별했다.

설마, 황금전장에서 찾던 물건의 끈이 만고당과 이어져 있을 줄은……. 분명 그때 위작소에서 잡아 데려간 상원익이 제 목숨을 구걸하기 위해 중요한 정보를 토설한 것이 분명했다.

치부장이라!

상원익이 제 분수도 모르고 너무 겁 없이 나댔군. 아니, 전충이 유도한 것인가.

허나, 전충도 상원인이 만든 것이 황금전장의 주요 뒷배들에게 건넨 치부장일 줄은 미처 몰랐을 것이다. 여우가 죽어도 꽥 소리는 내고 죽은 꼴이다.

상원익이 가진 것이 치부장인 줄 알았다면, 그때 위작소에서 만고당에게 넘겨주지 않았을 것을…….

그의 실수였다. 그도 전충처럼 상원익의 존재를 너무 가볍게 여겼다.

대체 이 여자는 무슨 배짱으로 아무 대책 없이 전충을 만나러 온 거지! 결국은 험한 일을 겪을 것이 뻔한 것을!

진혁은 겁도 없이 나선 가연을 차가운 얼음물에 집어던져 넣고 싶을 정도로 화가 났다. 전충은 만고당을 찾아오는 일개 불한당들과는 달랐다. 재력이나 무력으로나 만고당이 상대하기에는 역부족이다. 그런데도 그의 눈앞에 잡아 잡수라는 듯 제 발로 걸어 들어가다니.

제법 생각이 깊다 싶었거늘, 내가 잘못 본 것인가.

삐익! 삐익!

산장이 있는 쪽에서 긴 호적(號笛) 소리가 났다. 그에 답하듯 산의 여기저기에서 비슷한 소리가 시끄럽게 울려 퍼졌다. 지시를 가리키듯 호적의 높낮이와 울림소리도 제각각이었다.

"이쪽이닷! 어서 신호를 보내랏!"

미리 대기하고서 사방을 살피던 무리 하나가 날아가는 진혁을 발견했다. 호적을 불기 위해 힘껏 바람을 불어 넣으려던 부하의 머리가 과일처럼 퍽 소리를 내며 터졌다.

"히이이익!"

뇌수와 피가 사방으로 비산했다. 진혁은 지풍(指風)으로 비명을 내지르는 자들의 이마에도 구멍을 내주었다. 호적 소리에 추적자들이 달라붙으면 귀찮아진다. 벌써 조용하던 산이 부지깽이로 들쑤시듯 시끄러워지는 것을 느낄 수 있었다. 산 전체에 천라지망을 펼쳐두고 토끼몰이를 하겠다는 것이다. 그러나 그물망이 아무리 단단해도 안에 있는 맹수의 이와 발톱이 사납다면 갈가리 찢어지는 것은 그물일 터. 지금이라도 몸을 빼내고자 한다면 누구의 눈에도 들키지 않게 벗어날 수 있었다. 문제는 거추장스러운 짐일 뿐.

어찌한다. 필요한 것은 얻었으니, 저들에게 던져주나?

진혁의 건조한 눈빛이 냉랭했다. 호법원주의 양녀라고는 하지만, 어차피 이번 일은 황금전장과 만고당 사이의 일. 달려드는 저들에게 먹이로 던져주고 빠져나가면 된다.

'앞으로는 눈을 크게 뜨고 다니십시오. 이런 곳에서는 스스로 조심하지 않으면 자칫 큰 시빗거리에 휘말려 봉변을 당할 수도 있습니다.'

갑작스럽게 붙잡은 그에게 던져주던 충고. 비록 필요치 않았던 것이기는 하나, 그것은 분명 호의였다. 합비에서 마주친 만남이 그의 발길을 잡았다.

"어이! 여자는 내려놓고, 품에 있는 것들은 모두 끄집어내라!"

장정 몸의 반은 거뜬히 넘어가는 거치도로 우거진 덤불을 헤치고 나온 사내가 진혁의 앞을 막아섰다. 짙은 녹의 위에 호피를 덧입은 사내는 사자갈기처럼 사방으로 뻗친 머리를 휙휙 돌렸다.

"남의 집에 들어가 함부로 물건을 훔쳐 가면 안 되지. 그건 얍삽한 놈들이나 하는 짓이잖아. 차라리 우리처럼 대놓고 빼앗아. 그러면 사람들이 산중호걸이라고 칭송한다고."

어느새 사내를 중심으로 둥근 포위망이 형성되어 있었다. 산적들은 두목의 말에 반은 맞다고 고개를 끄덕였고, 나머지 반은 부끄러워 멀거니 고개를 돌렸다. 말이 좋아 산중호걸이지, 누가 도적을 칭송하겠는가.

산적 두목은 곧 손에 들어올 노획물부터 확인했다. 얼굴이 제대로 보이지 않았지만, 그래도 계집이다. 계집! 산채의 계집들은 너무 오래 데리고 있어 물린 참이었는데, 싱싱하게 팔딱거리는 새 계집을 얻었으니 오늘 밤은 뼈가 녹을 정도로 질퍽하게 놀아보자!

"다들 알고 있겠지! 계집은 상처 입히지 말고 저 자식만 죽여! 물건만 제대로 건네면 황금이랑 계집들을 더 줄 수도 있다고 했다!"

"옛, 두목!"

인근의 산적들은 황금전장과 손을 잡고 있었다. 길목마다 자리한 산적들은 황금전장의 표국들이라면 무사히 보내주고, 다른 표국들에게서는 거한 통행료를 뜯어내거나 죽인 다음 물건을 털어갔다.

산적들이 포위망을 좁혀오자 진혁의 눈초리가 올라갔다. 빠져나갈 곳 없어 부글거리던 성화가 산적들에게로 향했다.

툭툭툭.

나뭇가지에 빗방울이 떨어졌다. 퍼석하게 마른 흙에도 커다란 물방울이 떨어지며 먼지가 풀썩 일었다. 한 방울씩 떨어지던 빗방울들이 금세 굵은 빗줄기가 되었다.

"지랄맞게! 한바탕 쏟아질 것 같더니, 기어이 퍼붓는구만!"

거치도를 턱하니 어깨에 걸친 산적 두목은 흘러내리는 얼굴의 물줄기를 손바닥으로 훔쳤다. 빗줄기에 시린 찬기가 가득했다. 이 비가 그치면 기온이 뚝 떨어지면서 본격적인 겨울이 시작될 것이다. 다음에는 비 대신 눈이 내리리라. 겨울은 산의 동물들에게 가장 힘든 계절이었다. 먹을 것을 구하기도 어렵고, 추위 탓에 행동하기도 힘들다.

"야! 마지막 한 탕이닷! 그러니 정신들 차려서 똑바로 처리햇!"

휘잉.

바람 소리가 산적 두목의 목소리를 지웠다. 빗줄기에 뒤섞인 붉은 핏물이 반월을 그리며 날아갔다.

모든 일이 한순간에 펼쳐졌다. 산적 두목은 거센 빗줄기에 환영처럼 펼쳐지는 듯한 광경을 보며 입을 벌렸다. 두목의 앞에서 진혁을 에워싸고 있던 이들의 허리와 목 아래가 저편으로 날아갔다. 명령을 복창하려는 듯 입을 벌리고 있던 자들은 입술을 달싹거리다 아래로 허물어졌다. 받쳐줄 몸뚱이를 잃은 머리는 빗물에 질척거리기 시작하는 흙바닥을 데구르르 구를 때까지도 영문을 몰라 눈을 치켜뜨고 있었다.

"어, 어? 어!"

진혁의 뒤편에 있던 산적들이 기겁하며 후다닥 물러섰다. 허우대만 커다란 낭인이라 칼질 한 번이면 끝날 간단한 일이라 여겼건만, 그제야 자신들이 범의 아가리에 목을 들이밀었다는 것을 알았다.

넓은 방립 아래로 빗물이 후드득 떨어졌다. 진혁은 벌건 핏물이 발치에 고여 있는 산적 두목 쪽으로 걸어갔다. 진혁이 한 걸음씩 뗄 때마다 산적들은 눈을 통밤처럼 키우며 한 걸음씩 물러났다.

허, 허공섭물!

앞으로 나서는 진혁의 뒤편으로 정신을 잃은 가연이 허공에 둥실 떠 있었다. 들이치는 빗줄기들을 막아내듯 그녀 주위로 둥근 기막이 쳐져 있었다.

어깨에 둘러멘 거치도를 황급히 앞으로 비껴 세운 산적 두목은 주춤 주춤 뒤로 물러서며 말했다.

"어이, 형씨! 내가 사람을 잘못 본 것 같아! 그냥 서로 못 본 걸로 하고 넘어가지? 서로 굳이 험악하게 굴 필요는 없는 거잖아!"

좋은 기회라고 달려들었던 것이 언제였냐는 듯 산적 두목은 손을 내밀었다.

이 돈벌레 쭈그렁탱이가! 일부러 정보를 잘못 줬구나! 좀도둑처럼 말하더니, 감히 손도 대기 힘든 고수잖아!

빗물에 젖어 짙게 번들거리는 검은 무복 차림에 얼굴도 방립에 가려 보이지 않았다.

진혁은 살기 위해 온갖 말을 가져다붙이는 산적 두목을 향해 다시 한 걸음 다가가다 급히 신형을 돌렸다. 자신이 걸어왔던 방향에서 오랫동안 마음에 담아두고 있던 익숙한 향기가 났다.

향기의 진원지는 그의 기막에 감싸여 있는 가연이었다.

지난번 만났을 때의 향기가 착각이 아니었단 말인가? 하지만, 그녀가 어떻게?

허공에 떠 있는 가연의 몸이 심한 경련을 일으키기 시작했다. 한눈에 봐도 다급한 상황이었다.

진혁은 가연을 낚아채며 쏘아진 화살처럼 몸을 날렸다.

저승 문턱에서 아슬아슬하게 살아난 산적 두목은 거치도를 잡은 손을 덜덜 떨며 털퍼덕 빗물이 흐르는 흙바닥에 주저앉았다. 그와 함께 간신히 목숨을 구한 산적들도 황망한 눈빛으로 뿌리를 내린 나무처럼 그 자리를 떠나지 못했다.

비를 피할 수 있는 장소를 찾다 간신히 산중턱에 있는 굴을 발견했다. 짐승들의 보금자리가 아니라 사냥꾼들이 겨우내 움막처럼 사용하는 듯했다. 안쪽으로 제법 널찍하고 바닥도 돌을 골라내 편편했다. 사람의 손길이 닿은 탓에 터를 만들기 좋아도 짐승들이 얼씬도 하지 않았다.

진혁은 급히 굴 안으로 들어가면서 입구에 작은 돌조각 몇 개를 박아 환영진을 펼쳐두었다. 그들을 뒤쫓아 온다 해도 드센 빗줄기와 환영진 탓에 나뭇가지가 무성한 덤불로만 보일 것이다.

바닥에 눕힌 가연은 피부가 진홍빛으로 달아올라 연신 가쁜 숨을 내쉬었다. 몸을 덜덜 떨면서 솟구치는 불덩이를 꺼내지 못해 앞가슴을 쥐어뜯었다. 실낱처럼 희미했던 향기가 이곳으로 오면서 점점 강해져 지금은 동굴 안을 가득 메웠다.

진혁은 곤혹스러움에 눈빛이 어지러워졌다.

"벽가연, 넌 누구냐? 대체 정체가 뭐냔 말이닷!"

지금껏 수많은 사람들을 만났지만, 그를 일깨운 이 향기를 가진 사람은 은설 외에는 단 한 명도 없었다. 남자와 여자, 나이가 많은 이든, 적은 이든 하늘 아래 오직 한 사람만이 간직했던 향기.

진혁은 답답함에 소리를 쳤다. 커다란 동굴 안에 그의 날 선 목소리가 우렁우렁 메아리쳤다. 진혁은 누워 있는 가연의 두 어깨를 잡아 일으켜 윽박질렀다.

"말을 해! 대체 네게서 왜 은설의 향이 나는 것이냐! 대체 왜!"

혼란스러웠다. 혹시나 싶어 가연의 뒷조사를 명했었지만, 은설과 이어져 있는 것은 아무것도 없었다. 가연과 은설은 마치 하늘과 땅처럼 서로 교차하는 점이 없었다.

"……제, 제발 날…… 날 좀……."

가연은 젖은 눈매를 글썽이며 달아오른 입술을 달싹거렸다. 진혁은 내팽개치듯 그녀를 내려놓고 일어났다.

툭.

진혁의 허리춤에서 두 개의 물건이 떨어졌다. 산장에서 가연과 함께 가져온 치부장과 목함이었다. 묵직한 목함이 딱딱한 바닥에 부딪혀 덜컥 입구가 열렸다. 백옥으로 만든 칠현금이 눈에 박혔다.

공야인의 비천상.

만고당에 의뢰를 했었지만, 가연은 단호하게 거절했었다.

이걸 구하기 위해 전충과 치부장으로 거래를 하려 한 건가?

낭왕의 얼굴을 빌려 남궁 세가에서 만났을 때, 그녀는 분명 대장로인 남궁융기의 방을 뒤지고 있었다. 딱딱한 상자를 품에 숨기고 있었다. 진혁은 남궁융기가 비천상 중 하나를 가지고 있다는 것을 알고 있었다. 그 밤에도 남궁 세가를 살필 겸 비천상도 얻을 수 있지 않을까 싶어 나섰던 것이다.

나를 만나기 전부터 비천상을 찾고 있었다?

어지럽던 진혁의 눈빛이 심유해졌다.

이유 따위는 상관없다. 한 번 내 손에 들어온 것은, 그것이 무엇이든 절대로 놓지 않는다.

저고리 가슴 앞섶을 묶은 끈이 거칠게 풀렸다. 그 안으로 땀에 푹 젖어 살갗에 찰싹 달라붙은 얇은 흰 속의가 나왔다. 나리꽃의 꽃술처럼 툭 불거진 유두의 붉은 빛깔이 선명했다. 들썩이는 숨소리에 뛰노는 추천(鞦韆)처럼 위아래로 오르내리는 붉은 꽃술에 진혁은 그예 참지 못하고 옷깃째로 덥석 베어 물었다.

"하읏!"

약에 취한 가연의 몸이 솔직하게 반응했다. 부끄러워하며 가리는 것도, 수치스러워하며 숨기는 것도 없는, 본능에 겨운 순수한 교성.

진혁은 입술을 겹쳐 달뜬 숨결을 빨아 마셨다. 깊게 입을 맞추며 그녀의 혼을 들이켰다.

동굴 안은 둘만의 세상. 한 몸으로 얽힌 두 사람의 주변으로 청아한 향취가 짙게 드리웠다.

아직도 비가 내리는군.

겨울의 초입을 알리는 비치곤 제법 거세게 내렸다. 상체를 일으켜 앉은 진혁은 허벅지에 머리를 올린 채 잠들어 있는 가연을 조심스럽게 어루만졌다. 엎드려 누운 그녀의 나신 위에 그의 검은 장포를 덮어주었다. 지친 기색이긴 하지만, 쌕쌕거리는 호흡 소리는 안정적이었다. 불덩이처럼 뜨겁던 체온도 정상으로 떨어졌다.

극락산의 약효는 한 번의 교합으로 끝나지 않았다. 그녀의 약 기운에 의해 시작된 정사는 오랫동안 참아둔 그의 욕망까지 풀어낸 후에야 끝이 났다.

땀에 젖어 목덜미에 달라붙은 머리카락을 어깨 너머로 넘겨주던 진혁은 귀밑 바로 아래쪽에 숨어 있는 희미한 붉은 자국을 찾아냈다.

'이게 무슨 자국이지?'

쉽사리 상처가 생길 수 없는 위치였다. 진혁은 그녀의 고개를 옆으로 돌려 반대쪽의 머리카락도 치워보았다. 역시나 똑같은 위치에 비슷한 자국이 남아 있었다. 평소에 머리를 아래로 내려트려두면 보이지 않는 위치인 데다, 워낙 희미해 달아오른 체온에 흔적이 붉은 자국으로 떠오르지 않았다면 눈에 띄지 않았을 것이다.

아래로 내리깐 긴 속눈썹이 나비의 얇은 날갯짓처럼 파들거렸다.

무슨 꿈을 꾸고 있는 것이냐.

진혁의 입매가 비긋하니 비틀어졌다.

마지막 단잠이려니. 꿈일랑 쫓지 말고 푹 잠들어라.

가연이 깨지 않도록 조심해서 머리를 허벅지에서 내려놓은 진혁은 주변에 여기저기 흩어진 옷가지를 집어 걸쳤다. 벌써 반나절이 넘도록 그는 물론이고 그녀도 아무것도 입에 대지 못했다. 평소라면 하루 정도 건너뛰는 것이야, 산을 내려갈 때까지 참다가 객잔이 나오면 들어가 음식을 먹으면 될 테지만 지금은 달랐다. 약 기운에 시달린 가연은 체력이 떨어진 데다 허기가 심할 것이다. 일단 배부터 채운 뒤에야 다음 일을 논할 수 있을 터.

가늘어진 빗줄기가 떨어지는 밖으로 나서며 진혁은 동굴 입구에 설치해둔 환영진을 좀 더 강하게 보강했다. 잠시의 휴식을 취하고 있는 그녀가 조용히 쉴 수 있도록.

　희미한 물소리가 들렸다.

　가연은 무거운 눈꺼풀을 간신히 밀어 올렸다. 뿌옇게 흐려 명확하지
않던 시야가 차츰 선명해졌다. 낮고 울퉁불퉁한 천장. 어른거리는 주
황빛 불길과 빛이 닿지 않은 어두운 공간. 선뜩한 한기에 절로 팔을 들
어 올리던 가연은 욱신거리는 통증에 신음 소리를 냈다.

　"……이게……?"

　잔뜩 쉰 목소리가 낯설어 가연은 황급히 입을 다물었다. 분명 자신은
전충, 그자의 춘약에 당해서……. 흐릿한 기억을 되짚어가던 그녀의
얼굴이 백지처럼 창백해졌다. 뻐근한 팔을 움직여 간신히 몸을 일으켰
다. 그녀의 몸에 덮여 있던 검은 장포가 스르륵 아래로 떨어지자, 아무
것도 걸치지 않은 나신이 드러났다. 가연은 입술을 깨물며 가장 가까이
잡히는 장포로 몸을 가렸다.

　기억하고 싶지 않아도 선명하게 떠오르는 지난밤의 정사. 약에 취해
몸을 떠는 그녀를 내려다보며 몸을 거칠게 부딪쳐오던 사내의 얼굴에
가연은 질끈 눈을 감았다 떴다. 지난밤의 장면이 다시금 떠올라 눈을
감고 있을 수가 없었다.

　'대체 어쩌다가! 왜 하필이면 그자란 말인가!'

　차라리 지나가는 걸인이었다면 나았으리라 한탄했다. 하늘 아래 사
내가 그 하나만은 아닐 것인데! 하늘의 장난이기라도 한 듯 멀어지려고
하면 할수록 원치 않는 연이 계속 이어지는 것 같았다.

'안 돼! 절대로 안 돼!'

가연은 고개를 내저으며 힘껏 혀를 깨물었다. 정신을 차려야 했다. 당장 이곳을 떠나야 했다. 부들부들 떠는 손으로 한쪽에 흩어져 있는 자신의 옷가지를 집어 들었다. 소매에 팔을 꿰려고 몸을 틀어보니, 흰 나신 여기저기에 사내가 만든 붉은 흔적이 남아 있었다. 저릿한 통증이 남아 있는 허벅지 사이에도 채 닦아내지 못한 처녀혈이 묻어 있었다. 가연은 애써 지난밤의 흔적을 무시하며 황급히 옷을 입어 몸을 가렸다. 어색한 걸음걸이로 동굴을 나온 그녀는 가는 빗줄기가 내리는 허공을 향해 몸을 날렸다.

언질도 주지 않은 채 하루가 넘도록 자리를 비운 진혁을 붙잡고 한바탕 푸념을 하리라 단단히 마음먹었던 상관준경은 회랑을 지나 다가오는 진혁을 보고서 벌리려던 입을 꾹 다물었다. 천천히 걸어오는 진혁의 발걸음 앞으로 지옥문이 펼쳐지는 듯한 음산함이 가득했다. 전신에서 모락모락 피어오르는 분위기가 누구든지 건들면 곱게 죽이지 않을 것이라 부르짖고 있었다.

상관준경은 몸을 틀어 회랑 옆으로 물러났다. 진혁이 찬 기운을 일으키며 그를 지나쳤다.

심기가 단단히 틀어지셨군. 가셨던 일이 잘못 되신 건가. 기분을 풀러 나가신 것이 되레 악화되어 오셨으니, 영문을 모르겠구나.

한동안 성내 분위기가 살벌해질 것이다. 특히 진혁의 집무실을 오가는 이들은 잔뜩 신경을 곤두세우고서 진혁의 안색을 살필 것이다. 뒤따라 와룡거 안으로 들어간 상관준경이 조심스럽게 진혁을 부르려고 할 때였다. 그를 돌아보지도 않은 진혁이 품에서 뭔가를 꺼내 뒤로 휙 집 어던졌다.

"뭡니까?"

돌돌 만 서책을 손으로 탁탁 두들겨 반듯하게 폈다. 제목도 달려 있지 않았다. 상관준경이 서책을 한 장 넘겼다. 뒷장을 다시 확인한 그는 놀라 서책을 든 채로 소리쳐 물었다.

"주군, 이걸 어디서 구하신 겁니까?"

군사부의 말단 수하가 찾아낸 정보를 추적하다 알아낸 치부장. 구했 으면 좋겠다 말은 했었지만 이리 빨리 제 손에 들어올 줄은 몰랐다. 흥 에 취한 상관준경은 장부에 올라 있는 이름들을 하나씩 확인하면서 그 아래에 적힌 금액을 보며 품평을 하듯 투덜거렸다.

"흥, 은자 3천 냥이라니, 대체 이 작자의 무얼 보고 은자 3천 냥을 갖다 바친 거람? 물려받은 가산도 제대로 지키지 못하고 있는 작자가……."

금자가 너무 많다, 이자는 너무 적다는 등 종이를 넘길 때마다 타박 이 커졌다.

암영이 환한 대낮에 모습을 드러냈다.

"안에 있는 것은 분명하지만 모습은 보이지 않는다는 말이냐?"

"예, 성주님."

기름칠을 하지 않은 수레바퀴처럼 암영의 목소리는 어긋난 금속성이 었다.

"호법원주를 불러라."

잠깐 생각에 잠겼던 진혁은 암영에게 명했다. 암영은 곧 그림자 속에 녹아내리듯 모습이 사라졌다.

장부를 들고 희희낙락하고 있던 상관준경은 느닷없는 호법원주의 호출에 한 걸음 물러났다. 자신이 필요한 일이라면 곧 말씀이 있으시리라.

일각이 흐른 후, 단단한 철목처럼 굴강한 기운이 다가오는 것을 느꼈다. 와룡거를 지키는 경비 무사들이 알리기도 전에 문이 안쪽으로 덜컥 열렸다.

안으로 든 호법원주 벽갈평이 진혁 앞에 허리를 숙였다.

"성주님을 뵙습니다."

갑작스러운 호출에 벽갈평도 이유를 알 수 없어 의아했다. 벽갈평은 중립 지대였다. 성주파와 수많은 반대파 사이에 서로 부딪치는 것을 최소한도로 만들기 위한 전략적인 완충지였다.

진혁은 무심한 시선으로 허리를 세우는 벽갈평을 바라보았다. 무심한 눈빛 아래로 무수한 질문들이 떠올랐다 조용히 사라졌다. 그에게 물어본들 정확한 것을 알고 있지는 않을 것이다. 잡히지 않는 의심들이 시야를 어지럽혔다. 어디서부터 답을 찾아야 할지…….

"벽 원주는 아직도 내 결정에 반대하는 것인가?"

"예, 성주님. 좋은 방법이 아닙니다. 지금 잠깐은 미봉책으로 넘어갈 수 있으나, 성주님의 뒤를 정해야 할 때에는 지금보다 더 큰 혼란이 올지도 모릅니다. 벌써부터 각 파벌들 사이에서 작은 이권을 맞춰 서로 뭉치고 있다 합니다."

"알고 있다. 저들이 갈가리 찢어져 힘을 낭비한다면 내게는 좋은 일이니까."

잠깐 말문을 닫은 진혁은 가연을 안기 전부터 생각했었던 계획을 꺼냈다.

"벽 원주의 성품에 맞지 않는 일이란 건 잘 알고 있다. 흠…… 지금 내가 꺼내는 말을 들으면 더 반대할지도 모르겠군."

"예?"

벽갈평이 사자 눈매를 찡그리며 물었다. 상관준경도 이게 무슨 말이냐는 얼굴로 자신의 주군을 쳐다보았다. 진혁은 빙빙 둘러가며 말하지 않았다.

"이번에 들이기로 했었던 첩의 자리에 벽 원주의 양녀도 넣으라."

벽갈평이 눈을 사납게 치켜떴다. 꿈틀거리는 입매가 뒤틀렸다.

"그게 무슨 말씀이십니까? 제 양녀를 성주님의 첩으로 넣으라시니? 가연을 첩으로 들이겠다는 말씀이십니까?"

벽갈평의 성난 목소리가 사자의 포효처럼 전각을 뒤흔들었다. 무뚝뚝해 표현을 잘하지 않았을 뿐이지, 그는 양녀인 가연을 많이 아꼈다. 죽은 친우의 유언이 없었더라도 맡아 키웠을 만큼. 안살림을 잘 다스리는 것을 보니, 어떤 사내에게 시집을 가더라도 제 한 몸은 잘 건사하리라 싶어 속으로 안도하던 중이었다. 죽은 친우에게 떳떳하게 네 딸이 이만큼 잘 자랐노라 내보일 수 있을 듯해 뿌듯하기까지 했다.

그런 귀한 아이를 아무리 성주라지만 첩으로 넣으란 말인가.

벽갈평은 부릅뜬 눈으로 진혁을 똑바로 마주 보았다. 잔인할 정도로 냉혹한 눈빛은 아무것도 보여주지 않은 채 무조건적인 복종을 강요하고 있었다. 거부란 있을 수 없다, 그리 종용하고 있었다. 그러나 벽갈평역시 평생을 칼끝에 목숨줄을 걸고 산 무인, 명을 좇아야 할 주군이라 하나 온당하지 못한 것을 따를 수는 없었다.

"가연은 죽은 지기가 유언으로 맡긴 아이입니다. 정략(政略)에 오르내릴 만한 아이도 아닐뿐더러, 그리 할 생각도 없습니다. 말씀을 거둬주십시오."

"양녀가 대야성의 내성에서 버티지 못하리라 보나? 내 보니 어디에 떨어뜨려놓아도 제 앞길을 찾아 꿋꿋이 나아갈 성정이었다."

"그 아이라면 당연히 그럴 것입니다만……. 아니, 대체 그 아이를, 가연을 언제 보신 것입니까?"

진혁의 말투에서 가연을 직접 보았다는 것을 알았다. 대체 대야성주와 가연이 만날 일이 무엇이란 말인가. 서로 마주칠 장소도 떠오르지 않았다. 대야성 내로는 급한 심부름으로 오는 것도 질색하며 본인보다 다른 사람을 보내는 아이였다.

진혁은 영문을 모르긴 마찬가지라 의아한 얼굴로 한쪽에서 얘기를 듣고 있는 상관준경을 힐끔 쳐다보았다.

"상관 군사의 추천이 있었지."

"예엣! 제가 언제? 아니, 주군, 무슨 말을 하시는 겁니까? 제가 언제 그런 말을 했다고! 억울합니다. 그런 모함을 하시면 안 되지요!"

마른하늘에 날벼락도 유분수지, 아랫목에서 잘 자다가 갑자기 차가운 얼음물을 뒤집어쓴 듯 상관준경은 채신머리없이 펄쩍펄쩍 뛰었다.

부리부리한 사자 눈매가 그를 잡아먹을 듯 노려보았다.

"정말 아닙니다, 벽 원주님! 제가 벽 원주님의 양녀를 어찌 알고 그런 말씀을 올리겠습니까! 하물며 벽 원주님의 의사도 여쭤보지 않고서요! 저는 벽 원주님께서 제 생일날 말씀하실 때까지 양녀분이 계신 줄도 몰랐던 사람……."

제 결백함을 온몸으로 부르짖던 상관준경은 갑자기 말끝을 흐리며 턱을 이리저리 틀었다.

"성주님, 혹시…… 제가 했던 만고당 얘기를 듣고서 가보셨던 겁니까?"

벽 원주의 양녀 얘기는 만고당에서 들어온 선물 얘기를 하다 나왔었다.

"그건 추천이 아니지 않습니까? 그저 벽 원주님께 양녀분이 계신데, 만고당의 주인이라니 놀랍지 않느냐는 말이었지 않습니까?"

그러나 벽갈평의 눈초리는 점점 무서워졌다.

"그녀라면 충분히 버틸 수 있을 것이다. 허면 무엇이 문제인가?"

"모든 것이 문제입니다."

벽갈평은 단호하게 말했다.

"비록 중원사미처럼 빼어난 미녀는 아니나, 가진 품성은 어디에 내놓아도 빠지지 않는 아이입니다. 혼인을 해 절 아껴주고 사랑해주는 사내를 만나 풍파 없이 살기를 바랍니다."

"내가 부족하다는 말이로군."

"부족하신 게 아닙니다. 그 아이의 상대론 너무 과하시다는 말씀을 드리는 겁니다."

"과하다라……."

지난날 서문 숙부도 그리 반대했었다. 어린 딸의 앞날을 걱정해…….
마치 과거의 어느 시점을 뚝 떼어내다 현재에 가져다붙인 듯한 기이한
착각마저 들었다. 진혁은 감상에 빠져들려는 상념을 잘랐다. 어지럽게
얽혀 있는 모든 매듭을 완전히 잘라낸 다음에라야 감상을 즐길 수 있을
터.

"물론, 어지러운 세력 다툼에 개입되는 것도 싫으시겠지."

"예, 성주님."

벽갈평은 아니라고 답하지 않았다. 그는 천생 싸우는 무인이었지, 서
로 머리싸움에 땅 따먹기를 하는 이가 아니었다.

"제게 나아가 싸우라시면 당장 검을 들고 나아가 목숨 걸고 싸울 것
입니다. 제 본분대로 호법원주로서 성주님의 뒤를 지키라면 응당 그리
할 것입니다. 그것이 제 본임입니다."

진혁은 의자 손잡이에 늘어뜨린 손을 들어 이마를 괴었다. 비스듬한
자세로 꼿꼿하기만 한 벽갈평을 보았다.

처음부터 호법원주가 좋다며 수긍하리라 생각하지는 않았으니. 그
런 위인이었다면 여직 호법원주 자리에 앉혀두지도 않았을 것이다. 정
면으로 갈 수 없다면 우회해서 돌아가는 것도 방법. 어찌 되었든 들어
가 원하는 것을 이루면 되는 일이니.

숙고하듯 한참 동안 진혁이 말이 없자, 벽갈평은 다행히 자신의 주장
이 받아들여졌다 생각했다.

"벽 원주의 말은 잘 들었다. 허나 내 생각은 변함이 없으니 어찌한다. 그렇군. 만약 벽 원주의 양녀가 내 말을 받아들인다면 그대도 순순히 수긍하겠나?"

"그 아이가 성주님의 말을 받아들일 리가 없습니다."

"그래도 모르는 일이지."

벽갈평은 미심쩍다는 얼굴로 태사의에 앉아 있는 진혁을 보았다. 그러나 무심한 얼굴 위로 읽을 수 있는 것은 없었다. 전대 성주도 속내를 잘 드러내지 않았지만, 젊은 성주는 더했다. 철로 된 자물쇠를 몇 겹으로 채워둔 탓에 밑에 있는 이들만 고생이었다.

"그 아이를 겁박하지는 않으시겠지요?"

"벽 원주님!"

상관준경이 무슨 무례한 말이냐는 듯 벽갈평을 말렸다.

"그 아이의 의지대로 결정을 내릴 수 있도록 해주실 것을 믿어도 되겠습니까?"

"물론."

진혁은 잠시의 망설임도 없이 약속했다. 벽갈평은 고리눈을 무겁게 감았다. 생각이 깊고 현명한 아이이니 어리석은 결정을 내리지는 않을 것이다. 여기서 성주와 대립한들 서로 물러서려 하지 않을 테고, 결론은 쉬이 나지 않은 채 무성한 소문만 왕성해질 터.

"그럼 좋습니다. 온전히 그 아이가 내리는 결정을 따를 것입니다."

벽갈평은 미간을 찡그린 채 오가는 대화를 듣고 있던 상관준경을 매섭게 일별하고 와룡거를 나갔다.

전각의 문이 빈틈없이 닫히자마자 기다렸다는 듯 상관준경이 앞으로 나섰다.

"대체 무슨 계획이십니까?"

옥빛이 감도는 찻잔을 들던 진혁의 손길이 잠깐 멈칫했다. 억울한 누명을 씌웠다 바르르 떨던 이후로 한 걸음 떨어져서 오가는 대화를 듣고만 있었던 상관준경은 아무리 생각해봐도 자신이 모시는 분의 생각을 읽을 수가 없었다. 언질을 받았던 계획에는 전혀 없었던 일.

상관준경은 좋지 않은 부분부터 지적했다.

"자칫 중도파로 분류되어 있던 호법원이 성주님의 반대편으로 돌아설 수도 있습니다. 아시지 않습니까? 비록 중도라고는 하나, 호법원의 힘은 거의 대부분 성주님을 지지하고 있다는 것을요."

"알고 있다. 벽 원주의 호법원은 나를 위한 힘이지."

대야성에서 펼쳐지는 세력 다툼에서 항상 멀찍이 떨어져 방관하고 있지만, 호법원은 성주의 단단한 지지 기반이었다. 방관하고 있는 세월이 너무 길어져 망각하는 이들이 많지만, 엄연히 호법원의 호법들은 성주 직속의 최고위 무사들이었다.

"그런데요! 대체 왜 벽 원주를 끌어들이려 하십니까? 괜히 두 세력 사이에 끼게 만들면, 양쪽 세력의 집중 견제만 받을 뿐입니다."

상관준경은 절대로 반대였다. 방금 나간 벽갈평만큼이나 막고 싶었다.

진혁은 천천히 찻잔을 비웠다. 미지근하던 찻물이 뜨겁게 달아오른 속을 잠시나마 식혔다. 그 누가 조급함에 시달리는 자신의 속을 알까.

"성주님!"

"필요하게 되었다."

"누구? 벽 원주님이요? 어디에? 무슨 일이 터졌습니까?"

책상 앞에 바짝 머리를 붙이며 다그쳐 물었다. 호법원의 힘이 필요할 정도라면 단단히 대비를 해야 했다.

진혁의 입술이 비긋하니 올라갔다. 의자에서 일어난 그는 책상을 돌아 문으로 걸어갔다.

"성주님! 들어오신 지 얼마나 되었다고 또 어딜 나가시는 겁니까?"

잰걸음으로 따라 붙었지만, 진혁의 신형은 어느새 저 앞쪽으로 사라져 보이지 않았다. 상관준경은 귓전에 들려오는 대답을 따라 중얼거렸다.

"……내 첩이 될 여자를 만나러 간다?"

九章

계약

　오밀조밀 모여 있는 점포들 사이에 숨듯이 작게 나 있는 대문을 열었다. 양옆으로 높은 벽이 세워져 있는 길을 따라 걸었다. 이 길을 찾는 것은 세 번째였다. 그런데 앞의 두 번과는 들어서는 길목부터 분위기가 달랐다. 떠들썩한 장사치들의 소란스러움은 여전했지만, 만고당의 문 안으로 들어서는 그에게 꽂히는 시선은 경계와 감시였다. 벽 너머에서 들려오는 목청 높은 소리들. 거래를 하며 주고받는 이야기들. 평시와 똑같은 모습이지만 진혁은 아래에 깔려 있는 조심스러운 기운을 감지했다. 만고당을 감싸고 있는 주변의 시전 점포들이 모두 만고당을 보호하고 있었다.
　대단하군.
　진혁은 새삼 만고당의, 가연의 보이지 않는 세력에 감탄했다. 외부의 감시에도 전혀 눈치 채지 못하게 한 은밀함까지 기발했다.
　벽 원주는 자신의 양녀가 가진 세력이 어느 정도인지 알고 있을까.
　진혁은 답답하다 싶을 정도로 고지식한 벽갈평의 성격을 떠올렸다.

만고당의 주인이라 하니 주인인가 보다 싶겠지, 그이의 성품으로 보아 양녀의 재산을 넘겨다볼 위인도 못 되니 네 뜻대로 굴려라 했을 것이다.

긴 소로를 따라 안으로 들어갈수록 경계가 심해졌다. 전에는 경계를 갈무리해 드나드는 이들에게 드러내지 않더니, 지금은 접근을 불허하듯 노골적으로 내보였다.

소로가 끝나고 갑자기 확 넓어진 뜨락으로 나오자 굳게 문을 닫고 있는 커다란 전각이 보였다. 항시 손님을 맞이하듯 활짝 열려 있던 곳이었다.

진혁은 닫힌 문을 슬쩍 밀었다. 잠가두지 않은 듯 안쪽으로 문이 열렸다. 넓은 공간에 **빽빽**하게 들이찬 서책들만 있고, 인적은 보이지 않았다. 지난번 왔을 때 그녀는 서가에 세워둔 사다리에 매달려 서책의 상태를 확인하거나, 안쪽에 있는 작은 책상에 앉아 책을 읽고 있었다.

전각의 뒤편에 있는 소문이 열리더니 하 총관이 날다람쥐처럼 들어왔다.

"아이구, 어서 오십시오, 손님. 지난번에 오셨던 무사분이 아니십니까?"

하 총관은 허리를 굽히며 아는 척을 했다. 소문의 문고리를 잡을 때까지만 해도 얼굴에 근심이 가득했지만, 총관답게 웃는 얼굴로 손님을 대했다.

"오늘은 무얼 찾으러 오셨습니까?"

서가를 정리해둔 분표(分表)를 집어 들며 공손히 물었다.

"이곳의 주인을 만나러 왔다."

분표를 뒤적이던 하 총관의 얼굴이 딱딱해졌다.

"네?"

"만고당의 주인인 벽가연을 보러 왔다는 말이다."

두 번의 질문은 허락하지 않겠다는 냉랭한 대답에 하 총관의 안색이 희끗해졌다. 덜덜 떨리는 손길로 뒤적이던 분표를 내려놓았다. 그 와중에도 대답하는 자세는 극진했다.

"당주님께서는 몸이 편찮으셔서 오늘 나오지 못하셨습니다. 당주님을 만나시려면 다음에 다시 발걸음을 해주시지요."

마치 이것이 총관의 바른 자세라는 것처럼. 파들거리는 눈가의 경련만 아니었다면 완벽했을 것이다.

"그녀가 자신을 찾는 이가 있으면 그리 말하라 하던가?"

하 총관은 주름진 볼살을 늘이며 웃었다. 늙어 질긴 가죽이라 웬만한 말로는 생채기도 나지 않았다. 그리 자신만만하게 생각하고 있었다. 진혁이 말을 툭 던지기 전까지는.

"산에서 있었던 일을 논의하고자 한다고 전하시게. 자리를 피한다면 그 일이 어찌 번질지 나도 예측하기 힘들다는 말도 덧붙이고."

산이라. 하 총관은 산이라는 말을 듣는 순간 시신처럼 얼굴이 허옇게 떴다. 황금전장과 약속을 잡았던 산장의 일이라니……. 당주님의 몸이 편치 않으시다는 자신의 말은 거짓이 아니었다. 모습을 보이자마자 혼절한 당주님은 신음성도 없이 앓고 계셨다.

처음부터 생각을 잘못했었다. 차라리 방 대협이 돌아올 때까지 치부장의 처리를 미뤘어야 했다. 방 대협이 당주님을 지키고 있었다면 그나마 지금보다는 나았을 것을.

해남에 있는 방 대협에게 초지급으로 연락을 보냈으니 받자마자 올라올 것이다. 그러나 방유는 멀리 떨어져 있고 진혁은 당장 눈앞에 있었다. 하 총관은 강압적인 안어(眼語)에 쪼여 힘없이 어깨를 늘어뜨린 채 돌아섰다.

침상에 누워 있던 가연은 감고 있던 눈을 떴다.

"지금 누가 왔다고 하셨나요?"

간신히 든 잠을 깨워 면목이 없다는 듯 하 총관은 고개를 숙였다. 가연은 손으로 침상을 짚어 몸을 일으켜 앉았다.

"그때, 왜, 위작소의 상가를 잡으러 갈 때 함께 나서주셨던 무사분 말입니다. 그분께서 당주님을 만나겠다고 오셨습니다."

가연은 떨리는 입술을 꽉 깨물었다. 간신히 피딱지가 앉았던 입술이 다시 툭 터졌다. 이불에 가려진 손이 이불속을 틀어쥐며 잘게 떨었다.

지금은 안 돼! 당장은 얼굴을 마주하고 싶지 않아!

가연은 비겁하지만 피하고자 했다.

"몸이 좋지 않아 나가기 힘들다고 하셨나요?"

항시 부드러운 꽃잎처럼 촉촉하던 음성이 바짝 마른 논바닥처럼 쩍쩍 갈라져 버석거렸다.

"예. 외인을 만나기 힘드시다 말했더니…… 산에서 있었던 일을 논의하고 싶다면서…… 나오지 않을 시엔 그 일이 어찌 번질지 스스로도 알

266

수 없다고……."

가뜩이나 창백하던 가연의 얼굴이 하얗게 바랬다.

"그가 그리 말하던가요? 어찌 번질지 모른다고?"

"예, 당주님. 대체 산장에서 어떤 참변을 겪으신 것인지, 소인이 참말 무덤 속에 들어가 눕고 싶은 심정입니다."

하 총관은 침상 앞에 털썩 무릎을 꿇으며 대성통곡하듯 외쳤다. 가연에게서 말을 들은 것은 아니나, 그녀를 진료한 의원에게서 조심스러운 운을 받았다. 귀한 몸 여기저기에 심상치 않은 흔적이 남아 있는 것이, 필경 험한 일을 당했을 것이라 했다. 하 총관은 황망하여 잠시 말문이 막혔지만, 돌아가는 의원의 입을 꽁꽁 틀어막는 것은 잊지 않았다. 혼인도 하지 않은 처녀의 앞길이 달린 일이었다. 의원도 하 총관의 부탁을 알아들었다.

"무사히 돌아올 수 있었던 것만으로도 다행이라 생각하고 있어요. 제 잘못된 판단으로 죽은 목숨이 몇입니까? 그들을 생각한다면 엄살을 부릴 수 없지요."

"명령하신 대로 지금껏 끌어 모은 황금전장의 어음을 한꺼번에 돌리고 있습니다. 장기적으로는 모르겠지만, 단기적으로는 황금전장의 자금이 경색될 것입니다."

독이 오른 하 총관이 뽀득뽀득 늙은 이를 갈아붙였다.

"하지만……."

"네, 알고 있어요. 그것만으로는 부족하지요."

"달리 복안이 있으신 겁니까?"

침상 끝을 물끄러미 응시하던 가연이 한참 동안 다물고 있던 입을 열었다.

"흔한 말이긴 하지만, 우리가 당한 만큼 저들도 잃는 것이 있어야겠죠."

"당연한 말씀입니다."

"고리업에 치우쳐 있는 황금전장의 주요 지점을 지우세요. 동시다발적으로. 어음이 돌아가는 시기에 맞춰서."

"……알겠습니다, 당주님."

"황금전장의 표국에 대해서도 중원 표국에 일러 제가 지시한 것들을 시작하라고 하세요."

하 총관은 깊숙이 허리를 숙였다. 쓰일 일이 없었으면 좋겠다며 내밀었던 봉서들. 거기에는 만고당에서 갈래가 뻗어나간 사업체들의 이름이 적혀 있었다. 숙박업부터 시작해 표국업에 이르기까지, 중원의 신강에서부터 남해 끝 해남에까지 구석구석 만고당의 보이지 않는 손길이 닿아 있었다. 그것은 만고당이 생기기 이전부터 가연의 가문이 뿌리를 내린 것들이었다.

"하온데, 서탑에서 기다리고 있는 손님은……."

하 총관은 말끝을 흐렸다. 서릿발 같은 기세로, 소문나지 않게 조용히 들어와 있는 가연의 존재를 재우쳐 묻는 것이, 하 총관이 상대하려니 심장이 벌렁거렸다. 쏘아보는 눈빛이 마치 북해의 빙정 같아 뒷골이 서늘했다.

그래, 밖에서 기다리고 있는 그를 잊고 있었다. 아니, 잊으려고 했다. 차라리 기다리다 포기하고 돌아가길 바랐다. 허나, 이곳까지 발걸음을 한 것은 기어이 자신을 보겠다는 뜻.

"나가서 잠시만 기다려달라고 하세요."

"만나실 요량이십니까?"

가연은 흐트러진 머리를 귀 뒤로 단정히 쓸어 넘겼다. 가지런히 정리되는 머리 타래처럼 어지러운 마음도 정리할 수만 있다면 좋으련만.

"귀한 걸음을 하셨으니, 무슨 용건인지 들어봐야지 않겠습니까?"

방을 나오는 하 총관의 발걸음이 마음만큼 무거웠다. 피를 볼 것이 분명한 황금전장과의 상투(相鬪)보다 어찌 서탑에서 기다리고 있는 손님의 일이 더 어렵고 험난할 것 같다는 예감이 들었다.

몸을 움직임에 처음보다 한결 나았다. 푸른 저고리의 앞섶 매듭을 짓다 걷혀 올라간 소맷단 아래로 붉은 화흔(花痕)이 선명하게 찍혀 있었다. 가연의 얼굴이 붉어졌다. 화흔이 찍혀 있는 곳은 그곳만이 아니었다. 가연은 손으로 가슴둔덕을 눌렀다. 깨물리고 빨린 유두는 아직도 빨갛게 성이 나 옷자락이 스칠 때마다 아팠다.

가연은 고개를 휘휘 저으며 떠오르는 생각들을 쫓았다. 일을 처리하느라 벽가장으로 돌아가지 못할 때 머물던 방이라 그녀의 옷가지들도 궤에 넣어두고 있었다. 미색 치마끈을 단단히 동여매며 마음을 단단히 먹었다.

약에 중독되어 일어난 불상사. 하물며 그는 치부장과 목함까지 챙겨 가져갔다. 동굴을 나올 때 안을 살펴봤지만 서책과 목함은 보이지 않았다. 아마 몸에 챙겨두었던 모양이다. 머리를 단장할 시간이 없어 비취로 만든 머리꽂이를 귀 옆에 꽂은 다음 방을 나섰다.

하늘이 새파랬다. 구름 한 점 없는 하늘은 북풍이 불어오면서 더욱 시린 푸른빛을 발했다. 하늘이 맑아질수록 공기는 차가워지겠지. 겨울날 준비를 일러두었는데, 제대로 해뒀는지 모르겠다.

멈춰 서서 한참 동안 목이 아프도록 하늘을 바라보던 가연은 긴 한숨을 내쉬며 답답함을 토해냈다. 항상 즐거운 마음으로 오가던 길이 오늘따라 한 발자국 떼는 것조차 힘들었다.

서탑의 소문을 열고 안으로 들어갔다. 서가의 오래 묵은 책 냄새가 제일 먼저 그녀를 반겼다.

서가에 기대어 있던 진혁은 파리한 낯빛에 미색 치마를 입은 가연을 보았다. 그녀의 얼굴에서 손님에게 보이던 의례적인 미소가 사라지고 없었다.

역시, 지금은 안 나는군.

동굴에서도 그녀가 잠에 빠져들 때부터 향기가 서서히 사라졌었다.

경직되어 있긴 했지만, 가연은 꿋꿋하게 그의 눈빛을 피하지 않았다. 마주 보고 선 두 사람 사이에 무거운 침묵이 이어졌다.

"절 찾으셨다고요. 무엇을 도와드릴까요?"

달라진 것은 없어. 그것은 우연한 사고에 지나지 않아. 갑자기 언덕에서 굴러 떨어진 바윗돌에 깔리는 사고처럼 인위적으로 막을 수 없었던 일.

허나 진혁의 생각은 달랐다. 진혁은 자신을 만고당의 손님으로만 대하려는 가연의 의도를 무시했다.

"몸은 어떤가?"

애써 미소를 짓고 있던 가연의 입술이 파르르 떨렸다.

"너는 처음이었고, 난 처음인 네 사정 따위 봐주지 않았으니까."

아니, 약에 취해 매달리는 널 달래기는커녕 힘겨워하는 널 내 욕심껏 안았지.

가연은 미소를 지웠다. 소맷단 아래에서 양손을 단단히 마주 잡았다.

"……괜찮습니다."

"무모한 짓이었다는 건 알고 있겠지. 대체 뭘 믿고 고작 그 인원을 데리고 호랑이 굴로 들어간 거지? 대범한 것과 무모한 것은 다르다."

"질책이라면 감사히 받아두지요. 그 말씀을 하실 생각으로 오셨던 거라면, 제 오판을 뼈가 아릴 정도로 통감하고 있으니 더하실 필요 없습니다."

진혁은 휙 돌아서는 가연의 손목을 낚아채 자신을 보도록 돌려 세웠다. 그가 만들었던 화흔이 귀밑머리에 가려져 있다 살짝 드러났다.

"목숨을 구해줬는데, 고맙다는 인사도 없군."

"공으로 구해주신 것이 아니지요. 그런 입에 발린 공치사를 듣고 싶으시면, 다른 곳을 찾아가십시오."

손님과 가게 주인이라는 자리를 버린 가연은 매서운 입담을 보였다. 잡힌 팔을 떨쳐내려고 애쓰는 가연을 가까이 끌어당겼다. 서로의 몸이 부딪칠 정도로 바짝 붙은 그녀의 귓전에 입술을 가져가 작게 속삭였다.

"그렇지. 공은 아니었지."

가연의 귀가 새빨개졌다. 수치심과 분노에 광대뼈 부근도 불그스름해졌다.

"내가 오늘 온 것은 네게 한 가지 묻고 싶은 것이 있고, 거래를 제안하기 위해서다."

가연은 말없이 그를 노려보았다. 손목을 움켜잡고 있는 그의 손에 힘이 더해졌다.

"내가 부탁했던 비천상의 거래를 거절했으면서, 왜 전충이 가진 비천상을 얻으려고 한 거지? 위험을 무릅쓰면서까지 말이야."

과연, 뭐라고 설명할 것이냐.

가연은 태연한 얼굴로 조곤조곤 말했다.

"전설처럼 내려오는 물건을 구할 수 있는 기회인데, 목숨인들 아깝겠습니까? 손님께서 말씀하셨을 때에는 물건의 존재 유무도 불확실하던 때였지요. 마침 우연히 황금전장주에게 귀한 백옥상이 있다 하여 운을 뗀 것이 천행처럼 맞아떨어진 것일 뿐이지요."

"요행히 정보를 얻었다?"

"예. 이런 정보들 중 백에 아흔아홉까지는 헛소문이지요. 허나 개중한 개 정도는 진실이 존재한답니다. 만고당과 같은 골동품상은 그 하나를 찾아 중원을 뒤지는 것이 본업입니다."

"내가 말한 청부와는 상관이 없다?"

가연은 고개를 끄덕였다.

"물건을 온전히 구한 후 다시 손님에게 물건을 사실 의향이 있는지 물어보아도 되는 것이니까요."

앞뒤로 빈틈이 없는, 마치 미리 준비라도 해둔 것처럼 완벽한 설명이었다.

"제게 하고자 하신 질문은 그게 다입니까?"

"그래."

"허면, 저와 하시려는 거래는 무엇입니까? 비천상은 이미 가져가셨지 않습니까?"

가연은 비천상을 돌려달라고 말하지 않았다. 산장에서 구명을 받았을 때, 이미 비천상의 소유권은 넘어간 것이다. 치부장보다 비천상을 넘기게 된 것이 더 속이 쓰렸다.

진혁은 잡고 있던 손목을 놓아주었다. 가연은 황급히 뒤로 물러서며 거리를 두었다.

"그대도 대야성에 공표된 소문을 들었겠지."

가연은 슬쩍 무릎을 굽혔다 펴며 인사를 올렸다.

"중원에서 아리땁기로 유명한 여인들을 부인으로 들이시게 된 것을 경하드립니다."

비록 정식 혼례를 올리는 것도 아니요, 신분도 없는 첩실로 들어가는 것이지만, 일단 대야성의 내성에 성주의 부인이 들어오는 일이었다. 진혁의 모친이 세상을 떠난 후로 텅텅 비어 있던 공간이 다시 채워지는 것이라 중원 전체가 떠들썩했다.

그녀의 말간 얼굴을 들여다보며 진혁은 거래 내용을 끄집어냈다. 마치 그녀의 얼굴이 어떻게 바뀔지 똑똑히 보겠다는 듯, 그녀에게서 잠시도 눈을 떼지 않은 채.

"내성으로 들이는 여인들 중에 그대도 있었으면 한다. 청백지신을 내가 깨트렸으니, 그 정도의 책임은 져야 하지 않나?"

"아니요!"

가연은 고개를 힘껏 내저으며 뒷걸음질 쳤다. 온몸으로 강한 거부감을 표했다.

"책임감 따위 가지실 필요 없습니다. 중독된 절 살려주신 것만으로도 충분한 것을요. 목숨과 바꾼 대가였다 생각하고 있으니, 크게 개의치 마십시오."

"난 책임을 지고 싶다! 아니, 반드시 질 것이다."

"본인이 원하지 않는다 하지 않습니까? 헌데 왜 쓸데없는 억지를 부리려 하십니까?"

격렬하게 거부하는 그녀에게 진혁이 잔인할 정도로 이성적인 어조로 말했다.

"그대를 위해서가 아니다. 날 위해서일 뿐. 내성에 내 세력이 있어야만 한다."

"저는 당신의 세력이 아닙니다!"

"허나, 그대의 양부는 보이지 않는 곳에서 날 지지하는 세력의 대표자이지."

진혁은 간단하게 자신의 이해관계를 내밀었다. 가연은 시선을 돌려 진혁을 외면했다.

"싫습니다. 절대로 받아들일 수 없습니다."

정식 부인도 아니요, 내성의 한 귀퉁이에 숨어 살아가는 첩으로 들어

오라니.

고집스레 거절할 것을 알고 있던 진혁은 다른 미끼를 내걸었다.

"만약 이 자리를 받아들인다면 대야성의 비고는 물론이고, 천가의 비고에서 네가 원하는 물건을 가져갈 수 있도록 허락하마."

비고라는 소리에 가연은 흠칫했다. 하늘에 펼쳐진 그의 그물이 조금씩 조여오는 듯한 기분이었다. 비고라니⋯⋯. 마치 무언가를 알고 있는 것처럼.

"그곳에는 만고당에서 구하려 해도 못 했던 물건도 있을 것이다."

"아무리 귀해도 물건은 물건이지요. 한갓 물건 따위에 소녀를 걸고 싶지는 않습니다."

가연은 흔들리는 마음을 다잡았다. 달콤한 유혹이었다. 그렇지 않아도 고심하고 있던 문제를 쉬이 풀 수 있는 기회를 주겠다고 하니 저절로 귀가 팔랑거렸다.

"내게 장사꾼이라 하지 않았나? 상인이라면 일생일대의 거래를 위해 자신이 가진 모든 것을 내걸 줄 알아야지."

대꾸할 말이 없어 가연은 입술만 즈려물었다. 부푼 입술이 애참할 정도로 짙은 선홍빛이었다. 지난밤 내내 그의 품에서 달뜬 숨을 토해내며 울음 섞인 교성을 지르던 입술이었다.

진혁은 앞으로 나가려는 손을 억지로 참았다. 아직은 이르다. 그녀는 아직 거래를 받아들이지 않았다. 경계선에 아슬아슬하게 한쪽 발을 걸치고 있을 뿐이니, 달아나기 전에 낚아채야 할 터.

좌우로 뻗어 있는 갈림길. 어느 쪽을 선택하는가에 따라 앞으로 살아갈 모든 것이 바뀌리라.

가연은 한쪽을 덥석 고를 수 없었다. 진혁을 한 번쯤은 다시 볼 것이라 생각하긴 했지만, 이런 거래를 내밀 줄은 몰랐었다.

"지금 당장 정해야 하는지요?"

"차 한 잔 마실 시간은 주지."

짧은 시간을 던져준 진혁은 서탁으로 다가가 찻주전자를 들었다. 금방 달인 찻물이 아니라 향도 날아가고 차갑게 식었지만, 진혁은 아랑곳하지 않고 찻잔을 채웠다. 시간은 이 잔이 빌 때까지라는 듯.

찻잔이 바닥을 보일 때 즈음이었다. 석상처럼 가만히 서 있던 가연이 결정을 내린 표정으로 말했다.

"기간을 두시지요. 설마, 소녀더러 평생을 그리 살라 하시는 말씀은 아니실 터."

"거래 기간을 정하자? 좋군. 그래, 얼마면 되겠느냐?"

"손님께서 원하시는 기간은 없으십니까?"

빈 찻잔을 서탁에 내려놓기 위해 몸을 돌린 진혁은 그녀가 보지 못하는 짙은 웃음을 지었다.

제 본마음을 듣는다면, 거래고 뭐고 뒤도 돌아보지 않고 달아나 머리카락 한 올도 보이지 않도록 숨어버릴 것이다.

"숨어 있는 내 적들을 모두 쓰러트릴 때까지."

가연의 눈썹이 못마땅하다는 듯 찡그려졌다.

"너무 막연하지 않습니까?"

"그럼, 네가 원하는 기간은 얼마더냐?"

가연의 눈빛이 노련한 장사꾼의 것이 되었다.

벽가장의 대문 앞에 도착했을 때쯤, 하늘은 벌써 어둑어둑해지고 있었다. 짧은 겨울해라 평소 나서던 시간보다 일찍 나섰는데도 어느새 해가 떨어진 뒤였다. 하루하루 바람이 차가워졌다. 겨울비가 지나간 뒤로 기온이 뚝 떨어져 다들 두툼한 솜옷을 껴입고서도 추워 발을 동동 굴렀다.

오늘도 아니 오시려는가. 시비 아이 하나를 보내 연통을 드렸어야 했나.

장 총관은 캄캄한 밤하늘에 별빛이 하나 둘 반짝이는 것을 올려다보며 연신 한숨을 내쉬었다. 벽가장의 대문이 열렸다. 긴 외투를 걸친 가연이 안으로 들어오고 있었다.

"아가씨!"

장 총관은 반색을 하며 후다닥 달려가 맞았다.

"장 총관, 날이 찬데 밖에서 무얼 하고 있는가? 고뿔이라도 걸리면 어찌하려고."

"오늘도 아니 오시는 줄 알고 사람을 보내야 하나 고민을 하고 있던 참이었습니다. 참으로 딱 맞춰 오셨습니다, 아가씨."

"사람을 보내려 했다? 날 찾았다는 말인가?"

"예, 아가씨. 어서 드십시오. 주인어른께서 찾고 계십니다."

"양부님께서?"

장 총관이 어서 안으로 들어가라는 손짓을 해 보였다.

"오늘은 성에서 일찍 돌아오셨사온데, 오신 직후부터 후원 뜨락에서 아가씨께서 돌아오길 기다리고 계십니다. 돌아오실 때부터 무슨 근심이 있으신지 주인어른의 얼굴이 많이 어두우십니다."

서재로 방향을 잡았던 가연의 발걸음이 잠시 주춤했다. 외원을 돌아 후원으로 들어가는 수화문을 넘었다. 안쪽으로 이어진 유랑을 따라 걸었다. 잔뜩 신경을 곤두세웠던 탓에 심신이 너무 피곤했다. 그에게 괜찮다 말하긴 했지만, 몸 상태도 썩 좋지 않았다. 간신히 높은 산 하나를 넘어섰더니, 그 앞을 다른 산 하나가 막아선 형상인가.

석등의 불도 켜지 않은 후원은 밤하늘의 달빛만 가득했다. 뒤따르던 장 총관은 가연이 후원으로 들어가자 몸을 물렸다.

벽갈평은 키 낮은 청송 앞에 서 있었다.

"양부님."

"만고당의 일이 많은 모양이구나. 여러 날 들어오지 못했다 들었다."

가연이 살짝 고개를 숙였다.

"연말이 다가오니 이런저런 신경 쓸 일들이 늘어나네요. 걱정을 끼쳐드려서 죄송합니다."

한자리에 서서 청송을 바라보고만 있던 벽갈평이 고개를 돌려 가연을 보았다. 커다란 제 손의 반도 되지 않는 손을 붙잡고 들어섰던 아이가 어느새 훌쩍 자라 완연한 여인이 되어 있었다.

"어느새 네 나이가 열아홉이 되었던가?"

혼잣말처럼 가연의 나이를 중얼거렸다.

"새삼스레 소녀의 나이를 어찌 말씀하십니까, 양부님?"

"내 중매쟁이들에게 네 혼처를 알아보라 해야겠다. 비록 내가 그리 많은 것을 가진 이는 아니나, 네게 어울리는 배필 하나는 충분히 구할 수 있을 것이다."

지금껏 무심하다 싶을 정도로 가연에게 관여하지 않던 벽갈평은 내일 날이 밝자마자 총관에게 괜찮은 중매쟁이를 알아보라 해야겠다고 마음먹었다. 괜찮은 자리만 나온다면 최대한 빨리 날을 잡아 혼례를 올릴 것이다. 시간을 끌면 끌수록 좋지 않았다. 그의 아둔한 머리로는 이 방법밖에 벗어날 길이 보이지 않았다.

걱정하지 마시게. 이 아이만은 험한 무림의 풍파에 휩쓸리지 않도록 할 것이야.

"갑자기 제 혼처라니요? 혹, 밖에서 무슨 일이라도 계셨습니까?"

"아니다. 이제 얼마 후면 원단이고, 그때면 너도 스물이 되지 않느냐. 내가 무심하여 어영부영하는 사이에 네 혼기를 놓칠까 싶어 그러는 것이다. 들어가 쉬어라. 얼굴이 피곤해 보인다."

성주를 만나고 돌아서는 순간부터 시작된 갈등이 말간 가연의 얼굴을 마주하니 단번에 잘려나갔다. 주군에 대한 충(忠)도 중하나 죽은 지기와의 의(義)도 중하니. 번민을 갈무리하고 돌아서던 벽갈평의 발걸음을 가연이 붙들었다.

"진정 그 이유뿐이십니까?"

밤하늘 아래 서 있는 가연이 한 번도 본 적 없는 생경한 얼굴을 하고 있었다.

"무슨 말이냐? 다른 무슨 뜻이 있다는 것이야?"

"장으로 돌아오기 전, 만고당에서 뜻밖의 손님을 만났습니다."

손님? 설마?

"손님이라니? 누굴 말이냐?"

"대야성의 성주님이셨습니다."

벽갈평은 끙 앓는 신음성을 내며 고개를 좌우로 저었다.

내 그리 할 수 없다 말씀드렸거늘, 기어이 만고당으로 찾아가신 건가!

"양부님, 소녀는 성주님의 뜻을 받아들이기로 했습니다."

"뭐라! 그게 대체 무슨 소리야! 네가 성주님께 무슨 말을 들었기에 그런 소리를 하는 것이냐!"

노한 벽갈평의 호통 소리가 작은 후원을 쩌렁쩌렁 울렸다. 전각의 기와지붕이 들썩거리며 땅이 뒤집힐 정도로 풀썩거렸다.

"이번에 내성에 들이는 여인들 중에 소녀도 들어가기로 했습니다."

"말도 안 되는 소리! 네가 거기엘 왜 들어간단 말이냐! 그 자리가 어떤 자리인 줄 알고서 성주님의 말을 덥석 받아들여! 내성에 들인다 하나 정식 신분도 받지 못하는 첩실이라 그 무엇 하나 보장받을 수 없다는 것을 알지 않느냐. 네가 무엇이 부족하여 그런 험한 자리에 가겠다는 게야. 아니면, 다른 이들처럼 네 맘에 다른 욕심이 있어 그 자리를 탐하는 것이냐?"

벽갈평은 무섭게 다그쳤다. 지금껏 자신이 이 아이를 잘못 본 것인가.

노화처럼 쏟아지는 벽갈평의 추궁을 묵묵히 견뎌낸 가연은 시름이 가득 담긴 한숨을 깊게 내쉬었다.

"……양부님께 말씀드리지는 않았지만, 요즈음 만고당에 계속 좋지 않은 일이 있었습니다."

벽갈평의 눈썹이 지렁이처럼 꿈틀거렸다.

"알고 봤더니, 황금전장의 가 장주가 만고당을 너무 좋게 본 것인지 욕심을 내는 듯합니다. 하여, 이런저런 일들로 만고당을 흔들고 있지요."

"뭣이? 그 돈벌레가 만고당을 흔들어? 그럼 널 위협하기라도 했단 말이냐?"

벽갈평은 번데기처럼 쭈글쭈글한 얼굴로 음험한 눈알을 굴리는 가유광을 떠올렸다. 돈에 미친 그 늙은이라면 만고당이 탐이 나고도 남았으리라. 자신도 모르는 사이에 제 그늘에 있는 딸아이가 위협을 받고 있었다는 사실에 그는 머리카락이 하늘로 뻗을 정도로 화가 치솟았다.

가연은 말을 잇지 못하고 망설였다.

"말을 해보거라! 그 늙은이가 네게 해코지를 한 것이야?"

자존심이 높아 제 스스로 약한 말을 입 밖에 내지 않는 아이가 먼저 말을 꺼냈을 정도라면 고초가 자심했다는 반증이었다. 제 힘으로 해결하려 참고 참다 그의 추궁에 터진 말.

"다른 일들은 상계에서 벌어지는 흔한 암수라 상관없었습니다만, 거래를 하러 갔던 사람들이 여럿 죽임을 당했습니다."

"뭐라? 네 사람들을 죽이기까지 했단 말이냐?"

허! 이 늙은이가 진정!

"하마터면, 같이했던 소녀도……."

"뭐? 너까지! 아니, 지금은? 다친 곳은 없는 것이냐? 몸은 괜찮아?"

대경한 벽갈평은 황급히 다가가 가연의 몸 여기저기를 살펴보았다. 다행히 험한 상처를 입은 곳은 없어 보였다.

"네. 간신히 소녀는 호위 무사들의 도움으로 달아날 수 있었습니다만, 같이했던 무사들은 모두 죽어 시신마저 구할 수 없었습니다."

"허, 내 이 돈벌레 늙은이가! 아무리 돈에 환장했다지만 감히 이 벽갈평의 딸을 건드리려 해!"

분명 가연이 그의 양녀라는 것을 알고서도 탐욕에 포기하지 않은 것이리라. 그리고 보니 일에 치여 지친 것이 아니라, 큰일에 놀라 마음을 다친 것이로구나.

"걱정하지 말거라. 내가 그 늙은이를 가만두지 않을 것이다."

가연은 흐릿한 미소를 지었다.

"양부님께서 절 위하시는 마음은 잘 알고 있습니다. 하지만 이번 일에 개입하실 수는 없으시지요. 양부님의 입장상 황금전장의 장주와 대립하시는 것을 드러내어서는 안 되니까요. 가 장주도 그걸 알고서 소녀를 노린 것이고요."

얼굴이 붉어진 벽갈평의 미간이 보기 흉할 정도로 일그러졌다. 중원제일의 전장이라 불리는 황금전장의 금력은 대야성주라 해도 쉬이 볼 수 없었다. 그의 금력은 대야성의 절반에 미쳐 있고, 지금도 야금야금 성을 갉아먹고 있었다.

"그래서 성주님의 제안을 받아들이기로 한 겁니다."

대야성주라는 배경이라면 쉬이 건드리지 못할 것이라는 계산이 나왔다.

얼굴이 붉으락푸르락해졌던 벽갈평은 끓어오르는 화를 참지 못해 한참을 씩씩거렸다. 가연은 부드러운 어조로 벽갈평을 달랬다.

"어렵게 생각하지 마시어요. 그저 성주님과 전 서로 상부상조하기로 한 겁니다. 그분은 제게서, 저는 그분에게서 서로 원하는 것을 얻기로요."

"허나, 앞으로의 네 앞날은? 평생 성주님의 그늘에서 첩으로 지낼 것이냐? 다른 수많은 세력들이 네 일거수일투족을 살피려 드는 것은 어찌하고?"

그 모든 것을 감수하고도 받아들일 만한 가치가 있었지만, 가연은 가벼운 웃음으로 제 속마음을 숨겼다.

"앞날은 아무도 모르는 것이지요. 서로 원하는 것을 얻으면 그때 가서 다시 얘기를 나누면 되는 것이고……. 당장은 목전에 닥친 위기부터 넘기는 것이 제일 중하지 않겠습니까?"

벽갈평은 가연의 말이 옳다는 것을 알았다. 그러나 아는 것과 수긍하는 것은 달랐다. 논리정연한 설명에도 벽갈평은 다른 방법이 없는지 궁리했다. 그러나 가연이 내놓은 의견이 최선이었다.

벽갈평의 무거운 한숨이 작은 정원을 암울하게 내리덮었다.

대야성주의 첩을 들이는 것은 비공식적인 일이었지만, 공식적인 일보다 더 빠르게 사람들의 입을 탔다. 다들 고개를 끄덕이며 수긍하던 남궁혜와 마소교의 이름 옆에 다른 이름자가 추가되자 대야성은 안팎으로 다시금 시끌시끌해졌다.

세력 싸움에서 한 걸음 물러나 초연히 지켜만 보던 호법원주가 자신의 양녀를 성주의 첩으로 보내기로 했다는 소식에 성주파를 제외한 모두가 뒤통수를 한 대 거하게 맞은 듯한 반응을 보였다.

가연은 사다리에 앉아 장부를 보며 서가의 서책들을 꼼꼼히 확인했다. 팔려 나간 물건들이 제법 있어 조만간 구한 책들로 다시 채워 넣어야 할 듯했다. 옆에서 초조한 마음에 자꾸 실수를 저지르던 하 총관을 잠시 마음이나 가라앉히라며 내보내 서탑에는 그녀 홀로 있었다.

장부를 보다 고개를 잠깐 들었다. 뻐근한 통증에 손을 들어 뻣뻣한 어깨를 탁탁 쳤다.

벽가장의 장 총관도 소식을 듣자마자 불쏘시개에 냅다 맞은 강아지마냥 안절부절못하며 허둥거렸다. 벽가장의 살림으로 어찌 준비를 해야 할지 몰라 울상부터 지었다. 별다른 준비를 할 필요 없다는 말에도 장 총관은 말도 안 된다며 펄쩍 뛰었다. 평소에 아옹다옹하던 하 총관과 장 총관이 이번 일에는 한마음인 양 똘똘 뭉쳤다.

후다닥 달려오는 급한 발걸음 소리가 들렸다. 사다리 아래를 바라보니 흰 학사의를 걸친 공자 한 명이 안으로 들어왔다.

"벽 소저!"

그는 다짜고짜 가연을 찾았다.

"무슨 일이신가요, 제갈 공자? 부탁하셨던 오자도의 연적은 아직 구하지 못해 연락을 드리지 못했습니다만……."

상관준경의 생일 선물로 보냈던 청자연적에 만고당을 찾아온 제갈수재는 오자도의 연적 외에도 시중에서 구하기 힘든 서책을 부탁하는 등 이제는 만고당의 단골손님이 되었다. 제갈수재는 한 걸음 만에 사다리로 다가왔다.

"벽 소저! 내가 차마 믿기 어려운 소식을 들어 사실인가 확인하러 왔소이다."

가연은 펼쳐둔 장부를 덮었다. 한동안은 만고당보다 벽가장에서 머물러야 할 듯했다.

"어떤 소식을 들으셨기에 제갈 공자께서 그리 다급한 기색을 내보이십니까?"

"벽 소저가 대야성주의 첩으로 들어간다는 소문을 들었소. 사실이오?"

사다리를 디디던 가연은 잠깐 멈칫했지만 곧 천천히 아래로 내려와 바닥에 섰다. 제갈수재가 이글거리는 눈빛으로 가연을 쏘아보았다.

"딸이 되어 부친의 엄명을 거역할 수는 없으니, 사실일 겁니다."

"허! 마치 남의 일을 얘기하는 듯하구려! 소저의 평생이 달린 일이지 않소!"

"이미 결정 난 일이니 요란을 부린들 무슨 소용이 있겠습니까."

제갈수재는 너무나 담담한 가연의 반응에 부르르 끓어오른 분기가 푸시식 꺼져버렸다. 처음 만난 순간, 혜안이 가득한 눈빛을 보고 마음에 담은 여인이었다. 그를 대함에 손님을 대하는 선을 넘지 않아 조바심을 내던 참에 청천벽력 같은 소리를 듣고 한달음에 달려오는 길이었다.

차분한 그녀의 반응에 제갈수재도 이성을 찾았다. 여인이 아니라 한 사람으로서도 가연은 호감이 가는 이였다.

"생각을 돌리시오. 지금이라도 벽 원주님께 이번 일을 철회할 수 있도록 말씀을 드리시오. 소저가 감당하기에는 너무 무리한 일이오."

제갈수재는 이번 일에 연루되어 있는 수많은 이익 관계를 알고 있었다. 제각각의 잇속에 따라 어지러이 얽혀 있는 더러운 암투들. 그 속에 이 여인이 끼어들게 되는 것은 안타까운 일이었다.

"이건 내가 제갈 세가의 사람이기에 하는 말이 아니오. 소저를 아끼는 사람으로서 드리는 충고라오."

제갈 세가는 처음부터 남궁 세가와 연합한 세력이었다. 오대 세가는 같은 오대 세가끼리 다툴지라도 외부에서 개입하는 세력에 대해서는 함께 싸웠다. 그렇기에 오대 세가는 성주의 반대파로 한 무리를 이루고 있는 것이다.

"걱정해주시는 점은 감사합니다. 허나, 아시지요? 일단 한 번 산비탈에서 구르기 시작한 바퀴를 멈추는 일은 결코 쉽지 않다는 것을요."

갈림길에서 어느 한쪽을 선택하는 순간, 다른 한쪽의 길은 영원히 지워지는 것이다. 오직 선택한 길을 나아가는 것 외에는 뒷걸음질도 용납되지 않는다.

가연은 입술꼬리를 끌어올리며 미소를 지었다.

"조만간 원하시던 오자도의 연적을 구해 연락을 드리겠습니다. 앞으로도 종종 만고당을 이용해주십시오, 제갈 공자."

다급하게 뛰어들던 것과는 달리 돌아서는 제갈수재의 발걸음은 힘이 쪽 빠져 있었다.

"쯧쯧쯧. 눈앞에서 마음 주던 여인을 빼앗기게 생겼으니 힘이 빠질 만하지요."

뜨거운 찻주전자를 들고 오던 하 총관이 어깨를 늘어뜨린 제갈수재의 뒷모습을 보며 중얼거렸다.

"알고 계셨지요, 당주님? 제갈 공자가 당주님을 좋아하고 있었다는 것을요."

"상점의 주인으로서 손님이 좋아해주신다니 기뻐해야 할 일이네요."

일부러 남녀 관계를 손님과 주인의 관계로 돌려버리는 말에 하 총관은 늙은 입술을 삐죽거렸다. 며칠째 입이 아프도록 이번 결정을 반대한다 소리쳤지만, 그야말로 소귀에 경 읽기였다.

당주님께서 굳이 위험을 자초하실 필요가 무엇인가 말이다.

비록 대야성에서 구해야 할 물건이 있긴 하지만, 그것이야 지금까지처럼 다른 방법을 찾아보면 분명 길이 있을 터. 직접 불구덩이 속으로 뛰어 들어가려는 가연의 심사를 알 수가 없어 하 총관은 속이 시커먼 숯덩이가 되었다.

하 총관은 고개를 살래살래 저었다. 처음부터 잘못 생각했었다. 그저 열여덟이 되셨을 때 어울리는 짝을 찾아 혼례를 올리시게 강권했어야 했던 것을. 아직은 이르시다는 생각에 말을 올리는 것을 차일피일 미루었더니, 이런 하늘에 벼락 맞을 일거리가 턱하니 떨어진 것이 아닌가.

무거운 찻주전자를 서탁에 내려놓은 하 총관이 허리를 툭툭 두들겼다.

"일단 비단점주를 들어오라 했으니 예단으로 넣을 비단부터 보시지요. 장신구를 만들 장인도 오라 했습니다. 시간이 촉박하니 어서어서 사람들을 재촉해 준비를 해야 합니다."

"예단이라니요?"

"그럼, 성으로 들어가시면서 예단도 아니 가져가실 겁니까?"

하 총관은 세모꼴 눈을 치켜뜨며 바락 소리쳤다. 따뜻한 찻잔을 손바닥으로 감싸 쥔 가연은 서서히 퍼지는 온기를 즐겼다.

"뭐 좋은 자리에 가는 것이라고 아득바득 준비를 한답니까. 필요한 것이야 이미 마련되어 있을 터, 당장 가서 입을 옷가지들만 가져가면 되는 것을요."

"아니, 당주님! 그것이 아니지요! 절대로 아니 되실 말입니다! 남궁세가와 청마문에 바리바리 들어간 물량이 얼마나 되는지 아십니까? 당주님께서 남궁 소저와 마 소저에게 밀릴 것이 뭐랍니까? 아니 할 말로 그들보다 더 준비하면 준비했지 못 할 것도 없습니다."

하 총관은 침까지 튀겨가며 강한 의지를 드러냈다. 가뜩이나 돌고 있는 소문에 자기들의 당주가 남궁혜와 마소교보다 못한 미색으로 조롱거리가 되어 분한 그들이었다.

두고 보라지. 너희 잡것들이 아무리 찧고 까불어도 당주님의 앞날이야 탄탄대로일 것이니!

十章

입성(入城)

와룡거의 내벽에 붙어 있는 긴 제대안(祭臺案) 위로 깊은 계곡의 세찬 물살을 뿌리며 쏟아지는 폭포수를 그린 그림이 걸려 있었다. 은은한 불빛을 받아 화폭의 거친 붓놀림이 기세 좋게 살아났다.

등받이가 빗살무늬인 소배의(梳背椅)에 걸터앉은 진혁은 심각한 눈빛으로 붓을 쥐고 있었다. 그의 앞에 펼쳐진 흰 종이에는 은설과 가연에 대한 사실들이 하나씩 서술되어 있었다.

비선곡에서 은설이 사라진 시기.

벽 원주가 지기의 서신을 받고 찾아간 시기.

그 사이에는 6개월이라는 시간이 비었다.

옛날 일을 기억하는 마을 사람들의 얘기로는 평소 가연은 몸이 약해 집 밖으로 나온 적이 거의 없었다고 했다. 그래서 얼굴을 기억하고 있는 이들도 없었다. 그저 몸이 아픈 부녀가 있었다는 것만을 어슴푸레 떠올릴 뿐.

억지를 부려 가연이 은설이라고 하자. 허나 그 얼굴은 어찌 된 것인

289

가. 아무리 어린 시절이었다 하나 그는 은설의 얼굴을 똑똑히 기억하고 있었다. 자라면서 달라진다지만 태어나면서부터 가진 생김새는 크게 변하지 않는 법이다. 허나, 가연에게서는 은설의 어린 시절 얼굴을 하나도 찾을 수 없었다. 그녀에게서 풍기던 희미한 향을 맡고서도 아니라고 넘긴 이유는 그 때문이다. 변용술이나 면구를 사용하지도 않았다. 변용술이라면 약에 취해 내공을 운용하지 못했을 때 풀렸을 것이다. 면구는 더더욱 가능성이 없었다. 아무리 정교한 인피면구라도 그의 감각을 속일 수는 없었다. 손끝에 닿았던 부드러운 살결의 감촉은 틀림없는 그녀의 본얼굴이었다.

붓 끝에서 검은 먹물이 뚝 떨어져 정리해둔 종이에 검은 얼룩이 번졌다.

의심은 가지만 증거는 없군.

쥐고 있던 붓을 벼루에 내려놓았다. 점점 넓게 번져가는 검은 얼룩을 내려다보다 쓴웃음을 지었다. 은설과 가연에 대해 각각 정리한 분량이 너무 적었다.

벽…… 아니, 본래 주가라고 했으니 주가연인가. 주가연, 네가 숨기고 있는 것이 무엇이냐.

처음 만났을 때부터 단순한 골동품 상인이라고는 생각지 않았다. 만고당의 주인이라는 점도 의외이긴 했지만, 남궁 세가에서 남장을 한 그녀와 처음 부딪혔을 때부터 그의 신경을 건드리는 것이 있었다. 너무나 희미해 깊이 파고들지 않으면 있는 줄도 몰랐을 불쾌감.

주가연이 은설이 맞다면……. 갑자기 생각할 거리들이 너무 많아진 진혁은 머리가 복잡해졌다. 간신히 겁박하다시피 끌어다 붙잡은 가연. 거래라는 빌미로 약속한 짧은 유예 시간. 사방에 도사리고 있는 위험한 세력들에게서 그녀를 안전하게 보호해야 하는 일 등등, 해결해야 할 일들이 끝없이 쌓여갔다. 그러나 첫 의문에 붙들려 다른 것들이 눈에 들어오지 않았다.

가연이 은설이 맞다면…… 왜 9년이라는 세월이 흐를 때까지 내게 연락을 하지 않은 것인가.

무거운 쇳덩이가 그의 심장을 짓눌렀다. 처참한 살육의 현장에서 살아남은 그 아이가 어떤 마음으로 살아왔을까. 혈몽(血夢)에 갇혀 있었던 자신보다 더 괴롭고 힘들었을 것이다. 불공대천의 원수라 자신처럼 증오와 복수심으로 하루하루 견뎌온 것이리라.

어쩌면 나도 증오의 대상에 들어갈지도 모르겠군.

애타게 찾고 있다는 것을 알면서도 단 한 번도 연락을 하지 않은 채 대야성의 그늘에서 얼굴을 바꾸고…….

순간 진혁은 벌떡 몸을 일으켰다.

얼굴을 바꾸고…… 얼굴을 바꾼다!

문득 떠오른 생각에 책상을 짚고 있는 그의 손등에 시퍼런 핏줄이 돋았다.

설마, 그렇게까지는 아니겠지. 그리 하지는…….

ー 은밀히 사람을 부려라. 신의(神醫)와 마의(魔醫), 그리고 광의(狂醫)의 9년 전 행적을 샅샅이 조사해라. 신의와 마의는 거의 대부분 대야성에 거주하고 있으니 광의를 중심적으로 파헤쳐라. 아니, 광의가 있는 곳을

알아내라. 내가 직접 움직일 것이다. 알겠느냐? 누구에게도 알려져서는
안 되는 일, 은밀하게 움직여라.

암영이 그의 명을 좇아 그림자 속에서 사라졌다. 양손으로 서탁을 짚
고 선 진혁의 뒷모습에 음울한 음영이 드리웠다.

핏빛보다 더 짙은 붉은 휘장 너머로 달뜬 숨소리를 뱉으며 한데 엉겨
있는 인영이 보였다. 탄탄한 사내의 넓은 가슴팍에 올라탄 여인이 아래
에 있는 사내의 유두를 나른한 손길로 톡톡 건드렸다. 엉덩이 아래에
있는 사내의 몸이 창에 찔린 듯 들썩거렸다.

"크훗!"

여인은 엉덩이를 뱀처럼 느릿하니 돌리며 사내의 꺼끌꺼끌한 맨살을
즐겼다. 놀리는 듯한 여인의 애무에 사내는 더 이상 참지 못하고 벌떡
몸을 일으켜 여인을 자신의 아래로 끌어 눕혔다. 흐벅진 허벅지를 활짝
벌려 이미 하늘을 향해 잔뜩 성이 나 있는 자신의 양물을 거칠게 밀어
넣었다.

"아앗! 하!"

여인을 밀어 올리는 사내의 허릿짓이 거세어질수록 여인의 교성이
드높아졌다. 길게 다듬은 손톱이 잡고 있는 사내의 어깨를 찍었다. 파
인 살결에서 핏방울이 배어나왔다.

"큭! 소교, 넌 요물이닷! 크흑!"

여인의 이름을 소리쳐 부르며 사내는 서로의 땀으로 번들거리는 나
신을 더욱 단단히 움켜잡았다. 꽉 조이는 속살이 그를 붙잡고 놓아주지

않았다.

한바탕 뜨거운 정사가 끝나자 사내와 소교라 불린 여인은 지쳐 침상에 나가떨어졌다. 거친 숨소리를 가라앉힌 사내는 품에 안긴 소교의 어깨를 어루만지며 놀리듯 말했다.

"내일 신랑을 맞을 새신부가 이래도 되는 건가?"

소교가 발딱 신형을 일으켜 앉았다. 거친 정사에 헝클어진 머리카락이 펼쳐진 부채처럼 그녀의 주위에 드리웠다.

"흥! 짓궂은 농일랑 그만두시어요. 말이 좋아 새신부지, 그게 어디 혼인이라도 된답니까? 그저 자식을 낳기만 하면 되는 첩실 자리인 것을요."

암팡진 눈초리가 제법 무섭게 사내를 노려보았다.

"큭. 그거야 네 말이 맞다만, 세상 사람들은 성주가 처녀를 세 명이나 취한다고 다들 부러워한다지 않더냐. 네 말마따나 씨받이인 첩실 자리이기는 하나, 네가 처녀가 아닌 것을 성주에게는 무엇이라 할 것이냐?"

소교가 사내에게서 살짝 떨어졌다. 베개에 기대어 있는 사내의 눈빛이 재미있는 유희를 만난 듯 반작거렸다.

"뭐죠? 이미 재미를 볼 만큼 봤으니 너는 어찌 되든 상관없다는 얘기인가요, 사형?"

"그럴 리가 있느냐? 내가 소교 널 얼마나 아끼는데……. 단지 성주와 합방할 때 문제가 되어서는 안 된다는 말을 하고 있는 거다."

"흥!"

소교는 어깨를 끌어안으려는 사내의 손을 쳐내며 붉은 휘장을 걷었다. 사내는 날래게 몸을 일으켜 침상을 빠져나가려는 소교를 잡아 뒤에서 끌어안았다.

"토라졌느냐? 네 기분을 나쁘게 하려고 한 말이 아니니 마음 풀어라. 네가 내성에 들어가면 이리 즐길 기회도 자주 없을 터인데, 아까운 시간을 이리 허비해서야 되겠느냐?"

사내는 소교의 풍만한 젖가슴을 주물렀다. 탱탱한 젖가슴이 그의 손아귀에 쥐여 형체를 잃고 이지러졌다. 소교의 숨결이 흐트러졌다. 소교의 목덜미를 따라 입을 맞추던 사내는 야들한 귓불을 잇새로 자근자근 씹었다.

"성주의 관심을 붙잡아라. 네 몸이면 어떤 사내라도 휘어잡을 수 있을 터, 너를 그와 나눠 가져야 한다는 것이 아쉽기는 하지만 어차피 그리 길지는 않을 것이다. 일단 그와 네가 합방만 한다면 뒷일이야 계획한 대로 밀고 나가면 된다. 병약한 남궁혜 따위야 네 상대가 아니지."

"아흑!"

소교의 옆구리를 쓸어내려간 사내의 손가락이 허벅지 사이의 검은 수풀 사이로 사라졌다. 육욕의 쾌락에 길들여진 몸이 잔 떨림을 보이며 금세 달아올랐다. 흐트러진 침상 위에서 다시금 뜨거운 육체의 향연이 벌어졌다.

맑은 밤하늘에 천극(天極)이 밝게 반짝거렸다. 강처럼 길게 무리를 지어 이어져 있는 은하수의 띠가 검은 밤하늘을 수놓고 있었다. 별무리가 환한 것이 내일은 날이 맑을 듯했다. 뺨을 스치고 지나가는 찬 공기에 가연은 머리가 맑아졌다.

그래, 머뭇거림도, 고민도 여기까지. 그저 할 수 있는 한 최선을 다하는 수밖에…….

진혁과 거래를 약조한 후 담담한 겉모습과 달리 속으로는 내내 고민과 갈등에 시달렸다. 그의 제의를 받아들인 것이 과연 잘한 것일까 하는 생각부터 잠시지만 그의 옆에 머물러도 되는 것인가 하는 고민까지. 하루하루 시간이 지날수록 번민도 많아지고 갈등도 깊어졌다. 무작정 받아들인 것은 아니지만 무리수인 것은 틀림없는 사실.

하오문의 문주부터 벽가장의 장 총관까지 모두, 각자 이유는 다르지만 그녀의 선택에 반대했다. 의외로 가장 강력한 반대자는 하 총관이었다. 장 총관과 함께 준비를 하면서도 그녀가 마음을 돌리길 바라며 틈이 날 때마다 매달렸다.

작은 뜨락을 천천히 거닐었다. 전각에 딸려 있는 아주 작은 뜰은 그녀에게 커다란 위안이 되어주었던 장소였다. 구석에 놓인 커다란 수반에 조각되어 있는 물결 문양을 쓰다듬었다. 여름에는 수반 위로 꽃잎을 활짝 피운 연분홍 수련이 가득해 뜰 안을 은은한 향으로 채웠다. 그녀가 떠나면 비어 있는 수반의 물을 다시 채울 일은 없을 것이다. 고마웠다는 듯 수반을 톡톡 두들겨준 가연은 일부러 불을 켜두지 않은 석등의 전각을 어루만졌다. 어린 시절 캄캄한 뜰의 어둠을 쫓아내주던 한 줄기 불빛이 얼마나 감사했는지……. 무섭다 하여 달려가 안길 수 있는 사람이 없는지라 혼자 침상에 웅크린 채 지창 너머로 보이는 석등의 불빛에 안도했었다.

가연은 작은 뜰 안에 있는 물건들을 일일이 쓰다듬으며 지난 추억들을 되새겼다.

벽갈평은 둥근 월동문의 담벼락 그늘에 서서 한참 동안 가연의 행동을 바라보았다. 그의 뒤에 시립해 있는 장 총관도 울컥한 마음에 황급히 고개를 푹 수그렸다.

홀로 조용히 이별을 고하는 아이를 방해해서는 안 되겠지.

돌아서는 벽갈평의 발걸음이 한없이 무거웠다. 혼례를 올리는 것이었다면 이리 마음이 무겁지는 않을 것을……. 하늘에 있을 지기가 자신을 얼마나 원망하고 있을 것인가. 내 힘이 부족해 저 아이를 끝까지 지키지 못하는구먼. 날 용서하지 말게나.

주인의 심정을 헤아린 장 총관도 묵묵히 뒤를 따랐다. 장주님의 커다란 손을 잡고 들어오던 어린 아기씨가 어느새 장성해 출가를 하시게 되었으니, 감개무량해야 함에도 마음은 참담하기만 했다. 어느 집안의 영실(令室)로 들어가도 귀애받을 귀한 아가씨인 것을……. 아무리 대야성주라지만 첩실이 웬 말이란 말인가. 주인어른과 아가씨의 성품상 다른 이들처럼 영화와 영달을 추구하지도 않으시는 터. 필유곡절(必有曲折)이라 애써 마음을 다잡아도 늙은이의 노망처럼 처진 눈꼬리가 젖어들었다.

"준비는 끝냈는가?"

"예, 장주님. 필요한 물품들과 함께할 시비 아이들도 모두 준비해두었습니다. 단지……."

"뭔가?"

장 총관이 숙인 허리를 들며 말했다.

"아가씨께서 물품들을 자꾸 줄이라 명하시어, 준비한 물건들 중 절반은 덜어냈습니다요. 제발 장주님께서 아가씨께 한 마디쯤 해주십시오. 아무리 저희들이 준비했다 한들, 같이 들어가실 다른 두 분보다는 부족할 것입니다. 그런데 거기서 더 줄이신다면……. 아가씨께서는 필요한 것들은 그때그때 준비하면 된다 하시지만, 대야성에 들어가시면 지금처럼 자유롭지는 못하실 터인데……."

남궁 세가에서 비단을 300필 준비했다더라, 청마문에서 향료 50근을 가져간다더라, 서로 견주기라도 하듯 가져갈 물품들에 대한 소문이 저잣거리에 파다하게 퍼졌다. 만고당의 하가와 함께라면 못 구할 물건이 없다 싶어 뒤질세라 이것저것 잔뜩 물건을 구비해두었건만, 정작 가져갈 아가씨께서 필요 없다며 덜어내라 하시니.

벽갈평은 짧은 실소를 지었다. 장 총관이 쪼르르 앞으로 달려 나와 펄쩍 뛰었다.

"웃으실 일이 아닙니다! 여염집에 들어가는 신행의 예단도 다들 서로 견주어 비교를 하는데, 하물며 대야성에 들어가는 물목입니다. 비록 예단은 아니라 하나 주목하는 이들이 많습니다."

대들 듯이 만류해달라는 장 총관의 청에도 벽갈평은 가타부타 말이 없었다.

그 아이도 아는 것이지. 아니, 누구보다도 그 아이가 가장 잘 알고 있는 것이겠지. 남궁 세가나 청마문에게는 신행과 같은 것이지만, 자신에게는 아니라는 뜻이겠지.

"다른 이들의 시선 따위야 신경 쓸 필요 없으니, 그 아이 뜻대로 해주
게."

"장주님!"

"이 집에서 원하는 마지막 일일지도 모르니, 무거운 마음을 조금이나
마 가볍게 해줘야 하지 않겠나."

"소인은 아무리 생각해도 장주님과 아가씨의 속뜻을 짐작하기가 힘
듭니다! 아무리 성주님이라고는 하나 첩으로 아가씨를 보내시다니요!
마음만 고달프고 자칫 위험하기만 한 자리인 것을 뻔히 아시면서 어찌
거절하지 않으셨는지……."

"허허, 세상사 제 뜻대로만 되는 일이 있다던가. 어쩔 수 없이 끌려갈
수밖에 없는 경우가 허다한 것을."

항상 용맹하던 주인의 허허로운 웃음에 장 총관도 더는 반발하지 못
하고 힘없이 어깨를 축 늘어뜨렸다.

휘황찬란한 황금 의자에 왜소한 몸을 기댄 가유광은 바닥에 머리를
조아리고 있는 총관을 내려다봤다.

"이봐, 조가야. 네가 내 밑에 있은 지가 얼마나 되었나?"

"그게, 20년이 조금 안 됩니다, 장주님."

조가라 불린 중년 사내는 땀을 물처럼 흘리며 바닥에 엎드려 벌벌 떨
었다. 머리 위에서 떨어지는 장주의 음성이 수명부를 보며 판결을 내리
는 염라대왕의 것이었다.

"그래, 20년. 20년이면 정말 긴긴 세월이지. 지금껏 내 곁에서 조가

자네만큼 오랫동안 총관직을 유지한 이가 없으이."

"자, 장주님⋯⋯."

황금전장은 거대한 규모만큼 총관도 여러 명이었다. 각 총관들이 지부를 나눠 맡아 관리했다. 바닥에 꿇어앉아 있는 이는 호남성을 관리하는 이였다. 예로부터 강남 지역은 기후가 좋아 농작물이 잘 자라 수입이 많고 물길이 잘 정비되어 교역이 원활했다. 덕분에 문물과 상업이 일찍부터 발달했고, 거상들도 여럿 나와 거래되는 통화량이 어마어마했다. 황금전장의 가장 주요한 지부도 바로 강남에 있는 호남성의 장사(長沙) 지부였다. 하루에 거래되는 금전만 금자 3백 냥이 넘었다. 그런 장사 지부에 들어오는 어음들이 문제가 되었다.

"이, 이것은 음모입니다, 장주님! 분명 우리 황금전장을 노린 세력이 꾸민 짓이 틀림없습니다!"

장사 지부에서 한밤중에 납치되다시피 끌려온 총관은 어떻게든 책임을 모면하려 발버둥을 쳤다. 최근 장사 지부에서 벌어지고 있는 일은 누군가의 교묘한 책동이었다.

총관의 항변에 가유광도 고개를 끄덕였다.

"그렇겠지. 벌어지는 일들을 보아하니 누군가 작심하고서 달려드는 형상이더구만."

"그렇습니다! 하루 이틀 준비한 것들이 아닌 듯 보였습니다!"

"그래 보이는구만. 그러니 자네가 속수무책으로 당한 것이겠지."

총관은 가유광의 말에 땀범벅인 상체를 들어 고개를 꾸벅꾸벅 조아리며 제 잘못이 아님을 알아달라 간청했다.

쾅!

가유광이 공력이 담긴 손으로 의자 손잡이를 내려쳤다. 흑단으로 만든 손잡이가 가루가 되어 바스라졌다.

"네 이놈! 네놈이 무엇하러 그 자리에 앉아 있는지 몰라 고개를 끄덕이는 것이야! 그런 일이 벌어지지 않게 관리감독을 하라고 앉아 있는 것이다! 헌데, 물경 금자 50만 냥의 손해를 끼치고서도 숨기기에 급급해 사태를 이 지경으로 악화시켜놓고서 뭐라 지껄이는 것이냐! 세력이 노려? 하루 이틀 준비한 것이 아니야?"

50만 냥이다. 금자만으로 50만 냥. 아무리 황금전장이 중원의 부를 쓸어 모은다지만, 금자 50만 냥의 어음을 열흘 만에 처리하려면 상당한 무리를 해야만 했다. 비고에 모아둔 황금을 끌어내거나 다른 상권을 팔아 돈을 마련해야 했다. 전장은 다른 어떤 상점보다도 신용이 중요했다. 한 번 신용이 무너지면 그 전장은 다시 살아날 수가 없었다. 망하더라도 신용을 지키면 재기할 수 있지만, 신용을 잃어버리면 모두의 외면을 받아 두 번 다시 발도 들일 수 없게 되는 것이 돈놀이를 하는 전장이었다.

"당장 내 눈앞에서 이 녀석을 치워버려랏!"

"자, 장주님! 한 번만 기회를 주십시오! 절대로 실망시켜드리지 않겠습니다, 장주님! 제발, 장주님!"

총관은 두 손을 모아 빌었다. 바닥을 엉금엉금 기어와 가유광의 옷자락을 붙잡고 살려달라 애걸했다.

문이 열리더니 밖에서 대기하고 있던 무사들이 들어와 총관의 양팔을 각각 붙잡고서 밖으로 끌고 나갔다.

"장주님! 장주님! 제발, 한 번만 더! 지난 세월을 생각해서라도 이번 한 번만 기회를 주십시오!"

문이 닫힌 뒤로도 고래고래 외치는 총관의 목소리가 울려 퍼졌다.

"시끄러운 놈! 죽기 싫으면 미리 방책을 세워뒀어야지. 그도 아니면 공격하는 무리들을 찾아내 역습을 가하든지."

못마땅함에 가유광은 짧게 혀를 차며 얼굴을 구겼다. 요 근래 손대는 일들마다 쉬이 풀리지 않아 심기가 몹시 불편했다.

"조사해봤나?"

황금 의자가 놓여 있는 우측 귀퉁이에서 붓을 허리춤에 꽂은 청년이 앞으로 나왔다. 깡마른 몸에 헐렁한 황토 빛깔 장포를 걸쳤고 안색은 입고 있는 옷보다 더 누래 얼핏 병이 있는 사람 같았다.

"장사 지부의 총관이 한 말이 맞습니다. 저희 황금전장의 어음을 웃돈을 주고 구매한 곳이 있었습니다."

"어디냐?"

가유광의 음성에 미약한 살기가 감돌았다. 남의 돈을 뺏어오는 것은 좋아하지만, 제 돈을 잃어버리는 것은 용납할 수 없었다.

"중원전장이었습니다."

"중원전장? 그곳에서 왜?"

황금전장과 함께 중원을 양분하고 있는 곳이 중원전장이었다. 싸워본들 쉬이 상대방을 꺾지 못하고 오히려 주변의 다른 전장들에게 어부지리를 줄 것 같아, 마치 보이지 않는 밀약이라도 맺은 듯 서로 건드리지 않았다.

"영문은 모르겠습니다만 중원전장이 배후인 것은 분명합니다. 그것도 꽤 오랫동안 지속적으로 저희 전장의 어음을 매입한 것 같습니다."

"돌아오는 금자 50만 냥 어음이 전부가 아니란 말이냐?"

가유광의 얼굴이 심각해졌다. 의자에 비스듬히 기대어 있던 몸도 바로 했다.

"예, 장주님."

"계산해봤겠지? 남은 금액이 대략 얼마나 될 것 같으냐?"

청년이 잠깐 망설이는 듯하다 어렵게 입을 열었다.

"최소로 잡아 금자 150만 냥은 되는 듯합니다."

"150만? 150만!"

가유광은 의자에서 펄쩍 뛰어오를 정도로 놀라 되물었다.

"금자로 150만이란 말이냐?"

"그런 줄 압니다, 장주님."

"어허! 어허! 금자 150만이 저잣거리에 굴러다니는 돌덩이 이름이라더냐! 대체 그들이 무슨 연유로 그런 거액을 지금껏 내색 없이 매입하고 있었더란 말인가?"

가유광은 항상 웃는 얼굴을 하고 있는 중원전장주를 떠올렸다.

아무리 사람이라는 것이 겉만 봐서는 모른다지만, 실상은 속에 구렁이 백 마리는 넘게 삼키고 있던 놈이었던 게야.

금자 150만 냥의 어음을 매입하려면 한두 해 가지고는 어림도 없었다. 그것도 황금전장의 이목을 피해 매입하려면 두 번, 세 번 다른 손을 거쳐야 했을 터. 왜 그런 귀찮음을 감수하면서까지 어음을 매집한 것인가?

원인을 따져보려던 가유광은 머리를 저었다. 지금 중요한 것은 원인이나 목적이 아니었다. 중원전장이 돌려보낼 어음을 막을 방법을 강구하는 것이 우선이었다. 금자 50만 냥은 속은 쓰리지만 제 곳간 한구석을 허물면 어찌 처리할 수 있는 금액이었다. 그러나 150만 냥은 달랐다. 그것도 최소로 잡은 금액이 그 정도이니…….

가유광의 노회한 눈빛이 빠져나갈 구멍을 찾아 번득거렸다.

"아깝구나."

가유광은 남은 한 개의 손잡이를 손가락으로 두들기며 장탄식을 했다.

"생각할수록 아깝구나. 만고당의 계집아이를 놓친 것이 뼈아픈 실수가 되어버렸어."

숟가락으로 밥만 푸면 되는 일이었는데, 밥그릇이 밥상째 엎어져버렸다. 치부장과 비천상을 잃어버린 것도 아깝지만, 지금 와서 보니 벽가 계집을 놓친 것이 가장 안타까웠다.

"그 계집만 얻었어도 이리 골치 썩일 필요가 없었을 것을."

만고당에서 나올 돈이라면 중원전장에서 돌아올 어음을 충분히 막을 수 있었을 것이다. 그도 아니면 만고당을 담보로 기한을 늘일 수도 있었겠지. 이래저래 지난번의 일로 입은 손해가 막심했다.

"대체 그 계집을 구해 간 녀석은 누구란 말인가?"

약에 취한 계집을 데리고 멀리 가지는 못했을 것이다 싶어 인근을 샅살이 뒤지게 하였다. 산의 길목마다 제 손이 닿아 있는 산적들에게 웃돈을 얹어줘가며 생포하라 명을 내렸었다. 그러나 부딪친 산적들의 주검만 발견되었을 뿐, 연놈의 행적은 찾을 수 없었다.

"그런데 계집이 멀쩡히 나타나 대야성주의 첩으로 들어간다?"

쯧.

가유광은 떫은맛에 혀를 세게 찼다. 첩이든, 시침녀이든 대야성주의 내원에 방을 받았다면 지금처럼 섣불리 손을 댈 수 없었다. 싫든, 좋든 대야성주의 계집을 건드린다면 그건 대야성주를 건드리는 것과 동일한 짓이니.

나 혼자 대야성을 상대할 수는 없지.

아직은 직접 나설 때가 아니었다. 성격 급한 적면과 백면이 대야성을 들쑤신 연후라야 깔아놓은 것들을 수월하게 거둬들일 수 있을 것이다.

그나저나 고지식한 벽가가 제 양녀를 덥석 들이밀지는 않았을 것이니, 그 계집이 뭔가 수작을 부린 것이 분명했다. 그날 보았던 모습만으로도 호락호락한 년이 아니었다. 독한 약 기운에 취해서도 쉬이 꺾이지 않던 성질을 보면 계집이 먼저 나서서 제 양부를 설득했을 수도 있었다. 그래, 분명 그랬을 것이다.

영악한 년이니 내가 만고당을 포기하지 않을 것을 알고서 수를 쓴 것이야.

"클클클. 대야성이라는 지붕으로 나를 막겠다는 말이로다, 고약한 년!"

목숨을 부지한 것을 보면 분명 사내에게 안겨 약 기운을 해소했다는 의미였다. 가유광은 혀로 바싹 마른 입술을 핥았다. 약 기운에 달아올랐던 계집이 떠오르자 하물이 부풀기 시작했다. 여러 계집들을 취해본 경험상 그런 계집일수록 진미였다. 한 번 안으면 흥미가 떨어지는 계집이 있는가 하면, 겉으로는 볼품없는 것이 안으면 안을수록 흥취를 돋우는 계집이 있었다. 만고당의 계집은 후자의 몸을 가지고 있었다.

클클클. 기다리면 기회야 또 찾아오는 법이니.

당장은 중원전장과의 일이 급했다. 아무리 묘수를 짜보아도 다른 수가 없었다. 상투(商鬪)를 하려면 무엇보다도 자금이 충분해야 했다.

끙. 꿍쳐둔 비고를 허물 수밖에 없겠구만. 빈 공간이야 앞으로 또 채우면 되는 것이니.

가유광은 쓰린 속을 달래며 중원전장에 대한 반격을 준비했다.

화장대 위에 화장수가 든 병들과 둥근 향갑, 그리고 붉은 연지통이 나란히 늘어놓여 있었다. 집안에 있는 여인들이 모두 동원된 듯 침모와 시비들이 가연의 몸시중을 위해 새벽부터 전각으로 모여들었다.

한두 명만 남고 모두 물러가라고 가연이 말했지만, 다들 들은 척도 하지 않았다. 아가씨를 시중드는 것도 오늘로 마지막이라, 다들 하나라도 더 꾸미기 위해 손을 거들었다. 벽가장에서 일하는 사람치고 가연의 도움을 받지 않은 이가 없었다. 침모 서 씨는 바깥일을 하던 남편이 허리를 다쳐 몸져누웠을 때 의원의 왕진료와 약값을 받았다. 어떤 이는 하나뿐인 어린 아들이, 또 다른 이는 늙은 노모의 병구완에 아가씨의 도움을 받았다. 외원에서 일하는 장 서방은 똘똘한 자식새끼들을 서원에 보낼 수 있었고, 부엌에서 일하던 시비 아이는 돈이 없어 미루던 혼례를 올릴 수 있었다. 주변을 둘러보면 아가씨의 손길이 닿지 않은 이가 없으니, 이제 벽가장을 떠날 아가씨께 작은 도움이나마 드릴 수 있기를 바랐다. 그도 아니면 아가씨의 앞날이 평안하기를 하늘에 기원했다.

침모가 의대(衣臺)에 걸려 있는 궁장을 보고 물었다.

"아가씨, 이 옷을 입으시려고요? 옷장에 붉은 궁장도 있으실 텐데요."

옅은 연자(蓮紫) 빛깔의 궁장도 은은한 것이 기품 있었지만, 날이 날인만큼 붉은빛을 띠는 것이 좋지 않을까 싶었다.

"그러게요. 아가씨, 제가 붉은 궁장을 바로 가져올게요. 그걸 입으시면 더 고우실 거예요."

다른 이가 말을 받으며 당장 옷장 쪽으로 달려갔다.

"그만두고 거기 걸려 있는 궁장이나 가져오게."

"하지만, 아가씨!"

"네. 그래도 붉은 옷이 길함을 뜻하지요."

"적홍(赤紅)은 안 되더라도 선홍(鮮紅)은 괜찮을 것입니다."

주위에 모여 있는 여인들이 와글와글 한마디씩 거들었다.

"그만두라는데 웬 말들이 그리 많은가!"

가연의 낮은 호통 소리에 시끌시끌하던 여인들의 입이 딱 달라붙었다. 화장대에 앉아 있는 가연의 엄한 눈길에 여인들은 황급히 고개를 숙였다. 다감하고 살뜰히 살펴주지만, 제 신분을 잊고 함부로 나대는 것을 용서하지 않는 엄한 상전이었다.

"의대에 걸린 옷을 가져오고, 두어 명만 남기고 모두 물러가게. 밖에도 해야 할 일이 있을 게야."

"……예, 아가씨."

연보랏빛이 감도는 궁장은 가연의 단아한 기품을 살려주었다. 빼어나게 아름답지는 않지만, 은은한 향취에 은연중 돌아보게 만드는 매력이 있었다.

쌀을 곱게 빻아 만든 분을 최대한 옅게 바른 후 먹으로 가지런히 정리한 눈썹을 그렸다. 연지를 입에 물어 생기 있어 보이는 붉은 입술 색을 살렸다.

빗질을 하고 있던 시비가 한참을 머뭇거리다 조심스럽게 물었다.

"아가씨, 머리 모양을 어떻게 해야 할까요?"

혼인을 한 부인처럼 틀어 올려 비녀를 꽂아야 할지, 아니면 평시처럼 곱게 땋아 내려 장신구를 달아야 할지.

가연은 화장대의 커다란 면경을 한참 동안 바라보다 말했다.

"올리지 말고 평소처럼 묶어 내리렴. 단, 다른 때보다 단정한 모양새로 장신구도 화려하지 않은 것으로 해라."

"예, 아가씨."

머리 모양이 정해지자 머리카락을 만지는 시비의 손놀림도 빨라졌다. 여러 갈래로 나눈 머리카락을 각각 곱게 땋은 다음, 다시 세 가닥으로 나눠 땋아 하나의 타래로 만들었다. 장신구도 궁장인 연자의와 어울리게 가는 자석(紫石) 머리꽂이로 굵게 땋은 머리 타래에 일정한 간격으로 꽂았다. 귀걸이는 굵은 진주알을 길게 늘어뜨린 것으로 골랐다.

단장을 마친 가연을 보고 침모와 시비들은 너도나도 감탄성을 토했다.

"고우십니다, 아가씨."

"정말 예쁘시네요. 평시에도 이리 단장을 하고 다니셨으면 물색 모르는 것들이 함부로 입방아를 찧고 다니지 못했을 텐데요."

"이것이! 왜 오늘 같은 날 그런 말을 나불대는 게야!"

입바른 소리에 늘 구박을 받는 시비가 오늘도 침모에게 옆구리를 쥐어박혔다.

"아얏! 아니, 왜 자꾸 찌르는 거예요! 정말!"

"아니, 이것이 그래도!"

"내가 없는 말 하는 것도 아니고, 다들 그런다니까요. 마중화와 유리화의 미색에 대해 떠들어대면서 우리 아가씨가 소박맞을 거라고 얼마나 떠들어대는데요!"

듣다 못한 침모가 시비의 입을 틀어막았다.

"죄송합니다, 아가씨! 이 아이가 오늘 따라 정신을 못 차리고 어디서 들은 헛소리를 지껄여대네요. 당장 끌고 나가겠습니다."

침모는 연신 허리를 숙이며 시비를 밖으로 끌고 나갔다. 시중을 들어주던 두 사람이 나가자 방 안에는 고요한 정적이 깔렸다.

가연은 면경에 비친 제 얼굴을 바라보았다. 평소에도 면경 보는 것을 좋아하지 않아 새삼 제 얼굴 모양새가 이랬나 싶을 정도로 낯설었다. 거기에 평소에는 잘하지 않던 화장까지 하니, 면경 안에는 낯선 타인이 앉아 있었다.

천천히 손을 들어 뺨을 만져보았다. 면경 속의 여인도 뺨을 만지고 있었다. 그녀가 눈을 깜박이면 면경 속의 여인도 눈을 깜박거렸다.

너는 누구이냐.

새삼 떠오른 의문에 그녀는 쓴웃음을 지었다.

그때의 선택을 후회하지 않았다. 그때로 돌아가 다시 선택을 해야 한다고 해도 똑같은 선택을 할 것이다.

문밖에서 장 총관이 조용히 고했다.

"아가씨, 출발하실 시간이 되었습니다."

가연은 시선을 들어 면경을 똑바로 응시했다.

너는 나다. 그리고 지금의 난 벽가연이다.

가연은 화장대에서 일어나 몸을 돌렸다. 면경 속에 나타난 여인의 모습이 점점 작아지더니 금세 희미하게 사라졌다.

새 사람을 들이는 일이라 길일에 길시를 받았다. 생시에 맞추느라 각기 다른 날이 떨어졌지만 누가 먼저 들어가니, 나중으로 밀려났니 하는 트집이 나올 것을 우려해 세 사람이 똑같은 일자가 나오는 날을 잡았다. 날을 받는 이가 합이 맞지 않아 꽤 고생을 했다는 후문이었다.

가마 행렬의 앞뒤로 바리바리 챙긴 짐을 짊어진 짐꾼들이 따랐다. 남궁 세가와 청마문의 가마 행렬은 50명이 짐꾼으로 붙어 수행했다. 짐꾼들이 짊어진 궤짝에는 비단과 은자, 구하기 힘든 향료들이 들어 있었다. 그녀들이 모실 대야성주를 위해 귀한 무기들도 한 궤짝씩 있었다.

그에 비해 가연의 가마 행렬은 총 인원이 열 명 정도였다. 장 총관과 하 총관의 애걸에 소량의 은자와 비단, 차를 챙겼다.

저잣거리에 나와 있던 사람들은 꼬리에 꼬리를 문 가마 행렬을 보며 서로 수군거렸다.

"보게나. 남궁 세가의 가마가 훨씬 더 화려하지 않은가."

"가마만 화려하면 뭐하나? 짐꾼들이 들고 가는 물건이 더 중하지. 인 원수로 보면 마중화의 물건이 제일 많은 것 같으이."

"그나저나 저 마지막 가마 행렬이 벽가장에서 나온 것이지?"

"그렇지. 쯧쯧쯧. 벌써부터 저리 다른 두 가문에 밀리니, 들어가서는 아예 기도 펴지 못하고 살겠구만."

짐꾼들을 앞뒤로 주렁주렁 달고 가는 화려한 가마 행렬에 비해 마지 막 가마는 너무 단출해서 초라해 보이기까지 했다.

"벽 원주님도 조금 무리를 해서라도 준비를 해주실 것이지, 저게 뭔 가? 가져가는 짐도 너무 적은 것 같고."

"벽 원주님의 성품이 원래 청렴하시질 않나? 그러니 가마 행렬도 그 런 것이겠지."

대야성에 들어갈 때까지 저자에 모인 사람들은 가마 행렬을 손가락 으로 가리키며 서로서로 누구의 행렬이 나은지 품평을 했다. 간만에 보 는 큰 행사라 다들 재미있다는 표정들이었다.

외성으로 들어온 가마 행렬은 그곳에서 마중 나온 사람의 안내를 받 아 세 방향으로 향했다. 각각 처소로 받은 부용당(芙蓉堂), 이화헌(梨花 軒), 석란재(石蘭齋)로 길을 정해 갈라졌다. 우연인지, 계획적인지 모르지만 세 처소는 각각 방향이 달라 서로 부딪칠 일이 없었다.

가마에 앉아 있던 가연은 창에 내려진 휘장을 살짝 걷었다. 높다란 담장이 사방을 에워싸 하늘마저 가둬놓은 듯했다. 벌써부터 답답증이 일어 가연은 한숨을 길게 내쉬었다. 그나마 만고당의 일을 보러 성을 드나들 수 있으니 다행이었다. 그것마저 없었다면 견디기가 어려웠을 것이다.

처소에 도착했는지 가마꾼들이 멈춰 섰다. 바닥에 내려놓은 가마의 휘장을 벽가장에서부터 함께 온 시비가 조심스럽게 걷었다. 시비가 내민 손을 잡은 가연이 밖으로 나왔다.

"여기가 처소인가 봐요, 아가씨."

가연은 생각보다 아늑한 공간에 내심 안도했다. 담장 안쪽의 중앙에 넓게 연못을 파고 그 중앙에 작은 전각을 지었다. 전각 주변으로 목교(木橋)를 여럿 만들어 오가는 것에 불편함이 없도록 했다.

가연의 시선을 끈 것은 전각의 뒤편에서 수호령처럼 자라고 있는 커다란 나무였다. 우거진 나뭇가지를 전각 위로 드리운 나무는 수령이 족히 몇백 년은 되어 보였다.

저 나무는…….

가연의 눈빛이 아주 잠깐 아련한 빛을 띠었다.

"금목서 나무입니다."

머리가 곱게 센 노파가 두 명의 시비를 데리고 들어오며 말했다. 금화파파는 괴장(槐杖)으로 땅을 쿵쿵 짚으며 걸어왔다.

"지금은 철이 지났지만, 꽃이 피는 시절이면 이 근방이 목서향으로 가득해지지요."

금화파파는 가연의 맞은편에 서서 머리를 살짝 숙였다.

"금화파파라고 합니다. 내성의 일을 맡고 있는 늙은이이니, 필요한 것이 있으시면 사람을 시켜 제게 말씀하시면 됩니다, 벽 부인."

벽 부인. 가연은 갑작스럽게 마주한 목서 나무만큼이나 생경한 호칭이 거북했다. 지금부터는 마땅히 그리 불려야 할 호칭이지만, 맞지 않은 옷을 입은 것처럼 불편했다.

금화파파는 무심한 표정을 짓고 있는 가연을 조심하며 유의해서 살펴보았다. 성주님의 특별한 명이 있었던 터라 다른 두 부인들보다 더 주의 깊게 살폈다.

앞서 만나고 온 두 부인들과는 아주 다르구면.

남궁 부인은 유약한 듯하면서도 내심 교활해 보였고, 마 부인은 교만하면서도 자신만만해 보였다. 그러나 지금 눈앞의 벽 부인은 안개 속에 가린 것처럼 실체가 명확하게 보이지 않았다.

이래서 성주님께서 특별히 주의하라 하신 것인가.

금화파파는 데리고 온 두 명의 시비를 가연에게 소개했다.

"석란재에서 일할 아이들을 데려왔습니다. 며칠 보시다 마음에 들지 않으시면 말씀을 하십시오. 다른 아이들을 골라 보내겠습니다. 피곤하실 터이니 짐을 푸시고 쉬십시오, 벽 부인."

돌아서는 금화파파를 가연이 잡았다.

"노태태, 부탁을 한 가지 드려도 될까요?"

"어려워하지 마시고 말씀하시지요."

가연은 전각의 뒤편에 터줏대감처럼 자라고 있는 목서 나무를 바라보았다.

"너무 굵은 나무라 전각이 답답해 보이는군요. 나무를 밑동만 남기고 잘라주시겠습니까?"

"금목서 나무를 말입니까?"

"네. 그늘도 좋고 향도 좋지만 저는 답답한 것이 싫군요."

금화파파는 당장 대답을 하지 못했다.

"저 나무는 성주님께서 아끼시는 것이라 제가 지금 당장 대답을 드리지는 못하겠습니다. 성주님께 여쭤본 후 가부를 말씀드리지요."

"알겠어요. 그럼 그렇게 하도록 하세요."

금화파파가 괴장 소리를 쿵쿵 울리며 나가는 동안에도 가연은 금목서 나무에서 시선을 떼지 못했다. 괴로운 듯, 반가운 듯 눈썹을 찡그리다 머리를 저으며 목교를 건넜다.

진혁은 와룡거의 창가에 서서 군사인 상관준경의 보고를 듣고 있었다. 활짝 열린 창으로 북풍이 실어온 차가운 바람이 들이쳤다.

"남만 야수궁(野獸宮)은 남궁 세가와, 서역의 밀문(密門)은 역시 청마문과 손을 잡은 듯합니다. 북해 빙궁은 어부지리를 노리는지 무사는 충원하면서도 움직이는 정황은 없습니다."

고독이 내려앉은 뒷모습을 보며 상관준경은 답답한 한숨을 내쉬었다.

아니, 첩을 세 명이나 들인 사내의 뒷모습에서 어째서 홀아비 냄새가 풀풀 풍기는 것인지.

상관준경은 머리를 갸웃거리며 슬쩍 진혁을 찔러보았다.

"그나저나 부용정과 이화헌에서 떠들썩하게 준비를 하고 있는 것 같던데요. 어느 곳을 먼저 찾으실 생각이십니까, 성주님?"

신행을 나선 신부의 집처럼 남궁 세가와 청마문에서는 커다란 연회까지 열렸다. 오늘 처소에 들어온 남궁 부인과 마 부인도 시비들을 다그쳐 잔치 음식부터 준비하라 명했다. 어느 처소로 들지는 모르지만 새신랑인 성주님과 합환주를 마실 수 있도록.

성주님과 술상을 마주하고 잔을 나눌 수 있다고 생각하다니…….

"금화파파입니다, 성주님."

늙었지만 아직도 짜랑짜랑한 음성이 밖에서 들려왔다. 허락이 떨어지자 금화파파가 지팡이를 짚으며 안으로 들어왔다.

"성주님께서 말씀하신 대로 부인들께 처소를 마련해드렸습니다."

진혁 대신 상관준경이 물었다.

"그렇지 않아도 부인들에 대한 얘기를 하고 있던 참이었습니다. 파파께서는 어떻게 보셨습니까?"

"노신이 함부로 평할 일이 아닌 듯합니다. 그것은 성주님께서 하실 몫인 듯하군요."

금화파파는 현명하게 상관준경의 질문에서 발을 뺐다. 어떤 말이든 쉬이 올리지 않는 것이 그녀의 처세술이었다.

"그보다 벽 부인께서 성주님께 부탁이 있다 하시더군요."

석상처럼 한 자세로 서 있던 진혁이 몸을 돌렸다.

"부탁?"

"예. 석란재에 있는 목서 나무가 답답해 보인다며 밑동만 남기고 잘라달라 하셨습니다. 어찌해야 할는지요?"

상관준경과 금화파파는 진혁의 기세가 차가워지는 것을 느꼈다. 성주님이 화를 내고 계셨다. 진혁은 미간을 찡그리며 눈매를 사납게 치켜올렸다.

"그에 대해서는 내가 직접 말할 테니 파파는 신경 쓰지 말게. 내가 말하지 않아도 잘하겠지만, 각 처소에 보낸 아이들을 잘 단속하도록."

"명심하겠습니다, 성주님."

진혁은 창가에서 불어오는 찬바람에 성난 열화를 식혔다.

너, 무엇을 알고서 그리 말한 것이냐. 무슨 생각으로 그런 부탁을 했나.

말간 눈망울을 가진 여인의 얼굴을 떠올리며 바득 이를 악물었다.

十一章

세 명의 여자, 세 가지 마음

　가져온 짐이 얼마 되지 않아 물건을 정리하는 것은 금방 끝났다. 사람을 들이기 전 미리 전각을 청소한 듯 달리 손댈 곳도 없었다. 장에서부터 따라온 소소(小素)와 금화파파가 데려온 미주(美珠), 하운(夏雲)은 서로 어색해 하며 주저하다 간신히 한마디씩 말을 주고받기 시작했다.

　"부인, 주안상을 준비할까요?"

　커다란 눈이 인상적인 미주가 저녁 상차림을 물었다. 부용정과 이화헌이 짐을 내려놓기도 전에 잔치 음식을 만드느라 부산한 것을 알기에 준비해야 하지 않느냐 물어보는 것이다.

　"주안상은 필요 없고 저녁도 간단한 것으로 준비하렴. 너희들도 오늘 하루 피곤할 터이니 일찍 물러가도 좋다."

　"예? 하지만 다른 처소들은……."

　미주는 가연의 서늘한 눈빛을 보고서 황급히 입을 봉했다. 큰 소리로 호통을 치는 것도 아닌데 저절로 주눅이 들며 말과 행동이 조심스러워졌다. 곁에 있던 하운도 덩달아 어깨를 숙였다.

"내 지금 이 자리에서 너희들에게 미리 당부를 해두겠다. 앞으로 일체 다른 곳들의 일에 귀를 기울이거나 떠도는 잡설을 옮기지 마라. 또한, 이 처소에서의 일들이 밖으로 흘러나가 사람들의 입길에 오르내리게도 하지 마라. 그 두 가지만 지킨다면 앞으로 편히 이곳에서 지낼 수 있을 것이다."

"예, 부인. 명심하겠습니다."

엄격한 경고에 미주와 하운은 허리를 깊이 숙이며 공손히 답했다.

벌건 숯덩이가 타오르고 있는 화롯불이 실내를 훈훈하게 만들었다. 전각 안을 천천히 둘러본 가연은 중앙에 있는 둥근 원탁에 앉았다.

"따뜻한 차를 한 잔 다오."

"아, 잠시만 기다리세요, 부인. 바로 올리겠습니다."

미주가 주방으로 향하자 하운도 쪼르르 따라 나갔다.

"아가, 아니, 부인. 저도 함께 나가보겠어요. 물건들이 어디에 있는지도 확인하고, 부인께서 좋아하시는 차로 올려야 하니까요."

아직 부인이라는 호칭이 익숙하지 않은 소소는 자꾸 말을 틀리게 하는 제 입술을 손바닥으로 탁탁 때리며 먼저 나간 두 아이를 뒤쫓아 나갔다.

어수선하고 분주했던 반나절이 끝나고, 간신히 혼자 남은 가연은 힘이 들어가 경직되어 있던 어깨를 풀었다. 결국 들어오게 된 대야성에 대한 감상은 막막함이었다. 그녀가 처음 계획했던 것과는 전혀 다른 방향. 최대한 피하고자 했던 장소로 스스로 걸어 들어오게 되다니.

금목서라……. 우연치곤 얄궂구나. 하필이면 왜 금목서란 말인가.

불현듯 떠오르는 아련한 장면을 애써 지워버렸다. 한갓 나무 한 그루에 무슨 의미를 둔단 말인가. 그런데도 마음이 아릿하게 쓰렸다. 꼭꼭 덮어두고 봉해두었던 과거의 어느 한때가 너무나 어여뻐 더욱 마음이 아팠다.

"좀 좁긴 하지만, 그럭저럭 한동안 지낼 만은 하군요, 아가씨."

남궁혜는 부용정의 여기저기를 날카로운 매의 눈초리로 살펴보고 온 유모의 말에 고개를 갸웃거렸다.

"한동안이라니? 그게 무슨 말이에요, 유모?"

"당연히 한동안이지요. 설마, 이런 좁은 곳에 아가씨처럼 귀한 분이 평생 머무실 생각은 아니시겠지요?"

유모는 좁다고 했지만, 부용정의 전각은 일반 전각의 두 배는 되었다. 뜨락의 정원도 제법 넓어 내원의 전각들 중 큰 편에 들어갔다. 그러나 유모의 눈에는 부용정이 자신이 모시는 아가씨가 머물기에는 너무 초라해 보였다.

"아가씨도 마음을 단단히 잡수세요. 성에 들어왔다고 해서 끝이 아니라고요. 이런 전각 하나 차지하고 앉는 것은 아무 의미도 없어요. 대야성의 진정한 안주인이 되셔야만 한다고요."

창가에 앉아 있는 남궁혜는 미인도의 여인이 빠져나온 것처럼 아름다웠다. 유모는 제 손으로 곱게 키운 그녀를 보고 흡족해 했다.

소중한 아가씨를 한갓 첩실로 사시게 할 수는 없지.

"유모의 말이 무슨 뜻인지 나도 알아요. 하지만 성주님께서는 절대로 부인을 맞지 않겠다고 말씀하신 것을요.”

유모의 말대로만 된다면 얼마나 좋을까. 그분의 곁에 있을 수만 있으면 족하다고 생각했었는데, 막상 이렇게 들어오고 보니 더 큰 욕심이 생겨났다.

“무슨 그런 나약한 말씀을 하십니까? 무릇 사내란 여인이 어찌하느냐에 따라 달라지는 법이지요. 성주님께서 자신의 부인은 망처뿐이라고 하시긴 하셨지만, 그건 아가씨께서 어떻게 하시느냐에 따라 얼마든지 바뀔 수 있는 말입니다.”

망처. 남궁혜는 제 임의 마음을 가져가버린 채 죽어버린 이가 미웠다.

“성주님은 이제 아가씨의 가군이십니다. 그러니 죽은 자의 그림자 따위 아가씨께서 곁에서 지워버리시면 되는 일입니다.”

“유모, 내가 곁에서 위로해드리면 성주님께서도 날 받아들이시겠지요?”

창백한 남궁혜의 얼굴에 홍조가 돌았다. 유모는 곱게 틀어 올려 비취잠으로 고정한 남궁혜의 머리를 쓰다듬어주었다.

“아무렴. 받아들이시고말고요. 아가씨만큼 고운 이가 어디에 있다고 거부하시겠습니까? 그러니 아랫것들에게도 제가 짐을 모두 풀지 말라고 얘기해두었습니다. 조만간 아가씨께서는 모란각의 주인이 되어 대야성의 금모란이라 불리실 테니까요.”

모란각의 주인이라는 소리에 남궁혜의 눈이 기이하게 반짝거렸다. 뜨거운 열망과 소유욕이 활활 타오르고 있었다.

"금모란⋯⋯."

대대로 대야성의 안주인이 머무는 전각은 모란각이었다. 모란각 주인이 대야성주의 본부인이었다. 무적천가의 안주인에게 대대로 전해 내려오는 모란패처럼 모란각은 무적천가의 가모가 머무는 전각이었다. 그래서 다들 모란각의 주인을 꽃 중의 꽃이라는 뜻으로 금모란이라 불렀다.

그래, 내가 무엇을 희생하고 여기까지 왔는데. 고작 이 전각 하나로 멈추기에는 내가 대가로 내놓은 것이 너무 많지 않은가.

유모는 창가에 앉아 있는 남궁혜의 등을 밀었다.

"그러니 어여 들어가셔서 더 예쁘게 단장을 하세요. 모름지기 사내란 고우면 고울수록 더 아낀답니다."

남궁혜는 말 잘 듣는 아이처럼 유모의 등 떠밂에 순순히 안으로 발길을 돌렸다. 고이고이 단장해 임의 손에 꺾이어 손닿는 곳에 장식되기를 바라면서.

"전부 마음에 들지 않아! 당장 뜯어고쳐야겠어!"

이화헌에 들어서는 순간부터 전각이 마음에 들지 않았던 소교의 짜증은 안으로 들어서는 순간 폭발했다.

"도대체 나더러 이런 곳에서 어떻게 지내라는 거야! 뭐 하나 마음에 드는 구석이 없잖아!"

하다못해 침상 옆에 놓여 있는 향료까지 못마땅했다. 적홍빛의 궁장 자락을 펄럭거리며 넓은 실내를 왔다 갔다 했다. 소교를 따라온 시비들도 처소를 여기저기 힐끔거리며 볼멘소리를 냈다.

"그러게요, 아가씨! 청마문에 있는 아가씨의 처소에 비하면 너무 초라해요! 이건 아가씨를 얕잡아 보는 거라고요! 당장 처소를 바꿔달라고 해야 해요!"

대야성에서 보낸 시비들을 부엌으로 몰아내 음식을 준비하라 시킨 그들은 여주인의 심기를 살피며 장단을 맞추었다. 그네들이 보기에도 소교의 눈에 한참 미치지 못하는 전각이었다.

"너는 금화파파인지, 은화파파인지 하는 노파를 당장 데려와라!"

불같은 주인의 성정을 알고 있는 시비는 불호령이 떨어지기 전에 한달음에 달려갔다. 실내를 서성이던 소교는 금화파파가 빨리 오지 않자 더 신경질이 났다. 어디에서든지 자신의 요구가 먼저인 그녀에게는 불쾌한 경험이었다.

일다경이 지났을 때였다. 금화파파가 소교의 시비를 뒤에 달고 나타났다. 노인 특유의 느릿한 걸음새가 눈에 거슬렸다.

"노신을 찾으셨다고요, 마 부인?"

"그래요, 파파! 난 이 처소가 마음에 들지 않아요. 전각의 크기도 너무 작고 갖춰진 가구들이나 장식들도 소박하다 못해 초라할 지경이잖아요. 다른 처소를 내어주세요."

잔주름이 잡혀 있는 금화파파의 이마에 깊은 고랑이 파였다.

제 뜻대로 휘두르기 좋아하는 성정인 것은 알았지만, 들어온 첫날부터 참을성 없이 드러낼 줄은 몰랐군.

뭐라 이름을 붙였든 외인으로 남의 집안에 들어오는 날이었다. 사가에서도 처음 들어온 이는 집안의 구설을 생각해 행동을 조심했다.

"죄송하지만, 지금 당장 다른 처소를 내어드릴 수는 없을 것 같습니다, 부인."

"뭐라!"

"이화헌도 대야성의 내성에 있는 전각 중 제법 큰 편에 들어가지요. 남궁 부인께서 지내실 부용정에 견주어도 뒤지지 않는 전각입니다. 게다가 지금 다른 전각을 내어드리려 해도 아무런 준비가 되어 있지 않아 머무실 수가 없을 것입니다."

팔짱을 낀 소교가 핏빛처럼 붉은 입술을 휘었다.

"내가 원하는 거처를 말한다면 어쩔 건가요?"

"원하시는 전각이 있으십니까?"

"네. 이미 깔끔하게 정리되어 손댈 필요 없이 이대로 몸만 옮겨 가면 되는 전각이 있지요."

입술을 꾹 다문 금화파파는 괴장을 세게 움켜잡았다.

"모란각이라면 내가 머물 처소로 적당하다 싶은데, 파파의 생각은 어떤가요?"

금화파파가 들고 있던 괴장으로 바닥을 쿵 찔었다.

"말씀이 과하십니다, 마 부인! 모란각은 대야성의 안주인만이 가질 수 있는 처소입니다. 한갓 첩이 사용할 수 있는 전각이 아니지요. 본인의 신분을 망각하지 마십시오. 성주님은 용서가 없으신 분입니다."

"뭐라고! 내가 누구인 줄 알고서 너 따위가 함부로 입을 놀리는 것이냐! 내가 청마문주의 친딸이니라!"

소교는 금화파파를 당장 잡아 엎어놓을 듯 목청을 높였다. 치켜뜬 눈초리에 날 선 살기마저 감돌았다. 그러나 상대는 금화파파였다.

"마 부인의 출신이 무엇이든 상관없습니다. 설령 청마문이 아니라 황궁에서 온 황녀였다 할지라도 지금은 대야성주의 첩일 뿐이지요. 그러니 그에 맞는 언행을 보여주시길 바랍니다."

금화파파는 아무런 권리도 행사할 수 없는 소교의 신분을 비수처럼 날카롭게 찔렀다. 첩이란 그저 사내의 노리개에 지나지 않았다. 어떤 권리도 가지지 못했고, 그저 사내의 처분에 모든 것을 맡겨야만 했다.

말문이 막힌 소교는 움켜쥔 주먹을 바르르 떨며 금화파파를 노려보았다.

"내가 정부인이 된다면 늙은이 네 목숨부터 가만두지 않을 것이야."

자존심에 상처를 입은 소교는 수치심에 얼굴이 새파래졌다.

"그건 부인께서 정부인이 되셨을 때 마음대로 하시지요. 그리고 다른 전각을 내어드리는 것은 불가하지만, 이화헌을 마 부인의 취향대로 꾸미는 것은 상관없습니다. 증축이나 구조를 바꾸는 것은 안 되지만, 안의 장식이나 가구들은 부인의 취향대로 바꾸시지요."

용건이 끝난 금화파파는 괴장을 끌며 밖으로 나갔다.

수치심에 바들바들 떨고 있던 소교는 탁자에 놓여 있는 커다란 청자 화병을 집어던졌다. 푸른 꽃이 그려진 화병이 와장창 소리를 내며 산산조각 났다. 소교는 손에 잡히는 대로 집어던졌다.

"죽여버릴 것이다! 내 저 늙은이를 당장 죽일 것이야! 내게 이런 모욕을 준 늙은이를 절대로 살려두지 않을 것이다!"

작은 향로들도 바닥에 부딪혀 부서졌고, 화장대에 놓인 병과 향갑들이 통째로 날아갔다.

분을 이기지 못한 소교의 패악질은 방을 죄다 뒤집어놓은 뒤에야 끝났다. 이화헌의 소동은 아랫것들의 입을 통해 반나절도 지나지 않아 밖으로 흘러나갔다. 이목이 집중되어 있는 상황에서 다들 연줄이 닿아 있는 시비들을 이용해 안의 동정을 알아내려 했다. 사람들은 부용정의 남궁혜를 현숙하다 했고, 이화헌의 마소교를 빼어난 미색을 가진 만큼 오만한 성정을 가졌다 평했다. 그에 반해 석란재의 가연은 시끌벅적한 두 여인의 동정에 이목이 집중된 만큼 별다른 관심을 받지 못했다.

해가 떨어지자 쌀쌀하던 기온이 더 내려갔다. 하루하루 북풍의 숨결이 거세어져 요사이는 새벽녘이면 물기가 맺힌 바닥에 매끌매끌한 얼음이 얼기 시작했다. 화톳불의 숯이 밤새 꺼지지 않도록 불씨를 뒤적거린 소소는 열기가 남아 있는 손바닥을 비볐다.

"휘장을 내릴까요, 부인?"

침상 위에 앉아 있던 가연이 기둥에 묶여 있는 휘장의 끈을 만지고 있는 소소를 보았다.

"다른 아이들은?"

"부인께서 일찍 정리하고 쉬라고 하셔서 다들 자기들 방으로 물러갔습니다."

"그렇구나. 너도 오늘 하루 애썼다. 그만 물러가 쉬어라."

"예, 부인. 그럼 편히 주무세요."

하늘하늘한 연푸른 휘장을 내린 소소는 뒷걸음질 쳐 방을 나갔다.

홀로 남은 가연은 몸을 눕혀 머리를 베개에 대었다. 별달리 움직인 것도 없는데 몸이 너무 피곤했다. 하루 종일 곤두서 있던 신경줄은 금방이라도 끊어질 듯 팽팽하게 당겨져 있었다. 침상에 누워 있어도 당겨진 신경이 느슨해지지 않았다.

하루 종일 부용정과 이화헌은 와룡거의 진혁이 이제나저제나 오지 않을까 기다렸다고 한다. 아무리 무정한 사내라도 첫날인 데다, 필요에 의해 들인 여인이니 다짜고짜 소박부터 놓지는 않을 거라는 분석도 끝냈을 터. 두 전각은 약속이라도 한 듯 신방에 합환주가 있는 주안상부터 준비했다. 그러나 진혁은 건시(乾時)가 넘어가도록 연락을 주지 않았다. 첩실로 들어간 그녀들이 움직일 수 있는 행동반경은 정해져 있는 터라 무작정 와룡거에 사람을 보낼 수도 없었다.

주안상에 놓인 합환주의 향기로운 향이 모두 달아났고, 따뜻했던 음식들은 차갑게 식어버렸다. 해가 지고 달이 밤하늘 높은 곳에 걸릴 때까지 목을 길게 빼며 기다렸던 이들의 무거운 한숨이 처마 끝에 걸렸다. 처음부터 기대 없이 들어왔던 가연만이 일찌감치 잠자리에 들기 위해 아이들을 물렸을 뿐이다.

가연은 누운 자리가 낯설어 몸을 뒤척였다. 어제까지 자던 벽가장의 침소가 아닌 탓에 눈이 닿는 곳마다 생경한 물건들만 시야에 들어왔다. 아직 하루가 다 가지도 않았는데, 벌써부터 아득하기만 했다.

문득 잘한 결정이었는지 의구심이 들었다. 다른 방법이 없다 싶어 잡은 동아줄이 사실은 올가미가 되지는 않을까.

가연은 손바닥을 베개 아래에 묻으며 근심 가득한 눈빛을 눈썹 아래로 가렸다. 평생 고개도 돌리지 않겠노라 맹세한 장소를 제 발로 찾아들어온 탓인지 오늘따라 약한 마음만 들었다. 그래도 그때보다는 낫지 않은가. 아무것도 하지 못하고 내쳐졌던 것보다는……. 얼굴을 붕대로 감싸고 있을 때보다는…….

가연은 번잡스러운 생각을 끊어내듯 눈을 감았다. 오지 않는 잠을 억지로 붙잡아서라도 잘 기세로. 그렇게 전전반측한 지 반시진이 지난 뒤에야 간신히 얕은 잠에 빠져들었다.

준비 과정과 입성에서의 요란법석이 반나절도 되지 않아 꺾였다. 호들갑을 떨던 것이 무안할 정도로 와룡거에서는 아무런 반응이 없었다. 이유가 무엇이든 첩을 들이겠노라 먼저 말을 꺼낸 것은 성주였기에, 일말의 기대를 하고 있었다. 그러나 성주는 철저하게 무시로 일관했고, 세 명의 첩에 대해서는 금화파파에게 일임했다. 아무런 권리를 가지지 못하는 첩의 신분이라 부당하다 말할 수도 없었다. 그녀들은 이제 천가에 속한 여인들이었고, 그녀들의 생사여탈권은 천가의 가주인 진혁의 손에 있었다.

금화파파의 노회한 눈썰미는 세 전각의 소소한 반응까지도 놓치지 않고 파악했다.

'노신의 얕은 소견으로는 이화헌보다는 부용정과 석란재에 더 주의를 기울여야 하지 않을까 싶습니다.'

세 전각을 돌고 온 후 금화파파는 제일 요주의할 인물로 유리화 남궁혜를 꼽고 다음으로 석란재의 가연을 거론했다. 주변에서 가장 신경 써야 할 상대라고 떠들어대는 마중화 마소교는 제일 마지막으로 밀려났다.

진혁은 금화파파의 분석에 날 선 비소를 지었다. 난장처럼 벌어진 짧은 막간극에 의외로 걸려 있는 것들이 많았다. 전혀 예상치 못했던 보물까지 낚아 올렸으니, 그것만으로도 이번 일은 대성공이었다. 곁가지로 달라붙어 있는 소소한 것들이 남아 있지만, 그것도 일이 끝날 때쯤이면 깨끗하게 정리될 터.

"지금부터 시작이지요. 안방까지 내어줬으니, 우리 쪽에서도 얻는 것이 있어야 하지 않겠습니까?"

상관준경은 이번 행사로 얻을 수 있는 것은 모두 쓸어 담은 다음 뼈까지 우려낼 기세였다. 남궁 세가에 뻗어 있는 것이 백면(白面). 그에 닿아 있는 선은 청면(靑面). 청마문에서 감지한 것은 적면(赤面). 남은 황면(黃面)과 흑면(黑面)과 그들의 정체까지. 언제부터인지 알게 모르게 암약하기 시작한 오면좌(五面坐). 대야성과 중원에서 벌어지는 암운들은 알게 모르게 오면좌들과 연루되어 있는 것들이 많았다.

"현재 분명한 것은 백면좌가 남궁 세가의 대장로인 남궁융기라는 겁니다. 청마문이 적면과 연관이 있다지만, 정체를 알지 못하는 한 아무런 소용이 없습니다."

상관준경은 말하는 틈틈이 진혁의 얼굴을 살폈다. 꽃보다 더 아름답다는 미녀, 둘을 한날 한꺼번에 부인으로 맞아 세간에서는 행운아라 부러워마지 않는 사내에게서는 차디찬 빙하처럼 시린 바람만 불었다. 어쩔 수 없이 맞아들인 여인들이라 주군의 마음은 더 꽁꽁 얼어붙은 듯했다. 하루 내내 내원과 이어진 문간에서 이제나저제나 소식이 오지는 않을까 기다리며 살펴보는 이들이 있었다. 부용정과 이화헌에서 나온 아이들이 지금껏 서성거리다 금화파파에게 불려가 큰 꾸지람을 듣고서 쫓겨난 참이었다.

"그나저나 파파께서 딱 보자마자 부용정을 집어내실 줄은 몰랐습니다. 딱히 언질을 드리지도 않았었는데, 역시 연륜이란 무시할 수 없는 것이군요."

"그대보다 더 많은 여자들의 얼굴을 봐온 사람이니 당연한 일이지. 내원에서 살아남은 세월이 그대가 지금껏 숨 쉰 세월보다 더 오래인 사람이다."

"그렇지요. 사람 보는 눈 하나는 확실하신 분이지요. 그런데 말입니다, 주군, 그런 분이 왜 석란재의 벽 부인에 대해서도 주시해야 한다고 하시는 걸까요?"

상관준경은 장난감을 발견한 아이처럼 웃으며 품고 있던 질문을 끄집어냈다.

'필요해졌다.'

상관준경은 진혁이 했던 말을 잊지 않고 있었다. 틈틈이 꺼내어 씹고 또 곱씹어 되새기기까지 했다.

대체 그 말이 무슨 뜻일까.

벽 원주를 만나고, 그 양녀까지 만난 후 기어이 석란재에 들여앉힌 주군의 진정한 속마음은 무엇인가.

처음에는 벽 원주를 완전히 복속시킬 셈이신가 생각했었다. 호법원이 주군을 지지했지만, 벽 원주는 항상 불가근불가원을 고수했다. 이참에 벽 원주의 마음까지 얻어내실 요량이시구나 싶었지만, 곧 자신의 생각이 틀렸다는 것을 알았다. 결국 주군이 필요하다고 했던 것은 벽원주의 양녀, 만고당의 주인인 벽가연이라는 여인이라는 결론이 나왔다.

상관준경은 거기에서 기연가미연가했다. 이리저리 재어봐도 나오는 결론은 분명한데, 주군의 성정을 생각할 때 과연 그것이 가능한 것인지. 여인이라면 돌아보지도 않으시던 분이 무슨 마음의 변화를 일으키신 건지 모르겠다. 분명 주군의 마음을 잡고 있는 것은 태중 혼약을 맺었던 망처뿐이라 여겼거늘…….

그리해 은연중 만고당의 벽가연을 주시하던 중이었다. 혼례를 올리기라도 하듯 요란한 남궁 세가와 청마문과는 달리, 이목을 끌기 싫다는 듯 조용히 과하지 않게 준비하는 그녀의 속내도 읽히지 않아 난감했다. 그러던 참에 금화파파의 첨언을 들었다. 벽 원주의 양녀라는 선입관에 사로잡혀 무조건 위험인물이 아니라고 단정 지었던 것이 실수였다.

대체 자신이 모르는 것이 뭐란 말인가.

"그녀는 무엇입니까?"

적인지, 아군인지 명확히 구별해달라는 뜻이다.

진혁의 비소가 짙어졌다. 과연 그녀는 적일까, 아군일까. 자문자답하길 수십 번. 그러나 답은 여전히 알 수 없었다. 적어도 적은 아닐 것이라는 미약한 희망과, 어쩌면 가장 무서운 적일지도 모른다는 최악의

절망일지도.

"내가 뭐라고 해도 스스로 본 것만 믿고 판단하지 않나? 굳이 내 말을 들을 필요는 없어 보이는군."

"지금은 주군의 의견이 필요하다는 판단이 들었습니다. 주군의 눈에는 그녀가 무엇으로 보이십니까?"

상관준경은 순순히 물러나지 않았다. 분명 뭔가를 감추고 있다는 것을 감지한 순간, 사냥개처럼 물고 늘어졌다. 답을 듣지 않으면 절대로 물러나지 않겠다는 얼굴이었다.

진혁은 무심한 어조로 답을 내렸다.

"아직은…… 그 무엇도 아니다. 그게 현재 내릴 수 있는 답이다. 아마 그녀도 그리 생각할 것이다."

……그래서 더 힘겨운 상대.

진혁은 뒤따른 생각은 덧붙이지 않았다. 이 정도의 언급만으로도 상관준경은 가연을 주의 깊게 관찰할 것이다. 그것이 그녀를 감시하면서도, 또 다른 보호막이 될 것이다.

밤하늘에 희뿌연 달무리가 졌다. 초승달처럼 곱게 휜 달의 언저리가 뿌연 구름으로 흐렸다. 듬성듬성 구름이 모여 있어 별빛이 가려졌다. 와룡거를 나온 진혁은 얕은 담벼락을 따라 걸음을 옮겼다. 바닥에 박아 놓은 돌들이 희미한 달빛을 받아 흰 점으로 길을 밝혔다.

월동문의 지붕 너머로 커다란 나무의 몸체가 보였다. 전각을 안고도 남을 크기라 저 멀리부터 눈에 들어왔다. 그의 지시로 은신해 있는 무사들 외에 다른 시선은 잡히지 않았다.

　전각은 단잠에 빠진 듯 불빛 한 점 보이지 않았다. 진혁은 캄캄한 공간을 제 안방처럼 나아갔다. 오랫동안 비워져 있던 전각에 주인이 들자 휑한 기운이 사라지고 따뜻한 훈기가 감돌았다.

　진혁은 정방을 지나 침소를 찾았다. 침상에 드리운 연푸른 휘장 너머로 잠들어 있는 전각의 주인이 언뜻언뜻 보였다. 잠을 이루지 못하고 있는 것은 아닌가 걱정했던 것이 무색할 정도로 가연은 고른 숨을 내쉬며 단잠에 빠져 있었다.

　진혁은 손을 들어 소리 없이 휘장을 옆으로 걷었다. 침상에 누이고 있는 몸이 너무 작아 보였다. 눈을 뜨고 있을 때의 그녀는 항시 꼿꼿이 허리를 세우고 있어 작다는 느낌을 주지 않았다.

　손을 뻗어 얼굴 앞으로 넘어온 머리카락을 뒤로 넘겨주었다. 손끝에 말랑한 살결이 스쳐 지나갔다. 따뜻하고 부드러운 감촉. 옅은 분홍빛을 띤 살결은 살아 숨 쉬고 있다는 증거였다.

　진혁은 야들야들 여린 귓불 아래를 이로 아프지 않게 살짝 물었다.

　"으음……."

　가연은 간지러운 듯 희미한 신음 소리를 내더니 옆으로 돌아누웠다. 잠결에 건드리는 귀찮은 손길을 피한 것이겠지만, 그에게는 자신의 손길을 피하는 것으로 보였다.

　진혁은 누워 있는 그녀의 좌우로 양팔을 뻗어 그녀를 가둬버렸다. 몸을 내려 그녀를 제 몸으로 덮어 감싸 안았다. 잠결에 느슨해진 옷깃 사이로 유백색의 진주처럼 말간 가슴둔덕이 보였다. 진혁은 옷깃을 벌려 제 손을 집어넣었다. 도독하니 튀어나온 꽃분홍 알갱이를 손가락으로 굴리며 가지고 놀았다.

잠결에 갑자기 무거운 짐을 짊어진 것처럼 답답해진 가연은 몸을 뒤척이려 했지만, 단단한 넝쿨에 결박당한 듯 몸이 움직이지 않았다. 맨살을 간질이는 감각이 슬금슬금 올라와 가연은 더 이상 참지 못하고 눈을 번쩍 떴다.

엎드려 누워 있는 그녀의 위에 누군가가 있었다.

"누⋯⋯?"

"쉿! 조용히!"

고개를 숙인 진혁이 가연의 귓가에 짙게 가라앉은 목소리로 속삭였다.

"자고 있는 시비들을 깨우고 싶다면 마음대로 소리치도록. 나야 우리가 함께 있는 모습을 그들이 보더라도 상관없으니까."

뒤에서 앞으로 파고든 그의 손이 어느새 잔뜩 부푼 젖가슴을 주무르고 있었다. 귓전에 바짝 붙어 있던 입술이 뒷덜미까지 여린 살을 깨물어 발간 흔적을 냈다. 진혁은 입맞춤보다 더 성난 흔적을 달래듯 혀로 핥았다.

"하악!"

사내의 손을 아는 몸이 주인의 의지와는 달리 바르르 떨며 반응을 보였다.

가연은 신음 소리를 참기 위해 이부자락을 틀어쥐었다.

"이, 이게 대체⋯⋯ 무슨 짓⋯⋯?"

"무슨 짓이라니? 사내가 밤에 제 애첩의 방을 찾아오는 이유가 뭔지 진정 모른다는 말이냐."

마치 몸이 진흙덩이처럼 주물려 흐느적거렸다. 가연은 달아오르는 몸을 억지로 움직여 그에게서 벗어나려고 했다. 그러나 커다란 몸으로 그녀를 덮쳐 짓누르고 있다시피 한 진혁을 떨쳐내는 것은 무리였다.

가연은 입술을 깨물었다.

"여인이 필요하다면, 차라리 다른 부인들의 처소를 찾아가시어요. 악!"

진혁이 가슴을 터질 듯 움켜쥐어 가연은 아픈 비명을 질렀다.

"지금 내가 안고 싶은 것은 너다. 누구의 방을 선택할지는 순전히 내게 주어진 권리다."

단단해진 양물이 그녀의 엉덩이 골을 찔렀다.

이미 양쪽으로 풀어헤쳐진 침의 자락을 벗겨내려는 진혁의 손을 가연이 붙잡았다. 겹쳐지듯 누르고 있는 진혁을 돌아보았다. 어둠 속에 가려진 검은 눈동자가 그녀를 잡아먹을 듯 쏘아보고 있었다.

"우린 정사가 아니라 거래를 했어요."

"그래, 거래를 했지. 너 자신을 대상으로 내놓은 거래를 말이야. 그리고 난 그 거래 물품을 확인하는 중이고."

진혁이 서로의 코가 맞닿을 정도로 머리를 내렸다.

"설마 내가 두 손 놓고 가만히 바라보고만 있을 거라고 생각한 것은 아니겠지? 난 내게 주어진 거래를 충실히 이행할 거다. 매일 밤마다, 어쩌면 몇 날 며칠이 걸릴지도 모르지. 그러니 너도 즐겨라. 거래를 하기로 했을 때부터 피할 수 없는 일이었으니까.”

진혁은 잔인하게 현실을 일깨워주었다.

원하는 것을 얻으려면 자신을 내놓아야 한다는 현실을!

어느새 침의 자락이 거칠게 벗겨졌다. 아래쪽에 뭉쳐 있던 치맛자락도 풀어져 실오라기 하나 걸치지 않은 나신이 되었다.

가연은 등에 닿는 맨살의 뜨거운 열기에 소스라치게 놀랐다. 옷자락끼리 부딪친다 싶었더니 어느새 그도 나신으로 그녀와 맞닿아 있었다.

뜨거운 체온이 찰싹 달라붙어 있는 맨살을 통해 스며들었다. 진혁은 복숭아처럼 말캉한 엉덩이를 움켜잡았다. 놀라 움찔거리는 둥근 엉덩이를 손자국이 날 정도로 세게 쥐었다. 침상에 누운 나신의 꽃대처럼 갸름한 뒤태에 진혁은 목이 바짝 말랐다. 그의 손길이 스칠 때마다 나비의 날갯짓처럼 파닥파닥 뒤채는 몸놀림에 진혁의 검은 눈빛이 욕망으로 짙게 가라앉았다.

허리를 붙잡아 세워 제 것을 밀어 넣었다. 이미 한 번 섞었던 몸길이었지만, 뿌듯하게 커진 것이 버거워 힘겨워했다. 다른 여인을 찾으라는 말에 성화가 돋아 힘들어하는 것을 알면서도 제 욕심껏 파고들었다.

“하윽!”

울음소리 섞인 신음성에 피가 자글자글 끓었다. 제 몸 아래에서만 가랑가랑 신음하며 울부짖게 만들 것이니.

깊숙이 파고들자 내밀한 속살이 달라붙어 더 안쪽으로 빨아들였다. 진혁은 격하게 허리를 움직이며 그녀의 허벅지를 더 넓게 벌렸다. 끈끈한 땀으로 번들거리는 맨살이 부딪치며 젖은 소리를 냈다. 등허리로 내려온 긴 머리카락이 그의 떠밂에 맞춰 흔들렸다. 여린 신음성 위로 거친 숨소리가 덧씌워졌다.

가랑가랑 차오른 눈물방울을 보면서 진혁은 바닥까지 파낼 듯 더 깊이 파고들었다.

"아이, 추워! 날이 하루하루 다르네."

두꺼운 옷을 입고서도 소소는 연신 춥다는 말을 토했다. 종종걸음으로 수교를 건너가며, 밤새 꺼졌을 화로의 불씨를 들어가자마자 살려야겠다고 종알거렸다. 문을 열고 들어가자 지창으로 들어온 아침 햇살 속을 떠다니는 뿌연 먼지들이 그녀를 맞았다. 아직 아무도 나오지 않은 듯했다.

아직 주무시나? 이상하시네. 벌써 일어나시고도 남을 시간인데…….

항상 일찍 일어나시는 아가씨께서 오늘은 유별나게도 늦잠을 주무시는 모양이다. 1년에 한 번 있을까 말까 한 일이라 소소는 고개를 갸웃거리다 조심조심 침소로 걸음을 옮겼다.

혹 몸이 안 좋으신 것은 아닐까. 워낙 아파도 겉으로 내색을 하시는 분이 아닌 탓에 주의 깊게 살피지 않으면 안 된다. 입성하는 일이 워낙 큰일이라 내내 긴장하시다가, 어제부로 확 풀려서 혹시 몸살이라도 나신 것일까. 아직 낯선 곳이니 아프더라도 맘 편히 아프실 수나 있을는지……. 이제는 이곳에 정을 붙이고 사셔야지.

침소로 가까이 다가갔을 때였다. 휘장 너머의 침상에서 커다란 인영이 일어나더니 휘장을 걷고 불쑥 나왔다.

"에그머니나!"

깜짝 놀란 소소는 엉겁결에 후다닥 뒷걸음질 쳤다. 놀란 눈을 끔벅거리며 아가씨의 침상에서 나온 사내를 쳐다보았다.

"가연의 시비더냐?"

"예? 예. 예! 제가 가연 아가씨의 시비입니다! 벽가장에서 따라온 시비입지요!"

진혁의 무심한 눈빛에 위축된 소소는 털썩 무릎을 조아리며 할 필요도 없는 상세한 설명까지 덧붙였다.

"피곤할 테니 일부러 깨우지 마라. 일어날 때까지 푹 자도록 주변을 조용히 시켜라."

"예!"

아가씨의 침상에서 나올 수 있는 사내는 단 한 사람. 영리한 소소는 금방 진혁의 정체를 눈치 챘다.

첫날밤부터 소박맞은 줄 알았던 우리 아가씨, 주인어른께서 늦은 밤 찾아오신 것이구나.

소소는 다행이다 싶어 삐죽삐죽 웃음이 나왔다. 저잣거리에 도는 소문을 소소도 들었었다. 두 분 마님에 치여 있는 줄도 모른 채 뒷방 신세가 될 것이라는 소리에 들어오기 전부터 얼마나 걱정을 했었는지.

진혁은 침소를 나오다 힐끔 뒤돌아보았다. 연푸른 휘장 너머로 지쳐 나가떨어진 가연이 쌕쌕거리며 자고 있었다. 힘겨워하며, 제발 그만하라는 애원에도 진혁은 제 욕심껏 그녀를 탐했다.

연못에 걸려 있는 소교를 건널 때쯤, 여기저기 숨어 있는 다른 시선들을 느꼈다. 이제야 소식을 전해 듣고서 부리나케 확인하러 달려온 자들일 터.

과연 어찌 반응할 것이냐.

대야성주가 한밤에 석란재의 벽 부인 처소에 들었다.

이 소식은 아침나절이 되기도 전에 성의 안팎으로 좌악 퍼졌다. 사람들은 의아한 눈으로 석란재를 보았고, 진혁의 의도를 알아내려 머리를 굴렸다.

세 처소 중 왜 석란재인가?

사람들은 벽 부인의 양부인 벽갈평을 가장 큰 이유로 꼽았다. 아무래도 중도 세력이니 가장 부담이 적지 않겠느냐는 추측이었다. 오대 세가인 남궁 세가와 마문인 청마문이 반 성주파이니 당장 찾는 것은 무리일 것이라는 얼핏 타당한 가정들이 나왔다.

큰 기대를 가지고 떠들썩한 잔치까지 벌였던 남궁 세가와 청마문은 심기가 불편해졌다. 자신들의 여식이 벽갈평의 양녀보다 못한 것이 무엇이란 말인가. 자존심에 상처를 입은 두 가문은 시퍼런 살기를 띤 채 벽가연이 머물고 있는 석란재를 주시했다.

그리고 가장 의아한 사람 중 한 명인 벽갈평은,

"아이고, 벽 원주님! 축하드립니다! 참으로 영특한 따님을 두셔서 기쁘시겠습니다."

화산파 장로의 입에 발린 축하를 들으며 인상을 구기고 있었다.

이 인간까지 합치면 총 쉰여섯 명인가. 성에 그렇게 할 일 없는 인간이 많은 줄 몰랐다. 소식을 듣자마자 달려왔다며 축하 인사를 건네는 낯짝들을 한 방씩 갈겨줬으면 속이 시원할 텐데. 차마 호법원주라는 자리 탓에 성질대로 할 수 없었던 벽갈평은 매서운 눈초리로 입을 막아버렸다.

그러나 어디에나 눈치가 둔한 사람이 있었다. 그리고 화산파 장로인 영법(英法)은 구대 문파에서도 가장 눈치가 없는 이로 알려져 있었다.

"그래도 백도가 마문보다는 낫지 않겠습니까? 남궁 부인이 몸은 약해도 마음은 아름다운 분이시니, 양녀이신 벽 부인과 함께 성주님을 잘 보필하면 정말 금상첨화일 것입니다! 허허허!"

영법 장로는 같은 백도라는 의미로 남궁혜를 부탁하기까지 했다. 비록 구대 문파와 오대 세가 사이에 알력이 심하긴 하지만, 청마문보다는 백도인 오대 세가가 가까웠다.

제 면상에 주먹이 메다꽂힐 뻔한 것도 알아차리지 못한 영법은 벽갈평의 인내심을 바닥까지 드러내게 만든 후에야 나갔다.

벽갈평은 식은 찻잔을 들어 후룩후룩 찻물을 마셨다.

대체 성주님은 무슨 의도를 가지고 계신 것인지.

이걸 좋은 일이라 해야 할지, 나쁜 일이라 해야 할지 명확히 알 수 없었다. 첩으로 들어간 가연이 언젠가는 성주와 동침을 하는 날이 올 것임은 알고 있었지만, 그것은 정말 막연한 예상이었다. 지금 당장이 아니라 먼 훗날의 일. 그전에 성을 나올 수 있다면 그보다 더 좋은 일은 없을 것이었다.

벽갈평의 속내를 짐작한 진혁은 들어온 첫날밤을 가연과 함께 보냈다. 자신과 호법원의 힘을 위해서라고 해도 너무 지나친 것은 아닌가. 들어가자마자 다른 이들의 이목을 집중적으로 받게 되었으니, 결코 좋은 일만은 아니었다.

후우.

벽갈평은 무거운 한숨을 내쉬었다. 비록 자신이 어느 정도의 힘을 가지고 있다지만, 내성은 철저하게 그의 영향력 밖의 장소였다. 무적천가의 영향력이 큰 곳.

'현명한 아이이니 무리하지는 않을 것이다. 어떻게든 무사히 살아남아 성을 나올 수 있었으면 하는구나.'

아침 햇살에 환하게 빛나는 부용정을 찾은 남궁강은 낯색이 창백한 여동생을 걱정스러운 눈빛으로 보았다. 부친과 자신의 반대를 무릅쓰고 기어이 제 뜻대로 고집을 부려 들어온 자리.

"너무 걱정하지 마시어요, 오라버니. 저는 괜찮습니다."

남궁혜는 오라비를 부드럽게 달랬다. 찻잔을 내려놓았지만, 남궁강은 손도 대지 않았다.

"첫날부터 소박맞은 신부라니. 네가 무엇이 부족해 첫날부터 소박을 맞아야 한단 말이냐!"

"같은 날 들어온 첩이 세 명이니 그중 두 명은 소박을 맞는 것이 당연하다면 당연한 일이죠."

"네가 소박맞는 무리에 끼일 이유가 없다는 말이닷!"

남궁강은 탁자를 손바닥으로 탁 치며 자리에서 일어났다.

"이건 우리 남궁 세가를 얕잡아 본 것이나 마찬가지야. 한갓 호법원주의 양녀를 들인 것도 격에 맞지 않는다 싶었더니, 동침까지 너를 무시하다니!"

남궁혜는 찻잔을 들어 찻물로 입술을 적셨다.

"오라버니, 앞으로 있을 많고 많은 날들 중 겨우 하루뿐인 것을요. 무얼 그리 걱정하십니까?"

"겨우 하루가 아니다. 이제 시작인 하루인 것이야! 대체 무슨 영화를 보겠다고 널 보냈는지 모르겠다! 성주의 성정을 알고 있으면서도 네 고집을 꺾지 못했으니, 누굴 탓하겠느냐."

남궁강은 하루하루 말라갈 여동생이 걱정스러웠다. 창가에 꽂아둔 꽃들이 따가운 햇살에 말라비틀어져가는 것처럼. 그러나 고집스러운 여동생은 잘못되더라도 절대로 자신의 잘못을 인정하지 않을 것이다.

남궁강은 지창에서 반사된 햇살을 맞아 더욱 희게 바랜 여동생을 바라보았다. 여기서 더 강경하게 말했다간 여동생이 놀라 쓰러질 것이다.

"어쩌면 네 말대로 겨우 하루일 뿐일지도 모르지. 어찌 됐든 초조하게 생각하지 말고 느긋하게 기다려라. 그렇게 기다리다 보면 기회가 오겠지."

곁에 선 유모가 울긋불긋한 얼굴로 화를 내고 있었지만, 차마 소가주의 앞에서 목청을 높이지는 못했다.

여러 가지 당부를 이른 남궁강이 떠나자, 유모는 다짜고짜 남궁혜를 붙잡아놓고 소리쳤다.

"이렇게 계실 것이 아닙니다, 아가씨! 어떤 불여우가 성주님에게 달라붙은 것인지 직접 확인을 하셔야 합니다! 그래야 성주님에게서 떨어뜨릴 방안을 찾아낼 수 있습니다."

"하지만 성주님께서 나가시면서 피곤하니 깨우지 말라는 말씀까지 하셨다지 않아요. 그렇게 마음을 쓰는 여인을 어떻게 떨어뜨릴 수가 있겠어요."

"또! 또! 마음 약한 말씀을 하십니다! 제가 어제 분명 뭐라 말씀드렸습니까? 절대로 약한 마음을 가지셔서는 안 된다고 말씀드렸지 않습니까!"

남궁혜는 고개를 끄덕였다. 일어나자마자 들은 소식에 마음이 상해 아침상도 드는 둥 마는 둥 했다.

"일단 상대방을 잘 알게 되면 어떤 상황이 되어도 잘 대처할 수가 있지요. 그러니 아가씨께서 먼저 다른 두 부인을 초대하시는 겁니다. 가장 웃전인 것처럼 말이지요. 같은 첩이라 해도 신분에 따른 격이 있습니다. 그러니 아가씨께서는 당당히 웃전 행세를 하셔도 됩니다. 아가씨께서는 남궁 세가의 직계 혈족이시니까요. 이렇게 손놓고 있다간 성주님을 영원히 뺏기실지도 모릅니다."

남궁혜의 눈빛이 휙 돌변했다. 나약한 빛으로 흐릿하던 것이 잠에서 깨어나듯 광망을 일으켰다. 어두운 질투와 강한 소유욕이 그녀를 거세게 충동질했다.

十二章

탐색

대야성의 분위기가 잔잔했다. 한 달 전 첩을 들인다며 떠들썩했던 것이 거짓말이었던 것처럼 성 안팎의 분위기가 조용히 가라앉아 있었다. 그러나 그것은 표면적으로 드러나 있는 얄팍한 위장일 뿐, 그 아래 흐르는 기류는 달랐다. 언제 터질지 알 수 없는 비격탄처럼 아슬아슬한 기류가 소리 없이 깔려 있었다. 때가 되면 격류로 돌변해 사방천지를 불바다로 만들어버릴 듯한 불안함.

처음 세 명의 여인이 첩으로 들어간다 했을 때 사람들은 너도나도 내기를 걸었다. 과연 대야성주의 발걸음이 향하는 여인은 누가 될 것인가를 두고서. 남궁 세가나 청마문, 벽가장의 사람들이 들었다면 불벼락이 떨어졌겠지만, 사람들은 뒤에서 몰래 서로서로 장부까지 적어가며 내기 돈을 걸었다.

사람들이 가장 많이 돈을 건 여인은 남궁 세가의 귀한 꽃인 유리화 남궁혜였다. 남궁 세가가 버티고 있는 오대 세가를 끌어들일 수 있는 좋은 기회였다. 뻣뻣한 백도의 원로들도 자신들의 세력에서 대야성주의 핏줄이 나오기를 바랄 테니 성주에게 적극 협력할 것이다. 게다가 중원에서 미모로 제일이라는 세 명 중 한 명이니 금상첨화일 터.

그다음은 청마문의 마중화 마소교였다. 마문의 일맥이긴 하지만 대야성에서 정, 사, 마의 구분은 무의미한 것이다. 마문 중 가장 강한 무력을 가졌다는 청마문이니 성주로서 충분히 고려해볼 만했다. 게다가 몸이 약한 남궁혜와 달리 건강하기도 해 아이를 가지는 것도 훨씬 수월할 것이다.

거의 대부분의 사람들이 두 여인 중 하나를 택했다. 그들은 벽가장의 벽가연은 처음부터 생각지도 않았다. 가진 배경으로나, 재력으로나, 외모로나 무엇 하나 내세울 만한 것이 없었기에 내기를 할 때부터 논외로 제외했었다. 비록 그녀의 양부가 호법원주라고는 하나 실상 커다란 권력을 가진 것도 아니었다. 만고당의 주인이라는 걸 모르는 이들이 다수였고, 알고 있는 이들도 만고당의 부 정도야 남궁 세가나 청마문에 비해서는 한참 모자라다고 여겼다. 외모는 더 말할 것도 없었다. 사람들은 뒤에서 성주가 구색을 맞추기 위해 자신의 세력에서 거치적거리지 않는 여인 하나를 뽑았다고 비웃었다.

그런데 들어간 첫날부터 성주를 맞더니 한 달이 다 되어가는 지금까지 성주의 발걸음을 붙들어두고 있었다.

사람들은 뒤로 넘어갈 정도로 기겁했다. 대체 벽가장주의 양녀인 그녀의 어떤 점이 대야성주를 붙들어두고 있는 것인지 서로 만나기만 하면 수군거렸다. 내기 돈을 어마어마하게 내놓은 어떤 이는 조작이라며 광분했다. 처음부터 성주는 다른 여인을 들일 마음이 없었던 것이 아니냐며 내기의 부당함을 외쳤다. 그리고 벽가연에게 돈을 걸었던 극소수의 사람들은 어마어마한 배당금을 손에 넣고 희희낙락했다.

그중 벽가연에게 제일 많은 돈을 걸어 배당금을 최고로 타낸 상관준경은 자신에게 재신(財神)이 되어준 당사자와 마주해 있었다.

상관준경은 추운 날씨와 어울리지 않는 섭선을 살랑살랑 부쳤다. 가연을 보는 그의 눈에는 기이한 경외감과 호기심이 뒤죽박죽 뒤섞여 있었다. 그녀는 지금껏 그 누구도 불가능하다며 포기했었던 일을 성공시켰다.

성주님과의 동침이라니!

지난번 소문처럼 연극으로 만들어낸 조작이 아니라 진짜 함께 밤을 보낸 것이다.

이 여인의 어떤 점이 성주님을 움직이게 만든 것일까.

요리조리 살펴봐도 외양상으로는 특별한 것이 없었다. 제법 단아한 미색을 가지고 있긴 했지만, 이 정도는 대야성 내에서 찾으려고만 하면 얼마든지 찾을 수 있었다.

잠자리 기술이 뛰어난가.

그거야 겉으로 보이는 모습만으로는 알 수 없는 일이었다. 정숙해 보이는 외양에 밤만 되면 요부로 변하는 여인들이야 숱했으니.

차를 우려내는 차분한 손길을 바라보며 말문을 열었다.

"연통도 없이 불쑥 찾아와 죄송합니다."

가연은 찻잎을 뜨거운 차호에 넣다 고개를 들었다.

"아닙니다. 방문하는 이가 없어 적막하기까지 한 곳이라 상관 군사께서 와주셔서 오히려 제가 감사합니다."

"그리 말씀해주시니 염치불구하고 종종 차를 얻어 마시러 와야겠습니다."

자분자분한 목소리가 듣기 좋았다. 부드럽고 온유한 것이 듣는 이의 마음을 차분하게 만들어주었다.

가연은 우려낸 찻물을 찻잔에 담아 상관준경 앞에 내놓았다.

"드시지요. 솜씨가 없어 입맛에 맞으실지 모르겠습니다."

"별말씀을. 감사히 잘 마시겠습니다."

상관준경은 양손으로 따뜻한 찻잔을 감싸 쥐었다. 그윽하게 올라오는 차향이 심신을 청령하게 일깨웠다. 찻물을 한 모금 마신 그의 눈이 놀란 듯 약간 커졌다.

'이건!'

입술을 축이듯 두어 모금 마신 그는 찻잔을 원탁에 내려놓았다.

"정말 좋은 율계차(肄溪茶)로군요. 향도 향이지만 맛이 정말 훌륭합니다."

안남(安南)에서만 나는 율계차는 일정한 기후에서만 자라는 차나무의 특성상 매해 구할 수 있는 양이 정해져 있었다. 상관준경이 감탄한 것은 구하기 힘든 차의 종류나 맛 때문이 아니었다. 굳이 그에게 율계차를 대접한 그녀의 세심함에 감탄한 것이다.

율계차는 다른 이들에게도 좋지만, 특히 머리를 많이 사용하는 이들에게 좋았다. 무거워진 머리를 맑게 하는 효험이 있어 학사들이나 고위 관리들이 많이 찾는 차였다.

그러고 보니 이 모든 일의 발단이었던 오자도의 청자연적도 그랬다. 선물받는 당사자가 가장 기뻐할 물건이 무엇인지 주의 깊게 살펴보고 고르는 눈썰미.

상관준경은 찻잔의 가장자리를 만지작거리며 생각했다. 성주님께서는 이런 보살핌에 마음을 주신 것인가. 그러다 속으로 손을 휘휘 내저었다. 성주님께서 어떤 분이신데 그런 단순한 감정으로 일을 저지르실까.

"일단 감사하다는 말씀을 드리고 싶습니다."

다짜고짜 감사 인사를 받은 가연은 의아하다는 얼굴을 했다.

"무슨 말씀이신지?"

상관준경이 턱을 만지며 빙그레 웃었다.

"이번에 제가 벽 부인 덕분에 큰돈을 벌었습니다. 상관 세가의 반년 치 재정은 거뜬히 메우고도 남을 금액이라 그냥 입을 싹 씻어버리기에는 양심에 찔려서 말입니다."

상관준경은 넓은 소맷자락에서 파란 비단주머니를 꺼냈다.

"약소한 물건이지만, 감사한 마음에 준비했습니다. 풀어보시지요."

가연은 망설이다 자신의 앞으로 내밀어진 비단주머니를 슬쩍 집었다. 아래로 축 늘어지는 것이 제법 무게가 나갔다. 주머니에 묶여 있는 끈을 풀어 입구를 벌렸다. 진초록 빛깔의 굵은 비취 팔찌 한 쌍이 담겨 있었다. 비취의 짙은 빛깔이나 흠 하나 없이 매끈한 면, 굵기의 정도를 봐서는 집 한 채 금액은 너끈히 넘을 듯했다.

"이건 너무 과한 물건인 듯합니다."

346

가연은 팔찌를 다시 비단주머니에 넣어 상관준경에게로 내밀었다. 상관준경은 섭선을 좌우로 흔들었다.

"아닙니다. 절대로 아니에요. 과하다니요. 벽 부인 덕분에 제가 얻은 금액이 어마어마하다 하지 않았습니까. 주변의 바보 멍청이들이 너무 한곳으로만 몰려간 덕분에 제가 큰돈을 쉽게 벌 수 있었답니다. 그러니 부담 따위 가지실 필요 없습니다."

가연은 쓴웃음을 지었다. 자신과 다른 두 여인을 두고 내기 장부가 만들어진 것은 알고 있었다. 설마 거기에 대야성의 군사까지 돈을 걸었을 줄은 몰랐었지만.

만고당의 하 총관도 자신에게 내기 돈을 걸고서 다른 곳에 몰려든 사람들을 향해 듣기 고약한 욕설을 마구 쏟아냈다고 들었다. 큰돈을 벌어 기분이 좋아야 하지만, 세상 사람들의 고약한 마음에 학을 뗐다며 말을 전해왔다.

"받아두어라."

뒤에서 들려온 목소리에 가연과 상관준경은 황급히 자리에서 일어났다. 언제 왔는지 진혁이 구슬발을 드리운 주렴을 걷어내며 안으로 들어왔다.

"성주님을 뵙습니다."

상관준경이 허리를 숙였다.

"오셨습니까?"

가연은 머리를 살짝 숙였다. 진혁은 가연이 앉았던 자리에 앉았다.

"차를 다시 우려내 오겠습니다. 잠시만 기다리십시오."

진혁은 몸을 돌려 전각에 붙은 부엌으로 나가는 가연을 붙들까 하다 나가도록 내버려뒀다. 옆에서 번득이는 형형한 안광을 무시하려니 두고두고 귀찮은 소리를 들을 것 같아 그녀가 자리를 피하는 것을 두었다.

"그대가 여긴 어쩐 일이냐? 책상에 쌓여 있는 서류 더미의 높이가 아직 높지 않은가 보군."

"서류야 항상 쌓이는 것이니 잠시 내버려뒀다고 어디로 달아나거나 하지는 않겠지요. 들어오시면서 다 듣지 않으셨습니까? 감사 인사 겸, 얼굴도 뵐 겸, 두루두루 겸해서 만나 뵈러 왔지요."

해가 떨어지지 않은 시간에도 종종 석란재를 찾으신다더니, 진짜였군. 놀랍다 못해 기이한 일이었다.

진혁은 탁자에 놓여 있는 비단주머니를 봤다. 제법 값이 나가 보이는 취옥이었다.

"좋은 물건이로군."

"당연히 좋은 물건이지요. 누구에게 올리는 물건인데 싸구려로 드리겠습니까? 성주님께서도 종종 부인들께 이런 물건들을 선물하십시오."

"글쎄."

"글쎄가 아닙니다. 부인들께 직접 물건을 선물하는 것만큼 관계를 좋게 하는 것도 없습니다. 조일 때 조이더라도 불필요하게 경직시킬 필요는 없지 않습니까?"

가연이 찻잔을 들고 들어와 진혁의 앞에 조용히 내려놓았다. 진혁은 들어오는 그녀에게서 눈을 떼지 않은 채 물었다.

"상관 군사가 내게 이런 물건들을 직접 선물하라고 충고하는군. 그대는 내게서 이런 선물을 받고 싶은가?"

한 걸음 물러서 있던 가연은 탁자에 놓인 비단주머니를 힐끔 보았다. 탁자에 앉아 있는 상관준경의 집요한 눈초리가 그녀의 신경에 잡혔다.

"금화파파에게서 받은 것만으로도 이미 충분합니다. 그것도 성주님의 명으로 내려진 것일 터이니, 굳이 따로 내려주실 필요가 있을까 합니다만."

예상했던 대로의 답이었다. 입술을 삐긋이 옆으로 올린 진혁은 다시 물었다.

"그래도 내가 직접 주고 싶다면? 그럼 어떤 선물을 받고 싶나?"

"원하면 무엇이든 주시렵니까?"

"무엇을 원하느냐에 따라 다르겠지."

"선물이란 받고 싶은 것을 받는 것이 가장 좋겠지요. 제가 성주님께 받고 싶은 것은 하나뿐입니다. 아시지 않습니까?"

가연의 목소리 색이 달라졌다. 자분하기는 한데 온기가 사라졌다. 그에 비례하듯 진혁의 미소도 서늘해졌다.

"선물로 받고 싶다?"

"주시렵니까?"

허공에서 격하게 마주친 두 사람의 눈빛이 서늘한 불꽃을 일으켰다. 멋모르고 건드리는 자들은 얼음 같은 불꽃에 휩싸여 얼어 죽을 듯했다.

상관준경은 예상치 못한 반전에 어리둥절해졌다.

이 살벌한 분위기는 뭔가? 사이가 좋으신 것이 아니었던가?

함께 침상을 사용하는 남녀 사이가 마치 생사대적을 마주한 것처럼 냉기를 뿜어냈다. 한참을 말없이 서로 마주 보고 있다 진혁이 먼저 입술을 뒤틀었다.

"아직은 이른 것 같군. 선물에도 다 때가 있다 하니 때를 기다리는 수밖에."

가연은 아래로 떨어진 소맷자락에 가려진 손을 조용히 말았다.

"그렇군요. 그리 알고 때를 기다리도록 하지요."

그녀가 원하는 단 하나의 선물.

진혁은 절대로 내어줄 생각이 없었다. 명확하지는 않지만 조금씩 실체가 보이기 시작했으니. 달아나려 하면 네 발목을 긋고 가장 깊숙한 방에 수십 겹의 발을 둘러 가둬버릴 것이다.

상관준경은 진혁의 눈동자에 찰나처럼 스쳐 지나간 살기를 똑똑히 보았다.

다정한 원앙처럼 서로 손을 맞잡고 밀어를 속삭이는 것까지는 기대하지 않았지만, 그래도 자신이 상상했던 것과는 달라도 너무 달랐다. 상관준경은 자신의 생각이 잘못되었던 것은 아닌가 고민했다.

"부인."

밖에서 소소의 목소리가 들려왔다.

"무슨 일이냐?"

"부용정과 이화헌에서 사람이 왔습니다. 어찌할까요?"

두 처소에서 동시에 사람이?

"들여라."

가연은 진혁의 옆자리에 앉았다. 문이 열리고 소소의 또래로 보이는 시비 두 명이 들어왔다.

"서, 성주님을 뵙습니다."

"성주님을 뵙습니다."

들어서던 시비들은 탁자에 앉아 있는 진혁을 발견하고 황급히 바닥에 머리를 조아렸다.

"두 처소에서 무슨 일이냐?"

진혁이 찻잔을 들며 물었다.

바닥에 이마가 닿도록 고개를 숙이고 있던 시비들이 조심스럽게 머리를 들었다. 설마 이 시간에 성주님이 석란재에 들어 계실 줄이야. 자칫 한 마디 말이라도 잘못 했다간 성주님의 비위는 물론이고 상전으로 모시는 마님들에게 치도곤을 당할 수도 있었다.

"갑자기 벙어리가 되었느냐? 무슨 일로 석란재에 들었느냐 묻고 있다."

부용정의 시비가 황급히 고개를 들며 떠듬떠듬 말했다.

"남궁 부인께서 내일 부용정에서 다과를 함께 드셨으면 좋겠다는 말씀을 전해 올리려던 참이었습니다."

"마 부인께서도 내일 이화헌에서 함께 차를 마시자는 말씀을 전해 올리라 하셨습니다."

가연의 미간이 슬쩍 구겨졌다.

"두 분 다 내일 말씀이냐?"

"예, 그리 말씀하셨습니다."

"예, 틀림없습니다."

똑같은 날짜를 지정해 얼굴을 보자고 요구하는 것이 우연일까.

각자 주도권을 잡기 위한 계획이 빤히 읽혔다. 그러나 거절하기도 마땅치 않았다. 어느 한쪽을 선택하든, 다른 한쪽은 그녀에게 앙심을 품게 될 것이다.

진혁과 상관준경은 한 걸음 물러나듯 떨어져 그녀가 누구를 선택할지 기다렸다. 가연은 각자 주도권을 잡기 위해 그녀를 끌어들이려 하는 것을 알았나. 한 달간 조용하던 기류가 서서히 들썩이기 시작했다.

화장대 선반에 영롱한 빛깔의 비녀들이 좌르르 펼쳐져 있었다. 그중 연초록 빛깔의 작은 옥들을 자잘하게 박은 비녀를 들어 머리에 대어보던 소교는 들고 있던 비녀가 부서져라 소리 나게 탁 내려놓았다.

"그게 지금 무슨 말이야? 누구더러 뭘 하라 해? 하! 고작 남자 하나 붙들어두고서는 감히 나더러 오라 가라 한단 말이야!"

석란재에 심부름을 갔었던 시비가 바닥에 무릎을 꿇었다. 모시는 분의 성정이 사나워 자칫 자신이 화풀이 상대가 될 수 있었다.

화가 치민 소교는 값비싼 화장병을 손에 잡히는 대로 시비에게 집어던졌다. 내력을 싣지는 않았지만, 무공을 익힌 소교의 팔매질에 시비는 여기저기 상처가 났다.

"악! 죄송합니다, 부인! 잘못했습니다! 악!"

"대체 말을 어떻게 전했기에 그 계집이 날 이렇게 얕잡아 보는 게야?

제까짓 게 대관절 뭐라고 나더러 오라고 명령을 해! 감히 내게!"

　가뜩이나 주변에서 바라보는 시선이 못마땅해 화가 치밀어 올라 미칠 것 같았는데, 제 발끝에도 미치지 못하는 년까지 건방을 떨다니!

　손에 잡히는 것이 떨어지자 소교는 손바닥에 손톱자국이 나는 것도 아랑곳하지 않고 있는 힘껏 주먹을 움켜쥐었다. 분노를 참을 수 없어 몸을 부르르 떨었다.

　이마와 뺨에 깊게 상처가 난 시비가 피를 흘리며 울먹거렸다.

　"석란재에 부인의 말씀을 전하러 갔더니, 마침 부용정의 시비도 와 있었습니다."

　"뭐? 부용정?"

　"예. 부용정의 시비도 저와 똑같은 전언을 전하러……."

　"부용정으로 와달라는 전언이었단 말이냐?"

　소교가 쇳소리로 물었다. 시비는 겁박하는 듯한 어조에 겁을 집어먹어 바닥에 조아린 이마를 들지도 못했다.

　소교는 영활한 눈빛을 굴리며 어질러진 화장대 앞을 오갔다.

　"흥! 얌전한 척하던 남궁 계집이 발등에 불이 떨어진 모양이지. 항상 뒤에 숨어 제 안의 사람들을 움직이기만 하던 것이 직접 움직인 것을 보면."

　화르륵 들끓었던 심화가 약간 가라앉았다. 음전한 척, 정숙한 척 구는 남궁혜의 희멀건 면상이 얼마나 일그러졌을지 생각만 해도 지금껏 답답했던 짜증이 확 사라지는 듯했다.

　"그런데……, 부인……."

하지만 자신을 오라 가라 한 석란재의 벽가 계집도 가만히 둘 수는 없지. 어찌 벽가 년을 치죄할까 궁리하던 소교는 짜증스러운 몸짓으로 시비를 돌아보았다.

"왜? 또 무슨 일이냐?"

"……석란재에 군사님과 성주님이 함께 계시는 모습을 봤습니다."

"성주님이 군사와? 틀림없느냐?"

"예, 성주님은 벽 부인과 함께 나오시어 직접 뵈었고, 상관 군사님도 안에 계셨습니다."

"하! 그래서 의기양양한 거였어. 성주를 끼고 있으니 무서운 것이 없나 보지."

소교의 눈이 고양이처럼 얄팍해졌다.

대야성을 움직이는 것은 성주가 아니라는 걸 모르는 모양이군. 아무리 성주의 울타리 안에 있다고 하더라도 바람만 훅 불면 쓰러져버릴 짚단 같은 것을.

"내일 언제쯤 오라고 하더냐?"

"신시³⁾(申時)쯤이면 좋으시겠다 하셨습니다."

"흥! 빈손으로 갈 수는 없으니, 던져줘도 될 적당한 물건이나 하나 골라놓아라."

어떤 면상인지 얼굴이나 한 번 봐야겠다. 그리고 똑똑히 가르쳐줘야

3) 오후 3시~5시

지. 대야성에서 살려면 누구의 눈치를 살펴야 하는지.

온실에서 잘라 온 작약 한 송이를 화병에 꽂는 손길이 섬약했다. 진분홍빛의 작약 꽃잎이 화병을 풍성하게 수놓았다.

"부인, 이것은 부인을 업신여기고 하는 짓거리입니다! 한 번 끌고 와 정신이 번쩍 나도록 혼찌검을 내놓아야 합니다."

유모는 시비가 돌아와 고한 말에 펄펄 뛰었다. 감히 뉘더러 오라고 하는 것인지! 제가 뭐기에 귀한 아가씨를 불러올리는 것인지 용서할 수가 없었다. 유모는 불룩한 볼살을 씰룩거리며 성난 멧돼지처럼 씩씩거렸다.

"부인!"

남궁혜는 신중하게 꽃을 꽂을 자리를 살폈다. 한 대라도 잘못 끼워 넣으면 지금까지 공들여 꽂은 모양이 망가질 수 있었다.

"아가씨!"

유모는 발을 동동 굴렀다. 대체 아가씨의 속내를 짐작할 수가 없어 속이 바짝바짝 타들어갔다. 아무리 첩으로 들어왔다지만, 정부인이 없는 이상 측실 중 한 명이 정부인의 권한을 가지게 될 것이다. 그리고 그것은 후계자를 생산한 모친이 가지게 될 공산이 컸다. 어떻게든 성주님의 발길을 돌려 아가씨에게로 묶어놓을 방법을 강구해야만 했다. 들려오는 성주님의 성격상 자식이 생기면 측실들은 돌아보지 않을지도 모른다.

"이리 가만히 계실 셈이십니까, 아가씨!"

"소리가 너무 커요, 유모."

남궁혜의 나직한 질책에 유모는 입을 다물었지만, 답답한 눈빛만은 숨기지 않았다. 꽃가지를 자르는 철컹거리는 소리가 났다. 남궁혜는 자잘한 잎사귀가 붙은 곳을 가위로 잘라내며 물었다.

"석란재에 가니 성주님이 계셨다 했나요?"

"예, 부인. 이화헌의 시비도 함께 봤사온데, 놀라는 눈치였습니다."

철컹.

탁자에 잘린 가지가 툭 떨어졌다.

"성주님께서 직접 하문하시더란 말이죠?"

"예, 부인. 무슨 일로 온 것이냐며 물으셨습니다."

평소와 똑같은 다정한 물음인데도 시비는 목덜미에 소름이 돋았다. 너무나 평이한 어조라 오히려 불길한 느낌이 들었다. 유약하지만 다정하신 성품이라 시비들이 너도나도 일하기 편하다며 좋아라 하지만, 가끔씩 미묘하게 어긋난 조각들이 부용정 바닥 아래에 깔려 있는 듯한 느낌이 들 때가 있었다. 금방이라도 부서질 듯한 살얼음판 위를 걷고 있는 듯한 아슬아슬함이랄까.

"유모는 가서 내일 석란재에 가져갈 사천수금(四川秀錦) 한 필을 준비해두세요. 색깔은 짙은 푸른 빛깔이 좋을 것 같군요. 구름무늬가 들어간 것으로요."

"아가씨! 사천수금은 가주님께서 특별히 아가씨를 위해 준비하신 비단이지 않습니까! 일 년에 한 필만 짤 수 있다는 귀한 수금을 어찌 석란재의 하찮은 것에게 내리시려 하십니까! 절대로 안 됩니다! 기어이 내리시려면 광에 굴러다니는 광목천이나 내리시지요."

"유모! 함부로 말하지 마요. 자꾸 석란재의 그이를 하찮다고 하는데, 그럼 그이와 함께 계시는 성주님도 하찮은 사람이란 말인가요? 지금 유모의 말은 성주님까지 깎아내리는 거예요. 그러니 앞으로는 그이에게 합당한 예를 갖추세요."

"그, 그건⋯⋯."

"그렇게 하지 않겠다면 유모를 세가로 돌려보내겠어요."

유모는 못마땅한 얼굴로 억지로 수긍했다. 볼살을 푸들푸들 떨면서도 아가씨의 명이라 따를 수밖에 없었다. 어찌 됐든 아가씨의 말이 맞기도 했다. 지난 세월의 신분이야 어떻든 지금은 똑같은 측실의 신분이니. 다른 이들이 본다면 남궁 세가가 핍박한다고 비난하며 아가씨 탓을 할 것이다.

"조심하겠습니다, 아가씨."

"가보세요. 수금 중에서도 제일 좋은 것으로 고르세요. 그이가 입든, 성주님의 옷을 짓든, 부용정에서 나간 물건이니 흠을 잡히지 않도록 최고의 것으로 골라요."

"예, 아가씨."

유모는 커다란 돼지를 두 마리 붙여놓은 듯한 두툼한 엉덩이를 씰룩거리며 시비를 데리고 나갔다.

넓은 방 안에 남궁혜만이 인형처럼 오도카니 앉아 있었다. 그녀는 탁자에 남아 있는 작약 꽃줄기 하나를 집어 들었다. 밑에서부터 지저분한 꽃가지를 하나씩 잘라낸 가위질이 꽃대 끝에 달라붙어 있는 커다란 꽃송이까지 톡 잘라버렸다. 목이 꺾인 미녀처럼 꽃이 떨어진 꽃대는 휑하니 아무것도 붙어 있지 않았다. 남궁혜는 탁자에 남은 다른 꽃줄기를 집어 들어 다시 하나씩 톡톡 가위질을 했다. 종국에는 화병에 꽂혀 있던 작약들도 목이 잘린 미녀처럼 꽃송이들이 잘렸다.

석란재에 먼저 온 일행은 남궁혜였다. 그녀는 약속했던 신시보다 반각 정도 먼저 도착해 석란재의 월동문을 넘었다. 문을 넘자마자 전각을 낮게 감싸고 있는 우람한 나무에 시선을 빼앗겼다. 연못 중앙에 지어진 전각이 풍기는 아취는 들어서는 이들의 마음을 사로잡았다. 흠을 잡으려고 눈을 희번덕거리던 유모도 입을 벌리며 수면 위에 드리운 물그림자를 보았다.

"여기가 석란재……?"

부용정도 크고 아름답지만, 석란재에는 특별한 정취가 있는 듯했다. 내성에 이런 전각이 있는 줄 알았다면 자신의 처소로 정해달라고 먼저 청을 넣었을 텐데.

"예쁘기는 하지만 규모가 너무 작아서 살림살이들을 넣기에 부족합니다."

뒤따르던 유모가 부러워하는 남궁혜의 눈빛을 보고 부러 못난 점을 집어 중얼거렸다.

미로처럼 여러 갈래로 엇갈려 이어져 있는 목교 너머에 석란재의 주인인 가연이 마중 나와 있었다. 가연은 조심조심 목교를 건너오는 남궁혜를 바라보았다. 여우 털을 붙인 연분홍빛 털조끼에 비슷한 치마를 입은 그녀는 머리에 장식한 작약처럼 화사했다. 연분홍 빛깔의 옷과 붉은 장신구가 창백한 피부에 옅은 생기를 보태주었다. 세상에서 부르는 '유리화'라는 별호처럼 조심스럽게 보듬어 아껴줘야 할 듯한 미녀였다.

"어서 오세요. 벽가연이라 합니다."

"처음 뵙겠습니다. 남궁혜라고 합니다."

서로 마주 인사를 하는 순간 두 여인 사이에 짧은 탐색전이 벌어졌다.

남궁혜는 너무나 평범한 얼굴에 깜짝 놀랐다. 박색은 아니지만, 정갈하고 깨끗한 피부 외에는 특별한 것이 없는 생김새라 살짝 실망하기까지 했다. 그러다 살짝 내려떴던 눈을 치켜 올리는 눈동자를 정면으로 똑바로 마주 보게 되었다. 너무나 짙은 검은 눈망울이 까마득한 심해처럼 그녀를 집어삼켰다. 마주 보면 볼수록 검은 밤하늘이 너울처럼 몰려오는 듯해 아찔한 현기증을 느꼈다.

"아!"

"아가씨!"

호위신장처럼 뒤에 딱 붙어 서 있던 유모가 비틀거리는 남궁혜를 황급히 부축했다.

"괜찮아요, 유모."

남궁혜는 부축하는 유모의 손을 떼어내며 흔들린 신형을 바로 세웠다.

"정말 괜찮으십니까? 혹, 안 좋으시다면 굳이 무리를 하실 필요는 없습니다. 다음에 제가 부용정으로 가도 되는 것을요."

"아닙니다, 아니에요. 초면에 좋지 않은 모습을 보여 정말 죄송하군요. 오랜만의 외출이라……. 정말 괜찮습니다. 걱정하지 마세요."

가연은 핼쑥해진 남궁혜의 얼굴을 보았다. 연약한 겉모습과 달리 그녀의 영혼이 가진 향은 독화(毒花)였다. 그야말로 팔랑거리는 연약한 꽃잎으로 나비를 유혹해 제 촉수로 친친 휘감아버리는. 그것을 자각하지 못하고 있다는 것이 더욱 치명적인…….

"안으로 드시지요. 아무래도 이화헌께서는 조금 늦으실 듯하니, 따뜻한 안에서 기다리는 것이 좋을 듯합니다."

석란재 안은 비좁아 보이는 겉모습과 달리 제법 널찍했다. 고급스럽기는 하지만 그렇다고 구하기 어렵지는 않은 가구와 장식들이 자리를 차지하고 있었다. 유모는 재어보는 눈길로 석란재 구석구석을 살펴보았다.

괜한 긴장을 했었군. 얼굴 생김새도 별 볼일 없고, 전각을 꾸민 것들도 싸구려들인 것을 보니……. 성주님께서 아가씨를 보실 계기만 만든다면 석란재는 끈 떨어진 연 신세지.

화로의 훈훈한 열기와 달리 전각 안에는 가벼운 긴장감이 감돌았다. 가연이 차를 우려낼 물을 준비하라고 명한 사이 남궁혜가 유모를 힐끔 쳐다보았다. 유모가 앞으로 나서며 팔에 들고 온 곱게 접힌 청록 빛깔의 비단을 내밀었다.

"초대를 받았는데 빈손으로 오는 것은 예의가 아닌 듯해서 준비했습니다. 별것 아니지만 성의를 생각해서 받아주세요."

가연은 위협적으로 바짝 붙어 선 유모가 내민 비단을 만져보았다. 매끄러운 감촉에 감도는 광택이 다른 것들과 달랐다. 유모가 기세등등해서 거드름을 피우듯 그녀를 깔아보았다.

"별것 아닌 게 아닌 듯합니다만. 구하기 힘든 수금이 아닙니까? 이리 귀한 것을 받아도 될는지 모르겠습니다."

"수금이 아무리 귀한 것이라 해도 앞으로 우리가 보낼 세월만큼이야 하겠습니까? 청록빛이 부인께 잘 어울릴 듯하니 옷을 지어 입으십시오."

유모는 콧구멍을 실룩거렸다. 귀한 수금이면 무얼 하누, 입을 사람이 형편없으니 옷태가 살지를 않을 것을. 아까운 비단만 버리겠구만.

"그럼, 주신 것이니 감사히 잘 받겠습니다."

가연이 옆에 서 있는 소소에게 눈짓을 보냈다. 냉큼 다가선 소소가 유모에게서 비단을 건네받았다.

"차를 즐겨 드신다 해서 준비했습니다. 입에 맞으실지 모르겠습니다."

작은 찻잔에서 올라오는 향기를 맡은 남궁혜는 속으로 놀라 눈을 깜박거렸다.

'이건?'

"해연차(海燕茶)입니다. 남해에서 가져온 것이지요."

유모도 놀라 찻잔을 내려다보았다.

남궁혜는 딱 마시기 좋은 온도의 차를 한 모금 마셨다. 시원한 바다 향이 입안을 휘감으며 감돌았다. 찻잔을 내려놓으며 옅은 미소를 지었다.

"정말 향이 좋군요. 찻잎이 해연차 중에서도 일품인 듯합니다."

"마음에 드신다니 다행입니다."

해연차는 남궁혜가 가장 좋아하는 차였다. 해안 절벽가에서만 구할 수 있는 것이라 육지에서는 입수하기가 어려웠다. 남궁 세가가 있는 합비는 사방이 육지라 멀리 떨어진 바닷가까지 사람을 보내야만 구할 수 있어 세가에서도 가주 직계들만이 종종 마실 수 있었다. 태상가주였던 검왕이 해연차를 좋아해 남궁혜도 따라 맛을 들이게 되었다.

'할아버님⋯⋯.'

남궁혜는 불편한 상념을 재빨리 털어냈다. 그보다는 가연이 어떻게 자신이 제일 좋아하는 차를 알아내 마치 준비라도 했었던 사람처럼 구비했다 내놓은 것인지 알 수가 없었다. 분명 오늘의 만남은 미리 잡혀 있지 않던 것이었을 텐데.

남궁혜는 찻잔을 비우며 남은 빈자리를 보았다.

"이화헌에서는 오지 않으시려나 보군요. 이번에 함께 얼굴을 봤으면 좋았을 텐데 말이에요."

"글쎄요. 사람들이 모두 제 시간을 꼭 지키는 것은 아니니까요. 각자 자신들만의 시간을 가지고 살아가는 이들도 있지요."

그때였다. 문이 벌컥 열리더니 마소교가 진한 사향 냄새를 풍기며 들어왔다. 들어오자마자 대뜸 안쪽을 이리저리 훑어보더니 신랄하게 빈정거렸다.

"이런 달팽이집처럼 비좁은 곳으로 사람을 오라고 하다니. 답답해서 어디 숨이라도 제대로 쉴 수가 있나?"

제 안방인 것처럼 위풍당당하게 걸어오더니 가연과 남궁혜가 앉아 있는 원탁에 인사도 없이 앉았다. 피처럼 붉은 입술이 샐쭉하니 옆으로 휘어졌다.

"피차 이름이야 지겹게 들었을 테니 쓸데없는 통성명 따위 굳이 할 필요는 없겠죠. 유리화야 안면이 있고, 이쪽이야 이제 얼굴을 알았으니 됐고."

마소교가 길쭉한 손톱으로 남궁혜와 가연을 차례대로 가리켰다. 남궁혜가 불쾌감에 얼굴을 굳혔다. 대야성에서 행사가 있을 때 몇 번 마주친 적이 있던 두 사람은 별다른 교류가 없었다. 아주 나쁘지는 않지만, 좋지도 않은 사이.

마소교는 가연을 보고 눈꼬리를 치켜 올렸다.

뭐야? 이런 얼굴에 밀린 거야?

제 얼굴보다는 떨어지리라 생각하긴 했지만, 그래도 너무 평범한 얼굴이라 오히려 기분이 더 나빠졌다. 어디 한 군데 특별한 곳이 있었더라면 차라리 자신이 밀려난 것을 납득이라도 했을 텐데. 이것은 어디를 봐도 봐줄 만한 곳이 없지 않은가. 그 빙석 같은 남자의 눈에 이상이 있는 걸까. 그도 아니면……

"밤기술이 좋은가 보군요. 그 얼굴로 얼음 같은 성주님의 발걸음을 붙잡고 있는 것을 보면 말이에요."

거침없는 말에 깜짝 놀란 것은 남궁혜였다. 얼굴을 붉힌 그녀는 아무 단어나 내뱉는 마소교를 경멸스럽게 봤다.

"말을 너무 함부로 하는군요. 자신이 있는 위치를 생각해 말을 가려

하세요."

마소교는 고개를 살짝 돌리며 남궁혜를 보았다. 반들거리는 동공에 조소가 가득했다.

"나는 누구처럼 착한 척 굴면서 시키면 제 속을 감추는 사람이 아니라서요."

"뭐라고요?"

"사실 그쪽이야말로 제일 묻고 싶은 것이었을 텐데, 아닌가? 왜 이 여자가 자신보다 더 성주님의 시선을 끌었을까? 어떻게 성주를 밤마다 자신의 전각으로 오게 했을까? 나보다 그쪽이 더 궁금하지 않아?"

"마 부인! 말이 너무 지나치군요!"

"그렇게 아닌 척, 태연한 척 굴고 있지만 실상 몸이 달아 어쩔 줄 몰랐을 텐데. 그래서 자존심도 접고 이렇게 석란재로 온 거잖아. 아닌가?"

마소교는 요염한 입술을 휘며 남궁혜의 속을 쿡쿡 찔렀다. 남궁혜의 희멀겋던 얼굴빛이 푸르죽죽해졌다. 무릎에 올려둔 주먹을 치맛자락과 함께 세게 틀어쥐었다.

요화(妖花)로구나.

가연은 마소교에게서 짙은 요기를 감지했다. 청마문 특유의 마기가 아니라 그녀가 가진 천성적인 요기가 사이한 향을 뿌렸다.

서로 팽팽한 기싸움을 벌이는 사이를 칼로 잘라내듯 가연이 새 찻잔을 내려놓았다.

"드시지요. 목이 마르실 텐데 목이라도 잠시 축이시지요."

"흥!"

도도하게 고개를 돌린 마소교는 신경질적으로 찻잔을 집어 들었다. 가연의 말대로 목이나 축일까 싶어 찻물을 마셨던 마소교는 흠칫 놀라 찻잔을 다시 봤다. 천천히 다시 찻물을 한 모금 마셨다.

"내가 홍포차(紅葡茶)를 좋아하는 것을 알고 준비했나 보군."

포도는 중원에서 구하기 어려운 과일이었다. 거기다 붉은 포도 알갱이를 말려 차로 만든 것은 특히 귀했다. 멀리 서역에서 나는 포도를 먹지 않고 말리는 것으로, 부유한 자들도 쉽사리 만들지 않는 차였다.

"장사꾼이라더니 상대방의 비위를 알아서 잘 맞추는가 봐. 그게 비결인가? 성주의 비위를 맞춰주는 거?"

"장사꾼은 맞지만, 성주님의 비위를 잘 맞추는지는 모르겠군요."

"그럼 다른 비결이라도 있단 말이야?"

소교는 빈정거리며 계속 가연의 평정심을 흐트러뜨리려 했다. 그러나 만고당에서 온갖 손님들을 상대하며 쌓은 내공이라 가연은 쉽사리 흔들리지 않았다. 가연은 제 몫의 찻잔을 비웠다.

"글쎄요. 저는 잘 모르겠으니 다음에 성주님을 만나면 물어봐주시겠습니까? 어떤 점이 석란재에 계속 발걸음을 하게 만드시는 것인지? 저도 궁금하군요."

마소교의 눈빛이 매섭게 변했다. 가연을 갈기갈기 찢어버릴 듯한 눈빛으로 야멸치게 쏘아붙였다.

"기고만장한 것도 한때지. 지금이 아니면 즐기지 못할 테니, 즐길 수 있을 때 즐겨두도록 해. 당장이야 성주의 울타리 안이라 단단해 보이겠지만 금방 쓸모없어 내쳐질 터. 그때에는 배경도 없는 너 따위, 어디서 어떻게 사라져도 궁금해 하는 이도 없을 테니까."

마소교는 자리에서 벌떡 일어났다.

"그러니 장사꾼이면 장사꾼답게 적당히 허리를 굽히도록 해. 제 분수도 모르고 나대지 말고. 그래야 하찮은 목숨이라도 부지하지. 성주의 측실? 측실도 측실 나름이지. 네가 먼저 자식을 가져도 제대로 지킬 수나 있을까? 그 정도 세상 돌아가는 이치는 알고 있을 테니, 누가 위고 누가 아래인지 알아서 기란 말이야."

그레야 대업이 끝날 때까지만이라도 살 수 있을 테니. 일이 끝나면 성주와 함께 너와 남궁 계집도 나란히 저승길일 테니까.

이 말을 하려고 마소교는 석란재에 온 것이다. 가연에게 제 비루한 신분을 일깨우기 위해서. 할 말을 끝낸 그녀가 문을 향해 돌아섰을 때였다. 문가의 커다란 기둥에 기대 있는 진혁을 발견했다.

"서, 성주님!"

앉아 있던 남궁혜가 외침 소리에 놀라 돌아보았다. 가연은 알고 있었던 사람처럼 차분하게 찻잔을 탁자에 내려놓았다.

기척 없이 들어선 탓에 아무도 진혁이 전각 안으로 들어온 것을 알지 못했다. 그가 언제부터 얘기를 듣고 있었는지도.

윽박지르던 마소교는 언제 그랬냐는 듯 요염한 미소를 지으며 나긋한 몸놀림으로 무릎을 살짝 굽혔다 폈다.

"성주님을 뵙습니다."

"성주님을 뵈어요."

푸릇한 기를 보이던 남궁혜도 눈을 반짝이며 앉은 자리에서 일어났다. 시든 꽃이 물을 만난 듯 화사한 기운을 뿌리며 진혁을 반겼다.

진혁은 두 여인의 인사에도 응하지 않은 채 아직까지 자리에 앉아 있는 가연을 주시했다. 마소교의 막말 같은 윽박을 받으면서도 눈빛 하나 변하지 않았다. 명경처럼 맑아 오히려 상대방의 일그러진 그림자를 반사하는 듯했다.

"그대는 내가 온 것이 반갑지 않은가 보군."

가연이 느릿느릿 자리에서 일어났다.

"그럴 리가 있겠습니까? 이곳의 주인은 성주님이니 어디를 가시든 성주님의 마음이지요. 단지……."

"단지?"

흐리는 말끝을 진혁이 잡아 을렀다.

"미리 오신다는 연통을 주셨더라면 당황하지 않고 맞았을 거라는 생각이 들어서요."

"내가 언제는 연통을 하고 왔던가? 새삼스러운 말을 하는군. 이미 내가 필요로 하는 것들이 모두 석란재에 구비되어 있는데, 불필요한 연통이 무엇에 필요해."

한 달간 석란재에서 밤을 보내는 동안, 그의 옷가지들이나 신발 등 일용품들이 하나씩 전각에 구비되기 시작했다. 그가 즐겨 차는 허리띠와 가죽신이 그녀의 물건들과 함께 나란히 놓이게 되었다.

"그러게요. 성주님을 모시는 데 불편함이 없도록 항시 준비를 하고 있어야지요. 이화헌에도 성주님께서 즐겨 드시는 차와 음식들이 마련되어 있지요. 한 번쯤 발걸음을 하셔서 이화헌의 솜씨도 평가를 해주시지요."

진혁과 가연의 은밀한 실랑이에 마소교가 툭 끼어들었다. 석란재에 올 때에는 생각지 못했던 기회였다. 마소교는 흰 목덜미를 손으로 쓸어내리며 긴 속눈썹을 팔랑이면서 요염한 눈웃음을 지었다. 추운 날씨에도 어깨와 가슴골이 훤히 드러난 옷차림이라 그녀의 풍만한 가슴선이 진혁의 눈에 선명히 보였다. 가벼운 손짓 하나, 몸짓 한 번에도 붉은 색기가 넘쳐흘렀다.

부동심을 기른 사내라도 쉽사리 견딜 수 없는 유혹이었다.

"맛을 보지 않아도 이화헌의 솜씨가 뛰어난 것은 잘 알고 있소. 허나 이화헌의 맛을 볼 사람은 따로 있지 않은가 싶어 발길이 향하지 않더군."

진한 유혹의 빛깔을 띠고 있던 눈빛이 한순간 불안하게 흔들렸다.

'무슨 의미지? 뭘 알고서 하는 소리인가?'

마소교는 가슴이 덜컹 내려앉았다. 그러다 속으로 아니라는 듯 제 생각을 부정했다. 그가 알고 있을 리가 없었다. 설사, 알고 있다 한들 그것은 이화헌에 들어오기 전의 일. 이화헌에 들어온 후로는 단 한 번도 사내를 만난 적이 없었다. 아직은.

"재미있는 말씀을 하시는군요. 벽 부인의 말대로 성주님이야말로 대야성의 주인이시니, 이화헌의 주인도 성주님이지 않으십니까? 주인이 아니면 맛볼 수 없는 진미를 감히 누가 건드릴 수 있다는 말입니까?"

"그런가? 하긴 그게 맞는 말이긴 하지."

그러나 진혁의 안어(眼語)는 다른 뜻으로 그녀의 심장을 죄었다.

"성주님."

마소교의 유혹을 보고 있던 남궁혜가 조곤한 목소리로 나섰다. 정말 너무나 오랜만의 만남이라 뜻밖의 선물을 받은 듯했다. 어쩌면 혹시나 했던 기대감이 실현되어 기쁜 한편, 씁쓸하기도 했다. 다른 여인의 전각에서 마주친 임의 얼굴이라니.

"몸도 약할 텐데, 무리하지 말고 물러가 정양하라. 남궁 세가의 귀한 영애이지 않은가."

진혁은 건조한 예의로 남궁혜의 접근을 막았다. 그는 남궁혜의 집착을 알고 있었다. 그 역시 비슷한 집착을 하고 있으니. 그래서 더 싫었다. 상반된 양면성에 지독한 혐오감만 들었다.

'원하는 것을 얻을 수 있다 생각했겠지. 허나, 그것은 지독한 착각에 지나지 않으니. 그날의 선택으로 너는 헤어날 수 없는 수렁에 빠졌으니, 아무도 널 구해줄 수 없을 것이다.'

진혁은 동정하지 않았다. 어떤 선택이든 본인이 책임져야 했다. 아무리 지독한 결과가 나온다 할지라도.

뒤로 물러서 있던 유모는 진혁이 남궁혜를 홀대하는 듯하자 속에서 열불이 확 솟았다. 아가씨에 대한 걱정과 충성으로 대야성주인 진혁의 무서운 성격에 대해서도 잊어버렸다.

"성주님! 부인께서는 성주님의 존안을 대하여 기뻐하신 것뿐입니다. 아무리 몸이 약하더라도 지아비의 알뜰한 보살핌이 있다면 어느 지어미가 자리를 떨치고 일어나지 않겠습니까? 그러니 부인의 정성을 받아

주시어 부용정으로 잠시 발걸음을 하시지요. 부인께서 성주님께 드릴 것들을 매일 정성스럽게 준비해두십니다."

"유모!"

남궁혜가 진혁의 눈치를 살피며 유모를 말렸다. 그러나 유모는 이번 기회를 놓쳐선 안 된다는 생각밖에 없었다. 아가씨가 평범한 박색덩어리에게 밀려야 할 이유가 무엇이란 말인가.

"석란재의 풍취가 뛰어나긴 하지만 사람의 정성보다는 못하지요. 하물며 뛰어난 재료들 중에서도 상급으로만 엄선해 부인께서 마련하신 것들입니다. 석란재에서는 즐기지 못하신 것들일 테니, 부용정에서 두 분께서 함께 즐기시지요."

유모는 제 말에 취해 부용정과 남궁혜의 좋은 점을 늘어놓았다. 그럴수록 진혁의 눈빛이 서늘해지는 것도 모른 채.

"너는 누구냐? 누군데 주인이 대화를 나누는 데 함부로 나서는 것이냐?"

얼음장처럼 차가운 일갈에 유모는 화들짝 놀랐다. 진혁의 눈치를 살피고 있던 남궁혜는 유모의 앞을 가로막으며 바로 무릎을 굽혔다.

"용서하시어요, 성주님. 그이는 저를 어를 때부터 키운 사람이라 신첩을 걱정해 나선 것입니다. 제발 한 번만 용서해주십시오. 앞으로 이런 일이 없도록 제가 엄히 단속하겠습니다."

유모는 냉랭한 진혁의 눈초리에 온몸이 오싹해졌다. 남궁 세가의 가주 앞에서도 제 할 말을 다 하던 그녀였기에 대수롭지 않게 여겼었다. 아무리 성주님이라도 남궁 세가를 무시할 수 없을 것이라 생각했다.

진혁은 방관자처럼 바라보고만 있는 가연을 돌아보았다. 자신은 아무 연관도 없는 사람처럼 서 있는 것이 그의 심기를 건드렸다.

"그대의 생각은 어떻지?"

가연에게 던진 진혁의 질문에 남궁혜의 얼굴이 확 붉어졌다 금방 창백하게 희어졌다. 가연은 불필요한 불화를 유발하는 일에 끼어들고 싶지 않았다.

"제 생각이 굳이 필요한 일입니까?"

진혁은 빠져나가려는 가연의 발을 덥석 잡았다.

"상전을 무시하는 수하의 잘못을 다스리는 것은 주인의 일이고, 이곳의 주인은 그대이니 벌을 줄 수 있는 것도 그대뿐이지 않나?"

숨죽이고 있던 유모가 모멸감에 눈을 사납게 굴렸다. 마소교도 불편한 얼굴빛을 띠었다. 이것은 상하를 가르던 그녀에게 던지는 경고이기도 했다.

가연은 속으로 짧은 한숨을 내쉬었다. 아무리 용을 써도 이 사태에서는 발을 뺄 수가 없었다. 그의 말을 무시하면 성주의 권위를 무시한 것이 되어 쓸데없는 빌미를 주게 될 것이다. 그렇다고 따르자니 부용정과 이화헌과 완전히 척을 지게 되는 것이다.

가연은 어지러운 생각을 단숨에 정리했다. 이왕 마음먹고 해야 한다면 철저하게 다스리는 것이 맞다. 게다가 유모의 행동거지는 처음 만났을 때부터 그녀의 심기를 거슬렀었다. 비록 모르는 척 넘기기는 했지만.

"그럼, 좋은 날 피를 보기는 그러니. 유모가 자신의 뺨을 손수 서른

대를 때리도록 하지요. 그 정도면 적당하다 싶은데요. 어떻게 생각하세요, 남궁 부인?"

남궁혜는 난감하다는 얼굴로 입술을 깨물었다. 유모의 안하무인격 행동은 곧 그녀의 허물이었다. 가연이 유모의 뺨을 때리는 것은 곧 그녀의 뺨을 때리는 것과 같았다. 그러나 남궁혜는 고개를 숙였다.

"아량을 베풀어주셔서 감사합니다, 부인."

"이곳에서는 보는 이들도 많으니, 부용정으로 돌아가셔서 금화파파의 앞에서 행하시지요. 그러면 이목도 피하고, 벌을 행하는 것도 검증할 수 있으니, 그 편이 좋을 것입니다."

부용정으로 돌아가면 행했다 치고 뺨만 붉게 만들면 되겠다 싶었던 유모는 황망했다. 금화파파라면 첫날 보았던 꼬장꼬장한 노파를 말함이니, 한 대도 어설프게 때리게 두지 않을 것이다.

남궁혜와 마소교에게 밀려 있는 듯하던 가연의 존재감이 한순간 뚜렷해져 두 여인의 존재를 지워버렸다.

十三章

과거의 잔영(殘影) 上

"헉! 헉! 헉!"

광의는 심장이 터질 듯한 거친 숨소리를 내뱉으며 얼어붙은 땅바닥을 구르듯이 내달렸다. 그의 달음박질에 딱딱한 흙바닥이 깊게 파였다. 그에게 남은 여유가 있었다면 이렇게 허겁지겁 도망치는 대신 꼼꼼하게 흔적을 지우고 자신만이 아는 장소로 은신했을 것이다. 그러나 그의 뒤를 쫓는 추격자들은 지금까지 만났던 자들과 달랐다. 마치 자신이 어떻게 할지 알고 있기라도 한 것처럼, 딱 일정한 거리를 두고서 뒤만 밟고 있었다.

'성도(成道)에서 붙었던 놈들과는 달라. 대체 어디에서 나온 녀석들이기에 이렇게 몰이사냥을 하는 거야?'

성도를 나올 때부터 뒤에 사람이 붙었다는 것을 알았다. 조금씩 인적이 드물어지면서 뒤쫓던 녀석들의 숫자도 늘어났었다. 그를 찾는 무리들은 늘 있었기에 광의는 험한 사천잔도에서 충분히 따돌릴 수 있으리라 여겼었다.

그런데 어느 순간부터 뒤에 붙은 녀석들이 달라졌다. 멧돼지 사냥꾼처럼 몰아붙이기만 하던 녀석들의 움직임이 한순간 은밀해졌다. 언뜻언뜻 그마저도 기척을 잡을 수 없을 정도로.

살수는 아닌 것 같고…….

광의는 뇌에 주름살이 새겨질 정도로 머리를 굴렸다. 최근에 자신이 엄한 세력을 건드렸었는지. 그중에 저 정도의 권신을 거느릴 만한 곳이 있었는지. 아무리 생각해봐도 모르겠다. 요 몇 년간 사천에서 구하기 어려운 독물들을 채집하느라 꼼짝도 하지 않았다. 이목을 끌면 채집한 귀한 독물을 빼앗길 수도 있어 더 조용히 지냈다.

'당가는 아니야. 만약 당가에서 알았다면 여기까지 달아나도록 내버려두지도 않았겠지. 그들이라면 성도를 빠져나가게 두지 않았을 테니. 그렇다면 어디지?'

근 보름이 넘도록 술래잡기 중이었다. 광의는 씻는 것은 고사하고 쉬지도 못해 꾀죄죄하고 초췌한 몰골이었다. 짙은 녹의 장포는 흙먼지로 얼룩덜룩했고, 탐스럽던 흰 수염은 서로 뒤엉켜 때가 꼬질꼬질했다. 잠을 자지 못해 핏발이 곤두선 눈 밑으로 시꺼먼 그늘이 생겨 점박이 묘웅(猫熊) 같았다.

운기조식이라도 할 수 있다면 몸이 한결 나을 텐데…….

초조한 마음에 발걸음이 다급해졌다. 감당하기 힘든 상대라면 일단 몸을 피해야만 했다. 그동안 쌓인 이런저런 원한 관계를 생각한다면 어느 세력에게든 붙잡혀서 좋을 것이 없었다.

험악한 잔도라 발아래가 울퉁불퉁했다. 경공으로 몸을 날려도 한 번씩 닿는 바닥이 요철처럼 들쑥날쑥했다. 그런데도 광의는 잔도로 이어진 길을 고집했다. 잔도에 있는 여러 갈래길, 또 거기에서 뻗어 나온 갈래길들을 요리조리 익숙하게 몸을 틀며 나아갔다.

길을 잘 아는 길잡이가 없으면 잔도에서는 길을 잃기 십상이다. 갈래길이 미로처럼 수없이 뻗어 있고, 늪지나 갑자기 무너진 구덩이가 불쑥 나오는 곳이라 자칫 목숨을 잃을 수도 있었다.

잔도 깊숙이 광의의 은신처가 있었다. 오직 그만이 알고 있는 장소였다. 흔적을 남기긴 했지만, 일단 안으로 들어가기만 하면 진법이 발동할 것이다. 한 번 닫히면 밖에서도 안에서도 열 수 없다. 오직 3개월이라는 시간이 지나야만 저절로 진법이 풀린다. 처음부터 마지막 장소로 생각하고 만든 곳이었다.

'절대로 사용할 일이 없을 거라고 장담했었더니! 말이 화를 부르는구나, 화를 불러!'

나잇값도 못하고 촐랑거린 대가를 이렇게 치르는구나.

다음 갈래길만 빠져나가면 은신처가 나온다. 광의는 턱 아래까지 차오른 숨을 억지로 다잡으며 마지막 힘을 끌어 모았다.

"여기까지닷!"

뒤에서 커다란 일갈이 터져 나왔다. 뒤쫓아 오던 무리 중 한 명이 광의의 머리 위를 훌쩍 뛰어넘어 그가 달려가야 할 길목을 막아섰다.

"꺼져랏!"

광의는 달려가던 힘까지 모아 태산이라도 뭉개버릴 듯 주먹을 휘둘렀다.

우르릉!

주먹에서 나간 권풍이 용권풍처럼 회오리쳤다.

"크헙!"

광의는 앞으로 내달리던 힘에 반발력까지 더해져 뒤로 거세게 튕겨 나갔다. 가슴에 정통으로 맞은 충격에 허리를 새우처럼 구부리며 거친 기침을 연발했다.

"크흑! 컥! 컥!"

땅바닥에 붉은 혈흔이 점점이 튀었다.

광의의 권풍을 되돌린 사내가 큰 걸음으로 바닥을 기고 있는 광의에게 다가왔다.

"달아나는 모양새만 보면, 의원이 아니라 담벼락을 넘나드는 밤손님이 본업인 줄 알겠군."

머리에 서리가 내려앉은 광의에게 사내는 다짜고짜 말을 놓았다. 천성이 그러한 듯 제법 번듯하게 생긴 외양에도 오만한 기색이 가득했다.

"누구…… 냐? 대체 누구기에 날 이리 핍박하느냐?"

광의는 입가에 묻은 핏자국을 닦으며 욱신거리는 몸을 일으켰다. 그의 눈에 사내의 장포 아랫단에 수놓여 있는 청염(靑炎)이 들어왔다.

"청마문! 너는 청마문에서 왔느냐!"

사내는 얄팍한 입술을 끌어올렸다. 자신이 몸담고 있는 청마문의 이름을 두려워하는 이를 볼 때마다 그는 희열을 느꼈다. 마치 한껏 달아오른 여인의 비문으로 제 하물을 집어넣을 때처럼.

광의를 이용한 계획만 성공한다면 대야성을 무너뜨릴 수 있는 가능

성도 거의 8할은 가능하리라. 남은 2할은 다른 곳에서 맞추면 된다.

"청마문에서 나온 것을 알았으면 순순히 따라와, 늙은이. 광의라는 이름에 그나마 이 정도로 대우해주는 것이니."

"퉤! 청마문에 하늘 무서운 줄 모르고 날뛰는 놈이 있다더니 그놈이 네놈이로구나! 도장격(途帳擊)! 네 사부가 와도 날 이리 대할 수 없거늘!"

광의는 새파랗게 어린 녀석의 망발에 치를 떨었다.

"흥! 나는 사부와 다르다. 늙은이에게 해줄 공대 따위는 없어. 재주만 아니라면 굳이 내가 직접 나서지도 않았을 것이다."

"오는 것이 있어야 가는 것도 있는 법이지. 이런 대접을 하고서도 내게서 얻기를 바라는 것이냐!"

도장격의 눈가에 살기가 번들거렸다. 가진 재주를 믿고 큰소리만 치는 늙은이의 모양새가 비위에 거슬렸다.

늙은이의 이용 가치가 다하면 내 손으로 목을 잘라버릴 것이다.

"살고 싶으면 고개를 숙이고 따라야 할 거다. 그렇지 않으면 이 자리에서 목이 떨어질 테니."

도장격의 음침한 살기가 짙어졌다. 붉은 마기가 넘실거리며 그의 눈동자가 붉게 변했다. 붉은 마기 사이로 얼핏 푸른 기운이 돌았다. 청마문의 내공심법은 경지가 깊어질수록 붉은색에서 청색으로, 청색에서 검은색으로 올라갔다.

'아직 서른도 되지 않은 녀석이 벌써 청기를 피워 올려? 빌어먹을! 성격은 개차반 같아도 실력은 알아준다는 말이 사실이었군.'

377

광의는 겉으로는 내색하지 않았지만 속으로는 낭패감에 빠졌다. 몸이 멀쩡해도 상대하기 버거운 놈이건만, 내상을 입은 몸으로 싸운다면 두고 볼 것도 없이 필패였다. 도장격도 그 사실을 잘 알고 있었다. 겉으로는 멀쩡해 보이는 광의가 실상 속이 빈 대롱과 같다는 것을. 그래서 더 고압적으로 대한 것이다. 꼬장꼬장한 늙은이의 기세를 초장에 확 잡아 눌러줘야 다음 일을 수월하게 진행할 수 있기에.

광의는 싸우는 척 빠지기로 했다. 어떻게든 녀석의 옆을 돌아 빠져나갈 수만 있다면 결과적으로 그의 승리였다. 지금의 모욕이야 다음에 갚을 기회가 있을 터.

두고 보자, 청마문! 내 이름만 들어도 이가 갈리게 만들어줄 테니!

광의는 몸을 날리며 갈고리처럼 오므린 손을 흔들리는 버드나무처럼 좌우로 그었다. 쓸데없는 말을 주고받으며 끌었던 시간 동안 간신히 한 줌의 내공을 모았다. 앞으로 쏘아진 신형이 갑자기 갈지자로 움직였다.

쾅! 쾅! 쾅!

연달아 세 번의 권격이 맞부딪치며 벽력탄이 터지는 듯한 폭음을 울렸다. 웅크린 손아귀에 실린 경기가 사나운 맹수의 발톱처럼 사방을 찢어발길 듯 달려들었다.

이 늙은이가!

도장격은 뒤로 밀려나면서도 몸을 피하지 않았다. 교활한 늙은이의 속셈이 자신을 이 자리에서 비키게 만드는 것임을 알아차렸기에. 한순간 붉은 마기가 너울처럼 크게 일어나더니 반월형의 강기를 만들어냈다.

"크핫!"

광의는 피분수를 내뿜으며 바닥에 메다꽂히듯 날아갔다.

"흐억! 크……."

신음성을 흘리며 광의는 시체처럼 바닥에 널브러졌다. 정신을 잃지는 않았지만, 외상과 내상이 심각해 손가락 하나 까딱할 수도 없었다.

'내기가 흔들렸다!'

도장격은 안정적이었던 내기가 광의의 공격을 받고 뒤틀리는 느낌을 받았다. 치명적이지는 않지만 미약한 상처를 받은 것이다.

"이 늙은이가! 좋은 게 좋다고 만만하게 대해줬더니 제 분수를 모르는군!"

자존심이 상한 도장격은 쓰러진 광의에게 다가가 한 발을 피범벅인 오른 다리에 올렸다.

"의원 노릇 하는 데 다리 한 짝이야 없어도 상관없겠지. 머리와 손만 움직일 수 있으면 돼. 어차피 다리 따위 있어봤자 도망갈 생각만 할 테니."

"으아악!"

도장격은 천근추로 발에 무게를 더해 광의의 오른쪽 무릎 뼈를 두부처럼 으깨버렸다. 그리고 남은 왼쪽 무릎에 발을 올렸을 때였다. 날카로운 경기가 그에게로 날아왔다.

"큭!"

본능적으로 두른 호신강기가 그의 목숨을 살렸다. 그러나 엄청난 힘에 떠밀려 주르륵 미끄러졌다.

"웬 놈이냣!"

간신히 신형을 세운 도장격은 경기가 쏘아진 방향을 찾았다. 쓰러진 광의 옆에 커다란 방립으로 얼굴을 가린 남자가 서 있었다.

"누구냐!"

도장격의 몸에서 다시 붉은 마기가 솟구쳤다. 호신강기가 찢어질 정도로 강력한 공격을 날린 자였다. 그런데도 호흡 하나 흐트러지지 않았다. 어디서 온 자인지는 모르겠지만, 절대로 좋은 일은 아닐 것이다.

진혁은 늑대처럼 사납게 으르렁거리는 도장격을 무시하고 쓰러져 있는 광의의 상처부터 확인했다.

'다행히 늦지 않았군.'

암영대에 잡혀가도 갇힌 장소를 확인하면 된다고 말은 했었지만, 그래도 끌려가기 전에 신병을 확보하는 것이 훨씬 편했다. 만약 암영대의 신분이 발각되어도 상관없었다면 싸워서라도 지키라고 했을 것이다. 그러나 저들에게 암영대가 발각되어서는 안 되었다. 아울러, 지금 자신의 신분도.

도장격은 수상한 진혁의 기색을 느끼고 소리쳤다.

"그 늙은이는 내가 잡은 것이다! 그러니 어서 내게 넘겨라!"

"광의, 저자와 함께 가고 싶소?"

목소리를 변조한 진혁은 신음 소리를 흘리고 있는 광의에게 직접 물었다. 피가 흥건한 입술 사이로 가래 끓는 듯한 그르렁거리는 소리가 나왔다.

"……절대로…… 아니…….."

"무슨 짓이냐!"

도장격이 광의를 쓰러트린 반월형의 권기를 날렸다.

퍽!

벽력탄처럼 날아오던 권기가 무형의 장막에 막혀 힘없이 터졌다. 도장격의 붉은 마기가 푸른 빛깔을 띠기 시작했다. 그러나 진혁은 여유를 부리듯 느긋하게 광의에게 말했다.

"이 자리를 모면하게 해준다면 그대는 내게 무얼 주겠소, 광의?"

광의는 자신이 손도 대지 못했던 도장격의 공격을 진혁이 강막으로 막아버리는 광경을 똑똑히 봤다. 이대로 도장격의 손에 잡혀 청마문으로 끌려간다면 있는 대로 이용당하다 마지막에는 비밀 유지를 위해 죽임을 당할 것이다. 그럴 바엔 이자의 손을 잡는 것이 나을 터였다. 광의는 피가래를 뱉어내며 제법 또렷한 목소리로 답했다.

"……무엇이든 원하는 것을 주겠네……. 내 이름을 걸지."

"무슨 헛소리를 지껄이는 것이냐! 늙은이, 네가 가긴 어딜 가!"

"시끄럽군."

진혁은 들고 있던 검으로 검집째로 허공을 그었다. 단순한 한 동작에서 수많은 섬광이 뻗어나갔다. 짙은 어둠을 밝히는 눈부신 섬광에 도장경은 한순간 눈이 멀었다. 위험을 감지한 순간 있는 힘껏 몸을 날렸다.

푹! 푹! 푹!

귓가를 섬뜩한 소리가 지나갔다.

방금 전까지 그가 서 있던 자리에 벌집처럼 구멍이 숭숭 나 있었다.

움직이지 않은 채 버티고 있었다면 자신의 몸이 땅거죽처럼 되었을 것이다.

"이 개자식이!"

도장격은 잇새로 욕설을 내뱉으며 흐려진 시야를 확인했다. 선명해진 시야에 아무것도 잡히지 않았다.

"뭐야? 어디로 갔어?"

이리저리 사방을 둘러봐도 자신을 공격한 놈과 광의가 보이지 않았다.

"으아아악!"

눈앞에서 먹이를 가로채인 도장격은 분노의 괴성을 내지르며 발을 굴렀다.

한쪽 어깨에 광의를 짊어진 진혁은 한순간에 거리를 벌렸다. 혹, 뒤를 밟히면 여러모로 귀찮은 일이 벌어진다. 도장격의 성정상 부하들을 풀어 주변을 뒤지려 들 터. 작은 단서라도 잡을 때까지 부하들을 닦달하며 성질을 부릴 것이다.

- 의원은?

진혁은 그림자에 붙어 있는 암영에게 전음을 날렸다. 길잡이를 했던 암영이 기다렸다는 듯 곧바로 답했다.

- 안가에 준비시켜두었습니다, 주군.

광의가 제 몸을 살필 여력이 되지 않을 테니, 상처를 볼 다른 의원이 필요했다. 마침 광의의 은신처 주변에 암영대가 만들어둔 안가가 있었다.

　- 군사에게 청마문이 무엇을 획책하고 있는지 철저히 조사하라고 해라. 광의를 이용하려고 한 것을 보면 여상한 일은 아닐 것이다.

　- 존명.

　강시와 고독, 독약을 이용한 음독이 제일 먼저 떠올랐다. 사용할 대상자 중 1순위는 바로 자신일 것이다. 군사에게 언급했으니, 뭔가 걸리는 것이 있겠지. 지금은 청마문보다 광의가 우선이다. 그에게서 들어야 할 이야기들. 진혁의 눈빛이 무거워졌다.

　의원의 치료와 호심단을 복용한 광의는 그제야 상태가 조금 좋아졌다. 피가 흥건한 붕대자락을 치운 의원이 침상에 누운 광의와 옆에 선 진혁을 번갈아 보며 말했다.

　"내상과 상처들은 약을 복용하고 치료를 하면 완전히 낫겠습니다만, 아무래도 이 오른쪽 다리는…….."

　의원은 무기를 들고 있는 무인들이라 섣불리 말을 하지 못했다. 종종 무인들 중 결과를 받아들이지 못하고 겁박을 하는 자들이 있기 때문이다.

　"흥! 네가 말하지 않아도 알고 있다! 이 다리는 이제 쓸 수 없다. 제아무리 재주를 부려도 원상태로 돌아가는 것은 불가능하다는 말을 하고 싶은 거겠지?"

　의원의 눈이 약간 커졌다. 자신의 몸인데도 마치 남의 몸인 양 빈정거리는 노인의 말투에 놀랐다.

　"예. 그렇습니다. 여러 가지 방법을 사용해도 완전하지는 못할 것입니다.”

“최대한 돌아와도 절뚝거리는 다리병신 꼴이지.”

무릎 뼈가 완전히 으스러져 어떻게 손쓸 방법이 없었다. 도장격이 무릎을 밟을 때부터 직감했었다. 광의는 분노로 천장을 노려보았다. 오만방자하던 도장격의 낯짝을 떠올리자 저절로 이가 갈렸다.

청마문!

한순간 찬바람이 부는 밖보다 더 기온이 뚝 떨어지는 듯해 의원이 어깨를 움츠렸다.

“약이 다 되었는지 살펴봐야겠습니다.”

의원은 현명하게 자리를 피했다.

광의는 천장에서 시선을 떼고 옆을 보았다. 방립을 벗은 진혁의 얼굴을 처음으로 제대로 보았다. 한 번도 본 적 없는 얼굴이지만, 제법 만만치 않은 신분일 거라는 생각이 들었다. 도장격이 제대로 손도 쓸 수 없을 정도의 고수에다 이 정도의 안가를 미리 준비시킬 수 있는 권력까지.

“그래. 날 구해줬으니 무얼 요구하시려나?”

광의는 진혁을 은인으로 대하지 않았다. 갑자기 나타난 진혁의 행적부터가 수상한 것이었으니. 거래에는 거래. 분명 목숨을 구해줬으니 그에 상응하는 조건을 충족시켜주면 되는 일이다. 그리해 진혁을 대하는 광의의 말투는 시비조였다.

진혁은 개의치 않았다. 광의의 태도야 어찌 되었든 원하는 답만 들으면 된다.

“진실.”

"진실? 무슨 진실을 말하는가?"

광의는 말뜻을 알 수가 없어 이마를 접었다. 영단을 내놓으라거나, 자신의 의술이 필요해 일정 기간 일을 해달라거나, 누구를 치료해달라는 요구들을 생각했었다. 그런데 뜬금없는 진실이라니.

"그대의 의술로 얼굴을 바꿀 수 있소?"

"인피면구를 만들어달라는 건가?"

광의는 만들어둔 인피면구가 몇 개나 남아 있나 머릿속으로 떠올렸다. 죽은 사람의 얼굴 피부를 뜬 것이라 살아 있는 사람의 얼굴보다는 약간 못하지만, 그래도 착용하면 얼굴에 딱 달라붙어 불편한 줄 모를 것이다.

진혁은 고개를 저었다.

"단순히 인피면구 같은 방법을 말하는 것이 아니오. 그대가 가진 부술로 얼굴에 손을 대 생김 자체를 완전히 바꿀 수 있냐고 묻는 거요."

"하! 그걸 어찌 알고 있나? 내가 부술로 직접 손을 댄다는 것을 아는 이는 다섯 명도 되지 않거늘!"

광의는 깜짝 놀라 벌떡 몸을 일으켜 세울 뻔했다. 화타(華佗)에게서 내려온 부술(剖術)은 몸 안의 나쁜 부위를 직접 째서 잘라내는 방법이었다. 화타비전인 청낭서(靑囊序)가 분실된 후로 부술의 맥도 끊겨서 현재 중원의 의가들은 부술의 부자도 모르는 이가 대부분이었다.

"가능한 것이오?"

"지금 당장은 불가능하네. 부술을 하려면 필요한 도구도 많고, 약재들도 구비해야 해. 무엇보다 몸부터 추슬러야 부술을 하든, 침을 놓든

할 것이니."

광의는 할 수 없다는 말은 하지 않았다. 중원에서 부술을 할 수 있는 의원은 그뿐이기도 했다.

진혁은 한참 동안 무거운 침묵을 지켰다. 광의는 의아한 눈으로 진혁을 살펴보았다. 부술 치료를 하고자 하는 것이 끝이 아니었나?

"부술로 여자아이의 얼굴을 다른 생김새로 바꾼 적이 있소?"

"여자아이라고?"

"그렇소. 9년쯤 되었을 것이오."

9년 전이라.

문득 짚이는 것이 있어 광의의 눈이 부릅뜨였다. 비밀을 지키겠노라 맹세했었던 치료였다. 치료라고 보기에도 이상한 치료였다. 멀쩡하다 못해 너무나 곱디고운 얼굴을 오히려 깎아내야 했던 터라 하면서도 몹시 마음 쓰였던 치료였다.

"알고 있군."

진혁은 광의의 반응에 확신했다.

"그 일에 대해 알고 있는 대로 모두 말해주시오."

광의는 눈을 질끈 감았다.

"무슨 말인지 모르겠네. 9년 전이라니……. 벌써 10년이나 된 일이 아닌가. 부술 치료를 한 적이 많지는 않지만, 여자아이의 얼굴에 손을 댄 적은 없네."

"광의라는 이름이 시중에 굴러다니는 엿보다 못한 이름이었나. 사경에 빠져 허우적댈 때에 내뱉었던 말 따위야 지키지 않아도 상관없다 싶은가?"

광의의 귓전에 서늘한 일갈이 벼락처럼 떨어졌다.

"분명 무엇이든 원하는 것을 준다고 했었지. 그대의 이름을 걸고. 내가 원하는 것은 9년 전의 진실이다."

광의는 아무것도 듣지 못한 귀머거리처럼 굴었다. 눈도 봉하고 입도 봉했다. 이마에 잡힌 주름의 고랑만이 더 깊게 파였다.

대체 이자가 누구이기에 그날의 일을 파헤치고 있는가. 그것은 모두 지워버리자 다짐했던 일이었다. 진퇴양난에 빠진 광의는 입이 있어도 말할 수가 없었다. 고집스레 감긴 눈가가 혼란스러움을 말해주듯 파르르 떨렸다.

진혁은 윽박지르는 것으로는 대답을 들을 수 없다는 것을 알았다.

대체 9년 전 무슨 일이 있었기에 이리 봉해두려 하는 것인가. 마치 세상 누구도 알아서는 안 되는 일처럼 굴고 있지 않은가. 그러면 그럴수록 더 들추고 싶은 마음이 들끓었다. 진실을 알고 싶은 것이 아니라, 단단히 봉해두고 있는 그 아이의 마음이 무엇인지 듣고 싶었다.

"부술 치료를 받은 당사자를 눈앞에 두고서도 그렇게 입을 봉하고 있을 것인지 두고 보도록 하지."

고집스러운 노인네를 상대해봤자 더 이상 얻을 것이 없다고 판단한 진혁은 미련 없이 침상 곁을 떠났다. 아무래도 여러 날 발품을 팔아야 할 것 같았다.

창고를 점검하고 돌아온 가연의 몸 여기저기에 흙먼지가 묻어 있었다. 대야성에 들어간 후 만고당으로 나온 것은 처음이라 이것저것 쌓인 일이 많았다. 하 총관이 처리하긴 했지만, 그녀의 손이 닿아야 하는 것들도 많았다. 만고당에 자리를 잡은 이후로 이렇게 오랫동안 나오지 않은 것은 처음이었다. 뺨에 닿는 공기가 살을 엘 듯 차가워도 추운 줄 몰랐다.

진혁이 성을 나가자마자 가연도 만고당으로 나왔다. 처음부터 논의가 되었던 일이라 그가 성을 비울 동안에는 만고당에서 머물기로 했다. 그래서 오랜만에 마음이 풀렸다. 가연은 습관처럼 자신의 책상을 손으로 쓸었다.

밤이 깊어지면서 바람도 강해져 덧창이 들썩거렸다. 서늘한 공기에 책상 가에 있는 화로의 탄이 벌겋게 온기를 발했다.

책상에 앉은 가연은 하 총관이 올린 여러 가지 보고들을 떠올렸다. 황금전장의 표국들이 녹림 때문에 여기저기서 표물이 묶여 상당한 피해를 입고 있다 했다. 계획대로 표국의 업무가 마비되어 배상금 문제로 황금전장의 돈줄이 더욱 틀어막힌 형국이 되었다. 그래서 황금전장의 고리대금을 빌린 자들은 그들의 심한 독촉에 시달리고 있었다. 돈을 빨리 받아내야 황금전장의 자금 경색이 조금이나마 풀릴 수 있으니. 서로 물어뜯을 기회만 노리고 있던 황금전장의 지부장들도 각기 제 살길을 마련하려고 꿍꿍이를 부렸다.

전충의 곳간이 하나씩 하나씩 비고 있는 것이 보였다. 여기에 작은 불씨 하나만 던져준다면 황금전장은 마른 장작더미에 기름을 끼얹은 듯 활활 타오를 것이다.

그나저나 그는 무슨 일로 성을 나간 것일까.

문득 진혁의 행적이 어디일까 궁금해 하다 금방 슥슥 지워버렸다. 지난번 일로 부용정과 이화헌과는 확실히 척을 지게 되어버려 여러모로 난처했다. 남궁혜의 유모에게 내린 벌로 사람들은 부용정에 동정을 보냈다. 마음씨 착하고 여린 남궁 부인이 성주의 총애를 믿고 오만방자하게 구는 벽 부인에게 수모를 당했다는 소문이 퍼졌다. 한순간에 석란재의 그녀는 모든 이들의 공공의 적이 되어버렸다.

의도했다면 너무 악의적이지 않은가.

새삼 진혁이 원망스러웠다. 굳이 거기에서 유모를 치죄할 필요까지는 없었는데…… 유모의 잘못은 언급도 없이 그녀에 대한 비방만 높아졌다. 마치 누가 의도한 것처럼.

복잡한 상념을 잘라낸 가연은 책상에 쌓여 있는 서책을 들어 서가로 걸어갔다. 한 권씩 제자리를 찾아 꽂았다.

덜컹덜컹.

요란한 덧창 소리에 책을 꽂던 손길이 잠시 멈췄다.

"오늘따라 바람이 유난히 기승이구나."

몰아치는 바람 소리가 마치 기억 속에 남아 있는 장소와 비슷해 그녀의 눈빛이 서글프게 흐려졌다. 지워버린 듯 애써 망각하고 있다 문득 한 조각씩 수면 위로 던져질 때마다 마음이 흔들렸다. 지금 자신이 어디에 서 있는지 혼란스럽기도 했다. 이름도, 신분도, 심지어 모습까지도 버린 채 무엇을 위해 달려가고 있는 걸까.

어리석은 생각! 이제 와 무엇을 고민하는 것인가! 마음이 약해지기라도 한 것이야?

가연은 약한 마음을 단호히 잘라냈다. 복수도 포기한 마당에 이것마저도 할 수 없다면 어떻게 살아갈 수 있을까.

찌푸린 미간을 슬며시 풀던 그녀는 붓대에 걸린 붓을 잡으려다 멈칫했다.

어쩌면…… 그도 같은 마음일까.

가연은 억지로 외면하고 있던 사내의 차가운 얼굴을 떠올렸다. 정사를 나눌 때조차도 빙석 같은 무심함을 무너뜨리지 않던 사내. 적어도 기억 속에 남아 있는 어린 날 만났던 그는 그리 냉담한 이가 아니었는데…….

가연은 쓴웃음을 지었다. 제 맘인데도, 어떤 미련을 가지고 있는 것인지 알 수가 없었다. 그 얼굴이 사라져 아쉬운 것인지, 안타까운 것인지, 그도 아니면 화가 나는 것인지……. 그때로부터 얼마나 많은 시간이 흘렀나. 강산이 한 번은 바뀐 세월이었다.

가연은 보이지 않는 제 얼굴을 손으로 더듬었다.

그만을 탓할 수 없는 것이, 그녀는 모든 것을 버리고 그 위에 거짓을 덧씌웠다. 그러니 누굴 탓할 입장이 아니었다. 애써 마음을 다잡아도 스산한 겨울바람이 누덕누덕한, 쓰린 상처를 들쑤시는 듯 쉽사리 털어지지가 않았다.

이대로 침상에 누운들 잠이 올 것 같지 않았다. 어지러운 잠자리에 들면 악몽만 찾아들었다. 가연은 들고 있던 붓에 먹물을 한가득 찍었다. 벼루에 남은 먹물이 뚝뚝 떨어졌다. 섬세한 대나무가 조각되어 있는 서진(書鎭)으로 화선지가 움직이지 않도록 눌러놓았다. 손에 쥔 붓으로 종이에 한 획을 그으려고 할 때였다. 굳게 닫혀 있던 서탑의 문이 안쪽으로 벌컥 열렸다.

가연은 책상 위로 굽혔던 몸을 바로 세웠다.

"누……?"

누구십니까 하고 물으려다 눈에 익숙한 몸꼴에 말끝을 흐렸다. 방립 때문에 얼굴은 보이지 않았지만, 분명 진혁이었다.

놀란 듯했던 그녀가 그를 알아보고 차분해지자 진혁은 쓰고 있던 방립을 벗었다. 귀성해 석란재를 찾아가려 하자, 그가 성을 나갔을 때부터 가연이 만고당에서 지내고 있다고 암영이 보고를 올렸다. 만고당에 드나들어도 좋다는 조건을 허락한 것은 그였지만, 자신이 자리를 비우자마자 기다렸다는 듯 석란재를 줄곧 비운 그녀의 움직임이 심기를 건드렸다.

"언제 돌아오신 겁니까? 바로 귀성하시지 않고 어찌 이리로 오셨습니까?"

진혁은 말간 얼굴로 붉은 입술을 옴질거리는 가연을 바라보았다. 그녀를 보고서야 그는 자신이 그녀를 그리워했다는 것을 알았다. 스무 날이 넘는 동안 초조했던 마음이 어디에서 연유한 것인지.

네가 다시 사라진 것은 아닐까.

진혁은 손을 뻗어 그녀를 끌어당겨 안았다. 한 손으로 턱을 잡아 올려 제 입술을 내렸다. 놀라 살짝 벌어진 입술을 거칠게 삼키며 입안 깊숙이 제 혀를 밀어 넣었다. 놀라 움찔거리는 혀를 잡아 희롱하며 가빠진 그녀의 호흡을 뺏었다.

갑작스러운 입맞춤에 가연은 정신을 차릴 수가 없었다. 제 입안을 자신의 것인 양 제 맘껏 휘젓는 혀놀림에 가연은 몸에서 힘이 빠져나가는 듯했다. 간신히 떨어진 입술 사이로 가쁜 숨을 헐떡이자, 그의 입술이 턱선을 타고 내려와 옷깃 사이에 가려진 여린 쇄골을 지분거렸다.

진혁은 제 품에 안긴 가연을 달랑 들어 습자를 하기 위해 종이를 펼쳐둔 책상에 눕혔다. 등에 딱딱한 나뭇결이 닿자, 그제야 가연은 정신을 차렸다.

"그, 그만하세요! 그만해요!"

가연은 풀어헤쳐진 옷깃을 잡으며 완강히 거부했다. 그러나 진혁은 옷깃을 잡고 있는 그녀의 손을 떼어내며 보란 듯 활짝 벌렸다. 소담스러운 반월형의 둥근 융기 정상에서 붉은 꽃판이 앙증맞게 흔들렸다.

"어째서 그만하라는 거지? 이미 수없이 내게 안긴 몸일 텐데."

그의 눈길이 닿는 순간 열매가 익듯이 절로 유두가 단단해지자, 가연은 수치심에 얼굴을 돌렸다. 어느새 그에게 길들여진 몸이 그를 받아들이기 위해 반응하기 시작했다. 옆으로 흘러내린 머리카락을 넘겨준 진혁은 그녀의 얼굴을 잡아 자신을 보도록 돌렸다. 검은 눈망울에 그를 향한 원망이 가득했다. 진혁은 그녀의 눈을 똑바로 마주 보며 말했다.

"이 장소라서 안 된다고 말하는 건가? 만고당만은 그대의 영역으로 남겨두고 싶다는 뜻인가?"

그녀의 눈빛이 한순간 흔들렸다. 마치 끝까지 숨기고 싶었던 소중한 것을 부지불식간에 들킨 것처럼.

진혁의 눈빛이 잔혹해졌다. 보기 좋게 휘어진 입가에 서늘한 한기가 감돌았다. 한 손 가득 들어찬 젖가슴을 어루만지다 천천히 손을 아래로 미끄러트렸다. 활짝 벌린 옷깃 아래로 감질나게 느릿느릿 손을 밀어 넣어 맨살을 드러나게 했다. 잡티 하나 없는 진줏빛 살결이 그의 눈 아래 펼쳐졌다. 손바닥을 펼쳐 아랫배를 쓸어내렸다. 흠칫거리는 그녀의 반응을 즐겼다.

"유감이군. 그래서 난 더욱 이곳에서 그대를 안아야 할 것 같아. 그래야 그대에게 더 확실하게 새길 수 있을 테니. 지금은 그대가 내 것이라는 사실을 말이야."

치마를 벗길 겨를도 없어 위로 들추고 속바지를 끌어내렸다. 결박하듯 벌린 다리 사이에 제 몸을 얽었다. 진혁은 바지춤만 풀어 이미 단단해진 제 것을 내보였다.

활짝 벌린 허벅지 사이로 빨갛게 보이는 여린 속살을 가르자 가연이 머리를 들썩이며 소리 없는 신음성을 밭았다.

"……."

진혁은 좁은 길을 빠듯하게 헤집으며 힘껏 허리를 움직였다. 달아나듯 뒤채는 몸을 끌어당기며 자맥질을 하듯 그녀 안으로 들어갔다. 책상이 위태롭게 요동치는 바람에 그 위에 놓여 있던 붓대와 벼루가 떨어지며 바닥에 시커먼 먹물을 흩뿌렸지만, 한 번 시작된 몸짓에 시간과 장소를 망각했다.

도장격은 울분 가득한 얼굴을 간신히 감췄다. 사부 앞에서 제 성정을 내보였다간 당장 대제자라는 자리에서 내쫓기는 것은 물론이고, 목숨도 부지하지 못할 것이다.

청마문주인 사부는 자신에게 대드는 자는 절대로 용서하지 않았다. 그게 제 혈육일지라도.

"바보 같은 녀석! 널 믿고 일을 맡겼더니, 눈앞에서 놓쳐?"

"죄송합니다, 사부님. 설마 광의를 노리는 다른 자가 있을 줄은 미처 생각지 못했습니다."

"그러니 주변을 잘 살피라 하지 않았느냐! 너는 그 오만한 성정이 문제야! 가진 재주야 나이에 비하면 한발 앞선다지만, 돌아가는 상황을 보는 눈이 모자라니 앞으로 어찌 큰일을 맡기겠느냐!"

청마문주는 질책을 쉬이 멈추지 않았다. 그만큼 도장격의 실수가 청마문이 계획하고 있는 일에 미칠 여파가 만만치 않았기 때문이다.

청마문주는 상좌에 앉아 손잡이를 손바닥으로 탁탁 내려쳤다.

"인근은 샅샅이 살펴봤느냐?"

"예, 부하들을 풀어 모조리 뒤지라 했습니다. 그리고 광의가 부상이 심하니, 다른 의원을 찾을 듯하여 인근에 있는 의원들도 찾아보라 일렀습니다."

"건진 것은 있느냐?"

도장격은 입을 꾹 다물었다. 부상자를 데리고 사라졌으니 충분히 흔적을 찾아내 뒤쫓을 수 있으리라 생각했다. 그러나 그런 예측을 비웃기라도 하듯 아무런 흔적이 없었다. 그리해 의원을 수소문해보았지만, 자신의 집에만 머물러 있거나, 여러 날 전에 멀리 왕진을 떠난 의원만 있었다.

"쯧쯧쯧!"

청마문주의 혀 차는 소리에 도장격의 고개가 더 아래로 숙여졌다. 한참 동안 목을 아래로 늘이고 있던 도장격이 슬그머니 고개를 치켜들었다.

"사부님, 굳이 광의를 고집할 필요는 없지 않습니까?"

"무슨 소리냐? 광의가 아니면 마의나 신의를 찾을 테냐? 마의가 마맥에 속해 있긴 하나 기실 그의 신형은 신마림에 있는 것이니, 우리와는 상극이나 마찬가지다. 신의는 말할 것도 없고. 그런 이들을 어떻게 데려올 셈이냐?"

"제 말은 그런 뜻이 아닙니다. 굳이 광의나 마의 등을 찾을 필요가 있나 하는 것입니다."

청마문주는 무슨 뜻이냐는 듯 도장격을 노려보았다.

"이미 시작품의 8할 정도가 완성되었습니다. 그렇다면 굳이 광의나 마의 같은 의원까지는 아니더라도 그에 근접하는 수준의 의원을 찾아 데려오면 되지 않겠습니까? 필요한 것들은 구비되어 있으니 부족한 부분만 채우면 되는 일입니다. 그리고 어떤 일이든 약간의 불량품은 항상 있어왔으니, 그것들은 따로 활용할 방안을 찾으면 됩니다."

"흠."

청마문주는 곰곰이 생각에 잠겼다. 광의를 데려오지 못했으니 다른 방법을 찾긴 해야 했다. 생각하면 할수록 도장격의 말이 맞다 싶었다. 광의나 마의, 신의와 같은 의원을 찾지 못한다면, 남은 방법은 불량품을 최소화하는 것뿐이다.

"다른 방법이 없으면, 그렇게 하는 수밖에 없겠지."

도장격은 안도의 한숨을 내쉬었다. 그런 그의 귓가에 청마문주의 경고가 떨어졌다.

"이런 실수를 봐주는 것은 한 번뿐이다. 다시 한 번 이와 같은 중요한 일을 그르치면, 아무리 너라 해도 벌을 피하지 못할 것이다."

"예, 사부님! 명심하겠습니다."

청마문주 앞에서 물러나온 도장격은 참고 있던 분노가 금방이라도 터져 나올 듯 부글부글거렸다. 이 화를 어찌 풀까 싶다 불현듯 성으로 들어오면서 들었던 소식을 기억해냈다.

성주가 출성을 해 자리를 비우고 있다 했던가.

도장격의 눈이 야릇한 흥분으로 번들거렸다. 얇은 입술을 혀로 쓰윽 핥아내린 그는 가던 방향을 틀었다.

향유를 푼 뜨거운 목욕물에 몸을 씻은 소교는 안이 훤히 보이는 얇은 침의만 걸친 채 침방으로 들어왔다. 나긋나긋한 발걸음을 떼어낼 때마다 목욕물에 풀었던 향유 냄새가 피어올랐다.

휘장을 내린 침상에 누운 마소교는 뜨거운 목욕으로도 가시지 않은 목마름에 몸을 뒤척거렸다. 한껏 달아오른 몸이 해소되지 않아 병이 날 지경이었다.

잘못 들어왔어. 설마 두 달이 넘도록 한 번도 찾아오지 않을 줄은 생각지도 못했어.

마소교는 붉은 입술을 물어뜯으며 한탄했다.

지아비가 멀쩡히 살아 있는데도 왜 수절하는 과부 신세인지!

마소교는 앙앙불락하며 진혁과 가연을 욕했다. 대체 박색덩어리인 그년의 몸뚱이가 얼마나 진미이면, 성주가 헤어나지를 못하는 걸까.

소교는 제 손으로 부풀어 오른 젖가슴을 한껏 주물렀다. 다른 한 손으로는 아랫배로 내려 검은 비림을 지분거렸다. 사내의 손이 아닌 것이 아쉽지만, 이렇게라도 달아오른 몸을 조금이나마 식혀야 했다.

슬쩍 벌린 다리 사이로 제 손가락을 깊숙이 집어넣었다. 그러다 제 것보다 더 굵은 손가락이 겹쳐져 들어와 안을 긁었다.

"으응! 더! 더 세게!"

거칠게 안을 헤집는 감각에 마소교는 올라오는 쾌감을 이기지 못하고 교성을 질렀다. 제 안을 휘젓던 손가락이 빠져나가려 하자, 덥석 손을 들어 잡았다.

"사형!"

마소교는 잡은 손의 주인을 보고 놀라 소리쳤다. 도장격은 은밀한 웃음을 지으며 애액이 묻은 손가락을 슬쩍 핥아 보였다.

그 모습에 마소교는 마른침을 꿀꺽 삼켰다. 그동안 풀지 못했던 욕망이 한꺼번에 터지는 듯 몸이 들썩거렸다.

"이렇게 굶주리고 있었으면 진즉 이 사형을 불렀어야지, 사매. 이런 놀이는 혼자서 즐기는 것보다 함께하는 게 더 즐겁다고."

"흥! 나 몰라라 내버려둔 사람이 누군데 그러나요! 사형이 진즉 찾아 왔으면 되는 일이잖아요!"

마소교는 도발하듯 도장격을 흘겨봤다. 그러자 도장격이 슬그머니 자리에서 일어나려 했다.

"그래. 성주가 자리에 없는 틈을 타 어렵게 들어온 참인데, 사매는 이 몸이 필요가 없는 모양이지."

마소교는 다리를 휘저어 도장격의 허리를 휘감아 침상에 밀어뜨렸다. 도장격의 허리춤에 말처럼 올라타고 앉은 마소교가 엉덩이를 돌리며 요염한 미소를 지었다.

"날 이렇게 달아오르게 만들어두고 내빼려 들면 안 되죠."

어느새 하늘을 향해 곤두선 양물이 미끌미끌해진 비문 사이를 찔렀다. 그러자 도장격이 누운 자리에서 벌떡 일어나며 마소교를 침상에 거칠게 눕혔다.

"하긴, 이런 여인을 두고 달아나면 사내가 아니지. 오랜만이라 조금 거칠게 해도 사매가 좀 참아."

도장격은 제 옷을 벗어던진 후 마소교의 얇은 침의도 찢어버렸다. 그동안 쌓인 울분과 패배감을 풀어내듯 마소교의 허리를 거칠게 잡아 눌렀다.

"아이! 사형!"

살짝 밀어내듯 다리를 빼내는 마소교를 단단히 짓눌러 움직이지 못하도록 한 도장격은 다른 때와 달리 제 양물을 바로 밀어 넣었다. 머릿속이 흥분으로 달아올랐다. 찰싹 달라붙었다 떨어지는 여인의 살결에 취해 허리춤을 더욱 거세게 움직였다.

"사형! 사형!"

마소교는 그를 소리쳐 부르며 다리를 벌려 그의 허리를 휘어감아 더 깊숙이 받아들였다.

금세 침상 가득 끈적끈적한 열기가 솟았고, 교성 소리가 울렸다.

과거의 잔영(殘影) 中

크고 단단한 손이 비단처럼 매끄러운 등골을 천천히 쓸어내렸다. 손바닥에 닿는 감촉을 음미라도 하듯이 느릿느릿 감질나게 움직였다. 그러나 기절하듯 잠에 빠져든 가연은 등을 지분거리는 손길에도 쉬이 깨어나지 못했다.

쯧, 과했나.

서탑에서 몰아치듯 안은 후 곧장 내당의 전각을 찾아 떨어져 있던 동안 쌓인 욕망을 욕심껏 풀어냈다. 안을 때마다 느끼는 것이지만, 옹골진 모습과 달리 체력은 좋지 않은 듯 안을 때마다 매번 그녀는 기진하듯 잠이 들었다.

파파에게 몸을 보하는 약을 올리라고 해야겠군.

진혁은 제 욕망이 지나치다는 생각은 일절 하지 않았다. 설령, 떠올렸다 해도 재고하지 않았을 것이다. 대신 가연의 체력을 끌어올릴 수 있는 다른 방법을 강구했을 것이다.

깨끗한 살결을 어루만지던 진혁은 문득 떠오르는 생각에 차가운 눈이 되었다. 그녀와 함께 밤을 보낸 지 여러 날이 지났으나, 그녀는 매번 그에게 등을 돌린 채 잠이 들었다. 마치, 무의식적인 거부처럼 그에게 등을 보였다.

진혁은 그녀를 돌려 눕혔다. 긴 머리카락이 날리며 이불 위로 어지럽게 흩어졌다. 그녀의 얼굴을 바로 볼 수 있도록 마주 눕힌 후에야 진혁의 차가운 눈에 미약한 온기가 떠올랐다. 꿈을 꾸는 듯 긴 속눈썹이 파닥거리며 그의 가슴팍을 간질였다. 쌕쌕거리는 따뜻한 숨결이 그의 심장을 덥혔다. 제 품의 반도 되지 않는 자그마한 여체를 단단히 끌어안은 진혁은 창호지가 발린 창문을 보았다.

길고긴 겨울밤이라 덧창에 어린 빛은 은은한 달빛이었다. 그러나 곧 새벽닭이 울면 동녘 하늘이 서서히 밝아오기 시작할 터.

"음⋯⋯."

꼼짝달싹 못할 정도로 갑갑한 느낌에 가연은 몸을 뒤채며 무거운 눈두덩을 밀어 올렸다. 언제 잠이 들었을까.

"깨어났나?"

머리맡에서 들려오는 목소리에 그녀는 눈을 여러 번 깜박이며 퍼뜩 정신을 차렸다. 한 번도 체력이 약하다 생각해본 적이 없었는데⋯⋯. 그와의 잠자리는 매번 그녀를 고갈시켜 맥없이 나가떨어지게 만들었다.

부드럽게 이어진 완만한 어깨를 어루만지던 진혁이 말했다.

"그렇지 않아도 깨워야 하나 생각 중이었는데, 딱 맞춰서 눈을 떴군."

"······무슨······?"

그의 품에서 얼마나 울었는지 목소리가 꽉 잠겨 있었다. 개구리 울음 소리처럼 퍽퍽해 그녀는 마른침을 넘기며 뻑뻑한 목구멍을 풀었다. 그녀에게서 손을 뗀 진혁은 침상에서 일어났다. 잘 단련된 사내의 나신에 가연은 황망히 이불을 끌어 올리며 시선을 돌렸다.

"새삼스레 부끄러움을 타는가? 이미 속속들이 알고 있는 몸일 텐데."

이불에 가린 몸이 붉게 물드는 것을 보고 진혁은 피식 웃음을 날렸다. 매사에 대범하면서도 유독 남녀 사이의 일에는 수줍음을 타는 그녀를 놀렸다. 그러자 가연의 붉은 물이 더욱 짙어졌다.

진혁은 제멋대로 의자에 걸쳐져 있는 옷가지들을 하나씩 챙겨 입었다.

"나와 함께 원행을 가야 한다. 그러니 차비를 단단히 해라."

"원행이라니요? 어디로 말입니까?"

이불로 몸을 가리던 가연의 움직임이 멈췄다. 출성했다 느닷없이 돌아와 그녀를 찾은 다음에 함께 또 나간다? 무언가 꺼림칙했다.

"어디로 가는지는 나서면 알 터. 꾸물거릴 정도로 시간이 많지 않으니, 준비를 서둘러야 할 것이다."

진혁은 서두르라는 말을 남기고 방을 나가다 잠깐 멈춰 섰다.

"나설 때에는 머리를 올려라. 언제까지 머리를 내려둘 셈이냐. 이제는 사내 없는 여인이 아니니 항시 머리 모양새를 바로 해라."

그녀가 들어올 때부터 그의 시선을 건드리던 것이었다. 언제쯤 제 스스로 머리를 올릴까 기다리고 기다렸으나, 도통 그런 기미를 보이지 않았다. 그리해 기어이 그의 입으로 지적하게 만들었으니.

홀로 남은 가연은 창백한 얼굴로 침상에 앉아 닫힌 문을 뚫어져라 바라보았다. 이불을 틀어쥔 손아귀에 잔뜩 힘이 들어가 있었다. 지금껏 아무런 말이 없기에 신경 쓰지 않는 줄 알았더니, 그런 것이 아니었던가.

게다가 이 새벽에 갑작스러운 원행이라니? 떠났던 길을 부러 돌아온 이유가 날 데려가기 위해서라는 말인가? 아니면, 다른 이유가 있는 것인가?

이것저것 떠올려봐도 딱 이것이다 싶은 것이 잡히지 않았다. 그의 출성부터가 연유를 모르는 것이니, 그다음이야 무엇할까. 조심스레 캐보았지만, 군사부에서도 영문을 몰라 저희끼리 수군거린다 했다.

그의 말을 거부할 처지가 아니니 자리에서 일어날 수밖에.

가연은 내키지 않는 몸을 일으켜 씻을 물을 찾았다. 시간이 없다고 했으니 지금부터라도 서둘러 준비를 해야 했다.

"갑자기 이리 길을 나서시다니요? 게다가 아직 날도 밝지 않았습니다요."

밤사이 도깨비귀신처럼 들이닥친 진혁 일행에 기겁한 하 총관은 놀라움이 가실 사이도 없이, 길을 나설 준비를 하는 가연을 보고 입을 삐끔거렸다. 한창 바쁠 때는 아니지만, 수면 아래에서 벌어지는 황금전장과의 상투로 외려 가연의 결정이 필요한 일들이 더 많았다. 한겨울의

원행이라 고생이 더 심할 것이 분명해 일단 막아섰다.

하 총관은 원망스러운 눈길로 무뚝뚝하니 서 있는 진혁을 흘겨보았다. 풍파 없이 잘 있던 주인을 도둑처럼 뺏어가 하찮은 자리에 앉히더니만 이 추운 날 고생길로 밀어 넣기까지 하니 원망이 새록새록 돋을 수밖에 없었다.

"괜찮아요. 이목을 생각한다면 아직 어둠이 깔린 때에 나서는 편이 나아요."

"그야 그렇긴 하지만……."

두툼한 솜옷에 안쪽으로 털이 달린 망토까지 둘렀지만, 하 총관의 눈에는 추위에 맨살로 나가는 듯 추워 보였다. 어떻게든 말리고 싶었지만, 진혁의 눈치가 있어 말을 제대로 잇지 못하고 어물거렸다.

"급한 연락은 전서구로 날리시고요."

"예. 당주님이야말로 필요한 것이 있으시면 바로 연통을 넣으십시오."

방립에 달린 면사를 아래로 늘어뜨려준 하 총관은 처음 만났을 때와 똑같은 차림새인 진혁을 돌아보았다.

"성주님께도 당주님을 부탁드립니다. 부디 두 분 모두 무사히 다녀오십시오."

만고당의 정문 앞에 두 마리의 말이 묶여 있었다. 진혁의 말은 새까만 윤기가 흐르는 흑마였고, 가연의 말은 검은 점이 들어가 있는 점박이였다. 말이 묶여 있는 곳까지 배웅을 나온 하 총관은 두 마리 말이 길 저편으로 사라질 때까지 묵묵히 자리를 지켰다. 그들이 지나간 자리 위로 작은 새벽별이 유난히 반짝거렸다.

밤사이 쌓인 욕정을 맘껏 풀어낸 마소교는 배부른 고양이처럼 나른히 늘어졌다. 옆에 누운 든든한 정인의 가슴팍을 손가락으로 슬슬 긁었다. 그러다 머릿속에 번개처럼 떠오른 생각에 발딱 몸을 굴려 도장격의 몸 위로 올라갔다.

마소교의 눈빛이 못된 꾀를 부리는 고양이처럼 교활해졌다.

"이런, 이런! 또 누가 사매의 장난질에 걸려들 모양이지. 이번엔 상대가 누구야?"

"흥! 내 장난질에 재미있다며 동참했던 사람이 어디의 누구더라."

가슴팍을 누르는 탱탱한 젖가슴의 감촉을 즐기던 도장격이 골을 부리듯 입을 삐죽거리는 마소교의 입술을 손가락으로 톡톡 건드렸다.

"그러니까, 이번에 함께 가지고 놀 상대가 누군지 묻고 있잖아. 설마 사매의 장난질을 곁에서 보고만 있으란 말은 아니겠지?"

그제야 마소교의 눈초리가 휘며 유혹적인 눈웃음이 맺혔다.

"당연하죠. 이번에는 사형이 해야 할 일이 제일 큰걸요. 만약 사형이 돌아오지 않았더라면 장난을 시도할 엄두도 내지 못했을 거예요. 일을 맡길 만한 마땅한 인물이 없으니 말이에요."

"그래서, 이번에 가지고 놀 상대는?"

마소교의 입술이 미묘하게 휘었다.

"석란재의 벽가 년이요."

"뭐?"

생각지도 못한 이름에 도장격은 놀라 벌떡 상체를 일으켰다. 가슴에 올라타 있던 마소교가 뒤로 굴러 떨어질 뻔하다 손을 받쳐 균형을 잡았다.

"아이 참, 사형도! 뭘 그리 놀라시는 거예요. 제가 성주를 언급한 것도 아니잖아요."

마소교가 헝클어진 머릿결을 뒤로 쓸어 넘기며 투덜거렸다. 그러나 도장격의 얼굴은 약간 굳어 있었다. 놀림감이라 하니 전각에 딸린 시비이거나, 나아가 다른 전각의 아이쯤으로 생각하고 있었다. 그런데 한창 성주의 관심을 받고 있는 측실이라니.

"진담이냐?"

"뭐가요?"

"진정 석란재의 벽가연을 놀리고자 하는 것이냐?"

선득한 찬기에 이불을 끌어 제 몸에 두른 마소교의 얼굴이 표독해졌다.

"안 될 것이 뭐랍니까? 지금이야 성주의 관심을 받고 있다지만, 그게 언제까지 가겠습니까? 본인도 속으로는 불안해 하고 있을 것이니, 다른 굴을 파려고 하지 않겠어요?"

"그 틈을 파고들자?"

"예. 그러니 사형의 능력이 필요하지요. 여인을 꾀어내는 재주야 사형을 따라갈 자가 없지 않아요. 게다가 마침 시기도 딱 알맞지요. 마치 하늘이 우리를 위한다는 듯 성주가 성을 비우고 있으니, 석란재가 아닌 만고당에서 지내는 계집에게 접근하는 것이야 손쉬운 일. 게다가 그

년마저 손에 넣으면 성주를 뒤흔들 패가 사형의 손에 하나 더 들어오는 것이니, 그야말로 일거양득이지요."

석란재가 아니라 만고당에서 지낸다는 말에 도장격의 귀가 솔깃해졌다. 사실 마음만 먹으면 석란재야 충분히 침입할 수 있지만, 그것도 안에 있는 이가 호응해줘야 큰 소리가 나지 않는 법이다. 제 것이 된 다음에야 이화헌을 드나드는 것처럼 석란재도 오갈 수 있을 터.

도장격의 눈이 흥분으로 번들거렸다. 반항하는 계집을 제 것으로 만드는 것만큼 재미있는 유희는 없었다. 마소교는 도장격이 제일 좋아하는 유희가 무엇인지 꿰뚫고 있었다. 그것을 옆에서 부채질하며 제법 정숙하다 이름 높은 몇 명을 진창에 빠트리는 데 일조해 즐기기도 했었다.

흥! 무덤덤한 그년의 얼굴이 사형에게 짓눌리면서는 어찌 변할지 내 필히 보고야 말리라! 제 것이라 여긴 여인이 다른 사내를 전각으로 끌어들인 것을 성주가 알게 되면, 참으로 볼 만하겠구나.

마소교는 오만한 성주의 자존심에 작은 빗금 하나는 새겨질 것이라 기대했다.

"얼굴은 어떠하냐?"

도장격의 말에 마소교의 얼굴이 새침해졌다.

"왜요? 얼굴이 아름다우면 아예 옆에 끼고 앉히시려고요?"

"쯧, 네가 먼저 말을 꺼냈으면서 웬 심통이냐? 이왕이면 다홍치마라고 얼굴까지 봐줄 만하면 훨씬 흥이 나지 않겠느냐."

"얼굴은 그저 그렇던데, 성주가 드나드는 것을 보면 다른 기술이 좋을지도 모르지요. 사형이 한번 알아보시든지요."

도장격은 은근한 어조로 물었다.

"질투가 나느냐?"

마소교가 팩하니 쏘았다.

"질투라니요? 제가 누구를 질투한단 말인가요? 사형이야말로 괜한 생각으로 날 홀대하지 마시어요."

"그래. 그러니 어서 이리 오너라. 아직 날이 밝으려면 시간이 남았으니, 그 시간을 알뜰히 써야 되지 않겠느냐."

일부러 슬쩍 밀어내는 손을 덥석 잡은 도장격은 끌려오는 마소교를 침상에 눕혔다. 전각의 지붕 아래 뜨거운 육욕의 비음 소리가 높다랗게 울려 퍼졌다.

만고당을 나선 지 5일째가 지나자 비로소 가연은 자신들이 향하는 방향이 어디쯤인지 알 수 있었다. 대야성이 있는 무한에서 사천성으로 향하는 행로가 분명했다. 그러나 넓디넓은 사천성의 어디가 목적지인지는 알 수 없었다. 그저 앞서 길을 잡아 나아가는 진혁의 뒤를 쫓는 것 외에는.

사천성으로 넘어가는 길목에 위치한 마을에 들어서자, 진혁은 말머리를 객잔으로 향했다. 출발하면서부터 내내 노숙을 했던 터라, 오늘은 객잔에서 편한 잠자리에 누워보자 싶었다. 그 혼자라면 상관치 않고 길을 나섰을 테지만, 말없이 뒤따라온 가연의 피로가 극심해 이 이상 길을 가기에는 무리였다.

"오늘은 편히 쉬어 가지."

객잔 앞에서 말에서 내린 진혁이 가연을 돌아보며 말했다. 가연은 저도 모르게 안도의 한숨을 내쉬었다. 그에게 섣불리 말을 붙이기 힘들어 꾹 참고 있었지만, 뜨거운 수욕이 간절하던 참이었다.

객잔 앞에 쪼르르 나온 아이에게 말고삐를 건넨 진혁이 말했다.

"먼 길을 나서야 하니 넉넉히 먹여라."

"예, 나리."

가연이 말에서 내리도록 도운 진혁은 잡은 손을 놓지 않은 채 객잔 안으로 들어갔다. 이른 시간인데도 객잔 안은 빈자리가 없을 정도로 손님이 많았다. 점소이가 앞으로 나왔다.

"무얼 도와드릴까요?"

"하루 묵어 갈 테니 방을 하나 준비해라. 식사를 하고 올라가면 목욕을 할 수 있도록 뜨거운 물을 올리고."

"그리합지요, 손님. 마침 아래에 빈자리가 딱 하나 남아 있습니다. 그리 앉으시지요."

점소이는 앞장 서 빈자리가 있는 곳을 향해 나아갔다. 둥근 원탁을 가지고 있던 목면으로 슥슥 닦았다.

"따뜻한 오리탕 두 개와 소채를 내어오너라."

"예, 나리. 허면 술은 아니 드십니까?"

진혁은 원탁의 맞은편에 앉은 가연을 보았다.

"한잔할 것인가?"

"아니요. 소첩은 개의치 마시고 드시지요."

하루 종일 말 등에서 시달린 탓에 먼지투성이인 몸이 신경 쓰였다. 빨리 올라가 몸을 씻은 후 그저 침상에 눕고 싶은 마음뿐이었다.

"금존청(金尊淸)이 있느냐?"

"물론입니다요. 일급 주조장에서 공수해 온 물건이 있습지요."

점소이의 얼굴이 싱글벙글해졌다. 금존청은 다른 술보다 두 배는 더 비쌌다.

"그럼, 금존청과 오리탕 두 개, 소채 하나를 가져오너라."

"예, 나리."

"그리고 술잔도 두 개를 다오."

주문을 받은 점소이가 부리나케 주방으로 달려갔다.

"술잔은 왜?"

"동행이 있는데 자작하는 모양새도 우습지 않나. 받아만 두고 마시지 않으면 되는 일. 금존청은 독하지 않으니 한 잔 정도는 입에 대어도 괜찮을 것이다."

금존청이라면 여독을 푸는 데도 도움이 될 것이다.

방립을 벗어 옆에 내려놓는 두 사람의 귓가로 주변에 앉아 있는 사람들의 수군거림이 들려왔다.

"그나저나 이 인원으로 산을 넘을 수 있겠습니까? 그렇지 않아도 요즘 산적들이 기승을 부린다던데요."

얼굴이 시커멓게 탄 중년인이 주변에 둘러앉아 있는 인원을 보며 걱정스럽게 말했다. 그러자 마주 앉은 이가 옳다구나 받아넘겼다.

"그러게 말입니다, 표두님. 어째 이름이 좀 있다 하는 산들마다 끼고 앉은 산적들이 표물을 노려 사람들을 죽인다는 소문이 파다합니다.”

“그것도 우리처럼 황금전장과 연관 있는 표국들이 모조리 걸려들었다고 하니 걱정입니다. 과연 무사히 산을 넘어갈 수 있을는지…….”

“그럼 그 소문이 사실이란 말이야? 중원의 산적들이 표국을 가려 도둑질을 한다는 말이 단순한 뜬소문이 아니었단 말이야?”

“그렇다 하더구만. 마치 원수라도 되는 것처럼 황금전장과 연계되어 있는 표국들을 털어 간다나. 그래서 황금전장에서도 발칵 뒤집어졌다는 소문이야.”

얘기를 나누던 한 사내가 답답하다는 듯 나무탁자를 쿵 두드렸다.

“중원의 산적들이 모두 미친 게야! 그렇지 않고서야 이리 나올 수가 없는 거라고! 누군가의 의도가 아니라면 중원의 수많은 산적들이 일제히 그리 행동할 수가 있나?”

“요즘 황금전장이랑 중원전장이랑 서로 잡아먹으려고 으르렁대고 있다질 않아? 중원전장에서 산적들을 고용한 것인지도 모르지.”

그렇게 서로 목소리를 높일 때였다. 좌중의 중앙에 앉아 있던 표두가 나섰다.

“자, 자, 그만들 하게. 목소리가 너무 높아지고 있지 않나?”

“이 인원만으로 산을 넘는 것은 무리입니다. 분명 산적들이 우리 표국을 노리고 기다리고 있음이 분명한데, 아무 대책도 없이 호랑이 굴로 들어갈 수는 없습니다.”

“그렇지 않아도 내 낭인 시장에 사람을 보내 실력 좋은 낭인들을 고용하라 하였네. 그들이 한 손이라도 거들면 좀 낫지 않겠나?”

그러자 흥분해 있던 사람들이 조금 가라앉았다. 지금 쓸 수 있는 방책 중 최선의 방책이었다. 그 외에는 달리 손을 쓸 수 없기에 다들 불안함에 입술을 깨물면서도 다른 말을 꺼내지 못했다.

점소이가 커다란 소반에 음식 그릇을 받쳐 들고 왔다.

"뜨끈뜨끈한 오리탕이 나왔습니다. 소채와 주문하신 금존청도 여기 있습니다."

점소이는 익숙한 손길로 음식 그릇들을 원탁에 탁탁 내려놓았다. 가연은 통에 담겨 있는 수저를 들어 진혁 앞에 나란히 놓았다.

"드시지요. 점심도 빈약하여 시장기가 도시지 않으십니까? 뜨거운 국물이 들어가면 속이 풀리실 겁니다."

"함께 들지."

가연은 기름기를 걷어낸 말간 탕을 떠서 한 숟가락 넘겼다. 객잔 숙수가 솜씨가 괜찮은 듯 오리 특유의 잡내가 느껴지지 않았다. 소채도 가지런히 썰어낸 야채들이 아삭거리며 씹혔다. 시장기가 반찬이라지만, 이 정도면 객잔 숙수치곤 뛰어났다.

진혁도 입에 맞는 듯 국물을 후룩후룩 떠먹었다. 흰 술병을 들어 빈 잔을 채웠다. 개중 하나를 들어 가연에게 내밀었다.

"들어라. 한 잔 정도면 피로를 푸는 데도 도움이 될 것이니."

가연은 잔을 받아 살짝 혀만 축였다. 은은한 맛이 혀끝에 닿기에 천천히 술잔을 비웠다. 약한 술 한 잔에 가연의 얼굴이 금세 발갛게 달아올랐다. 그녀가 한 잔을 마실 동안 벌써 석 잔째인 진혁은 가연의 붉어진 얼굴을 보고 미소를 지었다. 마치 제 품에 안겨 절정에 몸을 떨 때처럼 얼굴이 붉은 것이 제법 보기에 괜찮았다.

"보아하니 두 잔은 무리겠군. 남은 술은 내가 마실 테니, 뜨거운 국물로 속이나 풀어라."

탕 그릇을 들어 한 모금 마시자, 화르륵 올라오던 술기운이 약간 내려가는 듯했다.

"저들의 얘기를 어찌 생각하는가?"

"……무슨 얘기 말씀입니까?"

"산적들 말이야. 아까 한 사내가 한 말이 제법 들어볼 만하지 않던가? 누군가의 명이 아니라면 그리 일제히 같은 움직임을 보일 수 없을 거라고. 그 말을 그대는 어찌 들었는가?"

가연은 탕 그릇을 내려놓았다. 한 손에 술잔을 든 진혁이 연분홍빛이 남은 가연의 얼굴을 살펴보고 있었다.

"그리 볼 수도 있겠지요. 녹림도 하나의 단체이니, 그들을 이끄는 수장이 있지 않겠습니까?"

"녹림왕이라면 충분히 가능하겠지."

녹림왕. 가연은 살짝 눈을 내리깔고 뜨거운 탕을 마셨다.

"허면, 왜 녹림왕이 황금전장을 적대시하는 것일까?"

"그야 소첩도 모르지요. 소첩이야 만고당에 앉아 물건이나 감정하는 사람이니, 물건을 나르는 이들에 대해서는 문외한일 수밖에요."

"그대도 황금전장에 묵은 빚이 있지 않은가?"

가연의 입가에 싸늘한 미소가 그려졌다.

"당연하지요. 그로 인해 소첩이 묶이게 되었는데, 어찌 잊을 수 있겠습니까?"

"그럼 녹림의 움직임이 그대에게는 이롭겠군."

가연이 쥐고 있던 젓가락을 내려놓았다. 진혁을 똑바로 마주 보며 말했다.

"어떤 말을 듣고 싶으시어 그리 말을 돌리시는지 모르겠으나, 황금전장이 입지가 줄어들고 있음이니 소첩에게는 당연히 기분 좋은 일입니다. 녹림왕이 그리 명했다면 기회가 닿는 대로 선물을 꾸려 보내야겠습니다. 저 대신 미약하나마 빚을 갚아주고 있으니 말입니다. 혹, 녹림왕이 무엇을 좋아하는지 아시는지요?"

지독하게도 걸려들지 않는군.

진혁은 아무렇지도 않게 자분자분 말을 잘라내는 가연에게 감탄했다. 한 치의 흔들림도 보이지 않으면서 교묘하게 그의 주의를 돌렸다. 만약 자신이 직접 중원전장과 연계되어 있는 가연을 보지 못했다면 알아차리지 못했을 것이다. 그날의 만남이 그에겐 행운이었고, 그녀에게는 불운이었다. 그녀는 아직 모르지만.

다음 날 새벽부터 무거운 구름을 이고 있던 하늘에서 쌀알 같은 싸락눈이 흩뿌렸다. 하루하루 깊어지는 겨울이라 남쪽으로 내려오긴 했지만, 쌀쌀한 날씨는 위쪽과 똑같았다. 길을 나서는 이들은 눈발을 떨어뜨리는 하늘을 보며 한탄하듯 짧게 혀를 찼다. 산을 넘어야 하는 날에 눈까지 내리니 발걸음이 더 무거워졌다.

가연은 객잔을 나서기 전 점소이에게 몇 가지 물건들을 부탁했다. 물건을 준비하고 남은 돈은 가지라 했더니, 점소이는 두 발이 보이지 않을 정도로 날래게 움직였다.

길을 나선 두 사람의 위로 날리던 눈발이 조금씩 굵어졌다. 눈바람 속을 헤치며 나갈 수는 없어 말을 모는 속도가 느려졌다. 느릿느릿 눈발이 내리는 산자락을 올라가는 두 사람의 앞으로 스무 명이 넘어 보이는 무리가 길게 행렬을 이뤄 걸어가고 있었다. 짐수레에 실려 있는 물건들을 보니 표국이 분명한데, 표국을 알리는 표기(漂旗)가 내걸려 있지 않았다. 누가 보아도 이상한 일.

진혁은 설핏 미간을 접었다. 객잔에서 준비한 물건을 찾느라 시간을 낭비해 표국보다 출발이 늦어졌다. 그래도 말을 빨리 몰면 충분히 따라 잡아 앞서 나갈 수 있을 거라 생각했더니만, 눈에 발목을 잡혔다. 보아하니 발걸음을 빨리했을 표국도 눈 탓에 느려진 듯했다.

진혁의 기감에 잡스러운 기들의 움직임이 잡혔다. 그중 몇몇은 제법 강했다. 산등선에서 표국의 움직임을 감시하고 있었다. 어젯밤 저들이 말한 대로 녹림이 노리고 있는 것이다.

'이대로 나아가면 함께 휩쓸릴 것이다.'

진혁의 시선이 뒤에서 따라오는 가연을 보았다. 분명 가연의 입김이 닿았을 일이다. 전역에 피를 뿌리고 있으나 막아야 한다는 생각은 들지 않았다. 어젯밤 말했듯 황금전장에 빚을 갚아야 할 이는 자신이 아니라 그녀였으니까. 물론 자신의 몫도 챙겨야 했다. 그녀만큼이나, 아니, 어쩌면 그보다 몇 배는 더 전충에게 갚아줘야 할 것이 많은 이가 바로 그였다.

'아느냐. 그러니 너무 앞으로 나서지 마라. 이율배반일지언정 네 손에 피가 묻기를 바라지 않는다.'

그녀의 계획으로 수많은 목숨이 사라졌다 한들, 주인을 잘못 정한 자들의 말로일 뿐. 그 밑에서 호의호식을 누렸으니, 이제는 대가를 치러야 할 때가 된 것이다.

말을 재촉해 표국 행렬을 앞지르려 했던 진혁은 고삐를 낚아챘다. 주인의 명령에 앞으로 나아가던 말이 울음소리를 내며 멈췄다. 덩달아 가연도 말을 세웠다.

계곡으로 들어가는 입구부터 막아선 산적들이 산등성을 따라 모여 사람들이 들어온 산길의 길목까지 둘러쌌다. 옆으로는 물이 흐르는 계곡이라 사실상 산적들에게 포위된 것이다.

"이게 무슨 짓이오!"

"이런, 이런. 그리 말하면 섭하지 않소? 언제부터 호평표국(好評漂局)이 표기도 들지 않고 표행을 나선 것이오? 이것 참! 표기는 표국의 생명이지 않소이까?"

"크흠! 흠!"

차마 호평표국이 아니라는 말까지 할 수는 없었던 표두는 무안스러움에 큰 헛기침만 연발했다. 산적들의 우두머리는 점점 거세지는 눈발에 눈가를 찡그렸다.

"참, 날씨 한번 잘 택하셨소. 굳이 이런 날을 골라 산을 넘으실 게 뭐요?"

"표행 날짜를 맞추려면 눈비 따위야 무슨 상관이겠소."

"그야 그렇소만, 이걸 어찌하겠소? 이번에는 표행 날짜를 맞추실 수 없으실 테니."

표두는 허리춤에 있는 자신의 무기에 손을 얹었다.

"굳이 이렇게까지 하는 연유가 무엇이오? 지금껏 호평표국은 산채에 꼬박꼬박 상납을 했었소. 그동안 오간 정리가 없지는 않을 터!"

산적 두목은 들고 있던 창대로 얼어붙은 바닥을 툭툭 두들겼다. 시간을 끌며 어찌 빈틈을 노려보려는 표두의 생각이 빤히 보였다. 어째 걸리는 표두들마다 똑같은 말만 주절거리는지.

"중원 전역에 좌악 소문이 퍼졌는데도 그리 말씀하시는구랴. 어떤 말을 붙여도 호평표국의 표물은 이 산을 넘어갈 수 없소. 순순히 내놓고 목숨이라도 구하시려오? 아니면 표물에 목숨까지 내놓으시려오?"

"표두가 표물을 두고 도망치는 예는 없소!"

허리춤에서 검을 뽑아든 표두를 따라 함께 나선 다른 이들도 각자 무기를 손에 쥐었다.

일촉즉발의 상황.

행렬의 끝에 있던 말 두 필이 계곡 사이의 아슬아슬한 길목을 비껴 밟으며 앞으로 나섰다.

"뭐냐?"

산적 두목이 물었다.

가만히 있으면 원치 않은 싸움에 휩쓸려 피를 볼 듯해 진혁은 표행 앞으로 나섰다.

"우리는 표국과 상관없는 자들이니 그만 통과시켜주었으면 한다. 갈

길이 바쁜지라 서둘러 길을 재촉해야 한다.”

자연스러운 하대에 산적 두목은 비위가 상했다. 게다가 뒤따르는 말에 탄 이는 면사로 얼굴을 가리긴 했으나 제법 태가 고운 여인이었다. 산적 두목의 눈에 음심이 떠올랐다. 산촌의 거칠고 햇볕에 탄 계집들 살 냄새만 맡다 뽀얀 분 냄새를 풍기는 계집을 보니 절로 아랫도리가 씰룩거렸다.

산적 두목이 창대를 들어 가연을 가리키려고 할 때였다. 서늘한 살기가 목덜미에 겨눠진 듯 몸이 움츠러들었다. 산적 두목은 본능적으로 진혁을 올려다보았다. 높은 말 등에 앉아 있는 진혁의 눈빛이 사신처럼 스산해 부풀어 오르던 아랫도리가 쪼그라들었다. 산채의 두목 자리에 오를 때까지 눈칫밥으로 목숨을 구한 적이 여러 번이었던 그는 새삼 소름이 돋은 목덜미를 슥슥 쓰다듬었다.

“어, 어서 빨리 지나가시오! 뭣들 하느냐! 어서 나가도록 길을 비켜라!”

앞을 가로막고 있던 산적들이 두목의 명령에 주춤거렸다. 그렇지 않아도 산채의 계집들에게 질려하며 한소리 했던 두목이었기에, 당연히 계집을 잡으라는 명령이 떨어질 줄 알았다. 두목이 적당히 품었다가 질리면 자신들에게도 차례가 돌아올 터라 군침을 흘리던 참이었다.

“두, 두목!”

“아니, 무슨 말씀이십니까!”

“새 계집입니다! 게다가 쉽게 볼 수 없는 귀한 댁 아가씨인 듯한데, 언제 또 이런 계집을 구합니까!”

산적 두목의 얼굴이 새파래졌다. 자신을 옥죄던 살기의 기운이 점점 더 강해져 주변으로 퍼져나갔다.

"다, 닥쳣! 내 말을 듣지 않을 셈이야! 당장 길을 비켜드리라지 않느냐!"

두목이 창대를 거칠게 좌우로 휘두르며 부하들을 윽박질렀다. 끈끈한 살기가 자신들의 발목을 휘어 감는 것도 알지 못하는 부하들은 두목의 호통에 짜증을 부렸다.

"아는 면상이시오? 그렇다고 해도 그냥 보낼 수는 없지요! 계집을 내놓을 수 없다면 통행료라도 받아야 하지 않소?"

"통행료보다는 계집이 좋지. 계집을 두고 가라고 하시오! 저 뒤태 좀 보라니까. 삽상한 것이 엉덩이질 좀 할 것 같지 않나!"

서로 주고받는 음담패설이 귀가 더러워질 정도로 질퍽해졌다. 서로 낄낄거리면서 벌건 눈으로 가연을 힐끔거렸다.

그렇지 않아도 요즘 답답하게 죄는 두목에게 반발하고 있던 무리가 은근슬쩍 가연의 뒤를 점령했다. 자신들이 먼저 붙잡아 우선권을 주장해볼 심산이었다.

진혁은 검집의 검을 뽑지도 않았다. 그저 몸을 틀어 장난스럽게 허공을 향해 가벼운 손짓을 날렸을 뿐. 그러나 실바람 같았던 손짓은 사나운 폭풍으로 변해 새카만 눈보라를 일으키며 가연의 뒤쪽으로 날아갔다.

"우아악!"

폭풍에 휩쓸린 산적들이 우당탕거리며 날아갔다. 그중 가장 심한 음담패설을 늘어놓던 자는 운신이 불가능할 정도로 바닥에 메다꽂혔다.

사방이 조용해졌다. 산적들과 표국 사람들의 시선이 일제히 진혁에게 집중되었다.

"무림인이닷!"

"고수닷!"

산적들이 분분히 소리치며 황급히 대형을 갖췄다.

"그 더러운 눈들을 모조리 뽑아버리기 전에 비켜라!"

서늘한 일갈에 산적들이 주춤거렸다. 두목은 창대를 사방으로 휘저으며 부하들에게 고함을 내질렀다.

"뭐해! 당장 길을 내어주지 않고!"

"하지만, 두목! 동료들이 저자의 손에 당하지 않았소?"

"그래서? 내 명령을 거부한 저놈들 잘못이지!"

산적 두목이 화난 눈을 부라리며 항변하는 부하들을 억눌렀다.

"빨리 지나가시오. 여기서 얼쩡거려봤자 서로 불편하니까."

산적 두목은 진혁과 가연이 빨리 사라지길 원했다. 두 사람이 여기서 머뭇거려봤자 산적인 자신들에게 손해였다. 아니나 다를까, 호평표국의 표두가 떠내려가는 구명줄이라도 발견한 듯 눈을 번쩍였다.

"잠깐만! 잠깐만 기다리시오!"

표두는 험악한 산적 무리들을 일수에 제압하는 광경에 눈이 번쩍 뜨이는 느낌이었다. 고립무원으로 꼼짝없이 산적들의 칼에 목숨이 떨어질 것이라 각오하고 있었는데, 하늘에서 동아줄이 내려온 듯했다.

"나는 호평표국의 표두요. 우리 표행을 무사히 살려준다면 섭섭지 않게 사례를 하겠소이다."

산적 두목의 얼굴이 사정없이 일그러졌다. 의협심에 불타는 정파 출신의 무사라면 당연히 저 말에 옳다구나 가세할 것이다. 그럼 효평표국의 표물을 먹어치우려던 처음과는 정반대의 상황이 벌어질 것이다.

"그냥 가시구려. 괜한 일에 헛힘을 쓰실 필요가 무엇이오."

산적 두목이 퉁명스러운 어투로 진혁을 빨리 보내려 했다. 그럴수록 표두는 진혁을 붙잡기 위해 매달렸다.

"원하시는 금액대로 드리리다. 표물과 함께 우리들이 무사히 산을 넘어가게만 해준다면, 표국에서 원하는 대로 보상을 할 것이오."

"아, 진짜! 아무리 그래도 지나가는 사람을 붙잡고 늘어지는 건 너무 치사하지 않소? 갈 길이 바쁘다는 사람을 왜 붙잡고 그러는 것이오?"

"얼마를 원하시오? 말씀만 하시오! 내 국주님을 대신해 가진 재산이라도 내어놓겠소!"

진혁은 자신을 사이에 두고 실랑이를 벌이는 장면을 보다 불쑥 뒤에 있는 가연을 끌어다 물었다.

"그대의 생각은? 내가 어찌했으면 좋겠나?"

그러자 이번에는 사람들의 시선이 가연에게 쏠렸다. 면사에 가려 얼굴 표정이 드러나지 않았지만, 갑작스러운 이목 집중에 난처한 듯 얼굴을 살짝 찡그리는 것을 진혁은 면사 너머로 똑똑히 보았다.

"제 의견을 들으실 필요가 있습니까? 뜻하시는 대로 하시면 되는 것을요."

"내가 어느 쪽을 거들어도 상관없다?"

"굳이 제게 물으시는 연유를 모르겠다는 뜻입니다."

어제부터 일부러 그녀에게서 답을 유도하는 듯한 미묘한 느낌을 받았다. 마치 어떤 답을 정해두고서 그녀에게 그 답을 말하게 만들려는 것처럼.

지나친 억측일까.

"보시게, 소저! 이 목숨들을 가엾이 여겨주시게. 우리들을 돕는다면 우리들도 대협과 소저를 돕는 데 몸을 아끼지 않을 것이네."

표두는 진혁이 아닌 가연에게 매달렸다. 그러나 진혁만큼이나 가연의 반응도 냉랭했다.

"산적들의 요구를 들어주시지요. 그러면 애먼 목숨들은 살릴 수 있지 않겠습니까? 아무리 표물이 중요하다 해도 사람 목숨만큼이야 하겠습니까? 표물을 잃어버린 배상금이야 돈으로 충분히 메울 수 있을 터. 그러니 괜한 고집으로 생목숨을 잃게 하지 마시지요."

결국 가연은 산적들의 손을 들어준 것이다. 표물만 두고 가면 목숨을 구할 수 있으니, 고집으로 죽음을 자초하지 말라면서.

표두의 얼굴이 딱딱하게 굳어졌다. 그에 반해 산적 두목은 희희낙락했다.

"그렇지! 그렇고말고! 물건이 아무리 중해도 사람 목숨보다야 못하지. 하하하! 소저가 참으로 현명하구만!"

진혁은 물끄러미 가연을 바라보았다. 분명 이대로 지나치면 칼부림이 일어나 표국 사람들은 죽을 것이다. 그러나 가연의 눈망울은 잔잔하기만 했다.

"하긴 괜한 일에 시간을 허비할 필요는 없겠지. 갈 길도 바쁜 터에 발목을 잡히면 곤란하니."

진혁은 천천히 말고삐를 조절해 산적들이 내어준 길로 나아갔다. 가연도 그 뒤를 따라 말을 몰았다. 그녀가 서로 대치 중인 두목과 표두 옆을 스쳐 지나갈 때였다. 갑자기 몸을 날린 표두가 가연을 잡아채 강제로 끌어내렸다.

"표두님!"

"가만히 있으시오! 가만히만 있으면 일이 해결된 후 풀어줄 것이니."

날 선 단검을 가연의 목덜미에 겨둔 표두가 비장한 눈빛으로 진혁을 쏘아보았다.

"이 여인을 구하고 싶으면 산적들을 소탕해주시오. 그리고 우리들이 무사히 산을 넘을 때까지 이곳에서 꼼짝도 하지 마시오. 그렇지 않으면 이 여인의 목숨은 없소."

갑작스러운 상황에 산적들도 어리둥절한 표정을 지었다가 곧 황당하다는 얼굴이 되었다. 표두의 뒤편에 서 있던 일행들도 깜짝 놀랐다. 설마 표두 어른이 지나가는 여인을 잡아 협박을 할 줄이야. 그러나 표두의 마음이 얼마나 절박했으면 저럴까 싶어 고개를 주억거렸다.

진혁의 시야에 흰 목덜미에 가로눕혀져 있는 단검의 새파란 검날이 들어왔다. 진혁의 입술이 옆으로 살짝 올라갔다. 그것은 죽음을 담고 있는 살소(殺笑)였다.

"너희가 날 협박하는 것이냐?"

"협박이 아니라 자구지책이올시다! 어찌 무림의 무사로서 산적에게

당하는 이들을 구하려 하지 않는단 말이오! 그대는 의협심도 없단 말인가!"

"재미있군. 의협심을 부르짖는 그대는 아무 상관없는 여인을 잡아 협박해도 된다는 말이로군. 아주 재미있어."

나직한 음성을 곁에서 바로 들은 산적 두목은 섬뜩한 느낌에 진저리를 치며 비척비척 물러났다. 바보 같은 표두 녀석! 구명줄이 아니라, 제 스스로 범의 아가리에 머리를 들이밀었구만!

눈치를 살핀 두목은 부하들에게 멀찍이 떨어지라 수신호를 보냈다.

진혁은 자신이 흥에 취해 잠시 주의를 게을리 했음을 인정했다. 고지식한 자가 한번 선을 넘어서면 어찌 변하는지 잘 알고 있으면서 방심했다. 아니, 그녀가 어찌 반응할지 궁금해 내버려둔 것인가. 어느 쪽이든 그의 실책이니 변명의 여지가 없었다.

진혁이 말에서 훌쩍 내렸다.

"그 손을 놓아라. 지금이라면 목숨은 살려줄 터."

"표국을 향해 손을 쓰는 즉시, 이 여인도 무사하지 못할 것이오."

단검의 예기가 스쳐간 자리에 실선처럼 가는 붉은 혈선이 비쳤다. 진혁의 눈빛이 광폭해졌다.

표두는 급한 마음에 가연을 잡아 협박하긴 했지만, 잡고 보니 제법 괜찮은 계책이었다 싶었다. 저 정도의 무사를 유용하게 쓸 수 있게 되었으니. 뒷감당이야 국주가 나서서 사과와 함께 적절한 보상을 하면 될 터. 의협심이 없는 것을 보면, 사파처럼 적절한 이득에 넘어갈 수도 있을 듯했다.

그러다 뭔가 일렁이는 빛살을 보았다 싶은 순간, 몸이 한순간 이상해졌다.

'뭐지?'

"표두님!"

"어르신!"

'왜들 저리 소리를 질러댄단 말인가?'

뭔가 바닥에 털썩 떨어지는 소리가 났다. 무언가 싶어 내려다보니 단검을 쥐고 있던 손이 팔까지 잘려 땅바닥에 붉은 피를 흘리고 있었다.

'저, 저건 내 팔이 아닌가?'

뒤늦은 깨달음과 함께 지독한 통증이 엄습했다.

"으아아악! 내 팔이! 내 팔이!"

잡혔다 한순간 풀려나 비틀거리는 가연을 잡은 진혁은 그녀를 자신의 뒤로 보냈다. 잘린 팔의 단면을 움켜잡은 채 울부짖고 있는 표두를 향해 한 걸음씩 다가갔다.

"누구의 목에 단검을 들이대 상처를 입혀? 네가 아니더라도 황금전장에 갚을 빚이 태산처럼 쌓여 있거늘, 거기에 네가 한 짐을 더 올리는구나."

표두는 온몸을 뒤틀면서도 뒤로 물러나 다가오는 진혁과 거리를 두었다. 허리춤에 꽂힌 검을 뽑아 들려 했지만, 항시 사용하던 손이 아니라 움직임이 둔했다. 진혁은 살짝 구부린 응조수(鷹操手)로 표두의 남은 팔과 다리를 차례대로 하나씩 잘라낸 후, 마지막으로 목을 잘랐다. 몸통에 붙어 있는 것을 모조리 잘라버린 후에야 진혁의 매서운 손놀림이 멈췄다.

"괜찮은가?"

진혁은 벗겨진 방립에 해쓱한 얼굴을 드러낸 가연을 붙잡아 물었다.

"네. 괜찮습니다."

"방심하지 마라. 지금은 단순한 표두이지만 저들의 뒤에는 더 음험한 자들이 있으니. 그들은 네가 내 약점이다 싶으면 이를 드러내며 너를 갈기갈기 찢어놓을 것이다."

진혁은 가연을 자신의 말에 태웠다. 그리고 그녀의 뒤를 감싸듯 말에 올라탔다. 그들이 지나갈 때까지 산적들과 남은 표국 사람들은 숨도 제대로 쉬지 못한 채 가만히 지켜보았다.

산적 두목은 그야말로 자신의 예리한 눈치에 감사했다. 자칫했다간 자신이 저기 몸뚱이만 남은 표두와 똑같은 꼴이 되었을지도 몰랐다. 산적들도 언제 투덜거렸냐는 듯 두목의 선견지명에 감격했다.

모습이 사라져 안도의 한숨을 내쉬는 산적의 머릿속에 진혁의 음성이 울렸다.

─ 녹림왕에게 전해라. 성도에서 바위에 피는 난 속에 사는 이와 함께 기다리고 있다고.

산적 두목은 딸꾹질을 하며, 이미 산자락 사이로 모습을 감춘 진혁의 흔적을 두렵다는 눈으로 바라보았다.

十五章

과거의 잔영(殘影) 下

사천 성도에 도착했을 때는 땅거미가 어둑어둑하게 내릴 때였다. 성도는 중원에서도 아래에 치우쳐 있는 곳이라 1년 내내 날씨가 온난했다. 지금도 위쪽으로는 혹독한 한겨울인데도, 이곳은 이른 봄이나 초가을 날씨처럼 선선한 바람이 불었다. 성도를 휘휘 감아 돌아가는 금강이 저무는 노을빛을 받아 주황빛으로 반짝거렸다.

성도가 보이는 언덕배기에서 잠시 멈춰 발아래 흐르는 정경을 감상하던 두 사람은 다시 멈췄던 발걸음을 재촉했다. 해가 떨어지기 전에 서둘러 성도로 들어가 머리를 누일 수 있는 객잔을 잡아야 했다.

진혁은 성도의 번화가를 피해 고만고만한 집들이 모여 있는 골목으로 들어갔다. 삼거리가 나오는 길목 중앙에 뜻밖에도 거리와 어울리지 않게 등이 걸려 있는 작은 기와집이 있었다. 대문에 걸려 있는 객등(客燈)이 없었다면, 주변에 있는 일반 집들과 다를 것이 없었다.

진혁은 대문 앞에서 말을 세웠다.

"다 왔군. 내리지."

홀쩍 말에서 내린 그는 말고삐를 대문 앞에 있는 말고리대에 묶은 다음 아직도 말 등에 앉아 있는 가연이 쉽게 내릴 수 있도록 손을 내밀었다.

가연은 자신을 향해 내민 손을 모르는 척 외면하며 말에서 내리기 위해 안장에서 몸을 들었다. 땅에 발을 디디려는 순간, 진혁의 손이 그녀의 허리를 잡아 내려주었다.

"감사합니다."

가연은 땅에 내려서자 그에게서 한 걸음 물러서며 의례적인 말을 건넸다. 진혁은 떨어지는 그녀를 붙잡지 않고 순순히 놓아주었다. 닫혀 있는 문을 슬쩍 밀자 안으로 스르륵 열렸다. 대문을 넘어서자, 안쪽에서 열 살 정도 되어 보이는 여자아이가 잰걸음으로 나왔다.

"어서 오십시오."

"묵고 갈 것이다. 별채를 내어다오. 밖에 매어둔 말들도 부탁한다."

"알겠습니다. 말은 벌써 우리로 데려갔을 겁니다. 저녁은 어찌하실 겁니까?"

조그만 여자아이는 잔망스레 허리를 숙이며 물었다. 진혁은 면사로 얼굴을 가린 가연을 보았다. 다른 이들의 눈에는 보이지 않지만, 그에게는 지친 얼굴이 똑똑히 보였다.

연일 노숙하다시피 하며 강행군을 했으니 지칠 만도 하지.

"식당에서 음식을 먼저 시켜둘 테니 씻고 식당으로 오도록. 늦어도 상관없으니, 피로가 가신 다음 와도 좋다."

진혁은 여자아이에게 말했다.

"나는 식당이 어디인지 알고 있으니, 내 대신 별채까지 안내를 해다오."

"예, 대인. 소저께서는 절 따라오세요."

가연은 그를 바라보다 앞장서서 걸어가는 여자아이의 재촉에 걸음을 떼었다.

천천히 멀어지는 가연의 그림자가 완전히 사라질 때까지 바라보고 있던 진혁의 눈빛이 어두워졌다.

'한 번쯤 다시 물을 법한데도 기어이 묻지 않는군. 가보면 안다고 했던 내 말 때문인가, 아니면 아예 아무런 관심이 없어서인가.'

어느 쪽이든 기분이 좋지 않았다. 꼬치꼬치 따져 묻기를 바라지는 않았지만, 그래도 오면서 약간의 궁금증은 보일 줄 알았다. 그런데 그녀는 만고당을 떠나는 순간부터 벙어리처럼 입을 닫아버렸다. 자신이 먼저 말을 걸면 대답은 했지만, 그뿐이었다. 곁에 머물지만, 더 이상 깊은 관계를 맺고 싶지 않다는 무언의 항변처럼.

진혁의 입술이 험악하게 그어졌다.

그 무엇도 내 손에 들어온 것을 내어줄 생각은 없으니!

미루어 짐작컨대, 그의 추측이 진실일 공산이 10할 중 9할이 넘었다. 광의의 반응과 만고당에서 뻗어 나간 중원의 조직들. 그리고 그녀의 혼 깊숙이 숨겨져 있는 본성의 향기까지.

하나씩 흩뿌려진 조각들을 주워 이어붙이니, 어느새 그가 알고자 한 커다란 그림이 만들어졌다. 남은 것은 구석구석 남아 있는 빈 조각들을 찾아 끼워 맞추는 것뿐.

그때가 와도 너는 조가비처럼 굳게 입을 다물고 있을 것이냐.

험한 산길에 요란한 말굽 소리가 울렸다. 스무 명쯤 되어 보이는 무리들이 거품을 뿜으며 거친 숨을 내쉬는 말의 배를 차면서 연신 길을 재촉했다. 그들은 자신들의 앞쪽에서 달리고 있는 기수를 놓치지 않기 위해 젖 먹던 힘까지 쏟았다.

"두목! 총채주님! 같이 가자고요! 좀!"

벌써 땅을 밟지 못한 지 하루 하고도 반나절이 더 지난 예서군(豫徐君)은 꾀죄죄한 몰골에 헐떡이면서 앞에서 달리고 있는 장현무(長現務)를 애타게 불렀다. 위아래로 흔들리는 말 등에 엉덩이가 아픈 것은 물론이요, 제대로 물도 마시지 못하고 연일 달리고 있는 터라, 다들 가뭄에 바짝 말라붙은 풀쪼가리 형상이었다. 물을 담은 가죽주머니를 안장에 달아놓았지만 속도를 늦출 수가 없으니, 물에 손을 댈 겨를이 없었다.

"에이 씨! 좀 쉬었다 가자고요! 이러다 저희들 다 죽으면 두목이 책임지실 겁니까! 예? 좀 쉬자니까요!"

예서군의 고함 소리에 함께 달리고 있던 다른 이들이 괴로운 듯 얼굴을 구겼다. 고래고래 지르는 고성에 내공에 실려 있어 옆에서 흘려듣는데만도 내기가 곤죽이 되듯 흔들렸기 때문이다.

'녹림왕도 녹림왕이지만, 예 부채주는 더하는구만. 출발할 때부터 소리를 지르더니……. 목이 아프지도 않은가.'

'아! 차라리 그냥 무시하고 달리지, 왜 잡힐 듯 말 듯한 거리를 유지해서는 우리를 괴롭히는 거야! 그냥 앞으로 치고 나가시라니까요!'

430

그들은 앞에서 달리고 있는 녹림왕보다 함께 달리고 있는 예서군이 더 미웠다. 그가 없었다면, 차라리 앞서 달리는 녹림왕을 포기하고 남아 있는 흔적을 뒤쫓아 천천히 움직일 수 있었을 텐데.

'대체 미친놈처럼 달리는 이유라도 좀 압시다! 뭔 일이오, 대체!'

이유도 모른 채 단지 말을 탈 줄 안다는 이유만으로 뽑혀 미친 질주에 동참하게 된 산적들은 제각각 녹림왕과 예서군을 욕하면서도 속도를 높였다. 여기서 약간이라도 꼼수를 부렸다간, 예서군에게서 두고두고 괴롭힘을 당할 수 있었다. 그들에게는 녹림왕보다 그 아래에서 이것저것 자잘한 처리를 하는 예서군이 더 무서운 존재였기에 눈치를 살필 수밖에 없었다.

앞에서 달리던 녹림왕이 말을 세웠다. 헐떡이는 말을 개울가로 몰고 가 물을 마실 수 있도록 했다. 그의 마음 같아선 잠시의 쉼도 없이 달리고 싶었지만, 이 이상 달리는 것은 말에게 무리였다.

"두목!"

"총채주!"

말이 물을 마시는 동안 뒤떨어져 있던 예서군 일행이 따라붙었다. 예서군은 도착하자마자 말에서 내리기도 전에 장현무의 고삐부터 뺏었다. 자신들을 두고 또 먼저 출발하지 못하도록.

"제발이요! 성도가 어디 발이라도 있어서 달아나기라도 한답니까! 그냥 제자리에 콕 박혀 있을 테니까, 제발 좀 몸도 챙겨가면서 달리자고요!"

며칠째 씻지 못해 꼬질꼬질한 얼굴에 달려오면서 묻은 먼지로 얼룩덜룩한 모양새가 산적이 아니라 다리 밑에 사는 거지꼴이었다.

"저, 총채주, 제 생각에도 부채주의 말이 맞습니다. 이대로 달리면 성도에 도착해도 힘을 쓰기는커녕 제대로 도끼도 들지 못할지도 모릅니다."

예서군과 비슷한 모양새인 다른 산적이 퀭한 눈으로 슬그머니 말을 거들었다. 차례차례 도착한 다른 이들도 시커먼 얼굴로 말없이 동조했다.

"쯧!"

장현무는 못마땅하다는 얼굴로 혀를 찼다. 누가 산적 아니랄까 봐 우락부락한 얼굴들이 때와 먼지로 꾀죄죄한 것이 겨우내 산채에서 먹을거리가 없어 쫄쫄 굶은 형상이라, 꿈에 나타날까 무서웠다.

예서군이 울컥했다. 달려가고자 하는 총채주의 마음을 짐작해 군소리도 않고 부하들까지 챙겨서 뒤쫓아 왔건만, 왜 저런 한심한 눈으로 보신단 말인가.

"뭡니까, 그 눈빛은?"

예서군은 들썩이는 말안장과 씨름하느라 얼얼한 엉덩이를 주무르며 퉁명스럽게 물었다.

"누가 보면 개방에서 나온 줄 알겠구나."

"그게 누구 때문입니까! 제대로 씻기는 고사하고, 물도 제대로 마실 겨를도 없이 뒤쫓게 만든 이가 누군데요!"

"쯧! 요령껏 쫓아올 것이지. 누가 우르르 몰려오라고 했더냐."

예서군은 올라오는 울화통에 한숨만 푹푹 내쉬었다. 사방으로 도끼를 휘두르며 부하들을 채근하던 사람이 누군데, 이제 와서 군자 뒷다리 같은 소리를 하시나. 한 걸음 떨어져 있던 부하들은 곁눈질로 돌아가는 상황을 보면서 자꾸 아래로 고개를 떨어뜨렸다. 녹림왕과 부채주가 서로 대화를 주고받을수록 그들은 바닥만 뚫어져라 바라보았다.

"이 양반이! 좀 돌아가는 상황 봐가면서 차근차근 성도로 가자고 했더니, 다짜고짜 대부부터 휘두르면서 당장 가야 한다고 협박한 사람이 누군데! 진짜 이러시깁니까!"

예서군이 허리춤에서 대롱거리는 창대를 양손으로 거머쥐자, 떨어져 있던 부하들이 우르르 달려들었다.

"참으시오, 부채주!"

"안 돼! 부채주까지 가면 뒷감당은 누구더러 하란 말이야! 정신 차렷!"

"눈 돌아갔다, 눈 돌아갔어! 야! 거기 잡아! 거기 잡으라니까!"

"창대 뺏어! 창대! 아악!"

뒤에서 달려들어 어깨를 붙잡아 움직이지 못하도록 만드는가 하면, 창대를 움켜잡은 손에서 강제로 빼앗느라 두어 방 맞기도 했다. 두 팔과 다리에까지 매달려 간신히 예서군의 폭주를 말렸다. 그나마 녹림왕을 제어할 수 있는 사람은 예서군뿐이라 다들 필사의 각오로 매달렸다. 간신히 예서군이 진정되었을 즈음에는 매달려 있던 수하들이 나가떨어졌다. 밤낮없이 말을 달린 터라 체력이 떨어진 참에 예서군의 폭주까지 막느라 남은 기력을 탈탈 털어버렸다.

"쯧, 허약한 것들 같으니라고."

녹림왕의 짧은 소견에 부하들은 우거지상으로 바닥에 주저앉아 헉헉거렸다.

장현무는 나가떨어진 김에 쉬어 간다고 부하들에게 간단한 요깃거리를 준비하도록 했다. 성도까지 남은 거리는 하루 정도. 그러니 여기서 떨어진 기력을 회복한 다음 성도로 들어가야 했다.

말들이 자유롭게 물을 마시도록 고삐를 풀어주었다. 어슬렁거리던 녀석들이 물 냄새를 맡고 개울가로 찾아갔다.

본능적으로 물을 찾아 움직이는 말들을 보고 있던 장현무가 말했다.

"누구일 것 같으냐?"

갑자기 총채로 날아온 전서구. 지급으로 날아온 전서구의 발목에는 누군가가 전하라 한 말이 적혀 있었다. 그가 전한 두려움과 공포도 함께.

"이미 아시면서 왜 물으십니까?"

"혹, 내 판단이 틀린 것은 아닐까 의심스러워서 그런다."

에서군이 부리부리한 눈을 옆으로 찢으며 웃었다.

"걱정하지 마십시오. 저도 보는 순간, 총채주와 똑같은 이를 떠올렸으니까요."

"그러니 이상하다는 게 아니냐. 왜 그분이 대야성이나 만고당을 떠나 성도에까지 오셨단 말이냐?"

"그야 함께 가자 한 이가 있으니 어쩔 수 없이 나서신 거겠지요. 지금은 그의 말을 거부하실 수 있는 입장이 아니지 않습니까?"

장현무가 걱정스레 한숨을 쉬며 자줏빛으로 물들어가는 하늘을 올려다보았다. 전서구의 전갈을 받자마자 길을 나서긴 했지만, 달려오면서 생각해보니 무턱대고 성도로 달려가도 되는 것인지 걱정이 되었다.

"그자가 어찌 날 지목했을까?"

예서군도 그 부분이 못내 마음에 걸려 달려오는 내내 해답을 찾아 머리를 굴리던 참이었다. 마치 무언가를 알고 있는 사람처럼 총채주를 지목해 말을 전하라고 한 것 같으니. 설마 아가씨와 총채주의 관계를 알고 있는 사람처럼…….

예서군은 무거운 머리를 휘휘 내저었다. 설마, 그럴 리가 없다. 아무렴, 그럴 리가 없고말고. 만약 조금의 눈치라도 챘다면, 지금껏 녹림과 아가씨가 이렇게 무사할 리가 없었다. 그렇게 생각하면서도 마음이 불안해졌다. 마치 뒤에서 올가미를 매단 기다란 장대가 슬금슬금 다가와 덮치기 직전처럼.

서로 생각에 잠겼던 장현무와 예서군의 눈이 허공에서 딱 마주쳤다. 서로 비슷한 생각을 한 듯했다.

"아니겠지?"

"아니겠죠?"

둘은 동시에 같은 질문을 던졌다.

"아닐 게야."

"아닐 겁니다."

서로 같은 답을 동시에 말한 두 사람의 얼굴은 어두운 먹구름이 잔뜩 몰린 듯 흐렸다.

"표국들과 녹림과의 싸움 때문에 부르는 것일지도 모릅니다."

그나마 제일 그럴듯한 이유였다. 대야성주가 녹림의 우두머리를 부르는 이유.

"그랬다면 석란재를 입에 올리지 않았겠지? 그냥 불러냈어도 충분한 일이야. 굳이 그곳에 머물고 있는 아가씨를 거론할 필요도 없어."

예서군은 떫은 얼굴로 먼지 덤불 같은 머리를 마구 휘저었다.

산적들이 날린 전서구에 적힌 글귀가 세상에 무서울 것 없다 하는 두 사내의 심부를 찔렀다. 바위에 피는 난 속에 사는 이. 그 글귀를 보는 순간, 장현무와 예서군은 누구를 지칭하는지 바로 알았다. 근래 대야성의 근황에 주의를 기울이던 참이라 모를 수가 없었다.

그들이 불안해 하면서도 알고 싶은 것은 만고당의 아가씨와 자신들의 관계를 어떻게 알아냈느냐 하는 것이다.

장현무가 무거운 한숨을 내쉬었다. 앞으로 팔짱을 끼고 개울을 내려다보는 눈빛도 한량없이 무거웠다.

"대야성주의 눈과 귀가 중원에 없는 곳이 없다더니…… 대단하군."

말라 희게 일어난 입술 사이로 한탄과 같은 감탄성이 나왔다. 근 십여 년간 누구도 알지 못하도록 꽁꽁 감춰두었던 사실이다. 따르는 산적들 중에서도 그를 가장 오랫동안 따른 예서군만이 알고 있었다.

예서군이 두툼한 입술을 씰룩거렸다. 망치처럼 커다란 손으로 어깨를 탕탕 내려치며 혼잣말처럼 투덜거렸다.

"뭐, 세상에 있는 온갖 군상들이 몰려드는 것이 녹림이니, 대야성 사람도 분명 있겠죠. 황궁의 반역도까지 끼어 있는 판에 누군들 없으려고요."

"쯧!"

장현무가 못난 놈이라는 눈빛으로 흘겨보았다.

"내 말이 무슨 뜻인지 알면서도 그런 소리더냐?"

"아, 알죠. 아는데, 그래도 궁상은 그만 떨자고요. 아직 명확하게 드러난 것도 아니잖아요? 그리고 이왕 만나야 하는 것, 불안해 하니 당당하게 보자 이겁니다! 우린 산적 중의 산적이잖습니까!"

언제 풀이 죽었냐는 듯 예서군은 기세등등하게 말했다. 그 이면에는 가장 중요한 사실까지는 파고들지 못했으리라는 생각이 있었다. 잠시 목을 축인 일행은 다시 말에 올랐다. 성도까지 남은 하루도 쉼 없이 달려야 했다. 기운을 차린 말 울음소리가 용오름처럼 길게 하늘로 올랐다.

회양루(會陽樓)는 성도에서도 아는 사람만이 아는 주루였다. 그렇다고 시전통의 시끌벅적하고 화려한 주루는 아니었다. 주도를 즐기는 사람들만이 찾는다는 주루. 그러나 회양루가 별채에 손님을 가려 받는다는 것까지는 그들도 알지 못했다.

주루치고는 아직 이른 시간임에도 벌써 제법 많은 사람들이 탁자를 차지하고 있었다. 저녁 겸 반주를 하러 나온 사람들이 자리에 앉아 주문한 술과 요리가 나오길 기다리고 있었다.

회양루에서만 마실 수 있는 문송주(雯松酒)를 자작하며 가연을 기다리고 있던 진혁의 귓가로 두런거리는 소리들이 들려왔다.

"인근에서 시신들이 무더기로 발견됐다면서?"

"아, 자네도 들었군. 그렇지 않아도 그 때문에 당가에 비상이 떨어졌다더군."

"그렇지 않겠나? 인근에서 제일 강한 영향력을 가지고 있다고 자부하고 있는 당가인데, 수상한 무리들이 접근할 동안 까맣게 모르고 있었다니. 당가의 자존심에 그걸 용납할 리가 있겠나? 누군지 알아내서는 대가를 치르라 할걸."

"하기야, 당가에서 아무것도 하지 않으면 그게 더 이상한 일이지."

자신들의 탁자에서만 소리가 들리도록 목소리를 낮췄지만, 진혁의 귀에는 작은 숨소리까지도 고스란히 들렸다.

광의를 뒤쫓던 청마문의 시신들이 발견된 것인가.

그에게 혼쭐이 난 도장격이 도망치면서 죽은 문도들의 시신을 챙기지 않고 내버려둔 듯했다. 하긴, 제 목 귀한 줄만 알지, 수하들의 안위를 돌보는 자는 아니지.

시신들의 옷차림에서 청마문의 표식을 금방 알아보았을 것이다. 과연 한두 구도 아닌 시신들을 당가는 어찌 처리할까. 아무리 사천을 호령하는 당가라지만, 청마문을 상대하기에는 무리였다. 허나, 그렇다고 순순히 물러나 있을 수만도 없겠지.

광의를 구한 진혁의 행동이 의도치 않게 당가와 청마문의 마찰을 불러일으키게 되었다.

잘된 일인가. 당가의 주시에 청마문도 움직일 테니, 꾸미고 있는 것이 무엇인지 살피기엔 좋은 기회로군.

익숙한 기척에 진혁은 이어지던 생각을 끊었다. 별채와 통하는 옆문으로 가연이 들어왔다. 그를 찾는 듯 입구에서 잠깐 멈칫하던 그녀는 사람들 뒤편에 자리해 있는 그를 향해 걸음을 옮겼다.

"늦어져서 죄송합니다."

"아니, 아직 주문한 요리가 나오지 않았다."

맞은편에 앉는 그녀에게서 짙은 물 냄새가 났다. 머리를 완전히 말리지 못했는지, 갈아입은 옷의 어깨 부분이 축축이 젖어 있었다. 물을 먹어 무거운 머리카락을 올리지 못해 등 뒤로 느슨하게 묶어 내렸다.

술병 옆에 놓인 찻주전자를 기울였다. 따뜻한 말리차의 향이 은은히 올라왔다. 찻잔을 들어 마른 목을 축이던 가연은 자신을 바라보고 있는 진혁과 눈이 마주쳤다. 두꺼운 장막에 가린 듯 그 눈빛을 읽을 수가 없었다.

"어이 그리 보십니까?"

"아아, 내가 내 사람의 얼굴을 보는 것도 안 되나?"

내 사람이라…….

가연은 찻잔으로 입술을 축이며 일그러지는 입술 끝을 가렸다.

"내 사람이라 부르는 것이 마음에 들지 않는가 보군."

애써 숨긴다고 숨겼는데도, 그예 읽혔는가 보다. 가연은 찻잔을 내리며 자신을 응시하는 시선을 똑바로 마주 보았다. 그의 눈빛을 회피해야 할 이유는 없었다.

"꼭 그런 것은 아닙니다."

"허면?"

"군이 내 사람이라 구분할 필요가 있으신가 해서요. 기한이 있는 일시적인 소속이지 않습니까?"

가연은 필요가 없다 말하면서도 실상 그의 사람이라는 소속은 거부했다. 어디까지나 계약 관계라는 것을 내세웠다.

"일시적이라 하더라도 지금은 내 사람이지."

그리고 한 번 내 사람이라 잡은 사람은 절대로 놓아주지 않는다.

"그나저나 성도까지 오는 동안 끝끝내 다시 묻지 않더군. 왜 여기까지 그댈 데리고 왔는지 궁금하지 않나?"

"섣부르게 묻는 것보다 설명해주실 때를 기다리고 있었지요. 어차피 목적지에 도착하면 이리 설명해주실 테니, 귀찮게 보챌 필요가 없다 싶었습니다."

"그렇군. 그대의 말이 맞아. 어차피 끝에 가서는 설명해줄 테니, 지금 따로 말할 필요가 없지."

과연, 광의를 보고서도 그대는 그런 얼굴을 할 수 있을까.

궁금하면서도 한편으로는 걱정도 되었다. 광의를 알아보고 흔들리는 얼굴이든, 모르는 척 담담한 얼굴이든, 그에게는 복잡한 심정을 던질 것이니.

마침 불편한 분위기를 깨트리듯 주문한 요리가 나왔다. 진혁과 가연은 묵묵히 젓가락을 놀리며 빈 위장을 채웠다. 그런 두 사람을 구석 자리에 앉아 술잔을 기울이던 중년인이 고개를 갸웃거리며 연신 곁눈질로 살펴보았다.

객잔에 말을 맡긴 진혁과 가연은 다음 날 아침 일찍 길을 나섰다. 우거진 산 속을 헤쳐 나간 진혁은 가연이 뒤따라오는 것을 틈틈이 확인하며 앞으로 나아갔다. 산의 계곡 깊숙이 나아갔을 때였다. 나무 그림자 속에서 검은 뭉치가 하나 떨어져 나오듯 검은 야행복으로 신분을 가린 이가 나왔다.

"접근하는 자들이 있었느냐?"

진혁 앞에 머리를 조아린 암영은 보고했다.

"아래쪽을 살펴본 이들은 있지만, 위로는 올라오지 않았습니다. 녹의를 보아 당가의 무사인 듯했습니다. 시신들이 추가로 발견된 부근을 살피는 터라, 깊이 들어오지 않은 듯합니다."

– 청마문은?

머리에 직접적으로 들려온 하문에 암영은 말없이 전음을 보냈다.

– 당가에서 수색을 시작하자마자 물러갔습니다. 그 후로는 아직 보이지 않고 있습니다.

– 그들에게서 눈을 떼지 마라. 분명 광의를 찾으러 다시 나타날 것이다.

– 예, 주군.

안쪽에서 잡히는 기가 생생한 것을 보니, 얼추 내상을 다스린 듯했다. 피륙의 상처야 시간이 지나면 금방 나을 터. 내상을 다스린 것을 보니 금방 자리를 털고 일어나 답답하다고 소동을 피울 것이다.

안으로 들어가던 진혁은 암영에게 다른 지시를 내렸다.

– 접근하는 이들이 있을 것이다. 막아서는 척하면서 안으로 끌어들여라.

– 예!

문을 열기 전, 진혁은 가연의 손을 찾아 잡았다. 갑자기 자신의 손을 잡는 진혁이 의아해 쳐다봤지만, 무심한 얼굴만 보였다.

무슨 일이지? 안에 있는 사람이 누구이기에 그의 그림자들이 안가 주변을 에워싸듯 지키고 있는 걸까?

햇살이 잘 들어오는 실내는 환한 빛으로 가득했다. 침상에 누워 있던 광의는 점심을 가져오는 시비인 줄 알고 무심히 시선을 들다, 벌떡 상체를 일으켰다.

"자네! 대체 어디 갔다 지금껏 오지 않은 겐가! 대체 언제까지 날 여기에 묶어놓고 오도가도 못 하게……."

진혁을 향해 손가락질을 하며 버럭버럭 소리를 치던 광의는 진혁의 옆으로 보이는 자그마한 얼굴에 말끝을 흐지부지 흐렸다. 자신을 감금한 진혁을 향해 눈을 부라리던 그는 가연을 보고 당황했다.

손을 잡힌 채 안으로 들어선 가연은 버럭 내지르는 고함 소리에 의아해 하다 침상에 앉아 있는 노인을 보았다. 당혹감이 가득한 눈이 그녀를 응시했다. 순간, 가연은 저도 모르게 걸음을 멈췄다. 광의만큼 놀란 가연의 얼굴은 한순간 핏기가 빠져나간 사람처럼 창백해졌다.

어떻게 이분이 여기에…… 아니, 왜 날 이분과 만나게 하는 거지?

가연은 자신의 손을 잡고 있는 진혁의 손을 의식했다. 어느새 등 뒤로 돌아가 바짝 붙어 선 그가 자신의 반응을 살펴보고 있었다.

가연은 예의를 갖춰 공손히 머리를 숙였다.

"……벽가의 가연이 노야를 뵙습니다. 예전에 한 번 물건을 구입하시느라 만고당의 지부에 들르신 적이 있으시지요. 그때 직접 뵙지 못해 안타까움을 금할 수 없었거늘, 이리 뵙게 되어 영광입니다, 노야."

살짝 시선을 내린 가연은 전신의 신경을 곤두세워 뒤에 있는 진혁의 반응을 살폈다. 침상에 있는 광의는 중요치 않았다. 지금 중요한 것은 바짝 밀착되어 있는 그에게 작은 의심도 일으켜서는 안 된다는 점이다.

"벽가의 가연…… 그렇군. 벽가의 가연, 가연이로군."

설마 정말로 본인을 데려올 줄 몰랐던 광의는 가연의 이름만 혼잣말처럼 되뇌었다. 마치 지금부터라도 단단히 기억해두어야 할 이름처럼. 그리고 가연의 얼굴을 요리조리 세심히 살펴보았다.

그때의 아이가 벌써 이리 자랐구나.

광의는 기특함과 아쉬움에 답답한 한숨을 간신히 되삼켰다. 가연의 어깨에 양손을 올려둔 진혁이 매의 눈으로 그를 바라보고 있었다. 그 시선이 촘촘한 그물망처럼 그의 미세한 반응까지 잡아챘다.

광의는 다시금 진혁의 신분을 알 수 없어 곤혹스러웠다. 가연이라 불린 이 아이와 대체 무슨 관계이기에 자신을 찾아내 지난 일을 들추는 것인지.

"그대의 말을 들어보니, 두 사람은 이전에 만난 적이 없는 것 같군."

정수리 위에서 들려오는 물음에 가연의 등줄기로 식은땀이 흘렀다.

"워낙 이름이 드높으신 분이라 용모파기는 알고 있었지요. 헌데, 어찌 이분이 여기에 계시는 겁니까?"

"쫓기는 것을 구해주면 무엇이라도 내어주겠다 해서 구해줬더니, 오리발을 내미는군. 그래서 원하는 것을 내어놓을 때까지 다른 이들 모르게 데리고 있을까 한다."

누가 광의를 뒤쫓아 다녔다는 말인가. 무슨 목적으로 광의를 노린 걸까.

"그대가 알아봤으니 잘됐군. 저자를 한동안 그대가 맡아야 할 것 같아."

"……제가 말인가요?"

"이대로 보내면, 분명 뒤를 쫓는 이들에게 다시 붙들릴 터. 그러니 한동안은 그대가 있는 만고당에 은신할 수 있도록 장소를 마련해줬으면 한다."

놀란 가연이 돌아보려 했지만, 어깨를 단단히 움켜잡은 진혁 때문에 움직일 수가 없었다.

"만고당에 말인가요?"

"그래. 만고당에 딸린 여러 방들 중 한곳에 넣어주면 될 것이다. 다른 이들의 이목을 피할 수 있으면 족하니."

가연은 여린 입술을 깨물었다. 싫다고 말하고 싶었지만, 그의 강건한 어투는 일절 거부 의사를 내비치지 못하게 했다.

"아니, 내 일신상의 문제를 왜 자네가 결정하는 게야! 나가 죽어도 내가 죽지, 자네가 죽어! 갑갑하게 한곳에 묶여 있는 것은 절대로 할 수 없네! 그러니 당장 저 밖에서 지키고 있는 자들이나 치우게!"

광의는 쪼그라든 간을 들키지 않으려고 부러 강짜를 부리듯 큰소리를 쳤다. 그도 가연의 곁에 붙어 있고 싶지 않았다. 일부러 그녀에게 자신을 붙이려는 것이 결코 좋은 일 같지 않았다.

진혁은 무심한 얼굴로 침상 가까이 다가갔다. 한 걸음씩 다가갈수록 큰소리를 치던 광의의 얼굴이 흔들렸다. 태연한 척 가장하고 있던 가면이 퍼슬퍼슬 부스러기를 날리며 깨졌다.

조여오는 압박감에 광의는 퍼석한 입술을 깨물었다.

어린놈의 새끼가 어디서 이런 무지막지한 기운을 얻었는지! 가연이 있을 때와는 완전히 다르지 않은가!

가연이 방을 나가자마자, 진혁의 기운이 일변했다. 파랑 없이 잔잔하던 바다가 갑자기 거대한 해일로 돌변해 사방에서 광의를 옥죄는 듯했다. 간신히 나아가던 내상이 다시 도지듯 기맥들이 은은히 아파왔다.

진혁이 침상 머리맡에 서자, 광의를 조여오던 기파가 최고조에 이르렀다.

"큭!"

광의는 목구멍에서 올라오는 비릿한 핏덩이를 뱉어냈다. 기어이 가라앉힌 내상이 다시 터졌다.

진혁은 몰아치던 기파를 한순간 걷었다. 그제야 광의의 얼굴이 편해졌다. 그 짧은 시간 사이 광의의 전신은 땀으로 흥건해졌다.

"대체 왜 날 이리 괴롭히는 것인가? 내가 뭘 했다고?"

진혁이 냉혹한 웃음을 지었다.

"이거야 정말. 떠내려가는 물속에서 구해줬더니 보따리를 내놓으라는 격이군. 처음 사지에서 구해줬을 때 했던 약조 따위 나 몰라라 내팽개친 당신을 정중히 대우해줘야 할 이유가 없지. 청마문에 던져주지 않는 것만으로도 감사해야 할 터."

"흥! 청마문 따위! 비록 한순간 내가 뒤를 밟혀 쫓기기는 했지만, 내가 마음만 먹으면 청마문의 절반 정도는 충분히 거덜 날 거다! 그리고 그리할 것이고!"

광의는 자신을 토끼몰이하던 청마문에 대해 이를 득득 갈았다. 이런 처지가 된 것도 모두 청마문의 개잡놈들 때문이었다.

청마문주! 앞으로 네놈이 두 다리 뻗고 잘 수 있는 날도 얼마 남지 않았다! 내 이 빚을 두고두고 갚을 테니!

그전에 눈앞에 있는 녀석부터 먼저 치워야 했다. 대체, 옛날에 묻어버린 이야기를 끄집어내는 연유가 뭐란 말인가? 게다가 당사자를 직접 눈앞에 데려다놓다니! 보아하니 그 아이도 자의로 온 것은 아닌 듯했다.

"청마문을 거덜 내든, 털어먹든, 그것은 그대가 알아서 할 일이고. 내가 알고 싶은 것은 단 하나뿐이다. 그전에는 살아서 이곳을 벗어나지 못할 것이야."

"하! 날 협박하려 드느냐! 고작 내가 그깟 협박 따위를 견디지 못할 것 같아!"

제 나이의 절반도 되어 보이지 않는 새파란 녀석의 협박질에 광의는 버럭 소리를 질렀다. 이제껏 위협 따위 수없이 받아왔었다. 코웃음을 치던 광의는 진혁의 눈에 깔려 있는 서늘한 살기를 감지했다.

이, 이놈이! 진담이로구나! 실로 내 입을 열기 위해 무슨 짓이든 할 셈이야!

기세 싸움에서 밀리던 광의의 눈가에 오기가 생겼다. 제 목숨이 간당거리는 순간에도 불뚝거리는 반골 기질이 튀어나왔다. 지난 약속의 신의보다는 진혁에게 이대로 고개를 숙일 수 없다는 오기가 불쑥 치밀었다.

광의는 피가 흥건한 누르스름한 이를 드러내며 웃었다.

시비의 안내를 받아 다른 전각 안으로 들어간 가연은 손을 뒤로 돌려 문을 꼭 닫았다. 문고리에 걸린 손이 조금씩 떨리기 시작했다. 손을 따라 시작된 떨림이 곧 전신으로 퍼졌다. 문에 등을 기대다 주르륵 미끄러지듯 바닥에 풀썩 주저앉았다.

설마?

가연은 부들부들 떨리는 손을 들어 황급히 비명이 나올 듯한 제 입을 막았다.

설마? 아니겠지?

가연은 불길한 예감을 필사적으로 부정했다. 그러나 그러면 그럴수록 부정하고 있던 사실이 그녀의 뇌리를 덮쳤다.

아니야! 명확한 것은 아무것도 없어! 그러니 정신 차리자! 흔들려서는 안 돼!

가연은 불안에 두근거리는 가슴을 부여잡으며 흔들리는 자신을 다그쳤다. 광의가 아니라 돌아가신 부모님을 데려다놓아도 동요해서는 안 되었다.

떨림이 잦아들자, 당황으로 흐릿하던 머리도 맑아졌다. 자신을 광의와 만나게 한 것이 단순한 우연일 리가 없었다.

어디에서 빈틈이 보인 것일까.

어디까지 파고든 것인가.

가연은 눈을 감고 쉼 없이 그와의 연결고리를 되짚어나갔다. 같은 장면을 몇 번이나 다른 각도로 접근했다. 그러나 아무리 찾아봐도 꼬리를 밟힌 자국은 보이지 않았다.

만고당이 아닌 다른 곳에서 뒤를 밟힌 것인가?

하지만, 만고당 외에 그녀와 연결되어 있는 고리들은 모두 수면 아래에 감춰져 있어 수뇌부라 할지라도 몇 명을 제외하고는 알지 못했다.

가연의 눈꺼풀이 혼란스러운 마음을 보여주듯 불안하게 파르르 떨렸다. 만고당에서 그를 만났을 때부터 최후의 최후까지 결코 드러내고 싶지 않았던 진실. 심해 깊숙이 친친 동여매어둔 과거가 원치 않음에도 서서히 수면으로 부상하는 느낌이다.

안 돼! 절대로 그리 되어서는 안 돼!

한순간 그녀의 평정심이 깨어졌다. 본성에 덧씌우고 있던 장막이 흔들리는 순간, 그녀에게서 은은한 맑은 향이 새어나왔다.

가연은 흐트러진 마음을 다잡으며 주문처럼 읊조렸다.

'나는 가연이다. 주가연에서 양부를 따라 벽가로 바뀐 벽가연이다.'

같은 말을 새기듯 계속해서 읊조렸다. 그러자 조금씩 흘러나오던 향이 서서히 지워졌다. 잠시 풀린 듯한 본성에 다시금 단단한 걸쇠가 채워졌다.

고통을 이기지 못하고 침상에서 굴러 떨어진 광의는 몸을 공처럼 말며 바닥을 벅벅 기었다. 흰자위가 드러난 눈은 벌건 실핏줄이 드러나 기괴했다.

진혁은 고통에 버둥거리는 광의를 무심히 보았다. 광의의 혈맥에 이질적인 기를 강제로 집어넣어 마구 헤집었다. 쓸데없이 잡다한 고문보다 더 확실한 방법이었다.

광의는 신음 소리도 제대로 내뱉지 못한 채 헉헉거렸다. 잠시 고통이 멈춘 틈을 타 더듬거리며 물었다.

"……대, 대체…… 날 이리 괴롭히는 이유가 뭐냐? 왜……?"

"벌써 몇 번이나 같은 대답을 하게 만드는군. 내가 알고 싶은 것은 한 가지뿐이라고 하지 않았나? 그것만 답하면 된다."

"그게 무슨……?"

진혁은 북해의 만년설보다 더 차디찬 얼굴로 말했다.

"벽가연."

광의가 흠칫 몸을 떨었다. 십여 년 만에 다시 본 아이의 얼굴이 떠올랐다.

"그녀가 감추고 있는 다른 이름. 기어이 내 입으로 말해야 하나?"

한 마디 한 마디 말을 할수록 진혁의 기운이 사나워졌다. 고통을 참느라 창백하던 광의의 얼굴이 새카맣게 변했다.

"자네가 누구이기에 지난 일을 들추려 하는가?"

광의는 턱 아래까지 올라온 말을 간신히 혀 아래 말아두었다. 눈앞의 사내를 어려워하던 가연을 본 터라, 더욱 털어놓을 수가 없었다. 자칫 약속을 깨는 것만이 아니라 간신히 자리를 잡은 가연을 위태롭게 만드는 것은 아닌지 걱정스러웠다.

"이제 와 내가 누구인지가 중요한 모양이군. 새삼 그녀가 걱정스러워진 건가?"

진혁은 조소를 지었다.

"걱정하지 마시지. 그녀의 안전이라면 무엇보다 신경 쓰고 있으니까. 그 무엇도 그녀를 위험에 빠트리지 못하게 할 것이다."

진혁의 눈빛이 성난 용처럼 광폭해졌다.

"그러니 답해라. 9년 전 네가 부술로 얼굴을 고친 여아는 누구냐?"

광의는 체념하듯 눈을 감았다. 원하는 답을 들을 때까지 자신을 죽지도 못하게 하고 괴롭힐 것이다. 게다가 그 아이의 안위를 위협하는 것은 아니라고 하니.

"9년 전 무사 한 명이 어린 소녀를 안고서 날 찾아왔었다. 제 주군의 서신 한 장을 들고서……."

광의는 실낱처럼 가는 목소리로 9년 전의 일을 하나씩 풀어냈다. 감춰져 있던 지난 일들이 조금씩 풀어질수록, 진혁의 얼굴에서 감정들이 하나씩 지워졌다. 광의의 얘기가 끝나갈 때쯤에는 조각상처럼 무심한 얼굴이 되어 있었다.

"여기 맞나?"

장현무는 깎지 못한 수염이 도독도독 올라온 턱을 어루만지며 중얼거렸다. 예서군이 허리춤에 차고 있던 창대를 손에 쥐었다.

"네, 여기 맞네요. 여기로 오라고 성도에서부터 흔적을 줄줄 남겨놓고 있지 않았습니까?"

"그것도 산적들만 알아볼 수 있는 표식을 말이지."

간이 크다고 해야 할지. 아니, 대야성주라면 간이 크고도 남지. 이렇게 대야성주를 찾아온 자신들이 무모한 것인지도.

창대 끝으로 바닥을 툭툭 치던 예서군은 안가 주변을 둘러보았다.

"아무래도 환영하는 분위기는 아닌데요, 두목."

"그렇군. 정작 본인이 청하고서는 손님을 박대하는 경우라. 시험인가?"

"시험이든 뭐든 기분은 좋지 않군요."

예서군은 살기 가득한 웃음을 지었다. 몇 날 며칠 달려오느라 쌓인 울분이 한계치에 달해 건드리기만 해도 펑 하고 터질 듯했다. 예서군을 따라 옆에 늘어서 있던 수하들도 각자 무기를 쥐었다.

안가로 한 걸음 다가가자, 언제 나타났는지 검은 무리들이 막아섰다.

"손님 대접이 영 꽝이구만!"

예서군이 몸을 날리며 들고 있던 창대를 신나게 휘둘렀다. 막아서던 무리들이 흩어지며 요란한 칼부림이 시작되었다. 그러나 녹림왕이라 일컬어지는 장현무를 막아서기에는 처음부터 무리였다. 대부를 손에 든 장현무는 한 걸음씩 안가 안으로 진입했다. 파리 떼처럼 달려들던 검은 무리들도 안가 안으로 성큼 물러났다.

예서군이 창대를 휘휘 돌리며 중얼거렸다.

"뭔가 너무 싱거운데요."

"아아."

장현무도 느꼈다. 그저 무기를 맞대기만 하고 살기를 드러내지 않았다. 그러다 퍼뜩 몸을 돌렸다. 온몸의 신경이 올올이 곤두서며 저도 모르게 대부를 좌우로 그었다.

콰콰쾅!

전각에서 날아온 인영이 다짜고짜 그를 향해 검을 날렸다. 새파란 검강이 도끼의 부강과 부딪쳐 땅거죽을 뒤집어엎었다. 요란한 흙먼지와 함께 장현무와 인영의 신형이 뒤엉켰다.

"두목!"

"총채주!"

예서군이 창을 들고 뛰어들려는 찰나, 물러나 있던 무리들이 지금까지와는 달리 날카로운 투기를 일으키며 가로막았다.

"이 자식들이!"

예서군은 욕설을 내뱉으며 창대를 힘껏 흔들었다.

장현무는 자신의 도끼가 조금씩 밀리는 것을 느꼈다. 단순한 검격일 뿐인데도, 내려칠 때마다 어마어마한 압박이 전해졌다. 도끼를 휘둘러 달라붙는 상대를 떨어드린 그는 훌쩍 몸을 날려 거리를 뒀다. 그제야 검을 들고 있는 상대방의 얼굴을 볼 수 있었다.

날카롭게 뻗은 검미에 태산준령처럼 높다란 콧대, 붉은 입술에 서린 강인한 의지가 사내의 굳건한 성격을 보여주었다.

"대야성주?"

언젠가 한 번 보아나 두자 싶어, 멀찍이에서 눈에 넣어만 뒀던 얼

굴이었다. 그때도 얼핏 새파란 예기를 담고 있는 검 같구나 싶었는데,
지금은 더 한층 무거운 무게감까지 갖추고 있었다.

무적천가라, 진정 무섭구나!

"일부러 전언을 보내 날 부른 터에 이리 대하는 연유가 무엇이오?"

장현무는 산적답지 않게 정중한 어조로 물었다. 관부보다 더 신경을
써야 하는 것이 대야성이었다. 관부나 성의 관리들에게는 뇌물을 집어
주면 되지만, 대야성은 한번 틀어지면 전면전이 벌어질 수도 있었다.
게다가……. 장현무는 대야성주의 그늘에 머물고 있는 아가씨를 떠올
렸다.

진혁은 대답 대신 한 걸음 만에 거리를 좁혀 공격했다. 날카로운 검
풍이 사방을 난도질하며 달려들었다. 장현무는 대부를 휘휘 돌리며 커
다란 원을 그리며 에워싼 검풍을 간신히 하나씩 찢었다. 그러나 검풍에
서 벗어나는 순간 무서운 어검격(御劍格)이 날아왔다.

"큭!"

빛살처럼 면전으로 날아오는 검격.

"총채주!"

"두목!"

"안 돼요!"

그를 부르는 산적들의 외침 소리 위로 어느새 전각에서 뛰어나온 가
연의 음성이 실렸다.

十六章

파각(破却) 上

　치이잉.

　난폭한 검 울림이 사방을 찢어발기듯 울부짖다 어느 순간 뚝 그쳤다. 검풍에 여기저기를 베인 장현무의 발치로 붉은 핏줄기들이 흘러 내렸다. 위용을 자랑하던 대부는 윗동이 날아가버려 단순한 몽둥이가 되어 있었다.

　시린 빛을 발하는 날카로운 검첨이 장현무의 미간 앞을 아슬아슬하게 겨누고 있었다. 흑검의 손잡이를 잡고 있는 진혁의 시선이 옆으로 향했다.

　전각의 처마 아래로 나온 가연은 자신을 보는 무심한 눈빛을 애써 담담히 견뎠다. 무심한 눈빛 아래로 끓어오르는 분노의 열기를 보았다. 자칫 잘못 손을 대면 시커멓게 타버려 재도 남기지 못할 정도로 무서운 분노였다.

　"안 된다?"

　진혁이 그녀를 보며 물었다. 서늘한 음성이 소리가 닿는 주변을 얼음이 가득한 빙굴로 만들었다.

"네. 안 됩니다. 이곳에서 녹림왕이 다쳐서는 아니 됩니다."

"어째서? 왕이라 불리기는 하나, 따져보면 산적 무리들을 이끄는 도적에 불과하지 않나? 그대 입으로 분명 아무 연관도 없다고 하지 않았던가? 어이해 연관도 없는 자를 위해 나서는 것인가?"

진혁은 눈과 입으로는 가연을 보고 말하면서도, 검을 쥐고 있는 손은 미동도 하지 않았다. 약간의 움직임만 보여도 즉시 미간을 찔러버릴 듯해 장현무는 입도 벙긋하지 못했다.

어느새 가연의 눈빛이 단단해졌다. 갑작스럽게 마주친 광의와 장현무에 놀라 잠깐 흐트러졌던 마음도 차분해졌다.

이미 그는 녹림왕과의 연계를 알고서 그녀에게 객잔에서 질문을 던졌던 것이다. 그녀가 어떤 대답을 하는지 반응을 떠본 것이다. 가연은 짧은 시간 동안 생각을 정리했다. 이것저것 재어보며 망설일 시간이 없었다.

여기에서 뒤돌아 갈 수는 없었다. 돌아갈 길이 없다면, 남은 것은 오직 하나, 앞으로 나아가는 것뿐이다.

광의와 녹림왕.

가연의 눈빛이 심유해졌다. 진혁이 무엇을 알아차렸든, 광의에게서 어떤 말을 들었든 상관없었다. 그녀가 인정하지 않는 한 증명할 수 있는 것은 아무것도 없었다.

"그는 제가 가진 패 중 가장 중요한 패 중 하나이니까요. 성주님께서도 이미 짐작하시고서 그를 이리로 부르신 것이 아닙니까? 네, 아시는 것처럼, 황금전장과 상투를 벌이고 있는 중원전장에 만고당이 힘을 실어주고 있습니다. 만고당만의 힘으로는 황금전장을 상대하기 버거우니까요. 그런 황금전장과의 싸움에서 중원전장이 승기를 잡고 있는 것은 그 무엇보다 녹림왕의 역할이 가장 크다 할 수 있습니다. 그러니 녹림왕의 일신에 변괴가 생겨서는 곤란합니다. 간신히 잡은 승기를 놓칠 수는 없으니까요."

"지난 빚을 돌려주는 데에 이자의 쓰임이 크다는 말이로군."

"강호에서 왕이라는 명호를 가진 이입니다. 단순히 크다는 말로는 쓰임새를 설명하기에 부족하지요."

두 사람 사이에 팽팽한 긴장감이 조성되었다. 허공에서 부딪힌 눈빛이 서로 상대방의 심기를 읽어내려 했다.

진혁은 자신의 기운을 솜처럼 담담히 흡수해버리는 가연의 눈빛을 보았다. 광의와 녹림왕을 보고 흔들렸던 모습은 환영이었던 것처럼, 그녀는 깊은 물과 같은 평소의 모습으로 돌아가 있었다.

내가 뭔가를 알아냈다는 것을 눈치 챘을 텐데도 흔들림이 없군. 대단하다고 해야 하는 건가?

아주 약간 그녀의 생각을 읽을 수 있었다. 내보일 수 있는 것들은 보여주면서도, 가장 의심스러운 부분은 숨겨두는 치밀함이 엿보였다. 녹림왕을 불러낸 것이 그라는 것을 알아차린 순간, 내보인 순발력도 훌륭했다. 만약 광의의 말이 없었더라면, 그녀가 가진 본성을 엿볼 수 없었다면 꼼짝없이 넘어갔을 것이다.

너는 언제까지 숨길 수 있다고 생각하는 것이냐?

'결코 쉽지 않을 걸세. 얼굴에 칼을 대고 다른 얼굴을 가지기로 한 순간부터 그 아이는 과거를 모두 묻어버리기로 마음먹은 것이니까. 절대로 돌아가는 일은 없을 것이라 맹세하고 내 시술을 받은 것이니.'

광의의 넋두리와 같은 충고가 떠올랐다.

"대야성주라는 패만으로는 부족하다는 말인가?"

"성주님은 훌륭한 보호막은 되실 수 있지만 상투에 개입하실 수는 없지요. 그러니 대신할 수 있는 검을 찾을 수밖에 없지 않겠습니까? 저는 받은 것은 절대로 잊어버리지 않는 성정이라서요. 하물며 쉽게 잊을 수 있는 빚이 아니지 않습니까?"

진혁은 겨누고 있던 검을 내렸다. 흑검은 소리도 없이 검집 안으로 안착했다.

미간을 찌르던 기운이 사라지자, 장현무는 주춤주춤 뒷걸음질 치며 물러났다. 전신을 옥죄던 살기도 사라져, 쇳덩이를 매단 것처럼 무겁던 팔다리가 가뿐해졌다.

"두목!"

"총채주!"

예서군이 달려와 비틀거리는 장현무를 부축했다.

장현무는 흔들리는 몸을 예서군에게 기대면서 진혁과 팽팽한 기싸움을 하고 있는 가연을 보았다. 항시 서신이나 수하들을 통해 말을 전했었다. 그때로부터 얼추 10년이라는 시간이 흘렀다. 장현무는 벌겋게 달아오른 눈시울로 여인이 되어 있는 가연을 응시했다.

그 작은 아기씨가……

457

그 어리디어린 아가씨가······.

장현무는 저도 모르게 자신의 어깨를 두드려주던 곡주님을 떠올렸다. 곡주님과 부인께서 살아 계셨더라면 얼마나 자랑스러워하셨을는지.

"한갓 고용주를 지키기 위해 여기까지 달려와 위험을 감수하다니 놀랍군 그래. 단순한 도적으로 보기에는 의리가 두텁지 않은가?"

면전에서 날리는 냉기 어린 말에 장현무는 번뜩 감상에 빠졌던 정신을 차렸다. 진혁이 그의 얼굴을 살피다 가연을 돌아보며 빈정거렸다.

"암영, 이들에게 쉴 곳을 내어주고 다친 상처도 살펴줘라."

그림자 속에 숨어 있던 암영이 기척을 드러내며 나타났다. 그의 말없는 채근에 장현무와 예서군 등은 무거운 발걸음을 뗐다. 그들이 사라지자 네모난 작은 뜰에는 진혁과 가연만이 남았다.

진혁은 그녀를 에워싸고 있는 단단한 벽이 더 두꺼워진 것을 느꼈다. 철벽보다 더 단단하고 태산보다 더 높다란 벽. 시간이 지날수록 벽은 더 두꺼워지고 더 높아졌다. 그리고 그만큼 그의 결심도 확고해졌다.

저 높고 단단한 마음의 벽을 반드시 부수고야 말리라.

지난 시간의 짧은 단편을 전해들은 그는 그녀의 모습을 새삼 눈에 새겨 넣었다. 그의 마음을 흔들었던 것은 겉모양새가 아닌, 그녀가 가진 깊은 영혼의 향이었으니. 가연이 아닌 다른 어떤 모습이었다 해도 다시 돌아보았을 것이다.

무심한 듯하면서도 알 수 없는 열기를 띤 강인한 눈빛에 가연은 자신이 덫에 걸린 듯한 느낌을 받았다. 일부러 자신을 서서히 한 방향으로 몰아가고 있는 듯한 기분.

왜 날 그런 눈빛으로 보는 겁니까?

대체 무엇을 알아 날 옭아매려 하십니까?

그를 다그쳐 묻고 싶었다. 계약 관계일 뿐, 다른 의미는 없다고 생각했었다. 너무 단순하게 생각했던 것일까. 쉽지는 않으리라 예상했었지만, 이런 식의 전개는 전혀 생각지도 못했었다. 그저 그가 바라는 도움을 주면서, 비고에 있는 물건을 빼낼 기회를 노렸을 뿐인데…….

"한숨 소리가 무겁군. 혹, 숨기고 있는 다른 것들도 들킬까 봐 걱정이 되는가?"

가연의 한숨을 들은 진혁이 성큼 가까이 다가왔다.

"……아니요. 설령 성주님께서 아시게 된다고 해도, 달라질 것은 없으니까요."

그녀의 머릿속이 얼마나 복잡할지 짐작이 갔다. 광의와의 대면은 그가 어쩌면 그녀의 정체에 대해 알고 있을지도 모른다는 의구심을 심어 줬을 것이다. 아닐지도 모른다는 희망, 눈치는 챘을지 몰라도 자세한 것까지는 모를 것이라는 짐작 등, 여러 추측들을 하고 있을 것이다. 그리고 이 판에서 발을 뺄 수 있는 방법을 궁리 중이겠지.

진혁의 눈빛이 잔혹해졌다. 가망 없는 희망을 품고서 끙끙거리게 만들고 싶지 않았다.

무거운 고민은 덜어주는 것이 좋겠지.

"광의가 무슨 말을 했는지 궁금하지 않나?"

잔잔한 물처럼 자리해 있던 가연의 신형이 흠칫 잔 파랑을 일으켰다.

감정을 지운 매끈한 얼굴이 그를 올려다보았다.

"제가 궁금해 해야 할 일입니까?"

어찌 제게 묻는 것인지 모르겠다는 듯한 평이한 목소리였다. 그리해 정작 질문을 던진 진혁은 다음 말문이 막혀버렸다.

그리하기로 마음먹었나? 끝끝내 모르는 일이라 시치미를 떼고서 밀어붙이겠다? 익히 예상했었던 반응이었다. 그리 나오기로 했다면, 나역시 네가 스스로 나가떨어질 때까지 밀어붙이고, 또 밀어붙일 것이다. 네 스스로 지난 과거를 인정하지 않으면 안 되게끔 몰아붙일 것이다.

"오래전 그가 치료해주었던 여자아이에 대한 얘기였다."

가연의 검은 눈망울이 짙어졌다.

"뛰어난 의원으로 수많은 이를 치료했을 테니, 거기에 딸린 사연도 많겠지요."

광의의 입이 그리 가벼울 줄은 몰랐다. 진혁의 어투를 보아하니, 분명 지난 얘기를 털어놓은 것이 분명했다.

가연은 진혁이 자신의 가면을 알아차린 것을 알았다. 하지만, 겉으로 내색하지 않았다. 그리고 진혁도 당장 다그치지 않았다. 지금 다그쳐봤자 그녀가 부정하면 끝이라는 걸 알기 때문이다. 두 사람은 서로가 서로를 속이고 있는 것을 알았다. 언제 깨어질지 모르는 아슬아슬한 관계. 서로 바라보는 눈빛이 각자 다른 생각으로 짙게 가라앉았다.

서탁에 앉아 붓대를 놀리고 있는 진혁에게서 서늘한 한기가 감돌았다. 갑작스럽게 떠났던 외유에서 돌아온 순간부터, 와룡거의 전각 위로 짙은 먹구름이 모여들었다. 북풍한설보다 더 매서운 성주의 눈길과 기세에 보고를 올리는 각주들과 원주들이 어깨를 제대로 펴지 못했다. 오죽하면 제갈 가주가 군사인 상관준경을 찾아와 대체 성주님께 무슨 일이 있는 거냐고 물었을까.

상관준경은 섭선 끝에 달린 깃으로 이마를 톡톡 두드렸다.

그에게도 알려주지 않으시던 일에 무슨 문제가 생기신 건가?

그는 묵묵히 서류를 처결하고 있는 진혁을 바라보며 깊은 생각에 빠졌다.

대체 무슨 일인지 알아야 어떻게라도 움직일 수가 있지. 이거야 무슨 장님이 코끼리 다리를 더듬는 것도 아니고…….

입을 딱 다물고 있는 진혁에게 섭섭한 마음마저 들었다. 그러다 문득 신경에 거슬리는 것이 있었다. 성주님께서 돌아오신 지 일주일이 지났는데도, 벽 부인은 아직 만고당에서 머물며 석란재로 돌아오지 않고 있었다.

"성주님, 벽 부인에게 사람을 보내야 하지 않겠습니까?"

진혁이 잡고 있던 붓대가 잠깐 멈췄다. 상관준경을 돌아보는 눈빛이 맵찼다.

"왜?"

찬 단음절에 상관준경은 뒷덜미가 서늘해졌다.

아, 잘못 발을 들이밀었나? 소름이 짜릿하게 도는 것이, 자칫 잘못 건드리면 목까지는 아니더라도 사지 중 하나는 부러질 것처럼 아슬아슬한 살기가 느껴졌다.

상관준경은 입술을 늘이며 기분 좋은 사람처럼 웃었다. 살기는 살기고, 혹시나 찍어보았던 것이 제대로 맞아들어간 것 같아 여기서 멈출수가 없었다.

"왜라니요? 엄연히 성주님께서 잠시 자리를 비우실 동안 나가 계셨던 것이 아니었습니까? 그러니 성주님께서 돌아오셨으니, 당연히 제자리이신 석란재로 돌아오셔야지요. 어째 그곳에서 내내 머물고 계신답니까?"

두 분 사이에 무슨 틀어짐이 생긴 것인가?

사려 깊은 벽 부인이 성주님의 귀성을 모를 리 없었다. 그렇다면 알면서도 돌아오고 있지 않다는 뜻이었다. 그걸 성주님은 용인해주고 있는 것이고.

"즉시 사람을 보내 돌아오시라 해야겠습니다. 금화파파라면 벌써 사람을 보냈을지도 모르겠군요."

"됐다."

진혁의 단호한 지시에 상관준경은 더욱 의아한 표정을 지었다. 사람을 보내든 말든 관심도 보이지 않았을 성주님이 일부러 명으로까지 벽부인을 밖에 두는 연유가 무엇인지 짐작이 가지 않았다.

진혁은 벼루에 놓인 붓대를 다시 잡았다. 꽤 긴 시간의 외유로 봐야할 서류들이 제법 밀려 있었다. 군사와 숙조인 백야가 처리하긴 했지만, 그의 손이 닿아야 할 중요한 안건들은 차곡차곡 쌓여 있었다. 가연은 만고당에서 돌아오지 않고 있었지만, 크게 걱정하지 않았다. 이미 만고당 인근은 암영대가 철저히 보호하고 있었다. 만고당이라 해도 그의 영향력 아래, 그러니 바로 지척에 있는 것이나 똑같았다.

흔들리는 마음을 다잡고자 함인가. 그렇다고 해서 이미 풀리기 시작한 과거의 끈들이 다시 묶이지는 않을 터.

제법 고단한 여정이었을 테니, 잠깐의 휴식이나마 허하고 싶어 만고당에서 머물러도 좋다고 허락했다.

글씨를 써내려가던 그의 붓이 마지막 획에서 멈췄다. 만고당에서 만났을 때보다 훨씬 마른 가연의 얼굴이 생각났다. 갈수록 창백해지는 안색도 신경 쓰였다.

"오늘이 며칠째지?"

"이레째입니다."

무심결에 던진 질문을 상관준경이 날래게 받았다. 장난꾸러기 같은 웃음이 귓가까지 걸렸다.

"황금전장의 영향력이 많이 축소되었습니다. 대신 중원전장의 지부들이 커졌지요. 이번 상투는 중원전장의 승리입니다."

하 총관이 주판알을 튕기며 보고했다.

"아직 호남성과 호북성은 황금전장의 세가 더 크지만, 그것도 조만간 비등해질 거라는 연락이…… 당주님? 당주님?"

잠시 다른 생각에 잠겼던 가연은 자신을 부르는 소리에 정신을 차렸다.

"아!"

그렇지. 여기는 만고당이었지.

가연은 자신이 앉아 있는 자리를 둘러보았다.

"괜찮으십니까, 당주님?"

하 총관은 근심이 가득한 얼굴로 물었다. 돌아오신 뒤로 내내 멍한 생각에 잠기시는 듯해 슬슬 걱정스러워졌다.

대체 밖에서 무슨 일이 계셨기에, 당주님답지 않게 이리 기운을 차리지 못하시는지……

"의원을 부를까요? 아무래도 진맥을 받아보시는 것이 좋을 듯합니다."

"아니요. 괜찮습니다. 의원은 필요 없어요."

"하지만, 당주님! 돌아오신 후로 내내 맥을 놓고 계시는 적이 잦지 않으십니까?"

가연은 고소를 머금었다. 스스로도 이리 기운을 잃고 있는 자신이 어이가 없는데, 곁에서 보고 있는 하 총관의 눈에는 어찌 이상하지 않겠는가. 하 총관의 걱정은 당연했다.

돌아온 지 일주일이 지나가는데도, 그녀는 아직도 성도에 머물고 있는 기분에 사로잡혀 있었다. 그의 추궁하는 시선 아래에서 아니라는 가면을 쓰고서 억지로 버티고 있는 느낌이었다.

정신 차리자. 지금껏 그가 애기하지 않는 것을 보면 당장은 과거를 끄집어낼 생각은 없다는 것일 테니.

가연의 미간이 찌푸려졌다.

다행이라고 해야 하나? 그의 침묵을 어찌 봐야 할지……. 어쩌면 날

하루하루 마음 조이게 만들려는 것인지도 모르지.

"중원전장과 표국에 일러두세요. 비록 지금은 황금전장이 한풀 꺾인 듯이 보이지만, 절대로 방심해서는 안 된다고요. 그의 기반은 아직 단단하고 지하에 박혀 있는 뿌리는 더욱 넓고 억셀 테니, 분명 반격할 때를 노리고 있을 겁니다. 밀어붙였다고 안심할 때가 아니라고 전하세요. 더욱 그들의 동향을 면밀히 살피도록 하고, 사람도 더 많이 투입하도록 하라고요."

"예, 당주님. 말씀하신 대로 전하겠습니다."

가연의 얼굴에 서릿발처럼 차가운 냉기가 어렸다. 전충은 상계에서 평생을 보낸 노회한 노물이었다. 마지막의 마지막까지 다다랐을 때에도 결코 방심해서는 안 되는 자였다. 그자의 목숨이 끊어지기 전까지는.

가연은 손을 뻗어 뜨거운 찻잔을 쥐었다. 따뜻한 온기가 마음속까지는 전해지지 않는지 속은 찬 얼음덩이를 채운 듯 서늘하기만 했다. 환히 보이던 앞길이 어느 순간부터 가려지더니, 이제는 한 걸음 내딛는 것조차 힘겨울 정도로 보이지 않았다. 어디서부터 꼬이기 시작한 걸까. 아직도 알 수가 없었다. 대체 어디서 자신의 빈틈을 본 것일까. 어디서 흘린 걸까. 메우지 못한 빈틈이 어디인지 찾을 수 없어 뒤꼭지가 찜찜했다. 다시금 나오는 한숨을 찻잔에 입술을 대며 감췄다.

"무림 대회를 치르기 위해 사람들이 일찌감치 무한으로 몰려들고 있습니다. 만고당으로 들어오는 주문량도 늘었고요."

무림 대회. 4년에 한 번씩 열리는 무림 대회는 중원과 변방까지 아우르는 큰 대회였다. 중원에 대야성의 영향력을 떨치는 행사라 대야성에서 제일 규모가 큰 행사였다. 그리고 그녀가 노리고 있던 때이기도 했다. 이번 기회를 놓치면 다시는 기회조차 얻지 못할 것이다.

"곤란한 주문이 들어오지는 않습니까?"

"다들 고만고만한 주문들이라 걸리는 것은 없습니다. 단지 시일이 좀 걸리는 주문들이 있긴 합니다만, 준비하는 데는 아무 문제가 없으니 걱정하지 마십시오."

하 총관은 들어온 주문 품목을 훑다, 문득 생각난 것이 있어 서탁 아래쪽을 뒤적거렸다. 작은 흰 찻잔을 찾아 들었다.

"참, 이것 좀 보십시오, 당주님."

"이건 약간 흠이 나 수리를 맡겼던 찻잔이 아닙니까?"

"예, 당주님. 놀라지 마십시오. 이걸 말끔하게 고친 이가 당주님께서 데려오신 백산이랍니다."

"그 아이가 말입니까?"

그러고 보니 연실에 맡겨두고서 지금껏 잊고 있었다.

"예. 당주님의 눈이 정확하셨습니다. 연실에서도 놀라더군요. 익히는 것도 빠르지만, 무엇보다 제 형상을 꿰뚫어보는 것이 예사롭지 않다면서 감탄했습니다. 작은 것들부터 조금씩 맡기기 시작했다면서 이걸 보내왔습니다."

가연은 흰 백자 찻잔을 눈높이로 들어 조심스럽게 살펴보았다. 모서리에 금이 가면서 달아났던 부분이 감쪽같이 감춰져 제 모양을 되찾았다. 찻잔의 겉면에 음각으로 조각되어 있는 매화꽃 가지가 모서리에까지 뻗어 섬세한 문양을 이뤘다.

"잘 적응하고 있다니 다행이군요."

찻잔을 건네받은 하 총관이 조심스럽게 가연을 살피며 물었다.

"그나저나 이제 그만 귀성하셔야 하는 것이 아닙니까?"

"벌써 쫓아내려 하십니까? 왜요? 제가 있으니 귀찮으십니까?"

"무슨 그런 말씀을 하십니까! 쫓아내다니요! 저희들이야 당주님께서 자리해 계시는 것만으로도 얼마나 든든한지 모릅니다. 허나, 저희들의 사정만 생각해서는 아니 되지요. 성주님께서도 돌아오신 지 한참이라니, 당주님께서도 서둘러 돌아가셔야 하지 않을까 해서 드리는 말씀입니다. 거처를 오래 비우면 비우실수록 당주님께 좋지 않은 말이 뒤따를까 염려스럽습니다."

하 총관의 주름진 얼굴에 드리운 먹구름이 짙어졌다. 가연은 미지근하게 식은 찻물을 마셨다.

"왜요? 벌써 성주의 관심을 잃어버려 내쫓김을 당했다 수군거립니까?"

"아니! 누가 그런 불한당 같은 헛소문을 내고 다닌답니까! 절대로 아닙니다! 절대로 아니니 생각도 하지 마십시오!"

하 총관은 피가 솟구친 것처럼 시뻘게진 얼굴로 버럭버럭 소리쳤다. 야금야금 나오기 시작한 악의적인 소문이 시간이 지나면서 한 마디, 두 마디 말이 덧붙더니만 지금은 듣기 민망할 정도로 추악했다.

내쫓김을 당했다는 소리는 약과였다. 벽 원주의 체면을 생각해 품기는 했으나 여인의 맛이 없어 성주가 돌아보지도 않는다는 말도 돌았다.

들으면 들을수록 혈압이 올라 뒷목을 부여잡고 쓰러질 뻔했다.

누가 퍼트렸는지 알기만 하면, 구덩이에 목만 내밀게 파묻어 오물을 뒤집어씌워버릴 것이야!

하 총관은 실핏줄이 그어진 눈을 번득거리며 소문의 출처를 뒤쫓고 있었다. 그리고 아무래도 빨리 성으로 돌아가시라 재촉해야겠다 마음먹었다. 거처를 너무 오래 비운 탓에 그런 헛소문이 떠도는 것이다. 당주님이 돌아가시기만 하면 언제 그랬냐는 듯 조용해질 것이다.

식어버린 차의 뒷맛이 씁쓸했다. 아무리 좋은 차를 잘 우려냈다 할지라도 마실 때를 놓치면 쓴맛만 날 뿐이다. 쓴맛이 남은 마지막 한 방울까지 마신 가연은 빈 찻잔을 서탁에 내려놓았다.

"하 총관."

"예, 당주님."

속으로 궁시렁거리던 하 총관이 재빨리 대답했다.

"무림 대회가 열릴 때까지 만고당의 물건과 인원들을 은밀히 물리세요."

하 총관의 얼굴색이 싹 변했다. 가연이 내리는 지시가 무슨 의미인지 잘 알고 있었기 때문이다.

"물건은 모두 건질 수 없더라도, 사람이 다치는 일은 없도록 유의하십시오. 신호가 떨어지면 즉각 만고당은 물론이고, 다른 지부들도 모두 준비해둔 장소들로 은신할 수 있도록 천천히…… 다른 이들의 의심을 사지 않게 준비하세요."

드디어 당주님께서 기다리시던 때가 온 건가.

"명하신 대로 은밀히 진행시키겠습니다, 당주님."

"중원전장과 표국에도 다른 이들 모르게 알리세요. 대야성주가 만고당과의 관계를 알고 있으니, 황금전장을 상대하기 위해 맺은 일시적인 계약 관계인 것으로 알고 있으라고요."

"성주님이 중원전장과 표국과의 사이를 알게 되셨다니요? 그게 무슨 말씀이십니까?"

대야성주가 어찌 그걸 알게 되었단 말인가? 그동안 누구도 알지 못하던 일이었다. 그리고 그렇게 되도록 조심에 또 조심을 거듭하며 일을 진행시켰었다.

하 총관의 등줄기로 불길한 예감이 스멀스멀 기어 내려갔다. 대야성의 이목을 끌 만한 일이 있었던가? 머릿속으로 살펴봐도 딱히 짚이는 것이 없었다. 의심스러운 일이 있었다면 벌써부터 대야성의 감시가 있었을 텐데 그동안 그런 낌새는 전혀 없었지 않았는가.

가연의 입가가 살짝 일그러졌다. 설마, 그럴 리가 하는 의구심이 들다가, 어떻게 알았는가 싶은 의혹까지, 하 총관의 심정이 어떨지는 그녀가 잘 알고 있었다. 지금 이 자리에 앉아서도 끊임없이 반복해서 느끼고 있으니 말이다.

"그러게 말입니다. 어찌 아시게 되었는지, 참 대단하신 성주님이지 않습니까?"

하 총관은 한참을 망설이다 말문을 떼었다.

"차라리 성에서 나오신 지금 만고당과 함께 은신하시는 것이 낫지 않을는지요?"

가연이 눈초리가 매섭게 올라갔다. 드물게 보이는 화난 얼굴이었다.

"아무리 비천상을 되찾는 것이 중하다 하나, 당주님의 안위가 가장 중하지 않겠습니까? 그사이 당주님께 무슨 일이 벌어지는 것은 아닐지 염려스럽습니다."

대야성주의 의심스러운 눈초리를 받아야 할 가연이 걱정스러웠다. 이렇게 되면 돌아다니는 소문들이 완전히 뜬소문이 아니게 되는 것인가.

"그렇게 걱정하실 정도는 아니에요."

"당주님!"

"제가 하고자 하는 일이 대야성주에게 위해를 가하는 것이 아니니, 의심스러워하기는 하겠지만 딱히 다른 조치를 내리지는 않을 겁니다."

하 총관이 안도의 한숨을 길게 내쉬었다. 뻣뻣하게 긴장되어 있던 어깨도 힘없이 축 늘어졌다. 잔뜩 힘이 들어갔다 한순간 기운이 빠져 무릎이 후들후들 떨렸다.

"그렇다면 다행이긴 합니다만."

"간신히 여기까지 왔는데, 코앞에서 두고 돌아설 수는 없지요."

하 총관은 마른침을 삼키며 고개를 주억거렸다. 당주님께서 하루하루 살아가시는 목표이니 어찌 포기할 것인가. 그 목표라도 없었다면 이리 멀쩡한 얼굴로 살아가실 수도 없었으리라. 다행히 가장 어려운 난관이었던 대야성 입성을 이루었으니, 다음 일도 반드시 성사되도록 만들어야 한다.

"시간이 늦었으니 이제 그만 쉬십시오. 밀린 일을 처리하시느라 며칠

무리하시는 것 같아 걱정스럽습니다."

어느새 지창으로 들어오던 햇살이 완전히 사라져 어둑어둑한 음영이
드리웠다.

"벌써 시간이 이리 되었군요. 하 총관도 오늘 하루 수고하셨습니다.
어서 들어가 쉬십시오."

서탁에서 일어난 가연은 하 총관에게 저녁 인사를 건넸다. 몸이 무거
운 것이 아무래도 오늘은 이만 자리에 누워야 할 것 같았다.

만고당의 길게 이어진 높다란 담벼락 위, 그늘이 드리운 곳에 신형을
감춘 도장격은 주변에 숨어서 경비를 서고 있는 기척을 살펴보았다.

'돌아온 것이 맞긴 맞는가 보군. 지난번의 경비와는 수준이 달라졌
어.'

사매의 장난에 동참하기로 한 도장격은 틈을 봐 만고당에 숨어들었
지만, 곧 허탕을 쳤다. 정작 주인인 가연이 만고당을 비우고 자리에 없
었기 때문이다. 성주가 돌아오자 만고당의 주인도 돌아오다니, 뭔가
수상한 냄새가 났다.

'흠, 바로 귀성하지 않고 만고당에서 머물고 있다니. 사매와 내게는
잘된 일이지.'

도장격이 음흉한 웃음을 지었다. 남의 손을 탄 계집이긴 하지만, 대
야성주가 끼고 있는 계집을 빼돌리는 것이니 일반 계집들과는 다른 대
우를 해줄 수밖에. 제 계집이 다른 사내의 아래에 깔린 것을 알게 된 대
야성주의 면상이 어찌 될지 정말 궁금했다. 대야성주를 쓰러트린 후 죽

기 직전 그 귓가에 대고 알려줄 것이다.

도장격은 은신술로 모습과 기척을 완전히 감췄다. 커다란 전각을 돌아 이미 조사해둔 가연의 처소를 찾아 도둑고양이처럼 움직였다.

가연은 화장대에 달린 면경을 보며 천천히 빗질을 했다. 촘촘한 빗살 사이로 검은 머리카락들이 가지런히 쓸려 내렸다.

"음……."

갑작스러운 어지럼증에 빗질을 멈췄다. 진혁과의 신경전이 힘들었던 탓인지, 성도에서부터 내내 몸이 좋지 않았다.

이제 아주 조금 남았어. 조금만 더 견디면 돼.

가연은 자꾸 가라앉는 자신을 애써 다독였다. 옥으로 만든 빗을 화장대에 내려놓았다. 면경에 비친 자신의 얼굴을 한참 동안 바라보다 고개를 돌렸다. 휘장을 걷은 침상에 눕자 절로 지친 몸이 느슨히 풀렸다. 깜박거리는 촛불처럼 눈꺼풀이 무겁게 내려왔다. 가연은 잠기운을 이기지 못하고 눈을 감았다.

'여기가 맞구나.'

전각의 기왓장을 조심스럽게 뜯어 아래를 살펴본 도장격은 침상에 누워 있는 여인의 형상을 보았다. 맛난 먹이를 눈앞에 둔 승냥이처럼 그의 눈가에 음심이 번들거렸다. 전각에 감도는 은은한 여인의 체취에 벌써부터 아랫도리가 묵직해졌다. 소교와의 정사도 즐겁지만, 제법 오랫동안 관계를 가진 터에 신선한 맛이 없었다. 그리해 슬슬 다른 계집을 찾던 참에 색다른 먹이가 떨어진 것이다. 그야말로 일거양득으로

다.

'오오오!'

휘장 너머로 아슴아슴 비치는 모습에 도장격은 목이 바짝바짝 말랐
다. 얼굴은 중중(中中)이었지만, 가진 몸은 상(上) 중에서도 상(上)이었
다. 지금껏 수많은 여인을 품어왔던 그의 경험으로 보아 품을 때마다
새로운 맛을 느끼게 만들어줄 몸을 가지고 있었다.

이거야 뜻밖의 횡재가 아닌가! 적당히 데리고 놀다 처리하려고 했더
니, 뒤로 빼돌려 두고두고 품어야 할 계집이로군.

벌써부터 몸이 동해 도장격은 참을 수 없었다. 빙하 같은 성주가 이
계집과 잠자리를 가지는 이유가 있었던 것이다.

"으응……."

침상에 누워 있던 가연이 얕은 숨소리를 내며 몸을 뒤척였다. 도장격
은 귓가에 들려오는 숨소리가 그에게 안겨 내지르는 계집의 신음 소리
같아 입을 벌리며 소리 없이 웃었다. 후끈 달아오른 몸이 당장 침상으
로 뛰어들라 다그치고 있었다. 휘장을 걷어 침상에 올라가기만 하면 끝
난 일이다. 소리를 질러 사람들을 불러본들 오지도 못하겠지만, 설사
그리 된다 해도 가장 곤란해지는 것은 계집일 테니, 절대로 반항하지
못할 것이다.

도장격이 하늘거리는 휘장을 막 건드리려 할 때였다.

― 거기까지.

마뜩찮은 눈길로 높다란 전각의 지붕을 올려다보았다. 심중에 가득

한 것이 전각의 주인이라 언제 제 발로 오나 기다렸는데, 결국은 마음 급한 그가 먼저 나선 것이다.

진혁은 천가의 피보다 더한 고집이 세상에 있을 수 있다는 것을 처음으로 느꼈다. 다른 이들이 그의 고집에 혀를 내두를 때의 심정이 이러했던가 싶었다. 가연의 고집이야 어찌 됐든, 이 이상 밖에 두는 것은 위험했다. 만고당을 철통같이 에워싼들 악의를 가진 자들의 암수를 막기에는 역부족이다.

서탑 앞의 넓게 트인 뜰 안으로 들어가려던 진혁의 신형이 멈췄다. 얼굴을 들어 높은 담장의 한구석을 바라보는 눈빛이 칼끝처럼 날카로워졌다. 한순간 제자리에서 사라진 진혁의 신형이 높은 담장 위쪽의 허공에 나타났다. 새까만 어둠에 동화되어 바로 앞에 있어도 알아볼 수 없었다.

'저자는 도장격이 아닌가?'

밤손님처럼 은밀하게 움직이는 것이 수상했다. 광의를 그에게 빼앗긴 후 대야성으로 돌아왔다는 보고를 받았다. 만고당의 물건들 중 도장격이 원하는 것이 있는가? 진혁이 차디찬 냉소를 지었다. 제 값을 치르지 않고 야객(夜客)이 되어 남의 담벼락을 넘는 것이 딱 청마문의 습성이었다.

그렇게 도장격을 보던 진혁의 냉소가 서서히 지워졌다.

'이 방향은?'

도장격이 향하는 방향의 끝에 무엇이 있는지 알고 있는 진혁은 놈이 담장을 넘은 목적을 깨달았다. 무심한 얼굴과 달리 놈에 대한 살의가 끓어올랐다.

가연의 전각 지붕의 기왓장을 뜯어낸 도장격이 아래로 몸을 날리자, 진혁도 그림자처럼 뒤따라 붙었다. 혼자 온갖 망상을 하던 도장격이 침상으로 다가가 휘장을 만지자, 귀신처럼 뒤에 있던 진혁이 나섰다.

– 거기까지.

뒤를 잡힌 도장격이 놀라 몸을 돌렸다. 지척에 있는 진혁을 보고 또 한 번 놀랐다. 그에게서 광의를 낚아채 간 놈이 분명했다.

‘이놈이 어찌 이 자리에 있는 거지? 만고당에 속한 무인인가? 그도 아니면…… 설마 성주가?’

위험하다는 판단을 내리자마자 도장격은 달아날 방법을 찾았다. 일 대일로 부딪쳐서는 승산이 없다. 게다가 쓸 수 있는 인질이 눈앞에 있지 않은가?

도장격이 침상으로 몸을 날리려는 순간, 보이지 않는 힘이 그를 인정 사정없이 잡아끌었다. 닫혀 있던 전각의 문이 활짝 열리더니 도장격을 밖으로 내동댕이쳤다.

“으아아악!”

낯선 자의 비명 소리에 조용한 밤하늘이 찢어졌다.

밖으로 나가기 전 진혁은 침상에 잠들어 있는 가연을 보았다. 도장격이 다가가기 전부터 사방에 기막을 펼쳐두어 그녀는 아무 소리도 듣지 못했을 것이다.

푹 쉬라고 보냈더니 안색이 더 나빠지지 않았는가. 돌아오는 대로 의원에게 보여야겠다 마음먹은 그는 전각 밖으로 나갔다. 진혁이 문을 닫자, 주변에 은신해 있던 암영대가 나타나 전각 주변을 에워쌌다.

"네놈은 누구냐! 누구기에 이리 번번이 내 앞을 막아서는 게야!"

어느새 몸이 자유롭게 풀린 도장격은 자리에서 벌떡 일어나 앞에 있는 진혁을 살기등등한 눈으로 노려보았다.

"적반하장이로군. 단순한 야객이라 할지라도 몸을 사려야 할 판에, 남의 여인을 탐하러 숨어든 색마 주제에 큰소리라니."

"색마라니! 누굴 색마로 몰고 가는 것이냐! 나는 저 여인의……."

"닥쳐랏!"

"큭!"

날카로운 살기가 검이 되어 도장격의 폐부를 헤집었다.

"누굴 네 더러운 혓바닥에 올리는 것이냐. 감히 네 더러운 손으로 누굴 건드리려 들어."

살의가 뭉쳐진 살기에 도장격은 주춤주춤 밀려났다. 성도에서 만났을 때 보여주었던 기세는 지금과 비교하면 아무것도 아니었다. 그야말로 거대한 하늘이 덮어 누르는 듯한 압박감에 숨을 쉴 수가 없었다.

"네놈 혼자만의 수작질은 아닐 터. 너와 통정하고 있는 마소교의 장난질인가?"

도장격이 놀라 얼굴을 치켜들었다. 부릅뜬 눈이 믿을 수 없는 것을 본 듯 얼굴이 퍼렇게 질렸다.

"너, 너는…… 당신은……."

성주다! 성주야!

도장격은 사신처럼 앞에 서 있는 이가 누구인지 알았다. 그렇다면 성도에서 광의를 데려간 것도 성주라는 말. 설마, 청마문이 계획하고 있는 일들도 모두 알고 있는 것은 아닐까.

"하, 하하…… 하하하!"

도장격은 실성한 사람처럼 밤하늘을 올려다보며 큰 소리로 웃어젖혔다.

"하하! 이거야말로 부처님 손바닥 위의 손오공이었지 않은가? 그야말로 성주의 손바닥 위에서 놀아난 꼴이니 말이오. 그렇지 않소, 성주?"

상대를 확인한 도장격은 암영대에 둘러싸인 전각을 힐끔 넘겨다보며 이죽거렸다.

"성주가 끼고 에워쌀 만한 계집이더이다. 그야말로 만 명에 한 명 있을까 말까 한 몸의 소유자던데, 성주는 복도 많으시오. 내 여인을 데려가시더니, 이런 여인까지 두시고서 운우지락을 즐기시니."

진혁이 찬 눈으로 냉소를 지었다.

"그래서 네가 이화헌의 담장을 넘어 다니는 것을 내버려두지 않았더냐?"

도장격의 놀란 낯색을 보고 진혁이 말했다.

"왜? 설마 모르고 있으리라 여겼더냐? 너희의 더러운 관계가 언제부터 시작되었는지, 어느 날 가졌는지 하나도 빠트리지 않고 파악하고 있거늘."

마소교가 이화헌으로 들어오기 전부터 알고 있었다. 마소교가 침소로 부른 사내는 도장격 하나만이 아니었다. 도장격이 멀리 나가 있을

477

때면 종종 다른 사내를 불러 정사를 가졌다. 그런 자들 중 가장 오랫동안 관계를 가지고 있는 것이 도장격이었다. 사형이라는 안전한 관계를 방패막이로 내세우면서.

도장격은 발발 떨리는 목소리로 물었다.

"어째서……?"

"알면서도 왜 너희를 들였나 묻고 싶나? 나와는 상관없었기 때문이다. 너희들이 이화헌에서 몇 날 며칠을 들러붙어 있다 한들, 내게는 아무 감흥 없는 일이니까. 아, 이화헌을 드나드는 전갈들은 흥미가 가더군. 덕분에 새로운 사실들도 제법 알게 되어 도움이 되었지. 허나 너희들은 절대로 넘어서는 안 되는 선을 넘었다."

조금 누그러졌던 살의가 후폭풍처럼 몇 배는 더 강해졌다.

"감히 너희가 그녀를 건드리려 하다니."

다시금 생각해도 분노가 치솟았다. 더러운 눈에 그녀의 잠든 모습을 담은 것도 용서할 수 없는데, 그녀를 욕보이려 들다니! 오늘 그가 오지 않았다면 무슨 일이 벌어졌을지 생각만으로도 끔찍했다.

그의 기세에 밀리면서도 도장격은 마지막까지 그의 심기를 긁으려 들었다.

"하! 저 안의 계집이 대단하긴 대단한가 봅니다. 설마하니 목석같던 성주님을 이리 돌변하게 만들었으니, 계집이 요물은 요물이지요. 그런 요물에게 물리지 않도록 조심하셔야 할 겁니다."

이미 달아날 곳은 없었다. 도주를 포기한 도장격은 약점을 찾아낸 사람처럼 가연을 물고 늘어졌다. 빛살처럼 눈부신 섬광이 네 갈래로 갈라져 도장격의 몸을 때렸다.

"커흑!"

어깨와 팔의 관절이 산산조각 나버린 도장격은 제자리에 똑바로 서지 못하고 바닥에 쓰러져 벌레처럼 꿈틀거렸다.

"혈옥으로 데려가라."

암영대가 도장격의 양팔을 각각 부여잡고 사라졌다.

잠자리에 들었다 요란한 웃음소리에 맨발로 뛰쳐나온 하 총관은 혼백이 달아날 정도로 놀라 눈만 끔벅거렸다.

진혁은 한쪽 편에 자리해 있는 하 총관을 돌아보았다.

"입을 단속하도록."

하 총관은 황급히 고개를 숙였다. 그의 머리 위로 진혁의 명이 떨어졌다.

"오늘 만고당에 잠입한 이는 아무도 없었다. 그러니 그녀에게 쓸데없는 소리를 넣지 말도록."

"여, 여부가 있겠습니까."

하 총관이 고개를 들자, 전각 안으로 들어가는 진혁의 뒷모습이 보였다. 전각을 에워싸고 있던 암영대도 언제 사라졌는지 모습이 보이지 않았다. 그제야 긴 한숨을 내쉰 하 총관은 후들거리는 다리를 천천히 옮겼다.

밖의 요란한 소음에도 침상의 가연은 단잠에 빠져 있었다. 그가 펼쳐둔 기막이 소음과 진동을 모두 차단해 그녀는 밖의 동정을 느낄 수 없었을 것이다.

다행이군.

침상에 앉은 진혁은 고른 숨을 내쉬며 잠이 든 가연을 물끄러미 내려다보았다. 그의 곁에서는 보여주지 않던 편안한 얼굴이었다.

이 작은 전각 안에서만 내보일 수 있는 얼굴인가. 금방이라도 공기 중으로 사라질 듯 가없은 모습이라 진혁은 안쓰럽기만 했다.

어이해 우리의 인연이 이리 되었는지 모르겠다. 너의 잘못도, 나의 잘못도 아닌 것이 그저 저들에 대한 분노만이 가득하구나.

진혁은 손을 내밀어 고운 눈매를 쓸었다. 이리 손끝에 만져지는 존재가 있다는 것이 얼마나 놀라운지. 허나 제 얼굴을 도려내며 인연을 끊으려 한 너는 그렇지 않겠지. 그래도 나는 널 놓지 않을 것이다. 얼굴이 아니라 몸을 바꿨더라도 나는 네 영혼을 알아보고 잡았을 것이다.

천천히 얼굴을 내려 단잠에 취한 아이처럼 빨간 뺨에 입을 맞췄다. 다디단 숨결이 그를 위로하듯 진한 향취를 풍겼다.

十七章

파각(破却) 中

오랜만에 집으로 돌아온 상관준경은 뜻밖의 손님을 맞았다.

"누가 왔다고?"

"북경에서 상관량 공자님이 오셨습니다."

총관이 허리를 숙이며 답했다.

상관량은 그에게 수두룩하니 딸려 있는 조카들 중 한 명이었다. 일찍
감치 과거에 합격해서 관료로 앞길을 정해 지금은 육부(六府) 중 이부(吏
府)의 말단 직원으로 재직 중이었다. 후계 다툼에서도 미리 발을 빼며
북경에서 옴짝달싹도 하지 않아 제 주제는 파악하고 있는 녀석이라는
것이 상관량에 대한 총평이었다.

세가 소집에도 모른 척하던 엉덩이 무거운 녀석이 갑자기 무한으로
내려와?

"시간이 늦었으니 오늘은 별채에서 쉬시고 내일 가주님을 뵈시라 여
쭀더니, 급한 일이라 하시며 지금 당장 뵈어야 한다고 하십니다."

마지막으로 량을 본 것이 북경으로 올라간다며 하직 인사를 하러 왔

을 때였다. 그것이 벌써 4년 전이었다. 북경에 자리를 잡은 뒤로는 무한 쪽으로는 고개도 돌리지 않았다. 간신히 정월에 신년 인사 겸 보내는 서신 한 장이 전부였다. 녀석의 의지를 존중해 되도록 상관세가와 연관되지 않도록 거리를 두었다.

빈청으로 걸어가던 상관준경은 총관의 덧붙임에 걸음을 멈췄다.

"녀석이 혼자 온 것이 아니란 말인가?"

"예, 가주님. 웬 여인 한 명과 함께 오셨습니다."

"여인이라고?"

상관준경은 갑자기 본가를 방문하게 된 조카의 원인이 동행하고 있는 여인에게 있음을 직감했다. 북경에 자리를 잡자마자 상관의 주선으로 만난 여인과 혼례를 올려 슬하에 아들과 딸을 둔 상관량이었다. 설마 둘째 부인을 맞이한다며 소개하러 온 것은 아닐 것이고……. 결론을 도출하기엔 정보가 부족했다.

"그런데 여인을 대하는 상관 공자님의 태도가 조심스러워 보였습니다. 물론, 소저에게 예를 다하시는 것이야 당연한 일이지만, 조금 과하다 싶을 정도로 예를 차리시는 듯했습니다."

눈썰미가 좋은 총관의 말이니 틀림이 없을 것이다.

점점 더 이상하군.

그렇게 발걸음을 옮겨 빈청 앞에 다다랐다.

만나보면 명확해지겠지.

상관준경은 궁금증을 차곡차곡 쌓아두고 총관이 문을 열어주는 빈청 안으로 들어갔다.

"백부님!"

초조하게 서성이고 있던 상관량이 얼굴을 들며 그를 소리쳐 불렀다.

"오랜만이구나."

"그동안 평안하셨습니까? 서신으로나마 백부님께서 강녕하시다는 소식은 듣고 있었습니다."

그를 보자 반색하며 달려드는 얼굴을 보니, 분명 제 스스로 원한 방문은 아닌 모양이다. 상관준경은 들고 있던 섭선으로 상관량의 머리를 가볍게 한 대 툭 쳤다.

"그런 녀석이 달랑 정월에 보내는 서신 한 통뿐이냐? 어째 너희들은 하나같이 너무 과하거나 모자란 것인지…… 쯧쯧쯧."

"죄송합니다, 백부님. 제 얕은 소견으로는 가뜩이나 시끄러운 세가에 제가 가까이 있으면 백부님의 심기를 더 어지럽히지 않을까 하여 조심한다는 것이 그만 너무 지나쳐 가문을 소홀히 한다 보인 듯합니다."

"뭐, 더러운 진창을 피하고자 한다면 네 몸가짐이 나쁜 것만은 아니지. 그러나 너무 귀를 닫아두고는 있지 마라. 앞일이란 누구도 알 수 없는 법이니. 돌아가는 상황을 알아야 다가올 풍파도 피할 수 있으니. 막무가내로 외면만 하다간 피할 수 있는 풍파도 피하지 못하게 될 수도 있다."

"명심하겠습니다, 백부님."

인사 겸 조언을 던진 상관준경의 시선이 조카의 뒤편에 앉아 있는 여인에게로 향했다. 빈청의 의자에 앉아 있는 여인에게서 풍겨오는 기품이 예사롭지 않았다.

"그래, 어찌 됐든 본가는 돌아보지도 않던 네 녀석이 여기까지 어려운 발걸음을 한 연유가 무엇이냐?"

"그것이……."

상관량은 난감한 얼굴로 의자 쪽을 곁눈질했다. 제 입으로 털어놓기 힘든 일인 듯하여 상관준경은 여인에게 직접 물었다.

"오기 싫어했을 이 녀석을 여기까지 끌고 온 것이 소저인 듯한데, 본가에 무슨 용무가 있는 것이오?"

"백부님! 이분은……."

상관준경은 섭선을 들어 말을 막았다. 보아하니 조카의 용도는 상관세가의 가주인 자신과 여인을 만나게 하는 것으로 끝인 듯했다. 그러니 녀석의 말은 필요가 없었다. 편안하면서도 단정한 자세로 앉아 있는 것을 보면 명가의 예법 교육을 받은 여인이었다.

의자에서 일어난 여인은 앞가슴까지 내려오는 면사를 걷어 올렸다. 한순간 주변이 환하게 밝아지는 듯 여인의 주변에 휘광이 드리웠다. 그야말로 경국지색이라 할 정도로 빼어난 미녀였다. 내원에 있는 유리화나 마중화보다 더 뛰어난 미색이라 한순간 상관준경은 숨이 막히는 듯했다.

꽃봉오리처럼 붉은 입술이 살짝 벌어졌다.

"기분을 상하게 했다면 사과드리지요, 상관 군사님. 그분을 안전하게 만날 수 있는 확실한 방법을 찾다 보니 이런 조악한 술수를 쓸 수밖에 없었습니다. 아시다시피 대야성은, 특히 천가는 사방에 적들이 많지 않습니까? 그러니 함부로 움직일 수가 없어서요."

"하, 이거야. 도통 이해할 수가 없구려. 대체 소저가 누구이기에 함부로 천가를 입에 담는단 말이오."

장난기 가득하던 상관준경의 눈이 매처럼 날카로워졌다. 천가. 무적천가라 불리는 가문은 세상에 오직 하나뿐이다. 자연히 경계심이 높아졌다.

"현재 저를 부르는 이름은 황벽군(黃碧珺)이지만, 제 진명은 따로 있지요."

"진명이라 함은?"

"제 진명은 서문은설이라 합니다. 상관 군사님도 잘 아시는 이름일 겁니다."

상관준경은 눈을 현혹시키는 얼굴을 봤을 때보다 더 큰 충격을 받았다. 서문은설? 서문은설이라니! 그는 충격을 재빨리 가라앉히며 침착함을 찾았다. 하늘에서 뚝 떨어진 것처럼 갑자기 나타나 자신의 진명이 서문은설이라고 하는 여인을 어떻게 봐야 하나. 허나, 진정 성주님의 정혼녀인 서문은설이라면?

"진정 소저가 서문은설이라 불리는 이가 맞단 말이오?"

"예. 믿기 어려우실 줄 잘 알고 있습니다. 허나, 제가 바로 비선곡의 소곡주인 서문은설입니다. 10년 전 본곡을 덮친 참화에서 가까스로 달아나 신분을 감추고 살아왔지요. 그러다 이제는 더 이상은 안 되겠다 마음먹고 대야성을 찾아오는 길입니다."

잠이 들었던 진혁은 가까워져오는 익숙한 기를 느끼고 천천히 감은 눈을 떴다. 지친 가연이 그의 가슴팍에 얼굴을 묻고 혼곤한 잠에 빠져 있었다. 가는 숨결이 가슴팍을 간질였다. 등을 돌리지 못하도록 단단히 감싸 안았더니 결국 그에게 얼굴을 보인 채 잠이 들었다. 가까이 다가오는 기척을 보니 하 총관이었다.

이 시간에 무슨 일이지? 만고당에 급한 일이 생긴 것인가?

하 총관이 전각 문 앞에서 망설이는 사이, 암영이 그에게 전음을 보냈다.

– 성주님, 감히 주무시는데 죄송합니다.

– 무슨 일이냐?

– 상관 군사께서 만고당에 오셨습니다.

"크흠, 흠."

하 총관이 문밖에서 낮은 헛기침 소리를 연발했다.

"당주님, 당주님."

잠귀가 밝은 듯 가연이 눈꺼풀을 파르르 떨다 눈을 떴다. 하 총관의 부르는 소리가 들렸다.

"무슨······?"

"일어날 것 없다. 상관 군사가 온 것을 보면 만고당이 아니라 내 문제인 것 같으니."

일어나기 위해 몸을 뒤채는 가연의 어깨를 가만히 누른 진혁은 침상에서 일어났다. 수련으로 쌓인 촘촘한 근육질의 나신이 움직이자, 가연은 황급히 눈을 돌렸다. 불이 없어 어렴풋이 보였지만, 항시 침상에서 보던 사내의 나신을 정면으로 보려니 새삼스레 부끄러워졌다.

바닥에 흩어진 옷가지들을 찾아 입은 진혁은 침상에서 기어이 일어나는 가연을 바라보았다.

"아직 새벽이 되려면 멀었다. 일어날 것 없이 다시 잠자리에 들어라."

"……아닙니다. 어차피 잠이 달아나버린 것을요."

"쓸데없는 고집을 피우는군. 몸을 움직이기가 편하지 않을 텐데."

그에게 한참을 시달린 탓에 몸 여기저기가 삐걱거렸다. 허벅지 사이에는 아직도 홧홧한 기운이 남아 다리를 살짝 움직이는 것만으로도 아릿했다. 가연은 이불을 끌어 맨살을 가리며 침상 주변에 있는 옷가지들을 하나씩 찾았다.

진혁은 더 이상 말하지 않고 먼저 문을 열고 나왔다.

"어이쿠! 성주님!"

밖에서 작은 소리로 부르던 하 총관은 갑자기 문이 벌컥 열리자 화들짝 놀랐다.

"성주님! 상관 가주님께서 오셔서 서탑에서 기다리고 계십니다."

황급히 허리를 숙이며 상관준경이 왔다는 말을 전했다. 진혁의 신형이 앞쪽으로 제법 떨어진 뒤에야 하 총관은 허리를 폈다.

"상관 군사가 왔다는 말인가요?"

"헉! 당주님! 깜짝 놀랐습니다."

늙은이 심장이 벌렁거리는 것이 조만감 뚝 멈춰버릴 듯합니다. 차마 우는소리로 하소연이나 해볼까 싶었지만, 가연의 굳은 얼굴을 보고 장난기를 지웠다.

"예, 당주님. 갑자기 만고당의 문을 두들겨 밑의 것들이 깜짝 놀랐습니다. 성주님과 당주님께선 잠자리에 드셨다는데도, 꼭 봐야 한다며 깨워달라 하시는 바람에……."

이 늙은 것의 목숨이 꼴까닥할 뻔했습지요. 다른 이도 아니고 성주님의 잠을 깨우라니. 지금 다시 생각해도 몸이 와들와들 떨렸다.

"무슨 일인지는 모르겠군요."

"그런 말을 하실 분이 아니지 않습니까? 허나, 낯빛에 그늘이 깔린 것이 좋은 일 같지는 않아 보였습니다."

가연은 허리 아래까지 내려오는 치렁한 머리카락을 손바닥으로 쓸어 하나로 묶으며 서탑으로 발걸음을 뗐다.

"가시려고요?"

하 총관이 만류하듯 물었다.

"주인으로서 모른 척하고 있을 수는 없지 않습니까? 얘기를 훔쳐 듣는 것은 예가 아니지만, 적어도 상관 군사에게 인사는 해야겠지요."

가연이 앞서 걷자, 하 총관이 모시듯 뒤를 쫓았다.

서탑의 작은 문을 통해 안으로 들어간 진혁은, 천장까지 책들이 들어찬 서고의 중앙에 꼿꼿하게 서 있는 상관준경을 보았다.

일이 터지긴 터진 모양이군.

심각할수록 재미있는 일을 만난 한량처럼 건들거리며 묘계를 짜내는 그가 드물게 평정심을 잃고 있었다. 그렇지 않았다면 서탑의 희귀한 서적들을 보고 뜻밖의 선물을 받은 아이처럼 천방지축으로 날뛰었을 것이다. 그러나 지금 그의 눈에는 주변의 책들이 보이지 않는 듯했다. 빈 허공을 응시하는 눈빛이 어두워졌다 다시 날카로워지길 반복했다.

"한밤중에 거리를 오가는 것이 제일 싫다는 사람이 이 시간에 무슨 일인가?"

"성주님!"

상관준경이 큰 소리로 그를 한 번 소리쳐 부른 후, 다시 입을 닫았다. 날이 밝을 때까지 기다렸다 와룡거에서 보고를 할까 하다가, 진혁이 오늘 어디로 갔는지 생각났다. 차라리 잘되었다 싶어 세가를 나섰다. 성주님께서 만고당에 머물고 계시다면 암영대가 주변을 에워싸고 있을 테니, 다른 이목들 걱정은 하지 않아도 된다.

하지만 정작 기다리던 진혁의 얼굴을 보자, 상관준경은 무슨 말부터 시작해야 할지 망설여졌다. 상대방의 속을 뒤집어 혈압으로 쓰러지게 만들 정도로 언변이 좋은 그가 할 말을 찾지 못해 어버버거렸다.

진혁은 기다렸다. 상관준경이 평상심을 되찾아 본론을 꺼낼 때까지.

'쯧, 량이 녀석을 탓할 것이 못 되는구나.'

제 앞에서 말을 못 하고 당황하던 상관량의 모습이 지금 제 모습과 같아 상관준경은 짧게 혀를 찼다. 비웃던 조카와 똑같은 바보짓을 하고 있다는 사실이 그의 자존심을 건드려 곧 망설임을 떨쳐냈다.

"경하드립니다, 성주님! 참화로 변을 당한 줄 알았던 성주님의 정혼녀인 서문은설 소저가 구사일생으로 화를 면할 수 있었던 모양입니다. 지금 본가에 계십니다."

진혁의 무심한 얼굴이 얕게 흔들렸다.

"지금 뭐라 했나?"

상관준경은 진혁이 받았을 충격을 이해했다.

"본가에 서문은설 소저가 찾아와 머무르고 있습니다, 성주님."

"……서문은설이라고?"

당혹과 의아함이 담긴 목소리가 과거의 이름 하나를 중얼거렸다.

그것이 가능한가? 그럼 지금껏 내가 찾아낸 사실들은 무엇이란 말인가?

진혁의 눈빛에 시퍼렇게 날이 섰다. 무심한 얼굴은 야멸칠 정도로 냉혹한 기운을 풍겼다. 흐트러진 인기척 소리가 났다. 진혁이 돌아보자, 가연이 파리한 얼굴로 서 있었다. 일순 바싹 말라버린 꽃처럼 부슬부슬 부스러질 듯 위태로워 보였다.

"……증거는?"

"네?"

예상했던 것과는 전혀 다른 반응이라 상관준경은 황급히 자신이 알지 못한 것이 무엇인가 찾고 있었다. 그러는 사이 진혁의 물음을 놓쳤다.

"증거!"

십여 년의 세월이었다. 세상을 벗어나 심산유곡에 은거한 비선곡이라 사람들과의 왕래가 전무하다시피 했다. 비선곡주와의 친분으로 오가던 전대 성주를 제외하고는 서문은설의 얼굴을 본 이가 없었다. 그러니 진혁의 요구는 타당했다.

"비천상 중 이호상을 가지고 있었습니다."

이호!

일곱 개 중 또 다른 하나가 나왔다. 냉혹한 눈빛을 번득인 진혁의 냉기가 더욱 차가워졌다. 증거로 가져온 비천상이 어지럽던 상황을 명료하게 만들었다. 오히려 너무 단순해 의심스러울 지경이었다.

진혁은 상관준경의 말을 들으면서도 가연에게서 눈을 떼지 않았다. 마치 그녀가 무슨 반응을 보일지 기다리는 것처럼.

가연은 자신의 동요를 내비치지 않았다. 창백한 낯빛으로 그의 눈길을 받았다.

'고집불통!'

진혁은 이대로 몇 날 며칠을 있어도 그녀에게서 자신이 원하는 말을 들을 수 없다는 것을 알았다. 어쩌면 그녀는 이 상황을 반겨 맞을지도 모른다.

"성으로 돌아간다."

돌아선 진혁은 볼일이 끝난 사람처럼 전각을 나갔다. 상관준경은 가연에게 머리를 숙인 후 황급히 앞서 나간 진혁을 쫓았다. 한바탕 돌개바람이 지나간 자리에는 어수선한 고요만이 남았다.

"다, 당주님!"

뒤에서 함께 얘기를 들은 하 총관의 얼굴이 시뻘게졌다 시퍼레지길 반복했다. 방금 들은 말이 대체 무슨 뜻인지 머릿속에서 받아들이길 거부했다.

서문은설이라니!

"이, 이 일을 어찌합니까, 당주님! 어찌 이런 일이 벌어질 수가 있습니까! 감히 뉘 이름을 사…….”

“하 총관.”

“예?”

하 총관은 분기탱천해 당장이라도 상관세가로 달려갈 듯 씩씩거렸다. 가연이 세월 깊숙이 묻은 일들을 알고 있는 극소수의 몇 안 되는 이들 중 한 명인 하 총관으로서는 참고 들어 넘기기 힘든 일이었다.

“상관세가에 나타난 서문은설에게 은밀히 사람을 붙여두세요. 그녀가 나타나면 다른 곳에서도 주시를 시작할 테니, 그전에 자연스럽게 붙여놓으세요.”

“알겠습니다. 당장 지시를 내리겠습니다.”

“그녀의 뒤에 누가 있는지도 알아보세요.”

하 총관은 잰걸음으로 돌아서며 당장 하오문의 문주 늙은이를 닦달해 깨워야겠다고 마음먹었다.

홀로 남은 가연은 그제야 서탁의 의자에 무너지듯 주저앉았다. 저들이 계략을 꾸밈에 한 번쯤은 들고 나올지도 모르겠다며 스치듯 떠올렸던 일이 있었다. 의자 손잡이를 잡은 가연의 손에 힘이 들어갔다. 단단한 흑단으로 곡선을 이루고 있는 손잡이가 그녀의 힘을 이기지 못하고 부서졌다.

이미 옛날 옛적에 묻어버린 은설이라는 이름 따위는 누가 가져가든 상관없었다. 단지 그 이름자 앞에 서문이라는 성을 붙인 것만은 용서할 수 없었다. 그것은 돌아가신 부모님을, 조용히 잠들어 있는 비선곡을 더럽히는 행위였다.

천천히 잦아들던 바람이, 좋지 않은 의도로 지펴진 불씨에 다시금 거친 소리를 내며 세찬 바람결을 일으키기 시작했다. 잦아들기 전보다 더 거칠어진 바람결이 금세 폭풍이 되어 세상을 시커멓게 뒤덮었다.

다그닥다그닥.

돌바닥과 부딪치는 마차 바퀴 소리가 차가운 아침 공기를 깨트리며 앞으로 나아갔다. 황벽군은 마차의 옆면에 있는 작은 창문의 휘장을 걷어 서서히 가까워지고 있는 대야성의 위용을 올려다보았다.

드디어 들어가는구나.

황벽군은 긴장으로 울렁이는 가슴을 가라앉혔다. 수백 번 연습하고 연습했던 자리였다. 이제는 그녀 스스로도 자신이 서문은설처럼 여겨졌다. 황벽군이라는 이름은 자신을 지키기 위해 내건 가명이라고 스스로 믿게 되었다. 그러자 그녀의 행동은 더욱 자연스러워졌다.

대야성의 안주인이라니, 그야말로 황후와 비견될 만한 자리이지 않은가.

황벽군의 눈빛이 탐욕으로 번들거렸다. 아름답고 기품 있던 얼굴이 노류장화처럼 비루해지며 추악해졌다. 마차가 멈춰 서자, 황벽군은 언제 그랬냐는 듯 표정을 고쳤다. 문이 열리자, 괴장을 쥐고 있는 금화파파가 기다리고 있었다.

금화파파는 무뚝뚝하니 허리를 한 번 숙였다. 황벽군은 당연하다는 듯 허리를 빳빳이 세워 인사를 받았다.

"절 따라오십시오, 소저."

금화파파가 앞으로 나서며 길을 안내했다. 그들이 가는 길을 따라 바닥을 찧는 금화파파의 괴장 소리가 울렸다. 황벽군은 뒤를 따라가면서도 대야성의 정경을 눈여겨보았다. 앞으로 그녀가 살아갈 곳이었다. 그녀가 안주인이 되어 다스릴 공간이었다. 작은 문과 기둥 하나도 별스럽게 여겨지지 않았다. 푸른 기와를 올린 회랑을 따라 한참을 안으로 들어갔다. 황벽군은 걸어가면서 이상한 것을 느꼈다.

아무리 아침나절이라지만, 어째서 사람의 모습이 하나도 보이지 않는 거지?

황벽군의 눈빛이 의심에 차서 금화파파의 등을 노려보았다.

'설마, 누구의 사주를 받고 나한테 해를 끼치려 드는 것은 아니겠지?'

기이할 정도로 조용한 정적이 마음에 걸렸다. 확실하게 자리를 잡을 때까지 정신을 똑바로 차려야 했다. 조금의 방심도 보여서는 안 된다. 정혼녀로서 자리를 잡고 자기 사람들을 끌어 모을 때까지는 조심하고 또 조심해야 했다.

외원의 별채로 향한 금화파파는 전각 문 앞에서 옆으로 물러섰다.

"안으로 들어가시지요. 기다리고 계십니다."

황벽군은 외따로 뚝 떨어져 있는 전각의 처마를 힐끔 올려다보았다.

"나 혼자 들어가나?"

"예, 소저. 노신은 여기까지만 들어갈 수 있습니다."

"알겠네."

황벽군은 심호흡을 하며 긴장감을 떨쳐냈다. 손을 뻗어 전각의 닫힌 문을 밀었다. 화로를 피워놓은 듯 훈훈한 열기가 그녀를 맞았다. 천천히 안으로 들어간 황벽군은 방 안에 있는 사람들을 보았다. 한 명은 어젯밤 만났던 상관준경이었고, 다른 한 사내는 처음 보는 이였다.

황벽군은 창가에 서 있는 미려한 사내에게 시선을 뺏겼다. 지창으로 들어오는 선연한 아침 햇살을 맞고 있는 헌헌장부의 외양에 숨이 막혔다. 북경의 내로라하는 고관대작들의 자제들도 수두룩하니 보았지만, 눈앞에 있는 사내처럼 아름다우면서도 강한 기세를 뿜는 이는 없었다. 잘난 사내라는 말은 들었지만, 소문으로 부풀린 것이 많다 싶어 대야성주에 대해서는 큰 기대를 하지 않았었는데…….

두근거리는 심장이 일으킨 흥분감에 뺨이 살짝 붉어졌다. 대야성주라는 지위를 떠나서라도 가지고 싶은 사내였다.

황벽군은 예의에 흐트러짐이 없이 무릎을 살짝 굽히며 머리를 숙였다.

"처음 뵙겠습니다. 서문가의 은설이 인사를 올립니다."

서문가의 은설.

보이지 않는 진혁의 심기가 사정없이 뒤틀렸다. 더러운 세치 혀로 누구의 이름을 가져다붙이는 것이냐 추궁하고 싶었다.

하, 처음 뵙겠다라!

첫인사부터 틀렸다. 만약 진짜 서문은설이었더라면 자신을 보는 순간, 금목서 계곡에서 만났던 얼굴을 떠올렸을 것이다. 저들은 그와 은설이 한 번도 만난 적이 없다는 전제하에 일들을 꾸민 것이다.

"서문은설이라……. 그리운 이름이군."

나직하게 읊조리는 목소리에 아련한 감정이 흘러 나왔다. 황벽군은 마음속으로 생각했던 것보다 일이 잘 풀리려는가 싶었다. 모았던 정보대로 성주는 죽은 정혼녀를 망처로 두고 잊지 못하고 있다더니.

황벽군의 입가에 보일 듯 말 듯 스쳐 지나간 미소를 진혁은 놓치지 않았다.

"그대가 서문은설이라는 걸 입증할 수 있나?"

다사한 어감이 한순간 서늘해졌다. 시퍼런 예기가 어리는 검날이 목덜미를 겨누는 듯했다. 황벽군은 당당한 얼굴로 한쪽 편에 비켜 서 있는 상관준경을 보았다. 무언으로 그에게 자신이 내보인 증거들을 말해달라 요구했다.

상관준경은 집요하게 자신을 보는 눈길을 모르는 척 외면했다. 지금은 자신이 나설 때가 아니었다. 성주님의 태도로 보아 서문은설이라 나선 이 여인은 가짜일 확률이 높았다. 지금 그가 궁금한 것은 얼굴을 보기도 전에 가짜라는 것을 확신하고 있었던 성주님의 의중이었다. 분명자신이 알지 못하는 다른 것이 있었다.

저자가!

황벽군은 자신을 대신해 나서줘야 할 상관준경이 모르쇠로 침묵하자처음으로 얼굴을 찌푸렸다. 미인이 살짝 눈매를 일그러뜨리자 처연한느낌이 감돌았다.

허, 여인은 팔색조라더니. 보면 볼수록 대단한 여인이로다!

상관준경은 한순간 비를 맞은 새처럼 가엾은 분위기로 표변해 얼른감싸줘야 할 듯한 황벽군의 모습에 혀를 내둘렀다. 웬만한 부동심을 가진 이라도 이 여인 앞에서는 한입에 탈탈 털려버릴 것이다. 새삼 경계심이 돋았다.

"상관 군사님께 제가 가지고 있던 물건들을 모두 보여드렸습니다. 틀림없는 진품이라고 말씀해주셨고요."

"비천상 말인가?"

"예."

황벽군은 자신이 가지고 온 비천상을 믿었다. 그것은 틀림없는 진품이었다.

진혁이 입술 끝을 슬쩍 올렸다.

"비천상은 일곱 개지. 뿔뿔이 흩어진 비천상 중 진품 하나가 그대에게 들어갔을 수도 있는 일. 그도 아니면…… 비선곡을 침범했던 자들이 가져갔던 비천상 중 하나일 수도 있고."

황벽군의 얼굴이 딱딱하게 굳어졌다. 몸을 부들부들 떨면서 진혁을 매서운 눈초리로 노려보았다.

"지금 그 말은 내가 사칭이라도 하고 있다는 얘긴가요?"

"그건 나보다 당사자가 더 잘 알겠지."

황벽군은 양손을 꽉 움켜쥐며 온몸으로 억울함을 항변했다.

"아무리 대야성주시라지만, 어떻게 그런 말을 할 수가 있나요! 사칭이라니요? 대체 제가 왜 사칭 따위를 한단 말인가요? 돌아가신 부모님을 생각해서라도 날 이리 대할 수는 없어요! 차라리 맨몸뚱이가 되어버린 정혼녀 따위 이제는 필요가 없어졌다 하시지요! 그것이 오히려 설득력이 있으니까요! 그렇다면 지금 당장이라도 대야성을 떠나겠어요. 하지만 절 의심하는 건 제 부모님과 비선곡을 모독하는 행위라는 걸 알아두세요!"

카랑카랑한 목소리로 울분을 토해낸 황벽군은 솟구치는 감정을 이기지 못하고 눈물을 글썽거렸다.

진혁은 제법 잘 짜인 한 편의 경극을 보는 듯했다. 지루하다 못해 역겹기까지 한 연기였다. 저렇게 자연스럽게 감정을 내보일 정도라면 얼마나 오랫동안 훈련을 한 것일까.

눈물을 뚝뚝 흘리고 있는 황벽군의 얼굴 위로 다른 여인의 얼굴이 겹쳐졌다. 눈물마저도 흘리지 못해 애써 속으로 감정을 삭이기만 하던 가연의 무던한 얼굴. 무덤덤해 되레 더욱 아파 보이던 얼굴이 그의 심장을 찔렀다. 말은 하지 않아도 이번 일로 충격을 많이 받은 듯했다. 상처도 크게 났을 것이다.

진혁의 기운이 너울처럼 일렁이다 삽시간에 가라앉았다. 천천히 황벽군에게로 다가간 진혁은 머리를 낮춰 그녀의 면전에서 속삭였다.

"그대가 서문은설인지 아닌지는 조사해보면 나오겠지. 허나, 한 가지는 알아두는 것이 좋을 것이다. 날 기만하는 것도 용서할 수 없지만, 서문은설이라는 이름을 함부로 파헤치는 것은 더욱 용서할 수 없다는 걸."

말 한 마디 한 마디에 냉기가 박혀 있었다. 황벽군은 서늘한 기운이 등골을 타고 내려가는 듯해 몸을 부르르 떨었다. 금방이라도 볼썽사납게 제자리에 털썩 주저앉을 듯 무릎이 떨렸지만, 간신히 꼿꼿하게 버텼다.

들어오면서부터 한 번쯤은 조사를 받을 것이라 예상했었다. 10년이라는 시간이 흘렀다. 갑자기 죽은 줄 알았던 정혼녀가 나타났는데, 누가 덥석 믿을 수 있겠는가.

황벽군은 몸을 떨면서도 걱정하지 않았다. 비선곡은 10년 전에 멸문했다. 그곳에서 살아남은 사람은 아무도 없었다. 그러니 조사라고 해봐야 제대로 된 것이 나올 리가 없었다. 할 수 있는 것은 자신의 지난 시간들을 추적하는 것뿐일 터. 그에 대한 것은 모두 대비가 되어 있었다.

진혁이 나갈 때까지 말없이 있던 상관준경이 처음으로 입을 열었다.

"지금부터 소저는 이 전각에서 지낼 것이오. 필요한 사람들은 곧 금화파파가 보낼 터이니, 조사가 끝날 때까지 이곳에서 편히 쉬고 계시면 될 게요."

눈물을 지운 황벽군은 싸늘한 눈으로 상관준경을 보았다. 그것은 적의가 담긴 눈빛이었다.

"날 이곳에 감금해두려는 건가요?"

"아니요. 외성이라면 자유로이 다니실 수 있소. 외부인이 드나들 수 없는 몇몇 구역은 빼고서 말이오."

"그 말은 내가 외부인이라는 말이군요."

상관준경이 여우처럼 눈을 가늘게 뜨며 웃었다.

"그대가 서문 소저라 할지라도, 정식으로 혼례를 치르지 않은 이상 외부인일 수밖에 없지 않겠소?"

황벽군은 나가는 상관준경의 뒷모습을 보며 입술을 깨물었다. 자신의 자리를 찾고 나면, 이리 홀대한 자들을 하나도 빠트리지 않고 모조리 갚아줄 것이다.

  황벽군의 출현은 아침나절에 외성에서부터 알음알음 소문이 퍼져나가, 오후에는 대야성에서 모르는 이가 없게 되었다. 그리고 곧 황벽군의 정체에 대한 것도 덧붙여서 삽시간에 무한바닥을 뒤덮었다.
  경공으로 담장을 타넘은 백야는 곧장 와룡거로 쳐들어갔다.
  "이 녀석아!"
  문을 부숴버릴 듯 박차고 들어가 진혁을 소리쳐 찾았다. 와룡거의 서탁에 앉아 있는 진혁을 보고 한달음에 몸을 날렸다.
  쾅!
  백야는 양손바닥으로 서탁을 찍어 내렸다. 곁에 있던 상관준경이 저도 모르게 한 걸음 물러날 정도로 무시무시한 기세였다.
  서탁이 두 동강 나지 않는 것이 신기하구만. 그것도 서탁을 만든 재질이 일반 자단목이 아니라 철금목(鐵金木)인 탓에 백야 님의 기세를 받아내는 것이지. 그나마도 아슬아슬했다. 지금보다 조금만 더 공력을 높인다면 다음번에는 분명 서탁의 수명이 다할 것이다.
  "내가 들은 소문이 사실이냐? 진정 은설이 그 아이가 화를 피하고 살아 돌아온 것이야?"
  백야는 흥분을 참을 수 없었다. 태어난 것을 알았을 때에는 이미 화를 당한 뒤라 땅을 치며 울분을 터트렸었다. 서문가의 귀하디귀한 혈손이라, 그 얼마나 어여뻤을까. 생각하면 할수록 이르게 져버린 꽃봉오리가 아까웠다. 1년에 한 번. 비선곡에 만들어둔 합장묘에 술을 부을 때마다 서문 형님의 얼굴을 볼 면목이 없어 나이도 잊고 어린애처럼 한참을 흐느끼곤 했다. 그런데 그 아이가 살아 있단다!

"지, 진정하십시오, 노야!"

"시끄럿! 지금 이게 진정할 일이얏!"

왝왝 윽박지르는 기세가 사나워 상관준경이 슬그머니 말을 꺼내봤지만, 돌아온 것은 백야의 타박이었다. 상관준경은 아무렇게나 휘젓는 손짓을 받으면서도 고개를 끄덕였다.

그렇지요. 이게 어디 진정할 일이겠습니까.

백야가 흥분해 날뛰는 것은 당연했다. 상관준경이 이해할 수 없는 것은 진혁의 반응이었다. 진위 여부는 논하지 않더라도 이리 조용하실 리가 없는데……. 진짜라면 좋은 기색이셨을 테지만, 가짜라면 더 무섭게 분노하셨을 것이다.

분명 가짜가 맞는데, 왜 가만히 내버려두시는 걸까. 그가 모르는 조각들이 사방으로 흩어져 둥둥 떠다니고 있는데, 그걸 한 번에 꿰어 맞출 수 있는 단 한 조각이 모자랐다. 그것만 알면 주르륵 풀릴 듯하건만.

"어디에 있느냐? 지금 내성에 들어온 것이야? 내가 당장 봐야겠다!"

백야는 당장 말하지 않으면 강제로라도 말하게 만들겠다는 투였다.

"고정하십시오, 작은할아버님."

"이게……?"

와락 고함을 지르려던 백야는 찬기를 풀풀 날리고 있는 진혁의 얼굴을 보았다. 자신보다 더 기뻐했으면 기뻐했지, 덜하지 않을 녀석에게서 서늘한 적의를 감지했다.

"왜 네 얼굴이 그런 모양새냐? 기쁘지 않느냐? 오매불망 그리워하던 네 어린 정혼녀가 구사일생으로 살아 돌아왔다는데."

그제야 이상한 기미를 알아차린 백야가 한결 차분한 모습을 되찾았다.

"진짜라면 그리했겠지요."

분노와 적의를 꾹꾹 억누르는 듯한 어조였다. 어리둥절해 하던 백야의 얼굴이 산사의 사천왕상처럼 확 일그러졌다.

"가짜라는 말이냐? 지금 그 아이를 가지고 진짜놀이를 하고 있다는 얘기야?"

백야의 기세가 흉흉해졌다. 그가 일으킨 살의에 사방이 요동쳤다.

"이것들이! 하다하다 이제는 죽은 이까지 모욕하려 들엇!"

이 요망한 것을 단매에 죽여버릴 것이다. 아니, 분명 혼자 벌인 짓이 아닐 테니, 그 뒤에 꾸물거리고 있는 벌레들까지 깡그리 밟아버릴 테다.

"어딨느냐! 그 뻔뻔한 낯짝을 들고 쳐들어온 년이 어디에 있어! 내가 이것을 죽지도 살지도 못하게 만들어버릴 것이다! 너는 그 물건이 가짜라는 것을 알면서도 성으로 들였단 말이냐! 당장 혈옥에다 집어 처넣어 뒤를 캐내어야지!"

"그게 본인이 워낙 강하게 주장하고 있는 데다, 가짜라는 증거도 확실하지 않은지라……."

"뭐냐, 그게? 그럼 진짜인지도, 가짜인지도 모른다는 얘기야? 무슨 그런 설렁설렁한 일처리가 있나?"

백야의 짜증이 상관준경에게로 향했다. 상관준경은 고개를 푹 숙였다.

"죄송합니다, 노야. 허나 시일이 너무 지난 일이라, 명확하게 건질 수 있는 것들이 거의 전무하다시피 합니다. 그래서 말입니다만. 성주님께서는 어찌 그리 딱 집어 가짜라고 확신하시는 것입니까? 어쩌면 정말 간신히 비천상 하나만을 가지고 달아나셨을 수도 있지 않습니까?"

도저히 궁리해도 답을 찾을 수 없어 그냥 물어보기로 했다. 진혁의 말을 들으면서도 목에 박힌 가시처럼 내내 걸려 있었던 물음이었다. 답을 듣기 전에는 절대로 떨어지지 않을 테다.

"외성에 있는 여인이 내민 증거품 중 비천상은 진품이 맞다. 허나, 그것만으로는 부족해. 결정적인 물건이 없다."

"결정적인 물건이라 하심은?"

"내가 아는 서문 숙부라면 분명 비천상과 함께 혼례품으로 보냈던 모란금패를 챙겨 보냈을 것이다. 아니, 분명 챙겼을 것이야. 적에게 들어갔을지도 모르는 비천상보다 더 확실한 신분 보증 패니까."

"아!"

"오!"

상관준경과 백야는 동시에 감탄성을 토했다.

"가지고 이동하기에도 모란금패가 훨씬 가볍고 숨기기도 쉽지. 비천상을 챙길 여유가 있었다면, 모란금패도 함께 가지고 내보여야 했어."

금목서 계곡에서 가연을 보고 귀성한 자신이 직접 혼례품으로 챙겨

503

상자에 담아 보낸 물건이었다. 그러고 보니 그녀는 모란금패를 어찌했을까. 비천상들과 함께 비처에 숨겨둔 것인가.

"그렇겠군요. 그럼, 외성에 있는 여인은 어찌하실 요량이십니까?"

"그녀의 이름을 더럽히고 상처를 줬으니 그만한 대가를 치르게 해야겠지. 비천상을 들고 온 것을 보면 비선곡의 참화와도 연관 있는 세력이 뒤에 있는 듯하니, 철저히 알아내라. 누가 있든 이번 일에 연루된 자들은 단 하나도 그냥 넘기지 않을 것이다."

"예, 주군."

상관준경은 허리를 숙이며 명을 받았다. 그러다 진혁이 꺼낸 단어 하나가 그의 머리를 비집고 들어왔다. 어찌해 그녀라 하시는가? 항시 그분을 부르실 때에는 그 아이라 칭하시지 않았던가? 어린 나이에 죽은 탓인지, 진혁은 항시 그 시절로 돌아간 듯 그분을 불렀다.

상관준경의 눈빛이 더할 수 없이 깊어졌다. 있을 수 없는 가정 하나가 떠오르자, 중구난방으로 비산해 있던 조각들이 척척 제자리를 찾아 맞춰졌다. 풀 수 없을 정도로 꼬여 있던 실타래가 한 번 풀리기 시작하자 줄줄 풀리기 시작했다.

설마?

아니, 그렇지만…….

맙소사!

상관준경의 표정이 의혹에서 당혹감으로 변하더니 종국에는 경악으로 바뀌었다. 백야는 변검술사처럼 얼굴이 휙휙 바뀌는 상관준경을 심기 불편한 눈초리로 보았다.

이 녀석은 또 무슨 일이야?

"성주님, 서문 소저가 살아 있습니까?"

"뭐?"

상관준경은 풀쩍 뛰어오르는 백야는 무시한 채 진혁만을 뚫어져라 바라보았다. 익숙하기만 한 무심한 얼굴을 샅샅이 살폈다. 그러면서도 머릿속으로는 여러 상황들을 펼쳐놓고 하나씩 유추해나갔다.

"서문 소저는 살아 있군요."

"야! 정말이냐? 정말인 거야?"

상관준경은 가장 중요한 질문을 던졌다.

"혹시 말입니다, 서문 소저가 성⋯⋯."

"그만!"

진혁은 짧은 일갈로 상관준경의 말을 막았다. 그것만으로도 그는 만족했다. 방금 보인 진혁의 태도에서 모든 해답을 얻었다.

"알겠습니다, 성주님."

그분을 곁에 두고서도 보호하고자 드러내지 않으시는 것이다.

"무얼 알아냈든 머릿속에서 지워라. 그대는 아무것도 모르는 것이다. 지금 그대가 해야 할 일은 외성의 여인에 대한 일과 다가오는 무림대회를 차질 없이 여는 것이다."

진혁은 감추고 있는 진실에 깊숙이 발을 들이민 상관준경에게 경고했다. 이 이상 들어오는 것은 허락하지 않겠다는 경고를.

"무슨 말씀인지 알겠습니다, 성주님. 허나 한 말씀만 올려도 되겠습니까?"

평소의 허랑방탕한 태도를 버린 상관준경은 드물게 대야성의 군사직에 어울리는 얼굴을 하고 있었다. 침묵을 허락으로 받아들인 그는 어렵게 주어진 기회를 놓치지 않았다.

"언제까지 숨기고 계실 수만은 없다는 것을 아시지요? 아무리 그분을 보호하기 위해서라고는 하나, 주인이 있는 이상 자리를 언제까지나 비워둘 수는 없습니다. 그리고 자리에는 그에 걸맞은 책임과 의무가 따르지요. 위험 또한 마찬가지고요. 어차피 채워질 자리라면 빨리 채워지는 것이 좋습니다. 유념해주십시오."

상관준경은 뒷걸음질로 진혁의 앞에서 물러나왔다. 발광하며 달려들려는 백야의 옷자락까지 꽉 틀어쥐고서. 백야는 잡고 있는 손을 확 뿌리치려다 생각을 바꿨다. 한번 입을 다물면 말소리 듣기가 하늘의 별을 따는 것보다 더 어려운 진혁보다는 뼈대가 약한 상관준경을 다루는 것이 훨씬 낫다고 판단했다.

백야는 와룡거를 나오자마자 전각의 처마 밑에서 상관준경을 잡고 들어 올렸다. 머리만 희지, 환골탈태로 몸이 젊어져 장정 하나쯤 한 손으로 들어 올리는 것은 일도 아니었다.

"자, 알고 있는 것은 모두 털어놓아라! 무슨 비밀 이야기들을 그리 바리바리 꿍쳐두고 있는지 싹 내놓아!"

"켁! 노야! 숨이…… 커헉!"

"흥! 엄살 부리지 마라! 숨이 막혀도 무인이라면 일각은 충분히 버틴다는 것을 몰라서 그러는 게야? 대체 안에서 지껄인 말이 무슨 뜻이냐! 늙은이 복장 터지게 만들지 말고 아는 대로 불어!"

"못 합니다."

상관준경은 숨이 막혀 죽을 것 같았지만 딱 잘라 거절했다.

"뭐라?"

"안에서 함께 듣지 않으셨습니까? 자칫 한 마디라도 제 입에서 나왔다간, 아무리 군사직에 있는 저라 해도 당장 베어버리실 겁니다."

"이 자리에서 내 손에 죽는 건 괜찮고?"

곧 죽어 넘어갈 것처럼 엄살을 부리면서도 제 할 말은 깐족깐족 다 하는 것이 더 얄미웠다.

"노야께 죽더라도 충성을 다한 충신으로 죽겠지요."

"하! 추웅신? 네가? 딱 봐도 넌 충신보다 간신 쪽이닷!"

"너무하십니다, 노야! 저만한 충신이 어디에 있다고요!"

정말 맘 같아선 딱 한 대 패버리고 싶었지만, 이 녀석이 앓아누우면 대야성의 업무가 마비될 것이 분명해 움켜쥔 주먹만 부르르 떨었다. 상관준경의 면상을 앞으로 확 끌어당긴 백야는 백염이 작열하는 눈빛으로 쏘아보았다.

"네 말이 거짓 한 점 없는 사실인 게 분명하지?"

상관준경의 얼굴도 진중해졌다.

"허언일 시 제 목을 걸지요. 틀림없습니다."

백야는 복받치는 감정에 눈을 질끈 감았다.

하늘이시여! 진정 감사하나이다!

"아시지요, 노야? 절대 비밀 엄수입니다! 혀를 꽁꽁 묶어야 한다고요!"

대거리를 하듯 강조하는 상관준경이 짜증 나 저도 모르게 주먹을 휘둘렀다. 그날 상관준경의 눈두덩에 커다란 시퍼런 멍 자국이 남아 보는 이들마다 고개를 갸웃거렸다는 후문이었다.

- 2권에서 계속.